A BELEZA É UMA FERIDA

EKA KURNIAWAN
A BELEZA É UMA FERIDA

TRADUÇÃO DE
CLÓVIS MARQUES

1ª EDIÇÃO — José Olympio

CIP-BRASIL. CATALOGAÇÃO NA PUBLICAÇÃO
SINDICATO NACIONAL DOS EDITORES DE LIVROS, RJ

K98b Kurniawan, Eka
       A beleza é uma ferida / Eka Kurniawan; tradução: Clóvis Marques.
       – 1ª ed. – Rio de Janeiro: José Olympio, 2017.

       Tradução de: Beauty Is a Wound
       ISBN 978-85-03-01305-5

       1. Romance indonésio. I. Marques, Clóvis.

16-38404
                                          CDD: 828.995983
                                          CDU: 821.111(594)-3

Copyright © Eka Kurniawan, 2017

Título original malaio: CANTIK ITU LUKA

Este livro foi revisado segundo o novo Acordo Ortográfico da Língua Portuguesa.

Todos os direitos reservados. Proibida a reprodução, armazenamento ou transmissão de partes deste livro, através de quaisquer meios, sem prévia autorização por escrito.

Reservam-se os direitos desta tradução à
EDITORA JOSÉ OLYMPIO LTDA.
Rua Argentina, 171 – 3º andar – São Cristóvão
20921-380 – Rio de Janeiro, RJ
Tel.: (21) 2585-2000

Seja um leitor preferencial Record.
Cadastre-se e receba informações sobre nossos lançamentos e promoções

ISBN 978-85-03-01305-5

Impresso no Brasil
2017

Depois de limpar a armadura e transformar em elmo um simples capacete, e tendo dado um nome a seu cavalo e escolhido outro para si, deu-se conta de que a única coisa que lhe faltava era encontrar uma dama para amar, pois o cavaleiro errante sem uma amada era uma árvore sem folhas nem frutos, um corpo sem alma.

— Miguel de Cervantes, *Dom Quixote*

1

Numa tarde de fim de semana em março, Dewi Ayu levantou-se do túmulo onde estava enterrada havia 21 anos. Um menino pastor, acordando de uma soneca debaixo de uma pluméria, fez xixi nas calças e gritou, e suas quatro ovelhas saíram correndo feito loucas entre pedras e estelas de madeira, como se um tigre tivesse pulado no meio delas. Tudo começou com um ruído vindo de uma velha sepultura, de lápide sem inscrição e coberta de mata até a altura dos joelhos, mas todo mundo sabia que era o túmulo de Dewi Ayu. Ela morrera aos 52 anos, ressurgiu depois de morta durante 21 anos, e a partir de então ninguém mais soube como calcular exatamente sua idade.

A vizinhança veio ver o túmulo quando o pastor contou o que estava acontecendo. Levantando a barra dos sarongues, carregando crianças, segurando vassouras ou sujos da lama do campo, juntaram-se por trás de cerejeiras e jatrofas, e na plantação de bananeiras próxima Ninguém tinha coragem de se aproximar, todos apenas ouviam o ruído proveniente do velho túmulo, como se estivessem reunidos em torno do vendedor ambulante de remédios que apregoava seus produtos nas manhãs de segunda-feira no mercado. A multidão apreciava aquele espetáculo temível, sem pensar que semelhante horror teria apavorado qualquer um que estivesse sozinho ali. Esperavam inclusive algum milagre, e não apenas uma velha sepultura barulhenta, pois a mulher que se encontrava naquele pedaço de terra fora uma prostituta para os japoneses durante a guerra, e os *kyai* sempre disseram que as pessoas marcadas pelo pecado eram invariavelmente punidas no sepulcro. Aquele som devia vir do chicote de um anjo encarregado da punição, mas eles começaram a ficar entediados, esperando alguma outra maravilha.

Quando ela se deu, foi da maneira mais fantástica. O túmulo estremeceu e se quebrou, e a terra explodiu, como se um estouro tivesse ocorrido por baixo, provocando um pequeno terremoto e uma tempestade de vento que lançou grama e predações de lápide pelos ares, e por trás da sujeira que chovia como uma cortina a figura de uma velha olhava em rígida irritação, ainda envolta numa mortalha, como se tivesse sido enterrada na noite da véspera. As pessoas ficaram histéricas e saíram correndo de maneira ainda mais caótica do que as ovelhas, seus gritos sincronizados ecoando nas encostas das colinas distantes. Uma mulher atirou seu bebê numa moita e o pai o cobriu com uma folha de bananeira. Dois homens pularam num canal, outros caíram inconscientes à margem da estrada, e outros ainda correram por 15 quilômetros sem parar.

Vendo tudo isto, Dewi Ayu limitou-se a tossir um pouco e limpou a garganta, fascinada por se ver no meio de um cemitério. Já tinha desatado os dois nós mais altos da mortalha, e passou a desatar os dois inferiores, para liberar os pés e poder caminhar. Seu cabelo tinha crescido magicamente, de modo que, ao sacudir a cabeça para soltá-lo da touca de morim, ele esvoaçou à brisa da tarde, tocando o solo e reluzindo como líquen negro no leito de um rio. Sua pele estava enrugada, mas o rosto era de um branco resplandecente, e os olhos ganharam vida nas órbitas para fixar os curiosos que abandonavam os esconderijos por trás das moitas — metade saiu correndo, e a outra metade desmaiou. Sem se dirigir a ninguém em particular, ela se queixou da maldade das pessoas que a haviam enterrado viva.

A primeira coisa em que pensou foi seu bebê, que naturalmente já não era um bebê. Vinte e um anos antes, ela morrera 12 dias depois de dar à luz uma menina horrível, tão feia que a parteira não estava segura de que realmente fosse um bebê, achando que talvez fosse um monte de merda, já que os buracos de onde saem os bebês e a merda ficam a apenas dois centímetros de distância. Mas aquele bebê se contorcia, e sorria, e por fim a parteira acreditou que realmente era um ser humano e não bosta, dizendo à mãe, atravessada em total fraqueza na cama, aparentemente sem o menor desejo de ver seu rebento, que a criança nascera, era saudável e parecia amável.

— Uma menina, certo? — perguntou Dewi Ayu.

— Sim — respondeu a parteira —, exatamente como os três bebês anteriores.

— Quatro filhas, todas lindas — fez Dewi Ayu, em total contrariedade. — Vou acabar abrindo meu próprio puteiro. E, então, esta agora também é bonita?

O bebê apertado dentro dos cueiros começou a se agitar e chorar nos braços da parteira. Uma mulher entrava e saía do quarto, levando as roupas sujas de sangue, livrando-se da placenta, e por um momento a parteira não respondeu, pois não havia a menor hipótese de dizer que um bebê que parecia um monte de bosta preta era bonito. Tentando ignorar a pergunta, disse então:

— Você já está velha, não creio que possa amamentar.

— É verdade. Essas três filhas anteriores me consumiram.

— Assim como as centenas de homens.

— Cento e setenta e dois homens. O mais velho tinha 90 anos, o mais moço, 12, uma semana depois da circuncisão. Lembro-me muito bem de todos eles.

O bebê voltou a chorar. A parteira disse que precisava encontrar leite materno para a criança. Caso contrário, teria de buscar leite de vaca, ou de cadela, ou talvez até de rato. Sim, vá, disse Dewi Ayu.

— Pobre menina sem sorte — disse a parteira, contemplando o perturbador rostinho. Ela nem seria capaz de descrevê-la, mas achava que parecia um monstro amaldiçoado do inferno. Todo o seu corpo era de um preto azeviche, como se tivesse sido queimada viva, com uma forma estranha e irreconhecível. Por exemplo, ela não estava certa de que o nariz do bebê fosse de fato um nariz, mais parecia uma tomada elétrica do que qualquer nariz que tivesse visto em toda a sua vida. A boca lembrava a fenda de um cofrinho de porquinho, e as orelhas mais pareciam cabos de panela. Estava absolutamente certa de que não havia na face da Terra criatura mais medonha do que aquela pobre coitadinha, e se ela fosse Deus provavelmente mataria o bebê imediatamente; aquela menina seria maltratada pelo mundo, sem dó nem piedade.

— Pobre bebê — repetiu a parteira, saindo em busca de alguém que cuidasse dele.

— Sim, pobre bebê — concordou Dewi Ayu, mexendo-se e revirando-se na cama. — Já fiz o possível para tentar matá-la. Devia ter engolido uma granada para detoná-la na barriga. Oh, minha pobre coitadinha — os pobres coitados, como os malfeitores, não morrem tão fácil.

Inicialmente, a parteira tentou esconder o rosto do bebê das vizinhas que chegavam. Mas, quando disse que precisava de leite para ele, elas começaram a se acotovelar para vê-lo, pois era sempre uma diversão para quem conhecia Dewi Ayu ver suas adoráveis recém-nascidas. A parteira não conseguiu impedir a investida das mulheres que afastavam a manta ocultando o rosto do bebê, mas, uma vez que o tinham visto, gritando de horror, um horror sem equivalente em sua experiência anterior, a parteira sorriu e lembrou que fizera o possível para que não vissem o infernal semblante.

Depois da manifestação de repulsa, no momento em que a parteira saía às pressas, elas simplesmente ficaram de pé ali por um momento, com expressão de idiotas cuja memória tivesse sido repentinamente apagada.

— Devia ser morta — disse uma mulher, a primeira que superou a súbita amnésia.

— Já tentei — disse Dewi Ayu ao aparecer, vestindo apenas um vestido caseiro amarrotado e um lenço amarrado na cintura. Sua cabeleira parecia indicar que tinha acabado de sair de uma tourada.

Olhares de piedade voltaram-se para ela

— Ela não é uma gracinha? — perguntou Dewi Ayu.
— Puxa, se é!
— Não há maior maldição do que dar à luz fêmeas bonitas, num mundo de homens perversos como cães no cio.

Ninguém dizia uma palavra, limitavam-se a olhar para ela com simpatia, sabendo que estavam mentindo. Rosinah, a menina muda da montanha que havia anos servia a Dewi Ayu, conduziu as mulheres ao banheiro, onde havia enchido a banheira de água quente. Lá, Dewi Ayu lavou-se com um perfumado sabonete sulfúrico, ajudada pela menina muda, que massageou seu cabelo com óleo de babosa. A mudinha parecia a única indiferente àquilo, embora certamente tudo soubesse da abominável menininha, pois ninguém mais acompanhara o trabalho da parteira. Esfregou as costas da patroa com uma pedra-pomes, envolveu-a numa toalha e arrumou o banheiro enquanto Dewi Ayu se retirava.

Querendo aliviar um pouco o clima pesado, alguém disse a Dewi Ayu:
— Você precisa dar-lhe um belo nome.
— Sim — respondeu Dewi Ayu. — O nome dela é Beleza.
— Oh! — exclamaram todas, tentando embaraçosamente dissuadi-la.
— E que tal Machucado?
— Ou Ferida?
— Pelo amor de Deus, não podem dar-lhe um nome assim!
— Tudo bem; então, seu nome é Beleza.

Ficaram ali paradas, sem saber o que fazer, enquanto Dewi Ayu voltava ao quarto para se vestir. Só podiam se entreolhar, imaginando com tristeza uma menina cor de fuligem com uma tomada elétrica no meio do rosto e sendo chamada de Beleza. Era indecoroso, um escândalo.

Mas Dewi Ayu de fato tinha tentado matar o bebê quando se deu conta de que, tivesse ou não vivido já meio século, estava grávida de novo. Como no caso das outras filhas, ela não sabia quem era o pai, mas, desta vez, diferentemente, não tinha a menor vontade de que o bebê sobrevivesse. Tomara então cinco pílulas extrafortes de paracetamol conseguidas com um médico da aldeia, empurrando-as com meio litro de refrigerante, o que quase chegou a causar a própria morte, mas não bastou, no fim das contas, para matar aquele bebê. Tentou imaginar outra maneira, e chamou uma parteira disposta a matar o bebê e tirá-lo do seu útero enfiando uma vareta de madeira na barriga. Ela sangrou muito durante dois dias e duas noites, e o bastãozinho de madeira saiu em pequenas lascas, mas o bebê continuou crescendo. Ela experimentou seis outras maneiras de se livrar daquela criança, mas em vão, e afinal desistiu, lamentando-se:

— Essa daí é realmente uma brigona, e está na cara que vai acabar derrotando a mãe.

Ela então deixou a barriga crescer e crescer, fez aos sete meses o ritual do *selamatan* e deixou a criança nascer, embora se recusasse a olhar para ela. Já trouxera ao mundo três meninas, todas elas deslumbrantes, praticamente trigêmeas, nascidas uma após a outra. Esse tipo de bebê era para ela um tédio, pareciam-lhe manequins numa vitrine, e assim ela não quis ver a nova recém-nascida, certa de que não seria diferente das irmãs mais velhas. Claro que estava errada, e ainda não sabia o quanto seu novo rebento era repulsivo. Mesmo quando as vizinhas sussurravam entre elas que o bebê parecia resultado de um cruzamento de macaco com sapo e lagarto-monitor, ela não achou que estivessem falando do seu bebê. E, quando comentaram que na noite anterior cães selvagens tinham uivado na floresta e corujas apareceram nas árvores, ela nem de longe imaginou que fossem maus presságios.

Depois de se vestir, ela voltou para a cama, dando-se conta repentinamente de como a coisa toda fora exaustiva — trazer ao mundo quatro bebês e viver mais do que meio século. E então lhe veio a deprimente ideia de que, se o bebê não quisera morrer, talvez coubesse à mãe ir-se deste mundo, para não ter de vê-la crescer e tornar-se uma mulher. Levantou-se e foi cambaleando até a porta, observando as vizinhas ainda agrupadas e fofocando sobre a recém-nascida. Rosinah saiu do banheiro e postou-se a seu lado, percebendo que a patroa estava prestes a lhe dar uma ordem.

— Vá comprar uma mortalha — disse Dewi Ayu. — Já dei quatro meninas a este maldito mundo. Chegou a hora de sair o meu cortejo fúnebre.

As mulheres começaram a gritar, olhando boquiabertas para Dewi Ayu com suas expressões idiotas. Trazer ao mundo um bebê pavoroso como aquele já era um horror, mas abandoná-lo simplesmente assim era ainda mais ultrajante. Mas elas não o disseram diretamente, apenas tentaram dissuadi-la de morrer de maneira tão tola, comentando que certas pessoas viviam mais de 100 anos, e Dewi Ayu ainda era muito moça para morrer.

— Se viver 100 anos — disse ela, calmamente —, terei 8 filhos. É demais.

Rosinah saiu e comprou para Dewi Ayu um pano de morim muito branco, com o que ela imediatamente se cobriu — embora não fosse o suficiente para fazê-la morrer imediatamente. E assim, enquanto a parteira percorria o bairro em busca de uma lactante (o que, no entanto, foi em vão, acabando ela por dar ao bebê água usada para lavar arroz), Dewi Ayu estendeu-se na cama calmamente envolta em sua mortalha, esperando com estranha paciência que um anjo da morte viesse para levá-la.

Quando passou a fase da água de arroz e Rosinah já alimentava a recém-nascida com leite de vaca (vendido na loja como "Leite da Ursa"), Dewi Ayu continuava na cama, não permitindo que ninguém entrasse no quarto com o bebê chamado Beleza. Mas a história do bebê pavoroso e sua mãe envolta em mortalha rapidamente se espalhou como uma praga, atraindo gente não só da vizinhança como das aldeias mais distantes da região, que queriam ver o que se comentava ser como o nascimento de um profeta, havendo quem comparasse os uivos dos cães selvagens à estrela vista pelos Magos quando Jesus nasceu, e a mãe envolta em sua mortalha, a Maria exaurida e sem forças — metáfora das mais absurdas.

Com a expressão horrorizada de uma menininha afagando um filhote de tigre no zoológico, os visitantes posavam com o medonho bebê para um fotógrafo itinerante. Isto depois de fazer o mesmo com

Dewi Ayu, ainda e sempre estendida em sua misteriosa tranquilidade, nem de longe perturbada pelo implacável clamor. Pessoas com doenças graves e incuráveis chegavam na esperança de tocar o bebê, o que Rosinah logo tratou de proibir, temendo que a criança fosse infectada, mas em compensação ela preparou baldes da água de banho de Beleza. Outros vinham na expectativa de alcançar a sorte na mesa de apostas ou de uma súbita inspiração sobre como conseguir lucro nos negócios. Por tudo isto, Rosinah, a muda, rapidamente entrou em ação como tutora do bebê, preparando caixas para doações, que logo se encheram de cédulas de rúpias. Sabiamente prevendo a possibilidade de que Dewi Ayu de fato acabasse morrendo, a moça aproveitou a oportunidade tão rara para amealhar algum dinheiro, para não ter de se preocupar com o Leite da Ursa e o futuro de ambas sozinhas na casa, visto que as três irmãs mais velhas de Beleza certamente jamais apareceriam por ali.

Mas o tumulto logo chegou ao fim quando apareceu a polícia, acompanhada de um *kyai* que considerava tudo aquilo uma heresia. O *kyai* fumegava de indignação, ordenando a Dewi Ayu que pusesse fim àquele comportamento indecoroso, e exigindo que removesse a mortalha.

— Está pedindo a uma prostituta que tire a roupa — retrucou Dewi Ayu, desafiadora —, é melhor ter dinheiro para me pagar.

O *kyai* começou a rogar misericórdia aos céus e se escafedeu para nunca mais voltar.

Mais uma vez restou apenas Rosinah, que nunca se perturbava com a loucura de Dewi Ayu, não importando a forma que assumisse, e ficou mais evidente que a mocinha era a única que realmente entendia aquela mulher. Muito antes de tentar matar o bebê no próprio ventre, Dewi Ayu dissera que estava farta de ter filhos, de modo que Rosinah sabia que estava grávida. Se Dewi Ayu dissesse uma coisa daquelas às mulheres da vizinhança, cujo gosto pela fofoca era mais forte do que o instinto dos cães que uivam, elas teriam sorrido com desprezo e dito que era tudo garganta — pare de dar por aí e não precisará se preocupar com gravidez, teriam dito. Mas aqui entre nós:

com outra prostituta isto poderia colar, mas não com Dewi Ayu. Ela jamais encarara as três (e agora quatro) filhas como uma maldição da prostituição, e, se as meninas não tinham pais, dizia, era porque real e, verdadeiramente não precisavam ter pais, e não porque não sabiam quem eram seus pais, e certamente não foi porque ela jamais tivesse se postado ao lado de um homem diante do juiz de paz. Ela acreditava que eram filhas de demônios.

— Pois Satã gosta tanto de dar umazinha quanto Deus ou os deuses — dizia. — Assim como Maria deu à luz o Filho de Deus e as duas esposas de Pandu trouxeram ao mundo seus pequenos deuses, o meu útero é um lugar onde os demônios depositam suas sementes, e assim nascem pequenos demônios de mim. E já estou farta disto, Rosinah.

Como costumava acontecer, Rosinah limitou-se a sorrir. Ela não podia falar, apenas murmurar coisas incoerentes, mas podia sorrir, e gostava de sorrir. Dewi Ayu gostava muito dela, especialmente por causa desse sorriso. Chamara-a certa vez de filhote de elefante, pois, por mais zangados que fiquem, os elefantes sempre sorriem, exatamente como os que vemos no circo que chega à cidade no fim de quase todo ano. Com sua linguagem de sinais, que não podia ser aprendida numa escola para mudos, tendo de ser ensinada diretamente por ela própria, Rosinah disse a Dewi Ayu que não devia ficar aborrecida — ela nem sequer tinha vinte filhos, ao passo que Gandari trouxe ao mundo *cem* filhos de Kurawa. Dewi Ayu riu com gosto. Ela adorava o senso de humor infantil de Rosinah, e ainda estava rindo ao retrucar que Gandari não dera à luz cem filhos separadamente, apenas botou no mundo um enorme pedaço de carne que se transformou em cem crianças.

Era assim que Rosinah trabalhava, sempre alegre, nem de longe incomodada. Cuidava do bebê, ia para a cozinha duas vezes por dia, e toda manhã lavava a roupa, enquanto Dewi Ayu ficava deitada quase sem se mover, mais parecendo um cadáver à espera de que acabassem de cavar sua sepultura. Claro que sentia fome, levantava-se para comer e ia ao banheiro toda manhã e à tarde. Mas sempre voltava e de novo se envolvia em sua mortalha para se deitar com o corpo ereto e rígido, as mãos sobre a barriga, os olhos fechados e os lábios curvados num leve sorriso. Certos vizinhos tentavam espiá-la pela janela aberta. Rosinah não se cansava de espantá-los, mas nunca conseguia, e as pessoas perguntavam por que ela simplesmente não se matava. Contendo seu habitual sarcasmo, Dewi Ayu mantinha-se calada e completamente imóvel.

A tão esperada morte finalmente chegou na tarde do décimo segundo dia após o nascimento da horrível Beleza, ou, pelo menos, foi o que todo mundo achou. A indicação de que a morte se aproximava surgiu naquela manhã, quando Dewi Ayu disse a Rosinah que não queria seu nome na lápide; preferia um epitáfio apenas com a frase: "Eu trouxe ao mundo quatro filhas e morri." Rosinah ouvia muito bem, sabia ler e escrever, de modo que anotou a mensagem que, no entanto, foi imediatamente rejeitada pelo imame encarregado da cerimônia fúnebre na mesquita, pois considerou que uma solicitação tão absurda tornava a situação ainda mais pecaminosa, e decidiu afinal que nada seria inscrito na laje tumular da mulher.

Dewi Ayu foi encontrada à tarde por uma das vizinhas que espiavam pela janela, naquele tipo de sono tranquilo que só se vê nos últimos dias de uma pessoa. Mas havia algo mais: um forte cheiro de bórax no ar. Comprado por Rosinah na padaria, a própria Dewi Ayu espalhara pelo corpo o conservante de cadáveres que outras pessoas às vezes misturavam nas almôndegas *mie bakso*. Rosinah deixava a mulher fazer o que bem quisesse em sua obsessão com a morte, e se recebesse ordem de cavar uma sepultura e enterrar Dewi Ayu viva não teria hesitado, botando tudo na conta do inigualável senso de humor da patroa, mas não era bem assim com as bisbilhoteiras ignorantes. A mulher pulou para dentro pela janela, convencida de que Dewi Ayu fora longe demais.

— Escuta aqui, sua puta que dormiu com todos os nossos homens! — foi dizendo, vingativa. — Se quiser morrer, morra, mas não se preocupe em conservar seu corpo, pois é só o seu cadáver podre que ninguém vai invejar.

Ela deu um empurrão em Dewi Ayu, mas o corpo apenas rolou, sem ser desperto.

Rosinah apareceu e sinalizou que ela devia estar morta.

— Esta puta está morta?

Rosinah assentiu.

— Morta?!

Foi então que a mulher lamurienta revelou seu verdadeiro caráter, chorando como se a própria mãe tivesse falecido e dizendo entre ruidosos soluços:

— O dia 8 de janeiro do ano passado foi o mais belo dia para a nossa família. Foi o dia em que o meu homem achou dinheiro debaixo da ponte e foi para o puteiro de Mama Kalong e dormiu exatamente com esta prostituta que agora está morta diante de mim. Depois ele voltou para casa e foi o único dia em que se mostrou gentil com a família. Nem sequer bateu em nenhum de nós.

Rosinah olhou para ela com desprezo, dando a entender que não era de espantar que alguém quisesse bater numa resmungona assim, e tratou de se livrar da chata dizendo que fosse espalhar a notícia da morte de Dewi Ayu. Não havia necessidade de mortalha, pois ela própria a havia comprado 12 dias antes; nem era preciso banhá-la, pois já se havia banhado; cuidara inclusive de conservar o próprio corpo.

— Se pudesse — disse Rosinah através de sinais ao imame da mesquita mais próxima —, ela própria teria recitado as orações.

Olhando com raiva para a jovem muda, o imame declarou que não se sentia inclinado a recitar orações para aquele cadáver de prostituta, nem mesmo a enterrá-lo.

— Como ela está morta — prosseguiu Rosinah (sempre com a linguagem dos sinais), — não é mais uma prostituta.

Kyai Jahro, o imame dessa mesquita, acabou desistindo e se encarregou do funeral de Dewi Ayu.

Até morrer, o que poucos acreditavam acontecesse tão rápido, ela de fato nunca vira o bebê. As pessoas diziam que ela realmente tinha muita sorte, pois qualquer mãe sentiria uma tristeza inimaginável vendo seu bebê nascer tão horroroso. Sua morte não seria tranquila, e ela jamais conseguiria descansar em paz. Só Rosinah não tinha tanta certeza de que Dewi Ayu ficaria triste ao ver o bebê, pois sabia que essa mulher detestava mais do que tudo uma bebezinha bonitinha. Ela ficaria exultante se soubesse que a mais nova era completamente diferente das irmãs mais velhas; mas não chegou a saber. Como a mocinha muda era totalmente obediente à patroa, nos dias que antecederam sua morte, não a forçou a acolher o bebê, muito embora, se o tivesse visto, Dewi Ayu talvez adiasse a própria morte, pelo menos por um par de anos.

— Tolice, a hora da morte depende de Deus — disse Kyai Jahro.

— Ela determinou que morreria em 12 dias, e morreu — disseram os gestos de Rosinah, que herdara a teimosia da patroa.

De acordo com a vontade da falecida, Rosinah agora tornava-se a guardiã do infeliz bebê. E foi ela então quem cuidou da inútil missão de enviar telegramas às três filhas de Dewi Ayu, informando da morte da mãe e que ela seria enterrada no cemitério público de Budi Dharma. Nenhuma delas apareceu, mas o enterro realizou-se no dia seguinte em meio a comemorações que não se viam na cidade há muitos anos, nem voltariam a ser vistas por muitos mais. Isto porque quase todos os homens que tinham dormido com a prostituta despediram-se dela beijando ternamente buquês de jasmim que em seguida jogavam na rua à medida que seu caixão ia passando. E as esposas e amantes também se acotovelavam por trás deles ao longo da rua, com insistentes olhares de ciúmes, pois sabiam que aqueles homens cheios de tesão continuariam brigando entre eles pela oportunidade de dormir novamente com Dewi Ayu, sem se importar com o fato de que já não passava de um cadáver.

Rosinah caminhava atrás do caixão, carregado por quatro homens do bairro. O bebê dormia profundamente em seu colo, protegido pela ponta do véu negro que ela usava. Uma mulher, a lamurienta, caminhava ao seu lado com uma cesta de pétalas. Rosinah jogou-as para o alto junto com moedas que logo despertaram a cobiça das crianças, que se atiraram por baixo do caixão para apanhá-las, correndo o risco de cair no canal de irrigação ou serem pisoteadas pelo cortejo, que entoava as orações do profeta.

Dewi Ayu foi enterrada num recanto distante do cemitério, em meio aos túmulos de outros desgraçados, pois fora a decisão tomada por Kyai Jahro e o coveiro. Perto dela estava um perverso ladrão da época colonial e um assassino louco, além de alguns comunistas, agora acompanhados de uma prostituta. Acreditava-se que essas malfadadas almas seriam perturbadas por constantes testes e provações no túmulo, de modo que era de bom alvitre mantê-las distantes das tumbas de pessoas piedosas que queriam descansar em paz, ser comidas pelos vermes e apodrecer tranquilamente, fazendo amor com ninfas celestiais sem maiores abalos.

Mal terminou a festiva cerimônia, todo mundo esqueceu Dewi Ayu. Desde aquele dia, ninguém foi visitar o túmulo, nem mesmo Rosinah e Beleza. Elas deixaram que suas ruínas fossem castigadas por tempestades marítimas, cobertas por camadas de folhas de pluméria e tomadas por capim-elefante. Só Rosinah explicava de maneira convincente por que não se preocupava com o túmulo de Dewi Ayu.

— É porque a gente só cuida dos túmulos dos mortos — disse ao horrendo bebezinho (com sua linguagem de sinais, que naturalmente o bebê não entendia).

Talvez Rosinah de fato fosse capaz de ver o futuro, modesta capacidade que lhe fora transmitida por seus sábios antepassados. Chegara à cidade 5 anos antes com seu pai, minerador de areia das montanhas, já velho e sofrendo de grave reumatismo, quando ela tinha apenas 14 anos. Os dois apareceram no quarto de Dewi Ayu no prostíbulo de Mama Kalong. Inicialmente, a prostituta não ficou minimamente interessada na menininha, nem no pai, um velho com nariz mais parecendo um bico de papagaio, cabelos encaracolados prateados, pele enrugada cor de cobre e sobretudo com aquele jeito excessivamente cauteloso de caminhar, como se até o último dos seus ossos fosse desintegrar-se, formando um montinho, se ela o empurrasse, ainda que muito de leve. Dewi Ayu imediatamente o reconheceu e disse:

— Já está viciado, velho. Fizemos amor duas noites atrás.

O homem sorriu timidamente, como um garoto encontrando a namorada, e assentiu.

— Quero morrer nos seus braços — disse. — Não tenho como pagar, mas lhe dou esta criança muda. É minha filha.

Dewi Ayu olhou para a menina sem entender nada. Rosinah estava em pé não muito longe, calma e sorrindo para ela de um jeito amigo. Na época, era muito magra, trajando um vestido bordado grande demais para ela, descalça e com os cabelos ondulados presos atrás num elástico. A pele era muito lisa, como na maioria das garotas da montanha, e ela tinha um rosto redondo simples, olhos inteligentes, um nariz achatado e lábios grandes, com os quais podia presentear todo mundo com aquele sorriso lindo. Dewi Ayu não tinha a menor ideia de como uma garota assim poderia ser-lhe útil, e se voltou novamente para o velho.

— Já tenho três filhas, que poderia fazer com esta criança? — perguntou.

— Ela sabe ler e escrever, embora não fale — respondeu o pai.

— Todas as minhas filhas sabem ler e escrever, e ainda *falam* — fez Dewi Ayu com um riso provocador. Mas o velho estava realmente decidido a dormir com ela e morrer em seus braços e lhe entregar a menina muda como pagamento. Poderia fazer com ela o que bem quisesse.

— Pode prostituí-la e ficar com o dinheiro que ela ganhar enquanto for viva — disse o velho. — E, se nenhum homem quiser ficar com ela, poderá cortá-la em pedacinhos e vender a carne no mercado.

— Não sei realmente se alguém desejaria comer a carne dela — retrucou Dewi Ayu.

O velho recusou-se a desistir, e depois de algum tempo começou a parecer uma criancinha apertada para fazer xixi. Não que Dewi Ayu não quisesse ser boazinha e proporcionar ao velho algumas horas agradáveis no seu colchão, mas estava realmente confusa com aquela estranha proposta, e não parava de levar o olhar do velho para a criança muda e vice-versa, até que finalmente a menina pediu papel e lápis e escreveu:

"Vai logo dormir com ele, a qualquer momento ele vai morrer."

Ela então dormiu com o velho, não porque aceitasse a proposta, mas porque a criança disse que ele estava para morrer. Os dois se engalfinharam na cama enquanto a menina muda esperava numa cadeira em frente à porta do quarto fechado, agarrada a uma pequena bolsa com suas roupas, que antes era carregada pelo pai. No fim das contas, Dewi Ayu não precisou de muito tempo, e reconheceu que na verdade não sentira grande coisa, só uma coceguinha nas partes.

— Foi como uma libélula arranhando o meu umbigo — disse a prostituta.

O homem a atacou ferozmente, praticamente sem perder tempo, como um batalhão de soldados holandeses se aproximando para destruir, movendo-se com liberdade e esquecendo o reumatismo. A pressa deu frutos quando ele soltou um breve gemido e o corpo se sacudiu num espasmo; inicialmente, Dewi Ayu achou que era o espasmo de um homem cuspindo o conteúdo das bolas, mas na verdade era mais que isto — o velho também cuspira a alma. Morreu esparramado nos seus braços, com a lança ainda molhada e estendida.

Ele foi enterrado numa cerimônia íntima no mesmo recanto do cemitério onde mais tarde Dewi Ayu seria sepultada. Embora não se importasse com o túmulo da patroa, Rosinah sempre visitava o do pai no fim do mês de jejum, arrancando as ervas daninhas e rezando sem convicção. Dewi Ayu levou a menina muda para casa, não como forma de pagamento pelo triste acontecimento, mas porque ela não tinha mais um pai nem mãe ou qualquer outra pessoa que pudesse chamar de família. Pelo menos, pensava Dewi Ayu na época, podia fazer-lhe companhia, catar piolhos em seus cabelos toda tarde, e cuidar da casa quando ela fosse para o prostíbulo.

Rosinah nem de longe encontrou a casa animada que esperava, mas um lugar simples, tranquilo e silencioso. Havia paredes de cor creme que pareciam não ser pintadas havia muitos anos, espelhos empoeirados e cortinas mofadas. Até a cozinha parecia não ser usada nunca, exceto para fazer uma eventual xícara de café. Os únicos ambientes que pareciam bem-cuidados eram o banheiro, com sua grande banheira de estilo japonês, e o quarto da dona da casa. Nos primeiros dias, Rosinah mostrou-se uma mocinha que valia a pena ter por perto. Enquanto Dewi Ayu fazia a sesta à tarde, Rosinah pintou as paredes, lavou o chão, esfregou as vidraças com serragem conseguida com um lenhador, trocou as cortinas e começou a organizar o quintal, que logo seria tomado por todos os tipos de flores. Ao despertar numa tarde, Dewi Ayu sentiu pela primeira vez em muito tempo o perfume de ervas e temperos vindo da cozinha, e as duas jantaram antes de a dona da casa ter de sair. Rosinah de modo algum ficou incomodada com aquela casa caindo aos pedaços e requerendo tanto trabalho, mas ficou intrigada com o fato de apenas as duas viverem ali. Na época, Dewi Ayu ainda não aprendera a linguagem de sinais da menina muda, de modo que Rosinah voltou a escrever.

— Você disse que tem três filhas?

— Exatamente — respondeu Dewi Ayu. — Foram embora assim que aprenderam a desabotoar braguilha de homem.

Rosinah imediatamente lembrou-se desse comentário quando, alguns anos depois, Dewi Ayu disse que não queria voltar a engravidar (apesar de já estar grávida), e que estava farta de ter filhos. Elas costumavam conversar à tarde, sentadas à porta da cozinha observando as galinhas que Rosinah começara a criar no quintal, e Dewi Ayu, como uma Sherazade, contava muitas histórias fantásticas, quase sempre envolvendo suas lindas filhas. Assim foi que desenvolveram uma amizade cheia de compreensão, de tal maneira que, quando Dewi Ayu tentou matar o bebê no próprio ventre de todas aquelas maneiras, Rosinah nada fez para impedi-la. Mesmo quando Dewi Ayu começou a dar sinais de desespero, Rosinah revelou-se uma mocinha inteligente e disse em sinais à prostituta:

— Reze para o bebê ser feio.

Dewi Ayu virou-se para ela e respondeu:

— Há muitos anos não acredito mais em orações.

— Bem, é preciso estar rezando na direção certa — retrucou Rosinah com um sorriso. — Certos deuses realmente se revelaram bem avarentos.

Dewi Ayu então resolveu experimentar. Rezava sempre que lhe vinha à cabeça; no banheiro, na cozinha, na rua, ou mesmo se um homem obeso estivesse nadando em cima dela e ela de repente se lembrasse, imediatamente dizia, quem quer que esteja ouvindo minha oração, deus ou demônio, anjo ou Gênio Iprit, faça que meu filho seja feio. Começou até a imaginar os mais variados tipos de feiuras. Pensava em demônios chifrudos, com presas como as de um javali, e como seria bom ter um bebê assim. Certo dia, viu uma tomada elétrica e imaginou assim o nariz do bebê. Também imaginou suas orelhas como cabos de panela, e sua boca como a fenda de um cofrinho de porquinho, e os cabelos parecendo a piaçava de uma vassoura. Chegou até a pular de alegria quando viu uma bosta realmente nojenta no vaso sanitário e pediu se, por favor, não podia ter um bebê assim; com a pele de um dragão-de-komodo e pernas de tartaruga. Dewi Ayu dava largas à imaginação, que se tornava mais espantosa a cada dia, e enquanto isso o bebê ia crescendo no seu útero.

O auge desse processo ocorreu na noite da sétima lua cheia da gravidez, quando, acompanhada por Rosinah, ela se banhou em água de flores. É a noite em que se faz um pedido sobre como será o bebê, desenhando seu rosto numa casca de coco. A maioria das mães desenharia o rosto de Drupadi, Shinta ou Kunti, ou o personagem *wayang* que fosse o mais belo, ou então, se quisessem um menino, desenhariam Yudistira, Arjuna ou Bima. Mas Dewi Ayu — talvez a primeira pessoa a fazê-lo em todo o mundo, e por isto até o dia de sua morte não podia ter certeza do resultado — desenhou um bebê horroroso com um pedaço de carvão. Esperava que seu bebê fosse diferente de qualquer pessoa ou coisa que jamais tivesse visto, exceto talvez um porco selvagem, ou um macaco. Desenhou então a figura de um monstro assustador como jamais vira nem veria até ter seu próprio corpo enterrado.

Até que finalmente a viu, passados aqueles 21 anos, no dia em que voltou a se levantar.

Naquele momento, o dia se transformava em noite e caía a tempestade de ciclones que indicava a mudança de estação. Os selvagens cães *ajak* uivavam nas colinas com um ganido estridente, abafando a voz que vinha do muezim que convocava para a oração do Magrebe na mesquita, e que aparentemente não estava tendo êxito, pois as pessoas não gostavam de sair quando chovia muito no crepúsculo e ouviam o uivo dos cães, nem muito menos quando um fantasma envolto em mortalha andava pelas ruas completamente desgrenhado e choramingando.

A distância do cemitério público à sua casa não era pequena, mas os motoristas de *ojek* preferiam jogar suas motos numa vala e sair correndo o mais depressa possível para não transportar Dewi Ayu. As vans não paravam. Até as barraquinhas de comida e as lojas da rua decidiram fechar naquele dia, deixando portas e janelas bem trancadas. Não havia ninguém na rua, nem mesmo loucos e sem-tetos ninguém, exceto aquela velha que voltara do túmulo. Apenas morcegos voando a toda velocidade, de encontro à tempestade, movimentando-se no céu, e as cortinas que eventualmente se entreabriam para revelar rostos pálidos de horror.

Ela tremia de frio e também estava com fome. Algumas poucas vezes tentou bater na porta de gente que talvez ainda se lembrasse dela, mas os moradores preferiam ficar na sua, se é que já não tinham desmaiado de pavor. E assim ficou exultante ao reconhecer a distância a própria casa, ainda com a mesma aparência que tinha antes de ela ser levada ao túmulo. A cerca estava coberta de buganvílias, com crisântemos mais adiante dando uma sensação de tranquilidade sob as rajadas de chuva, e na varanda uma lâmpada irradiava uma luz acolhedora. Ela sentia uma terrível falta de Rosinah, e desejou ardentemente que um prato de comida estivesse à sua espera. A imagem a fez apressar um pouco o passo, como se costuma fazer em terminais de ônibus e estações ferroviárias, o que afrouxou a mortalha soprada pela tempestade, revelando seu corpo nu, mas ela rapidamente agarrou o morim e com ele voltou a proteger-se, como uma mocinha envolta em toalha depois do banho. Ela sentia falta de sua filha, a quarta, e esperava ver como ela era. É verdade o que se costuma dizer, que um sono profundo pode mudar o ânimo da pessoa, especialmente quando dura 21 anos.

Uma mocinha estava sentada sozinha numa cadeira na varanda, sob o halo fantasmagórico da luminária, exatamente onde Dewi Ayu e Rosinah costumavam passar a tarde catando piolhos nos cabelos uma da outra. Parecia esperar alguém. Inicialmente Dewi Ayu achou que fosse Rosinah, mas ao se postar diante dela deu-se conta de que não era uma conhecida. Quase gritou ao ver a pavorosa figura, que parecia ter sofrido graves queimaduras, e em sua cabeça uma voz maliciosa disse que ela não retornara à Terra, e na verdade estava perambulando pelo inferno. Mas ela teve a presença de espírito de rapidamente se dar conta de que o horripilante monstro não passava de uma menina infeliz; chegou até a agradecer por finalmente encontrar alguém que não saía correndo ante a visão de uma velha envolta numa mortalha aparecendo no meio de uma tempestade. Naturalmente, ainda não caíra a ficha de que era sua filha, pois ainda não percebera que haviam se passado 21 anos, de modo que, para tentar esclarecer a confusão toda, Dewi Ayu fez menção de cumprimentar a mocinha.

— Esta é a minha casa — explicou. — Como se chama?
— Beleza.

Dewi Ayu irrompeu numa risada nada educada, mas rapidamente se conteve e entendeu tudo. Sentou-se numa outra cadeira, separada por uma mesa coberta com uma toalha amarela e uma xícara de café que estava sendo usada pela garota.

— Como uma vaca que vê que sua novilha já sabe correr — disse ela, perplexa, então pedindo polidamente o café que estava na mesa, para em seguida bebê-lo. — Sou sua mãe — acrescentou, toda orgulhosa por ver que a filha era exatamente como esperava que fosse. Se a chuva não estivesse caindo, e se ela não estivesse com fome, e se a lua estivesse brilhando, ela teria adorado sair correndo e subir no telhado para comemorar dançando.

A garota não olhou para ela nem disse nada.

— O que está fazendo aqui na varanda, no meio da noite? — perguntou Dewi Ayu.

— Estou esperando meu Príncipe — respondeu finalmente a mocinha, embora nem sequer virasse a cabeça. — Para me livrar da maldição deste rosto horrível.

Ela estava obcecada com esse príncipe garboso desde que se dera conta de que as outras pessoas não eram feias como ela. Rosinah tentara levá-la à casa de vizinhos quando ainda era um bebê, mas ninguém as recebia, pois seus filhos gritariam de horror e chorariam pelo resto da tarde, e os velhos instantaneamente cairiam com febre para morrer dois dias depois. Ela era rejeitada em toda parte, o que se repetiu quando chegou o momento de ir para a escola; nenhuma delas aceitava Beleza. Rosinah tentou inclusive implorar a um diretor, que no entanto parecia mais interessado na jovem muda do que na menina horrorosa, grosseiramente acariciando-a no gabinete depois de fechada a porta. A inteligente Rosinah pensou que, quando se quer, há sempre um caminho, e, se tivesse de perder a virgindade para conseguir que Beleza fosse matriculada na escola, abriria mão dela como fosse possível. Foi assim que se viu nua naquela manhã, na cadeira giratória do gabinete do diretor, e eles fizeram sexo sob o zumbido do ventilador de teto durante 23 minutos, mas apesar de tudo Beleza no fim das contas foi impedida de se matricular, pois se frequentasse a escola as outras crianças desapareceriam.

Sem desistir, Rosinah acabou planejando ser ela própria sua professora em casa, para que ela no mínimo aprendesse a ler e contar. Mas, antes que tivesse tempo de lhe ensinar o que quer que fosse, Rosinah ficou pasma de ver que a menina já sabia contar os silvos dos lagartos. E ficou ainda mais surpresa certa tarde quando Beleza pegou uma pilha de livros deixados pela mãe e os leu em voz alta com toda a força dos pulmões, sem que ninguém lhe tivesse ensinado o alfabeto. Havia algo de errado com aqueles acontecimentos incríveis, que na verdade tinham começado anos antes, quando, para assombro de Rosinah, sem saber quem lhe havia ensinado, a menina aprendera a falar. Rosinah tentou espionar a pequena, que no entanto nunca ia além da cerca, e, por outro lado, nem uma única pessoa aparecia por ali, de modo que ela nunca encontrava ninguém, senão a criada muda, que falava com as mãos. Apesar disso, ela sabia as palavras para designar todas as coisas visíveis e invisíveis, gatos e lagartos e as galinhas e os patos que perambulavam em torno da casa.

Todos esses prodígios à parte, ela continuava sendo uma menininha infeliz, feia e patética. Com frequência, Rosinah a encontrava de pé por trás da cortina na janela, espiando as pessoas que passavam na rua, ou então olhando fixamente para ela quando precisava sair para comprar algo, como se pedisse para ir junto. Naturalmente, Rosinah adoraria levá-la consigo, mas a própria menininha protestava, dizendo com sua voz patética:

— Não, é melhor não ir, senão as pessoas vão perder o apetite pelo resto da vida.

Ela poderia sair de casa nas primeiras horas da manhã, quando as pessoas ainda não tinham acordado, exceto os vendedores de legumes que iam às pressas para o mercado, os lavradores apressados para chegar aos campos, ou os pescadores loucos para chegar de volta a casa, caminhando ou passando de bicicleta, mas essas pessoas não a viam na pouca luz do alvorecer. Era a hora em que ela podia conhecer o mundo, com morcegos voltando para o ninho, pardais pousando nas amendoeiras, galinhas cacarejando alto, lagartas transformando-se em borboletas e voando para pousar em pétalas de hibiscos, gatinhos se espreguiçando em suas esteiras, os aromas que chegavam das cozinhas dos vizinhos, o ruído de máquinas sendo acionadas ao longe, o som de um sermão de rádio vindo de lugar nenhum, e, sobretudo, Vênus incandescente a leste, tudo isso desfrutado por ela do balanço pendurado no galho de uma caramboleira. Rosinah nem sabia que a luzinha que brilhava tão intensamente chamava-se Vênus, mas Beleza sabia muito bem, exatamente como passara a conhecer as maravilhas astrológicas de todas as constelações.

Assim que o dia clareava, ela desaparecia dentro de casa, como a cabeça de uma tartaruga se encolhendo ante os que a perturbam, pois sempre havia estudantes parando em frente ao portão na esperança de vê-la, olhando fixamente para a porta e as janelas com sua curiosidade. Os mais velhos já lhes haviam contado as histórias assustadoras sobre a terrível Beleza, que vivia naquela casa, pronta para lhes cortar a cabeça à menor desobediência, pronta para engoli-los vivos por qualquer choramingo: todas essas histórias não saíam de suas cabeças, mas ao mesmo tempo aumentavam a vontade de encontrá-la e descobrir se existia de fato um fantasma tão assustador. Mas eles nunca a encontravam, pois logo aparecia Rosinah brandindo uma vassoura pelo cabo, e eles saíam correndo, gritando insultos para a jovem muda. Na verdade, não eram apenas crianças que paravam no portão na esperança de ver Beleza, pois as mulheres que passavam nos jinriquixá tipo *becak* também voltavam a cabeça por um momento, assim como as pessoas que iam para o trabalho e os pastores conduzindo o rebanho.

Mas Beleza também saía à noite, quando as crianças eram proibidas de sair de casa e os pais estavam ocupados cuidando dos filhos, encontrando-se na rua apenas os pescadores que iam para o mar, carregando remos e redes nas costas. Ela se sentava numa cadeira na varanda, na companhia de uma xícara de café. Quando Rosinah perguntava o que estava fazendo tarde da noite na varanda, Beleza respondia exatamente como respondera à mãe:

— Esperando meu Príncipe, para me livrar da maldição deste rosto horrível.

— Pobre menina — disse a mãe naquela noite, a primeira em que se encontraram. — Você devia dançar de alegria por esta bênção. Vamos entrar.

Dewi Ayu mais uma vez foi objeto da amabilidade de Rosinah, que quase imediatamente encheu de água quente a velha banheira, com direito a enxofre e pedra-pomes e sândalo e folhas de bétel, que lhe permitiram sentar-se renovada à mesa do jantar. Rosinah e Beleza ficaram boquiabertas com seu apetite voraz, como se estivesse compensando os anos e mais anos que havia passado sem comida. Ela deu cabo de dois atuns inteiros, inclusive os ossos e espinhas, mais uma tigela de sopa e dois pratos de arroz. Bebeu um caldo claro com pedaços de ninhos de pássaros boiando. Comia mais rapidamente do que as duas mulheres que a acompanhavam. Ao terminar, seu estômago gorgolejava sem parar, e, depois de emitir um som estrondoso pelo traseiro, o tipo de coisa que não dá para segurar, ela perguntou, limpando a boca com o guardanapo:

— E, então, quanto tempo fiquei morta?

— Vinte e um anos — respondeu Beleza.

— Sinto muito, foi muito tempo — lamentou ela —, mas não tem despertador no túmulo.

— Não se esqueça de levar um da próxima vez — disse Beleza, séria, acrescentando: — E não esqueça o mosquiteiro.

Dewi Ayu ignorou as palavras de Beleza, ditas numa vozinha aguda saltitante, e prosseguiu:

— Deve ser mesmo desconcertante que eu tenha voltado depois de 21 anos, pois até aquele cabeludo que morreu na cruz só ficou morto durante três dias antes de voltar.

— E *é* confuso — disse Beleza. — Da próxima vez, mande um telegrama antes de aparecer.

Dewi Ayu não tinha como ignorar aquela voz. Depois de pensar um pouco, começou a sentir um tom de hostilidade nos comentários da menina. Olhou para ela, mas a horrorosa garota limitou-se a dar um sorriso, como querendo dizer que só estava lembrando que não devia agir tão imprudentemente. Dewi Ayu olhou para Rosinah, como se esperasse ajuda, mas a muda também se limitou a sorrir, aparentemente sem segundas intenções.

— De uma hora para outra, Rosinah, você já está com 40 anos. Daqui a pouco estará velha e enrugada.

Dizendo isto, Dewi Ayu riu baixinho, tentando aliviar um pouco o clima à mesa.

— Como um sapo — concordou Rosinah, em sua linguagem de sinais.

— Como um dragão-de-komodo — brincou Dewi Ayu.

As duas riram para Beleza, esperando que dissesse algo, e não precisaram esperar muito.

— Como eu — disse ela. Curta e grossa.

Durante alguns dias, Dewi Ayu, ocupada com as visitas de velhos amigos querendo ouvir histórias sobre o mundo dos mortos, conseguiu ignorar a presença do incômodo monstro em casa. Até o *kyai*, que anos antes conduzira seu funeral com relutância, olhando para ela com o nojo de uma menininha ante minhocas, veio visitá-la com as maneiras virtuosas do fiel diante do santo, dizendo com sinceridade que seu retorno era como um milagre, que certamente não seria concedido a quem não fosse puro.

— Claro que eu sou pura — disse Dewi Ayu alegremente. — Ninguém toca em mim há 21 anos.

— Como é estar morta? — perguntou *kyai* Jahro.

— Na verdade, é bem divertido. Por isto é que as pessoas que morrem nunca optam por voltar à vida.

— Mas você voltou — ponderou o *kyai*.

— Voltei só para lhe dizer isto.

Aquilo seria realmente ótimo para o sermão do meio-dia na sexta-feira, e o *kyai* se foi com uma expressão radiante. Ele não precisava ficar embaraçado com o fato de ter visitado Dewi Ayu (muito embora tivesse gritado anos atrás que era um pecado visitar a casa daquela prostituta, e que alguém podia arder no inferno pelo simples fato de abrir o portão), pois, como disse a mulher, ela não era mais uma prostituta depois de passar 21 anos sem ser tocada por uma única criatura, e era melhor acreditar que agora e para sempre ninguém jamais desejaria voltar a tocá-la.

Quem mais sofreu com toda a confusão do retorno da velha à vida foi ninguém menos do que Beleza, que teve de se trancar em seu quarto. Felizmente, ninguém ficava mais do que alguns poucos minutos, pois os visitantes logo tinham uma aterrorizante sensação, proveniente de trás da porta fechada do quarto de Beleza. Com um estranho cheiro nauseabundo, um vento cortante, tenebroso e hostil passava por eles vindo por baixo da porta e pelo buraco da fechadura, com um frio penetrante que chegava até a medula. A maioria das pessoas nunca tinha visto Beleza, exceto quando era bebê e a parteira andara pela aldeia em busca de uma ama de leite. Mas bastava pensar nela para que os cabelinhos de suas nucas ficassem em pé e seus corpos inteiros tremessem à visão da porta do monstro, quando o pavoroso cheiro trazido pelo vento chegou a seus narizes e o som do silêncio gritou em seus ouvidos. Era nesse momento que suas bocas emitiam algumas bobagens sem sentido e, esquecendo o desejo de ouvir as coisas incríveis que Dewi Ayu teria a contar, eles rapidamente se levantavam, depois de se forçar a beber meia xícara de chá amargo, e se desculpavam, voltando para casa para contar sua história.

— Por maior que seja sua curiosidade a respeito de Dewi Ayu e a volta do túmulo — diziam a qualquer um que perguntasse sobre sua aterrorizante visita —, aconselho não entrar naquela casa.

— Por quê?

— Porque vai morrer de medo.

Quando deixou de haver visitas, Dewi Ayu começou a notar as peculiaridades de Beleza, à parte seu hábito de sentar na varanda à espera do príncipe encantado e de prever seu destino pelas estrelas. No meio da noite, ouviu barulhos de grande agitação no quarto de Beleza, o que a levou a sair da cama, caminhar no escuro e postar-se em frente à porta do seu quarto com apreensão, cada vez mais confusa com os sons emitidos pela horrenda mocinha. Ainda estava de pé ali quando Rosinah surgiu com uma lanterna, projetando o facho de luz no rosto da patroa.

— Conheço esses sons — disse Dewi Ayu sussurrando para Rosinah —, dos quartos do prostíbulo.

Rosinah assentiu com a cabeça.

— É o som de gente fazendo sexo — prosseguiu Dewi Ayu.

Rosinah assentiu de novo.

— A questão é, com quem ela está fazendo sexo, ou melhor, quem desejaria fazer sexo com ela?

Rosinah sacudiu a cabeça. Ela não estava fazendo sexo com ninguém. Ou melhor, estava fazendo sexo com alguém, mas não seria possível saber de quem se tratava, pois não se poderia *ver* ninguém.

Dewi Ayu ficou ali espantada com a serenidade da jovem muda, o que lhe lembrou a própria época de loucura, quando a outra era a única pessoa que a entendia. As duas sentaram na cozinha naquela noite em frente ao mesmo velho fogão, esquentando um pouco de água para uma xícara de café e esperando que fervesse. À luz apenas da chama que lambia os gravetos de cacaueiro, os galhos de palmeira e as fibras de casca de coco, elas ficaram conversando como sempre costumavam fazer.

— Foi você que lhe ensinou? — perguntou Dewi Ayu.

— Ensinou o quê? — perguntou Rosinah, apenas fazendo mímica com a boca, sem qualquer som.

— A se masturbar.

Rosinah sacudiu a cabeça. Beleza não está se masturbando, está fazendo sexo com alguém, mas não dá para saber com quem.

— Por quê?

— Porque eu também não sei — e Rosinah sacudiu a cabeça.

Contou então a Dewi Ayu todos os acontecimentos milagrosos, o fato de Beleza ter falado ainda muito pequena sem que ninguém lhe ensinasse, de ter até começado a ler e escrever aos 6 anos e, por fim, o fato de ela própria, Rosinah, não lhe ter ensinado nada, pois a garota já sabia fazer coisas de que nem ela era capaz. Bordado aos 9 anos, costura aos 11 e, nem queira saber, ela podia cozinhar qualquer prato que se quisesse.

— Alguém deve ter-lhe ensinado — disse Dewi Ayu, confusa.

— Mas ninguém vem a esta casa — sinalizou Rosinah.

— Não me interessa como ele veio, ou como veio sem que você ou eu soubéssemos. Mas deve ter vindo e ensinado tudo a ela, até a fazer sexo.

— Sim, é verdade, ele vem e eles fazem sexo.

— Esta casa é mal-assombrada.

Rosinah nunca acreditara que a casa fosse mal-assombrada, mas Dewi Ayu tinha lá seus motivos. Mas esta era uma outra questão, e Dewi Ayu nada queria dizer a respeito dessas coisas a Rosinah, pelo menos não naquela noite. Levantou-se e tratou de voltar para a cama, esquecendo a água no fogo e a xícara de café.

Nos dias seguintes, a velha tentou espionar a horrorosa garota, para descobrir a mais lógica explicação para todos aqueles milagres, pois não queria acreditar que um fantasma fosse responsável, ainda que de fato houvesse um fantasma na casa.

Certa manhã, ela e Rosinah encontraram um ancião sentado em frente ao fogão aceso, tremendo no frio daquela hora do dia. Parecia um guerrilheiro, os cabelos apontando em todas as direções, emaranhados e presos com uma folha amarela ressecada. A impressão era reforçada pelo rosto, cavado como se passasse fome havia anos, e as roupas escuras, cheias de manchas de lama e sangue seco. Havia até uma pequena adaga pendurada na cintura, presa ao cinto de couro. Calçava sapatos como os que as forças *gurkhas* usavam durante a guerra, grandes demais para seus pés.

— Quem é você? — perguntou Dewi Ayu.

— Pode me chamar de Shodancho — disse o velho. — Estou morrendo de frio, deixe-me ficar um pouco aqui junto ao seu fogão.

Rosinah tentou avaliá-lo racionalmente. Talvez de fato tivesse comandado um pelotão *shodan* no passado, talvez tivesse participado de um batalhão em Halimunda e se rebelado contra os japoneses, em seguida refugiando-se na floresta. Talvez tivesse ficado escondido lá durante anos, sem saber que a Holanda e o Japão há muito se haviam retirado, e agora tínhamos uma república com nossa própria bandeira e nosso hino nacional. Rosinah ofereceu-lhe um café da manhã com um olhar terno e demonstrações de respeito um pouquinho exageradas.

Mas Dewi Ayu olhava para ele com certa desconfiança, perguntando-se se não seria o príncipe que a filha esperava toda noite, e se não teria sido ele que lhe ensinara a fazer sexo. Mas o homem parecia ter mais de 70 anos, e já devia ser impotente havia anos, e com isto os pensamentos desagradáveis de Dewi Ayu começaram a desaparecer. Chegou inclusive a convidá-lo a viver na casa com elas, pois ainda havia um quarto vazio, e o homem parecia ter perdido todo contato com o mundo exterior.

Shodancho, que de fato estava num lamentável estado de confusão, aceitou. Isto foi na terça-feira, três meses depois de Dewi Ayu ter voltado do outro mundo, o dia em que encontraram Beleza estendida no chão do quarto em péssimo estado. A mãe tentou ajudá-la a se levantar e, com o auxílio de Rosinah, deitou-a na cama. De repente, Shodancho apareceu por trás delas, dizendo:

— Vejam sua barriga, ela está grávida, quase três meses já.

Incrédula, Dewi Ayu olhou para Beleza com um olhar que já não deixava transparecer confusão, mas uma raiva de modo algum temperada pela ignorância, e questionou:

— Como é que foi engravidar?

— Do mesmo jeito que *você* engravidou quatro vezes — disse Beleza. — Tirei a roupa e fiz amor com um homem.

2

Algo estranho devia estar acontecendo, pois certa noite o velho foi obrigado a casar com a adolescente Dewi Ayu. Dormia profundamente, roncando, quando um carro Colibri parou em frente à sua casa, mas o barulho do motor tossindo no meio da noite negra o despertou. O velho, Ma Gedik, ainda não se recuperara do choque quando veio mais um, como um furacão: um capanga saiu do carro com um facão pendurado na cintura e chutou o vira-lata do velho, que dormia em frente à porta. O cão latiu ruidosamente e pulou nas patas, pronto para lutar, mas em vão, pois o motorista do Colibri abateu-o imediatamente com um fuzil. O cão deu um ganido antes de morrer, enquanto o capanga arrombava a porta de compensado da cabana do velho, deixando-a pendurada por uma dobradiça.

A cabana estava muito escura, mais parecendo um abrigo de morcegos e lagartos do que o de um ser humano. Mal dava para ver os dois cômodos pequenos à luz da lua: um quarto onde o velho estava sentado, perplexo, na beira do seu catre, e uma cozinha com um fogão cheio de cinzas. Havia teias de aranha por toda parte, exceto no caminho que o velho percorria entre a cama, o fogão e a porta. O valentão, com ânsias de vômito provocadas por um fedor de mijo muito mais forte do que o de qualquer chiqueiro, pegou um punhado de folhas secas de palmeiras num monte perto do fogão, dobrou-as e acendeu as pontas com um isqueiro, transformando-as numa tocha. Imediatamente o ambiente foi povoado com sombras trêmulas e oscilantes dos mais diferentes tamanhos e formas. Os morcegos começaram a se dispersar. O velho continuava sentado na beira do catre, olhando para o intruso em total perplexidade.

Próxima surpresa: o brutamontes mostrou-lhe um quadro-negro com frases escritas numa caligrafia de menina. Nenhum dos dois era capaz de ler o que ali estava, mas o capanga sabia o que estava escrito.

— Dewi Ayu quer casar com você — disse.

Só podia ser piada. Ele sabia o seu lugar — era um velho, já vivera mais de meio século, e até as velhas viúvas cujos maridos tinham morrido na lama em Déli ou haviam sido mandados para Boven-Digoel prefeririam acumular boas ações caridosas para a outra vida do que casar com um puxador de carroça como ele. Poderia dar-se por muito satisfeito se ao menos se lembrasse como sustentar uma mulher, visto que praticamente esquecera como dormir com elas. Fora pela última vez ao prostíbulo muitos anos atrás, e também lá se iam muitos anos desde que fizera a coisa sozinho pela última vez, com a própria mão. Assim foi que, com a ingenuidade de um menino de aldeia, disse ao valentão:

— Eu nem saberia dizer se *posso* me casar com ela.

— Não faz diferença se foi você ou o pau de um cachorro que tirou a virgindade dela, é com você que ela quer casar — rugiu o capanga. — Caso contrário, Lorde Stammler vai transformá-lo em café da manhã para os *ajaks*.

Um calafrio percorreu sua espinha. Muitos holandeses criavam cães selvagens para a caça ao javali, e não era mentira que, se não gostassem de um nativo, ele seria jogado contra um desses *ajaks* em luta de morte. Mas, ainda que a ameaça fosse para valer, casar com Dewi Ayu não era coisa fácil, e ele simplesmente não entendia por que teria de fazê-lo. E, de qualquer maneira, havia jurado que não casaria com ninguém, fiel a seu eterno amor Ma Iyang, uma mulher que um belo dia voara para o céu e desaparecera.

Essa mulher era uma outra história, o tipo de amor bom demais para durar. Ma Gedik e Ma Iyang cresceram juntos nos acampamentos de pesca, encontrando-se diariamente, nadando na mesma baía e comendo os mesmos peixes, e a única coisa que os impedia de casar um com o outro sem demora era a idade, pois ainda não eram exatamente um rapaz e uma moça. Ao contrário da maioria dos garotos da sua idade, Ma Gedik carregava um recipiente com o leite da mãe aonde fosse, muito depois de aprender a andar e deixar a mãe para trás. Certo dia, Ma Iyang ficou curiosa e perguntou por que, aos 19 anos, ele ainda bebia aquele leite, sem se importar com o fato de estar estragado havia muito tempo.

— Porque meu pai bebia o leite da minha mãe o tempo todo, até ficar velho.

Ma Iyang entendeu. Por trás de umas moitas de pandano, tirou a blusa e disse ao cara que chupasse seu adorável mamilinho espevitado. Não saiu leite, mas Ma Gedik finalmente parou de beber o leite da mãe e se apaixonou por aquela garota pelo resto da vida. E foi assim que aconteceu, até que certa noite Ma Iyang foi levada numa carruagem puxada a cavalos, toda empetecada, como uma dançarina de *sintren*, linda de se ver, mas também muito doído. Ma Gedik, que era sempre o último a saber das coisas, correu a praia inteira atrás da carruagem e, ao chegar à altura do cocheiro, continuou correndo a seu lado, gritando para a linda mocinha:

— Aonde você está indo?

— Para a casa de um senhor holandês.

— Por quê? Não precisa trabalhar como empregada para os holandeses.

— Mas não vou — retrucou a garota. — Serei sua concubina. Pode chamar-me de Nyai Iyang.

— Merda! — gritou Ma Gedik. — Por que quer tornar-se concubina de alguém?

— Porque, se não for, mamãe e papai virarão repasto de *ajak*.
— Mas você não sabe que eu a amo?
— Sim, sei.

Ele continuava correndo junto à carruagem, e lá estavam os dois, o rapaz e a mocinha, chorando pela dolorosa separação, suas lágrimas testemunhadas apenas pelo cocheiro, que tentava acalmá-los um pouco, ponderando:

— Vocês não precisam pertencer um ao outro para se amar.

Aquilo não era nada consolador e na verdade fez com que Ma Gedik tombasse na areia à margem da estrada, gemendo e lamentando sua desgraça. A garota mandou que o cocheiro parasse, desceu e se postou na frente do rapaz. E então, ante o testemunho do velho cocheiro, do cavalo, dos sapos coaxando, de corujas, mosquitos e mariposas, fez uma promessa.

— Daqui a 16 anos, esse senhor holandês estará cansado de mim. Espere no alto da colina rochosa se ainda me amar, se estiver interessado em sobras de holandeses.

Depois disso, nunca mais se viram nem ouviram falar um do outro. Ma Gedik nem sequer chegou a saber quem era esse senhor holandês, um proprietário tão cheio de luxúria que desejava a sua linda namoradinha, em plena flor dos 15 anos. Com 19 anos, Ma Gedik jurou que haveria de amá-la até mesmo se ela voltasse para casa retalhada em pedaços.

Seja como for, não é nada fácil perder o seu amorzinho. Ele deu a partida nos anos de espera tornando-se mais louco do que os loucos, mais idiota do que os idiotas, e mais trágico do que os enlutados nos paroxismos da dor. Seus colegas puxadores de carroças e os peões do porto tentavam consolá-lo dizendo que casasse com outra mulher, mas ele preferia gastar seu salário e o tempo jogando e voltando para casa bêbado de vinho *arak*. Os amigos então passaram a insistir que fosse ao prostíbulo, esperando que pelo menos o corpo de outra mulher pudesse aplacar sua dor carnal. Na época, havia apenas um bordel, no fim do píer. Foram construídos, na verdade, para os soldados holandeses dos quartéis, mas, quando se disseminou a sífilis, a maioria deles deixou de frequentar o lugar, preferindo manter cada um a sua concubina pessoal, e então os clientes passaram a ser os trabalhadores do porto.

— Ir ao prostíbulo seria uma traição igual a casar com outra mulher —, dizia Ma Gedik, teimoso.

Mas uma semana depois os amigos acabaram por arrastá-lo, bêbado e semi-inconsciente, e ele gastou o pagamento de um dia inteiro na cama com uma mulher obesa, com uma vagina do tamanho de uma toca de rato, e ele, instantaneamente fascinado com esses encantos, corrigiu-se, dizendo:

— Fazê-lo com uma prostituta não é de fato uma traição, pois as prostitutas são pagas com dinheiro, e não com amor.

Ele tornou-se então um fiel frequentador do bordel do fim do píer, dormindo na companhia das mulheres enquanto sussurrava o nome de Ma Iyang. Era o que fazia quase todo fim de semana com um grupo de amigos que continuavam a tratá-lo muito bem. Quando sobrava dinheiro, cada um dormia com a sua prostituta, mas, às vezes, se precisassem economizar, cinco deles compartilhavam a mesma mulher. A coisa prosseguiu desse modo durante anos, até que um a um eles foram casando. Isto foi difícil para Ma Gedik, pois os amigos não tinham mais tempo de ir ao bordel — e, de qualquer maneira, agora dispunham de esposas, com as quais podiam dormir por amor, e não por dinheiro —, e ir a um prostíbulo sozinho era a coisa mais deprimente do mundo. Quando estava solitário, Ma Gedik começava a praticar com a mão mesmo, o que no entanto logo se tornava intoleravelmente frustrante, e ele se via compelido a sair de mansinho no meio da escuridão da noite para retornar ao bordel, voltando para casa antes de os pescadores chegarem do mar.

Passado algum tempo, ele se tornou uma pessoa estranha, senão até um inimigo do povo, pois repetidas vezes se ouvia um tumulto no estábulo de um vizinho, e ele era apanhado enfiando o sexo numa vaca, ou até numa galinha, até seus intestinos serem projetados para fora. Às vezes, esmurrava um pastorzinho e agarrava uma ovelha e transava com ela em pleno pasto, e certa vez fez uma mulher de meia-idade com um cesto cheio de folhas de inhame sair correndo por toda a extensão de um campo de arroz, berrando em pânico histérico à visão de uma luxúria tão completamente descontrolada. Todo mundo começou a se afastar dele, e ele parou de tomar banho. Parou de comer arroz ou qualquer outro alimento, ingerindo apenas o próprio excremento e a bosta que recolhia nas plantações de banana. Profundamente preocupados, a família e os amigos convocaram um *dukun* de terras distantes, um curandeiro místico famoso por curar qualquer tipo de doença. Com sua túnica branca e uma longa barba, ele parecia um sábio apóstolo. Examinou Ma Gedik num curral de cabras, pois havia 9 meses ele lá estava amarrado, sobrevivendo apenas dos excrementos ali encontrados. Calmamente, o *dukun* disse aos preocupados circunstantes:

— Só o amor pode curar uma pessoa tão louca.

O que no entanto seria difícil, pois as pessoas não tinham como trazer Ma Iyang de volta para ele, de modo que acabaram desistindo e deixaram Ma Gedik acorrentado para a longa espera.

— Eles prometeram esperar 16 anos — protestou sua mãe, irritada —, mas com certeza ele vai apodrecer antes de esse dia chegar.

Ela é que havia decidido acorrentá-lo, depois de ele violentar a sexta galinha, que fora encontrada contorcendo-se em agonia, com os intestinos saindo pelo ânus.

Mas ele não apodreceu. Na verdade, parecia bem saudável, com as bochechas sempre mais coradas com o passar dos dias e a aproximação do momento pelo qual esperava. Estudantes descalços se juntavam ao redor do seu curral de tarde, antes de voltar para casa para tocar o rebanho, e, se divertindo por alguns momentos, ele lhes ensinava a acariciar os próprios genitais, esfregando e usando a própria saliva: foi o bastante para que os professores da escola proibissem quem quer que fosse de se aproximar dele. Mas os meninos devem ter experimentado o que aprenderam então, pois alguns visitaram o curral de cabras escondidos no meio da noite, sussurrando-lhe que tinham descoberto uma nova maneira de fazer xixi que dava uma sensação muito melhor do que urinar do jeito habitual.

— Será ainda mais agradável se tentarem com as partes íntimas das menininhas.

Certa tarde, quando um agricultor encontrou duas crianças de 9 anos fazendo amor no mato, os aldeãos cruelmente fecharam com tábuas o curral das cabras. Ma Gedik ficou preso lá dentro sem ter ninguém com quem falar, e, naturalmente, sem nenhuma luz.

Mas nem essa punição foi capaz de destruir seu espírito. Com o corpo acorrentado dentro de uma jaula de tábuas, de sua boca começaram a sair canções libertinas que faziam ruborizar o rosto dos *kyai* e levavam as pessoas a se virar e se contorcer no meio da noite, sacudidas de tormento. Esta vingança prosseguiu durante semanas, mas, quando os aldeãos decidiram tapar sua boca com um pequeno coco, um milagre se produziu bem na hora H. Nessa manhã, ele não mais cantou canções obscenas, muito pelo contrário; entoou lindas baladas de amor, comovendo muitas pessoas até as lágrimas. De um extremo a outro da vizinhança, as pessoas pararam de trabalhar, estateladas, como se esperassem que ninfas celestiais descessem do alto, até que finalmente alguém se deu conta: era o último dia da longa espera de Ma Gedik. O dia em que se encontraria com a amada no alto da colina rochosa.

Todos os que o conheciam trataram de acorrer para desmontar as tábuas que o isolavam. Quando os raios de luz iluminaram o curral de cabras, exalando o cáustico fedor de um ninho de ratos, o homem foi encontrado ainda acorrentado, mas sempre cantando. As amarras foram soltas e ele foi levado a um fosso e banhado da cabeça aos pés, como se fosse um bebê recém-nascido ou um velho que acabara de morrer. Os aldeãos encheram seu corpo de perfumes, da rosa à lavanda, deram-lhe boas roupas bem quentes, inclusive uma jaqueta e uma calça jogadas fora por um holandês, e o arrumaram como se fosse o cadáver de um cristão que estivesse a ponto de ser levado para o caixão. Terminado tudo isto, um dos seus velhos amigos comentou, espantado:

— Você está tão bonito que minha mulher pode até se apaixonar por você!

— Claro que vai! — jactou-se Ma Gedik. — Até as ovelhas e os crocodilos se apaixonam por mim.

E era verdade o que dissera o *dukun*, o amor era capaz de curar sua doença, capaz de curar qualquer doença. Ninguém mais se preocupou com ele, e todos esqueceram seu mau comportamento passado. Até as mocinhas se aproximavam sem medo de que suas mãos começassem a se aproximar grosseiramente, e as pessoas mais piedosas o cumprimentavam bondosamente, sem temer ter os ouvidos assaltados por blasfêmias. Sua mãe organizou uma festinha para comemorar a súbita recuperação, com um cone amarelo de arroz *tumpengan* e uma galinha abatida de maneira adequada, sem que as tripas saíssem pelo ânus, e foi convidado um *kyai* para fazer orações de bênção e graças. Foi uma manhã gloriosa nos acampamentos de pesca, num recanto distante de Halimunda ainda coberto pela neblina, uma manhã que seria lembrada por anos e anos sempre que as pessoas contassem aos filhos e netos a história da paixão daqueles dois, que por gerações permaneceu como uma história de amor fiel e verdadeiro.

Mas no fim das contas aquela longa espera de 16 anos acabou em tragédia. Não muito depois de o sol começar a castigar, gente foi chegando em carros e a cavalo, perseguindo uma concubina que fugia para a colina rochosa, certamente Ma Iyang. Pegando um burro emprestado, Ma Gedik correu atrás dos holandeses e da sua amada, e o povo da vizinhança ia atrás dele em fila, como a cauda de uma cobra gigante. Haviam chegado ao vale quando os holandeses finalmente pararam, e Ma Gedik começou a uivar, chamando sem parar o nome da amada.

Ma Iyang parecia muito pequena no topo da colina rochosa aonde os carros, cavalos e burros não conseguiam chegar. Os holandeses ameaçavam furiosos arrastá-la para a jaula do *ajak* se a agarrassem. Ma Gedik tentava subir a colina, mas era tão cruelmente difícil que as pessoas se perguntavam como aquela mulher conseguira chegar ao topo. Depois de uma luta brutal, Ma Gedik estava ao lado da amada, ardendo de desejo.

— Você ainda me quer? — perguntou Ma Iyang. — Todo o meu corpo foi lambido e lambuzado pela saliva de um holandês, e ele enfiou em minhas partes 1.192 vezes.

— Pois eu enfiei nas partes de 28 mulheres 462 vezes, e usei minha própria mão inúmeras vezes, e isto sem contar as partes de animais, de modo que não estamos tão diferentes assim.

Como que tomados por um deus da libertinagem, eles se abraçaram estreitamente, beijando-se sob o calor do sol tropical. E, para aliviar a paixão que havia tanto se acumulava, removeram os trajes que se agarravam a seus corpos e os atiraram longe: as roupas flutuaram vale abaixo, dando voltas e mais voltas, como flores de mogno levadas pelo vento. As pessoas quase não conseguiam acreditar no que viam, e algumas gritavam, enquanto os holandeses ficavam ruborizados de ódio. E então, sem hesitação, os dois fizeram amor numa rocha plana, à vista de todas as pessoas que tomavam o vale, como se estivessem assistindo a um filme no cinema. As mulheres envergonhadas cobriam o rosto com a ponta do véu, e todos os homens ficaram com tesão e não ousavam olhar um para o outro, e os holandeses disseram:

— Não era o que dizíamos? Os nativos são como macacos.

A verdadeira tragédia ocorreu depois que eles acabaram de fazer amor, quando Ma Gedik convidou a amada a descer a montanha rochosa e ir para casa com ele, para que casassem, vivessem juntos e se amassem para sempre. Não seria possível, respondeu Ma Iyang. Antes que chegassem a botar um pé no vale, os holandeses haveriam de atirá-los numa jaula de *ajak*.

— Prefiro então voar.

— Impossível — disse Ma Gedik —, você não tem asas.

— Quando a gente acredita, é capaz de voar.

Para provar o que dizia, Ma Iyang, com o corpo nu coberto por gotas de suor que refletiam os raios do sol como pérolas, saltou e voou na direção do vale, desaparecendo por trás da neblina que descia. As pessoas ouviam apenas os gritos patéticos de Ma Gedik, descendo a encosta em desabalada carreira à procura do seu amor. Todos a procuravam, até os holandeses e seus cães selvagens. Cada recanto do vale foi esquadrinhado, mas Ma Iyang não seria encontrada, morta ou viva, e por fim todos acabaram acreditando que a mulher de fato tinha voado para longe. Os holandeses acreditaram, e Ma Gedik também. Agora que restava apenas a colina rochosa, o povo deu-lhe o nome da mulher que tinha voado para o céu: Colina Ma Iyang.

Depois desse dia, Ma Gedik foi para o pântano, onde os holandeses não resistiam à malária na estação úmida, e lá construiu uma choupana. Durante o dia, levava para o porto uma carroça cheia de café, cacau e às vezes copra e inhame, e, à parte as poucas palavras que trocava com outros puxadores de carroça, falava apenas consigo mesmo e com os espíritos circundantes. Começaram a achar que tivera uma recaída da loucura, embora não estivesse mais violentando vacas e galinhas nem comendo merda.

Quase imediatamente depois de construída a choupana, mais pessoas começaram a chegar ao pântano, e as cabanas transformaram o lugar num novo acampamento. O único holandês que sempre ia lá era um inspetor encarregado de um recenseamento, e uma semana depois ele seria encontrado em seu quarto alugado, morto pela malária, a última e única pessoa a visitar Ma Gedik durante muitos anos, até a noite em que o motorista do Colibri abateu seu vira-latas e um capanga derrubou a porta da sua casa, com a chocante notícia de que Dewi Ayu queria casar com ele. Ele não sabia por que ela queria casar com ele, e então uma história confusa e sombria começou a se formar em sua mente. Ainda trêmulo, perguntou ao valentão:

— Ela está grávida?

Provavelmente estava sendo obrigada a casar com ele para encobrir a vergonha da família holandesa.

— Quem está grávida?

— Dewi Ayu.

— Se ela quer casar com você — retrucou o brutamontes —, deve ser porque *não* quer engravidar.

Dewi Ayu recebeu o noivo com alegria. Mandou que tomasse um banho e deu-lhe roupas novas, pois, segundo explicou, logo chegaria o chefe da aldeia. Mas Ma Gedik, com isto, não ficou nada alegre, muito pelo contrário. Achou que era uma total catástrofe, e, quanto mais se aproximava o momento do casamento, mais mal-humorado ficava.

— Sorria, querido — disse Dewi Ayu. — Caso contrário, o *ajak* vai devorá-lo.

— Mas diga lá, por que quer casar comigo?

— A manhã inteira você está me perguntando a mesma coisa — respondeu Dewi Ayu, levemente irritada. — Você acha por acaso que as outras pessoas precisam ter um motivo tão bom assim para casar?

— Em geral é porque se amam.

— Mas é exatamente o contrário, nós não nos amamos mesmo — fez Dewi Ayu. — Já é um excelente motivo, não?

Tinha apenas 16 anos, e, como tantas mestiças, era linda. O cabelo negro reluzente e olhos azulados. Usava um vestido de noiva de tule, com uma pequena tiara que a fazia parecer uma fada de um livro de histórias. Era atualmente a única responsável pela casa dos Stammler, desde que o resto da família fizera as malas e correra para o porto como as outras famílias holandesas, para fugir para a Austrália, enquanto ainda tinham a oportunidade. O exército japonês ocupara Singapura e, embora ainda não tivesse chegado a Halimunda, muito possivelmente já alcançara Batávia.

Na verdade, o boato de guerra já chegara havia meses, quando eles ouviram pelo rádio sobre o início dos combates na Europa. Na época, Dewi Ayu começara a frequentar a Escola Franciscana, a mesma na qual, anos depois, sua neta Rengganis, a Bela, seria violentada por um cão numa cabine de banheiro. Ela queria ser professora pelo simples motivo de que não queria ser enfermeira. Ia para a escola com a tia Hanneke, que ensinava no jardim de infância, no mesmo carro Colibri que pouco depois iria pegar Ma Gedik, e com o mesmo motorista que atiraria no cão do velho.

Ela tinha as melhores professoras de Halimunda: as freiras que lhe ensinavam música, história, língua e psicologia. Às vezes, os padres jesuítas do seminário chegavam para ensinar educação religiosa, história da Igreja e teologia. Ficavam impressionados com sua inteligência, mas preocupados com sua beleza, e algumas freiras tentaram convencê-la a fazer votos de pobreza, pureza e castidade.

— Nem pensar — dizia ela. — Se toda mulher fizesse votos assim, os seres humanos seriam extintos, como os dinossauros.

Seu jeito chocante de se expressar era ainda mais incômodo do que sua beleza. De qualquer maneira, a única coisa que ela apreciava na religião eram as histórias fantásticas, e a única coisa de que gostava na igreja era a doce música dos sinos do Angelus.

Quando estava em seu primeiro ano na Escola Franciscana, irrompeu a guerra na Europa. O rádio que Irmã Maria instalara na frente da classe informou com alarme que tropas alemãs tinham invadido a Holanda, e levariam apenas quatro dias para ocupar o país. As crianças ficavam perplexas e fascinadas ao constatar que a guerra era de verdade, e não apenas uma lenga-lenga escrita em seus livros de história. Além do mais, a guerra tinha estourado na terra de seus antepassados, e a Holanda perdera.

— Primeiro a França, e agora a Alemanha como ocupante?! — espantou-se Dewi Ayu. — É realmente um país patético.

— Por quê, Dewi Ayu? Que está querendo dizer? — perguntou Irmã Maria.

— Estou dizendo que temos comerciantes demais e poucos soldados.

Ela foi punida pelo comentário inconveniente e obrigada a ler salmos. Entre os colegas de turma, contudo, Dewi Ayu foi a única criança que gostou da notícia da guerra, chegando a fazer uma terrível previsão: a guerra chegaria às Índias Orientais e mesmo a Halimunda. Embora continuasse participando das orações promovidas pelas freiras pela segurança de suas famílias na Europa, Dewi Ayu não se importava muito.

Mas sua casa também foi envolvida pela angústia com a guerra, especialmente porque seus avós, Ted e Marietje Stammler, tinham muitos parentes na Holanda. Estavam constantemente perguntando sobre cartas da Holanda, que nunca chegavam. Sobretudo, preocupavam-se com os pais de Dewi Ayu, Henri e Aneu Stammler, que tinham fugido. Partiram de repente certa manhã sem se despedir, havia 16 anos, deixando Dewi Ayu, que ainda era um bebê. Embora a família tivesse ficado furiosa com isto, a verdade era que ainda estava preocupada.

— Onde quer que estejam, espero que estejam felizes — disse Ted Stammler.

— E, se forem mortos pelos alemães, que continuem sendo felizes no céu — acrescentou Dewi Ayu, para em seguida responder ela mesma: — Amém.

— Depois de 16 anos, não sinto mais raiva — disse Marietje. — Você deveria rezar para que sejam encontrados, isto sim.

— Claro que eu quero, Oma. Eles me devem 16 presentes de Natal e 16 presentes de aniversário, e isto sem contar os 16 ovos de Páscoa.

Ela já sabia dos pais, Henri e Aneu Stammler. Certas empregadas da cozinha lhe tinham contado a história sussurrando, pois, se Ted ou Marietje Stammler soubessem que a haviam revelado, muito provavelmente teriam sido chicoteadas. Mas, depois de algum tempo, Ted e Marietje entenderam que Dewi Ayu já sabia de tudo, inclusive da parte sobre a maneira como a haviam encontrado certa manhã num cesto em sua porta. Ela dormia profundamente, envolta em cueiros e acompanhada de um bilhete no qual se liam seu nome e a explicação de que os pais haviam embarcado no *Aurora* rumo à Europa.

Ela sempre se espantara com o fato de não ter pais, apenas vovô, vovó e titia. Mas, ao tomar conhecimento de que seu pai e sua mãe tinham desaparecido numa bela manhã, não ficou com raiva, pelo contrário, ficou pasma de admiração.

— Eles são realmente uns aventureiros — disse a Ted Stammler.

— Anda lendo muitos livros de histórias, menina — respondeu o avô.

— Devem ser religiosos. A Santa Bíblia fala de uma mãe que deixou o filho à margem do rio Nilo.

— Era diferente.

— Sim, claro. Eu fui deixada na porta.

Henri e Aneu eram ambos filhos de Ted Stammler. Viviam na mesma casa desde bebês, mas ninguém se dera conta de que haviam se apaixonado — um autêntico e pavoroso escândalo. Nascido do útero de Marietje, Henri era dois anos mais velho que Aneu, que era filha de Ted com uma concubina nativa chamada Ma Iyang. Embora Ma Iyang vivesse em outra casa, sob a guarda de dois capangas, Ted decidira trazer Aneu para morar com eles depois do nascimento da filha. Inicialmente, Marietje criou um caso horrível, mas não havia nada a fazer; afinal, a maioria dos homens tinha concubinas e filhos bastardos. Ela acabou concordando em deixar a menina viver na casa e deu-lhe o nome da família, para evitar fofocas no clube.

Eles cresceram juntos, de modo que tiveram tempo suficiente para se apaixonar. Henri era um rapaz agradável, muito hábil na caça aos porcos com seus cães borzói (enviados diretamente da Rússia), e bom jogador de futebol, nadador e dançarino. Aneu, por sua vez, tornou-se uma linda mocinha, tocando piano e cantando com uma suave voz de soprano. Ted e Marietje deram aos dois permissão para frequentar as feiras noturnas e o salão de dança, pois era este o momento para se divertirem, e quem sabe até encontrar um bom par. Mas foi precisamente este o início de toda a catástrofe — depois de dançarem até meia-noite e beberem uma festiva limonada de restaurante, eles não voltaram para casa. Preocupado, Ted foi até a feira em busca deles, acompanhado de dois capangas. Encontraram apenas um carrossel apagado e parado, uma casa mal-assombrada totalmente fechada, um salão de dança vazio, estandes de alimentação já trancados e alguns empregados exaustos, dormindo esparramados em frente a seus quiosques. Não havia o menor sinal dos dois adolescentes, e Ted finalmente resolveu interrogar seus jovens amigos a respeito do paradeiro deles. Alguém disse:

— Henri e Aneu foram para a baía.

Não havia nada à noite na baía, à parte algumas estalagens. Ted deu busca nelas uma a uma, encontrando o par num quarto, nus e apanhados de surpresa. Não disse uma palavra, e eles nunca mais voltaram para casa. Ninguém mais soube para onde foram depois daquilo. Talvez estivessem vivendo numa das estalagens, sobrevivendo de pequenos bicos, ou até tomando dinheiro emprestado ou aceitando caridade de amigos. Também é possível que tenham ido para a floresta, passando a viver de frutos e carne de javali. Alguém disse que estavam em Batávia, trabalhando para a empresa ferroviária. Ted e Marietje nunca mais ficaram sabendo de seu paradeiro ou de suas condições de vida, até que certa manhã Ted encontrou um bebê num cesto em frente à porta da casa.

— E esse bebê era você — disse Ted. — E eles lhe deram o nome de Dewi Ayu.

— E depois eles fizeram mais bebês no *Aurora*... poderia ter havido cestos em frente a todas as casas da Europa — disse a menina.

— Ao tomar conhecimento, sua avó ficou histérica. Saiu correndo da casa feito uma louca, e ninguém conseguia apanhá-la, nem mesmo a cavalo ou de carro. Fomos encontrá-la no topo da colina rochosa, mas ela não desceu. Saiu voando.

— Vovó Marietje saiu voando? — perguntou Dewi Ayu.

— Não, Ma Iyang.

A concubina, sua outra avó. Segundo seu avô, se sentasse na varanda da parte de trás da casa e olhasse na direção norte, veria duas pequenas colinas rochosas. A colina ocidental era de onde Ma Iyang tinha saído voando, desaparecendo no céu, e os moradores haviam dado à colina o seu nome: Ma Iyang. Era impressionante, mas também meio triste. Dewi Ayu muitas vezes se sentava sozinha à tarde e ficava contemplando essa colina, na esperança de ver a avó ainda pairando por lá, como uma libélula. Só a guerra voltou sua atenção em outra direção, e foi quando Dewi Ayu começou a se sentar com mais frequência diante do rádio, ouvindo as notícias das linhas de frente.

Embora a guerra ainda estivesse muito distante, seus efeitos podiam ser sentidos em Halimunda. Com alguns outros holandeses, Ted Stammler era proprietário de uma plantação de coco e cacau, a maior da comarca. Por causa da guerra, o comércio internacional fora muito prejudicado. Sua renda diminuiu, e parecia que seus negócios estavam fadados à ruína. As famílias tinham de economizar. Marietje só comprava comida dos ambulantes que batiam de porta em porta. Hanneke teve de moderar seu costume de ir ao cinema e comprar discos. Até o Sr. Willie, o indiano que trabalhava para eles como guarda e mecânico, teve de diminuir o número de balas do revólver e a gasolina do Colibri. Dewi Ayu, por sua vez, teve de ser levada para o dormitório da escola.

Foi assim que as freiras franciscanas tentaram ajudar durante a guerra, abrindo as portas do dormitório sem cobrar nada. Agora as aulas na escola eram cheias de histórias angustiantes sobre a guerra, que finalmente estava chegando à porta de suas casas. Impaciente com aquela falação sem fim, Dewi Ayu levantou-se e perguntou em voz alta:

— Em vez de ficar aqui falando, por que não aprendemos a usar fuzis e canhões?

As freiras a expulsaram durante uma semana, e seu avô só não lhe aplicou um outro castigo porque havia uma guerra em andamento. Ela voltou para a escola logo depois de cair a bomba em Pearl Harbor, e Irmã Maria, que costumava ensinar história com o espírito alegre, declarou solenemente:

— Está na hora de a América intervir.

Eles agora se davam conta de que a guerra já estava bem perto, rastejando como um lagarto na grama, lenta mas seguramente cobrindo a face da Terra com sangue e cápsulas de balas. A sugestão de Dewi Ayu agora parecia profética, mas no fim das contas não eram as tropas alemãs que se aproximavam, mas os japoneses. Como um tigre urinando em seu território em expansão, a bandeira do sol nascente começou a tremular nas Filipinas e de repente também estava tremulando em Singapura.

Em casa, isto causou muitos problemas. Como todos os homens em idade adulta, Ted Stammler, que ainda não estava velho, foi convocado para o serviço militar obrigatório. O que era uma situação muito mais delicada do que simplesmente tentar economizar dinheiro. Hanneke deu-lhe toda chorosa alguns amuletos de proteção, e Dewi Ayu, um excelente conselho: "Ser capturado pelo inimigo é muito melhor do que levar um tiro e morrer."

Ted se foi sem que ninguém soubesse em que lugar seria alocado, embora com maior probabilidade fosse enviado para Sumatra, para enfrentar as tropas japonesas que rapidamente se aproximavam de Java. Com os outros homens, a maioria pertencente às famílias das plantações, Ted deixou Halimunda e a família para trás.

— Juro pela minha vida; ele nunca abateu nem sequer um porco, pois sua mira é muito ruim — disse Marietje em lágrimas ao se despedir dele na praça da cidade.

Ela agora assumia o lugar do marido à frente da casa, parecendo tão infeliz que a filha e a neta tentaram reconfortá-la. O Sr. Willie vinha quase todo dia — ele não fora convocado para a guerra porque era indiano e nunca tinha adquirido cidadania holandesa, e, além do mais, puxava de uma perna desde que fora atacado por um javali.

— Fique calma, vovó, os olhos dos japoneses são apertados demais para enxergar Halimunda no mapa — disse Dewi Ayu.

Claro que estava apenas tentando fazer Marietje se sentir melhor, mas ela nem chegou a esboçar um sorriso.

A tristeza tomou conta da cidade. O mercado noturno fechou, e ninguém mais ia ao clube. Não havia mais bailes, e o escritório das plantações era guardado por um punhado de velhinhos frágeis. As pessoas só se encontravam na piscina, banhando-se em silêncio. Mais ou menos por essa época, todos os japoneses que viviam em Halimunda desapareceram. Alguns eram fazendeiros, e outros, comerciantes; um era fotógrafo, e havia até dois acrobatas de circo, mas, quando todos de repente sumiram, todo mundo se deu conta de que estiveram vivendo entre espiões inimigos o tempo todo.

Só os nativos não se preocupavam com nada disso — continuavam fazendo exatamente o que sempre faziam. Os puxadores de carroça continuavam rumando para o porto aos magotes, pois o comércio não parava, e os cargueiros chegavam e saíam. Os agricultores lavravam suas terras, e os pescadores iam para o mar toda noite.

Os soldados regulares chegaram ao porto de Halimunda, a essa altura o maior porto no litoral sul de Java, e provável porta de saída para uma evacuação em massa em direção à Austrália. No início, fora apenas um porto normal de pesca no largo estuário do rio Rengganis, alheio a qualquer tradição de navegação marítima. Gente do litoral e do interior juntava-se ali para o escambo de produtos. Os pescadores trocavam peixe, sal e pasta de camarão por arroz, legumes e temperos.

E, muito antes disso, Halimunda não passava de uma extensão de floresta pantanosa, nevoenta terra de ninguém. Uma princesa da última geração dos Pajajaran fugira para essa região, dando-lhe seu nome. Seus descendentes haviam então desenvolvido ali aldeias e vilas. O reino de Mataram ali exilou seus príncipes dissidentes, e os holandeses no início não demonstraram qualquer interesse pela região — os pântanos encerravam a ameaça da malária, as enchentes eram incontroláveis e as estradas apresentavam-se em terrível estado. O primeiro navio de maior calado aportou ali no meado do século XVIII, uma embarcação inglesa chamada *The Royal George*, que fora apenas buscar água fresca, e não comerciar. Isto, no entanto, deixou a administração holandesa algo indignada, desconfiando de que na verdade os ingleses tinham trazido café e anil, e talvez pérolas, e poderiam estar contrabandeado armas por Halimunda para armazená-las em Diponegoro. Assim foi que chegou a primeira expedição holandesa, para conhecer a região e fazer um mapa.

Um tenente, dois sargentos, dois cabos e cerca de sessenta soldados armados foram os primeiros holandeses a viver na região, e sua pequena guarnição abriu formalmente um posto em Halimunda. Isto se deu após o fim da guerra de Diponegoro, quando teve início o Sistema de Cultivo. Antes dessa guarnição, e antes que os holandeses começassem a plantar cacau, as colheitas de café e anil que proliferavam no interior de Halimunda tinham sido trazidas pela estrada do interior, atravessando Java na direção de Batávia. Esta via oferecia muitos riscos: os bens podiam deteriorar-se no caminho e havia bandoleiros. Agora que estavam abertos o porto marítimo e a guarnição de Halimunda, as colheitas podiam ser diretamente embarcadas em navios e enviadas para venda na Europa. Ruas mais largas foram abertas para a circulação de carroças e vagões. Canais foram cavados para evitar enchentes, e armazéns foram erguidos em torno do porto. Muito embora nunca chegasse a alcançar o movimento dos portos do norte, Halimunda chamou a atenção do governo colonial, e finalmente o porto veio a ser aberto à iniciativa privada.

Naturalmente, o primeiro negócio a funcionar na cidade foi o *Nederlandsch Indisch Stoomvaartmaatshappij*, que contava com alguns veleiros. Também se estabeleceram alguns armazéns, especialmente depois da abertura da ferrovia, atravessando a ilha de leste a oeste. Mas, afinal, o comércio na região nunca teria uma época de ouro — após o estabelecimento da primeira guarnição, o governo colonial preferiu transformar Halimunda num bastião militar. Era necessário aproveitar uma oportunidade estratégica: único grande porto no litoral sul, a cidade poderia funcionar como uma espécie de porta traseira pela qual os holandeses pudessem escapar para a Austrália, sem precisar passar por Sunda ou pelo estreito de Bali, na eventualidade de uma guerra.

Eles começaram então a construir fortes e instalar canhões na praia, para defender o porto e a cidade. Torres de vigilância foram erguidas no topo das colinas da selva, exatamente ao longo do promontório onde vivera muitos anos antes a princesa que havia descido do reino de Pajajaran. Cem homens da artilharia foram alojados ali. Veio então a instalação de pesados canhões Armstrong, vinte anos depois, e os planos de defesa chegaram ao auge no início do século XX, com a construção de mais quartéis militares. Foi o início de muitas coisas em Halimunda: armazéns, clubes particulares, hospitais, tentativas de erradicação da malária e a chegada de empresários holandeses que começaram a se espalhar pela cidade, tendo alguns estabelecido as plantações de cacau e permanecido por muitos anos.

Quando estourou a guerra e a Alemanha ocupou a Holanda, todas as instalações militares foram aprimoradas, providenciando-se também a vinda de mais soldados para a cidade. Até que o rádio anunciou que dois navios de guerra ingleses, *The Prince of Wales* e *Repulse*, haviam sido afundados pelo Japão, e a península da Malásia caíra nas mãos do inimigo. A vitória japonesa não parou por aí. Não muito depois da captura da península da Malásia, o tenente-general Arthur Percival, comandante da Defesa Inglesa, assinou a rendição de Singapura, que havia muito se comentava ser o mais forte bastião britânico. As coisas só pioravam, até a manhã em que o inspetor visitou as residências de Halimunda para anunciar algo que causou calafrios em todos: "Surabaya foi bombardeada pelo Japão." Os trabalhadores locais cessaram toda atividade, e o comércio foi suspenso.

— A senhora precisa fugir — disseram a Marietje Stammler, que, ao lado de Hanneke e Dewi Ayu, nada respondeu.

Logo Halimunda estaria cheia de refugiados chegando de trem ou em carros particulares que se espalhavam além dos limites da cidade, enquanto seus proprietários esperavam em fila, noite após noite, pela oportunidade de embarcar num navio. Cerca de 50 navios militares chegaram ao porto para ajudar na evacuação. Era um caos total, parecendo certa uma derrota das Índias Orientais. Obtidas garantias quanto ao momento de sua partida, os membros restantes da família Stammler começaram a fazer as malas às pressas, mas foram surpreendidos pela inesperada declaração de Dewi Ayu:

— Eu não vou.

— Não seja tola, menina — disse Hanneke. — O Japão não vai deixar barato para você.

— Aconteça o que acontecer, é preciso que fique um Stammler aqui — retrucou ela, teimosa. — Você sabe tanto quanto eu por quem devemos esperar.

Em lágrimas diante de tanta teimosia, Marietje choramingou:

— Você será feita prisioneira de guerra!

— Vovó, meu nome é Dewi Ayu, e todo mundo sabe que é um nome de nativa.

Depois de castigarem Surabaya com suas bombas, os japoneses continuaram em direção a seu objetivo, Tanjung Priok. Os primeiros a evacuar foram altos funcionários do governo colonial. Marietje e Hanneke Stammler finalmente embarcaram no gigantesco veleiro *Zaandam* sem conhecer o destino de Ted nos campos de batalha e deixando Dewi Ayu para trás, como insistia ela. O navio tinha levado e trazido magotes de passageiros muitas vezes, mas era sua última viagem: o *Zaandam* e outra embarcação cruzaram com um navio de guerra japonês e os dois foram afundados sem combate. Dewi Ayu, o Sr. Willie, os criados e os capangas começaram seu período de luto.

A infantaria japonesa da 48ª Divisão desembarcou em Kragan depois de uma batalha em Bataan, nas Filipinas. Metade dos homens seguiu para Malang via Surabaya, e a outra chegou a Halimunda, com a designação de Brigada Sakaguchi. Aviões japoneses sobrevoavam, jogando bombas nas refinarias de petróleo de Mexolie Olvado, pertencentes à Bataafse Petroleum Maatschappij, nos alojamentos dos trabalhadores e no escritório das plantações de cacau e coco. A Brigada Sakaguchi combatia havia apenas dois dias o exército holandês Knil, que resistia fora da cidade, quando o general P. Meijer recebeu a notícia de que a Holanda tinha se rendido em Kalijati. Todo o território das Índias Orientais caíra, sendo ocupado. O general P. Meijer transferiu o controle de Halimunda ao Japão na sede da Prefeitura.

Dewi Ayu assistiu a todos esses acontecimentos com os próprios olhos e ouvidos, mas em seu período de luto não falava com ninguém, limitando-se a sentar na varanda posterior da casa para contemplar a colina que segundo Ted recebera o nome de Ma Iyang. Certa tarde, viu o Sr. Willie aparecer no quintal, acompanhado de um cão borzói que supostamente pertencia a seu pai, Henri. Pela primeira vez desde o início do período de luto, ela falou.

— Uma saiu voando, a outra foi afogada.

— Que aconteceu, senhorita? — perguntou o Sr. Willie.

— Nada, estou apenas lembrando minhas avós — disse ela.

— A senhorita precisa fazer algo, os empregados estão confusos. Não é agora a chefe desta família?

Ela assentiu com a cabeça. Naquela noite, ao cair do sol, ordenou ao Sr. Willie que reunisse todos os empregados da casa: cozinheiros, arrumadeiras, jardineiros e os guardas de segurança. Disse-lhes que agora era a única responsável pela casa. Suas ordens deviam ser cumpridas, ninguém poderia recusar-se. Não ia chicotear ninguém, mas, se Ted Stammler voltasse para casa, desceria o chicote nos desobedientes, atirando-os na jaula com o *ajak*. Sua primeira ordem aparentemente não incomodou ninguém, mas de fato os deixou surpresos e confusos:

— Hoje à noite, alguém terá de sequestrar um velho chamado Ma Gedik no assentamento do pântano — disse ela. — Pois amanhã de manhã vou casar com ele.

— Não brinque assim, senhorita — fez o Sr. Willie.

— Pode dar suas risadas se achar que estou brincando.

— Mas o padre desapareceu e a igreja foi destruída pelas bombas!

— Ainda temos o prefeito.

— A senhorita não é muçulmana, é?

— Não, mas há muito tempo já tampouco sou católica.

Foi o início do casamento de Dewi Ayu com Ma Gedik. Um velho digno de pena casando com uma linda mocinha: a notícia rapidamente chegou a todos os recantos da cidade — até os japoneses de chegada tomaram conhecimento da fofoca. Enquanto isso, os holandeses que não tinham conseguido fugir enviavam por meio dos criados cartas perguntando se a história era verdadeira, e alguns começaram a desencavar o vergonhoso escândalo de sua mãe e seu pai.

— Que acontecerá se não casar com você? — perguntou finalmente Ma Gedik, pouco depois da chegada do juiz de paz.

— Vai virar jantar do *ajak*.

— Pois que seja.

— E a colina Ma Iyang será arrasada.

Ante esta terrível ameaça, ele não teve outra saída senão casar com Dewi Ayu por volta das 9 horas daquela manhã, no exato momento em que soldados japoneses começavam a cerimônia para marcar a ocupação da cidade. Ninguém foi convidado para o casamento, à parte os criados e os guardas de segurança. O Sr. Willie serviu de testemunha, e o tempo todo Ma Gedik tremia e gaguejava, sem conseguir fazer direito os votos. Acabou desmaiando, inconsciente, e o prefeito formalizou a união.

— Pobre coitado, disse Dewi Ayu. — Teria sido meu avô, se Ted não tivesse tomado Ma Iyang como concubina.

Ao recobrar a consciência naquela tarde, Ma Gedik viu-se na condição de marido de Dewi Ayu sem saber como aquilo acontecera, olhando embasbacado para ela como se fosse uma diaba. Recusava-se a tocá-la, gritando sempre que ela tentava se aproximar, e atirando nela o que estivesse ao seu alcance. Quando Dewi Ayu desistiu, ele se enroscou num canto do quarto, tremendo e chorando como um bebê no berço. Dewi Ayu esperou pacientemente, sentando não muito longe dele, ainda com o vestido de noiva. De vez em quando, tentava convencê-lo suavemente a se aproximar e acariciá-la, e até fazer amor com ela, já que agora era sua esposa. Mas, sempre que Ma Gedik começava a gritar de novo, ela interrompia as tentativas de sedução e voltava a sentar quieta, enviando-lhe de vez em quando um sorriso, sem desistir totalmente de seu paciente empenho.

— Por que tem medo de mim? Só quero que me toque, e, naturalmente, durma comigo, pois é meu marido.

Ma Gedik não respondeu.

— Pense só, digamos que estamos casados e você não dorme comigo — prosseguiu ela. — Nunca vou engravidar, e todo mundo vai dizer que seu pau não sobe mais.

— Você é uma diaba sedutora — conseguiu finalmente gaguejar Ma Gedik.

— Sou uma linda sedutora — corrigiu Dewi Ayu.

— Você não é virgem.

— Claro que não é verdade! — retrucou Dewi Ayu, um pouco magoada. — Durma comigo e verá que está errado.

— Você não é virgem e está grávida, e quer me transformar numa ovelha negra.

— Não é verdade.

A discussão entrou pela noite e ainda se estendeu até o início da manhã, e nenhum dos dois mudava de opinião. Ao chegar o novo dia e a luz entrar no quarto nupcial, Dewi Ayu estava exausta pelos gritos estridentes do homem, e desistiu de se aproximar dele. Tirou o vestido de noiva e a tiara e jogou-os em cima da cama. Completamente nua, postou-se diante do velho, ainda histérico, e disse bem alto ao pé do seu ouvido:

— Venha, e *verá* que ainda sou virgem!

— Juro perante Satã; eu não vou, pois sei que você *não é* virgem!

Dewi Ayu então enfiou o dedo médio na vagina, lá dentro, bem diante do nariz de Ma Gedik. Gemeu um pouco de dor e tremia toda vez que movia o dedo entre as pernas, até que o retirou e o mostrou a Ma Gedik. Uma gota de sangue pendia da ponta do dedo, e ela o esfregou em linha reta do alto da testa de Ma Gedik à ponta de seu queixo trêmulo.

— Parece que você tem razão — disse Dewi Ayu. — Agora não sou mais virgem.

Foi então tomar um banho e depois deitou-se sobre o vestido de noiva, como se não se importasse com o velho que continuava tremendo no canto do quarto. Ela não tinha descansado em momento algum o dia e a noite inteiros, de modo que dormiu profundamente, sem reagir quando os criados tentaram despertá-la para o almoço. Acordou à tarde, e, sem se preocupar com Ma Gedik, foi direto para a mesa, comendo com vontade e sem nada dizer enquanto os criados observavam, esperando as ordens. Ao voltar para o quarto, viu que o velho se fora. Procurou-o no banheiro, no quintal e na cozinha, mas não o encontrou. Dewi Ayu finalmente perguntou a um dos guardas em frente à casa.

— Saiu correndo gritando como se tivesse visto o demônio, senhorita.

— Vocês não o pegaram?

— Ele corria muito rápido, exatamente como Ma Iyang há 16 anos — respondeu o guarda. — Mas o Sr. Willie foi atrás dele de carro.

— E ele foi apanhado?

— Não.

Ela correu para o estábulo e entrou a cavalo na perseguição. Dewi Ayu adivinhou, embora estivesse ligeiramente equivocada, que o homem tinha corrido para o alto da colina rochosa de onde Ma Iyang havia saído voando, perdendo-se na neblina. Só que Ma Gedik não tinha corrido para aquela colina, mas para outra, mais a leste.

Depois de interrogar algumas pessoas à margem da estrada, localizou marcas de pneu do Colibri, que a conduziu ao pé dessa colina. Dewi Ayu encontrou o Sr. Willie sentado na mala traseira do carro, parecendo sem a menor possibilidade de prosseguir.

— Ele está cantando no alto da colina — disse o Sr. Willie.

Dewi Ayu olhou para cima e viu Ma Gedik de pé numa rocha, cantando como uma estrela da ópera no palco. Conseguia ouvi-lo de longe, mas não sabia que era a mesma canção que ele cantara anos atrás, no último dia dos seus 16 anos de espera por Ma Iyang.

— Ele com certeza vai pular, como sua amada — prosseguiu o Sr. Willie. — Vai se alçar para o céu e desaparecer na neblina.

— Não — retrucou Dewi Ayu. — Vai dar de cara na rocha e se espatifar como um monte de carne picada.

E foi o que aconteceu: ao concluir sua canção, Ma Gedik saltou no espaço. Parecia voar, feliz da vida, como ninguém o via fazia muitos anos. Batia os braços como as asas de um pássaro, mas eles não eram capazes de fazê-lo voar mais alto, e ele mergulhou em velocidade cada vez maior. Embora soubesse o que o esperava no fim, continuava sorrindo e gritando, todo empolgado. Bateu de encontro à rocha, e seu corpo partiu-se em mil pedaços, exatamente como previra Dewi Ayu.

Seus restos, mais parecendo uma maçaroca ou sopa do que um cadáver humano, foram trazidos de volta e devidamente enterrados. Dewi Ayu deu à colina, que se projetava em direção à colina Ma Iyang, o nome de Ma Gedik, e decidiu entrar em luto durante uma semana. No fim do período de luto, foi informada de que Ted Stammler tombara defendendo a Batávia na última batalha antes da rendição da Holanda. Seu cadáver não foi devolvido, mas Dewi Ayu decidiu entrar em luto por mais uma semana. No fim do segundo período, feliz por não ter recebido mais nenhuma notícia ruim, livrou-se das roupas de luto. Vestiu trajes alegres, arrumou-se bem, e foi para o mercado como se nada tivesse acontecido. Mas, ao voltar para casa, teve notícias muito mais inesperadas do que a de outra morte.

Engravatado numa jaqueta e calçando lustrosos sapatos de couro, o Sr. Willie aproximou-se dizendo que tinha uma importante questão a discutir. Dewi Ayu achou que ele ia se demitir e ir para Batávia em busca de emprego, ou talvez entrar para o exército japonês. Mas não acertou nem de perto. O rosto do Sr. Willie, rubro de atrapalhação, nada deixou transparecer até o momento em que ele abriu a boca. Foram poucas palavras, mas ela ficou sem fôlego:

— Senhorita — disse ele. — Case comigo.

3

Dewi Ayu esquecera que os soldados japoneses não podiam estar vencendo a guerra sem informações, como o fato de que ela era filha de uma família holandesa. Ela não seria traída apenas pelo rosto e a pele, mas também pelos registros municipais, cujos arquivos estavam agora sob controle dos japoneses, de modo que eles não acreditariam que ela era uma nativa, fosse ou não Dewi Ayu o seu nome.

— É assim mesmo — disse. — Exatamente como todo mundo sabe que esse tal de Multatuli é um bêbado, e não um javanês.

Ela estava sozinha, sentindo-se nostálgica e ouvindo no gramofone as canções favoritas do pai, a *Sinfonia inacabada* de Schubert e a *Sherazade* de Rimsky-Korsakov, enquanto tentava imaginar como responder à proposta do Sr. Willie. Sabia que ele era um homem muito bom — chegara inclusive a esperar a certa altura que casasse com a tia Hanneke. Decepcionar um homem bom assim era tão difícil quanto casar impensadamente com ele, mas, quaisquer que fossem as circunstâncias, depois daquele tumultuado casamento com Ma Gedik, ela jamais voltaria a pensar na possibilidade de casar de novo.

O Sr. Willie chegara a Halimunda quando seu avô encomendou o Colibri na loja Velodrome em Batávia para substituir o velho Fiat da família. A empresa pertencia a um comerciante chamado Brest van Kempen, sujeito generoso que permitia que as pessoas comprassem carros a prestação. O avô não precisava pagar a prazo, mas fora informado pelos amigos da grande promoção que a Velodrome estava anunciando — o carro vinha com direito a seguro gratuito contra acidentes, acesso a uma grande oficina e, além do mais, um motorista experiente nas artes da mecânica. Ele voltou para casa com o Sr. Willie, que se tornou motorista e mecânico da família, o que era especialmente útil, porque era necessário alguém que cuidasse dos equipamentos da plantação. Ele tinha estatura média, estando pelo meio da casa dos 30. O paletó ficava sempre desabotoado, as roupas, perpetuamente cobertas de graxa, e ele carregava uma pistola para abater ratos e porcos. Isto quando Dewi Ayu ainda era uma menina de 11 anos, 5 anos antes de o Sr. Willie pedi-la em casamento.

— Pense bem, meu senhor — disse ela. — Sou meio maluca.

— Não vejo sinais de loucura quando olho para a senhora — respondeu o Sr. Willie.

— Quando Ma Gedik morreu, dei-me conta de que só tinha casado com ele de raiva, porque Ted tinha destruído seu amor. De modo que sou mesmo louca.

— É apenas um pouco irracional.

— O que é outra maneira de dizer louca, meu senhor.

Mas agora chegava sua salvação: ela podia sair correndo para não ter de responder à proposta. A manhã ainda não terminara e o disco continuava tocando as últimas canções quando ela viu caminhões militares estacionados na praia, prontos para levar os últimos moradores holandeses para um campo de prisioneiros. Na véspera, os soldados tinham ido de casa em casa dando ordens para preparar as malas. Naquela noite, sem nada dizer a ninguém, especialmente ao Sr. Willie, Dewi Ayu juntara suas coisas. Não era muito, apenas uma mala com roupas, um cobertor, um fino colchão de palha e documentos provando as posses da sua família. Não levava dinheiro nem joias, pois sabia que seriam roubados. Preferiu juntar alguns colares e pulseiras que eram da avó e jogá-los no vaso sanitário, cofre de merda. Separou o resto em envelopes destinados aos empregados domésticos, para que pudessem sobreviver enquanto buscassem trabalho em algum outro lugar. Para seu próprio uso, engoliu seis anéis encravados de jade, turquesas e diamantes. Estariam seguros em sua barriga, sairiam com a bosta e ela voltaria a engoli-los enquanto estivesse prisioneira. Mas agora era hora de partir — um dos caminhões tinha parado em frente à casa, e dois soldados haviam descido com baionetas nas mãos e já subiam a escada da varanda, onde ela os esperava sentada.

— Eu os conheço — disse Dewi Ayu —, vocês são os fotógrafos que trabalhavam na curva da estrada!

— Sim, era divertido. Tiramos fotos de todos os holandeses de Halimunda — respondeu um deles.

O outro se manifestou:

— Prepare-se, senhorita.

— Senhora — corrigiu Dewi Ayu. — Sou viúva.

Ela pediu alguns momentos para se despedir dos empregados. Aparentemente eles sabiam que a patroa se ia. Ela encontrou uma das cozinheiras, Inah, chorando. Inah era propriamente a dona da cozinha, e a avó de Dewi Ayu confiava a ela as refeições para convidados da família. Dewi Ayu nunca mais poderia saborear seu maravilhoso *rijsttafel*, talvez pelo resto da eternidade — uma boa cozinheira era parte importante da riqueza de uma família, mas agora a família desaparecera e seu último membro partia, prisioneira de guerra. Ao entregar à mulher um colar de ouro, Dewi Ayu foi arrastada num turbilhão de lembranças. Quando era pequena, Inah ensinara-lhe a cozinhar e a deixava moer os temperos e atiçar as brasas do fogão. Ela sofreu um choque de tristeza mais avassalador do que a notícia de que os avós tinham morrido.

Ao lado da cozinheira estava um pequeno criado, filho de Inah. Chamava-se Muin. Sempre se vestia de maneira mais elegante do que os outros, com seu chapéu *blangkon*, causando impressão até nos holandeses. Sua função era circular pela casa, mas ele ficava mais ocupado nas refeições, quando tinha de botar a mesa e cuidar dela. Ted Stammler ensinara-lhe a cuidar do gramofone, muitas vezes ordenando que mudasse o disco ou buscasse determinada canção. Ele gostava disso, botando o disco para rodar e movendo a agulha como se fosse o único capaz de fazê-lo. Passara a conhecer muitas peças clássicas, e também parecia apreciá-las de verdade.

— Pode ficar com tudo isto — disse-lhe Dewi Ayu, apontando para o gramofone e a prateleira de discos.

— Não posso! — disse Muin. — São do nosso patrão.

— Vá por mim, os mortos não ouvem música.

Anos depois, após o fim da guerra e a fundação da república, ela voltou a vê-lo. Na época, quase não restavam famílias holandesas, e ninguém tinha dinheiro para dispor de muitos criados. Ela sabia que Muin não era capaz de fazer muita coisa além de pôr a mesa e botar o gramofone para funcionar; e lá estava ele em frente ao mercado tocando os discos herdados do avô dela, enquanto um inteligente macaquinho treinado ia e voltava empurrando uma carrocinha ou carregando um guarda-chuva, dançando ao ritmo da *Sinfonia nº 9 em ré menor*, e as pessoas jogavam moedas no chapéu *blangkon* que Muin passava. Dewi Ayu limitou-se a observá-lo de longe, sorrindo de sua boa sorte.

O único outro emprego de Muin fora como entregador de cartas: ainda não havia telefones nas casas, e as "cartas" na verdade eram pequenos quadros-negros de dupla face. Muitas vezes ela fofocava com as colegas de escola escrevendo num dos lados da lousa. Muin corria até a casa da amiga e esperava a resposta ser escrita do outro lado. Enquanto esperava, ganhava uma bebida fria e bolinhos, que saboreava com vontade, e voltava para casa levando o quadro-negro, além das fofocas dos empregados da outra casa. Gostava do trabalho, e Dewi Ayu o enviava quase diariamente.

O único quadro-negro que ela não enviou por Muin foi o último que jamais mandou, sua mensagem a Ma Gedik, levada pelo Sr. Willie e um capanga até sua choupana.

— Este quadro-negro também é para você — disse ela.

Voltou-se então para a lavadeira Supi, a rainha da bomba d'água e do sabão. Quando era pequena, a velha sempre lhe fazia companhia para dormir, cantando a canção de ninar *Nina Bobo* e contando a história de *Lutung Kasarung*. Seu marido era o jardineiro da casa. Tinha sempre um facão na cintura e uma foice na mão, e muitas vezes voltava para casa com embrulhos de surpresa — um gatinho preto, ovos de serpente, um lagarto-monitor — ou deliciosos presentes, como um cacho de bananas, uma graviola quase madura ou um saco de mangas.

Havia alguns capangas — os vigias da casa, o segurança do jardim e os guardas do curral de cabras —, e ela abraçou todos eles. Pela primeira vez em muitos anos, Dewi Ayu chorou. Separar-se de todos eles era como perder uma parte do próprio corpo. Por fim, ela se postou diante do Sr. Willie.

— Eu sou uma louca, e só um louco casaria com uma louca — disse-lhe. — E eu não quero casar com um louco.

Beijou-o então, antes de sair com os dois soldados japoneses, que já mostravam impaciência.

— Cuidem da minha casa — disse-lhes pela última vez —, a menos que seja confiscada.

Subiu então na traseira do caminhão que esperava em frente à casa. Quase não o conseguiu, pois já estava cheio de mulheres com suas crianças chorando e gritando. Acenou para os empregados perfilados de pé na varanda da casa. Vivera ali por 16 anos, jamais deixando os limites da cidade, exceto em breves férias passadas em Bandung ou na Batávia. Viu os borzóis que vinham correndo dos fundos da casa, latindo no quintal coberto da grama japonesa na qual tanto gostavam de rolar, com flores de jasmim baixinhas junto à casa e girassóis crescendo perto da cerca. Era o seu território, e Dewi Ayu esperava que o Sr. Willie cuidasse dele. O caminhão deu a partida, e Dewi Ayu mal conseguia respirar, comprimida entre os corpos das outras mulheres. Mas continuava acenando na direção dos cães borzói, que latiam.

— Não consigo acreditar que estamos abandonando nossas casas! — disse a mulher a seu lado. — Espero que não seja por muito tempo.

— Pois *eu* espero que nosso exército expulse os japoneses — disse Dewi Ayu. — Caso contrário, vamos ser vendidos como açúcar e arroz.

Nativos acampavam ao longo da estrada, observando impassíveis os que eram sacudidos na carroceria do caminhão. Até que alguns caíram em lágrimas ao ver as poucas holandesas que conheciam, e começaram a acenar com lenços, entre soluços. Dewi Ayu enxugou as lágrimas, sorrindo ante aquela estranha visão. Os nativos eram bons e inocentes, obedientes e um pouco preguiçosos. Dewi Ayu reconheceu alguns; tinham trabalhado na plantação de cacau do seu avô, e muitas vezes ela se enfiara em suas choupanas. Gostava deles porque lhe contavam histórias fantásticas sobre *wayang* e *buta*, e porque gostavam muito de rir, e a vestiam com seus sarongues apertados e suas blusas *kebaya* bordadas, prendendo seus cabelos num coque. Eram muito pobres, e só podiam ficar por trás da tela no cinema, de modo que viam o filme ao contrário, e nunca estavam no clube nem no salão de baile, a não ser para varrer.

— Veja — disse ela a outra mulher a seu lado. — Estão confusos vendo dois países estrangeiros em guerra na sua terra.

A viagem rumo à prisão na margem ocidental de um pequeno delta do rio Rengganis parecia não acabar nunca. Até então, a prisão era ocupada apenas por criminosos: assassinos e estupradores, além de prisioneiros políticos do governo colonial, em sua maioria comunistas que por ali passavam temporariamente antes de ser jogados em Boven-Digoel. As mulheres torravam debaixo do abrasador sol tropical, sem um guarda-sol nem nada para beber. No meio do dia, o caminhão parou; o radiador bebeu um pouco d'água, mas as pessoas, nada.

Dewi Ayu, exausta de passar tanto tempo agachada, olhando para a estrada, virou-se, recostou-se na lateral da carroceria, e se deu conta de que na verdade conhecia algumas daquelas mulheres muito bem — eram vizinhas e colegas de escola. Os holandeses tinham uma vida social bem intensa. As crianças se encontravam quase toda tarde na baía para nadar. Os adolescentes se encontravam no salão de baile, no cinema ou nos espetáculos de comédia. Os adultos, no clube. Dewi Ayu reconheceu algumas amigas. Trocaram sorrisos amargos, e uma delas perguntou, sarcástica:

— E, então, como vai?
Com sincera convicção, Dewi Ayu respondeu:
— Muito mal. Estamos indo para um campo de prisioneiros.
Foi o que bastou para fazê-las rir um pouco.

A garota que fizera o gracejo chamava-se Jenny. Elas costumavam nadar juntas, boiando num velho pneu que Dewi Ayu mantinha no carro. Haviam sido tempos felizes, antes da tempestade da guerra. Os rapazes ficavam de pé perto da água e os velhos sentavam na areia, debaixo de guarda-chuvas, com cachimbos de tabaco na boca, todos ali espiando as moças de roupa de banho. Ela também sabia o que eles queriam no vestiário. O que chamavam de vestiário era na verdade uma fonte natural na extremidade da praia, cercada de bambus entrelaçados. Embora os compartimentos de homens e mulheres fossem separados, muitas vezes ela surpreendia olhos espiando pelas fendas. Pois ia também espiar e gritava:

— Meu Deus, como o seu é pequenininho! — Os homens em geral fugiam, envergonhados.

De vez em quando, a visão da barbatana de um tubarão deixava os nadadores em polvorosa, mas ninguém chegou a ser atacado. A praia de Halimunda era muito rasa, e em geral eles nadavam de volta para o mar. Às vezes, pequenos tubarões ficavam presos nas redes dos pescadores, que, no entanto, os libertavam, dizendo que dava azar ficar com eles. Os tubarões não eram os únicos animais a temer, pois havia crocodilos no estuário do rio, e eles também gostavam de comer gente.

Agora, a baía, com suas ondas suaves, devia estar sempre cheia apenas de crianças nativas, que andavam descalças e tinham o corpo coberto por uma crosta de sujeira, e se afastavam quando as jovens senhoras e os cavalheiros iam nadar. Dewi Ayu perguntava-se se poderiam nadar na prisão.

— Reze para não darmos de cara com um crocodilo — disse uma mulher de meia-idade com um bebê no colo.

E não o dizia à toa. Para chegar à prisão no meio do delta, elas teriam de atravessar a água. Depois da penosa viagem de caminhão, elas pararam no rio. Soldados japoneses percorriam as margens, gritando para as mulheres em sua língua, que ninguém entendia.

As mulheres foram comprimidas numa barca, muito mais assustadora do que o caminhão, pois agora havia a possibilidade de afundarem, e, como a mulher dissera, poderia aparecer um crocodilo a qualquer momento, e nenhuma delas seria capaz de nadar para longe de um animal assim. A barca movia-se com terrível lentidão, dando voltas para não ir de encontro à corrente. Com uma fuligem negra, a fumaça da chaminé subia para o céu. Um bando de garças assustou-se com o barulho e bateu asas, pousando na água rasa; mas a visão nada tinha de bela naquele momento em que elas chegavam a um velho prédio parcialmente encoberto por arbustos, parecendo ter sido esvaziado especialmente para abrigar prisioneiros de guerra. Era a prisão de Bloedenkamp, de história sanguinolenta, temida até pelos criminosos. Uma vez lá dentro, não havia grande chance de fuga, exceto para quem fosse capaz de nadar um quilômetro e meio pelo vasto rio mais rápido do que um crocodilo.

Atracada a barca, os soldados japoneses começaram a gritar de novo, e as mulheres saltaram o mais rapidamente possível. As crianças choravam em meio a uma certa comoção: uma mala caiu no rio, e a dona ficou toda molhada na tentativa de recuperá-la, um colchão de palha caiu na lama e uma mãe se viu separada do filho, pisoteado na confusão. O grupo caminhou em direção à prisão, passando pelos portões de ferro guardados por soldados. Antes de entrar, formaram fila em frente a uma mesa em que dois japoneses estavam sentados, agarrados a uma lista. A seu lado, um cesto para depositarem dinheiro e outros bens. Algumas mulheres já tiravam as joias para jogá-las no recipiente.

— Joguem aí antes de revistarmos — ordenou um dos soldados em malaio.

Pode revistar minha bosta à vontade, pensou Dewi Ayu com seus botões.

A prisão era muito mais asquerosa do que um chiqueiro. O teto tinha goteiras, as paredes apresentavam manchas de sangue coagulado, com limo e ervas daninhas crescendo nas fendas, e o chão era sujo, cheio de piolhos, baratas e sanguessugas. Ratos de esgoto do tamanho de uma coxa de criança corriam para todo lado, azucrinados com os recém-chegados, ziguezagueando entre as pernas das mulheres, pulando e guinchando. As mulheres se atropelavam para marcar território com as malas o mais rápido possível, arrumando as coisas e ao mesmo tempo se lamuriando. Dewi Ayu tomou posse de um pequeno espaço no meio de um salão, desenrolou seu colchão e, usando a mala como travesseiro, deitou-se, exausta. Tinha sorte por não precisar cuidar de uma mãe nem de um filho, e por não ter esquecido os tabletes de quinina e outros remédios, pois havia ameaça de malária e disenteria: o vaso sanitário não funcionava.

Naquela noite, não havia o que comer. As coisinhas que as mulheres tinham trazido para lanchar haviam acabado na hora do almoço. Alguém perguntou a respeito aos japoneses, e eles responderam que talvez amanhã ou no dia seguinte. Naquela noite, teriam de passar fome. Dewi Ayu deixou o salão em direção ao campo. Os três portões da prisão estavam abertos, e qualquer um podia sair do forte para caminhar por ali. Ao chegar mais cedo, Dewi Ayu vira algumas vacas. Talvez pertencessem aos guardas nativos ou aos agricultores que viviam no delta. Ela tinha juntado um monte de sanguessugas ao limpar seu espaço no salão, guardando-as numa lata de margarina. Encontrou uma das vacas pastando, a mais gorda, e aplicou as sanguessugas em seu couro. A vaca limitou-se a lançar um rápido olhar, imperturbável, e Dewi Ayu sentou numa pedra, esperando. Sabia que as sanguessugas estavam chupando o sangue da vaca, e quando estivessem saciadas cairiam como maçãs maduras. Pegou-as no chão e botou-as de novo na lata. Estavam gordas, inchadas.

Fazendo uma pequena fogueira, ela ferveu as sanguessugas na lata com um pouco de água do rio. Sem adicionar qualquer tempero, rapidamente levou-as de volta para o salão que agora era sua casa.

— O jantar está pronto — disse a algumas mulheres e crianças que haviam se instalado por perto, suas novas vizinhas.

Ninguém estava interessado em comer sanguessugas, e uma mulher chegou a ter ânsias de vômito à simples ideia.

— Não vamos comer as sanguessugas, mas sangue de vaca — explicou Dewi Ayu.

Cortou as sanguessugas com uma faquinha, retirou os coágulos de sangue, esmagou-os com a ponta da faca e os engoliu. Ninguém fez menção de juntar-se a ela na selvagem refeição, não pelo menos até o cair da noite, quando não aguentavam mais de fome. Resolveram então experimentar. Era meio insosso, mas não de todo ruim.

— Não vamos passar fome — disse Dewi Ayu. — Além das sanguessugas, há lagartixas, lagartos e camundongos.

— Ótimo — apressaram-se em dizer as mulheres —, muito bom, obrigada.

Aquela primeira noite foi pavorosa. A luz do dia rapidamente desapareceu, como costuma acontecer nos trópicos. Embora não houvesse eletricidade, quase todo mundo havia levado velas, e as pequenas chamas povoavam as paredes de sombras trêmulas que aterrorizavam as criancinhas. Estendidos em colchões de palha, com ar desamparado, ninguém conseguia dormir. Havia camundongos passando por cima, mosquitos zumbindo de um ouvido a outro, e morcegos tirando voos rasantes. Ainda piores eram as inspeções dos soldados japoneses, em busca de quem ainda estivesse escondendo dinheiro ou joias. Veio a manhã, sem nada prometer.

Bloedenkamp abrigava cerca de 5 mil mulheres e crianças, juntadas sabe-se lá onde. O único raio de esperança partiu de uma cartomante, que consultou seu baralho de cartas e disse-lhes que pilotos americanos estavam jogando bombas nos quartéis japoneses. Dewi Ayu rapidamente correu para o banheiro, mas havia uma longa fila, e ela resolveu pegar um pouco de água na lata de margarina e sair. Lá fora, entre arbustos de inhame, cavou um buraquinho e defecou como um gato. Depois de se lavar, guardando um pouco da água que restara, começou a remexer nos próprios excrementos, em busca dos seis anéis. Algumas outras mulheres imitaram seu indecente comportamento a uma distância segura, mas não sabiam que Dewi

Ayu guardava um tesouro. Ela então lavou os anéis com o resto da água e voltou a engoli-los. Não sabia o que poderia acontecer depois da guerra. Talvez perdesse a casa e a plantação, mas jurou que não perderia os anéis. Voltou ao salão sem saber se poderia tomar um banho naquele dia.

Naquela manhã, os recém-chegados tiveram de postar-se de pé no campo castigado pelo sol, as crianças chorando e as mulheres a ponto de desmaiar, à espera do comandante do campo e sua equipe. Apareceu então o comandante com seu espesso bigode e uma espada de samurai balançando na cintura, as botas refletindo os raios ofuscantes do sol. Disse aos prisioneiros que tinham de curvar-se profundamente, abaixo da cintura, ante os soldados japoneses assim que fosse dada a ordem *Keirei!*, e só poderiam voltar à posição ereta depois de ouvir a ordem *Naore!*

— Em sinal de respeito ao Império Japonês —, explicou, por meio do tradutor.

Quem não obedecesse receberia a devida punição: trabalho extra, chicotadas ou até a morte.

Retornando ao interior da prisão, algumas mulheres, temendo eventuais erros por descuido, rapidamente trataram de transmitir as ordens aos filhos. Seus gritos de *Keirei!* e *Naore!* fizeram Dewi Ayu se dobrar de rir.

— Vocês são piores que os japoneses! — exclamou.

E as mães tiveram de rir também.

Não havia muito como se divertir por ali. Os instintos de professora estagiária voltaram a aflorar em Dewi Ayu, e ela reuniu algumas crianças menores, improvisando uma escolinha num recanto do salão para dar-lhes instrução em leitura, escrita, aritmética, história e geografia. À noite, contava histórias tradicionais e da Bíblia, encenando os episódios *wayang* do Ramayana e do Mahabharata que tinha ouvido dos nativos, além de enredos dos muitos livros que lera. As crianças gostavam dela porque suas histórias nunca eram frias ou chatas. Ela as alegrava até a hora de voltarem aos braços das mães para dormir.

Os japoneses exigiam que as celas fossem mantidas limpas, e as mulheres se organizaram em pequenos grupos de trabalho, designando uma líder para cada um deles e estabelecendo uma tabela de horários para as tarefas a serem desempenhadas. Elas faziam turnos preparando alimentos na cozinha comunitária, enchendo as gamelas d'água, lavando ferramentas e equipamentos, varrendo o quintal e carregando sacos de arroz e batata, lenha queimada e outras coisas dos caminhões para o depósito. Apesar da pouca idade, Dewi Ayu foi escolhida como chefe do seu grupo. Tinha maturidade para liderar e ninguém para monopolizar sua atenção. Além da escolinha, também encontrara uma médica, e elas improvisaram um hospital sem camas nem remédios. Algumas mulheres pediram um pastor, mas os homens estavam numa outra prisão, de modo que Dewi Ayu encontrou uma freira, o que para ela era suficiente.

— Enquanto ninguém quiser casar, não precisamos de um pastor — disse, segura de si. — Só precisamos de alguém para fazer os sermões e as orações.

Mas nem tudo ia bem. Os meninos ficaram agitados, juntando-se com os amigos do mesmo bloco e trocando insultos. Eram mais comuns brigas entre as crianças do que manifestações de ira de um soldado japonês. As mães sentiram-se na obrigação de tomar uma atitude igualmente dura, batendo nos filhos, embora não parecesse fazer a menor diferença. Os japoneses não tinham intenção alguma de arbitrar ou impedir esses confrontos, muito pelo contrário; instigavam as brigas, como se fosse um novo jogo.

A comida era outro problema. A ração que recebiam não era suficiente para os milhares de prisioneiros. Estavam sujeitos a uma rigorosa dieta de fome, recebendo apenas mingau salgado de arroz no desjejum. No almoço, o que quer que fosse encontrado, e, mais tarde, os legumes que elas próprias haviam plantado atrás das celas. À noite, recebiam uma fatia de pão branco seco. Nunca havia carne, e a maioria dos animais encontráveis em Bloedenkamp já parecia ter sido caçada. Primeiro, os camundongos — muito embora no início ninguém quisesse comê-los, logo praticamente não eram mais encontrados no delta —, e depois os lagartos e as lagartixas também desapareceram. Foi então a vez de sumirem os sapos. De vez em quando as crianças iam pescar, mas não podiam afastar-se muito, e tinham de se satisfazer com peixinhos miúdos como o dedo rosado de um bebê, ou então com girinos. O maior luxo foi quando certa vez encontraram bananas, mas elas foram destinadas aos bebês, enquanto as mulheres tiveram de brigar pelas cascas.

Os bebês começaram a morrer e, depois, os velhos. A doença também matou jovens mães, crianças, mocinhas — qualquer um podia morrer a qualquer momento. O terreno atrás das celas foi transformado em cemitério.

Dewi Ayu fez amizade com uma jovem chamada Ola van Rijk. Elas se conheciam há muito tempo. O pai de Ola também tinha uma plantação de cacau, e elas com frequência se visitavam. Ola era dois anos mais moça e estava detida com a mãe e a irmã menor. Certa tarde, Dewi Ayu encontrou-a com lágrimas escorrendo pelo rosto.

— Minha mãe está morrendo — disse ela.

Dewi Ayu foi ver. E parecia verdade. A senhora Van Rijk estava com febre alta, muito pálida e tremendo. Aparentemente, nada havia a fazer, mas Dewi Ayu disse a Ola que encontrasse o comandante para pedir remédios e um pouco da ração dos soldados. Ola tremia de medo só de pensar na hipótese de se aproximar dos japoneses.

— Vá, ou sua mãe vai morrer — disse Dewi Ayu.

Ela finalmente se afastou enquanto Dewi Ayu aplicava compressas frias na testa da mulher, tentando entreter a irmãzinha de Ola. Passados cerca de dez minutos, Ola voltou sem nenhum remédio, chorando ainda mais forte.

— Deixe-a morrer — disse, soluçando.

— O que foi que você disse?! — falou Dewi Ayu.

Ola sacudiu a cabeça vagarosamente, secando as lágrimas com a manga.

— Não tem jeito — respondeu prontamente. — O comandante disse que só me daria remédios se eu dormisse com ele.

— Vou falar com ele — anunciou Dewi Ayu, furiosa.

O comandante estava em seu gabinete, sentado em sua cadeira, contemplando distraído o café gelado sobre a mesa e ouvindo estática de rádio. Ela foi entrando sem bater. O homem virou-se, surpreso com sua audácia, mostrando no rosto a raiva de alguém que não está para brincadeiras. Mas, antes que pudesse explodir, Dewi Ayu adiantou-se, separada dele apenas pela largura da mesa.

— Vim no lugar da garota anterior, comandante. Pode dormir comigo, mas providencie remédios e um médico para a mãe dela. *Um médico!*

— Remédios e um médico? — Ele já sabia algumas frases em malaio.

A mocinha era bem bonita, não tinha mais do que 17 ou 18 anos, talvez ainda fosse virgem, e se oferecia a ele apenas por alguns remédios para febre e um médico. Sua raiva evaporou-se ante tão extraordinária bênção numa tarde tão tediosa. Ele sorriu, astucioso e predatório, sentindo-se realmente um sujeito de sorte na sua idade, e começou a caminhar em torno da mesa enquanto Dewi Ayu esperava com seu típico autocontrole. Numa única carícia o comandante tocou todo o seu rosto, os dedos arrastando-se como lagarto no nariz e nos lábios, detendo-se no queixo para elevar mais o rosto. Seus dedos prosseguiram na jornada, descendo pelo pescoço com a mão bruta acostumada a segurar a espada de samurai, passando pela curva da clavícula e explorando a gola do seu vestido.

As mãos passaram à parte interna do tecido, e Dewi Ayu ficou meio espantada, mas o homem já agarrava seu seio esquerdo, e depois começou a agir muito mais rápido. O comandante abriu o vestido de Dewi Ayu com a mesma eficiência com que passava em revista suas tropas, e então estava apertando seu seio, e beijou-lhe o pescoço com desejo voraz, as mãos inquietas, como se lamentasse ter nascido com duas apenas.

— Seja rápido, comandante; caso contrário, a mulher vai morrer.

O comandante aparentemente concordou com a avaliação, e, sem mais dizer, agarrou Dewi Ayu, levantou-a e, afastando a xícara de café e o rádio transistor, deitou-a na mesa. Rapidamente despiu-a, tirou a roupa e pulou sobre seu corpo como um gato num peixe.

— Não esqueça, comandante, remédios e um médico — certificou-se ela.

— Sim, sim, remédios e um médico — repetiu ele.

E então, sem rodeios, o japonês atacou-a ferozmente. Dewi Ayu fechou os olhos, pois, fossem quais fossem as circunstâncias, era possuída por um homem pela primeira vez: ela tremia um pouco, mas sobreviveu ao horror. Mas depois já não podia manter os olhos fechados, pois o comandante estava sacudindo seu corpo violentamente, castigando-a sem descanso e sacudindo-a da esquerda para a direita. A única coisa que conseguia fazer era esquivar-se quando ele tentava beijá-la na boca. A brincadeira acabou numa explosão, e o comandante rolou para o lado de Dewi Ayu, esparramado e ofegando profunda e ruidosamente.

— E então, comandante? — perguntou Dewi Ayu.

— Foi incrível, parecia um terremoto — respondeu ele.

— Estou me referindo aos remédios e ao médico.

Cinco minutos depois, Dewi Ayu tinha a satisfação de receber um médico nativo, de óculos redondos e atitude gentil, agradecida por nunca mais precisar negociar com japoneses. Levou-o à cela onde se encontrava a família Van Rijk e, na porta, encontrou Ola, que imediatamente lhe perguntou:

— Você fez com ele?

— Sim.

— Meu Deus! — gritou a moça, chorando descontroladamente.

Enquanto o médico acudia a doente, Dewi Ayu tentou reconfortá-la.

— Não foi nada. Encare como se eu tivesse cagado pelo buraco da frente.

Erguendo a cabeça, o médico sentenciou:

— Esta mulher já está morta.

Desde então, elas viveram como um trio, uma pequena família: Dewi Ayu, Ola e a pequena Gerda, de apenas 9 anos. O pai de Ola e Gerda fora convocado e partira para a guerra exatamente como Ted, mas elas ainda não sabiam se estava vivo, capturado ou morto. A primeira

Páscoa e o primeiro Natal no campo passaram, sem ovos nem árvore de Natal nem velas, que já tinham sido usadas. Elas tentaram sobreviver juntas, reconfortando-se mutuamente e enfrentando a doença e a morte. Dewi Ayu proibiu a pequena Gerda de roubar o que quer que fosse de alguém, como faziam as outras crianças. Queimou os neurônios tentando descobrir o que poderiam comer a cada dia. As vacas não pastavam mais ao redor do delta, e as sanguessugas haviam sumido.

Certo dia, Dewi Ayu viu um bebê crocodilo na margem do delta, e, sabendo que a única coisa que se deve realmente evitar com um crocodilo em terra firme é a cauda, esmagou sua cabeça com uma grande pedra. O infeliz animal ficou ferido, mas não morreu. Sacudia a cauda e começou a se mover na direção do rio. Lançando mão de uma estaca de bambu apontado normalmente usada para prender as cordas da barca, de um só golpe arrojado, que nem ela imaginava fosse suficiente, Dewi Ayu furou o olho do bebê crocodilo e depois sua barriga. A criatura morreu agonizando. Antes que a mãe e outros viessem socorrê-lo, Dewi Ayu arrastou o bebê crocodilo para o campo pela cauda. Agora sim todos poderiam comemorar com sopa de carne de crocodilo! Muita gente elogiou sua coragem e manifestou gratidão.

— Ainda há muitos assim no rio — disse ela, distraída. — Se quiserem mais.

Desde pequena ela fora ensinada a nada temer. Algumas vezes o avô a levara com os capangas para caçar javali. Ela estivera inclusive ao lado do Sr. Willie quando ele foi atacado pelo javali que o deixou aleijado pelo resto da vida. Ela sabia lidar com um javali: zigue-zague, não correr em linha reta, pois um javali não sabe virar-se. Era o que lhe haviam ensinado os capangas, exatamente como lhe ensinaram a enfrentar um crocodilo, o que fazer se um píton de repente se enrolasse nela ou uma víbora a mordesse, como enfrentar um *ajak*, e o que fazer se uma sanguessuga chupasse seu sangue. Ela nunca fora ameaçada por qualquer desses animais até vir para Bloedenkamp, mas as lições aprendidas com os capangas ficaram gravadas.

Eles também lhe ensinaram mantras para se livrar de espíritos maus e preservar sua segurança. Ela nunca os usou, mas ficava feliz de saber que podia. Conhecia uma comerciante javanesa que vinha a pé de uma montanha, caminhando mais de cem quilômetros, só para vender aos holandeses frutos da sua horta. Levava quatro dias para chegar lá. Em geral, passava a noite no armazém, e a avó de Dewi Ayu servia-lhe jantar e uma xícara de café quente, e no dia seguinte ela voltava para casa, perfazendo mais uma jornada de quatro dias. Além de dinheiro, às vezes também levava roupas de segunda mão. Não tinha medo de feras da selva e Dewi Ayu sabia por quê: era porque recitava mantras.

Mas Dewi Ayu por outro lado tampouco acreditava neles, exatamente como sempre tivera dificuldade de entender para que rezar. Apesar disso, embora não acreditasse em orações e nunca as fizesse, dizia a Gerda:

— Reze para a América vencer a guerra.

Boatos sobre a vitória da América sobre a Alemanha se espalhavam de boca em boca pelo campo. Aquilo servia para reconfortá-los um pouco, por mais fugaz que fosse a esperança, mas os dias continuavam a se suceder, assim como as semanas e os meses. Finalmente chegou o segundo Natal, e nesse ano Dewi Ayu resolveu comemorá-lo só para entreter Gerda. Quebrou um galho de uma figueira-de-bengala que havia bem em frente ao portão do campo, aplicou-lhe enfeites de papel, cantou *Jingle Bells* e se sentiu bem feliz na companhia de Ola e Gerda, esquecendo por um momento a infelicidade de passar todos os dias num campo de prisioneiros.

Elas começaram a traçar planos para o momento em que a guerra acabasse, como quer que acabasse, quando finalmente estivessem livres. Dewi Ayu disse que voltaria para casa, poria tudo em ordem, e viveria exatamente como antes. Talvez não exatamente como antes, pois provavelmente os nativos formassem sua própria república e se opusessem aos velhos padrões de vida, mas ela voltaria para casa e lá viveria. Gostaria muito que Ola e Gerda pudessem acompanhá-la. Mas Ola, muito racional, pensou que talvez os japoneses já tivessem se apropriado da casa, vendendo-a. Ou quem sabe os nativos o haviam feito, e ela agora lhes pertencesse.

— Podemos comprá-la de volta — disse Dewi Ayu.

Contou-lhes o segredo do tesouro que lá deixara, embora não dissesse exatamente onde se encontrava.

— Mesmo que os japoneses a tenham bombardeado e reste apenas um monte de telhas, podemos comprá-la de novo.

Gerda ficou muito feliz de ouvir essa história. Estava agora com 11 anos, mas definhara e seu corpo não se desenvolvera nos dois últimos anos. Mas estavam todos no mesmo barco, raquíticos e abatidos. Dewi Ayu tinha certeza de ter perdido 10 ou 15 quilos de carne.

— O que dá para 50 tigelas de sopa — disse, rindo baixinho.

A verdadeira loucura começou depois de quase dois anos inteiros no campo, quando os soldados japoneses começaram a fazer uma lista das mulheres com idades entre 17 e 28 anos. Dewi Ayu já estava com 18, quase 19. Ola, com 17. Inicialmente, elas acharam que a lista significava que seriam incumbidas de trabalhos forçados mais duros, até que certa manhã chegaram caminhões militares do outro lado do rio e um punhado de oficiais do Exército entrou na barca para chegar a Bloedenkamp. Eles já tinham vindo algumas vezes, para inspeções ou para transmitir novas regras e ordens, e dessa vez a ordem era reunir todas as mulheres dessa faixa etária. Foi o caos, pois as mulheres se deram conta de que estavam para ser separadas dos amigos e da família.

Algumas garotas, entre elas Ola, tentaram maquiar-se para parecer bem velhas, o que, naturalmente, não funcionou. Outras se esconderam nos banheiros ou agachadas no telhado, mas foram encontradas pelos soldados japoneses. Uma senhora de idade, temendo perder a filha, tentou protestar e disse que, se as mulheres jovens fossem levadas, todas deveriam sê-lo também. Em resposta, dois soldados a espancaram sem piedade.

Finalmente, todas as mulheres jovens formaram filas no meio do pátio, tremendo de medo enquanto suas mães se aconchegavam a distância. Dewi Ayu viu Gerda agarrada a um poste, engolindo as lágrimas, e a seu lado Ola, sem coragem de levantar o olhar, fixado nos próprios sapatos surrados. Ouviu garotas chorando e murmurando orações. Até que chegaram os oficiais, examinando-as uma a uma. Eles se postavam diante de cada mulher, rindo baixinho enquanto examinavam seu corpo, da cabeça à ponta dos pés. De vez em quando, para ver melhor o rosto, levantavam o queixo com as pontas dos dedos.

Efetuou-se então uma seleção. Algumas mulheres foram separadas ao lado, e, toda vez que uma mocinha era liberada, era como uma flecha sendo lançada do grupo de garotas para o grupo de mães. Apenas metade delas estavam agora de pé no meio do pátio, entre elas Dewi Ayu e Ola, que haviam permanecido mesmo depois da segunda seleção, brinquedos impotentes do ridículo jogo dos soldados japoneses. Elas foram chamadas uma a uma à presença de um oficial, que as examinou muito mais minuciosamente, apertando os olhinhos. Depois dessa seleção final, ficaram no centro do pátio apenas 21 garotas agarradas umas às outras, mas nenhuma ousava olhar para ninguém. As escolhidas — jovens, belas, saudáveis e fortes — receberam ordem de arrumar seus pertences imediatamente e ir para o escritório do campo. O caminhão já esperava para levá-las.

— Tenho de levar Gerda — disse Ola.

— Não — retrucou Dewi Ayu. — Se morrermos, pelo menos ela sobreviverá.

— Ou o contrário?!

— Ou o contrário.

Elas entregaram Gerda a uma família conhecida de Dewi Ayu fazia muito tempo. Mas nem assim Ola aceitava a situação, e as irmãs ficaram sentadas num canto abraçando-se por muito tempo. Dewi Ayu arrumou as coisas e ajudou a decidir o que ficaria com Gerda.

Foi então que disse a ela:

— Muito bem, já chega, depois de dois anos dessa vida tediosa, vamos embora por um tempo, para uma viagem. Vou trazer lembranças para você.

— Não se esqueça do guia de viagem! — falou Gerda.

— Muito engraçada, garota — disse Dewi Ayu.

As vinte mulheres juntaram-se no portão, e parecia que só Dewi Ayu se comportava como se fosse uma agradável excursão. As outras garotas estavam medrosas e confusas, olhando para as que ficariam. Os oficiais caminhavam à frente, e as mulheres foram tocadas para a barca por alguns soldados, que as empurravam vigorosamente. Depois de embarcadas, continuavam vendo os portões da prisão, e bem lá dentro as pessoas reunidas para assistir à sua partida. Algumas acenavam com lenços, e todas assim se lembravam do momento em que haviam sido tiradas de suas casas pelos japoneses. Agora iniciavam uma nova jornada. Mas, quando a barca começou a se mover, o portão e o que se via lá dentro desapareceram. Foi quando as garotas começaram a chorar, abafando o ruído do motor e os brados dos soldados, que começavam a se irritar com aquela choradeira.

Elas foram então transferidas a um caminhão que esperava do outro lado do rio. Todas se agacharam junto às laterais, exceto Dewi Ayu, que se manteve recostada de pé perto de dois guardas armados, apreciando a vista do conhecido caminho para Halimunda. Depois de dois anos no campo, quase todas as jovens se conheciam bem, mas ninguém aparentemente queria falar, e ficavam espantadas com a atitude calma de Dewi Ayu. Nem Ola sabia o que passava pela sua cabeça, e presunçosamente deduziu que Dewi Ayu não tinha mais ninguém com quem se preocupar — não estava se separando de ninguém.

— Para onde estamos sendo levadas, senhor? — perguntou Dewi Ayu a um soldado, embora soubesse que o caminhão rumava para o limite ocidental da cidade, ou talvez mais além.

Os guardas aparentemente haviam recebido ordem de não falar com as mulheres, de modo que ele ignorou a pergunta de Dewi Ayu, continuando a falar com os outros em japonês.

As mulheres foram levadas para uma grande casa com amplo quintal cheio de árvores e arbustos, tendo no centro uma enorme figueira-de-bengala, e, ao longo da cerca, palmeiras e coqueiros chineses alternadamente. Quando o caminhão entrou na propriedade, Dewi Ayu imaginou que haveria mais de 20 quartos nos dois andares da casa. As garotas desceram pasmas do caminhão: de um campo de prisioneiros sórdido e deprimente, elas eram levadas de repente para uma mansão confortável e até luxuosa. Era tão estranho — devia ter havido algum equívoco nas ordens recebidas.

Além dos dois guardas, existiam outros soldados patrulhando o vasto terreno ou sentados, jogando cartas. Do interior da casa veio uma nativa de meia-idade, com o cabelo preso em coque e um vestido largo com o cinto solto. Ela sorriu para as mulheres paradas no pátio como camponesas intimidadas demais para se aproximar do palácio do rei.

— Esta casa é sua, senhorita? — perguntou Dewi Ayu polidamente.

— Pode me chamar de Mama Kalong — respondeu ela —, pois, como o *kalong*, o morcego frugívoro, fico sempre muito mais ativa à noite do que durante o dia.

Descendo da varanda, ela se aproximou das mulheres, tentando aliviar um pouco as expressões desoladoras com um gracejo e um sorriso.

— Isto aqui era um centro de férias do dono de uma fábrica holandesa de limonada de Batávia. Esqueci seu nome, mas não tem importância, pois agora a casa pertence a vocês.

— Para quê? — perguntou Dewi Ayu.

— Acho que sabem para quê. Vocês atenderão soldados doentes.

— Como voluntárias da Cruz Vermelha?

— Você é muito inteligente, garota. Como se chama?

— Ola.

— Muito bem, Ola, convide suas amigas para entrar.

O interior da casa era ainda mais incrível. Havia nas paredes muitas pinturas, a maioria no estilo *mooi indie*. Toda de madeira finamente entalhada, a construção estava intacta. Dewi Ayu viu numa das paredes um retrato de família, um grupo de pessoas parecendo reunir mais de três gerações apertadas no sofá. Talvez tivessem conseguido fugir, ou quem sabe alguns estivessem vivendo em Bloedenkamp, e seria mesmo bem possível que todos já estivessem mortos. Um grande retrato da rainha Guilhermina estava encostado em um canto; talvez os japoneses o tivessem tirado da parede. Tudo isto fez com que Dewi Ayu se desse conta de que ela própria não devia mais ter uma casa: provavelmente os japoneses estavam de posse dela, ou quem sabe tivesse sido reduzida a pó por uma bomba perdida. Mas era evidente o minucioso cuidado com tudo, talvez da parte de Mama Kalong, e ao entrar num dos quartos ela teve a sensação de entrar numa câmara nupcial. A enorme cama tinha um colchão espesso e macio e um mosquiteiro da cor de uma maçã vermelha, e no ar pairava uma fragrância de rosas. Os armários ainda estavam cheios de roupas, algumas para moças, e Mama Kalong disse que poderiam usá-las. Ola comentou que, depois de dois anos num campo de prisioneiros, tudo aquilo parecia um sonho.

— O que foi que lhes disse? — interveio Dewi Ayu. — Estamos numa excursão.

Cada garota ficou com seu próprio quarto, e o luxo não acabava por aí. Assistida por duas criadas, Mama Kalong serviu-lhes um completo jantar *rijsttafel*, que lhes pareceu cheio das melhores iguarias que jamais tinham provado, depois de terem passado fome meses a fio. A maioria das garotas, contudo, não conseguia desfrutar daqueles prazeres, à lembrança dos que tinham ficado no campo.

— Gerda devia estar conosco — disse Ola.

Dewi Ayu tentou reconfortá-la:

— Se não formos mandadas para trabalhos forçados numa fábrica de armas, podemos ir buscá-la.

— A mulher disse que seremos voluntárias da Cruz Vermelha.

— E daí? Qual a diferença? Você nem sabe tratar uma ferida, que faria Gerda aqui?

E era verdade. Mas todas estavam encantadas com a ideia de se tornar voluntárias da Cruz Vermelha, ainda que significasse trabalhar para o inimigo. Na pior das hipóteses, era melhor do que morrer de fome num campo de prisioneiros. Começaram todas a falar alvoroçadamente de primeiros socorros. Uma jovenzinha disse que fora bandeirante e sabia estancar uma ferida, mas, não só, também sabia tratar doenças menos graves, como diarreia, febre e intoxicação, usando plantas selvagens.

— O problema é que os soldados japoneses não precisam de remédios para diarreia — interrompeu Dewi Ayu. — Precisam de alguém para amputar seu pescoço.

Dewi Ayu afastou-se do grupo e foi para seu quarto. Por ser a mais calma, embora não fosse a mais velha, passara a ser considerada a líder. E, assim, as outras 19 garotas a seguiram e se reuniram em seu quarto, algumas sentadas na cama, retomando a conversa sobre como cortar o pescoço de um soldado japonês, caso a cabeça estivesse ferida e não tivesse mais uso. Dewi Ayu não prestava atenção naquela tagarelice, preferindo desfrutar da sua nova cama, como uma criancinha com o brinquedo novo. Apalpou o colchão, sacudiu o cobertor, rolou para um lado e para outro, e até pulou em cima da cama para sacudir as amigas.

— Que está fazendo? — perguntou uma delas.

— Só quero ver se esta cama vai cair se levar umas boas sacudidelas — respondeu ela, sem parar de pular.

— Não vai ter nenhum terremoto — disse uma das meninas.

— Quem sabe? — retrucou ela. — Se é para acabar caindo no chão dormindo, prefiro deitar direto no chão.

— Que garota mais estranha — disseram elas, escafedendo-se uma a uma para seus quartos.

Depois que saíram, Dewi Ayu caminhou até a janela e a abriu. Havia espessas barras de ferro, e ela pensou com seus botões: *Não há como fugir daqui.* Fechou a janela, subiu na cama e puxou as cobertas sem trocar de roupa. Antes de fechar os olhos, rezou:

— Que diabos, você sabe que guerra é assim mesmo.

Ao amanhecer, o desjejum já estava preparado: arroz frito e ovos estrelados. Todas as meninas tinham tomado banho, mas ainda usavam as roupas velhas, que mais pareciam nojentos panos de prato usados, lavados e postos para secar infinitas vezes. Seus olhos vermelhos entregavam as lágrimas derramadas a noite toda. Só Dewi Ayu ousara tirar as roupas do armário, e usava um vestido creme de mangas curtas com bolinhas brancas e um cinto que lhe apertava a cintura numa fivela redonda. Tinha passado pó de arroz no rosto, uma fina camada de batom, e seu corpo exalava a leve fragrância de um perfume de lavanda. Tudo encontrado na gaveta da penteadeira. Estava elegante e radiosa, como se fosse seu aniversário, e totalmente deslocada entre as tristonhas garotas. Elas lhe mandavam olhares acusadores, como se tivessem apanhado uma traidora no ato, mas depois do desjejum correram para seus quartos, rapidamente se trocaram e começaram a se admirar.

Já era quase meio-dia quando os japoneses chegaram, enchendo a casa com o som das botas. As garotas imediatamente se lembraram de que, apesar de tudo, continuavam sendo prisioneiras, e parecia estranho que se sentissem tão felizes naquele momento. Recuaram até encostar as costas na parede, novamente tomadas pelo desânimo. Exceto Dewi Ayu, que rapidamente cumprimentou um dos visitantes.

— Como vai?

Ele se limitou a olhar para ela por um momento, sem abrir a boca, e saiu à procura de Mama Kalong. Conversaram por um momento e ele voltou, contando as meninas antes de sair novamente. A casa voltou à tranquilidade, apenas com as garotas e Mama Kalong e dois soldados patrulhando lá fora.

— Ele nos contou como se fôssemos um contingente de soldados! — queixou-se uma delas.

— É a função de um comandante — explicou Mama Kalong.

O dia inteiro elas nada fizeram, ficando à toa na sala de estar ou num dos quartos, cheias de tédio. Depois de rememorar nostálgicas a infância feliz antes da guerra, não encontraram mais o que dizer. Nada mais disseram sobre a Cruz Vermelha, pois não existia qualquer indicação de que de fato fossem se tornar voluntárias. Os japoneses não falavam do assunto, mas é bem verdade que não falavam nada. As meninas achavam que deveria haver algum treinamento se realmente fossem trabalhar como voluntárias, mas parecia que iam apenas ficar apodrecendo naquela casa, em meio àquele luxo absurdo. Além do mais, pensando bem, ponderou uma delas, os combates estão muito longe daqui, quem sabe, talvez no oceano Pacífico, talvez na Índia, mas não certamente em Halimunda. Não havia soldados feridos na cidade, e ninguém precisava da Cruz Vermelha.

— Mas continuam precisando de quem lhes corte o pescoço — disse Dewi Ayu.

A piada não tinha mais graça, especialmente considerando-se que a autora não estava preocupada com ninguém neste mundo. Parecia estar gostando da coisa toda, comendo as maçãs oferecidas para em seguida atacar bananas e papaias com a mesma voracidade.

— Você está morrendo de fome ou é apenas gula? — perguntou Ola.

— As duas coisas.

No dia seguinte, nada ainda acontecera, deixando-as cada vez mais confusas. Ola tentou animar-se imaginando que talvez estivessem para ser trocadas por outros prisioneiros de guerra, e por isto estavam sendo bem alimentadas, acomodadas e vestidas, para não parecer que estavam sofrendo. Nenhuma delas acreditou. A oportunidade de fazer perguntas veio quando apareceram homens japoneses na casa, acompanhados de um fotógrafo. Mas nenhum deles falava inglês, holandês ou malaio. Simplesmente faziam mímicas para as garotas, para sair bem na foto que estava para ser tirada. Relutantes, elas se perfilaram em frente à câmera com sorrisos forçados, esperando que Ola estivesse certa na suposição de que os retratos fariam parte de uma campanha sobre a situação dos prisioneiros de guerra, e de que haveria uma troca.

— Por que não perguntam a Mama Kalong o que está acontecendo? — sugeriu Dewi Ayu.

Elas encontraram a mulher e a abordaram.

— Você disse que trabalharíamos como voluntárias para a Cruz Vermelha!

— Sim, voluntárias — disse Mama Kalong —, mas talvez não da Cruz Vermelha.

— E então?

Ela olhou para as meninas, que a fixavam cheias de expectativa. Esperavam, os rostos inocentes quase totalmente destituídos de pecado, até que Mama Kalong simplesmente sacudiu a cabeça vagarosamente. Virou-se para se afastar e elas a seguiram, exigindo:

— Diga alguma coisa!
— Sei apenas que vocês são prisioneiras de guerra.
— Por que nos estão dando toda essa comida?
— Para não morrerem.

E desapareceu no quintal. As garotas não sabiam para onde ia, e não podiam ir atrás dela porque os soldados japoneses as interceptaram, deixando-a passar.

Sua contrariedade aumentou ainda mais quando, ao retornar, deram com a amiga Dewi Ayu sentada numa cadeira de balanço, cantarolando baixinho e ainda comendo suas maçãs. Ela olhou para elas e sorriu, vendo a raiva contida nos rostos.

— Vocês estão estranhas — disse —, parecem um bando de bonecas de trapo.

Elas fizeram um círculo ao seu redor, mas Dewi Ayu manteve-se calada, até que finalmente uma delas falou:

— Você não acha que está acontecendo algo estranho? Não está preocupada com nada?

— A preocupação é filha da ignorância — sentenciou Dewi Ayu.

— Então acha que sabe o que vai nos acontecer? — perguntou Ola.

— Sim — respondeu ela —, seremos prostitutas.

Elas todas sabiam, mas só Dewi Ayu teve coragem de dizer.

4

O bordel de Mama Kalong funcionava desde a inauguração do enorme quartel do exército colonial holandês. Antes, ela era apenas uma garota que ajudava na taberna de sua perversa tia. Eles vendiam vinho de arroz e *tuak* de cana-de-açúcar, e os soldados tornaram-se frequentadores assíduos. Embora a chegada de tropas à cidade levasse a taberna ao auge da animação, a mocinha ainda não ganhava o suficiente para se sustentar. Era obrigada a trabalhar de 5 horas da manhã às 11 horas da noite, recebendo como pagamento apenas duas refeições por dia. Até que descobriu uma maneira de tirar vantagem do pouco tempo livre de que dispunha para ganhar dinheiro.

Ao fechar a taberna, ela ia para o quartel. Sabia do que eles precisavam, e eles sabiam o que ela queria. Os soldados pagavam-lhe para sentar nua em seus colos. Três ou quatro deles se alternavam trepando com ela, que então voltava para casa com o dinheiro recebido. Depois de algum tempo, ela começou a ganhar muito mais do que a tia. Tinha bom instinto empresarial. Certo dia, repreendida por dormir no trabalho, deixou a tia e abriu a própria taberna no fim do cais. Vendia vinho de arroz e *tuak* de cana-de-açúcar, e também o corpo. Nunca mais voltou ao quartel, os soldados é que iam a sua taberna. No fim do primeiro mês, já encontrara duas mocinhas de 12 ou 13 anos para ajudá-la na taberna, como garçonetes e prostitutas. Começara sua carreira de cafetina.

Passados três meses, já eram seis as prostitutas, além dela própria, o suficiente para expandir a taberna, construindo alguns quartos com paredes de bambu trançado. Certo dia, um coronel foi inspecionar o posto militar e visitar o bordel, não para dormir com uma prostituta, mas para ver se o lugar era adequado a seus soldados.

— Isto aqui parece um chiqueiro — disse. — Eles morrerão nessa imundície antes mesmo de enfrentar o inimigo.

Numa atitude devidamente respeitosa para com um coronel, Mama Kalong respondeu sem hesitar:

— Mas morrerão de frustração se tiverem de esperar por um bordel melhor.

O coronel acabou aceitando que o bordel elevava o moral de seus homens e era bom para o espírito de combate, de modo que escreveu um relatório favorável, e um mês e meio depois da sua visita os militares decidiram ampliar as instalações. Livraram-se das paredes de bambu e do telhado de folhas de palmeira e instalaram piso de cimento e paredes resistentes como as de um forte. Quase todas as camas eram de madeira de teca, e os colchões eram recheados com o melhor algodão. Tendo recebido tudo isto sem qualquer custo, Mama Kalong ficou satisfeita, declarando a todo soldado que chegava:

— Pode fazer amor aqui como se estivesse em sua própria casa.

— Ridículo — retrucou um deles. — Lá em casa só tem minha mãe e minha avó.

Daí em diante, quem quer que fosse ao estabelecimento era mimado e paparicado. As prostitutas se vestiam e faziam a maquiagem melhor do que as mais respeitáveis holandesas, e eram mais belas do que a rainha.

Quando a sífilis se disseminou, Mama Kalong e os soldados exigiram a construção de um hospital. Na verdade, era um hospital militar, mas também admitia civis. O bordel ficou ameaçado de falência, mas ela logo encontrou boas soluções. Tentou convencer alguns soldados a ter suas próprias concubinas, dizendo que podia consegui-las mediante remuneração. Percorreu aldeias e até se aventurou montanha acima para encontrar mocinhas dispostas a se tornar manteúdas dos militares holandeses.

Continuava cuidando delas em seu bordel, mas cada uma era usada por um só soldado. Assim foi que ela rapidamente enriqueceu, com a garantia de que as mulheres não estavam espalhando doenças venéreas. Se os soldados que se sentiam explorados pela impiedosa tarifa de Mama Kalong decidissem casar com as concubinas, ela exigia uma indenização ainda maior. Enquanto isso, continuava alugando as antigas prostitutas para quem se interessasse. Para essas putas, encontrou inclusive novos clientes, no lugar dos soldados: os marinheiros e os estivadores.

Nos últimos anos do regime colonial, pode-se dizer que ela era a mulher mais rica de Halimunda. Comprou as terras vendidas pelos fazendeiros que tinham perdido tudo na mesa de jogo e as alugou para eles próprios, até que suas propriedades se estendessem por quase toda a região ao pé da montanha. A extensão de suas terras talvez só fosse superada pelas plantações holandesas.

Ela era como uma rainha na cidade: todo mundo a respeitava, fossem nativos ou holandeses. Deslocava-se numa carruagem puxada a cavalos para onde quer que precisasse cuidar dos negócios, sendo o mais importante deles as mulheres que vendiam as partes íntimas. Apresentava-se em público de maneira incrivelmente adequada, com um sarongue justo e uma blusa *kebaya*, e os cabelos presos num coque. Naturalmente, não era mais magra como fora um dia, e foi quando as pessoas, adotando o hábito das jovens prostitutas, começaram a chamá-la de Mama. Ninguém sabe quem começou, mas a designação acabou evoluindo para Mama Kalong. Ela gostava do nome, e não demorou para que todo mundo, inclusive ela mesma, esquecesse como era seu verdadeiro nome.

— Agora que caíram todos os reinos, existe um novo reino em Halimunda — declarou um soldado holandês bêbado na taberna. — E é o reino de Mama Kalong.

Embora fosse naturalmente gananciosa, ela não queria que suas prostitutas sofressem, pelo contrário: na verdade, tendia a mimá-las, como uma vovó cuidando de um bando de netas. Mantinha criados que aqueciam água para elas, para se banharem depois de exaustivas noites de sexo. Em certos dias, dava-lhes folga e as levava a passeio a uma cachoeira próxima. Chamava os melhores alfaiates para fazer suas roupas e, acima de tudo, tinha a saúde delas como a maior prioridade.

— Pois o mais refinado prazer é encontrado num corpo saudável — dizia.

Até que os soldados holandeses se foram e vieram os japoneses. Naquela época de mudanças, contudo, o prostíbulo de Mama Kalong permanecia exatamente o mesmo. Ela atendia os soldados japoneses com a mesma cortesia com que atendera os anteriores, chegando a buscar meninas ainda mais novas e inexperientes. Certo dia, foi convocada para um breve interrogatório pelas autoridades civis e militares. Nada muito preocupante; basicamente, alguns altos oficiais militares japoneses na cidade queriam dispor de prostitutas privadas, separadas das que atendiam os oficiais de mais baixo escalão, e especialmente das que eram usadas pelos estivadores e pescadores. Queriam prostitutas novas, realmente imaculadas e muito bem-cuidadas, e Mama Kalong teve de encontrá-las o mais rápido possível, pois, como ela dissera, os homens estavam morrendo de frustração sexual.

— É fácil encontrar meninas assim, senhor — disse ela.

— Mas onde, diga-me?

— As prisioneiras de guerra — respondeu Mama Kalong sucintamente.

Ao cair da tarde, chegando os primeiros japoneses, as garotas começaram a correr freneticamente para baixo e para cima. Tentavam encontrar alguma fenda para escapar, mas todos os lugares estavam bem guardados. O amplo quintal da casa estava cercado por um muro alto, com apenas um portão em frente e uma pequena porta atrás, ambos impossíveis de atravessar. Algumas garotas tentaram subir no telhado da casa, como se esperassem sair voando ou encontrar uma corda para escalar o céu.

— Já tentei de tudo — disse Dewi Ayu. — Não há como fugir.

— Seremos prostitutas! — gritou Ola, caindo no chão em prantos.

— Na verdade, é pior do que isto — prosseguiu Dewi Ayu. — Acho que nem seremos pagas.

Outra garota, chamada Helena, prontamente abordou os oficiais japoneses que apareceram, acusando-os de violar seus direitos humanos, constantes da Convenção de Genebra. Tanto os japoneses quanto Dewi Ayu riram alto.

— Não existem convenções em tempo de guerra, queridinha — disse ela.

De todas elas, essa moça, Helena, parecia a mais perturbada pelo fato de serem forçadas a se prostituir. O engraçado era que decidira tornar-se freira antes de a guerra estourar e tudo se transformar em caos. Era a única que trouxera um livro de orações, e naquele momento mesmo começou a recitar um salmo em voz alta, na frente dos japoneses, talvez na esperança de que os soldados saíssem correndo e uivando de medo, como espíritos maus num exorcismo. Surpreendentemente, contudo, os soldados japoneses mostraram-se extremamente polidos com ela, e ao fim de cada oração respondiam "Amém", e riam ao mesmo tempo, claro.

— Amém — respondeu ela, antes de desmoronar numa cadeira.

Um oficial trouxe folhas de papel, entregando-as a cada uma delas. Nelas podiam-se ler palavras em malaio, que se revelaram nomes de diferentes flores.

— São os seus novos nomes — disse o oficial.

Dewi Ayu ficou empolgada com o seu: Rosa.

— Cuidado — foi avisando —, toda rosa tem seus espinhos.

Outra garota foi batizada de Orquídea, e outra, ainda, de Dália. Ola recebeu o nome de Alamanda.

Elas receberam ordem de ir para seus quartos, enquanto alguns japoneses faziam fila numa mesa da varanda para comprar entradas.

Na primeira noite, os preços eram muito altos, pois se acreditava que todas as garotas eram virgens. Eles não sabiam que Dewi Ayu já não era pura. Em vez de ir cada uma para o seu quarto, as meninas se reuniram em torno de Dewi Ayu, que ainda testava a resistência do colchão e comentou:

— Parece então que alguém vai causar um terremoto *em cima* dele.

Os soldados então começaram a capturar as garotas uma a uma numa batalha vencida com facilidade, agarrando-as como gatinhos doentes que se debatem inutilmente ao serem arrastados. Nessa noite, Dewi Ayu ouviu gritos histéricos vindo dos quartos, enquanto prosseguia a batalha. Algumas conseguiram até sair correndo para o salão completamente nuas, antes de serem recapturadas pelos soldados e atiradas de novo na cama. Elas gemiam durante os terríveis consórcios, e ela chegou a ouvir Helena gritando versículos de salmos enquanto um japonês rompia sua vagina. Ao mesmo tempo, ouvia os outros japoneses gargalhando na varanda de toda a confusão.

Só Dewi Ayu não se queixou e nem sequer deu um pio. Coube-lhe um oficial japonês grande e alto, parrudo como um lutador de sumô, com uma espada de samurai na cintura. Dewi Ayu deitou na cama e olhou para o céu, sem jamais olhar para ele nem muito menos sorrir. Parecia muito mais atenta à perturbação lá fora. Estava estendida como um cadáver pronto para ser enterrado. Quando o oficial japonês berrou que tirasse a roupa, ela se manteve absolutamente parada, como se nem estivesse respirando.

Irritado, o japonês desembainhou a espada e a brandiu até que a lâmina tocasse o rosto de Dewi Ayu, e repetiu a ordem. Mas ela se manteve imóvel, embora a ponta da espada já deixasse uma marca na bochecha. Seus olhos continuavam voltados para o céu, e era como se os seus ouvidos ainda estivessem atentos à barulheira lá fora. Já agora furioso, o japonês atirou a espada no chão e esbofeteou Dewi Ayu duas vezes, deixando em seu rosto uma marca vermelha e fazendo seu corpo oscilar por um momento, mas ela manteve a atitude de irritante indiferença.

Aceitando a má sorte, o parrudo soldado finalmente rasgou as roupas da mulher à sua frente, atirou-as no chão, e agora ela estava nua. Afastou completamente seus braços e pernas. Tendo avaliado o imóvel e silencioso pedaço de carne à sua frente, rapidamente despiu--se, pulou na cama e se deitou de frente sobre o corpo de Dewi Ayu, atacando-a. Durante todo o frio acoplamento, Dewi Ayu manteve-se na mesma posição em que o soldado japonês a deixara, sem reagir com qualquer movimento de calor ou entusiasmo, e nem oferecendo desnecessária resistência. Não fechou os olhos, não sorriu; limitava--se a olhar para o céu.

Sua atitude gélida teve um extraordinário efeito: o sujeito não levou nem três minutos. Dois minutos e vinte e três segundos, conforme a contagem de Dewi Ayu, olhando para o relógio de pêndulo no canto do quarto. O japonês rolou para seu lado e rapidamente se levantou, resmungando. Vestiu-se sem demora e saiu sem dizer palavra, batendo a porta. Só então Dewi Ayu mexeu-se, e sorrindo suavemente espreguiçou-se e disse:

— Que tédio esta noite!

Vestiu-se e foi para o banheiro. Lá, encontrou algumas garotas se lavando, como se pudessem limpar os sentimentos de sujeira e vergonha e pecado com algumas canecas d'água. Elas não se falavam. E ainda não havia acabado, pois a noite era uma criança, e alguns japoneses continuavam esperando. Depois de se banhar, elas foram forçadas a voltar a seus quartos e houve mais luta e gemidos, exceto da parte de Dewi Ayu, que retomou sua atitude frígida.

Nessa noite, cada uma delas foi possuída por quatro ou cinco homens. O que fazia Dewi Ayu sofrer não era a incansável trepada ensandecida que congelava seu corpo numa tranquila e misteriosa paralisia, mas os gritos e soluços das amigas. *Vocês aí, pobres mulheres*, pensou. *Lutar contra o inevitável machuca mais do que qualquer outra coisa.* E veio o dia seguinte.

Aquela manhã deu trabalho. Em desespero, Helena tinha picotado o cabelo todo, e Dewi Ayu teve de acertá-lo. Na terceira noite, Ola foi encontrada quase morta no banheiro, depois de tentar cortar os pulsos. Dewi Ayu rapidamente levou-a para o quarto, inconsciente e encharcada até os ossos, enquanto Mama Kalong saía em busca de um médico. Ola não morreu, mas Dewi Ayu deu-se conta de que ela passara por uma experiência muito mais terrível e ameaçadora do que imaginara. Passada a crise, Dewi Ayu disse-lhe:

— "Ola foi estuprada e morreu." Essa não é a lembrança que quero levar para Gerda.

Embora a vida já rolasse desse jeito havia dias, algumas garotas não aceitavam seu miserável destino, e Dewi Ayu continuava ouvindo gritos no meio da noite. Duas delas ainda se escondiam com frequência nos corredores ou subiam na frondosa sapota por trás da casa. Ela então recomendou que fizessem o que ela mesma fazia toda noite.

— Fiquem estendidas como um cadáver, até eles se cansarem — disse. Mas as garotas acharam a ideia pior ainda. Ficar quieta na cama para ser atacada e fodida, nenhuma delas podia imaginar algo assim.

— Ou então tente encontrar entre os caras um de que goste um pouco e o atenda com toda a atenção, faça-o habituar-se a você para que volte toda noite e pague pela noite inteira. Atender sempre a mesma pessoa é muito melhor do que dormir com muitos homens diferentes.

Esta ideia parecia melhor, mas ainda era terrível demais para ser concebida pelas amigas.

— Ou então contem histórias, como Sherazade — disse.

Nenhuma delas sabia contar histórias.

— Convidem para jogar cartas.

Nenhuma sabia jogar cartas.

— Será assim, invertam o jogo — disse Dewi Ayu, desistindo. — *Vocês* é que vão estuprá-los.

Apesar de tudo, com o tempo, durante o dia elas conseguiam ser bem felizes, sem serem perturbadas. Na primeira semana, estavam envergonhadas demais para conversar umas com as outras, e se trancavam nos quartos, passando as horas a chorar sozinhas. Mas depois de uma semana começaram a se reunir após o café da manhã, tentando reconfortar-se e se distrair, falando de coisas que nada tinham a ver com suas trágicas noites.

    Dewi Ayu passava algum tempo com a nativa de meia-idade, Mama Kalong, e entre elas se desenvolveu uma estranha amizade, possível apenas porque Dewi Ayu mantinha uma atitude calma que não traía qualquer desejo de rebelião, não criando problemas para Mama Kalong quanto a seu relacionamento com os japoneses. Mama Kalong disse-lhe que, para ser honesta, era dona de um bordel na extremidade da praia. Agora, muitas mulheres estavam sendo levadas para lá à força, para atender oficiais japoneses de baixo escalão. Todas as suas mulheres eram nativas, exceto as daquela casa em que ela se encontrava.

— Vocês todas têm sorte de não estarem sendo obrigadas a trabalhar dia e noite — disse Mama Kalong. — Além do mais, os oficiais de baixo escalão são uns babacas muito piores.

— Não há diferença entre oficiais de baixa patente e o imperador do Japão — retrucou Dewi Ayu. — Todos eles têm a genitália feminina na mira.

Mama Kalong providenciou uma massagista, uma nativa meio cega. Toda manhã as meninas eram massageadas, acreditando em Mama Kalong quando dizia que era assim que podiam evitar ficar grávidas. A exceção era Dewi Ayu, que geralmente passava a manhã dormindo, para só então tomar o desjejum, e apenas de vez em quando queria massagem, quando se sentia particularmente cansada.

— Você fica grávida quando é fodida, e não por *deixar* de fazer uma massagem — disse.

Resolveu assumir o risco, e depois de um mês no prostíbulo foi a primeira a engravidar. Mama Kalong recomendou que abortasse.

— Pense na sua família — disse a mulher.

Dewi Ayu respondeu:

— Justamente, Mama, eu *estou* pensando na minha família, e a única família que tenho é esta criança dentro de mim.

Dewi Ayu deixou então a barriga crescer, estufar e aumentar a cada dia. A gravidez tinha lá suas vantagens: Mama Kalong disse que ficasse num quarto dos fundos, e anunciou aos japoneses que estava grávida e ninguém poderia dormir com ela. Nenhum japonês sequer pensava na hipótese de dormir com ela naquela situação, e assim ela sugeriu às outras garotas que seguissem seu exemplo.

— É verdade o que dizem: cada filho traz a própria sorte.

Mas nenhuma delas ousava assumir o mesmo risco que Dewi Ayu.

Três meses depois, nenhuma sequer tinha desistido da rotina diária das massagens matinais, e ninguém mais engravidou. Elas continuavam enfrentando o mesmo terror toda noite, preferindo isto a ser mandadas de volta com barrigão para as mães.

— O que é que eu ia dizer à Gerda? — perguntou Ola.

— Diga apenas: "Gerda, seu presente está dentro da minha barriga."

Como sempre, no meio do dia elas dispunham de muito tempo livre. Juntavam-se para conversar e fofocar. Umas jogavam cartas e outras ajudavam Dewi Ayu a costurar roupinhas para o bebê. Estavam empolgadas com a perspectiva de uma delas dar à luz, e os coraçõezinhos se agitavam na expectativa da chegada do bebê a este mundo perverso.

Às vezes também falavam da guerra. Comentava-se que as tropas Aliadas atacariam certos bolsões de militares japoneses, e elas esperavam que Halimunda fosse um deles.

— Espero que todos os japoneses sejam trucidados e fiquem com as tripas para fora — disse Helena.

— Não seja grosseira, minha filha está ouvindo — disse Dewi Ayu.

— E daí?

— E daí que o pai dela é japonês.

Todos riram do seu humor negro.

Mas a expectativa de que os Aliados viessem realmente as animou. Assim, quando um pombo-correio perdido entrou na casa e foi apanhado por uma das meninas, mensagens foram enviadas aos soldados aliados. *Ajudem-nos; Fomos obrigadas a nos prostituir; Vinte jovens esperam seus guerreiros salvadores*. Era uma ideia tola, e elas nem podiam imaginar como o pássaro seria capaz de encontrar as tropas aliadas. Ainda assim, soltaram-no à tarde.

Não havia qualquer indicação de que o pombo tivesse voltado para as tropas aliadas. Mas, quando ele reapareceu sem suas cartas, as garotas acharam que tinham sido lidas por pelo menos uma pessoa, sabe-se lá onde. E, excitadas, trataram de mandar outras mensagens. E foi o que continuaram fazendo durante quase três semanas sem parar.

Mas não vieram soldados aliados; veio, isto sim, um general japonês que nenhuma delas tinha visto antes. À sua súbita chegada, os soldados em guarda tentaram impedir sua entrada o quanto puderam. Os dois soldados por ele interrogados tremiam, batendo joelhos.

— Que diabo de lugar é este? — perguntou o general.

— Um lugar de prostituição — berrou Dewi Ayu de longe, antes que qualquer dos dois pudesse responder.

Ele era um militar alto, de compleição robusta, talvez descendente de velhos samurais, com uma espada pendurada de cada lado do quadril. Cultivava duas bastas costeletas no rosto sério e frio.

— Todas vocês são prostitutas? — perguntou.

Dewi Ayu assentiu com a cabeça.

— Cuidamos das almas de soldados doentes — disse. — Assim é que fomos transformadas em prostitutas, à força e sem pagamento.

— Você está grávida?

— Parece que o senhor não acredita que um soldado japonês seja capaz de engravidar uma garota, general.

Ele ignorou o comentário de Dewi Ayu e começou a passar uma carraspana nos japoneses presentes, e, quando caiu a noite, aparecendo alguns clientes habituais, sua fúria tornou-se ainda maior. Convocou alguns oficiais para uma reunião num dos quartos. Era evidente que ninguém tinha coragem de desobedecer-lhe.

Enquanto isso, as garotas da casa contemplavam seu salvador com alegre gratidão, como se representasse uma maravilhosa vitória obtida com as cartas que não se cansavam de enviar.

— Quase não consigo acreditar que um anjo possa ter cara de japonês — disse Helena.

Antes de voltar ao quartel, ele se aproximou das garotas reunidas na sala de jantar. Postou-se diante delas, tirou o chapéu e fez uma mesura, até a altura da cintura.

— Naore! — gritou Dewi Ayu.

O general empertigou-se de novo, e pela primeira vez elas o viram sorrir.

— Mandem-me outra carta se esses dementes voltarem a encostar a mão em qualquer uma de vocês.

— Por que demorou tanto para vir, general?

— Se tivesse vindo cedo demais — respondeu ele, em voz suave e profunda —, teria encontrado apenas uma casa vazia.

— Posso perguntar seu nome, general? — perguntou Dewi Ayu.

— Musashi.

— Se meu filho for menino, vou chamá-lo de Musashi.

— Reze para ter uma menina — disse o general. — Nunca ouvi falar de uma mulher estuprando um homem.

E se retirou, entrando no caminhão que esperava à frente, enquanto as meninas acenavam. Assim que se foi, os oficiais ali empertigados que enxugavam o suor com seus lenços saíram correndo atrás dele. Foi a primeira noite em que ninguém veio estuprá-las. Uma enorme paz, comemorada pelas meninas com uma festinha. Mama Kalong deu-lhes três garrafas de vinho, que Helena verteu em pequenos copos, como um padre na Sagrada Comunhão.

— À segurança do general — brindou. — Ele é tão bonitão.

— Se me raptasse, eu não resistiria — disse Ola.

— Se tiver uma menina, vou dar-lhe o nome de Alamanda, para lembrar de Ola — disse Dewi Ayu.

E tudo então acabou de repente — nada mais de prostituição nem de oficiais japoneses aparecendo ao anoitecer para comprar seus corpos. Uma coisa que deixava algumas garotas nervosas era que teriam de encontrar suas mães, e não sabiam como falar do que haviam passado. Algumas tentaram postar-se diante do espelho, juntando coragem e dizendo à própria imagem refletida: "Mamãe, agora sou prostituta." Claro que não podiam dizê-lo desta maneira, e então tentavam de novo:

"Mamãe, eu era prostituta." Mas também não soava bem, e aí elas experimentavam: "Mamãe, fui forçada a me prostituir."

Mas sabiam que dizê-lo às mães seria muito pior do que dizê-lo a um espelho. A única coisa relativamente boa era que parecia que os japoneses não pretendiam levá-las de volta para Bloedenkamp em breve, mantendo-as na casa. Não como prostitutas, mas como prisioneiras de guerra, exatamente como antes. Os soldados continuavam montando guarda, vigilantes, e Mama Kalong ainda oferecia às meninas o excelente cuidado que lhes era capaz de prodigalizar.

— Trato minhas putas como rainhas — dizia, orgulhosa. — Mesmo quando já se aposentaram.

Elas preenchiam seus dias, semanas e meses entretendo-se com Dewi Ayu, que continuava costurando para o bebê. Com a ajuda das amigas, ela já tinha um cesto quase cheio de roupinhas feitas com tecidos encontrados nos armários da casa. Pelo menos, assim, se livravam do tédio de ter de esperar o fim da guerra, até que finalmente Mama Kalong apareceu com uma parteira.

— Todas as minhas prostitutas que engravidaram deram à luz com ela — disse Mama Kalong.

— Mas espero que nem todas as mulheres que ajudou a parir fossem prostitutas — falou Dewi Ayu.

Numa terça-feira do mesmo ano que começara com sua transferência da prisão de Bloedenkamp para o prostíbulo, ela trouxe ao mundo uma menina que logo passou a chamar Alamanda, como dissera. Era uma criança adorável, com a beleza da mãe. A única indicação de que o pai era japonês eram os olhos.

— Uma menininha branca de olhos apertados — disse Ola. — Só mesmo nas Índias Orientais holandesas.

— Pena que não seja filha do general — disse Helena.

O bebezinho logo se tornou infindável objeto de entretenimento para os moradores da casa, e até os soldados japoneses traziam-lhe bonecas e deram uma festa para lhe propiciar boa sorte.

— Eles têm de respeitá-la — disse Ola —, pois para todos os efeitos Alamanda é filha de um superior.

Dewi Ayu estava feliz de ver que, aos poucos, Ola conseguira esquecer seu conturbado passado, voltando a ser uma jovem alegre. Passava o dia ajudando nos cuidados com o bebezinho, juntamente com as outras, que se consideravam tias.

Certa manhã bem cedo, um soldado japonês entrou no quarto de Helena e tentou violentá-la. Helena gritou tanto que acordou todo mundo, e o soldado saiu correndo na escuridão. Ninguém sabia quem era esse soldado, até que o dia clareou e o general apareceu. Agarrou um dos soldados, arrastou-o para o meio do pátio e entregou-lhe uma pistola. O soldado deu um tiro na boca, lançando seu cérebro pelos ares. Depois disso, ninguém mais ousou aproximar-se das mulheres.

A guerra, enquanto isso, não acabava. Elas ficaram sabendo, pelos comentários, por Mama Kalong e alguns criados que vinham ajudá-la, que as tropas japonesas tinham concluído a abertura de trincheiras no litoral sul. Em segredo, Mama Kalong dera um rádio às meninas, que ouviram que duas bombas tinham caído no Japão e uma terceira ainda não fora lançada, o que deixou a casa em polvorosa. Parecia que os soldados japoneses também já tinham recebido a notícia. Nos dias seguintes, eles se limitavam a ficar sentados, apáticos, debaixo das árvores, e um a um foram desaparecendo, mandados sabe-se lá para onde. Quando os aviões dos Aliados finalmente começaram a cruzar o céu de Halimunda, jogando panfletos com a proclamação de que logo a guerra chegaria ao fim, restavam apenas dois soldados japoneses montando guarda na casa.

Se as garotas não tentavam fugir, embora fossem vigiadas apenas por esses dois soldados, era por ser a situação muito imprevisível. Além disso, tinham ouvido pelo rádio que as cidades agora eram controladas por tropas britânicas, e parecia que ficar na casa era bem mais seguro do que sair pelas ruas. O Japão tinha sido derrotado, e elas esperavam que as forças aliadas viessem salvá-las. Mas se revelou que essas tropas não tinham a menor pressa de chegar a Halimunda, como se tivessem esquecido que a cidade existia na face da Terra, até que os aviões voltaram, jogando biscoitos e penicilina, e as forças de emergência apareceram. As primeiras a chegar foram as tropas do

Real Exército Holandês das Índias Orientais, fundado com as brigadas holandesas. Este *Koninklijk Nederlands Indisch Leger*, ou Knil, logo tratou de substituir a bandeira japonesa em frente à casa pela sua própria. Os dois últimos soldados japoneses se entregaram.

Mas o que realmente surpreendeu Dewi Ayu foi o fato de o Sr. Willie fazer parte de uma dessas brigadas.

— Entrei para o Knil — disse ele.

— Puxa, melhor do que se aliar aos japoneses — atalhou Dewi Ayu, mostrando-lhe sua menininha. — É tudo o que restou deles — acrescentou, rindo baixinho.

As famílias das vinte meninas foram então trazidas de Bloedenkamp. Gerda estava descarnada e, quando perguntou o que acontecera quando haviam sido levadas, Ola respondeu evasivamente:

— Fomos levadas numa viagem.

Mas Gerda deu-se conta do que de fato acontecera assim que bateu com os olhos na pequena Alamanda. Elas passaram a viver na casa com os soldados holandeses, que montavam guarda em turnos. Foram tempos difíceis para Dewi Ayu, pois o Sr. Willie ainda era profundamente apaixonado por ela, e, embora se tivesse antes deparado com sua rejeição, parecia disposto a encará-la de novo.

Uma vez mais, contudo, Dewi Ayu foi salva pela fatalidade.

Certa noite, o Sr. Willie e três outros soldados se alternavam na guarda da casa quando foram atacados por guerrilheiros nativos, armados com armas roubadas das tropas japonesas, facões, facas e granadas de mão. A inesperada emboscada surtiu efeito, e os quatro soldados holandeses foram eliminados. O Sr. Willie foi decapitado pelas costas quando conversava com Dewi Ayu na sala da frente, sendo a cabeça atirada na direção da mesa, enquanto seu sangue respingava na pequena Alamanda. Um segundo soldado foi abatido no vaso sanitário, e os outros dois foram mortos no pátio.

Os guerrilheiros eram mais de dez e juntaram todos os prisioneiros. Ao descobrirem que eram todas mulheres holandesas, ficaram ainda mais violentos. Amarraram algumas na cozinha e as outras foram arrastadas para os quartos, para serem violentadas. Seus gritos eram de cortar o coração, ainda mais do que quando tinham sido prostituídas pelos japoneses, e até Dewi Ayu teve de lutar mais do que nunca, defendendo-se de um guerrilheiro que agarrou seu bebê e cortou seu braço com uma faca.

A ajuda demorou muito a chegar, e os guerrilheiros desapareceram rapidamente. As mulheres enterraram os quatro soldados no quintal.

— Se tivesse entrado para a guerrilha — disse Dewi Ayu, depositando uma flor no túmulo do Sr. Willie —, pelo menos poderia ter-me estuprado.

E chorou por ele.

Mas coisas assim aconteceram mais de uma vez. Os quatro soldados destacados para guardar a casa sempre eram em número inferior aos guerrilheiros, que apareciam de armas até os dentes para atacar de emboscada. O comandante local não tinha como enviar mais guardas, pois também havia carência de pessoal. As mulheres só se sentiram seguras quando as tropas britânicas vieram reforçar a segurança de toda a cidade. As tropas faziam parte da Vigésima Terceira Divisão Indiana que fora para Java, e alguns de seus membros eram *gurkhas*. Instalaram suas metralhadoras por toda parte, e alguns montaram um posto no quintal da casa. Quando os guerrilheiros nativos voltaram, foram ferozmente confrontados; nem sequer conseguiram entrar no pátio, e um deles foi morto. Depois disso, nunca mais atacaram a casa.

Enquanto estavam sob a guarda das tropas inglesas, a vida corria tranquila e agradável. Elas promoviam festinhas para esquecer os maus tempos. Às vezes as jovens iam à praia num jipe militar, acompanhadas por oficiais armados. Alguns chegaram a se apaixonar por algumas delas, e certas garotas também se apaixonaram. Para elas, era difícil ter de falar do que lhes acontecera, mas, uma vez resolvido isto, as coisas passaram a melhorar mais e mais. Um grupo musical nativo foi convidado, e elas fizeram outra pequena comemoração, com vinho e bolo.

O resgate dos prisioneiros tinha prosseguimento: a Cruz Vermelha Internacional chegou, e todos os prisioneiros seriam imediatamente mandados de avião para a Europa. O país não era seguro para civis, especialmente depois de serem mantidos em campos de prisioneiros durante três anos. Os nativos tinham declarado independência, e havia milícias armadas por todo lado. Algumas se intitulavam Exército Nacional, outras, Soldados do Povo, e todas eram guerrilhas do interior. Em sua maioria, essas milícias tinham sido treinadas pelo Japão durante a ocupação e entravam em confronto com nativos que tinham sido preparados pelos militares holandeses, tendo aderido ao Knil numa guerra caótica. A batalha não estava encerrada; na verdade, mal tinha começado, e os nativos a consideravam uma guerra revolucionária.

Todas as jovens e suas famílias naquela casa de prisioneiros prepararam-se para partir num voo providenciado pela Cruz Vermelha, exceto uma, que sempre tinha ideias próprias: Dewi Ayu.

— Não tenho ninguém na Europa — disse. — Tenho apenas Alamanda e este outro bebê que está crescendo na minha barriga.

— Mas pelo menos tem a mim e Gerda — disse Ola.

— Mas minha casa é aqui.

Ela já dissera a Mama Kalong que não pretendia deixar Halimunda. Permaneceria na cidade, ainda que para isto tivesse de ser uma prostituta. Mama Kalong disse-lhe:

— Continue na casa, como antes. Ela agora me pertence, e não há hipótese de a família holandesa pedi-la de volta.

Assim, enquanto todos partiam, Dewi Ayu ficou com Mama Kalong e alguns criados. Esperando o nascimento do segundo filho, que tinha certeza de ter sido gerado por um dos guerrilheiros, lia o exemplar de *Max Havelaar* que Ola deixara. Já o havia lido, mas voltou a ler porque nada mais havia a fazer, e de qualquer maneira Mama Kalong a proibia de fazer o que quer que fosse. O bebê finalmente nasceu quando Alamanda estava para completar 2 anos, e Dewi Ayu deu-lhe o nome de Adinda, da menina do romance que estava lendo.

Depois de viver alguns meses na casa de Mama Kalong, ela começou a pensar no tesouro enterrado na merda nos canos de esgoto da sua velha casa, e especialmente que já estava na hora de recuperá-la. A casa na qual estava vivendo já se tornara um novo bordel, cheio de mulheres que tinham sido sexualmente escravizadas pelos japoneses durante a guerra. Mama Kalong conseguira encontrar muitas garotas que não tinham coragem de voltar para casa e decidiam permanecer com ela, enchendo seus quartos e vivendo como princesas no reino de Mama Kalong. Os soldados do Knil eram seus fiéis clientes. Mama Kalong permitiu que Dewi Ayu permanecesse num dos quartos com os dois filhos enquanto fosse necessário, sem obrigá-la a se prostituir em troca. Dewi Ayu aceitou agradecida sua generosidade, mas continuava achando que uma casa de prostituição não era um bom lugar para suas duas pequenas crescerem, e estava decidida a voltar para a velha casa.

E na verdade ela não precisava se prostituir, pois ainda tinha os seis anéis que vinha continuamente engolindo ao longo da guerra. Vendeu a Mama Kalong um deles, com uma incrustação de jade, e viveu durante algum tempo desse dinheiro. Chegou a comprar um carrinho de bebê usado, e com ele passeou pela primeira vez com as duas filhas pela rua que levava de volta a Halimunda. A pequena Adinda foi acomodada debaixo da cobertura, enquanto Alamanda sentou-se por trás da irmã, de suéter e gorro. Dewi Ayu trazia os cabelos presos num coque alto e usava um vestido longo preso na cintura, com os dois bolsos cheios de babadores, fraldas e mamadeiras, calmamente empurrando o carrinho.

A rua estava deserta e abandonada. Ela ouvira dizer que a maioria dos homens se tinha juntado à guerrilha na selva. Viu apenas um barbeiro na esquina, quase morrendo de tédio à espera de um cliente. As únicas outras pessoas que viu foram alguns soldados do Knil que montavam guarda na cidade lendo jornais velhos, com ar de sono e não menos entediados. Alguns ficavam sentados ao volante dos caminhões e jipes, enquanto outros se encarapitavam num tanque. Cumprimentaram-na calorosamente depois de se darem conta de que era uma branca, e se ofereceram para acompanhá-la, pois não era seguro para uma holandesa andar sozinha na rua. Poderia aparecer um guerrilheiro a qualquer momento, disseram.

— Não, obrigada — disse ela. — Estou numa caça ao tesouro e não quero compartilhar.

Ela seguia um caminho que estava gravado em sua memória, levando na direção do bairro que fora dos donos de plantações holandeses. As casas se debruçavam sobre a praia, com as varandas dianteiras dando para uma via estreita que a prolongava, e as traseiras voltadas para duas colinas que se erguiam a distância por trás do exuberante verdor das plantações. Ela chegou ao local depois de um percurso tranquilo, seguindo pela praia confiante de que não haveria de surgir guerrilheiros de repente do mar. Tudo parecia estar exatamente como sempre fora. A cerca continuava coberta de crisântemos, e a caramboleira permanecia junto à casa, com um balanço pendurado no galho mais baixo. Os vasos de flores alinhados por sua avó ao longo da varanda ainda estavam lá, embora todas as babosas tivessem morrido de desidratação e as colocásias estivessem em estado deplorável. Era evidente que ninguém cuidava da grama ou das orquídeas que cresciam no gramado frontal, pendendo até o chão. Ela rapidamente se deu conta de que os criados e guardas tinham abandonado a casa, e aparentemente nem os borzóis viviam mais ali.

Empurrou o carrinho de bebê até o pátio frontal e ficou confusa ao dar com o piso limpo da varanda. *Alguém deve ter varrido a sujeira*, pensou. Ao tentar abrir a porta, viu que estava destrancada. Entrou, sempre empurrando o carrinho, embora os bebês começassem a fazer barulho. A sala de estar estava escura, e ela acendeu uma luz. A eletricidade ainda funcionava, e num instante tudo se iluminou. Ainda estava tudo no devido lugar: as mesas, as cadeiras e os armários, tudo, exceto o gramofone que fora levado por Muin. Encontrou seu próprio retrato ainda pendurado na parede, uma mocinha de 15 anos a ponto de entrar para a Escola Franciscana.

— Olha ali, é a mamãe — disse a Alamanda. — Fotografada por um japonês e pouco depois violentada por outro japonês, que pode até ser o seu pai.

As três continuaram no passeio pela casa, subindo ao segundo andar. Dewi Ayu ia evocando suas lembranças, dizendo onde o vovô e a vovó costumavam dormir, e mostrando a foto de Henri e Aneu Stammler, tirada quando eram muito jovens e nem tinham se apaixonado ainda. Claro que as pequenas ainda não entendiam nada, mas Dewi Ayu ainda assim apreciava seu papel de guia, até se lembrar do tesouro nos canos de esgoto. Convidou as duas filhas a inspecionar o vaso sanitário com ela, aliviada de constatar que ainda existia. Precisava apenas desfazer o encanamento e encontrar seu tesouro.

— Uma holandesa perambulando na era da nova república. — De repente ela ouviu uma voz por trás. — O que está fazendo aqui, mocinha?

Voltou-se e deu com a dona da voz: uma senhora nativa parecendo bem zangada. Usava um sarongue e uma *kebaya* esfarrapada, escorando-se numa bengala. A boca estava cheia de folhas de bétel. Olhava para Dewi Ayu com raiva, como se fosse golpeá-la com a bengala, exatamente como golpearia um cachorro vira-lata, sem hesitação.

— Como pode ver, minha foto ainda está pendurada na parede — disse Dewi Ayu, apontando para o retrato da moça de 15 anos. — Esta casa é minha.

— Ainda não tive tempo de trocar sua foto pela minha.

A velha rapidamente ordenou que se retirasse, mas Dewi Ayu insistiu em que era a dona. Em resposta, a mulher limitou-se a rir, sacudindo a mão.

— Sua casa foi confiscada, mocinha.

E era evidente, como a mulher explicou enquanto acompanhava a intrusa até a porta, que a casa tinha sido tomada pelos japoneses e, no fim da guerra, uma família de guerrilheiros apossou-se dela. Era a família da velha senhora: seu marido perdera metade do braço para a espada de um samurai e, em seguida, fora para a selva com cinco dos filhos, sendo abatido não muito depois por um soldado Knil, juntamente com dois desses filhos.

— E agora eu herdei esta casa. Mas pode levar suas fotos se quiser, não vou cobrar por elas.

Dewi Ayu deu-se conta de que não haveria como convencê-la com palavras. Rapidamente tratou de sair, empurrando o carrinho, mas estava decidida a recobrar a casa. Procurou o governo civil provisório e o quartel militar, encontrou-se com um comandante do Knil para pedir conselhos. Sua recomendação foi bem decepcionante, dizendo-lhe que esquecesse qualquer esperança de conseguir recuperar a casa em breve. A situação ainda não o permitia, explicou, pois havia guerrilheiros pela zona. Se a casa pertencia a uma família de guerrilheiros, era melhor esquecer, a menos que dispusesse de dinheiro para comprá-la de volta.

Mas ela não tinha dinheiro. Os cinco anéis que restavam jamais bastariam para comprar uma casa. Sua única esperança, seu tesouro, ainda estava no vaso sanitário, e ela não conseguiria chegar a ele sem primeiro se reapropriar da casa. Imediatamente procurou Mama Kalong, sabendo que sempre se dispunha a ajudar alguém que precisasse, e conversou com ela o mais francamente possível:

— Mama, empreste-me algum dinheiro. Preciso comprar minha casa de novo.

Mama Kalong examinava tudo sob o ângulo financeiro, e sempre sabia quando se apresentava uma boa oportunidade de negócios.

— E como vai pagar?

— Tenho bens de família — respondeu Dewi Ayu. — Antes da guerra, enterrei as joias da minha avó num lugar escondido do qual ninguém sabe, exceto eu e Deus.

— E se Deus roubasse?

— Volto a trabalhar para você para pagar a dívida.

Concordaram em que era a melhor ideia possível. Mama Kalong ofereceu-se até para ser a intermediária na nova compra da casa, pois, se a própria Dewi Ayu o fizesse, havia a possibilidade de a velha guerrilheira se recusar a vender. Um nativo jamais confiaria nela, com sua aparência de holandesa, e de qualquer maneira Mama Kalong tinha muita experiência na compra de imóveis de pessoas como eles, que precisavam de dinheiro. Prometeu a Dewi Ayu que barganharia o melhor preço possível.

A transação levou quase uma semana. Mama Kalong ia e voltava diariamente para encontrar a encarniçada velha, até fechar o negócio.

A vovó guerrilheira concordou em vender a casa em troca de uma outra casa e algum dinheiro. Mama Kalong levou a coisa muito bem, de tal maneira que Dewi Ayu finalmente pôde ordenar que a mulher deixasse a casa e nunca mais lá pusesse os pés. Acompanhada por Mama Kalong, Dewi Ayu logo se mudou com as duas filhas pequenas, usando um jipe militar que pertencia a um cliente do Knil no bordel. Como estava feliz de voltar para sua casa, sabendo que agora lhe pertencia!

— E, então, quando é que vai me pagar? — perguntou finalmente Mama Kalong.

— Me dê mais um mês.

— Sim, é tempo suficiente para uma escavação — disse ela. — Se alguém vier perturbar a sua casa, é só me procurar. Tenho bons amigos que são guerrilheiros, e é claro que conheço soldados do Knil. São todos meus clientes.

Dewi Ayu não começou imediatamente a escavação. Primeiro procurou uma babá, e foi encontrá-la nos acampamentos ao pé da serra, uma velha chamada Mirah, que era empregada de um holandês antes da guerra. Disse-lhe com voz firme que não era holandesa, era uma nativa chamada Dewi Ayu. Graças a Mirah, encontrou também um jardineiro para pôr ordem no terreno. Demorou uma semana para que finalmente pudesse relaxar e ver tudo voltando a ser como era, com um pátio limpo e plantas novas.

Temos sorte de não ter sido tudo destruído pelos japoneses nem pelas tropas aliadas, pensou com seus botões.

Foi quando teve notícias de Ola e Gerda. Tinham reencontrado os avós e souberam até que seu pai estava são e salvo depois de ser mantido num campo de prisioneiros de guerra em Sumatra. Ola estava noiva de um soldado inglês, e os dois casariam naquele ano ainda, no dia 17 de março, na Igreja de Santa Maria. Dewi Ayu não pôde comparecer à cerimônia, mas mandou fotos das suas meninas e recebeu de volta a foto do casamento. Pendurou-a na parede, para que pudesse ser vista por Ola, caso viesse visitá-la.

Depois de resolver quase todos os problemas da casa, ela começou a pensar na escavação em busca do tesouro. Já confiava no jardineiro, chamado Sapri, e então chamou-o para contar seus planos de dar busca nos canos de esgoto. Disse que, se não o fizesse, não poderia pagar seus salários. E o jardineiro trouxe um pé de cabra e uma enxada, e Dewi Ayu arregaçou as mangas da jaqueta, vestiu as calças do avô e ajudou Sapri a desmantelar o piso e escavar a sujeira ao longo do cano que levava à fossa. Seu trabalho foi facilitado pelo fato de o vaso não ter sido usado desde o início da guerra. Eles não se depararam com merda ainda quente e fedorenta, apenas pedaços ressecados cheios de minhocas se retorcendo agitadamente.

Trabalharam o dia inteiro enquanto Mirah tomava conta das crianças, parando apenas para comer e descansar e em seguida continuar demolindo o concreto e escavando o que restava dos excrementos transformados em lama. Mas não acharam nada. Dewi Ayu estava convencida de que já tinham removido todos os excrementos e toda a terra do encanamento, mas ainda não haviam encontrado nenhuma das joias que lá escondera. Nada de colares nem pulseiras de ouro — apenas montes de terra em putrefação, marrom e úmida. Não acreditava que as joias tivessem apodrecido com os excrementos, de modo que suspendeu o trabalho e desistiu, resmungando:

— Deus as roubou.

Na era revolucionária, as pessoas gritavam *slogans* audaciosos e os pichavam nos muros na rua, ostentando-os em estandartes e até rabiscando-os em cadernos escolares. Mama Kalong decidiu rebatizar o prostíbulo nesse mesmo espírito, com um nome que representasse a própria essência da sua alma. Já tinha usado "Faça Sexo ou Morra" e depois "Faça Sexo Uma Vez, Faça Sexo para Sempre", mas acabou optando por "Faça Sexo até Morrer".

Desgraçadamente, foi o que aconteceu — um soldado do Knil morreu fazendo sexo, com a garganta cortada por um guerrilheiro, e um guerrilheiro morreu fazendo sexo, abatido a tiros por um soldado do Knil, e além disso uma prostituta também morreu em pleno ato sexual, tendo sido beijada durante tanto tempo que parou de respirar.

E foi, portanto, ali, no "Faça Sexo até Morrer", que Dewi Ayu se prostituiu. Não morava lá, pois tinha sua casa. Tomava o rumo do bordel ao cair do dia, e voltava para casa ao amanhecer. Agora tinha três menininhas para tomar conta: Alamanda, Adinda e Maya Dewi, nascida três anos depois de Adinda. À noite, Mirah cuidava das crianças, mas durante o dia era ela mesma que o fazia, como qualquer mãe. Mandava as filhas às melhores escolas e à mesquita, para fazer orações com Kyai Jahro.

— Elas não serão prostitutas — disse a Mirah —, a menos que o queiram realmente.

Ela própria nunca tinha reconhecido sinceramente que era uma prostituta porque era de verdade o que queria ser, pelo contrário: sempre dizia que tinha sido obrigada a se prostituir pelas circunstâncias.

— Exatamente como as circunstâncias podem transformar alguém num profeta ou num rei — dizia às três filhas.

Ela era a puta favorita da cidade. Praticamente todo homem que estivera no bordel tinha dormido com ela pelo menos uma vez, sem se importar com o preço. E não porque tivessem alguma obsessão em dormir com uma holandesa, mas porque sabiam que Dewi Ayu era uma grande amante. Ninguém a tratava rudemente, como eram tratadas as outras prostitutas, pois, se um deles o fizesse, todos os outros homens ficariam loucos, como se ela fosse sua esposa. Não se passava uma noite sem que ela recebesse um cliente, estritamente limitando-se, contudo, a apenas um homem por noite. Por esta aparente exclusividade, Mama Kalong cobrava preço alto e o lucro extra ia para a bolsa da rainha dos morcegos, que nunca dormia à noite.

Sim, Mama Kalong era a rainha na cidade, e Dewi Ayu, a princesa. Tinham os mesmos gostos, sendo ambas esse tipo de mulher que cuida bem de si e usa roupas muito mais recatadas do que as das senhoras virtuosas. Mama Kalong gostava de batique artesanal, que comprava direto de Solo, Yogyakarta e Pekalongan, com uma *kebaya* e o cabelo apanhado num coque tradicional. Vestia-se assim até no bordel, e só quando relaxava é que usava um vestido caseiro folgado. Dewi Ayu, por sua vez, copiava exatamente tudo o que queria das páginas das revistas de moda femininas, e até as senhoras virtuosas copiavam às escondidas os seus trajes.

As duas eram as fontes de alegria da cidade. Não deixavam de ser convidadas para nenhum evento importante. No Dia da Independência, Mama Kalong e Dewi Ayu sempre sentavam ao lado do prefeito Sadrah, dos regentes e, naturalmente, de Shodancho, quando finalmente voltou da floresta. Embora as senhoras virtuosas e decentes as detestassem, sabendo que seus maridos desapareciam no meio da noite para frequentar o "Faça Sexo até Morrer", procuravam mostrar-se polidas (falando mal pelas costas).

Até que um belo dia um sujeito botou na cabeça que tinha de ter a princesa só para si — queria até casar com ela. Ninguém tinha coragem de contrariá-lo, pois se dizia que era invencível. Esse sujeito chamava-se Maman Louco, ou Maman Gendeng.

E assim foi que chegou ao fim a felicidade dos homens em Halimunda, passando suas esposas e namoradas a ostentar amplos sorrisos.

5

Até hoje as pessoas lembram quando aquele sujeito chegou numa manhã de tempestade, na época em que Dewi Ayu ainda estava viva, e entrou em luta com pescadores na praia. Sim, o povo de Halimunda sabe de cor todas as suas proezas, exatamente como conhece as parábolas do Livro Santo.

Ainda muito jovem, Maman Gendeng já era um guerreiro da última geração de grandes mestres, o único pupilo do Mestre Cinzel da Grande Montanha. No fim da era colonial, saiu em busca da sorte, mas não encontrou uma só alma, nem amigo nem inimigo, até a chegada dos japoneses. Lutou então no Exército Popular, e durante a guerra revolucionária conferiu a si mesmo a patente de coronel. Na reestruturação da tropa, contudo, foi um dos milhares de soldados dispensados, ficando sem nada, senão a glória de ter participado dos combates. Mas Maman Gendeng não se deixou abater. Voltou a perambular e passou o resto da guerra construindo uma nova reputação: salteador.

Seus instintos de ladrão vinham do ódio aos ricos, e seu ódio aos ricos era perfeitamente compreensível. Ele era filho bastardo de um regente. Sua mãe trabalhara na casa do regente como ajudante de cozinha, assim como gerações de sua família antes dela. Ninguém sabia quando tinha começado aquele caso secreto, mas todos sabiam que o enorme apetite sexual do regente significava que a esposa e as concubinas e amantes apenas jamais seriam capazes de satisfazê-lo. Em certas noites, ele ainda arrastava uma das criadas para seus aposentos. A mãe de Maman Gendeng foi uma das mulheres que teve esse infeliz destino, e acabou engravidando. A mulher do regente descobriu e, para preservar o bom nome da família, expulsou a ajudante de cozinha. Não lhe importava o fato de que a família da mocinha, dos pais às avós de ambos os lados, e ainda aos pais das avós, tivesse trabalhado na casa. Sem mais nada senão o bebê que crescia na sua barriga, a infeliz mulher teve de abrir caminho pela selva e logo se perdeu na Grande Montanha. Foi encontrada por Mestre Cinzel, um velho guru que a ajudou a parir debaixo de uma palmeira.

À beira da morte, a mulher disse:

— Dê-lhe o nome de Maman, como seu pai. Ele é filho bastardo do regente.

E faleceu antes de poder voltar os olhos de novo para o filho. O velho mestre, profundamente condoído, levou a criança para casa.

— Você será o supremo guerreiro — disse ao bebê.

Cuidou bem dele, deu-lhe muita comida e começou a treiná-lo e fortalecê-lo antes mesmo de o menino saber andar. Mergulhava o bebê em água gelada e o tostava debaixo do sol do meio-dia. Quando ainda mal andava, o velho o atirou no rio e o forçou a nadar. Aos 5 anos, acredite-se ou não, ele era a criança mais forte na face da Terra. Maman Gendeng, como se chamava então, já era capaz de pulverizar uma rocha em minúsculos grãos de areia usando apenas as mãos. Ao contrário dos outros gurus, Mestre Cinzel ensinou ao guri tudo o que sabia, nada escondendo dele. Ensinou-lhe todos os bons movimentos de luta, deu-lhe todos os talismãs e amuletos, e até lhe ensinou a ler e escrever em sundanês antigo, holandês, malaio e latim. Ensinou-lhe a meditar e, com a mesma seriedade, a cozinhar.

Quando Maman Gendeng tinha 12 anos, Mestre Cinzel morreu. Depois de enterrar o velho e fazer luto durante uma semana, o garoto desceu da montanha e começou sua odisseia para se vingar do pai biológico. Mas isto foi mais ou menos na época em que as tropas japonesas chegaram, e ele não encontrou o pai em sua casa, pois a família já fora arruinada pela guerra. O regente fugira, como cúmplice dos holandeses, e assim, durante três anos, Maman Gendeng teve de sair em busca do inimigo, que havia expulsado sua mãe e era responsável por sua morte. Mesmo depois de passados esses três anos, todavia, ele não foi capaz de se vingar, pois, ao encontrar o pai, o homem acabava de ter sido executado por um esquadrão de fuzilamento. Ele viu o corpo do pai, mas não o enterrou.

Após a partida dos japoneses, com a declaração de independência e o início da guerra revolucionária, ele entrou para um grupo de guerrilheiros. Eles ficavam em choupanas de pescadores no litoral norte durante o dia, e à noite combatiam, mas geralmente as tropas do Knil levavam a melhor nessas escaramuças. Nada muito interessante aconteceu nessa época, com uma exceção: ele se apaixonou por uma pescadora muito jovem chamada Nasiah. Era uma mocinha frágil com covinhas no rosto e uma adorável pele morena. Maman Gendeng a via quando ele caminhava pela praia juntando peixes para a refeição da tarde. Ela se mostrava amistosa, e sempre dava uma fugida para levar aos guerrilheiros o alimento que tivesse, com o sorriso mais doce possível.

Ele não sabia muito a seu respeito, exceto o nome. Mas ela o fazia sentir-se tão cheio de vida que ele decidiu pôr fim a suas perambulações e vencer todas as batalhas para poderem ficar juntos. Os amigos ficaram sabendo da sua paixão secreta, e o estimularam a pedir a mão da moça. Maman Gendeng nunca tinha falado com nenhuma mulher, exceto as prostitutas durante a ocupação japonesa, e de repente deu-se conta de que enfrentar a jovem e frágil Nasiah seria muito mais aterrorizante do que enfrentar um esquadrão de fuzilamento holandês. Mas, quando surgiu a oportunidade e ele viu Nasiah andando sozinha, abraçada a um cesto de peixe fresco a caminho de casa, apressou o passo na sua direção. Vendo o doce sorriso da menina, que fazia aparecer suas covinhas, ele juntou coragem e perguntou se ela queria ser sua esposa.

Nasiah acabara de completar 13 anos. Não se sabe se foi a pouca idade ou algo mais que a fez engolir em seco e engasgar-se, deixar cair o cesto e sair correndo de volta para casa sem se despedir, como uma criança aterrorizada por um louco. Em meio aos peixes-voadores, Maman Gendeng a viu afastar-se e quis morrer. Mas de modo algum recuou, nem de longe. O amor dava-lhe aquele tipo de coragem que nada mais dá. Juntou os peixes e, caminhando a passos determinados, levou o cesto para a casa da menina. Faria as coisas como tinham de ser feitas, pedindo sua mão ao pai.

Encontrou Nasiah em frente de casa com um magricela aleijado de uma perna. A única coisa que sabia dela era que seus dois irmãos mais velhos tinham morrido na guerrilha e seu pai era um velho pescador. Nunca tinha ouvido falar desse jovem faminto de uma perna só. Maman Gendeng postou-se diante deles, tentando sorrir, e pôs o cesto aos pés de Nasiah. Seu coração batia forte, agitado e ardendo de ciúmes. Só mesmo sua coragem, ou sua estupidez, o levou a repetir:

— Nasiah, quer ser minha esposa? — perguntou, com expressão suplicante. — Quando a guerra acabar, eu caso com você.

A garota sacudiu a cabeça e começou a chorar.

— Senhor guerrilheiro — começou ela, vacilante. — Não está vendo este homem a meu lado? Ele é fraco, é verdade. Jamais será capaz de ir para o mar pescar, e certamente nunca será capaz de participar de guerras, como o senhor. Sei que poderia matá-lo facilmente e depois me agarrar com a maior facilidade, como se fosse um peixe-voador. Mas, se matá-lo, pelo menos me permita morrer ao lado dele, pois nos amamos e não suportaríamos nos separar.

O jovem magricela mantinha-se calado, com a cabeça baixa, sem uma vez sequer levantar o rosto. Maman Gendeng ficou de coração partido. Sacudiu lentamente a cabeça e foi andando, sem se despedir nem olhar para trás. Dava para ver: os dois eram completamente apaixonados. Ele não queria destruir sua felicidade, muito embora precisasse agora acalentar seu próprio coração por muito tempo.

Pelo resto da guerra, ele foi perseguido por terríveis alucinações, provocadas por essa trágica rejeição do seu amor. Às vezes deixava-se ficar para trás, em alguma terra de ninguém, na esperança de ser abatido pelo inimigo. Ofereceu-se como alvo de fuzis e canhões, mas estava destinado a sobreviver. Por todo esse tempo, nunca mais voltou a ver a menina, evitando qualquer chance de se reencontrarem. Mas, ao terminar a guerra, tendo notícia do seu casamento com o amado, mandou-lhe como presente um lindo cinto vermelho comprado de um tecelão local.

Os guerrilheiros foram dispersados, e Maman Gendeng ficou mais feliz do que triste, pois de novo estava livre para perambular, embora agora carregasse no coração uma ferida. Vagou por todo o litoral norte, seguindo as antigas trilhas da guerrilha, e sobreviveu assaltando casas de ricos, dizendo-lhes:

— Se não eram cúmplices dos holandeses, devem ter sido lacaios dos japoneses, pois só colaboradores enriquecem numa revolução.

Com uma dúzia de homens, ele aterrorizava as cidades do litoral, sob forte perseguição da polícia e dos militares. Vivia com seu bando como Robin Hood, roubando dos ricos para dar aos pobres, cuidando das viúvas e dos órfãos que haviam perdido maridos e pais na guerra. Mas sua fama, aterrorizante para os inimigos e também para os amigos, não o fazia feliz. Aonde quer que fosse, levava sua velha ferida, que nenhuma das meninas lindas que via nem certamente qualquer das prostitutas que encontrava nas choupanas poderia curar. Ao cair da noite, quando começava a se sentir louco, mandava seus homens saírem em busca de menininhas frágeis com sedutoras peles morenas e covinhas. Descrevia Nasiah com riqueza de detalhes, e as garotas que vinham ao seu esconderijo pareciam todas verdadeiras réplicas, impossíveis de distinguir umas das outras. Fazia sexo com elas noite após noite, mas nenhuma poderia tomar o lugar de Nasiah.

Seu gosto pela vida só voltou depois de muito tempo, quando chegou a seus ouvidos uma lenda contada pelos filhos dos pescadores, a respeito de uma princesa chamada Rengganis, tão bela que todos se dispunham a morrer por ela. Maman Gendeng despertou certa noite disposto a enfrentar qualquer um para conseguir uma mulher assim, acordando seus homens um a um para perguntar onde vivia a princesa Rengganis. E eles responderam que em Halimunda, naturalmente. Maman Gendeng nunca antes ouvira falar dessa cidade, mas um de seus amigos disse que, se ele seguisse de canoa pelo litoral, remando para oeste, chegaria a Halimunda. Cheio de convicção e, acima de tudo, decidido a curar a velha ferida, ele entregou o controle do seu território ao bando e disse que estava partindo de canoa para encontrar seu verdadeiro amor. Finalmente tinha se apaixonado pela segunda vez, embora só soubesse de Rengganis o que ouvira dos filhos dos pescadores.

Eles disseram que a princesa era extremamente bela, última descendente da linhagem real dos Pajajaran, e herdara todo o encanto das princesas do reino de Pakuan. As pessoas comentavam que a própria princesa tinha se dado conta de que sua beleza trazia infortúnio. Quando ainda era criança, livre para perambular fora do palácio, provocava tumultos e perturbações, grandes e pequenos. Aonde quer que fosse, as pessoas contemplavam seu rosto, coberto por um fino véu de melancolia, com olhares pasmos. Congeladas como absurdas estátuas humanas, só seus globos oculares se moviam, seguindo cada passo dela. Suas aparições levavam os funcionários públicos a sonhar acordados e a negligenciar as questões de Estado, de tal maneira que vastas extensões do reino foram capturadas por bandos de assaltantes, tendo posteriormente de ser resgatadas com grande esforço e custo, sacrificando a vida de metade do exército real.

— Uma mulher assim, realmente, vale a pena buscar — disse Maman Gendeng.

— Só espero que não fique de coração partido pela segunda vez — retrucou um amigo.

Até o pai dessa princesa, que diziam ter sido o último monarca antes de o reino ser atacado por Demak, envelheceu prematuramente por sua obsessão com a beleza da filha. Embora ninguém possa ir para a cama com a própria filha, apaixonar-se sempre é apaixonar-se. Seus sentimentos contraditórios de desejo e imoralidade entraram em conflito, corroendo-o por dentro, até chegar à conclusão de que só a morte poderia livrá-lo daquele sofrimento. E a rainha, naturalmente enciumada, chegou por sua vez à conclusão de que a única maneira de acabar com a situação era matar a menina. Muitas vezes, ia à cozinha, lançava mão de uma faca, e seguia na ponta dos pés para o quarto da criança, preparando-se para apunhalá-la bem no coração. Mas toda a vez que via a filha, até ela caía no feitiço e se apaixonava, esquecendo suas intenções assassinas. Soltava a faca, dirigia-se à filha, acariciava sua pele e a beijava, para então cair em si. Envergonhada, afastava-se da moça, sofrendo sem nada dizer.

Ao longo de toda a jornada de Maman Gendeng, os pescadores contavam-lhe histórias sobre a princesa Rengganis. Como recomendado, ele remava em direção oeste na sua pequena canoa, e ao anoitecer parava nas aldeias de pescadores. Perguntava quanto ainda faltava para Halimunda, e diziam que continuasse para oeste e então virasse em direção ao sul para em seguida voltar-se novamente para leste. Recomendavam cuidado nas ondas dos mares do Sul. E então falavam da princesa, o que deixava o viajante solitário ainda mais impressionado.

— Vou casar com ela — prometia ele.

A própria princesa Rengganis também sofria muito por sua crescente beleza, trancando-se em seu quarto. Seu único contato com o mundo exterior era através de uma pequena fenda na porta, pela qual criadas passavam roupas e pratos de comida. Ela jurou nunca mostrar sua beleza, na esperança de casar com um homem que a amasse por outros motivos. E assim, costurando o seu vestido de noiva e o enxoval, mantinha-se escondida, mas não podia esconder a notícia da sua beleza, espalhada por contadores de histórias e viajantes. O pai, atormentado por seus sentimentos proibidos, e a mãe, cega de ciúme, decidiram casá-la. Enviaram 99 emissários aos recantos mais longínquos do reino e até a países vizinhos para anunciar um concurso para príncipes, cavaleiros e quem mais se apresentasse. O prêmio era o direito de casar com a mais bela jovem do mundo, a princesa Rengganis.

Formosos homens chegaram, e o concurso teve início. Não havia uma competição de arco e flecha, como aquela em que Arjuna derrotou Drupadi. Cada homem era simplesmente convidado a descrever sua mulher ideal — sua altura, peso, alimentos favoritos, a maneira como penteava o cabelo, as cores de seus trajes, o cheiro de seu corpo, tudo —, e depois era instruído a sentar em frente à porta do quarto da princesa Rengganis, deixando que ela o interrogasse. O rei prometeu que, se o homem quisesse alguém exatamente como a princesa e a princesa quisesse alguém exatamente como o homem em frente à porta, poderiam casar. Era muito estranho alguém encontrar seu par dessa maneira, e, com efeito, no fim das contas, o concurso não levara a um pretendente adequado.

O fato é que não era nada fácil conseguir uma mulher assim. Quando Maman Gendeng passou pelo estreito de Sunda, um bando de piratas tentou roubar seus bens, e ele deu vazão a seu desejo reprimido afogando-os. Mas eles não foram o único obstáculo. Ao entrar nos mares do Sul, ele foi interceptado por violentas tempestades e por um par de tubarões que não parava de circundar seu pequeno barco. Teve de descer no pântano e caçar um veado, entregando-o aos tubarões, para que se tornassem amistosos na jornada.

Tudo isto pelo espécime raro chamado Rengganis.

Depois do infrutífero concurso, o reino mergulhou de novo no desespero, na mesma aterrorizante beleza. Até que certo dia um príncipe insatisfeito conspirou para tomar a princesa à força, acompanhado por trezentos homens a cavalo. Apesar de louco de alegria à ideia de alguém raptar a princesa para casar com ela, por lealdade o rei foi forçado a mandar seus soldados para enfrentar os saqueadores. Outro príncipe de outro reino veio com mais trezentos homens a cavalo para ajudar, na esperança de receber a princesa como forma de agradecimento, de modo que estourou uma grande guerra. Mais algum tempo, e outros cavaleiros e outros príncipes foram arrastados a essa guerra, e no fim do ano já não se sabia direito quem estava combatendo quem, apenas que estavam todos guerreando por alguém que havia anos era a rainha da beleza de Halimunda. A maldição da beleza tornou-se ainda mais radical: milhares de soldados estavam mortos e feridos, a nação, em ruínas, fome e doenças alastravam-se sem piedade, e tudo isto por causa daquela infernal beleza.

— Foi a época mais terrível — disse um velho pescador na hospedaria em que Maman Gendeng passava a noite. — Pior do que a guerra de Bubat, quando o Majapahit nos atacou com muita astúcia, pois, como sabe, não gostamos de guerrear.

— Eu próprio sou veterano da guerra revolucionária — disse Maman Gendeng.

— Ora, não foi nada em comparação com a guerra pela princesa Rengganis.

Não que a própria moça nada soubesse de tudo isso. Suas damas de companhia sussurravam-lhe as notícias pelo buraco da fechadura, exatamente como o cego Destarata tomou conhecimento do destino de seus filhos no campo de batalha de Kuruserta. A pequena beldade sofria muito, não conseguia comer nem dormir, torturada pelo fato de ser a causa de todo aquele infortúnio. Não podia reparar a situação com simples soluços, talvez nem sequer com a própria morte, e de repente lembrou-se do vestido de casamento e chegou à conclusão de que a única maneira de se libertar de tudo aquilo era casar-se imediatamente — e então a guerra e todas as suas desgraças certamente chegariam ao fim.

A essa altura, ela estava trancada em seu quarto havia anos, na companhia apenas de um mero lampião de querosene e do vestido de noiva. Havia costurado tudo com as próprias mãos, e graças a sua habilidade manual era o mais belo vestido de casamento da face da Terra, muito acima do alcance de qualquer costureira ou alfaiate. Certa manhã, o vestido finalmente foi concluído. A princesa não sabia com quem se casaria, e então pensou com seus botões que simplesmente abriria a janela e quem quer que aparecesse tornar-se-ia seu parceiro para o resto da vida.

Antes de cumprir sua decisão, banhou-se em água perfumada com flores por cem noites. E então, numa manhã inesquecível, vestiu seu vestido de noiva. Não era o tipo de pessoa que voltava atrás numa promessa: haveria de manter sua palavra. Abriria aquela janela, pela primeira vez em anos, e haveria de casar com o primeiro homem que visse. Se houvesse mais de um, ficaria com o mais próximo. Jurou que não tomaria o marido de outra mulher nem um homem que já tivesse uma amante, pois não queria magoar ninguém.

Usando o vestido de noiva, ela estava mais bela do que nunca. Sua beleza se irradiava, mesmo naquele quarto escuro, maravilhando as jovens acompanhantes que a espiavam, perguntando-se o que estava para fazer. Com passos graciosos, a princesa Rengganis aproximou-se da janela, ficou ali de pé por um momento e expirou ansiosa. Sua promessa fora feita e sua vontade seria executada. As mãos tremiam violentamente quando ela tocou as venezianas, e de repente ela estava chorando, entre uma profunda tristeza e uma transbordante alegria. Com um leve toque dos dedos, ela soltou o fecho da janela. As persianas se abriram. Ela disse:

— Quem estiver aí, case comigo.

— Pena que eu não estava lá — disse Maman Gendeng a outro pescador numa outra manhã. — Diga lá, qual a distância daqui a Halimunda?

— Não está longe.

Muitas pessoas já haviam dito "não está longe", palavras que não lhe traziam mais conforto algum, pois ele parecia não chegar nunca. Continuou viajando, parando a cada acampamento de pescadores e a cada porto para perguntar:

— Estou em Halimunda?

— Oh, não, continue seguindo para leste, diziam.

Todos diziam a mesma coisa, e ele já estava perdendo a confiança. De repente, teve a sensação de que aquilo tudo era uma grande conspiração e todo mundo estava mentindo para ele, e Halimunda não passava de uma invenção. Decidiu que, se perguntasse mais uma vez e a pessoa dissesse que ele tinha de continuar seguindo para leste, haveria de lhe dar um soco na cara para acabar com aquelas piadas sem graça e aquele conluio.

Foi quando viu um porto pesqueiro e uma fileira de acampamentos de pescadores. Rapidamente virou-se na direção da terra, dando adeusinho ao par de tubarões que lhe haviam feito companhia o tempo todo, e com os quais desenvolvera uma estranha proximidade. Tremia de cansaço e desânimo, perdendo as esperanças de que jamais viesse a encontrar a incrível princesa Rengganis. Desembarcou e encontrou um pescador que puxava a rede na praia. Tinha já os punhos cerrados ao perguntar:

— Estou em Halimunda?

— Sim, Halimunda.

Esse pescador era um sujeito de sorte, pois se Maman Gendeng, designado por seu próprio mestre como o supremo combatente, tivesse liberado toda a sua raiva, o outro jamais teria sido capaz de resistir. Mas Maman Gendeng estava exultante depois daquela longa viagem: Halimunda não era mera invencionice; ele finalmente chegara, sentia cheiro de pescado no ar e estava falando com um dos habitantes do local. Caiu de joelhos no chão, de tão agradecido, enquanto o pescador olhava para ele perplexo.

— Como tudo é belo aqui — murmurou.

— Sim — fez o pescador, preparando-se para se afastar —, até a merda aqui fica parecendo bonita.

Mas Maman Gendeng o deteve.

— Onde encontro Rengganis? — perguntou.

— Qual Rengganis? Existem toneladas de mulheres com este nome. Até ruas e rios têm o nome de Rengganis.

— A princesa Rengganis, claro.

— Morreu há centenas de anos.

— O que foi que disse?

— Disse que ela morreu há centenas de anos.

E de repente tudo acabou. Não pode ser verdade, pensava Maman Gendeng. O que, no entanto, não o acalmava, e sua raiva irrompeu ferozmente. Ele ameaçou o pobre pescador, gritando que era um mentiroso. Acorreram alguns outros pescadores com remos nas mãos para ajudar, e Maman Gendeng destruiu os remos, deixando os homens inconscientes na areia molhada. Foi quando três homens, *preman*,[1] uns valentões, se aproximaram dele. Ordenaram que se

---

[1] Integrantes de bandos do crime organizado na Indonésia. (*N. do T.*)

fosse, a praia era terreno deles. Maman Gendeng não se afastou, atacando-os implacavelmente, dominando os três sem dificuldade e deixando-os estirados, semimortos, sobre os corpos dos pescadores.

Essa foi a caótica manhã em que Maman Gendeng chegou a Halimunda, causando tanto alvoroço. Os cinco pescadores e os três brutamontes *preman* foram suas primeiras vítimas. A seguinte foi um velho veterano que se aproximou com um fuzil e atirou a distância. Ele não sabia que o estranho era impenetrável a balas. Quando se deu conta, saiu correndo, mas Maman Gendeng foi em sua perseguição, apoderou-se do seu fuzil e atirou-lhe nas pernas, fazendo-o cair no meio da rua.

— Quem mais vai querer brigar? — perguntou.

Ele precisava castigar pelo menos algumas das pessoas da cidade, que o haviam enganado com uma história multissecular. Ainda haveria alguns outros confrontos nesse dia, e ele saiu vitorioso de todos, e ninguém mais na praia queria enfrentá-lo. Mas a essa altura ele começava a parecer exausto. Pálido, dirigiu-se a uma carrocinha de comida, e o dono serviu-lhe o que tinha. As pessoas tentaram inclusive acalmá-lo com vinho *arak*, esperando que se embebedasse e deixasse de causar problemas. Saciado e cansado, Maman Gendeng ficou sonolento. Voltou trôpego para a praia e se estirou na canoa, que havia puxado para a areia. Ele refletiu sobre aquele dia e toda a sua decepção, e antes de adormecer disse em alto e bom som:

— Se tiver uma filha, vou dar-lhe o nome de Rengganis.

E caiu no sono.

É verdade que a princesa Rengganis morrera muitos anos antes, mas só depois de casar e entrar em reclusão em Halimunda. Quando abriu a janela fechada havia tantos anos, os raios quentes do sol da manhã tomaram conta do quarto, e por um momento ela ficou cega. Foi como se o universo tivesse parado para testemunhar aquela incrível beleza voltando do isolamento e da escuridão para o mundo. Os pássaros pararam de gorjear, o vento parou de soprar, e a princesa lá estava como uma pintura, com a janela servindo de moldura. Levou um tempo para que seus olhos se adaptassem, e então ela começou a olhar ao redor. Era um olhar nervoso, e seu rosto enrubesceu, pois ela estava para conhecer a pessoa que haveria de se tornar seu amante. Mas não havia ninguém até onde os olhos enxergavam, exceto um cão que se voltava para olhar na sua direção depois de ouvir o barulho da janela se abrindo. A princesa ficou perplexa por um momento, mas devemos lembrar que ela nunca recuava em sua palavra, e assim, do fundo do coração, jurou que casaria com aquele cão.

Ninguém aceitaria semelhante casamento, e os dois então escapuliram para uma floresta enevoada nos confins dos mares do Sul. Foi a própria princesa que lhe deu o nome de Halimunda, a Terra da Bruma. Lá viveram durante muitos anos, e, naturalmente, tiveram filhos. A maioria dos habitantes de Halimunda acreditava que eram descendentes da princesa e daquele cão, cujo nome ninguém jamais veio a saber. Nem mesmo a princesa parecia sabê-lo, nem tampouco lhe deu algum dia um apelido. Ao vê-lo naquela primeira vez da janela, sabia apenas que tinha de sair rapidamente ao encontro do noivo, sem se importar com o que as pessoas diriam.

— Pois um cão — ponderou — não dá a mínima importância ao fato de eu ser bela ou não.

Rapidamente se espalhou a notícia da chegada de Maman Gendeng a Halimunda. Após a breve sesta, ele decidira estabelecer-se naquela cidade, juntando-se aos descendentes da princesa Rengganis. Gostou dos animados acampamentos de pesca, que lhe recordavam os velhos tempos, com os estandes de bebida e as tabernas ao longo da praia, as lojas na Jalan Merdeka e, naturalmente, o bordel de Mama Kalong, o melhor da cidade.

Ele foi parar lá por recomendação de um estranho no caminho. Pensou com seus botões que, se quisesse viver naquela cidade, teria de controlá-la, e a melhor maneira era começar pelo bordel. Entrou na taberna e a velha mulher, já informada da reputação por ele adquirida desde a chegada à praia, estava à espera com algumas das suas putas e *premans*. A própria Mama Kalong serviu-lhe um copo de cerveja, e depois de bebê-lo ele se postou no meio da taberna e perguntou quem era o homem mais forte da cidade. Alguns *premans* que trabalhavam como guarda-costas no bordel não gostaram nada da pergunta, e teve início a enésima briga, no pátio da taberna. Maman Gendeng ignorou solenemente seus facões, foices e as restantes espadas de samurai, e não demorou para cobri-los de hematomas.

Esfregando as mãos de satisfação, entrou novamente, esperando encontrar mais alguém para espancar, mas em vez disso deparou-se com uma linda mulher sentada num canto com um cigarro nos lábios.

— Quero dormir com aquela mulher, seja ela prostituta ou não — sussurrou ele para Mamam Kalong.

— É Dewi Ayu, a melhor puta daqui — disse Mama Kalong.

— Como se fosse uma mascote? — perguntou Maman Gendeng.

— Como se fosse uma mascote.

— Vou me estabelecer nesta cidade — prosseguiu Maman Gendeng —, e vou mijar nas partes dela, como um tigre marcando território.

Dewi Ayu continuava sentada no seu canto, com ar de indiferença. À luz da lâmpada, sua pele reluzia branca e límpida, evidenciando sua ascendência holandesa. Os olhos eram azulados, os cabelos negros estavam apanhados numa longa trança, e ela tinha um cigarro entre os dedos finos, com as unhas pintadas de vermelho-sangue. Usava um vestido de cor marfim e trazia a esbelta cintura presa num cinto. Ouviu o que Mama Kalong dizia a Maman Gendeng e voltou-se para ele. Os dois se olharam por um momento, e Dewi Ayu deu um sorriso irresistível, sem mover um músculo.

— Pois então seja rápido, meu bem, para não mijar nas calças — disse.

Dewi Ayu informou-lhe que tinha um quarto especial, um anexo atrás da taberna, acrescentando que nunca entrara nele com os próprios pés, pois quem a quisesse tinha de carregá-la, como um noivo carregando a noiva. Para Maman Gendeng não havia o menor problema, e ele então se aproximou, deteve-se diante da sua bela puta e se inclinou. Ao levantá-la, estimou que devia pesar cerca de 60 quilos. Caminhou em seguida para os fundos da taberna, passando por uma porta, atravessando um perfumado laranjal e se encaminhando para uma pequena e mal iluminada construção em meio a outras. Maman Gendeng disse-lhe então:

— Vim aqui para casar com a princesa Rengganis, mas cheguei mais de cem anos atrasado. Gostaria de tomar o lugar dela?

Dewi Ayu beijou o rosto do seu pretendente e respondeu:

— Uma esposa faz sexo por livre e espontânea vontade, mas uma prostituta é uma profissional do sexo. O negócio é que não gosto de fazer sexo sem ser paga.

Eles fizeram sexo quase a noite toda, cheios de fogo e paixão, como amantes que se reencontraram depois de uma longa separação. Ao amanhecer, ainda estavam nus, e sentaram em frente ao anexo, envoltos no mesmo cobertor, desfrutando do ar fresco. Pardais saltavam ruidosos nos galhos das laranjeiras e voavam céleres para a beira do telhado. O sol levantou-se com todo o seu calor no espaço entre as colinas de Ma Iyang e Ma Gedik, ao norte da cidade.

Halimunda começou a acordar. Os amantes prepararam-se para o dia, livrando-se do cobertor, mergulhando em água quente numa grande banheira deixada pelos japoneses, e se vestiram. Como fazia toda manhã, Dewi Ayu pegou um jinriquixá *becak* para ir ao encontro das três filhas em casa. Maman Gendeng preparou-se para dar início a um novo dia na cidade.

Mama Kalong serviu-lhe o desjejum, arroz amarelo com cogumelos palha e ovos de codorna que encomendara naquela manhã no mercado. Maman Gendeng voltou a perguntar sobre o homem mais forte, o que de fato tivesse mais força na cidade.

— Pois não pode haver dois mandachuvas no mesmo lugar — explicou.

— É verdade — respondeu Mama Kalong.

E mencionou um homem, Edi Idiota, o *preman* mais temido no terminal de ônibus, resumindo sua reputação: soldados e policiais tinham pavor dele, que havia matado mais gente do que qualquer guerreiro lendário, e todos os bandidos e ladrões e piratas da cidade eram seus apaniguados. Além disso, era muito provável que ele já soubesse de Maman Gendeng, pois a essa altura todos os *premans* do bordel certamente já lhe tinham relatado. Ao meio-dia, Maman Gendeng dirigiu-se ao terminal de ônibus e encontrou o sujeito descansando numa cadeira de balanço de mogno.

— Dê-me o seu poder — foi dizendo —, ou lutaremos até a morte.

Edi Idiota o estava esperando. Aceitou o desafio, e a notícia logo se espalhou. Havia muitos anos que os moradores da cidade não desfrutavam de nenhum entretenimento realmente fantástico, e multidões entusiásticas se dirigiram à praia, onde os dois tinham decidido lutar. Ninguém poderia prever quem mataria quem. Um comandante militar da cidade enviou uma companhia de homens liderados por um sujeito magricela conhecido por todos pelo apelido, Shodancho, mas ninguém achou que ele seria capaz de impedir a luta.

Shodancho controlava uma pequena parte da cidade do seu quartel-general, no qual uma placa o proclamava "Comandante do Distrito Militar de Halimunda". Como o brutal confronto ocorreria em sua jurisdição, ele se apresentara aos militares da cidade como voluntário para cuidar do caso. Na realidade, uma companhia de soldados armados não seria capaz de grande coisa, à parte manter uma aparência de ordem entre os curiosos. Na verdade, ele esperava secretamente que ambos morressem, pois de modo algum uma região podia ter três sujeitos no comando, e Shodancho achava que devia ser o único. Mas esperou, como todo mundo, incapaz de prever o resultado.

No fim das contas, tiveram de esperar uma semana inteira pelo fim do combate. Ele já durava sete dias e sete noites sem interrupção quando Shodancho disse a um dos seus homens:

— É evidente que Edi Idiota vai morrer.

— Para nós não faz a menor diferença — retrucou o soldado, pesaroso. — A cidade está cheia de bandidos, ladrões, guerrilheiros, soldados revolucionários e comunistas que não foram eliminados. Temos de continuar consertando a perturbação que causam, e nunca conseguiremos acabar com isto.

Shodancho assentiu.

— Estamos apenas trocando Edi Idiota por Maman Gendeng.

O soldado sorriu com sarcasmo e sussurrou:

— Vamos esperar que não meta o nariz nas questões militares.

Embora controlasse apenas o distrito militar local numa parte de Halimunda, Shodancho era muito respeitado em toda a cidade. Até mesmo certos comandantes hierarquicamente superiores a ele o tratavam com respeito formal, pois todos sabiam que ele havia liderado a rebelião dos batalhões *daidan* em Halimunda durante a ocupação japonesa, e que ninguém se havia mostrado mais corajoso nessa rebelião. Os moradores da cidade tinham certeza de que, se Sukarno e Hatta não tivessem proclamado a independência, Shodancho o teria feito. O povo realmente o amava, embora soubesse que não era um soldado modelo; seu distrito estava empenhado sobretudo em contrabandear têxteis para a Austrália e importar veículos e produtos eletrônicos pelo mercado negro. Era um excelente negócio naqueles anos, e nenhum dos comandantes superiores queria perturbar um comércio que gerava tanto dinheiro para os generais. Cuidar de pequenas disputas não era realmente uma de suas prioridades.

Finalmente exaurido, Edi Idiota acabou morrendo mesmo, depois de sufocado e afogado na água rasa do mar. O adversário jogou seu corpo no mar, onde os conhecidos de Maman Gendeng, os tubarões, fizeram a festa com o inesperado lanche vespertino. Maman Gendeng voltou para a praia e olhou para os moradores da cidade, orgulhoso como se ainda pudesse enfrentar outros sete homens exatamente do mesmo jeito.

— Agora — anunciou —, todo o poder é meu.

E acrescentou:

— E ninguém pode dormir com Dewi Ayu, só eu.

Surpresa com o decreto de Maman Gendeng, Dewi Ayu procedeu com cautela, enviando um mensageiro para convidar o novo *preman* a visitá-la. Maman Gendeng aceitou polidamente o convite e prometeu que iria o mais rápido possível.

Ela realmente era a melhor puta da cidade, e uma mulher belíssima, com apenas 35 anos. Toda manhã banhava-se com sabonete sulfúrico, e uma vez por mês tomava um banho de imersão em água quente com ervas. A lenda da sua beleza rivalizava com a da fundadora da cidade, e o único motivo de nunca ter havido uma guerra por causa dela era o fato de ser uma puta, de modo que qualquer um podia dormir com ela se tivesse dinheiro, e o suposto monopólio de Maman Gendeng teria de ser questionado.

Ela quase nunca aparecia em público, só eventualmente era vista de longe num jinriquixá ao pôr do sol, a caminho do prostíbulo de Mama Kalong, ou voltando para casa pela manhã. Fora isto, podia ser vista levando suas menininhas para o cinema, a feira, ou deixando-as na escola. Às vezes ia ao mercado, o que no entanto era raro. Estranhos na cidade jamais imaginariam que ela fosse uma puta, vestida com mais recato do que qualquer mulher e caminhando com a elegância de uma donzela palaciana, com o cesto de compras numa das mãos e o guarda-sol na outra. Mesmo no bordel, usava um espesso vestido bem confortável que cobria tudo, preferindo ficar sentada num dos cantos da taberna lendo livros de viagem. Jamais seduzia homens em público: não era do seu feitio.

Sua antiga casa de família ficava no bairro colonial da cidade, bem no pé de uma colina que dava para o mar, por trás das restantes plantações de cacau e coco. Ela a havia comprado de novo por causa da saudade, mas agora essa nostalgia do passado a estava matando. Um novo complexo residencial estava sendo construído à margem do rio Rengganis, e ela já tinha reservado uma casa, esperando se mudar no ano seguinte.

Naquela tarde, o *preman* apareceu não muito depois de a dona da casa ter despertado e tomado banho, e foi recebido por uma menininha de cerca de 11 anos. Ela se apresentou como Maya Dewi, e disse a Maman Gendeng que esperasse na sala da frente, pois a mãe estava secando o cabelo. A menina seria tão linda quanto a mãe, já era evidente, e trouxe-lhe um copo de limonada gelada; e quando o *preman* fez menção de acender um cigarro, correu para depositar um cinzeiro na mesa. Maman Gendeng concluiu que a aparência limpa e ordeira da casa devia ser obra da menina. Soubera por Mama Kalong que Dewi Ayu tinha três filhas, e estava curioso para descobrir se as irmãs eram igualmente belas. Mas aparentemente Alamanda e Adinda não estavam em casa.

Dewi Ayu apareceu com os cabelos soltos e brilhando ao sol da tarde. Disse à filha que os deixasse, despertou um gatinho que se enroscava em sua cadeira e sentou. Seus movimentos eram lentos, graciosos e estudados. Recostou-se e cruzou as pernas, num vestido longo com amplos bolsos de ambos os lados e uma fita no pescoço. Maman Gendeng sentia o perfume de lavanda e babosa em seu cabelo. Embora já tivesse deitado com ela, vendo-a nua, ainda estava impressionado com sua inebriante beleza. Suas finas mãos eram brancas como leite e buscavam um maço de cigarros num dos bolsos, e ela então também acendeu o seu. Por alguns momentos, Maman Gendeng conseguiu apenas gaguejar sem jeito, incapaz de tirar os olhos dos seus pés, num par de chinelos de veludo verde-escuro, lentamente balançando para a frente e para trás.

— Obrigada por ter vindo — disse Dewi Ayu. — Bem-vindo à minha casa.

O *preman* sabia por que tinha sido convidado, ou pelo menos adivinhava. Deu-se conta de que não teria como justificar sua pretensão, mas se apaixonara por aquela mulher. Finalmente conseguira esquecer toda a sua dor, esquecer Nasiah e esquecer a princesa Rengganis, arrebatado por aquela incrível puta. Não queria magoar-se de novo, de modo que, se não pudesse casar com ela, pelo menos seria o único a dormir com ela.

A serenidade da prostituta, certamente decorrente de sua inteligência, era de fato extraordinária. Ela dava baforadas uniformes, e com o olhar acompanhava a fumaça flutuante, como um pensador matutando algo. O cheiro de seu cigarro importado era suave, sem cravo-da-índia. Ela aparecera com um copo de limonada, e ao terminar o cigarro bebeu um pouco e, com um gesto, indicou que o brutamontes bebesse do copo gelado que tinha à frente, o que ele fez, desajeitado. Numa mesquita distante, uma criança batia tambor, de modo que devia ser em torno de três da tarde.

— É uma pena — disse a prostituta. — Você na verdade é o trigésimo segundo homem que tenta ser meu dono.

Não foi uma surpresa para o *preman*, que já sabia o que ela ia dizer.

— Ou caso com você ou vou pagar diariamente para ter seus serviços exclusivos.

— O problema é que não posso fazer sexo diariamente, e assim estaria muitas vezes recebendo dinheiro em troca de nada — disse ela, rindo. — Mas gostaria, pois pelo menos saberia quem é o pai no caso de engravidar.

— Aceita então ser minha puta particular pelo resto da vida?

Dewi Ayu sacudiu a cabeça.

— Não esse tempo todo — disse —, mas enquanto o seu pau e as suas finanças permitirem.

— Se não estiver satisfeita, posso usar o dedo ou o casco de uma vaca no lugar do pau.

— Tenho certeza de que bastará o dedo, desde que saiba usá-lo — disse Dewi Ayu dando risada. Calou-se por um momento e então murmurou: — Então é o fim da minha carreira de prostituta pública.

Disse-o quase com nostalgia. Ao longo daqueles anos, houvera muita tristeza, mas também bons momentos.

— Na verdade, toda mulher é uma puta, pois até a esposa mais decente se vende por um dote ou joias... ou por amor, quando existe — disse. — Não que eu não acredite no amor, na verdade é exatamente o contrário; faço tudo isto com o maior amor. Nasci numa família holandesa e fui católica até recitar o *syahadat* e me tornar muçulmana no dia do meu casamento. Já fui casada e já fui uma pessoa religiosa. Só porque perdi tudo isso, não significa que perdi o amor. É como se me tivesse tornado uma sufi e uma santa. Para ser uma puta, é preciso amar todo mundo, tudo, tudo mesmo: pênis, dedos e cascos de vaca.

— O amor só me trouxe dor insuportável — disse o *preman*.

— Bem, você tem toda a liberdade de me amar — disse Dewi Ayu. — Mas não espere muito em troca, pois expectativa não tem nada a ver com amor.

— Mas como posso amar alguém que não me ama?
— Vai aprender, machão.

Para selar o acordo, Dewi Ayu estendeu a mão, e Maman Gendeng beijou-lhe os dedos. O acerto agradou a ambos, e, embora não vivessem na mesma casa, cada vez mais pareciam recém-casados. Quando Maman Gendeng conheceu as outras filhas da prostituta, que haviam herdado a beleza perfeita da mãe, Alamanda tinha 16 anos, e Adinda, 14. E ele declarou:

— Matarei qualquer um que moleste essas meninas.

Eles começaram a ser vistos como uma família em toda parte, indo ao cinema juntos e passando os domingos na praia, pescando ou nadando. Fora isto, o *preman* encontrava Dewi Ayu à noite no anexo atrás da taberna de Mama Kalong. Ao amanhecer, ela não saía mais correndo de volta para casa, e eles relaxavam no laranjal, conversando.

Certa noite, contudo, semanas depois de chegar, Maman Gendeng não foi ao bordel de Mama Kalong. Ninguém mais ousou tocar em Dewi Ayu, de modo que ela matava o tempo lendo guias de viagem quando apareceu um outro homem, acompanhado do guarda-costas: Shodancho.

Era sua primeira visita ao bordel. Excitada, Mama Kalong saiu para cumprimentá-lo pessoalmente, disposta a oferecer-lhe o que quisesse. Shodancho queria apenas a mais bela puta do lugar. Virou-se para Dewi Ayu e sem hesitação apontou para ela. Os presentes tremeram ante sua escolha, e ninguém ousou dizer palavra quando Dewi Ayu sacudiu a cabeça, em sinal de não. Pela primeira vez, Dewi Ayu recusava um cliente, mas Shodancho não era homem de se deixar vencer por mero aceno de cabeça. Brandindo a pistola, caminhou em direção à prostituta e ordenou que deixasse de lado o guia de viagem e viesse para a cama. Pela primeira vez ela foi obrigada a caminhar até seu quarto sem ser mimada e carregada, o que a encheu de raiva. Shodancho acompanhou-a ao anexo enquanto seus guarda-costas sentavam na taberna.

— Você aponta essa pistola como um covarde.

— É um mau hábito, queira desculpar-me, senhorita — disse Shodancho. — Na verdade, queria perguntar: posso casar com sua filha mais velha, Alamanda?

Dewi Ayu zombou desdenhosamente da proposta. Primeiro, lembrou que o tratamento grosseiro que lhe havia infligido certamente não contribuía para aumentar suas chances, e então acrescentou, racional:

— Alamanda é dona do próprio cérebro e do próprio corpo; por que então não lhe pergunta diretamente se quer casar com você? — Com seus botões, ela pensou: *Que patético esse soldadinho magricela, com seus pedidos de casamento.*

— Todo mundo na cidade sabe que ela já decepcionou muitos homens, e receio que o mesmo me aconteça.

Dewi Ayu sabia que Alamanda despertava paixões em jovens e velhos igualmente. Todos tentavam conquistar seu amor mas nunca conseguiam nada, pois, como bem sabia sua mãe, Alamanda amava só um homem. Ele se fora e ela esperava seu retorno.

— De qualquer maneira, terá de perguntar a Alamanda — insistiu Dewi Ayu. — Se ela quiser casar com você, darei uma fantástica festa. Caso contrário, sugiro que se mate.

No laranjal, uma coruja piou, e do alto da árvore mergulhou para agarrar um esquilo. Dewi Ayu tentou ganhar tempo, na esperança de que seu brutamontes finalmente chegasse e os dois homens resolvessem a questão. Shodancho aproximou-se, tocou seu queixo, macio como cera, e perguntou:

— E o que exatamente sugere que eu faça agora, senhora?

— Encontre outra garota — recomendou Dewi Ayu. Havia muitas jovens lindas na cidade, todas as descendentes da princesa Rengganis, herdeiras de sua infame beleza. Mas ele não se foi, e brutalmente empurrou Dewi Ayu para o quarto e tirou sua roupa. Fodeu a prostituta com gana e, quando o pau cuspiu, descansou por um momento e se foi sem mais dizer.

Dewi Ayu ficou ali deitada, sem conseguir acreditar no que acabara de acontecer. Não significava apenas que alguém houvesse dormido com ela apesar da explícita proibição de Maman Gendeng; era também a primeira vez em que era possuída tão brutalmente. Os homens de Halimunda a tratavam melhor do que às próprias esposas. Ela olhou para o vestido, que perdera dois botões ao ser aberto à força, e rezou para que Shodancho fosse atingido por um raio. A raiva aumentava à medida que caía a ficha de que aquele homem a possuíra como se não passasse de um monte de carne, como se estivesse fodendo um vaso sanitário por alguns breves minutos, como se a cidade inteira não a reverenciasse. Tudo mais do que suficiente para que ela amaldiçoasse e até chorasse um pouco, e então voltou correndo para casa.

Maman Gendeng ficou sabendo assim que amanheceu o novo dia. Não conhecia Shodancho, mas sabia onde encontrá-lo. Do terminal de ônibus onde vivia, caminhou até a sede do comando militar de Halimunda. No portão de entrada, o guarda que estava na guarita o deteve. Maman Gendeng disse que queria falar com Shodancho. O soldado não tinha arma de fogo, apenas um facão e um cassetete, e sabia que não teria como enfrentar o sujeito, de modo que se limitou a saudar e apontar para uma porta, pela qual Maman Gendeng passou.

De calça jeans e uma camiseta de manga curta deixando aparecer a tatuagem de dragão no bíceps direito, dos tempos da guerrilha, Maman Gendeng foi entrando sem bater no escritório de Shodancho. O comandante estava no meio de uma conferência radiofônica com o comando central e levantou o olhar, surpreso. Ao reconhecer o adversário da praia, de pé ali tão arrogante e acintoso, encerrou abruptamente a conversa e levantou-se com uma fúria que transparecia no brilho do olhar. Antes que Shodancho pudesse abrir a boca, Maman Gendeng foi dizendo:

— Ouça bem! Ninguém pode dormir com Dewi Ayu, só eu, e, se tiver a audácia de voltar à cama dela, não serei misericordioso.

Shodancho estava furioso de se ver assim ameaçado: bem ali, em seu próprio escritório. Perguntou se o sujeito sabia que podia ser enforcado, executado pelo Estado, bastando para isto uma palavra sua. Além do mais, sabia que Dewi Ayu era uma puta, e, se o problema era o fato de ter dormido com uma puta sem pagar, haveria de lhe pagar mais do que qualquer outro homem até então. Enfurecido com a atitude desafiadora do brutamontes à sua frente, Shodancho sacou a pistola da cintura, liberou a trava de segurança e apontou para o sujeito, como se dissesse que não tinha medo das suas ameaças, e que era melhor se escafeder se não quisesse levar um tiro.

— Muito bem — fez o *preman* —, aparentemente não sabe quem eu sou.

Shodancho não pretendia realmente atirar, queria apenas assustar o sujeito. Mas, quando viu que Maman Gendeng segurava um facão, não teve alternativa senão puxar o gatilho. Com o estouro da bala, ele viu Maman Gendeng andar para trás, mas se deu conta, chocado, de que o indivíduo nada sofrera. A bala girava no chão.

Shodancho tinha certeza de que nem de longe havia errado o alvo, e o choque aumentou ainda mais quando viu Maman Gendeng sorrindo para ele.

— Ouça bem, Shodancho. Não saquei este facão para atacá-lo, mas para mostrar que não tenho medo de você. Eu sou invencível. Suas balas não podem me ferir, nem esta lâmina — disse Maman Gendeng, enfiando a faca na barriga com toda força. A lâmina quebrou-se e a ponta caiu no chão sem um arranhão. Ele pegou no chão a bala e o pedaço da faca e, segurando-os na palma da mão, mostrou-os a Shodancho.

Shodancho, agora parado como uma estátua com a pistola pendendo da mão mole e impotente e o rosto cor de cinza, tinha ouvido falar de gente assim; mas era a primeira vez em que via com os próprios olhos.

Antes de sair, Maman Gendeng disse:

— Pela última vez, Shodancho, não toque em Dewi Ayu. Caso contrário, não vou apenas reduzir este lugar a pó: vou matá-lo.

6

Shodancho estava meditando, enterrado na areia quente e tendo apenas a cabeça para fora, quando um de seus homens se aproximou. O soldado, Tino Sidiq, não teve coragem de perturbá-lo — na verdade, nem tinha certeza de que *poderia* perturbá-lo. Embora os olhos de Shodancho estivessem arregalados como os de uma cabeça decapitada, sua alma vagava por um reino de luz, ou pelo menos era assim que ele próprio descrevia suas experiências de êxtase.

— A meditação me livra de ter de olhar para este mundo podre — dizia, acrescentando: — ou pelo menos de ter de olhar para o seu rosto horroroso.

Passado um tempo, ele piscou e seu corpo começou lentamente a se mover, o que Tino Sidiq sabia significar que estava encerrando a meditação. Shodancho saiu da areia num gesto elegante, sacudiu alguns grãos e em seguida foi sentar ao lado do soldado como um pássaro pousando. Seu corpo desnudo era muito magro, decorrência de um rigoroso regime de jejum *Daud* em dias alternados, embora todos soubessem que ele não era religioso.

— Aqui estão suas roupas — disse Tino Sidiq, entregando-lhe seu uniforme verde-escuro.

— Toda vestimenta nos dá um novo papel de palhaço a desempenhar — disse Shodancho, vestindo o uniforme. — Agora sou Shodancho, o caçador de porcos.

Tino Sidiq sabia que Shodancho não gostava desse papel, mas, por outro lado, aceitara desempenhá-lo. Dias antes, eles tinham recebido ordem direta do major Sadrah, comandante militar da cidade de Halimunda, para sair da floresta e ajudar no extermínio de porcos. Shodancho detestava receber ordens Daquele Idiota do Sadrah, como costumava chamá-lo. A mensagem fora redigida em termos de consideração e louvor: Sadrah dizia que só Shodancho conhecia Halimunda na palma da mão, sendo portanto o único em quem a população confiava para ajudá-la na caça aos porcos.

— É o que acontece quando não há guerras no mundo, os soldados ficam reduzidos a caçar porcos — prosseguiu Shodancho. — Sadrah é muito burro, não seria capaz de reconhecer nem o próprio cu.

Ele estava na mesma praia na selva na qual, muitos anos antes, a princesa Rengganis buscara refúgio depois de fugir, uma vasta península em forma de orelha de elefante, cercada por mais praias cobertas de conchas e barrancos escarpados, com poucos trechos arenosos. A área era quase totalmente intocada por seres humanos, pois desde a era colonial fora mantida como reserva florestal, com leopardos e *ajaks*. Era onde Shodancho vivera mais de dez anos, numa choupana exatamente como a que havia construído nos anos da guerrilha. Tinha sob o seu comando 32 soldados, e às vezes civis vinham ajudá-los, e todos os homens faziam turnos indo à cidade de caminhão para cuidar dos próprios negócios, mas não Shodancho. Sua viagem mais longa nesses dez anos fora até as cavernas, onde meditava, e ele só voltava à choupana para pescar e cozinhar para os soldados e cuidar do *ajak* que domesticara. Essa vida tranquila fora perturbada pela mensagem de Sadrah. Na selva não havia porcos; os animais viviam apenas nas colinas ao norte de Halimunda, de modo que ele teria de descer à cidade. Para ele, obedecer àquela ordem era trair sua entrega à solidão.

— Que país infeliz — disse. — Nem os soldados sabem caçar porcos.

Ele fora à cidade pela última vez havia quase 11 anos. As tropas do Knil seriam dispersadas, e ele fora à cidade supervisionar sua partida.

— *Sayonara* — dissera, desapontado. — Sou como um pescador que espera pacientemente a presa para afinal receber de alguém mais um cesto cheio de peixes.

E então retornara à selva, acompanhado de seus fiéis 32 soldados, e deu início a suas tediosas tarefas, que haveriam de se prolongar por mais de dez anos. Sempre ocupado, ele protegia alguns caminhões de contrabandistas administrados por um comerciante por ele conhecido quando haviam combatido os japoneses lado a lado. Naturalmente, ele nunca supervisionava nada pessoalmente, pois seus 32 soldados cuidavam de tudo. Geralmente estava explorando a selva em busca de cavernas para meditar, pescando peixe-papagaio ou praticando seus movimentos de luta. Podia desaparecer de repente, técnica de guerrilha por ele mesmo desenvolvida, e reaparecer não menos subitamente.

Havia desenvolvido essa técnica quando era comandante de pelotão, um *shodancho* de verdade no *daidan* de Halimunda, quando o XVI Exército japonês ainda ocupava a ilha de Java. Ele tinha 20 anos quando inesperadamente teve uma ideia brilhante: rebelião. A primeira pessoa que convidou para aderir foi Sadrah, *shodancho* no mesmo *daidan*, um amigo de infância. Haviam começado a carreira militar ao mesmo tempo no Seinendan, regimento de jovens criado pelo Japão. Tinham ido juntos a Bogor fazer seu treinamento militar após a fundação do Peta[2] e concluído a formação como *shodancho* antes de retornar a Halimunda, cada um tomando a frente do seu próprio *shodan*. Agora ele esperava convidar o amigo a se rebelar também.

— Você está querendo cavar sua sepultura — disse Sadrah.

— Sim, os japoneses percorreram essa distância toda só para me enterrar — respondeu ele, rindo. — Será mesmo uma grande história para meus filhos e netos.

---

[2] Pembela Tanah Air (em indonésio, "Defensores da Pátria"), exército de voluntários criado em 1943 pelas forças japonesas de ocupação da Indonésia, para apoiar suas próprias tropas contra eventual invasão dos Aliados na Segunda Guerra Mundial. (*N. do T.*)

Ele era o mais jovem *shodancho* de Halimunda, com o físico mais insignificante. Mas só ele ganhara o apelido de Shodancho, e, quando os planos de rebelião já estavam traçados, ele próprio assumiu a liderança do movimento. Eram oito *shodanchos* dispostos a aderir, cada um com o seu *budancho*, e dois *chudanchos* passaram a atuar como conselheiros dos guerrilheiros. O comandante do batalhão, o *daidancho*, descobriu o plano, mas decidiu não se intrometer, lavando as mãos.

— Não sou nenhum coveiro — disse ele —, especialmente se tratando do meu próprio túmulo.

— Ora, eu cavo um túmulo para você, Daidancho — disse Shodancho, dando por encerrado o encontro secreto. Depois que ele se foi, Shodancho disse aos outros:

— Ele prefere apodrecer e morrer por trás de uma escrivaninha.

Desdobrou um mapa grosseiro de Halimunda, assinalando certas áreas japonesas com o símbolo das tropas Kurawa e suas próprias áreas com o símbolo de Pandawa, lembrando a seus homens:

— Não há Bhisma que não possa morrer, nem Yudistira que não possa mentir; todo mundo pode morrer e todo mundo deve lutar para sobreviver, ainda que mentindo.

Quando era pequeno, seu avô o entretinha com histórias de guerreiros do Mahabharata, e ele vivia numa tal paixão pelas coisas da guerra que as pessoas muitas vezes comentavam:

— Ele devia ser o comandante do XVI Exército.

No fim das contas, aqueles encontros secretos se prolongaram por seis meses, até que eles se sentissem confiantes para levar a cabo a rebelião. Fizeram o levantamento das armas e munições, reviram os planos de fuga em caso de fracasso, e identificaram os alvos se conseguissem capturar Halimunda. Emissários foram despachados para obter o muito necessário apoio de outros *daidans*. No início de fevereiro, finalmente estava tudo pronto: a rebelião teria início no dia 14.

— Talvez eu nunca volte — disse Shodancho ao se despedir do avô. — Ou talvez só volte o meu esqueleto.

Ao se aproximar o dia da rebelião, ele pegou pistola e munição e checou a distribuição de remédios nos kits de sobrevivência de todos, caso se tornassem fugitivos. Entrou em contato com um comerciante chamado Bendo, que havia ajudado a contrabandear teca, a fim de preparar provisões de alimentos para os guerrilheiros. Também teve um encontro com o regente, o prefeito e o chefe de polícia, dizendo que no dia 14 de fevereiro haveria um "exercício de simulação de guerra" do qual participariam todos os soldados do Peta de Halimunda, que não deveriam ser perturbados — o código para a rebelião. Ele estava alerta para a eventualidade de uma traição.

— Hoje — disse às 2h30 do dia da revolta — será um dia muito intenso para o coveiro.

A revolta começou com a tomada do quartel-general do Kempeitai, o exército japonês, no Hotel Sakura. Trinta homens foram executados no campo de futebol: 21 soldados e funcionários civis japoneses, cinco mestiços indonésios holandeses e quatro colaboradores chineses. Os corpos logo foram levados para o cemitério e atirados sem cerimônia em frente à casa do coveiro.

A população não se mostrou nada colaborativa. Trancou-se dentro das casas, convencida de que seria o início de um terror ainda pior: tropas japonesas de reforço certamente seriam enviadas à cidade, e não deixariam sobreviventes. Mas os rebeldes exultavam. Tiraram dos mastros a Hinomaru, a bandeira japonesa, botando a sua no lugar. Percorreram a cidade num caminhão, gritando *slogans* de liberdade e de independência e entoando canções de combate. Ao cair da noite, desapareceram, como que tragados pelo escuro. Sabiam que os japoneses tomariam conhecimento da rebelião — talvez toda Java já tivesse ouvido a respeito —, e, assim que amanhecesse, as tropas de reforço teriam chegado.

— Depois de tudo o que aconteceu — disse Shodancho —, temos de deixar Halimunda até que o Japão seja derrotado.

Agora eles eram verdadeiros guerrilheiros.

Dividiram as tropas rebeldes em três grupos e se separaram. O primeiro grupo, sob o comando do *shodancho* Bagong e seu assessor *chodancho*, deslocou-se para a região ocidental a fim de enfrentar os japoneses que entravam em Halimunda por aquela direção. Fariam pressão na direção da terra de ninguém no perímetro do distrito, cheia de salteadores. O segundo grupo, liderado pelo *shodancho* Sadrah e seu assessor *chodancho*, dirigiu-se às densas florestas das colinas do norte. O último foi para leste, assumindo o controle do delta do rio, e, liderado por Shodancho, preparou-se para uma batalha nos pântanos e para surtos de malária e disenteria. Ao sul, a natureza já estava do lado deles, na forma dos maliciosos mares do Sul. Saíram todos antes da meia-noite, no exato momento em que o *ajak* começava a uivar a distância.

E foi assim que começou. Havia entusiasmo e medo. Dois soldados começaram a chorar, chamando pela mãe, mas, quando o comandante ameaçou mandá-los de volta para casa, a coragem voltou e eles juraram que venceriam cada batalha ou morreriam lutando. As tropas moveram-se para as posições designadas, levando espingardas e fuzis Steyer roubados do Knil, além de um pequeno canhão e de um morteiro de oito milímetros roubado do *daidan*. Só o *shodancho* e o *budancho* carregavam revólveres, enquanto os alistados, chamados de *giyukei* pelos japoneses, levavam baionetas ou simples lanças de bambu afiadas. Dois batedores iam ligeiramente adiante do grupo, e a retaguarda era guardada por mais dois homens. Com as armas de que dispunham, pretendiam vencer a batalha contra as mais impressionantes tropas da Ásia, que tinham derrotado a Rússia e a China e expulsado os franceses, os britânicos e os holandeses de suas colônias, tropas que agora estavam em guerra contra quase metade do mundo, e que lhes haviam ensinado a usar corretamente suas armas.

— O herói sempre vence — disse Shodancho, para encorajá-los. — Muito embora sempre leve algum tempo.

No primeiro dia da guerra, o grupo de Shodancho atacou um caminhão que ia para o delta, onde ficava a prisão de Bloedenkamp. Detonaram um morteiro bem debaixo do caminhão e o tanque de gasolina explodiu, matando todos os soldados japoneses que nele se encontravam. Um emissário informou em seguida que as tropas ocidentais estavam em combate aberto com os soldados japoneses nas imediações da floresta, e, depois de uma feroz batalha, Bagong e seus homens tinham conseguido escapar, e parecia que as tropas japonesas não sairiam em sua perseguição. O grupo do norte atacou os japoneses ao longo da estrada principal, mas em seguida foi emboscado por um grande batalhão. Recebeu ordem de voltar ao *daidan*, e com isto o *shodancho* Sadrah e seus soldados voltaram à cidade em rendição.

— Até um burro se lembra de esquecer o caminho de casa — disse Shodancho. — Ele é mais burro que um asno.

No segundo dia, eles foram interceptados por tropas japonesas e entraram em escaramuças ao longo da margem do rio. Conseguiram matar dois soldados japoneses, mas por isto pagaram um preço alto demais — quatro soldados rebeldes tombaram, e em seguida eles foram cercados. Na tentativa de se salvar, pularam no rio, servindo assim de alvo ao fogo inimigo. Quando uma operação de resgate resultou na morte de mais um dos homens, Shodancho e alguns de seus soldados fugiram.

Ele rapidamente tratou de mudar de rota e planos. Eles retornariam, mas não para se render, a maior tática de que seus homens jamais tinham ouvido falar. Ao sul da cidade havia uma floresta protegida, e eles caminharam em círculo pelo mangue pantanoso, para em seguida escalar o penhasco a partir de uma praia coberta de conchas e entrar pela selva. Os soldados japoneses e do Peta que os perseguiam foram despistados, pensando que prosseguiriam em direção leste para patrulhar em área inimiga com rebeldes de outros *daidans*, como haviam planejado inicialmente. Shodancho rapidamente entendera: a rebelião tinha fracassado. O Japão os havia descoberto e os outros *daidans* não tinham colaborado, de modo que o melhor plano consistia em fugir para a floresta mais próxima da cidade, de lá preparando uma *verdadeira* guerra

Esconderam-se numa caverna por alguns dias, pois os pescadores podiam vê-los de seus barcos em mar aberto. Um batedor foi enviado para estabelecer a situação do batalhão ocidental e da cidade em geral. Voltou com más notícias: os soldados japoneses e do Peta tinham esquadrinhado a floresta na qual se escondera o batalhão ocidental. Bandidos e ladrões tinham sido libertados, mas os rebeldes haviam sido levados vivos. Dispondo apenas de baionetas e lanças de bambu, o batalhão não se rendeu, e, assim, os 60 soldados remanescentes, entre eles Shodancho Bagong e seu assessor *chudancho*, seriam executados no dia 24 de fevereiro no quintal em frente ao *daidan*.

Shodancho desceu da montanha disfarçado de mendigo cheio de sardas, com as roupas esfarrapadas. Não era um disfarce muito difícil de conseguir, pois depois de dez dias como guerrilheiro ele praticamente não se diferenciava mesmo de um mendigo. Com o cabelo duro de sujeira, ele entrou na cidade e nem uma alma o reconheceu. Caminhou pela calçada segurando uma lata com uma pedra em seu interior, fazendo um leve ruído. Em frente ao quartel-general do *daidan*, parou debaixo de um flamboaiã e assistiu à execução. Os soldados foram abatidos, um a um, e os corpos jogados num caminhão e atirados em frente à casa do coveiro.

— Nunca fique na expectativa de morrer só para ser lembrado — disse ele aos restantes soldados quando hasteavam a bandeira em luto, no reduto dos guerrilheiros. — Acreditem-me, não são muitas as pessoas preparadas para recordar o que não tenha a ver com seus interesses imediatos.

Planejou então uma terrível vingança. Certa noite, liderou uma emboscada contra um posto militar e roubou munições, para em seguida matar seis soldados japoneses e jogar seus corpos na rua. Explodiram um caminhão e desapareceram antes do cantar do galo. No dia seguinte, os seis cadáveres de japoneses jogados na rua deixaram a cidade em polvorosa, e as pessoas se perguntavam quem poderia ter feito aquilo. Mas os japoneses e o *daidan*, inclusive Sadrah, logo se deram conta: Shodancho ainda estava vivo, e havia declarado guerra sem trégua.

Os japoneses do Kempeitai retaliaram com violência cega, e rapidamente a coisa desandou. Soldados saqueavam residências em busca de Shodancho e seus homens, mas sem resultado. No terceiro dia depois do assassinato dos seis japoneses, um caminhão e alimentos suficientes para encher um depósito foram roubados, sendo mortos os dois japoneses que os guardavam. O caminhão foi encontrado dentro do rio, mas toda a comida se fora. Os japoneses deram busca ao longo do rio, mas não acharam nada.

Após dois dias, um emissário chegou à noite à choupana de Shodancho, informando que a notícia da insurgência já era do conhecimento de quase todo mundo em Java. A revolta já havia inspirado pequenas rebeliões em alguns *daidans*, e, embora todas tivessem fracassado, os japoneses estavam seriamente preocupados, correndo até o boato de que o Peta seria dispersado, sendo suas armas confiscadas.

— É o risco de ter um tigre faminto como animal de estimação — disse Shodancho.

Quatro dias depois, eles explodiram uma ponte no exato momento em que passavam cinco caminhões japoneses transportando soldados. Isto deixou Halimunda isolada durante meses, ficando os guerrilheiros em segurança nos seus esconderijos.

Numa inesquecível manhã de grande claridade, Shodancho acabara de cagar num recife de corais quando se deparou com o cadáver de um homem, trazido pelas ondas. O corpo, já tão inchado que parecia a ponto de explodir, estava vestido apenas com uma tanga. Shodancho e seus homens puxaram o corpo do afogado para a praia e o examinaram. Havia um ferimento profundo na barriga.

— É um corte de baioneta — disse Shodancho. — Foi morto pelos japoneses.

— É um rebelde de outro *daidan* — disse um soldado.

— Ou talvez tenha dormido com a amante do imperador Hirohito.

De repente, Shodancho calou-se, contemplando o rosto do cadáver. Era evidentemente um nativo — tinha o rosto abatido, como se não tivesse comido o suficiente, como a maioria dos nativos, e a pele era lisa, sem bigode nem barba. Mas isso não era o que lhe estava interessando, e sim a estranha forma da boca do homem. Finalmente, chegou a uma conclusão:

— Este homem estava chupando alguma coisa.

Com muito esforço e a ajuda de outro soldado, ele abriu as mandíbulas enrijecidas do cadáver com os dedos.

— Não há nada — constatou o soldado.

— Não — disse Shodancho, tateando na boca do cadáver e retirando um pedaço de papel quase completamente desintegrado. — Ele foi morto por isto — disse Shodancho. E estirou o papel em cima de um coral quente. Parecia um folheto, impresso num mimeógrafo. A água que entrara pela boca do cadáver havia borrado e escorrido a tinta, mas Shodancho ainda conseguia entender. Os corações batiam forte na expectativa de uma mensagem importante, pois ninguém seria morto por carregar um velho folheto sem importância. Com os dedos trêmulos (o que nada tinha a ver com o ar frio nem com fome), Shodancho segurava o pedaço de papel com lágrimas escorrendo pelo rosto. Antes que os soldados, confusos, tivessem tempo de perguntar alguma coisa, ele falou, perguntando:

— Que dia é hoje?

— 23 de setembro.

— Chegamos mais de um mês atrasados.

— Para quê?

— Para a comemoração.

E ele então leu o que estava impresso no folheto do morto. "PROCLAMAÇÃO: NÓS, O POVO DA INDONÉSIA, POR MEIO DESTA DECLARAMOS NOSSA INDEPENDÊNCIA... 17 DE AGOSTO DE 1945. EM NOME DO POVO INDONÉSIO, SUKARNO & HATTA."

Seguiu-se um momento de silêncio, até que irrompessem numa cacofonia de gritos e assobios. Exceto Shodancho, todos corriam e dançavam diante de suas cabanas como que possuídos, entoando cantos de vitória. Sem precisar de uma ordem, juntaram suas coisas e começaram a fazer as malas, como se tudo tivesse acabado. Estavam prontos para sair da selva e irromper na cidade para dar a maravilhosa notícia, mas Shodancho logo tratou de impedi-los, antes que aquela loucura se espalhasse.

— Precisamos fazer uma reunião — disse.

Eles obedeceram, reunindo-se em frente à choupana.

— Ainda há muitos japoneses em Halimunda — disse Shodancho —, e eles já devem estar sabendo disto, mas decidiram ficar calados.

Ele logo propôs então uma estratégia. Metade deles faria um ataque-relâmpago aos correios, se necessário com reféns, o que não seria muito perigoso, pois os empregados eram todos nativos. Havia lá um mimeógrafo, e eles teriam de imprimir a mensagem do morto e espalhá-la pela cidade o mais rápido possível.

— Usem os carteiros! — disse, confiante.

A outra metade se infiltraria no *daidan* para contar o acontecido, desarmar os japoneses, mobilizar a massa e promover um comício no campo de futebol. Depois desse rápido e sucinto encontro, eles saíram da selva.

O simples fato da sua chegada à cidade deixou todo mundo agitado, antes mesmo da rápida distribuição do folheto impresso nos correios. Shodancho conseguiu confiscar um caminhão e circular pela cidade gritando:

— A Indonésia declarou independência no dia 17 de agosto, e Halimunda seguiu o exemplo a 23 de setembro!

Todos os que estavam na rua ficavam parados, como que petrificados. Um barbeiro quase cortou a orelha do cliente, e um vendedor chinês de *bakpao* se descontrolou na bicicleta e rolou no chão com seus pãezinhos cozidos no vapor. Todos olhavam descrentes para o caminhão passando, em seguida pegando os folhetos atirados para lê-los. E foi uma festa: as crianças do ensino fundamental começaram a dançar na calçada, e os adultos aderiram.

Os japoneses saíram dos escritórios, inclusive o comandante militar Sidokan. Ficaram inermes ao saber o que acontecera, e não protestaram quando os soldados Peta do *daidan* apareceram para confiscar suas armas. Dispensada toda cerimônia, os rebeldes recolheram a Hinomaru, gritando na cara dos japoneses:

— Engulam esta maldita bandeira!

Depois, a substituíram pela Vermelha e Branca numa cerimônia solene, cantando o hino *Indonesia Raya*.

O povo começou a chegar ao campo de futebol, gente macilenta e andrajosa, mas radiante. Nunca na vida deles, e nunca na vida dos seus avós e bisavós, o país fora independente. Mas naquele dia eles ouviram com seus próprios ouvidos: a Indonésia era livre, e também, naturalmente, Halimunda. Shodancho comandou à tarde outra cerimônia de hasteamento da bandeira, mais uma vez lendo a proclamação, enquanto a gente da cidade sentava de pernas cruzadas na grama e os militares montavam guarda, rígidos e eretos. A partir daquele ano, e durante muitos anos, só os escolares e o exército comemoravam a proclamação todo dia 17 de agosto. Os cidadãos continuavam promovendo seus rituais privados no dia 23 de setembro, e, depois de um certo tempo, os escolares e os militares aderiram. E, naquele dia, eles não se limitaram a saudar a bandeira e ler o texto da proclamação, cantando *Indonesia Raya*, mas trocaram presentes, cestos de alimentos, e organizaram uma feira na rua. E se um estrangeiro perguntasse, ou se um professor perguntasse aos alunos quando a Indonésia tinha conquistado a independência, sempre respondiam: "No dia 23 de setembro." O governo central fez algumas tentativas de esclarecer a confusão sobre aquele atraso na informação em 1945, mas os cidadãos de Halimunda juraram que sempre comemorariam o Dia da Independência a 23 de setembro. Passado algum tempo, ninguém mais dava muita importância a isso.

Um tumulto prorrompeu quando um grupo chegou arrastando o *daidancho*, que aparentemente seria cruelmente executado sob a acusação de traição durante a rebelião. Já estavam para enforcá-lo numa amendoeira-da-praia que crescera num canto do campo de futebol, mas Shodancho acabou com tudo. Libertou o *daidancho* e conduziu-o ao centro do campo. Sabia da traição, e por isto entregou-lhe um revólver. Ouvido por todos os que ali se juntavam, disse então:

— Ambos fomos educados pelos japoneses, de modo que você sabe tanto quanto eu o que um traidor deve fazer.

O *daidancho* levou a pistola à cabeça e pôs fim à própria vida. Ainda assim, Shodancho ordenou aos soldados que fizessem o ritual da saudação final, e o corpo foi envolvido numa bandeira e queimado num terreno não longe do hospital municipal, precursor do cemitério militar. Foi a única morte naquele dia. Shodancho assumiu todos os poderes do *daidan*, rapidamente tratou de enviar emissários para obter mais informações e, trabalhando com a gente da cidade, consertou a ponte que ele próprio destruíra. Dois dias depois, os emissários voltaram, dizendo que o Peta tinha sido dissolvido e todos os *daidans* haviam sido transformados na Agência para a Segurança do Povo.

E assim foi que criaram a Agência para a Segurança do Povo. Mas, após dois dias, outro emissário chegou, informando que a Agência para a Segurança do Povo já fora dissolvida, sendo transformada no Exército para a Segurança do Povo.

— Se mudarem de novo — disse Shodancho, irritado —, Halimunda vai declarar guerra à Indonésia.

O governo central tomou decisões sobre a hierarquia. Shodancho, obtendo primazia sobre os comandantes dos outros *shodans*, recebeu a patente de tenente-coronel, e seu amigo burro, Sadrah, ficou bem satisfeito como major Sadrah. Mas Shodancho não dava muita atenção a essas coisas, e disse a todo mundo:

— Prefiro continuar sendo apenas Shodancho.

Algumas semanas depois, outro emissário chegou com um pacote contendo uma carta, que parecia ter sido escrita muitos meses antes e só agora chegava ao destino, do presidente da República da Indonésia, endereçada a Shodancho. Não demorou para que todos na cidade tomassem conhecimento do seu teor: o presidente nomeara Shodancho comandante supremo do Exército para a Segurança do Povo, com patente de general, em retribuição pelo seu heroísmo na liderança da rebelião de 14 de fevereiro.

Enquanto o povo da cidade comemorava sua designação como comandante supremo, Shodancho desapareceu em seu velho esconderijo de guerrilheiro. Pescou e nadou o dia todo sozinho no mar, meditando enquanto flutuava, como se fosse ele próprio um cadáver afogado. Não queria pensar no pesadelo de ser transformado em comandante supremo do Exército para a Segurança do Povo. Antes de partir, dissera ao major Sadrah:

— Que tristeza pensar que fui o primeiro a me rebelar, e por causa disto vim a ser nomeado comandante supremo. Fico me perguntando que exército é este que temos, para escolher como comandante supremo um homem que nunca sequer viu de perto as partes íntimas de uma mulher.

Quando o dia deu lugar à noite, os amigos o encontraram e o levaram de volta para casa.

Pouco depois, chegou por outro emissário uma notícia que era um grande alívio. Percebendo que a cadeira do supremo comando nem uma única vez tinha sido ocupada por Shodancho, o comandante da divisão e o comandante das ilhas de Java e Sumatra convocaram uma reunião para encontrar um substituto.

— O presidente da República nomeou o coronel Sudirman comandante do Exército para a Segurança do Povo, com patente de general — anunciou o emissário.

— Deus seja louvado — disse Shodancho. — Este cargo só é bom para quem realmente o queira.

Embora os cidadãos de Halimunda ficassem tristes ao saber que ele fora substituído, Shodancho flutuava em alegria indescritível.

O Exército para a Segurança do Povo foi então rebatizado de Exército para a Salvação do Povo. Todas as placas já tinham sido substituídas quando chegou a notícia: o Exército para a Salvação do Povo passaria a se chamar Exército da República da Indonésia.

— Nós vamos entrar em guerra contra a Indonésia? — perguntou o major Sadrah.

Shodancho riu, sacudindo a cabeça.

— Não há necessidade — disse, tranquilizando-o. — Somos um país novo e ainda estamos aprendendo a usar os nomes.

O exército japonês ainda nem se fora, e a população ainda não tivera a experiência de uma era de paz quando aviões dos Aliados começaram a sobrevoar Halimunda. Em questão de poucos dias, chegaram tropas inglesas e holandesas. Os prisioneiros de guerra do Knil foram libertados, voltaram a se armar e começaram a desarmar o exército nativo. Shodancho imediatamente tomou medidas de emergência, convocando todos os soldados de volta à floresta. Dessa vez, mandou-os nas quatro direções, assumindo pessoalmente o comando das tropas que reforçariam a defesa das selvas ao sul. Decidiu desencadear outra guerra, dessa vez contra as tropas Aliadas e especialmente a Nica, a Administração Civil das Índias Holandesas. Mas nem só os guerrilheiros foram para a floresta; eram acompanhados de civis, em sua maioria jovens jurando lealdade a Shodancho. Ele repartiu seus soldados, para que cada um tomasse a frente de uma pequena unidade de guerrilheiros composta desses civis — sendo alguns aqueles mesmos homens que haviam estuprado Dewi Ayu e suas amigas antes da chegada dos soldados ingleses.

Essa nova guerra durou dois anos, e os guerrilheiros sofreram a dor da derrota com maior frequência do que a experiência da vitória. Mas, embora soubessem que ele estava na selva no promontório, os soldados do Knil não conseguiram encontrar o homem que buscavam: Shodancho. A selva estava cheia de guerrilheiros, que conheciam melhor do que ninguém a região, abrigando-se nas velhas prisões fortificadas japonesas. Ajudados pelos ingleses, os soldados do Knil não tinham coragem de entrar na selva: preferiram manter suas posições na cidade. E, por sua vez, os soldados da guerrilha tinham dificuldade de entrar em Halimunda. Os soldados do Knil interceptaram o fluxo de comida e armas, mas de nada adiantou, pois os guerrilheiros cultivavam os próprios campos de arroz no meio da selva, e já estavam acostumados a combater sem munição. Tentaram promover ataques aéreos, mas os guerrilheiros tinham aprendido com os japoneses a escapar deles.

Shodancho aperfeiçoou suas técnicas de guerrilha, encontrando as melhores maneiras de se camuflar e se infiltrar; era capaz de aparecer de repente e desaparecer não menos subitamente, sendo procurado até por seus próprios homens quando se disfarçava.

— É diferente de uma brincadeira de esconde-esconde — dizia —, pois, ao ser encontrado, o guerrilheiro estará morto.

A coisa prosseguiu até Shodancho receber a notícia que pôs fim a todas as batalhas: a Holanda tinha reconhecido a soberania da República da Indonésia na mesa de negociações. Ele ficou muito contrariado com aquilo: a república havia declarado sua independência quatro anos antes, mas só agora a Holanda reconhecia o fato, e por isto simplesmente era autorizada a partir.

— É como se toda a guerra tivesse sido inútil — disse, desalentado.

Ainda assim, Shodancho saiu da floresta com o núcleo de seu corpo de guerrilheiros. Sua chegada foi alegremente saudada pelo povo da cidade, pois ele continuava sendo seu herói. As pessoas acenavam com bandeiras coloridas da calçada à passagem de Shodancho numa mula, sem prestar atenção às boas-vindas excessivamente entusiásticas e se encaminhando diretamente ao porto. Lá, soldados e civis holandeses preparavam-se para embarcar no navio que os levaria para casa. Shodancho aproximou-se do comandante do Knil, encantado por finalmente poder ver o inimigo. Apertaram-se as mãos calorosamente, e até se abraçaram.

— Em algum momento voltaremos a guerrear — disse o comandante.

— Sim, se a rainha da Holanda e o presidente da República da Indonésia o permitirem.

E se separaram no passadiço. Shodancho ficou de pé no cais depois de recolhida a escada e levantada a âncora, enquanto o comandante se postava junto à balaustrada. Quando se ouviu o ronco do motor e o navio começou a oscilar, ambos acenaram.

— Sayonara — disse Shodancho finalmente.

O fim da guerra representou a chegada de uma estranha calma, do tipo que se abate sobre as pessoas quando se aposentam. Nos primeiros dias, Shodancho matava o tempo em seu velho quartel-general de *shodan*, na praia de Halimunda. Durante o dia, limitava-se a cortar a grama e oferecê-la em pasto à mula, ou pescava no regato próximo, até que finalmente reuniu os amigos para anunciar que voltaria definitivamente para a selva.

— Mas o que vai fazer lá? — perguntou o major Sadrah, agora comandante militar na cidade. — Ninguém mais precisa de guerrilheiros.

Shodancho respondeu calmamente:

— Um soldado não tem o que fazer em tempos de paz, de modo que vou cuidar de alguns negócios na selva.

E foi exatamente o que fez. Entrou em contato com Bendo, o comerciante que contrabandeava teca sob sua proteção em troca de apoio logístico à guerrilha. Com o negociante chinês apresentado por Bendo, Shodancho começou a contrabandear mais produtos pelo promontório. Firmado um acordo pelos três, ele pôde voltar para a selva, escolhendo 32 de seus soldados mais fiéis para participarem da nova aventura.

— Agora nossos únicos inimigos são os ladrões — disse-lhes.

Todos na cidade, civis e militares, sabiam do contrabando. Tudo entrava e saía por um pequeno porto construído no fim do promontório: aparelhos de televisão, relógios de pulso, copra e até chinelos. Ninguém reclamava, pois Shodancho continuava sendo um herói local — e, além do mais, os produtos que sobravam eram vendidos em Halimunda a preços realmente muito baixos, antes de ser a maior parte despachada para outras cidades. E os oficiais militares também ficavam calados, em parte porque o major Sadrah era um velho amigo de Shodancho, mas, sobretudo, porque Shodancho destinava metade dos lucros ao general da capital. Todo mundo logo se deu conta de que, além do natural talento para guerrear, ele também tinha um extraordinário instinto para os negócios.

— Não há diferença entre guerra e negócios — dizia Shodancho. — Nos dois casos é necessária muita astúcia.

Shodancho na verdade não se envolvia demais nas questões cotidianas do negócio, pois seus 32 homens cuidavam muito bem de tudo. Ele passou mais de uma década vivendo numa choupana de guerrilheiro, pescando, meditando e domesticando *ajaks*, os cães selvagens. Ordenou inclusive que seus soldados casassem, comprassem casas, vivessem na cidade e se alternassem para lhe fazer companhia na selva desabitada. Os homens começaram a perder os instintos de combate, engordando por causa dos excessos da mesa e da vida de prazeres que agora levavam, mas Shodancho continuou como sempre fora — magro, ágil como nunca, sem sequer o menor indício de declínio. Mantinha-se ocupado, chegando a preparar refeições para todos os homens, embora ele comesse muito pouco, e começou a desfrutar daquele estilo de vida tranquilo, até que o major Sadrah pediu que saísse da selva para exterminar os porcos na encosta das colinas de Ma Iyang e Ma Gedik.

— Não sei se os soldados aceitarão caçar porcos — disse Tino Sidiq a Shodancho. — Há dez anos estão sentados ao volante de caminhões.

— Tudo bem, já recrutei novos soldados, loucos para entrar em combate — respondeu Shodancho. Emitiu então um assobio agudo, e os seus *ajaks* vieram correndo, ágeis e prontos para lutar. Eram quase cem, atropelando-se aos seus pés.

— Mais do que o suficiente para enfrentar uma invasão de porcos — comentou Tino Sidiq, afagando a cabeça de um dos animais.

— Semana que vem vamos para o front.

O extermínio de porcos tinha começado quatro ou cinco anos antes, com um fazendeiro chamado Sahudi e seus cinco amigos: seus arrozais e cultivos ao pé da colina Ma Iyang tinham sido devastados por porcos do mato durante um mês. Ao se aproximar o momento da colheita, o filho de Sahudi, de apenas 7 anos, viu um porco no quintal atrás da casa. Para Sahudi, não dava mais. Ele juntou os amigos e preparou uma emboscada.

Eles escolheram uma noite de lua cheia. Em pares, os seis sentaram em silêncio nas goiabeiras, sapotas e cajás-mangas, cada um no seu recanto do campo com um fuzil na mão. Esperaram pacientemente, as pontas dos cigarros brilhando no escuro, decididos a abater o primeiro porco que aparecesse. Logo antes de amanhecer, finalmente ouviram roncos e bufos. Em questão de minutos, o animal apareceu à luz da lua cheia — e não apenas um, mas dois, dirigindo-se aos férteis campos de feijão e milho.

Sahudi rapidamente engatilhou o fuzil e mirou num dos porcos, claramente visível à luz da lua, e, no momento em que disparou, três outros fuzis atiraram simultaneamente no mesmo porco, que tombou na lama com três buracos de bala bem na têmpora. Os outros homens tentaram abater o segundo porco, mas ele fugiu; ouvindo os tiros de fuzil e vendo o companheiro tombado no chão, ele saiu correndo, esbarrando em tudo no caminho.

Os seis homens pularam das árvores e, vendo que o porco abatido ainda não estava morto, Sahudi enfiou uma estaca de madeira com toda a força no coração, liberando de uma vez sua alma. Mas algo acontecia com aquela carcaça sob a luz da lua — os seis homens mal podiam acreditar no que viam: o negro corpo cabeludo coberto de lama de repente transformou-se num cadáver humano, com três ferimentos de bala na cabeça e uma estaca enfiada no peito.

— Puta merda! — exclamou Sahudi. — O porco virou gente!

A notícia rapidamente se espalhou de uma aldeia a outra, até que toda a Halimunda tinha tomado conhecimento. Ninguém reconheceu o morto nem recolheu seu corpo, que assim apodreceu no necrotério da cidade, sendo enterrado no cemitério público. Desde então, ninguém tivera coragem de matar porcos, com medo da maldição que se abatera sobre Sahudi e seus cinco amigos: todos enlouqueceram. Quatro anos se haviam passado sem que ninguém matasse porcos, embora os animais se tivessem transformado em verdadeiros assaltantes. A única esperança dos agricultores era a chegada dos militares. O major Sadrah já enviara alguns soldados à floresta; eles tinham voltado carregando aves selvagens e coelhos para a sopa, mas nenhum porco. Por fim, o major mandou um emissário para pedir ajuda a Shodancho, sabendo que era o único em quem poderia confiar.

Todo mundo estava na expectativa da chegada de Shodancho. Exatamente como fizera dez anos antes, a população se perfilou na rua acenando com lenços e bandeirolas, na esperança de rever o herói há tanto tempo ausente. Na frente, criancinhas intrigadas com aquela figura sobre a qual seus pais e mães e avós tinham contado tantas histórias. Os veteranos da guerra revolucionária também estavam presentes com seus uniformes de gala, como se fosse o Dia da Independência. Os soldados o saudaram disparando tiros de canhão na praia, enquanto os escolares comemoravam com suas bandas de percussão.

Shodancho finalmente apareceu, desta vez sem mula, caminhando. Usava roupas largas, com o cabelo em corte militar rente; mais magro do que nunca, mais parecia um monge budista do que um soldado. Vinha acompanhado dos seus 32 homens, que se mantinham fiéis mesmo depois de torturados em pesado treinamento físico durante uma semana, na sua tentativa de fazê-los perder algum peso para a ocasião. E havia ainda outros 96 soldados: cinzentos, brancos ou marrons, os *ajaks* trotavam atrás dele, excitados com aquela extraordinária acolhida da população da cidade. O próprio major Sadrah veio saudar o amigo.

Depois de abraçar Sadrah, que adquirira uma respeitável pança que o fazia parecer uma grávida, Shodancho lançou um cruel gracejo para a multidão:

— Parece que já agarrei um porco! Esses cães vão mesmo ser muito úteis.

O grupo ficou no velho quartel-general de Shodancho, desocupado desde a época dos japoneses por uma questão de respeito. No dia seguinte, como ele prometera, sem muito descanso, teve início a épica caçada. Cada soldado tinha sob seu controle três cães, enquanto Shodancho tomava a frente da equipe munido de fuzil e facão. Não ficaram esperando, como haviam feito Sahudi e seus amigos, enveredando pelas galhadas na selva, na qual se abrigavam os porcos. Os animais de grande porte, sendo despertados, saltaram e começaram a correr em várias direções.

Nesse dia, eles conseguiram pegar 26 porcos, e, no dia seguinte, 21, e, no terceiro dia, 17, causando um belo estrago na população suína. Alguns foram mortos a tiros de fuzil, enquanto outros eram reunidos vivos num curral improvisado no campo de futebol, perto do quartel-general do *shodan*. O estranho foi que, de todos esses porcos abatidos, nem um se transformou em ser humano. Eram de fato simplesmente porcos, com presas, focinhos e pelos negros cobertos de lama. Isso serviu para estimular os agricultores a aderir no quarto dia, e, a partir de então, da época da colheita à época do plantio, a caça aos porcos tornou-se uma tradição anual.

Os homens de Shodancho jogaram os porcos mortos nas cozinhas de restaurantes chineses, enquanto os vivos eram preparados para lutas a serem promovidas para comemorar sua triunfal vitória. Os porcos seriam confrontados a *ajaks* numa arena, e os cidadãos de Halimunda, famintos de entretenimento, aguardavam o evento ansiosamente. Shodancho fez seus soldados montarem uma arena no campo de futebol, usando tábuas de cerca de 3 metros de altura dispostas num amplo círculo. Na parte exterior do perímetro, numa altura de cerca de 2 metros, construíram uma robusta plataforma, reforçada por bambus reticulados, para os espectadores ficarem de pé. Para chegar à plataforma, as pessoas teriam de subir degraus guardados por dois soldados que também receberiam as entradas, a serem compradas de uma linda menininha sentada por trás de uma mesa próxima.

As lutas de porcos começaram na tarde de domingo, duas semanas depois da chegada de Shodancho. Duraram seis dias, até que cada um dos porcos fosse morto e jogado em cozinhas de restaurantes. Dos recantos mais afastados da cidade, e mesmo de mais longe, vinham espectadores fazer fila em frente à graciosa vendedora. Os que queriam assistir, mas não tinham como pagar, escalavam os coqueiros ao redor do campo de futebol, sentando nos galhos. Suas roupas multicoloridas pareciam estranhas a distância, como se os coqueiros não crescessem mais nas cores habituais, verde e marrom.

Essas lutas de porcos eram muito divertidas. Os *ajaks* que Shodancho ainda não domesticara realmente evidenciavam enorme ferocidade no confronto com os porcos do mato. Cada porco tinha de enfrentar cinco ou seis *ajaks*, o que, naturalmente, não era justo, mas todo mundo queria ter certeza de que o porco morreria — não queriam um combate, mas um massacre. Se o porco tentasse enfrentar um dos cães, o resto da matilha atacava, mordendo a carne do suíno e dilacerando-a. Quando o porco começava a parecer exausto, um soldado lhe atirava um balde de água fria, forçando-o a se recuperar para o próximo assalto. O resultado de cada um dos confrontos era óbvio: o porco morria e um ou dois dos *ajaks* apresentavam pequenos ferimentos. Um outro porco era então trazido à arena, e seis novos *ajaks* estavam prontos para acabar com ele. Os espectadores pareciam satisfeitos assistindo àquele espetáculo brutal, exceto Shodancho, que de repente se viu encantado por uma visão completamente diferente.

Em meio aos espectadores, ele viu uma jovem lindíssima, aparentemente indiferente ao fato de a maioria dos demais presentes serem homens. Teria talvez 16 anos apenas e parecia simplesmente um anjo caído na Terra. Tinha os cabelos presos atrás numa fita verde-escura, e mesmo de longe Shodancho via seus adoráveis olhos profundos, o nariz bem desenhado e o sorriso com um certo ar de crueldade. A pele era de um branco luminoso, como se brilhasse, e ela trajava um vestido marfim que tremulava na brisa vespertina do mar. A garota puxou um cigarro do bolso e começou a fumar com extraordinária calma, sem tirar os olhos dos cães e porcos em luta. Shodancho a observava desde que aparecera no alto da escada, e aparentemente ela estava sozinha. Intrigado, perguntou ao major Sadrah, de pé a seu lado:

— Quem é aquela garota?

Seguindo seu olhar, o major Sadrah respondeu:

— Chama-se Alamanda. É filha da prostituta Dewi Ayu.

Encerrada a temporada de caça ao porco, Shodancho distribuiu seus 96 *ajaks* entre os cidadãos de Halimunda. A maioria foi dada aos agricultores, para ajudá-los a guardar seus campos de arroz e cultivos, e o resto, repartido aleatoriamente. Shodancho disse aos que ainda não haviam recebido nenhum cão que esperassem pacientemente, pois logo eles teriam cria. Halimunda ficaria cheia deles, todos descendentes daqueles *ajaks*.

Shodancho deveria ter retornado logo à selva, como pretendera inicialmente. Ao chegar, dissera ao major Sadrah que ficaria na cidade apenas até resolver a questão dos porcos. Mas o fato é que não dormia desde que vira Alamanda na arena.

Deve ser amor, pensou com seus botões.

E foi o amor que o fez tremer e tentar encontrar desculpas para ficar na cidade por mais tempo, e quem sabe até nunca mais sair.

Apareceu uma solução quando o major Sadrah disse:

— Não se vá logo, ainda temos que comemorar nossa vitória. *Orkes melayu*.

— Por amor a esta cidade, ficarei mais algum tempo. — Apressou-se Shodancho em concordar.

Voltou a ver a moça na noite da apresentação do *orkes melayu*. Ela se deu no mesmo campo de futebol, mas dessa vez sem necessidade de comprar entradas, de modo que o lugar estava superlotado. Veio da capital um grupo de músicos, trazendo cantoras totalmente desconhecidas, mas ninguém se importou, era de qualquer maneira boa música para dançar, e os jovens de Halimunda podiam se sacudir e requebrar, graças ao ritmo e talvez à bebida.

As canções todas tinham letras choramingas falando de corações partidos, amores não correspondidos, que eram verdadeiras bofetadas, e maridos inconstantes, mas, por mais trágica e triste que fosse a canção, as cantoras não choravam — sempre rindo e sorrindo com sua maquiagem *sexy*, davam as costas para o público e sacudiam a bunda. Uma vez aplaudidos seus traseiros, voltavam-se de novo e se agachavam ligeiramente, e o povo aplaudia ainda mais, pois as garotas usavam minissaias, de modo que todo mundo podia ver o que tinha de ver. Essa especial mistura de música, sentimentalismo e sensualidade foi o que deixou tanta gente exultante naquela noite.

Shodancho voltou a ver Alamanda, caminhando sozinha. Dessa vez, usava calças *jeans* e uma jaqueta de couro, e de novo trazia um cigarro pendurado nos doces lábios. Shodancho agradecia sinceramente por ter saído da selva para encontrar um anjo vivo em sua amada cidade. A garota não estava rebolando em frente ao palco. Estava de pé junto a uma das carrocinhas de comida espalhadas pelo campo de futebol, observando. Incapaz de resistir à provocação de sua beleza, Shodancho aproximou-se. Sua popularidade fez com que a caminhada até a garota fosse bem incômoda, pois tinha de responder a muitos cumprimentos amistosos, mas, por fim, a menina estava bem à sua frente, ou ele estava bem em frente a ela, podendo admirar de perto sua estonteante beleza natural. Tentou sorrir, mas Alamanda mandou-lhe um olhar indiferente.

— Não é bom para uma jovem andar sozinha à noite — disse Shodancho para puxar conversa.

Alamanda olhou bem nos seus olhos.

— Não seja bobo, Shodancho, estou acompanhada de centenas de pessoas aqui esta noite.

Dito isto, Alamanda afastou-se sem mais palavras. Paralisado, Shodancho não conseguia acreditar. Aquele absurdo projeto de conversa fora mais aterrorizante do que qualquer batalha de que tivesse participado. Ele se virou e começou a andar, corpo e alma exangues.

Haveria alguma estratégia de guerrilha para derrotar o amor?, perguntou a si mesmo, num breve lamento.

Tentou esquecer a imagem da garota, mas, quanto mais se esforçava, mais era perseguido pelo rosto meio japonês, meio holandês e um pouquinho indonésio. Procurou encontrar motivos pelos quais não poderia amar aquela menina. Imagine só, pensou momentos antes de adormecer (embora parecesse evidente que nunca mais seria capaz de dormir bem de novo), a garota provavelmente nasceu no mesmo ano em que me tornei *shodancho* e estava tramando a rebelião. Eram vinte anos de diferença, e agora um homem que fora nomeado comandante supremo e recebera do primeiro presidente da República da Indonésia a patente de general se rendia a uma garota de 16 anos. Pensar nesses termos tornava a coisa toda ainda mais dolorosa, e ele se viu ainda mais atolado num amor sem fim.

Certa manhã, ao despertar, jurou que ficaria em Halimunda para sempre, e que Alamanda seria sua mulher.

Mas nada disse aos seus 32 fiéis soldados, que aguardavam suas ordens, até que finalmente Tino Sidiq perguntou:

— Quando retornaremos, Shodancho?

— Retornaremos para onde?

— Para a selva — disse Tino Sidiq —, onde vivemos há dez anos.

— Voltar para a selva não seria um retorno — disse Shodancho.
— Eu, você e todo mundo mais nascemos aqui, nesta cidade, Halimunda. Foi para cá que retornamos.

— Então não quer voltar para a selva?

— Não.

E o confirmou colocando uma placa em frente ao antigo quartel-general do seu *shodan*: Distrito Militar de Halimunda. Ao major Sadrah, que surgiu de repente ao ouvir a notícia da decisão de Shodancho de permanecer na cidade e da impulsiva criação de um distrito militar, ele disse apenas:

— Aqui estou eu, comandante do distrito militar, fiel a meus soldados e aguardando novas ordens.

— Não seja tolo. Você é um general e seu lugar é ao lado do presidente.

— Enquanto eu puder ficar nesta cidade, perto da garota cujo nome você me revelou — insistiu ele, num tom de voz de cortar o coração —, serei qualquer um ou qualquer coisa, ainda que signifique transformar-me num cão.

Sadrah olhou para o amigo cheio de piedade. Depois de hesitar por um momento, o major Sadrah disse:

— Essa garota já tem namorado.

Ele não conseguia olhar para o rosto de Shodancho, e assim prosseguiu, olhando em outra direção:

— É um rapaz chamado Kliwon.

Sabia estar dizendo algo que doía direto no coração.

7

Ninguém sabia como o Camarada Kliwon acabou na juventude comunista, pois, embora nunca tivesse sido rico, sempre fora um hedonista. Seu pai, como se sabe, sempre foi um comunista, e um senhor orador. Escapara de ser mandado para Boven-Digoel pelo governo colonial, e assim conseguiu sobreviver por um tempo, mas acabou sendo executado pelos japoneses, ao deixar claro para o Kempeitai, com os panfletos que escrevia e suas constantes interferências, que era um rebelde comunista. Mas não havia qualquer indicação de que Kliwon seguiria os passos do pai. Era bom aluno e tinha até adiantado dois anos, e parecia que poderia ser o que quisesse quando crescesse.

Na verdade, Kliwon mais parecia um filho pródigo do que um disciplinado jovem comunista. Liderava uma gangue de garotos malfeitores da vizinhança, roubando o que encontrassem pela frente: cocos, lenha ou um punhado de sementes de cacau para comer ali mesmo. Na noite anterior à Festa do Sacrifício muçulmana, o Eid, roubavam uma galinha para assá-la, e no dia seguinte procuravam o dono da galinha para pedir desculpas. Não incomodavam ninguém tanto assim, de modo que em geral eram deixados para lá, embora uma ou duas pessoas se queixassem. Ao entrar na adolescência, todo mundo sabia que já tinham ido ao puteiro. Para ganhar algum dinheiro, iam para o mar ou ajudavam a puxar as redes, e, ao recebê-lo, iam em busca de uma puta — mas também havia aqueles momentos em que estavam completamente duros, e, graças ao bordel, não estavam mais acostumados a controlar o desejo.

Kliwon era o mais inteligente, e às vezes surpreendia com seu modo de pensar, podendo até parecer meio louco. Certa vez, levou três amigos ao bordel, e eles se alternaram dormindo com uma prostituta. Inicialmente ela os estimulou a subir na cama em pares, pois, como dizia, tinha um buraco na frente e outro atrás. Mas nenhum deles queria ficar com um buraco cheio de merda, de modo que treparam com ela um a um. Kliwon revelou-se um líder altruísta, convidando os amigos a trepar primeiro com a prostituta e ficando por último. Ao terminar o sexo, a prostituta teve o deprimente azar de ver os três garotos correndo porta fora e desaparecendo sem pagar.

— Perguntei se ela gostava de fazer sexo conosco — disse Kliwon, contando a história na cervejaria pouco depois —, e ela disse que gostava. Se ela gostava e nós também, por que teríamos de pagar?

As pessoas gostavam de ouvir dele esse tipo de história.

Sua mãe, Mina — não querendo que lhe acontecesse o que acontecera a seu pai —, tentou distanciá-lo de absurdas ideias marxistas e de qualquer coisa a elas associada, não se importando com o que fizesse, desde que não acabasse se tornando um comunista. Mandava-o ao cinema e a concertos, deixava que se embebedasse na cervejaria e comprasse discos, e ficava perfeitamente satisfeita de vê-lo saindo com muitas garotas. Sabia que o filho tinha dormido com muitas, e que muitas outras imploravam que o fizesse, mas não se importava. Do seu ponto de vista, era melhor do que chegar um dia a vê-lo diante de um esquadrão de fuzilamento.

— Ainda que se torne comunista, quero que seja um comunista feliz — dizia a mãe.

O casamento com um comunista, que havia durado alguns anos, e seu convívio com os camaradas do marido a tinham levado à conclusão de que os comunistas eram sempre soturnos e pensativos, e nunca se divertiam. De modo que, ao longo daquela difícil época, toda a ocupação japonesa e a guerra revolucionária, deixara Kliwon levar a vida numa eterna festa.

Aos 17 anos, a vida era realmente brilhante e borbulhante para o gostosão da cidade. Usava calças de cano largo e uma jaqueta escura, com sapatos reluzentes. As garotas saíam de casa para segui-lo aonde quer que fosse, como vagões de um trem nupcial, e todos os rapazes também acompanhavam, indo atrás delas. As garotas se apaixonavam por ele, e o cobriam de presentes que se amontoavam de um tal jeito que a casa começou a parecer um depósito de lixo. Incapazes de pensar em outra coisa, promoviam festas toda noite. Seus amigos homens também o adoravam, pois nunca se mostrava egoísta quanto às garotas. E era assim que viviam. Naqueles anos, Kliwon e os amigos provavelmente eram as pessoas mais felizes da cidade.

Kliwon ouvira falar da famosa prostituta Dewi Ayu, e se havia uma coisa que estragava sua felicidade era o fato de até os 17 anos nunca ter dormido com essa puta de que todo mundo estava sempre falando. Havia tentado algumas vezes, mas Dewi Ayu só dormia com um homem por noite, e ele sempre chegava tarde demais, quando já havia fila. Ou, então, se conseguisse chegar a tempo, alguém por ter mais dinheiro o jogava para escanteio: Mama Kalong sempre dava preferência ao homem que pagasse mais. Ele não conseguia livrar-se da obsessão de entrar no quarto e deitar na cama dela, e era de tal maneira perseguido por essa imagem infernal que às vezes dormia com outra garota imaginando que era Dewi Ayu, que pudera ver apenas algumas vezes na cidade.

Na pior das hipóteses, Dewi Ayu serviu para que se desse conta de que nem toda mulher na face da Terra era louca por ele. Até mulheres casadas e viúvas, sem chegar ao nível de obsessão das garotas que o seguiam aonde quer que fosse, estavam sempre trocando olhares com ele, e ele sabia que lá no fundo queriam levá-lo para a cama. Tinha dormido com algumas, e aparentemente podia dormir com quem quisesse — qualquer uma, exceto Dewi Ayu. Ele se convencera de que só ela não estava apaixonada por ele; pelo contrário, ele é que teria de pagar se a quisesses. Começou a matutar como poderia ter uma oportunidade de trepar com ela — não precisava ser demorado, menos até do que cinco minutos bastariam, até mesmo tocar simplesmente seu corpo haveria de satisfazê-lo. Decidiu procurá-la em sua casa, certo de que nenhum outro homem jamais o fizera.

Kliwon gostava de música e tocava bem violão, ou pelo menos tinha um sólido repertório de canções de amor choramingas e do tipo *keroncong*, que costumava cantar para os amigos. Foi sozinho até a casa de Dewi Ayu num domingo, com sua fatiota de artista de rua e carregando um violão, com a intenção de conquistá-la com suas canções e sua sedução barata. Já fizera esse número algumas vezes, deixando mocinhas loucas por ele ao cantar canções embaixo de suas janelas. E agora, diante da porta da frente da casa de Dewi Ayu, começou a tanger as cordas do violão e a cantar com seu habitual falsete.

A prostituta aparentemente não ficou nem de longe intrigada, de modo que ele teve de ficar plantado ali cantando cinco canções inteiras sem que ninguém abrisse a porta. Ouvira dizer que ela vivia com três filhas e dois criados, e que eram todos muito educados. Tendo em mente essa ideia de que eram pessoas polidas, ele permaneceu ali até concluir nada menos do que dez canções, já com a garganta seca. Quando já se havia passado uma hora inteira, ele lançou mão de um lenço para enxugar as gotas de suor que começavam a pingar da testa e do pescoço. As pernas praticamente não conseguiam mais sustentar o corpo, mas não havia qualquer indício de que a dona da casa estivesse para aparecer. Ele acabou por depositar o violão numa mesa e sentar numa cadeira para descansar um pouco, praticamente vendo estrelas, mas decidido a não desistir.

Ficou então claro que o fato de a música ter parado foi mais interessante para a dona da casa do que se revelara a própria música. Inesperadamente, a porta se abriu, e uma menina de aproximadamente 8 anos apareceu com um copo de limonada, depositando-o na mesa ao lado do violão.

— Pode continuar cantando no nosso quintal enquanto quiser — disse ela —, mas já deve estar com sede.

Kliwon ergueu-se de um salto e ficou de pé ali, sem jeito. Não o fizera em reação às palavras da menina ou à limonada que lhe oferecia, mas à visão daquela adorável ninfeta de pé à sua frente. Nunca vira uma menina tão linda na vida, embora já tivesse visto Dewi Ayu. Não sabia de que material Deus lançara mão para produzir uma criatura como aquela, pois julgava estar vendo luz a se irradiar de todo o seu corpo. Esta visão o fez tremer ainda mais violentamente do que tremera ao ficar de pé e cantar durante uma hora sem que ninguém prestasse atenção nele. Com lábios trêmulos, balbuciou então:

— Como se chama?

— Eu sou Alamanda, filha de Dewi Ayu.

Aquele nome foi como um martelo em sua cabeça. Ele se afastou carregando o violão, aturdido e desorientado. Algumas vezes voltou-se para olhar a linda menina, mas a cada vez logo tratava de desviar de novo os olhos, como se não pudesse aguentar aquela visão. Acabara de chegar ao portão da casa quando a menina chamou por ele, dizendo:

— Beba antes de ir, deve estar com sede.

Como que hipnotizado, Kliwon virou-se e retornou na direção da varanda, levando o copo de limonada à boca enquanto a menina sorria cordialmente para ele.

— Só porque a fez para mim, mocinha, vou bebê-la — disse Kliwon.

— Mas não fui eu. Foi a nossa empregada.

A partir daquele momento, Kliwon esqueceu seu desejo de dormir com a prostituta Dewi Ayu. Aquela pequena beldade apagara tudo mais, acabando com sua vida cotidiana e talvez também seu futuro. Nos dias subsequentes àquele breve encontro, tudo mudou. Ele rechaçava toda garota que tentasse se aproximar dele, recusando convites para festas e preferindo ficar em casa a remoer seu patético destino romântico: um Don Juan de joelhos por causa de uma menina de 8 anos. Era esta a realidade, embora ninguém mais soubesse do acontecido. Nenhum dos seus amigos sabia daquela visita dominical à casa de Dewi Ayu, de modo que ninguém se arriscava a adivinhar a causa da sua recente introspecção. Sua mãe ficou bem preocupada, pois em todos aqueles anos nunca vira Kliwon tão deprimido.

— Por acaso se tornou um comunista? — perguntou a mãe, quase desesperada. — Só um comunista seria tão soturno.

— Estou apaixonado — disse Kliwon à mãe.

— Pior ainda! — Sentando ao seu lado, ela passou a mão em seus cabelos, encaracolados e agora já bem longos. — Pois então vá tocar seu violão embaixo da janela dela, como costuma fazer.

— Já fui, para seduzir sua mãe — contou Kliwon, quase chorando. — A mãe não apareceu, até que de repente me apaixonei pela filha, e jamais poderei tê-la para mim.

— Por que não? Está me dizendo que existe alguma garota que não quer saber de você?

— Talvez só essa — respondeu Kliwon, jogando-se no colo da mãe como um gatinho mimado. — Ela se chama Alamanda. E, se tiver de me tornar comunista, e me rebelar, e enfrentar um esquadrão de fuzilamento, exatamente como papai e o camarada Salim, para conseguir essa menina, fique sabendo que é o que farei.

— Diga-me como ela é — pediu Mina, apavorada com o juramento do filho.

— Não existe ninguém mais bela nesta cidade e talvez no universo inteiro. Ela é mais bonita do que a princesa Rengganis, que casou com um cão, ou pelo menos é o que eu acho. Mais bela do que a rainha dos mares do Sul. Mais bela do que Helena, a causadora da Guerra de Troia. Mais bela do que Diah Pitaloka, que provocou a guerra entre Majapahit e Pajajaran. Ela é mais bela do que Julieta, que fez com que Romeu quisesse se matar. Mais bela do que qualquer uma. É como se todo o seu corpo brilhasse, seus cabelos cintilam como sapatos engraxados, seu rosto é suave e macio como se fosse de cera, e seu sorriso magnetiza tudo ao redor.

— Você seria um excelente par para uma garota assim — disse a mãe, tentando reconfortá-lo.

— O problema é que seus seios nem começaram a crescer, e ela nem sequer tem pelos pubianos ainda. Tem apenas 8 anos de idade, mamãe.

Oprimido pelo sofrimento, Kliwon encontrava algum alívio escrevendo cartas de amor que nunca eram enviadas. Durante dias a fio tentou escrever um tipo de carta de amor que julgasse adequado para uma menina de 8 anos, mas todas elas acabavam rasgadas no cesto de lixo, pois, na tentativa de escrever uma carta de amor apropriada para uma criança, ele não podia expressar sua paixão. Tentou então verter todo o conteúdo do coração, mas se perguntava se a menina entenderia o que estava escrevendo. Por fim, desistiu.

Nessa época, Kliwon já havia se formado na escola, dois anos antes dos colegas. E assim, enquanto todo mundo ia para a escola ou o trabalho, ele se entretinha na busca do amor. Toda manhã saía de casa discretamente e caminhava na direção da casa de Dewi Ayu, mas sem nunca botar os pés no jardim da frente. Esperava até que Alamanda, com seu uniforme escolar e a pasta, aparecesse acompanhada da irmã menor, Adinda. Aproximava-se e se oferecia para acompanhá-las até a escola.

— Com prazer — respondia Alamanda. — Mas não vá botar a culpa em mim se ficar cansado.

Ele tomava a mesma iniciativa toda manhã. Na hora do recreio, postava-se debaixo de uma sapota em frente à sala de aula, só para vê-la brincar com as amigas. Na hora de voltar para casa, já a estava esperando no portão, e a acompanhava de novo. Se a menina ainda estivesse em aula ou já tivesse voltado para casa, Kliwon de novo caía em profunda melancolia. Seu corpo parecia encolher, e ele vagava sem rumo.

— Não tem nada melhor a fazer do que ficar caminhando ao nosso lado? — perguntou Alamanda certo dia.

— Você só diz isto porque não sabe o que é se apaixonar — respondeu ele.

— Os vendedores de brinquedos também seguem criancinhas — prosseguiu Alamanda. — Não sabia que se chamava "apaixonar-se".

A menina simplesmente o aterrorizava, fazendo-o tremer mais do que se tivesse encontrado um demônio. À noite, Kliwon sonhava com ela, mas os sonhos mais pareciam pesadelos, pois ele acordava assustado e sem fôlego, com o corpo rígido e coberto de suor. Depois de um certo tempo, aquele relacionamento morno, limitado às idas e voltas no caminho da escola, entrou em crise. Kliwon realmente não poderia continuar o resto da vida daquele jeito, e um dia ficou acamado, com febre, o primeiro dia em que não a levava à escola — na verdade, tentou fazê-lo, mas mal conseguiu chegar à porta de casa. Mina arrastou o filho de volta para a cama e colocou uma compressa fria em sua testa, cantando hinos tranquilizadores, como fazia quando ele tinha febre na infância.

— Tenha paciência — disse a mãe. — Daqui a sete anos ela terá idade para amá-lo.

— O problema é que certamente vou morrer de tristeza até lá — retrucou Kliwon com a voz débil.

A mãe procurou alguns *dukuns*, que propuseram feitiços e mantras capazes de fazer alguém se apaixonar perdidamente. Mas a mãe não queria saber dessas histórias — Kliwon enlouqueceria se soubesse que tinha conseguido o amor da menina com a ajuda de um *dukun*. Ela estava em busca apenas de algo que pudesse aplacar a paixão que lhe dilacerava o filho.

— Não há feitiço para isto nem nunca houve — disse o último *dukun*, repetindo exatamente o que haviam tido todos os anteriores.

— E o que farei então?

— Espere até a situação se esclarecer, e ele obterá seu amor ou então morrerá de coração partido.

Quando Kliwon já estava quase curado da febre, Mina tentou outro remédio tradicional para fazê-lo feliz; levou-o para caminhar à beira da praia, e os dois sentaram num parque próximo, jogando comida para os macacos e veados. Ela mimava o filho como se tivesse 6 anos, tentando fazê-lo falar das mais variadas coisas, exceto daquela garota chamada Alamanda.

Enquanto isso, Mina também contava tudo aos amigos dele, na esperança de que a ajudassem a resolver o complicado problema. Eles começaram a convidar Kliwon novamente para festas, pedindo que tocasse violão e cantasse. Ele era chamado para roubar galinhas e peixes, viajar pela montanha e acampar com grupos animados. As moças inclusive tentavam seduzi-lo de novo, para capturar seu coração ou pelo menos provocar seu desejo — uma delas chegou a arrastar Kliwon para uma tenda, despindo-o e conseguindo que ele ficasse excitado. Ele queria fazer sexo com ela, mas isto não bastaria para trazer de volta o velho Kliwon. Ele tinha perdido completamente o senso de humor espontâneo, perdeu a expressão jovial do rosto e até o desejo que costumava ir às alturas em cima de qualquer colchão.

Nenhuma dessas tentativas estava ajudando, e Kliwon sabia. Ele tinha sido amaldiçoado pelo sofrimento, e só o amor daquela menina poderia curá-lo. Gostaria de poder raptá-la, levá-la para algum lugar secreto, talvez no meio da selva. Eles poderiam viver juntos numa caverna ou num vale e criar gansos selvagens. Ele cuidaria dela, atendendo a suas necessidades e criando-a até que se tornasse uma moça e chegasse o momento de conquistar o seu amor. Deixou os amigos e voltou a esperar a menininha em frente à sua casa toda manhã. A garota surpreendeu-se ao vê-lo reaparecer depois de tanto tempo e perguntou:

— Como vai? Soube que esteve doente.

— Sim, estou doente de amor.

— E o amor é algum tipo de malária?

— Pior ainda.

Alamanda sentiu um calafrio e saiu caminhando em direção à escola, levando a irmãzinha. Kliwon foi atrás, caminhando miseravelmente a seu lado, até que conseguiu dizer:

— Ouça, menininha — disse. — Você quer me amar?

Alamanda parou e olhou para ele, e então sacudiu a cabeça.

— Por que não? — perguntou Kliwon, decepcionado.

— Você mesmo acaba de dizer que o amor é pior do que malária.

Alamanda tomou de novo a mão da irmãzinha e continuou caminhando. Pela segunda vez se afastava de Kliwon, que imediatamente caiu de novo com febre, num sofrimento ainda mais doloroso.

Quando Kliwon tinha 13 anos, apareceu na casa deles um velho com um estranho pedido:

— Deixem-me morrer aqui.

Sua mãe não podia recusar, de modo que o convidou a entrar e lhe ofereceu uma bebida. Kliwon não sabia como o homem morreria na casa deles; talvez morresse de fome, pois parecia que não comia havia dias. Mas, quando ele foi convidado pela mãe a comer, comeu com tanta voracidade que não parecia realmente disposto a morrer. Comeu tudo o que lhe apareceu pela frente, chegando a roer as espinhas do peixe, sem deixar migalha. Deu um arroto de satisfação e de novo abriu a boca para perguntar:

— Onde está o camarada?

— Foi morto a tiros pelos japoneses — respondeu a mãe, lacônica.

— E esse menino — perguntou o convidado —, é o filho que teve com ele?

— Naturalmente — respondeu a mãe, ainda meio seca —, com certeza não foi com um javali que o tive.

O visitante chamava-se Salim. Embora Mina não parecesse estar gostando de sua presença ali, o convidado insistia em permanecer.

— Posso ficar no banheiro e comer apenas mingau do farelo de trigo das galinhas, desde que, por favor, me deixe morrer aqui.

Kliwon tentou convencer a mãe de que era melhor deixar o homem morrer na casa deles do que numa vala de esgoto. Por fim, Salim ficou com o quarto da frente, um quarto de hóspedes que nunca tinha sido usado, e Kliwon prometeu que lhe levaria comida até o momento em que viesse a morrer.

O sujeito não era um vagabundo. No momento em que tirou os sapatos, Kliwon viu que a pele de seus pés estava coberta de bolhas.

— Você está fugindo? — perguntou Kliwon.

— Sim, amanhã eles virão me executar.

— Por quê? Você roubou alguma coisa de alguém?

— Da República da Indonésia.

Este diálogo levou a uma amizade entre os dois. Salim até lhe deu o seu boné, dizendo que o tinha desde que trabalhara na Rússia, e explicando que todos os trabalhadores russos usavam bonés assim. Tinha conhecido muitos países, disse, desde 1926.

— Mas você não estava de férias, estava? — quis saber Kliwon.

— Tem razão, eu era um fugitivo.
— E de quem roubava nessa época?
— Das Índias Orientais holandesas.

O homem era um rebelde comunista, um comunista da velha guarda, um dos poucos que tinham recebido diretamente as ideias do comunista holandês chamado Sneevliet, e sua alcunha era Camarada Salim. Ele reconheceu que tinha conhecido Semaun muito bem e fora membro do Partido Comunista Indonésio desde a fundação. Quando estavam em Semarang, ele inclusive ia toda manhã levar leite quente para Tan Malaka, que estava com tuberculose. O Partai Komunis Indonesia, o PKI, fora a primeira organização a usar o nome Indonésia, disse, orgulhoso. E também, acrescentou, a primeira a resistir ao governo colonial. Mas o governo das Índias holandesas já os odiava antes mesmo que se rebelassem. Sneevliet fora expulso em 1919, e seu compatriota Semaun, exilado quatro anos depois, um ano após Tan Malaka. Outras figuras, inclusive ele, fizeram as malas e se prepararam para ser exiladas ou jogadas na prisão.

No fim das contas, o governo colonial decidiu capturá-lo no mês de janeiro de 1926. Aparentemente, eles tinham ouvido falar da agitação revolucionária, que tinha sido debatida em Prambanan um mês antes. Salim não chegou a ser jogado na prisão, pois conseguiu escapar para Singapura com alguns outros. Foi então que começou a perambular, embora não fosse um vagabundo.

— Se alguém disser que é comunista mas não pretende se rebelar — disse ele a Kliwon —, não acredite que seja realmente um comunista.

Deitou-se na cama de um jeito esquisito: completamente nu. Tirou todas as roupas, fedendo a lama, e, embora Kliwon generosamente lhe oferecesse as velhas roupas do pai, Salim recusou-as. Inicialmente, Kliwon ficou meio sem jeito, mas depois de um tempo sentou na cadeira perto da porta, voltado para o velho nu e tentando se sentir o mais confortável possível.

— Quero morrer sem nada — disse o Camarada Salim. — Tenho medo de levar um tiro dormindo.

— Se pensa assim, é melhor não dormir — ponderou Kliwon. — Quando tiver morrido, poderá dormir o quanto quiser. Para sempre.

E era verdade. O homem então tentou manter os olhos abertos, embora Kliwon soubesse que devia estar exausto. Para se certificar de que não cairia no sono, o Camarada Salim não parava de falar, às vezes dizendo coisas incoerentes, e outras, parecendo recitar um lamento. Kliwon achava que o homem estava delirando. Ele se disse muito próximo do presidente da República. Os dois moravam no mesmo bairro em Surabaya, tiveram o mesmo professor e, às vezes, se apaixonavam pela mesma mulher. E mais tarde, quando voltou para casa pela primeira vez depois de fugir e passar muito tempo em Moscou, ele tinha reencontrado o presidente. Haviam-se abraçado, com os olhos cheios de lágrimas de alegria.

— Talvez você não acredite agora, mas em algum momento acabará lendo a respeito nos jornais — disse ele. — E, no entanto, agora esse mesmo sujeito está mandando soldados para me matar.

— Por quê? — perguntou Kliwon.

— É o que acontece quando se rouba algo de alguém — respondeu o Camarada Salim.

— E de quem mais você roubou?

— Já lhe disse: da República da Indonésia.

A hesitação, afirmou, fora a causa do fracasso da revolução do Partido Comunista em 1926. Ele se encontrou com Tan Malaka em Singapura, após a fuga, para discutir a estratégia. Tan Malaka opunha-se fortemente à ideia de uma revolução, pois considerava que os comunistas não estavam preparados. Foi então a Moscou ouvir a posição do Comintern, que vetou a proposta de maneira ainda mais veemente.

— Fiquei detido por Stalin durante três meses, para ser redoutrinado — disse o Camarada Salim.

Mas a ideia da revolução já estava na sua cabeça. Ao ser autorizado a deixar Moscou, ele voltou a Singapura pretendendo levá-la a cabo — mesmo que ninguém o apoiasse, ainda que tivesse de recorrer a táticas de guerrilha. Mas, no fim das contas, a revolução já tinha estourado — e fracassado. O governo colonial tinha forçado o desmantelamento do Partido, sendo proibidas todas as suas atividades. A maioria dos organizadores foi encarcerada, quando não atirada no acampamento de prisioneiros de Boven-Digoel. Mais frustrante ainda foi o fato de o Comintern agora apoiar a revolução, mas era uma piada que chegava um pouco tarde demais.

— Eu fui arrastado de novo para Moscou, para a escola — contou ele.

Explicou então que ainda havia tempo para outra revolução, numa futura oportunidade, quando tivesse maior probabilidade de dar certo. Ele tinha ouvido más notícias, segundo as quais, depois de atirados em Boven-Digoel, alguns comunistas se tinham rendido, optando por colaborar com o governo colonial. Os que persistiram em suas convicções foram mandados para o exílio ainda mais longe, para lugares onde poderiam ser mortos implacavelmente pela malária.

Ele se levantou, pois precisava ir ao banheiro, e Kliwon apressou-se a envolvê-lo num sarongue, dizendo:

— Minha mãe vai ter um ataque se o pegar andando nu pela casa.

Embora se deixasse cobrir, o Camarada Salim retrucou:

— Qual a diferença? Amanhã ela vai me ver completamente nu e morto.

Eles continuaram a conversar, agora já na varanda, o Camarada Salim ainda vestindo apenas um sarongue. De onde estavam, viam a escura extensão do oceano coberta das luzes das lanternas dos pescadores e ouviam o som das ondas batendo pacificamente. O garoto perguntou o que os comunistas estavam buscando, e o Camarada Salim respondeu:

— O Céu.

Ao dar meia-noite, viram passar um caminhão cheio de soldados do Knil, mas os soldados não viram a dupla sentada na varanda às escuras.

— O mundo está mudando — disse o Camarada Salim.

Durante centenas de anos, mais de metade da face da Terra fora controlada por países europeus e transformada em colônias, e os europeus sugaram tudo o que encontravam, levaram para casa e enriqueceram. Mas não a Alemanha e o Japão, que não conseguiram nada. Agora, no entanto, têm tanto poder quanto qualquer outro país desenvolvido, e estão exigindo a sua parte. É a causa desta guerra, uma guerra entre nações gananciosas. (O Camarada Salim perguntou se havia cigarros na casa, e Kliwon foi buscar tabaco no seu quarto.) Os nativos são o povo mais patético, mais desgraçado possível. Depois de tantos anos sob o tacão de rajás e à mercê das mentiras de reis, de repente chegaram os europeus, que nem sequer conseguiram entender o excessivo e absurdo respeito que ainda se manifestava na terra de Java. Os agricultores, submetidos a trabalhos forçados e obrigados a entregar a maior parte de sua colheita ao governo colonial, continuam se inclinando na rua quando passa uma garota holandesa. O comunismo surgiu de um lindo sonho, como nunca mais haverá na face da Terra: de que não haveria mais homens preguiçosos plenamente saciados enquanto outros que trabalham duro passam fome. Kliwon perguntou se a revolução era a melhor maneira de concretizar esse belo sonho.

— É verdade — respondeu o Camarada Salim — que os oprimidos só têm um meio de resistência: investir furiosamente, às cegas. E, para ser sincero, a revolução nada mais é do que uma furiosa investida coletiva às cegas, organizada por determinado partido.

O único motivo que via para uma rebelião comunista era o fato de a burguesia jamais se dispor a negociar pacificamente. Eles jamais cederiam seu poder sem lutar, jamais abririam mão livremente de suas riquezas, e certamente jamais aceitariam perder seu confortável estilo de vida. Não queriam compartilhar nada, pois não restaria mais ninguém para buscar e servir seu café, ninguém para lavar suas roupas, ninguém para consertar suas máquinas, ninguém para colher o cacau. No mundo comunista, todo mundo tinha direito de ser preguiçoso, e todo mundo também tinha a responsabilidade de trabalhar.

— A burguesia não aceitaria isto, de modo que a única alternativa é a revolta.

Salim voltara do exterior dias antes da comemoração do Dia da Independência. A República resistia havia três anos, mas os holandeses ainda estavam em toda parte. Pior ainda, a República perdera todas as guerras e em todas as mesas de negociação, de tal maneira que só controlava uma pequena região no interior. Ele esteve com o presidente da República, seu velho amigo, que imediatamente lhe disse:

— Ajude-nos a fortalecer este país e a desencadear uma revolução.

— De fato, é esta a minha responsabilidade. *Ik kom hier om orde te scheppen* — respondeu ele. Eu vim para botar tudo em ordem.

Ele considerava que, em última análise, o caos era provocado pelo próprio presidente da República, e o vice-presidente, e os altos funcionários e os homens do partido.

— Durante a ocupação japonesa, eles venderam uma imagem do povo como pouco mais do que meros escravos, e agora estão vendendo o território aos holandeses — disse.

O único grupo em que ele ainda confiava era o Partido Comunista Indonésio. Foi abertamente recebido no partido, embora logo descobrisse que o PKI tinha cometido erros cruciais na condução da luta. Queria redirecioná-la, e eles lhe entregaram tudo, àquele salvador que acabava de chegar de Moscou. Um mês depois da sua chegada, finalmente estourou a revolta em Madiun — sim, naturalmente que eram os comunistas. Ele não estava lá pessoalmente quando começou, mas seguiu para lá então, para dar apoio moral. A revolução durou apenas uma semana, e ele entrou para a clandestinidade.

— E agora aqui estou, esperando o meu túmulo ser cavado.

— Quer dizer que já percorreu um longo caminho — comentou Kliwon. — Se quiser fugir, ainda dá tempo.

— Participei duas vezes de uma revolução, e em ambas ela fracassou, o que basta para saber o meu valor — retrucou o homem, amargurado. — Chegou a minha hora de morrer, e tenho certeza de que, mesmo se fugir de novo, não poderei escapar do meu destino.

Kliwon não entendia essa lógica.

— Mas, se morrer, tudo estará acabado.

O Camarada Salim fechou os olhos, oferecendo o rosto à brisa noturna.

— Agora é sua vez, camarada.

O Camarada Salim reconheceu que não era um bom marxista, que ainda não entendia toda aquela teoria de classe, mas tinha absoluta certeza de que era necessário combater a injustiça de todas as formas possíveis. Não existem marxistas neste país, disse, mas não faltam massas famintas, que trabalham muito e recebem pouco em troca, que têm de dobrar os joelhos toda vez que aparece um figurão, que só sabem que a única maneira de se libertar de tudo isso é se rebelar. Pense só, prosseguiu, são milhares de trabalhadores nas usinas de açúcar em todas essas plantações de cana. Trabalham o ano inteiro, enquanto os donos das plantações desfrutam do conforto de suas casas de veraneio ao pé das colinas. Os trabalhadores têm como remuneração apenas o suficiente para viver de um dia para o outro, enquanto os donos das plantações auferem lucros gigantescos. O mesmo acontece nas plantações de chá. É o único motivo pelo qual precisamos nos revoltar, e a única frase marxista que devemos ter em mente sempre é esta: Trabalhadores do mundo inteiro, uni-vos!

Ao ouvir de longe o canto do galo, a conversa começou a se arrastar, como se já estivessem sentindo o cheiro da morte. O Camarada Salim ficou calado em sua cadeira, como se tivesse morrido antes da hora. Não estava dormindo, na verdade estava perfeitamente alerta, esperando pacientemente que tivesse início sua última manhã.

— Como os pios que acreditam que vão para o céu, eu sou um autêntico comunista e não tenho medo de morrer — disse baixinho, em voz quase inaudível.

— Você acredita em Deus? — arriscou perguntar Kliwon.

— É irrelevante — respondeu Salim. — Não cabe ao homem pensar se Deus existe ou não, especialmente quando bem à sua frente uma pessoa está pisando no pescoço de outra.

— Então você vai para o inferno.

— Eu *prefiro* ir para o inferno, pois passei a vida tentando acabar com a superioridade de qualquer homem sobre outro.

Ele prosseguiu:

— Se quiser saber minha opinião, este mundo é o inferno, e nossa missão é construir nosso próprio céu.

Sua derradeira manhã chegou, e, tal como previra o Camarada Salim, um pelotão republicano comandado por um capitão apareceu de repente para executá-lo. Eles chegaram discretamente, usando roupas civis, pois Halimunda se encontrava numa área ocupada pelo Knil. O pelotão cercou Salim quando ainda estava tranquilamente sentado com Kliwon na varanda.

— Ele quer morrer nu, puro como no dia em que nasceu — disse Kliwon.

— Impossível — retrucou o capitão. — Ninguém quer ver suas partes balançando por aí, especialmente se tratando de um comunista.

— Mas é seu último desejo.

— Fora de questão.

— Se o motivo é este, podem executá-lo no banheiro — insistiu Kliwon. — Deixem-no ficar nu. Quem sabe até ele queira cagar primeiro, e depois podem executá-lo.

— Comunista Número Um morre no banheiro — disse o capitão, balançando a cabeça. — Realmente uma história maravilhosa para os livros de história.

E foi assim que acabou. O Camarada Salim jogou de lado o sarongue, e sujou-se de terra enquanto respirava profundamente o ar fresco, como se se despedisse do mundo. Kliwon, o capitão e alguns soldados seguiram-no até o banheiro, e Kliwon torcia para que aquela confusão matinal não despertasse a mãe. No banheiro, antes de ser abatido, ele cantou *O sangue do povo* e a *Internacional*, fazendo Kliwon cair em lágrimas. Assim que terminou a segunda canção, o capitão apontou a pistola pela porta, na qual havia uma fenda, e atirou três vezes, um tiro logo depois do outro. O Camarada Salim morreu nu no banheiro: nascera sem nada, e ao morrer ainda não tinha nada. Mina foi despertada pelos tiros, correu para ver o que estava acontecendo, e deu com dois soldados arrastando o corpo, enquanto seu filho observava.

— Você viu seu pai ser executado pelos japoneses — disse ela. — E agora está vendo este homem ser morto pelas mãos do exército republicano. Use a cabeça e jamais pense sequer por um minuto tornar-se um comunista.

— Muitos reis foram enforcados — retrucou Kliwon —, o que não faz com que as pessoas deixem de querer ser reis.

— Ele por acaso tentou influenciá-lo esta noite? — perguntou Mina com uma ponta de preocupação.

— Na pior das hipóteses, me fez pegar um resfriado no sereno.

Os soldados levaram o corpo até um cruzamento. Não estavam preocupados com alguma patrulha do Knil, pois àquela hora evidentemente não estariam acordados. Kliwon os seguiu, vendo o cadáver do Camarada Salim jogado no meio da rua. De pé em meio à multidão que correu para ver o corpo com três buracos de bala, Kliwon ainda usava o boné que acabara de ganhar, e que haveria de usar por muitos anos, e que ainda estaria usando no dia em que o exército veio para executá-lo. O sangue de Salim escorria por todo lado. Um soldado derramou gasolina, e outro acendeu um fósforo. Ardendo no fogo, o corpo cheirava a javali assado.

— Quem é? — perguntou um homem.

— Claramente não é um porco — respondeu Kliwon.

Kliwon ficou a seu lado até que as chamas se apagaram e os soldados desapareceram. Juntou as cinzas, botou-as numa caixinha, e levou-as para casa. Sua mãe estava preocupada com aquele comportamento exorbitante, e disse que as cinzas dariam azar.

— E tire esse boné.

Ele tirou o boné e o depositou na mesa, e depois subiu na cama.

— Deus seja louvado — disse a mãe —, você é um bom menino.

— Não se iluda, mamãe — retrucou Kliwon. — Só estou tirando o boné porque estou acordado há muito tempo e agora quero dormir um pouco.

Kliwon sentou na calçada em frente à loja fechada, rasgando cartazes de anúncios de cigarros que havia arrancado das paredes. Enquanto ruminava em torno de seu patético amor, observava os carros passando e se perguntava se haveria no mundo alguém mais infeliz do que ele. Sua mãe e os amigos já haviam ordenado que tratasse de se sentir melhor, mas ele se recusava, dizendo que nada mais poderia fazê-lo sentir-se melhor, exceto ter para si aquela garota.

— Vá catar alguém mais infeliz do que você — disse finalmente Mina —, e quem sabe não vai se sentir um pouco melhor.

Os primeiros em quem pensou foram seu pai e o Camarada Salim, ambos executados. Em seu descuido, Mina não se dera conta de que sua sugestão haveria de lembrá-lo exatamente daqueles dois. Durante uma semana inteira, ele ficou sentado na calçada observando aquele povo desgraçado de que lhe falara o Camarada Salim, a mesma gente de que seu pai costumava falar quando ele era pequeno. Ele queria ver as pessoas passando em seus carros alemães e americanos enquanto a seu lado estava sentado um mendigo com o corpo coberto de chagas e úlceras. Queria ver uma jovem indo para o mercado, cercada de criados que carregavam seus cestos e até o guarda-sol que a protegia. Queria ver com seus próprios olhos todas aquelas contradições sociais, para se distrair mais do que nunca, pensando em como era deprimente que um homem pudesse ser destruído pelo amor, enquanto outros morriam de fome ou quase morriam de tanto trabalhar.

Ele saíra de casa havia mais de um mês, e estava vivendo com os mendigos. Seu corpo, antes forte e atraente, logo tornou-se descarnado, e já não passava de um monte de ossos, e o cabelo, agora ruço, parecia duro como um cabo de vassoura. Ele de modo algum estava fingindo; na verdade, tentava esquecer seu sofrimento com outro tipo de sofrimento. Comia o que lhe davam, e se ninguém lhe desse nada, revirava lixeiras, disputando com outros mendigos, vira-latas e ratos.

Ele não era mais seguido por garotas aonde quer que fosse. Na verdade, era exatamente o oposto: se alguma garota o encontrasse, sem se dar conta de que era o mesmo Kliwon que a deixava enlouquecida e talvez até a levasse para a cama, tampava o nariz, com ânsias de vômito, escondia o rosto e apressava o passo. Até as criancinhas atiravam-lhe pedras, de modo que frequentemente estava todo machucado, sendo perseguido pelos vira-latas como se fosse um ouriço pronto para ser devorado. Mesmo quando voltou uma vez para casa, Mina não o reconheceu, dizendo:

— Se encontrar um mendigo chamado Kliwon, diga que volte para casa, pois sua mãe está morrendo e quer vê-lo pela última vez.

Kliwon aceitou um prato de arroz da mãe e respondeu:

— A senhora não parece que está morrendo.

— Uma mentirinha de vez em quando não faz mal.

Depois de passado muito tempo, ele começou a levar esse tipo de vida como se fosse normal. Começou a esquecer muitas coisas — a mãe e sua casa, os amigos e as garotas, e especialmente Alamanda (embora esta última lembrança continuasse a perturbar suas ideias de vez em quando); tudo foi apagado por sua rotina de vadiagem. Em vez de pensar em tudo isso, ele estava preocupado em encontrar um punhado de arroz e um lugar confortável para deitar, que agora pareciam coisas muito mais importantes. O fato de ter se libertado desses pensamentos complicados transformou-o num vagabundo feliz, até o dia em que os problemas voltaram na forma de uma jovem mendiga chamada Isah Betina.

Ele a viu duas vezes. Uma delas, quando estava sendo violentada por cinco vagabundos perto do depósito de lixo, e era evidente que ele não conseguiria botar seus agressores para correr. Mas ele também a vira passar antes de ser atacada pelos cinco marginais, parecendo bem bonitinha, mas também fedendo a distância, depois de semanas longe de água e sabão. Seus gemidos eram de cortar o coração, e de tal maneira perturbavam sua soneca vespertina na barraca de papelão que ele saiu de facão na mão e se aproximou. Dois dos sujeitos tinham acabado de fodê-la, e ambos sorriam enquanto limpavam os genitais com as camisas. Outro estava enfiando a espada, entrando e saindo, mas a garota não resistia mais. Outro apertava seus seios, enquanto o último esperava impaciente, se masturbando.

— Larguem essa garota — disse Kliwon com clareza e firmeza.

Um dos sujeitos que já tinham transado com ela, e que parecia o líder do grupo de marginais, postou-se diante dele arregaçando as mangas.

— Eu disse para me entregarem a garota — repetiu Kliwon.

— Vai ter de passar sobre o meu cadáver para ter sua vez.

— Ótimo.

E, antes que qualquer deles se desse conta de que escondia um facão atrás das costas, Kliwon já o tinha passado no pescoço do desafiante. O sangue do sujeito jorrou enquanto a cabeça pendia, o pescoço quase quebrado, e em questão de segundos ele estava no chão, evidentemente morto. Kliwon chutou o corpo e se aproximou dos quatro outros.

— Passei sobre o cadáver dele, agora me entreguem a garota.

O sujeito que a estava fodendo logo tratou de tirar o pau, fazendo um barulho nojento, e saiu correndo com a cara mais pálida do que pão dormido, seguido pelos três amigos. Eles deixaram a garota para trás como estava, deitada de costas no tampo de uma mesa sem pés, nua e inconsciente. Depois de envolvê-la em sua camisa, Kliwon carregou-a nas costas até a sua choupana. Depositou-a na sua cama, que era um velho sofá, e contemplou-a por um momento antes de deitar por sua vez numa pilha de jornais velhos e cair no sono.

Ao despertar, a noite caíra e ele deu com a moça sentada no sofá abraçando os joelhos e tremendo de fome. Continuava nua como a havia trazido, apenas levemente coberta pela camisa que envolvia seus ombros. Kliwon deu-lhe um pouco de mingau de milho diretamente da panela, nada mais do que os restos frios e quase estragados do desjejum, mas ela comeu com apetite. O tempo todo Kliwon ficou sentado a seu lado, observando-a com a atenção diligente de uma criancinha. A garota comia sem parecer ciente da sua presença. Não parecia minimamente traumatizada, ou talvez tivesse esquecido o que acontecera. Agora Kliwon via seus cabelos claros, parecendo seda, os olhos penetrantes, o nariz fino, os lábios delicados.

— Como se chama? — perguntou.

Ela não respondeu, limitando-se a depositar a panela de mingau debaixo do velho sofá, voltando-se a sentar e olhando para Kliwon com o jeito tímido de uma jovem virgem. Sua mão buscou a dele, tocando-a com ternura de amante. Kliwon estremeceu, e, antes de se dar conta do que estava acontecendo, a garota já saltava na sua direção, derrubando-o de costas no sofá, pulando sobre ele, abraçando-o apertado e beijando-o num ataque quase violento. Inicialmente, Kliwon tentou rechaçá-la com todas as forças, mas acabou hesitando e ficou parado com as mãos para o alto, como um homem rendido ante um pelotão de fuzilamento. E então, quando ela tirou sua camisa, e ele sentiu o contato de seus seios firmes e redondos contra o peito, tudo se dissolveu num calor hipnótico. Ele voltou a sentir a paixão do sangue bombeando voraz pelas veias, retribuiu o abraço da garota, correspondeu seus beijos e tirou a calça.

Depois de toda a brutalidade do estupro nas mãos de cinco marginais sem teto, a garota agora se revelava uma amante selvagem. O próprio Kliwon esqueceu o que havia acontecido, abraçando-a com força e invertendo a posição, de tal maneira que agora ficava por cima, ambos nus e excitados. Ignorando as limitações do exíguo sofá, eles fizeram sexo com movimentos repetitivos, mas carregados de luxúria, sacudindo-se, estremecendo e resfolegando como um barco castigado pela tempestade.

Ao terminar o ato sexual, Kliwon rapidamente lembrou-se de que não conhecia a garota, exatamente como ela não o conhecia. Ainda estavam deitados no sofá, abraçados, exaustos. Kliwon perguntou de novo:

— Como se chama?

Como da outra vez, contudo, ela não respondeu. Limitou-se a sorrir, balbuciando coisas incoerentes e talvez delirantes, até fechar os olhos e cair em sono profundo, roncando levemente.

— Ela se chama Isah Betina — disse-lhe um vagabundo não muito depois —, pois é como todo mundo a chama.

— E de onde veio? — quis saber ainda Kliwon.

— Foi encontrada há uma semana à beira da estrada, e vinha sofrendo esses estupros coletivos quase diariamente, até que você apareceu e matou um deles — disse o vagabundo. — Essa garota é pirada.

Então era isso. Kliwon podia imaginar o que os amigos diriam se soubessem que tinha dormido com uma louca. Mas, alheio à própria lógica, ou talvez obedecendo a algum outro impulso, a primeira coisa que fez foi levá-la para a praia e limpar seu corpo, conseguindo para ela algumas roupas melhores, roubadas do varal de sua mãe. Passaram a viver em sua choupana de papelão, com o velho sofá onde às vezes sentavam e relaxavam comendo nozes quebradas com pedras, e outras vezes dormiam ou faziam sexo, junto a um fogão feito com tijolos e uma panela para cozinhar. Nunca ficaram sabendo o que acontecera com os estupradores de Isah Betina, embora por um tempo Kliwon se preocupasse com a possibilidade de voltarem em busca de vingança. E, agora que Isah Betina vivia com ele na mesma casa, todo mundo tinha como certo que formavam um casal, e ninguém incomodava mais a louca.

O próprio Kliwon aparentemente tinha esquecido o motivo inicial de se ter tornado um andarilho mendicante. Tendo deixado de buscar os desgraçados para se distrair e não mais se atormentando na tentativa de esquecer a dor do amor não correspondido pela pequena Alamanda, ele descobrira a melhor maneira de esquecê-la, que era outra garota. E sua vida caótica, sem nada para comer nem um lugar decente para viver, não era motivo de sofrimento para ele — na verdade, estava adorando sua atual situação. Redescobrira a paixão amorosa em todo o seu ardor, sobretudo porque Isah Betina recebia seu amor com igual calor, fazendo com que ambos esquecessem sua sórdida situação. Embriagada de amor, ninguém jamais seria capaz de imaginar que Isah Betina fosse uma louca. E Kliwon não se importava com o fato de não conhecer seu passado, prometendo-lhe:

— Um dia vou casar com você.

Eles não faziam muita coisa além de se acariciar o dia inteiro e a noite inteira, parando apenas para comer quando tinham fome ou dormir quando estavam cansados. O sofá era seu lugar favorito para fazer sexo, com gemidos que despertavam e irritavam os vizinhos no meio da noite. Seu comportamento causava inveja nas pessoas, mas era entendido como uma fase de lua de mel de uma recente dupla de amantes, fase que prosseguia semanas a fio.

Certa noite, no meio de uma dessas habituais sessões, uma cobra deslizou de um monte de lixo e entrou na cabana, mordendo a ponta do dedão do pé de Isah Betina, que estava no seu caminho. A garota não gritou, envolvida que estava no ato sexual, até que ambos chegaram ao clímax mais intenso que jamais haviam atingido. Mas essa incrível boa sorte não duraria. Depois de ejacular, Kliwon caiu para o lado e viu que ela gemia e se contorcia. Achou que ainda o queria, mas ao ver que sua perna estava ficando azul, deu-se conta do que havia acontecido. Era tarde demais; a cobra era venenosa, e a garota morreu ali mesmo no sofá, nua e ainda reluzente do suor do sexo que haviam feito.

Os vizinhos, fartos daquela gritaria noturna, interpretaram a tragédia como castigo pela informalidade do relacionamento dos dois, para eles calcado apenas no desejo físico. Kliwon levou o corpo da jovem a Kamino, o coveiro, pedindo que ela fosse enterrada como uma fiel praticante. Só Kliwon acompanhou o coveiro na procissão, apresentando-se em trajes finos roubados da casa de alguém.

— Ela viveu apenas para me fazer feliz — disse, chorando.

No sétimo dia de luto, num ataque de desespero, incendiou a choupana, e, quando as chamas já quase se alastravam para as cabanas de papelão da vizinhança, os moradores apareceram com água do esgoto e trataram de apagar o fogo com a possível rapidez. Ele enlouqueceu, jogando cocô de cachorro nas pessoas e atirando pedras contra os lampiões da rua. Ninguém conseguia controlar sua dor. Quebrou as vitrines de todas as padarias da Jalan Merdeka com pedras do tamanho das palmas de suas mãos, levando as vendedoras a gritar em pânico. Machucou um carteiro ao roubar sua bicicleta, derrubando-o com as cartas espalhadas pelo chão. Matou três cães que surgiram dos quintais de gente rica, furou pneus de carros estacionados em frente ao cinema e incendiou um poste. Tudo isto gerou uma reação agressiva da polícia, e rapidamente ele foi capturado sem resistência quando tentava derrubar o muro que marcava os limites da cidade.

Ele foi detido sem que ninguém se importasse se seria levado a julgamento ou não. Em sua solitária, Kliwon sentiu a paz retornar, com sua antiga seriedade lentamente ressurgindo e ganhando força. A única perturbação que causava agora era à noite, quando falava durante o sono, chamando em delírio pelo nome de Isah Betina com gritos de furar os tímpanos, sobrepondo-se aos uivos dos cães selvagens e gemidos dos gatos no cio. A notícia do homem preso por sofrer de dor de amor espalhou-se, chegando à sua mãe. Kliwon ficou preso durante sete meses, até que Mina apareceu para pagar a fiança. Ela o arrastou para casa como uma mãe furiosa que encontra o filho brincando no curral das vacas.

— Você não encontra nada mais importante do que amar uma mulher? — perguntou, enfezada, dando-lhe ela mesma um banho, apesar de o filho ser agora um homem adulto.

A casa continuava exatamente como ele a havia deixado. Todos os móveis e objetos permaneciam no mesmo lugar. Ele lia romances baratos e histórias de amor com final feliz, presentes de garotas que conhecera, na vã tentativa de se sentir melhor. Lia também as muitas cartas de amor que essas mesmas garotas lhe haviam mandado, mas é claro que a coisa toda servia apenas para deixá-lo cada vez mais deprimido. Como se tudo tivesse retornado ao início, à mesma tristeza, à mesma aflição. Tentou encontrar os amigos, alguns já agora casados com filhos, implorando só um pouquinho da felicidade que haviam encontrado. Visitou igualmente antigas namoradas, algumas também já casadas, em certos casos até divorciadas, e tentou dormir com três ou quatro delas de novo, só para sentir o calor do amor mais uma vez. Mas aquilo só servia para fazê-lo sentir falta de Isah Betina de novo.

— Volte a viver na rua — disse sua mãe. — Quem sabe não encontra um outro amor.

— É o que eu vou fazer — retrucou ele.

Já havia arrumado suas coisas, na esperança de que, se voltasse um dia, estariam em seus devidos lugares à sua espera. Pegara os livros até então espalhados pela cama, a mesa e o chão, e os dispusera em caixas de papelão que tratou de empilhar num canto do quarto. Tinha também endireitado as roupas no armário, separando o velho violão e guardando todos os discos. Tinha até guardado a navalha e a escova de dentes numa gaveta. Só uma coisa permanecia em cima da mesa, e não seria guardada em lugar nenhum, pois ele decidira usá-la: o boné que ganhou do Camarada Salim. Postou-se diante do espelho, contemplando a própria imagem. Seu corpo ficara bem magro depois de todos aqueles anos de sofrimento, o rosto estava abatido, os olhos, sem viço. O cabelo ainda caía em cachos longos. Ele ficou ali longo tempo, olhando para o boné e se perguntando se era verdade o que o comunista lhe dissera, que todos os trabalhadores na Rússia o usavam.

— Olhe só que sujeito mais soturno — disse à própria imagem. — Tão soturno que pode usar este boné.

Mina então apareceu de pé na porta, olhando para o filho que continuava em frente ao espelho. Ela tentava adivinhar aonde Kliwon iria com a calça perfeitamente passada, a camisa de algodão e aquele boné.

— Não está parecendo um mendigo, meu filho.

— A partir de hoje — disse então Kliwon, virando-se para a mãe —, me chame de Camarada Kliwon, mamãe.

8

Numa manhã de névoa, a multidão na plataforma da Estação de Halimunda ficou pasma com uma visão fantástica e absolutamente inédita. Em frente à bilheteria, embaixo de uma amendoeira, dois amantes se beijavam apaixonadamente sem qualquer noção de tempo nem espaço. Os beijos eram tão acalorados que as pessoas que testemunharam o acontecimento e viriam por anos a fio a contar a história seriam capazes de jurar que viram uma chama se acender entre os lábios dos dois. E surgiu ali uma lenda, pois os dois amantes eram Kliwon e Alamanda. Homens e mulheres haveriam de recordar o episódio com grande inveja.

O comportamento provocante do casal de fato já era bem conhecido naquelas últimas semanas antes da ida de Kliwon para Jacarta, a capital, para estudar na universidade.

Alamanda e Kliwon estavam namorando, e todo mundo os considerava o mais belo casal que jamais existira na face da Terra, exceto Adinda. Mas Alamanda tapava os ouvidos quando Adinda a chamava de vadia sem-vergonha que gosta de partir o coração dos homens, pare com isso agora mesmo, pelo menos para o bem desse homem. Talvez a menina ainda lembrasse como Kliwon se apaixonara por Alamanda quando a irmã mais velha tinha apenas 8 anos, e talvez achasse que seria uma pena a irmã destruir deliberadamente um amor tão incrível. Adinda chegou a jurar que, se a irmã tivesse coragem de magoar aquele homem, haveria de matá-la. Segundo ela, simplesmente recusar seu amor seria muito melhor do que aceitá-lo para em seguida deixá-lo de lado como lixo. Alamanda não se importava com as ameaças proferidas pela irmã mais nova, e tanto mais evidente ficou que era mesmo uma jovem teimosa que não aceitava que lhe dissessem o que fazer.

— Reconheça que está com inveja, menininha — disse.

— Se fosse para ter inveja de alguém, seria da mamãe, que já dormiu com *centenas* de homens — respondeu Adinda.

— E você acha que eu não sou capaz de dormir com um homem?

— Sei perfeitamente que poderia dormir com qualquer homem nesta cidade, e ser tão incrível quanto mamãe — disse Adinda —, mas de jeito nenhum seria capaz de amar todos eles.

Ao contrário da irmã, que tendia a ser mais caseira, Alamanda passava os dias indo a concertos com o namorado e amigos e frequentando lugares que encontrassem para cantar acompanhados de um violão. Passeavam pela cidade e iam ao cinema, e às vezes ela não voltava para casa antes do alvorecer. Embora as duas irmãzinhas a esperassem na janela com expressão ansiosa, ela ia direto para o quarto sem dizer uma palavra, ainda cantarolando trechos das canções de amor choramingas tão populares na época.

— Você é pior do que uma prostituta — disse Adinda, enfezada. — Pelo menos as prostitutas trazem dinheiro para casa quando voltam.

— Reconheça, Senhorita Resmungona — lançou Alamanda de dentro do quarto. — Ou terei de dizer eu mesma mais uma vez? Está apaixonada por Kliwon.

— Ainda que estivesse, eu jamais diria, pois você seria capaz de se matar.

Não era apenas um boato, o rapaz de fato era muito popular com as moças, e não apenas naquela casa, mas em toda a Halimunda. Na verdade, ele era popular assim desde pequeno, quando as pessoas ficavam espantadas com sua inteligência, pois era capaz de resolver problemas do sexto ano escolar quando ainda estava no quinto, e o diretor decidiu deixá-lo pular um ano. Nas últimas séries do ensino fundamental, vencia todas as competições de matemática e, como também tocava violão e cantava e tinha um rosto tão atraente e convincente, começou a sair à noite, acompanhado pelos bandos de garotas que se apaixonavam por ele.

Isto era quando ele saía com a garota que quisesse, antes de se apaixonar por Alamanda, que tinha apenas 8 anos, ficar sem teto e ter uma relação com uma garota maluca chamada Isah Betira. Agora todo mundo dizia que ele e Alamanda formavam um casal incrível, um jovem inteligente e bonitão e uma moça linda, herdeira da mais apreciada prostituta da cidade. Todo mundo, exceto Adinda, que achava aquilo simplesmente uma total catástrofe. Alamanda já estivera com muitos homens, descartando-os um a um. Tinha má reputação e todo mundo o sabia, inclusive Adinda.

Alamanda tinha feito a mesma coisa com alguns colegas, provocando-os com sua beleza, seu sorriso cativante, seus olhares oblíquos de menina coquete, seu jeito gracioso de andar e outras coisas assim, tirando o sono de muita gente. Alguns desses colegas iam atrás dela, e ela mudava de atitude, transformando-se numa pomba-rola semidomesticada que vai saltando toda vez que você tenta agarrá-la.

Mas seus perseguidores não desistiam fácil assim e a cobriam de charme e flerte, afogando-a em promessas e inundando-a de presentes, conversa mole, flores, cartões, cartas, poesia e canções. Ela aceitava tudo e retribuía com um sorriso ainda mais cativante, pagando na moeda de olhares ainda mais insinuantes, da visão de seus passos sempre mais graciosos, e ainda oferecendo como bônus uma suspeita de elogio, dizendo que homem bom você é, inteligente e bonitão, com uma bela cabeleira, e eles ficavam lisonjeados, flutuando acima das estrelas.

Cada um deles ficava cada vez mais confiante, sentindo-se o maior bonitão do planeta, o homem mais generoso do universo, com a mais bela cabeleira da Terra, e, assim convencido, aproveitava a primeira oportunidade para se arriscar ou mandar uma carta vomitando seus contidos impulsos pré-históricos: *Alamanda, eu te amo*. Era o melhor momento para acabar com um homem, sacudi-lo bem, dilacerar seu coração, o melhor momento de mostrar a superioridade de uma mulher, e assim Alamanda respondia: *Eu não te amo.*

— Eu gosto dos homens — disse Alamanda certa vez —, mas gosto ainda mais de vê-los chorar de coração partido.

Ela tinha jogado esse jogo muitas vezes, e sempre se divertia bastante de uma rodada a outra, embora o final fosse sempre previsível: ela saía vencedora, e eles, derrotados. E ela achava uma enorme graça quando um novo pretendente vinha tomar o lugar do anterior.

Imaginem só, ela já vinha fazendo isto desde que completara 13 anos, dois anos antes. Não se pode negar que de fato herdara a beleza quase perfeita da mãe, além dos olhos penetrantes do japonês que a fodera. Deu-se conta pela primeira vez de que podia capturar o coração de um homem quando Kliwon se apaixonou por ela, quando tinha 8 anos. Até que, aos 13, dois garotos se atracaram só porque estavam discutindo a cor da sua roupa íntima. O primeiro jurava ter visto Alamanda de calcinha vermelha, mas o outro insistia em que era branca. Os dois chegaram às vias de fato no fundo da sala de aula, trocando murros violentamente sem que uma só pessoa tentasse interferir — na verdade, aquilo estava sendo um bom entretenimento, até que o professor se deu conta do que estava acontecendo. Quando os dois garotos já estavam ensanguentados e inchados da refrega, Alamanda interferiu, dizendo-lhes:

— Minha calcinha é branca, mas é vermelha também, pois estou menstruada.

A partir daquele momento, ela se conscientizou de que sua beleza não era apenas uma espada capaz de aleijar um homem, mas também um instrumento para controlá-los. A mãe, preocupada, advertiu:

— Você não sabe o que os homens fizeram com as mulheres durante a guerra?

— Sei apenas o que você sempre me disse — respondeu Alamanda.

— E agora verá o que as mulheres podem fazer com os homens em tempos de paz.

— Que está querendo dizer, menina?

— Em tempos de paz, você fez muitos homens fazerem fila e pagarem para dormir com você, e eu fiz muitos garotos chorarem de coração partido.

Dewi Ayu havia muito se preocupava com a teimosia da filha mais velha e acompanhava seus passos pelos comentários que os homens faziam na cama sobre o número de rapazes que enlouqueciam por causa de sua beleza.

— Só agradeço por não ter se tornado uma prostituta — dizia Dewi Ayu aos clientes —, pois, se fosse, talvez você não estivesse aqui na cama comigo agora.

Assim era Alamanda. Conseguira até conquistar Kliwon, o ídolo de tantas garotas em Halimunda; o que o tornou diferente de todos os outros caras que ela conquistou foi que, no fim das contas, ela não o descartou, pois acabara se apaixonando por ele também. Alamanda tomara conhecimento da reputação do rapaz porque as garotas mais velhas da vizinhança estavam sempre cochichando a seu respeito, o cara mais bonitão do mundo.

Corriam certos boatos absurdos segundo os quais ele não seria de fato filho de Mina, a viúva, e seu falecido marido comunista, executado pelos japoneses depois que os comunistas perderam a rebelião em Madiun, quando muita gente já estava farta de qualquer coisa que tivesse a ver com comunismo. Uma garota inventou a história de que ele fora encontrado pelo casal enroscado dentro de uma enorme melancia achada na beira do rio; era filho de uma ninfa que ficou com pena da infelicidade do casal e lhe confiou seu filho por um tempo, para aliviar um pouco o peso de seu pecado eterno. Outra garota disse que ele descera de um arco-íris quando era bebê, e outra, ainda, que fora encontrado dentro de uma gigantesca flor em forma de cone, muito embora, para dizer a verdade, nenhuma dessas meninas sequer existisse quando Kliwon nasceu.

Histórias assim não eram espalhadas apenas pelas garotas que secretamente se apaixonavam por ele, pois até o pessoal mais velho jurava que, quando ele nasceu, as estrelas brilharam um pouco mais do que de hábito na cidade, como se o mundo estivesse esperando o nascimento de um novo profeta, e os holandeses que rondavam em torno de Halimunda na época tinham tomado isto como um mau presságio.

Mas tivessem ou não fundamento todas aquelas conversas, Alamanda ficara intrigada com aquele homem desde sua sincera confissão de que estava apaixonado quando ela tinha 8 anos, e durante anos continuara ouvindo histórias a seu respeito, embora se dissesse que ele tinha desaparecido. Durante todo aquele período em que ele perambulou sem ter onde morar e a maioria das pessoas não sabia muito bem o que lhe acontecera, as garotas continuavam falando dele e sentiam horrivelmente a sua falta. Muitas achavam que podia ter sido sequestrado por malfeitores, sabe-se lá quem, e levado para algum lugar e assassinado. Outras achavam que se escondera por considerar que sua alma corria perigo. Quaisquer que fossem as histórias a que davam crédito, Kliwon transformou-se num herói mítico para muitas mocinhas, quase rivalizando com o heroísmo de Shodancho na cidade.

Alamanda já tinha 15 anos quando Kliwon finalmente reapareceu. Ele agora estava com 24, e se apresentava como Camarada Kliwon. Ao deixar para trás sua vida de perambulação, passou a trabalhar na casa da mãe como alfaiate, o que, no entanto, não significava grande coisa, pois na verdade vivia basicamente da mesma renda que sua mãe sempre auferira, apenas ganhando um pequeno extra das poucas meninas que tentavam atrair sua atenção pedindo que lhes fizesse um novo vestido. Logo ele abandonaria sua medíocre carreira de alfaiate para se juntar a um amigo que construía barcos. Na época, a fibra de vidro ainda era muito cara, de modo que eles usavam piche para fazer remendos nos barcos de madeira, e era esta a sua função na oficina, além de retoques a tinta, até que ele foi trabalhar numa fazenda de cogumelos do Velho Kuwu, encarregado basicamente de ficar de olho no termômetro do celeiro para manter a temperatura correta e remexer o refugo. Outras vezes, ajudava a espalhar o fermento, colher os cogumelos, embalá-los, transportá-los e fazer o que mais lhe fosse pedido. Já estava claro a essa altura que se tornara militante do Partido Comunista, que se destacara como um dos três partidos principais na eleição municipal quatro anos antes (e parecia até que podia ter se tornado o partido majoritário, não fosse o trauma sofrido pela população de Halimunda durante a revolução), e era o mais jovem membro na sede do partido, situada na esquina da Jalan Belanda.

O Partido Comunista usava sua reputação para atrair mocinhas para seus quadros, depois que ficou evidente que, sempre que convocava o Camarada Kliwon para subir ao palanque em comícios, o público aumentava muito e as garotas gritavam histericamente. O Camarada Kliwon de fato era bem atraente, e, além do mais, um hábil orador. Alamanda foi ouvi-lo falar certa vez, numa comemoração do Dia do Trabalho, intrigada com a histeria das amigas. Muitas pessoas eram de opinião que, se o Partido Comunista alcançasse a maioria dos votos na cidade, seria por causa do Camarada Kliwon.

Ao se sentir tentada a conquistar o maior bonitão da cidade, Alamanda já havia adquirido a fama de ser a única jovem que rejeitara 23 apaixonados, ao passo que Kliwon já saíra com 12 garotas num período bem curto, dispensando as outras. Seria uma disputa entre os mais formidáveis guerreiros, e nem só os trabalhadores da fazenda esperavam pelo resultado, mas também os membros do Partido Comunista, e os corações batiam de expectativa em toda a cidade, tentando imaginar o que poderia acontecer. Muitos habitantes chegaram a fazer apostas sobre quem rejeitaria quem, e os rapazes e moças se preparavam prematuramente para ficar de coração partido.

Quando a escola determinou que os alunos começassem a fazer estágios profissionais, Alamanda convenceu algumas amigas a se dirigir à fazenda de cogumelos do Velho Kuwu. E foi assim que os dois se encontraram — numa fazenda de cogumelos, em pleno calor do celeiro, cercados de oleados. Alamanda ia até o celeiro fingindo querer ajudar na colheita de cogumelos das primeiras horas da manhã, e lá encontrava Kliwon, tentando-o com seu sorriso ou provocando-o com a gola do vestido desabotoada. Ele a observava lá do quarto nível do celeiro, junto às prateleiras, enquanto ela, embaixo, o provocava ainda mais com algum pedido inconsequente. Kliwon a enfrentava com calma compostura, ostensivamente admirando seu esplendor, como se não se importasse com o fato de, alguns anos antes, quase ter enlouquecido completamente por causa daquela mesma dolorosa beleza.

Eles se encontravam diariamente ao longo daquelas semanas, remexendo juntos o refugo, discutindo sobre a temperatura a ser mantida, questionando o tamanho ideal dos cogumelos para a colheita, e debatendo se o fermento devia ser espargido por cima do refugo.

Diante dela entre as estacas de bambu que sustentavam as prateleiras de cogumelos, Kliwon finalmente disse:

— Moça, você é bonita, mas é muito encrenqueira.

Depois, deu as costas a Alamanda e foi ao encontro dos outros lavradores, que descansavam após um dia de trabalho.

Imbecil, pensou Alamanda. Aquele cara não podia simplesmente dar as costas e deixá-la daquele jeito; tinha de seduzi-la com ardor ainda maior, persegui-la, para que então ela pudesse descartá-lo, como sempre. Alamanda ficou de pé na porta do celeiro, vendo-o em confraternização com os amigos sentados no limiar do campo de cultivo, trocando cigarros e acendendo-os, exalando a fumaça para o ar, conversando e rindo.

Foi quando Alamanda perdeu o controle da situação e, pela primeira vez na vida, foi atingida pela insônia do amor, toda noite esperando que a manhã chegasse para voltar ao celeiro e estar com Kliwon, tentando imaginar se ainda era devastado pela febre do amor. Quando começou a se dar conta de que realmente se apaixonara, ficou horrorizada por ter sido vencida e tentou eliminar esses sentimentos pensando nas maneiras mais espantosas de fazê-lo cair a seus pés. E, gostando ou não dele, haveria de simplesmente rejeitá-lo, vingando-se por tê-la feito amá-lo. Toda vez que se encontravam, contudo, ele simplesmente aceitava a bênção da presença daquela linda garota no celeiro sem qualquer outro esforço, como se se enchesse de alegria simplesmente por tê-la em sua companhia.

Alamanda mergulhou ainda mais fundo naqueles sentimentos de amor que não conseguia controlar, arrebatada pelo encontro com um homem tão diferente, que a contemplava com admiração, examinava cada curva do seu corpo com desejo, mas, ainda assim, não arredava pé dos seus deveres com o fermento e os cogumelos. Começou a sonhar com ele fazendo-lhe insistente corte, enviando flores e cartas de amor. Queria vê-lo fazendo todas as coisas embaraçosas que costumava fazer quando ela tinha apenas 8 anos, e finalmente admitiu que de verdade se apaixonara por ele, não mais sentindo necessidade de resistir ao comando do coração. Mas Kliwon não alterava um milímetro a atitude em relação a Alamanda, embora ela continuasse deixando bem claro que gostava dele, convidando-o a dar uma volta com voz petulante e postando-se bem perto enquanto ele trabalhava, até que finalmente, temendo continuar se debatendo em vão, Alamanda convenceu-se de que seu amor não era correspondido e desistiu, reconhecendo a derrota.

Tudo bem, pensou com seus botões, *não vou tentar atrair sua atenção*. Mas bastou que ela desistisse, perdendo a esperança de tê-lo só para si, e do nada Kliwon pegou uma rosa e lhe entregou. O amor de Alamanda disparou novamente.

— Domingo de manhã vamos à praia — disse ele. — Se quiser ir conosco, vou esperá-la atrás do celeiro.

Ele nem esperou a resposta, e simplesmente voltou ao encontro do grupo de trabalhadores para fumar um cigarro. Alamanda foi para casa, botou a rosa num copo sobre a mesa, e ali a deixou durante dias, mesmo depois de murchar e apodrecer.

Na manhã daquele domingo, ela não estava certa se iria juntar-se a ele no passeio ou não. Uma batalha era travada em seu coração; seu ego conquistador dizia que ela precisava fazer-se um pouco de difícil, mas a outra parte, queimada pela chama do amor, ordenava que fosse, caso contrário aquele dia passaria sem que o visse. Suas pernas caminhavam débeis em direção ao campo por trás do celeiro, e lá ela viu Kliwon enchendo o pneu de uma bicicleta. Aproximou-se e perguntou onde estavam os outros.

— Seremos só nós dois — respondeu Kliwon sem se voltar para olhá-la.

— Não quero ir se ninguém mais for — disse Alamanda.

— Se prefere assim, vou sozinho.

Mas que droga, pensou Alamanda, e, quando Kliwon terminou de encher o pneu, ela já estava sentada no lugar do carona, como que conduzida pelas mãos do demônio. O Camarada Kliwon nada disse, limitando-se a tomar seu lugar na bicicleta, e lá se foram os dois para a praia.

No fim das contas, foi um belíssimo dia para Alamanda. Kliwon ajudou-a a reviver lembranças agradáveis da primeira infância. Primeiro, como duas criancinhas, sentaram-se na areia, construindo os castelos mais altos que podiam. Quando os templos foram derrubados pelas ondas, começaram a competir para ver quem agarrava a penugem de dente-de-leão que flutuava sobre a areia, levada pelo vento, e então foram catar caracóis e fizeram eles disputar uma corrida, torcendo cada um por seu caracol, até que, cansados de tudo aquilo, jogaram-se no mar, nadando alegremente. Deitada na areia molhada enquanto a água do mar rodopiava ao seu redor, contemplando o céu que ia ficando róseo, Alamanda quis que aquele dia nunca mais acabasse, prolongando-se num eterno poente ao lado do mais belo homem do mundo.

O Camarada Kliwon convidou-a então a entrar num barco atracado na areia.

— Pode ficar tranquila, este barco é de um amigo — disse ele, e além do mais ele era capaz de garantir a segurança de um barco em qualquer tempestade, por mais violenta.

Dentro do barco havia algumas varas de pescar e um peixinho a ser usado como isca.

— Parece que estamos prontos para a pesca — prosseguiu o Camarada Kliwon.

Eles então foram em direção a alto-mar naquele luminoso domingo, sem que Alamanda se desse conta de que não poderiam estar de volta em casa antes do cair da noite. O Camarada Kliwon levou o barco para bem longe da praia, até que não mais podiam enxergar terra firme, e ao seu redor havia apenas o oceano, na forma de um círculo perfeito. Começando a ficar nervosa, Alamanda perguntou:

— Onde estamos?

— Num lugar onde um homem raptou uma garota que amava, muitos e muitos anos atrás — respondeu Kliwon.

Feita a enigmática declaração, o Camarada Kliwon deitou-se tranquilamente num dos assentos, olhando para as gaivotas que voavam no céu azul. Com o passar do tempo, Alamanda, que não estava acostumada a estar em pleno oceano, começou a tremer de frio. Suas roupas ainda estavam molhadas do mergulho. O Camarada Kliwon disse-lhe que tirasse a roupa para que ela secasse na cobertura do barco, pois o sol ainda brilhava e eles ficariam muito tempo no mar.

— Não fique pensando que pode me mandar tirar a roupa assim — disse Alamanda.

— Você que sabe, moça — disse ele.

Suas roupas também estavam bem molhadas, e assim ele começou a tirá-las, peça por peça, espalhando-as na cobertura do barco até que não restasse sobre seu corpo nem um pedacinho de tecido. O Camarada Kliwon estava agora completamente nu.

— O que está fazendo, seu idiota!?

— Você sabe perfeitamente o que estou fazendo.

Voltou a deitar-se no mesmo lugar de antes, os genitais pendurados sem qualquer indício de desejo, confundindo Alamanda. Depois de pensar por alguns minutos, ela chegou à conclusão de que talvez *devesse* tirar as roupas e estendê-las na cobertura, como ele. Ela ficaria nua, e, se o homem fosse tomado de desejo e partisse para cima dela, que fosse o que tivesse de ser.

— Não vou machucá-la — disse o Camarada Kliwon, como se estivesse lendo seus pensamentos. — Só a estou raptando.

Alamanda finalmente tirou a roupa. Sentou-se de costas para o Camarada Kliwon, abraçando os joelhos. Lá em cima no céu, talvez Deus e os anjos estivessem rindo dos dois: estúpidos seres humanos, nus mas sem fazer nada, exceto sentar calados o mais distante possível um do outro. Continuaram nesse impasse até o pôr do sol, quando começaram a ficar com fome. O Camarada Kliwon resolveu pescar e pegou alguns peixes-voadores, que tiveram de comer crus, pois não havia fogo. O Camarada Kliwon se acostumara com isso no tempo da amizade com os pescadores, e não teve problema, mas Alamanda recusou, preferindo ficar com fome. Ao cair da noite, não aguentando mais, também comeu peixe cru, sentindo ânsias de vômito.

— Você só sente o gosto enquanto o peixe estiver na boca — explicou o Camarada Kliwon. — Depois que descer para o estômago, vai-se sentir normal de novo.

— Exatamente como você só estará comigo enquanto estiver me raptando — retrucou Alamanda, afiada —, e quando voltarmos será de novo o mesmo sujeito patético de sempre.

— Talvez não voltemos para casa.

— Mais patético ainda — continuou Alamanda a provocar —, pois você não tem coragem de vir para cima de mim num lugar como este, sem ninguém como testemunha, e eu aqui nuazinha na sua frente.

O Camarada Kliwon limitou-se a rir, e voltou a comer o peixe cru. Sem conseguir fazer frente à provocação, Alamanda acabou tomando coragem de pegar outro pedaço do peixe para tentar de novo. Resistiu às ânsias de vômito, mastigando o menos possível, e logo tratou de engolir: e foi assim que conseguiu persistir.

Esse drama durou duas semanas enquanto seguiam à deriva no mar, sozinhos. Não encontraram mais nenhum pescador, pois Kliwon conduzira o barco deliberadamente por um canal muito profundo, pelo qual nenhum deles gostava de passar, pois era difícil encontrar peixes ali. O tempo permaneceu bom, sem sequer a ameaça de uma tempestade, mas dentro do barco algumas mudanças aconteceram.

Alamanda finalmente se acostumou a comer peixe cru, e no segundo dia até ajudou a pescar. No terceiro dia, os dois mergulharam no mar e saíram nadando juntos, rindo e se divertindo muito. Depois, tiraram a roupa e a puseram para secar na cobertura, sentando em lados opostos do barco: e, acreditem, não fizeram amor, mas à noite o Camarada Kliwon protegeu-a do vento frio cobrindo-a com o próprio corpo, e assim dormiram tranquilamente juntos. Começavam a se acostumar àquela estranha vida, e até a gostar dela, mas no décimo quarto dia Kliwon decidiu remar de volta para terra.

— Por que temos de voltar para casa? — perguntou Alamanda. — Podemos muito bem ficar aqui.

— Não era minha intenção raptá-la pelo resto da vida.

Remando, o Camarada Kliwon estava sentado ao lado da garota, mas ambos permaneciam calados. Pensavam ao mesmo tempo numa certa coisa, que, no entanto, apenas girava e girava em suas cabeças, e nenhum dos dois botou para fora ao longo de todo o retorno para casa. Até que finalmente, quando atracaram na praia, o Camarada Kliwon surpreendeu a garota com sua voz suave:

— Olhe, moça — disse ele —, eu gosto de você, mas, se não gostar de mim, tudo bem.

Meu Deus, este homem está sempre me surpreendendo. Não se pode prever nada do que ele faz; nem o livro do destino seria capaz de fazê-lo, pensou Alamanda. Ela não disse nada, embora, de coração, quisesse dizer, sim, também te amo.

Os dois ficaram em silêncio durante a viagem de volta para casa de bicicleta. Alamanda interpretava o silêncio dele como mágoa, por não lhe ter respondido, ao passo que Kliwon interpretava o silêncio dela como a timidez de uma mocinha hesitando em reagir ao amor de um homem. Alamanda estava preocupada, e queria que ele soubesse que não precisava ficar magoado e que ela o amava, e, assim, quando chegaram, começou a falar. Mas, antes mesmo que emitisse uma palavra, Kliwon foi cortando, e disse:

— Não precisa responder agora, moça. Pense primeiro!

Aquela semana passou cheia de dias felizes. Eles trabalhavam juntos no celeiro de cogumelos sem discutir nada, falando apenas de coisas agradáveis para ambos. Aonde quer que Kliwon fosse, Alamanda o seguia, e vice-versa, até que as pessoas que os viam começaram a achar que estavam namorando.

A novidade daquele relacionamento não era comentada apenas na fazenda de cogumelos, mas também pelos plantadores de arroz e pelos coletores de milho, até que o assunto começou a atravessar as paredes da cidade. Não gostando nada de ser assunto de tanta fofoca quando nem eles mesmos tinham formalmente reconhecido qualquer relacionamento, Alamanda certo dia finalmente disse ao Camarada Kliwon:

— Não sabe que eu o amo?

E imediatamente Kliwon respondeu com total segurança:

— Sim, todo mundo sabe.

Aquilo bastou para acabar com a reputação de ambos: o Camarada Kliwon não era mais um mulherengo, e Alamanda não era mais uma devoradora de homens.

Os dois deram prosseguimento ao romance durante cerca de um ano, até que o Camarada Kliwon ganhou do partido uma bolsa de estudos para voltar à universidade, e para isto teria de ir para Jacarta. A separação era tão dolorosa que Alamanda implorou:

— Me possua antes de ir embora.

— Não.

— Por que não? Já dormiu com quase todas as garotas de Halimunda e não quer transar com a sua namorada?

— Não, porque você é diferente.

Não havia o que demovesse o Camarada Kliwon, disposto a nem encostar a mão na garota.

— Só quando casarmos — dizia, como um jovem religioso.

Na semana que antecedeu sua partida, os dois não suportavam nem a ideia de se separar, e ficaram juntos da manhã à noite. Até que chegou o dia. Alamanda acompanhou Kliwon à ferroviária. Quando o trem estava pronto para a partida e soou o apito, Alamanda não se conteve e beijou o rapaz. Eles nunca tinham sequer roçado os lábios, mas agora se beijavam num ardente abraço debaixo da amendoeira. E é verdade o que as pessoas dizem: saíram chamas dos seus lábios. Eram beijos de despedida, uma despedida que se revelou extremamente dolorosa.

O trem começou a se mover, e os dois relutantemente separaram os lábios, enquanto todos na estação ficavam parados como estátuas, observando-os.

Daqui a cinco anos — disse o Camarada Kliwon —, vamos nos encontrar de novo debaixo dessa amendoeira.

E então saiu correndo e pulou no trem que começava a ganhar velocidade, enquanto Alamanda acenava com a mão vertendo lágrimas, parada no mesmo lugar sem se mover até perder de vista os vagões do trem.

E agora vamos ao próximo confronto, com o homem mais famoso de Halimunda no papel de contendor e vítima, o comandante do distrito militar que um dia tomou a frente da mais infernal rebelião contra os japoneses: Shodancho. Como um velho pescador que pega um enorme agulhão num dia calmo no mar, os sentimentos de Alamanda estavam em polvorosa só de pensar que poderia pegar uma presa daquele tamanho, talvez a maior da sua vida, e ela sempre haveria de se lembrar dos seus dias de conquistadora, passo a passo, até aquela primeira ofensiva na arena de luta de porcos. Sabia que o homem tinha sido seduzido por sua beleza na noite daquele evento, e ela precisara apenas puxar a isca para agarrá-lo.

Um ano se passara desde que Alamanda deixara de ser uma jovem sedutora que atraía homens só para destruí-los, assim como Kliwon não tinha mais olhos errantes. Eles se amavam, e a cada dia aquele amor se enraizara mais profundamente, até que juraram jamais trair um ao outro. Mas agora Kliwon fora para a capital para frequentar a universidade, e Alamanda se entediava. Não queria trair o amado, pois seu amor por ele ainda era enorme como as montanhas e profundo como o oceano; queria apenas divertir-se um pouco, como costumava fazer — flertando com os homens sem ter de amá-los.

O que ainda não percebera era que agora estava diante de um homem realmente ímpar, um homem que durante meses entrara para a clandestinidade para fugir do exército japonês, depois de uma rebelião durante a guerra, um homem que havia comandado cinco mil soldados numa batalha contra os holandeses, um homem que na época da agressão militar ganhara experiência em muitas ofensivas, um homem que por breve período fora comandante supremo e tinha muito mais condecorações do que qualquer outro soldado, e o único homem digno de confiança para dirigir uma cidade onde operações de contrabando em larga escala eram efetuadas por baixo do pano. Mais cedo ou mais tarde, Alamanda acabaria sabendo mais a respeito desse homem, mas, até a hora do arrependimento, não se deu conta de que Shodancho não era o tipo de presa com que se pode brincar assim distraidamente.

Exatamente como Alamanda imaginara que poderia acontecer, dias depois do encontro no concerto *orkes melayu*, Shodancho apareceu na sua casa. Estava sozinho, dirigindo seu jipe, e foi recebido pela mãe dela, o que o fez parecer um garoto metido chegando para o seu primeiro encontro romântico. Eles enveredaram por uma conversa sobre problemas da cidade, mas Alamanda sabia que ele não viera para isso, pois trouxera um buquê de flores, que lhe entregou, e ela levou para seu quarto e atirou pela janela no monte de lixo do quintal, para então voltar ao encontro da mãe e de Shodancho com um sorriso encantador.

E a coisa se prolongou por dias. Toda vez que aparecia, Shodancho trazia flores que imediatamente eram jogadas no lixo, embora o galanteador não soubesse. E não apenas flores; no terceiro dia, ele trouxe um urso panda de pelúcia que tinha encomendado diretamente da China, e depois trouxe um vaso de cerâmica, e, no dia seguinte, uma pilha de discos pop americanos, que Alamanda achou melhor não jogar fora.

Há um ano ela não entrava num jogo assim, e, orgulhosa de ver que sua capacidade de fazer os homens parecerem tolos e burros estava intacta, botou os discos para tocar e dançou sozinha no quarto, imaginando que dançava com o amado. Dançar com Kliwon ao som dos discos oferecidos por Shodancho era mesmo uma ideia bem divertida. Ela riu da imbecilidade daquele herói urbano, mas à noite sonhou que Kliwon sabia de tudo e ficou tão furioso que queria matá-la, e acordou sem ar debaixo de um cobertor úmido do seu suor frio. Praguejou por causa daquele pesadelo e tratou de se convencer de que não estava em absoluto traindo o amado, pois seu amor por ele não mudara nada.

No dia seguinte, recebeu uma carta do amado. Alamanda ficou um pouco nervosa, perguntando-se se não teria alguma ligação com o pesadelo. Entrou no quarto e se deitou, inicialmente sem coragem de abrir o envelope, achando que o sonho ruim poderia tornar-se realidade, até que sentiu a necessidade de saber o que dizia a carta.

No fim, sua preocupação não tinha o menor fundamento, não havia qualquer desconfiança nem consequência de espécie alguma. Kliwon dizia ter começado a frequentar a universidade, que seus estudos não eram difíceis como imaginara, e que estava tudo bem. Alamanda achava que aquele homem jamais teria qualquer dificuldade com o que empreendesse, e se encheu de orgulho de ter um amante tão inteligente. Ao ler que Kliwon se tornara fotógrafo ambulante e também trabalhava em meio expediente numa lavanderia, lágrimas lhe correram pelo rosto, e ela sussurrou que o futuro seria melhor para os dois. Beijou o papel da carta, ainda chorando, e caiu no sono com ela colada ao rosto.

Ao despertar, duas horas depois de um sonho lindo, no qual casava com o amado numa alegre cerimônia, lembrou que não chegara a ler a carta até o fim. Entre as suas páginas havia uma fotografia dele, com a explicação de que fora tirada por ele mesmo, de modo que se desculpava se a imagem não estivesse boa, ou se seu rosto parecesse ridículo.

Alamanda riu ao ver a foto e a beijou afetuosamente — oito vezes, mais três beijos de bônus —, apertou-a contra o peito, e, então, deixou-a de lado para acabar de ler o resto da carta, que não era muito interessante, pois Kliwon falava apenas de coisas do partido. Ela não estava interessada naquelas coisas e ficou feliz de ver que Kliwon não se estendia por mais de um parágrafo, até encerrar a carta com um pedido de que também lhe mandasse uma foto. Alamanda voltou a sorrir e disse em voz alta, como se ele ali estivesse à sua frente:

— Vou mandar para você, o cara mais bonito do mundo, uma foto da garota mais bonita do mundo.

Naquela tarde, Alamanda arrumou-se toda para ficar bem bonita e já se preparava para ir procurar o fotógrafo quando deu com Shodancho conversando com sua mãe na sala da frente, como sempre. Seu instinto de devoradora de homens rapidamente botou a cabecinha de fora, e ela sorriu docemente para Shodancho. Ele de repente perdeu o rebolado, achando que a garota se arrumara toda só para ele, e com seus botões endereçou orações da mais profunda gratidão ao senhor dos céus, quando, naquele exato momento, Alamanda disse que não poderia ficar conversando com eles porque estava indo ao estúdio de fotografia.

A garota viu Shodancho murchar de decepção (dando-se conta de que a maquiagem era para o fotógrafo, e não para ele), mas rapidamente se assenhoreou da situação, oferecendo-se para levá-la de carro. Alamanda não tinha pensado nessa hipótese, mas o que poderia haver de errado no fato de ele levá-la de carro até o fotógrafo, ou de ela tirar vantagem da disponibilidade de um otário para fazer um retrato para o amado? Ela voltou a sorrir e olhou para a mãe, visivelmente contrariada com o mau comportamento da filha.

E, assim, Shodancho levou Alamanda ao estúdio de fotografia que existia desde a época colonial, tendo pertencido inicialmente a um espião japonês, mas que agora estava nas mãos de um casal chinês. Ficou sentado na sala de espera em frente à vitrine e pediu à mulher do fotógrafo que mandasse imprimir duas cópias de cada foto, sem nada dizer à moça que ele acompanhava. A mulher do fotógrafo assentiu com a cabeça.

Enquanto isso, Alamanda entrava no estúdio com o fotógrafo. Foi fotografada inicialmente de pé em pose graciosa em frente a uma tela com a imagem de um lago de garças e tendo ao fundo montanhas azuladas, e, depois, sentada numa falsa rocha, sendo mais adiante a tela de fundo trocada por uma cena num rio com uma passarela e algumas árvores, e depois trocada de novo por uma estranha cena de inverno na China. O fotógrafo tirou dez fotos, e, quando ela foi pagar, constatou que Shodancho já o havia feito. Achou ótimo mandar sua foto ao amado com o dinheiro do sujeito, mas Shodancho tomou o fato de ter aceito a oferta como um bom sinal para o seu relacionamento.

O próprio Shodancho foi entregar as cópias quatro dias depois, alegando ter passado por acaso pelo estúdio. Alamanda recebeu-as com prazer, e logo tratou de voltar para o quarto, apreciando seus retratos. Escolheu quatro favoritas e começou a escrever uma carta ao amado, contando tudo sobre Shodancho e sua paspalhice, e admitindo francamente que parecia interessado nela. Assegurou ao amado que de modo algum estava interessada, que seus sentimentos continuavam os mesmos, e que amava só a ele, não tendo nem de longe a menor intenção de traí-lo. Se estava falando daquele homem, não era para deixá-lo com ciúme, mas para mostrar que não havia segredos entre eles. Alamanda tinha certeza de que Kliwon confiava nela, de modo que não havia problema em lhe contar sobre Shodancho. Espargiu um pouco de pó-de-arroz na carta, para seu amado sentir o perfume que costumava sentir em seu corpo, e até passou uma fina camada de batom nos lábios, pressionando-os contra o fim da carta, perto da assinatura, como um simbólico beijo de saudade. Botou a carta e as fotos num envelope e sorriu ao visualizar seu homem recebendo-o dentro de poucos dias.

Enquanto isso, Shodancho voltara para casa, perto do quartel militar, deitando-se com as fotos de Alamanda na mão e contemplando-as com um olhar pegajoso que parecia penetrar no papel. Depositou as fotos uma a uma sobre o peito nu, com a imagem para baixo, e cruzou as mãos por trás da cabeça.

Ficou sonhando acordado com a beleza da garota, seu corpo, e de repente estava perdido num desejo que praticamente explodia de impaciência, e as mãos novamente pegaram as fotos, acariciando o papel como se fosse o próprio corpo da garota, passando o dedo pelos seus contornos, e então se viu ainda mais transido de desejo, como um cão no cio, os olhos enevoados de anseio, enquanto os lábios começavam a murmurar o nome dela. Meia hora transcorreu nesse desconforto, até que as fotos que ele conseguira graças à conspiração secreta com a mulher do fotógrafo começaram a ficar sujas e engorduradas, e ele finalmente levantou e as guardou numa gaveta, vestiu o uniforme e saiu do quarto, caminhando na direção do soldado montando guarda na guarita da entrada do Comando do Distrito Militar de Halimunda.

— Boa tarde, Shodancho — disse o soldado.

— Onde ficam as prostitutas nesta cidade?

O cabo riu, e disse que havia muitas putas em Halimunda, mas apenas uma realmente boa, e lhe falou do bordel de Mama Kalong.

— Posso levá-lo lá esta noite, se quiser.

Shodancho apenas riu, não se surpreendendo com o fato de os subordinados saberem dos bordéis, e logo concordou:

— Iremos hoje mais tarde.

— Se é o que quer, Shodancho, claro que iremos.

E foi então que ele visitou o puteiro de Mama Kalong e dormiu com Dewi Ayu, e, no dia seguinte, Maman Gendeng, furioso, foi ao seu gabinete ameaçá-lo.

Após a visita do criminoso, Shodancho não demorou a entender que agora tinha um inimigo em Halimunda. Nos dias seguintes, seus homens saíram em busca de informações, e ele logo ficaria sabendo da reputação do sujeito e o seu nome: Maman Gendeng. Não havia qualquer motivo aparente para voltar ao bordel e fazer sexo de novo com Dewi Ayu, pois simplesmente não havia motivo para se envolver com aquele homem. Além do mais, frequentar um puteiro era algo realmente estúpido para um homem preocupado em impressionar sua possível futura esposa.

Ele agora estava tanto mais decidido a ter Alamanda, a única mulher que considerava criada exatamente para ele: uma mulher que seria fogosa na cama, elegante nas festas, encantadora em eventos públicos e altiva o suficiente para se postar a seu lado nas cerimônias militares. Mas ele não podia negar o mal-estar que sentira quando os homens que falavam da fama de Mama Kalong também falavam de Alamanda: uma jovem devoradora de homens que achava graça em vê-los de coração partido e sofrendo de amor não correspondido, obcecados com sua imagem. O único que conquistara seu coração era um jovem comunista conhecido como Camarada Kliwon.

— Mas ele foi para a capital estudar na universidade, e parece que o relacionamento acabou.

A informação pelo menos revelava que a garota fora conquistada uma vez e se apaixonara uma vez, o que o deixava algo aliviado. E era difícil acreditar que ela fosse tão audaciosa e grosseira a ponto de brincar com um homem que exercia poder absoluto na cidade — a menos, claro, que se tivesse apaixonado pela segunda vez, e Shodancho de longe preferia a segunda possibilidade.

Sua convicção seria reforçada certa tarde, durante sua visita, quando a garota notou um ponto descosido em seu uniforme. Disse Alamanda:

— Tem um fio solto no seu uniforme, Shodancho. Se não for incômodo, gostaria de costurá-lo.

Parecia tão incrivelmente meigo que seu coração foi ao sétimo céu. Ele rapidamente tirou a jaqueta, mostrando a camiseta, e entregou o uniforme a Alamanda, que o levou para a sala de costura. Foi acima de tudo esse incidente que o convenceu de que Alamanda correspondia ao seu afeto, como deveria. Agora ele precisava apenas falar mais seriamente do relacionamento: Shodancho esperava até que pudessem conversar sobre o casamento, queixando-se com seus botões da lentidão com que o tempo passava.

A oportunidade de abrir o coração veio numa luminosa tarde em que caminhavam juntos na floresta, numa excursão para encontrar as velhas rotas da guerrilha. O homem mostrou à mocinha a choupana onde vivera durante tantos anos, as cavernas onde se escondia e meditava, e os esconderijos de armas, morteiros, revólveres e pólvora abandonados. Mostrou-lhe também os fortes construídos pelos japoneses. Os dois ficaram então sentados contemplando o mar no terreno em frente à cabana do guerrilheiro, nas mesmas cadeiras e na mesma mesa de pedra onde se reunia com os comandados. Fazia calor e soprava do leste um vento agradável.

— Gostaria de tomar um pouco de suco de fruta aqui à beira-mar? — perguntou Shodancho.

E Alamanda respondeu:

— Sim, seria ótimo.

Na sua imaginação, um esconderijo de guerrilheiros seria algo muito mais assustador. Shodancho foi até o caminhão no qual haviam chegado e retornou com uma garrafa térmica.

Os escassos barcos de pesca que se haviam aventurado no mar naquele fim de tarde balançavam suavemente ao longe, como flores de lótus num lago. Havia neles dois ou três pescadores, voltados uns para os outros nos seus barcos. Não acenavam nem gritavam, simplesmente olhavam ao redor, conversando com os amigos.

Os pescadores usavam roupas espessas de manga comprida, com sarongues amarrados nos ombros, chapéus cônicos, e calçavam tênis, tudo para se proteger do cortante frio do oceano, que aos poucos os deixaria reumáticos na velhice. Shodancho comentou que no futuro os pescadores artesanais seriam extintos; grandes barcos pesqueiros capazes de uma pescaria equivalente à de cinquenta pescadores tomariam o lugar daqueles barcos tão pequenos e vulneráveis nas tempestades, e seus capitães nunca teriam de se preocupar com reumatismo. Alamanda respondeu apenas que os pescadores já eram íntimos do mar havia muito tempo para ter medo de tempestades ou reumatismo, e talvez não quisessem mais pescar além da cota necessária para cada dia — era o que ouvira de Kliwon.

Shodancho achou graça, e eles começaram a comentar os tipos de peixes bons para comer. Alamanda achava a garoupa o mais delicioso de todos, e Shodancho manifestou sua preferência pela lula, mas ela protestou, alegando que a lula não era realmente um peixe, pois não tem escamas nem barbatanas. Ouvindo isto, Shodancho riu de novo. Os dois se calaram por um momento, até que Shodancho verteu no copo vazio de Alamanda suco de fruta gelado da garrafa térmica que trouxera. Foi então que disse o que queria dizer, ou melhor, perguntou exatamente o que queria perguntar:

— Alamanda, acha que gostaria de ser minha esposa?

Alamanda não se surpreendeu nem um pouco. Já ouvira a mesma pergunta de tantos homens, em tantas diferentes variações, que, com o tempo, a pergunta perdera a capacidade de chocá-la — podia até adivinhar mais ou menos quando o sujeito a faria. Na sua experiência, havia sempre sinais de que um homem estava para confessar seu amor por uma mulher, embora os sinais fossem diferentes em cada um. Achava que as mulheres simplesmente sentiam essas coisas, especialmente se, como ela, já tivessem recusado 23 homens e aceitado o vigésimo quarto. Agora Alamanda maquinava como acertar no vigésimo quinto, numa febre de amor não correspondido.

Levantou-se e caminhou para a beira do penhasco, observando dois pescadores que remavam lentamente no barco, e então disse, sem olhar para Shodancho:

— Um homem e uma mulher precisam se amar para casar, Shodancho.

— E você não me ama?

— Já tenho namorado.

Pois então por que é que se arruma toda quando nos encontramos?, pensou Shodancho com seus botões, meio indignado. *E por que quis que a levasse ao estúdio de fotografia e me deixou olhar as fotos do seu corpo, e por que costurou o meu uniforme, se não era para me mostrar seu afeto?*

Shodancho repassou mentalmente a corte que lhe havia feito, tanto mais indignado por se dar conta de que a garota apenas brincava com ele o tempo todo. Culpou-se por tanto descuido, por ter esquecido que aquela era a mesma garota que tinha aprisionado os corações de tantos homens para em seguida descartá-los como objetos sem uso. Fora mesmo um tolo de pensar que ela não teria coragem de fazer a mesma coisa com um *shodancho* que havia liderado uma rebelião e era um herói na cidade, mas na verdade ela teve essa coragem, e aparentemente estava se divertindo muito.

Ficou ainda mais furioso ao vê-la calmamente sentar-se do outro lado da mesa para beber seu suco. E, quando afinal ela sorriu para ele, ele estava cego de raiva, mas ainda absolutamente contido. Finalmente, disse:

— O amor é como um diabo, mais aterrorizante do que satisfatório. Se não me ama, tudo bem, mas pelo menos faça amor comigo.

Que sujeito patético, pensou Alamanda. Olhou para o rosto de Shodancho, e por um minuto se perguntou por que de repente estava trêmulo e agitado, como se partido em dois, parecendo cada metade subir e descer independentemente da outra. Queria perguntar-lhe o que estava acontecendo com seu rosto, mas não menos inexplicavelmente não conseguia mover os lábios. De repente, começou a sentir o próprio corpo ondular, rezando para que não estivesse partido em dois, como o rosto de Shodancho. Mas era exatamente o que havia acontecido, quando ela olhou para a própria mão, ainda segurando o copo meio vazio de suco de fruta: agora sua mão se tinha dividido em dois, três, até quatro pedaços.

Ela ainda enxergava, mas tudo começava a ficar turvo quando Shodancho levantou e caminhou ao redor da mesa na sua direção, dizendo algo que ela não conseguia ouvir. Mas sentiu muito bem quando ele se postou a seu lado e acariciou suavemente seu rosto, tocando-lhe a pele e a ponta do nariz. Alamanda queria levantar e bater naquele homem por tanta ousadia, mas suas forças a haviam abandonado — e ela conseguiu apenas cambalear, tombando, débil, contra ele.

Sentiu as mãos do homem segurando com força seu corpo frágil, e de repente foi como se estivesse voando, e se perguntava se tinha morrido e sua alma estava a caminho do reino do céu. Mesmo com a visão cada vez mais turva, contudo, ela via que não estava absolutamente voando, e apenas continuava flutuando levemente, pois Shodancho a levantara e agora a carregava nos ombros fortes para tirá-la dali. Ei, para onde está me levando, tentou protestar, mas não saía som algum da sua boca. Shodancho levou-a para a cabana de guerrilheiro e Alamanda voou novamente quando ele a jogou na cama.

Lá estava ela deitada, começando a se dar conta do que de fato estava acontecendo. Temendo o que lhe poderia suceder, começou a resistir, mas suas forças ainda não haviam voltado. Sentia-se cada vez mais fraca, até que seu corpo e as mãos e até os pés pareciam presos à cama, e ela não conseguia mais mover um músculo sequer.

Quando Shodancho começou a desabotoar seu vestido, Alamanda sentia-se totalmente impotente e se entregou completamente, morta de ódio. Viu o homem tirando seu vestido e jogando-o na guarda da cama. Shodancho continuou agindo com fria calma, e, quando ela estava totalmente nua, seus dedos, com as pontas calosas de tanto carregar armas durante a guerra, marcados pelas feridas dos estilhaços de bombas dessa mesma época, começaram a deslizar lentamente sobre seu corpo, deixando-a com ânsias de vômito.

Shodancho disse algo que ela não conseguiu ouvir, e agora não eram apenas as pontas dos dedos que se moviam, mas as palmas das mãos, que agarraram seu corpo como se ele quisesse destruí-la. Shodancho apertava enlouquecido seus seios, fazendo Alamanda querer uivar; ele explorou tudo, abriu caminho entre as coxas e começou a beijá-la, deixando uma trilha de cuspe. Alamanda já não queria apenas uivar, queria cortar a própria garganta e morrer antes que aquele homem fizesse mais alguma coisa. Não saberia dizer há quanto tempo estava naquela situação, talvez meia hora, talvez uma hora, um dia, sete anos ou oito séculos, sabia apenas que Shodancho então se despiu também e se postou arrogante junto à cama.

Por um momento, o homem continuou massageando seu peito, e, depois, se atirou sobre o seu corpo, beijando-a na boca com nojentas mordidelas, e, sem mais perder tempo, penetrou-a. Alamanda ainda via seu rosto, que parecia uma bolha branca muito próxima dos seus olhos, sentindo a vagina dilacerada por sua selvageria. Começou a chorar, mas nem sabia se ainda era capaz de produzir lágrimas. A coisa parecia prolongar-se infindavelmente, por mais oito séculos inteiros. Sem mais forças para abrir os olhos, ela apenas sentia sua carne sendo asquerosamente maltratada. Até que perdeu a consciência, ou foi o que pensou ter acontecido, pois não sentia mais nada, mas talvez não quisesse sentir mais nada. Por fim, Shodancho largou-a e rolou para o lado do seu corpo, que desde o início permanecera na mesma posição: deitado de costas, nu, praticamente grudado na cama.

Shodancho estava deitado a seu lado, respirando cada vez mais fundo, e Alamanda pensou que adormecera. Jurou que, se naquele momento dispusesse de todas as suas forças, não hesitaria em lançar mão de uma faca e apunhalá-lo até que ele morresse enquanto dormia. Ou em detonar um morteiro em sua boca. Ou atirá-lo bem fundo no oceano com um canhão. Mas se enganava pensando que ele estava dormindo, pois agora Shodancho levantou-se e disse — e dessa vez ela conseguiu ouvi-lo:

— Se você só quer seduzir os homens e jogá-los fora como lixo imprestável, é uma pena mesmo que me tenha conhecido, Alamanda. Eu saio vitorioso de todas as guerras que combato, inclusive contra você.

Ela ouviu aquelas palavras cínicas e desdenhosas que furavam como um espinho, mas não conseguia dizer nada em resposta, limitando-se a olhar para Shodancho com a visão ainda desfocada, enquanto ele se levantava e juntava as roupas.

Ele então se vestiu e voltou a botar as roupas no corpo dela peça por peça, dizendo que estava na hora de saírem da selva e voltarem para casa. Agora, Alamanda estava vestida, e parecia que nada tinha acontecido. Mas ela nem de longe estava alerta como antes, ainda anestesiada pelo veneno secreto. Lembrava-se apenas de que tudo acontecera depois de beber aquele suco de fruta.

Mais uma vez se sentiu como se estivesse voando quando Shodancho tirou-a da cama. Dessa vez, ele não a botou nos ombros, carregando-a contra a cintura com os braços fortes, que em outros tempos tinham carregado um canhão e até um dos seus homens, ferido numa batalha contra os holandeses. Alamanda estava em seus braços enquanto ele se afastava da choupana em direção ao caminhão. Acomodou-a a seu lado e deu a partida no caminhão pela estrada poeirenta na selva escura e densa.

Shodancho levou a garota de volta para casa. Alamanda só conseguia lembrar daquele dia como um longo túnel de luz meio turva. Ao chegarem, Shodancho desceu do caminhão carregando o corpo de Alamanda, e foi recebido por Dewi Ayu, que o ajudou a levá-la para o quarto. Enquanto ela era colocada na cama, Dewi Ayu perguntou o que havia acontecido. Shodancho respondeu tranquilamente que não havia nada com que se preocupar:

— Está apenas enjoada da viagem.

— Ela está assim por que você devastou seu corpo sem autorização, Shodancho — retrucou Dewi Ayu, que, por experiência, era capaz de entender o que havia acontecido sem que ninguém precisasse explicar. — Mas não precisa se achar um homem de sorte só porque venceu esta batalha.

Alamanda ficou sozinha no quarto, e pela primeira vez sentiu lágrimas descendo pelas bochechas, enquanto tudo parecia ficar escuro e ela perdia a consciência.

9

Ao voltar a si no dia seguinte, a primeira coisa em que Alamanda pensou foi em Kliwon, e imediatamente se deu conta de que tudo acabara entre ela e seu amado.

Na época, Alamanda achou que fora amaldiçoada; talvez não lamentasse o que havia feito, e por causa disso talvez aceitasse o que lhe acontecera, mas ainda assim se achava vítima de uma maldição. Queria escrever ao amado uma carta que chegasse logo depois da carta com as fotos, contando o que havia acontecido, exceto a parte em que se descontrolara e começara a brincar com um homem com o qual não se devia brincar, nem a parte em que fora estuprada por Shodancho. Diria apenas que tinha dormido com ele. Estava envergonhada, mas a única coisa que de fato lamentava era que perderia seu amado, e, apesar de saber que Kliwon a aceitaria de qualquer jeito, de modo algum queria voltar a vê-lo. Ainda o amava, mas mentiria, dizendo que se apaixonara por Shodancho. Diria que estava abandonando o antigo amor para casar com a nova paixão. E pediria perdão. Escreveu a carta naquela mesma tarde e tratou de botá-la na caixa de correio assim que a enfiou num envelope selado.

Agora tinha de acertar as contas com Shodancho, vingar-se, e descobrir como dar vazão a sua ira sem chegar a apunhalá-lo. Assim, depois de enviar a carta a Kliwon, ela foi ao quartel-general, recebendo uma inesperada continência do soldado que montava guarda na guarita junto ao portão, e, exatamente como fizera Maman Gendeng certa vez ao chegar, foi direto ao gabinete de Shodancho, entrando sem bater. Ele estava sentado por trás da mesa, contemplando duas fotos de Alamanda que tinha numa das mãos, enquanto as oito outras estavam espalhadas na mesa. Quando Alamanda irrompeu, ele foi apanhado de surpresa e tentou esconder as fotos, mas ela fez um gesto, como quem diz nem precisa. A garota então postou-se diante de Shodancho com uma das mãos apoiada na mesa e a outra na cintura.

— Agora sei o que vocês, homens, queriam nessa guerra — foi dizendo, enquanto Shodancho olhava para ela com cara de pecador apaixonado. — E agora vai ter de casar comigo, embora nunca venha a amá-lo. Caso contrário, vou me matar depois de contar a todo mundo na cidade o que você fez comigo.

— Vou casar com você, Alamanda.

— Ótimo. Terá de cuidar sozinho da festa.

E saiu sem mais dizer.

Não se passou uma semana, e toda vez que as pessoas se encontravam o casamento era o assunto quente das conversas, especulando a respeito, tirando conclusões e fazendo piada. De qualquer maneira, os cidadãos de Halimunda já tinham se acostumado com praticamente tudo, de modo que não ficaram surpresos com a notícia. Alguns chegaram até a dizer com ares de autoridade que Alamanda e Shodancho formavam o casal mais perfeito que qualquer ser humano na face da Terra poderia jamais imaginar: uma garota linda, filha de uma respeitadíssima prostituta, casando com um antigo rebelde que já fora comandante supremo; o que poderia haver de melhor? Outros diziam que Shodancho era um partido melhor ainda do que o demagogo Kliwon, e Alamanda era inteligente o suficiente para sabê-lo.

Mas Kliwon tinha muitos amigos na cidade: eram os pescadores, pois, quando vivera entre eles, Kliwon os acompanhava no mar e os ajudava a puxar a rede na praia, recebendo como pagamento um saco plástico cheio de peixes, e os ajudava a remendar seus barcos e a consertar seus motores que sempre quebravam quando trabalhara na loja náutica; eram os lavradores, pois muitos agricultores nas imediações da cidade trabalhavam em terras alheias, exatamente como Kliwon fizera, e estavam por perto quando ele entretinha os amigos, falando das mais diversas coisas que saíam da sua mente brilhante, coisas de que nunca tinham ouvido falar nem sequer podiam imaginar; e eram as garotas que se haviam apaixonado por ele, ou que ainda estavam apaixonadas por ele, e, embora Kliwon tivesse abandonado cada uma delas quando saiu em busca de outra garota, elas não guardavam ressentimento e continuavam a amá-lo; eram seus antigos companheiros de brincadeira na infância, os amigos da natação e da caça aos pássaros, da busca de lenha e ervas para vender aos ricos, quando ainda eram bem pequenos; e todos eles ficaram chateados por Alamanda ter abandonado seu amigo para casar com Shodancho. Mas não podiam se meter na vida dela, e, além do mais, o fato de estar ou não de coração partido era única e exclusivamente problema pessoal de Kliwon.

E, assim, a notícia da festa de casamento, que segundo se dizia seria a mais animada comemoração jamais ocorrida ou que jamais ocorreria na cidade, rapidamente se estendeu de um recanto distante a outro, por toda a extensão coberta pelas aldeias espalhadas na área de Halimunda. Dizia-se que a comemoração seria animada por sete grupos de *dalang*, mestres titereiros que montariam um espetáculo contando todo o Mahabharata ao longo de sete noites, e que absolutamente todos os habitantes da cidade seriam convidados, e as pessoas diziam que a comida a ser servida seria bastante para alimentar a cidade inteira por sete gerações. Também haveria apresentações de *sintren*, *kuda lumping*, a dança do transe, e *orkes melayu*, projeção de filmes e, naturalmente, lutas de porcos.

Por fim, a notícia chegou a Kliwon, junto com a carta de Alamanda. Na véspera do casamento, quando as tendas já haviam sido montadas em frente à casa de Dewi Ayu e Alamanda se cuidava e enfeitava e preparava o corpo com a ajuda de conselheiros matrimoniais, Kliwon voltou para casa em Halimunda, de trem, com a raiva queimando em fogo brando no corpo todo, não apenas por ser a primeira vez em que era magoado e abandonado por uma mulher, mas por de fato amar Alamanda de todo o coração.

Em frente à estação, no lugar onde se tinham encontrado e beijado pela última vez, Kliwon cortou a amendoeira, observado por um corvo. Ninguém ousou interpor-se, em parte porque viam a fúria chamejando em seus olhos, mas, sobretudo, porque ele estava munido de um facão, de modo que nem os policiais que estavam por ali tiveram coragem de impedi-lo de derrubar a árvore, plantada para gerar sombra para que as pessoas pudessem descansar. Quando ela caiu, a multidão apenas recuou um ou dois passos para se proteger de galhos e ramos que saltassem longe, ao mesmo tempo se perguntando por que aquele homem descarregava toda a sua raiva e paixão numa pequena amendoeira que nunca fizera mal a ninguém.

Kliwon, enquanto isso, não parecia incomodado com o ajuntamento em frente à estação para observá-lo, e começou a arrancar os galhos e ramos e as folhas das árvores até que eles bloquearam o caminho que conduzia à plataforma, e, quando bateu o vento, as folhas formaram um redemoinho mais parecendo um sinistro furacão, mas nem os varredores de rua ousaram se interpor no seu caminho, limitando-se a olhá-lo para tentar descobrir se ficara completamente louco ou não.

Só um sujeito, que fora amigo de infância de Kliwon, teve coragem de perguntar o que ele estava fazendo com a árvore. Kliwon respondeu laconicamente, "Derrubando", e, depois disso, ninguém se arriscou a perguntar mais nada, e ele prosseguiu com seu trabalho.

Arrancados todos os galhos e folhas, ele começou a cortar a árvore em pedaços. Cortava os galhos maiores em dois ou quatro, de tal modo que em questão de minutos a lenha começou a se amontoar na calçada. Kliwon dirigiu-se ao balcão de bagagens e lá pegou um pedaço de corda grossa sem pedir a ninguém (embora, naturalmente, ninguém o impedisse), e com ela amarrou a lenha. Concluída toda essa operação, sem se dirigir às pessoas que persistiam no ajuntamento ao seu redor, botou o facão de volta no sarongue, apanhou o feixe de lenha e se afastou da estação.

O pessoal inicialmente fez menção de segui-lo, mas o amigo que havia falado com ele e de repente se deu conta do que estava acontecendo rapidamente tratou de advertir:

— Deixem que se vá.

E, no fim das contas, o que o amigo tinha desconfiado era exatamente o que estava acontecendo: Kliwon foi para a casa de Alamanda e a encontrou supervisionando os preparativos da festa. Ela ficou surpresa com sua chegada, e ainda mais por ver o homem que ainda amava tanto carregando um feixe de lenha, sabe-se lá para quê.

Por um momento, Alamanda quis saltar sobre ele, abraçá-lo e beijá-lo exatamente como fizera na estação, dizer-lhe que era a festa de casamento *deles*, e que era uma mentira que estivesse para casar com Shodancho. Mas, com a mesma rapidez, caiu em si e tentou parecer orgulhosa do casamento com Shodancho, tentou parecer uma garota altiva e presumida. Kliwon deixou a lenha cair do ombro no chão, levando Alamanda a saltar para trás para não ter os pés esmagados, e finalmente abriu a boca, dizendo:

— É aquela maldita amendoeira na qual prometemos que voltaríamos a nos encontrar. Vim oferecê-la a você, para ser usada como lenha na fogueira do seu casamento.

Alamanda fez um aceno com as mãos como se ordenasse que se fosse, e assim Kliwon partiu, sem lhe dizer como se sentira destruído por aquele gesto, atirado num turbilhão de ódio que tudo varria no seu caminho. Ele provavelmente não ficou sabendo que, ao dar as costas e desaparecer de sua vista, Alamanda correu para seu quarto e chorou, queimando as restantes fotos dela própria até se reduzirem a cinzas. Até o momento em que encontrou Shodancho no estrado da cerimônia de casamento na manhã seguinte, ela fez de tudo para esconder os indícios de uma noite inteira de lágrimas, mas sem êxito, e, assim, durante meses, e mesmo anos depois disso, o assunto seria comentado pelos moradores da cidade.

Kliwon desapareceu durante meses depois do episódio, ou pelo menos Alamanda não mais teve notícias suas, ou quem sabe simplesmente não queria mais ouvir falar dele. Presumiu que retornara à capital para concluir os estudos na universidade, ou para aderir à juventude comunista, quem sabe. Mas, na verdade, Kliwon não foi a lugar nenhum. Ficou em Halimunda, passando de uma a outra casa de amigos ou se escondendo na da mãe. Chegou inclusive a comparecer secretamente ao casamento de Alamanda. Cumprimentou Shodancho e Alamanda sob disfarce, sem que o casal se desse conta, e pôde perceber que ela passara a noite inteira chorando, sinal inegável de que estava casando contra a vontade, e prova incontestável de que escolhera um marido que não amava. Kliwon por sua vez não estava mais com raiva de Alamanda, apenas triste pelo destino da mulher que amava.

Mas ainda se perguntava o que a levara a casar com Shodancho, que conhecera poucas semanas antes, até ouvir um pescador dizer que certa tarde, já bem tarde, vira Shodancho saindo da floresta ao volante de um caminhão com Alamanda inconsciente a seu lado, e um outro pescador jurou ter visto do alto-mar Shodancho carregar Alamanda nos ombros para a cabana de guerrilheiro.

— Fico triste de saber o que aconteceu entre você e Alamanda — disse o pescador —, mas não aja precipitadamente. Ou então, se quiser se vingar, deixe-nos acompanhá-lo para ajudar.

— Não quero me vingar — respondeu Kliwon. — Esse homem sai vitorioso de todos os combates.

Kliwon voltou então para o mar com os amigos, como sempre fazia, e Alamanda enfrentou a farsa de uma noite de núpcias tensa e ansiosa. Ela drogara Shodancho com um sonífero, de modo que o homem imediatamente caiu roncando no colchão nupcial, todo amarelo de flores frescas e perfumadas lindamente dispostas. Exausta, Alamanda estendeu um colchão de palha no chão e ali dormiu, sem a menor vontade de deitar ao lado do marido, como costumam fazer as recém-casadas. Inesperadamente, contudo, Shodancho acordou nas primeiras horas da manhã e, olhando ao redor, constatou perplexo que sua noite de núpcias tinha passado, e sua esposa estava deitada no chão sobre um magro colchão de palha. Maldizendo-se ante tão imperdoável visão, Shodancho imediatamente inclinou-se, recolheu a mulher e a estendeu na cama.

Despertando, Alamanda viu Shodancho sorrindo e dizendo que seria um absurdo deixar passar a noite de núpcias sem fazerem nada, e quando ele se despiu completamente e se postou de pé a seu lado, ela deu-lhe as costas e propôs:

— E se eu lhe contar um conto de fadas antes de fazermos amor?

Shodancho riu e disse que era uma ideia interessante, e então subiu na cama e se aconchegou contra as costas da mulher, sentindo o perfume de seus cabelos e dizendo:

— Vamos, comece logo sua história, pois já estou muito a fim.

Alamanda então fez o possível para começar a desfiar sua narrativa, inventando uma história que dava voltas sem parar nem chegar a lugar nenhum, de modo que não restaria tempo para que fizessem amor — até o momento de morrerem, ou quem sabe até o fim do mundo. Enquanto Alamanda contava sua história, Shodancho explorava todo o seu corpo com as duas mãos, impaciente pelo fim da narrativa, embora não soubesse aonde a história chegaria. Começou a remexer nos botões do seu vestido, abrindo-os um a um. Alamanda tentou oferecer resistência enroscando-se como uma bolinha, mas as mãos fortes de Shodancho a reviraram com facilidade e a imobilizaram na cama, e ele rolou para cima dela. Alamanda o empurrou, conseguindo se desvencilhar, e disse:

— Ouça, Shodancho, vamos fazer amor quando minha história acabar.

Shodancho lançou um olhar irritado na sua direção, detectando um certo antagonismo naquele jogo, e disse que poderia ouvir a história *enquanto* fizessem amor.

— Mas nós combinamos, Shodancho — falou Alamanda —, que poderia casar comigo, mas eu nunca faria amor com você.

Shodancho ficou tão irritado que não se importava com mais nada, e começou a forçar violentamente o vestido da noiva, até que se rasgasse. Alamanda soltou um gritinho, mas ele logo a silenciou, puxando suas roupas. Quando parecia que Alamanda não mais opunha resistência e Shodancho tinha arrancado o vestido, ele gritou, surpreso:

— Caramba! O que você fez com a sua calcinha? — perguntou, olhando embasbacado para a calcinha de metal, trancada com um cadeado aparentemente sem fechadura para ser aberto.

Alamanda respondeu com misteriosa calma:

— É um traje antiterrorismo, Shodancho. Encomendei diretamente de um ferreiro e feiticeiro. Só pode ser aberto com um mantra que só eu conheço, e nunca jamais em tempo algum vou abri-lo para você, nem que o mundo venha abaixo.

Nessa noite, Shodancho tentou romper o cadeado com diversas ferramentas: experimentou forçá-lo com uma chave de fenda, bateu com prego e machado, e até deu um tiro de pistola, o que praticamente fez Alamanda desmaiar de medo. Mas nada adiantava para abrir o cadeado da roupa íntima de metal, e, por fim, entre o desejo e a raiva, ele só conseguiu ter relações com a mulher sem penetrá-la. Pela manhã, ele cortou levemente a ponta do dedo e pingou o sangue no lençol, em obediência ao consagrado símbolo que um casal em noite de núpcias devia mostrar à lavadeira.

Uma semana depois do casamento, quando só restavam da comemoração lixo e boatos, os recém-casados mudaram-se para a casa que Shodancho comprara, um legado da era colonial que já vinha com duas criadas e um jardineiro. Dewi Ayu é que lhes dissera que se mudassem, dando a impressão de que preferia que a visitassem o mais raramente possível, ou quem sabe até nunca mais aparecessem.

— Uma mulher casada não se mistura com putas — dissera a Alamanda.

Sua mãe estava sempre com a razão, e foi de coração pesado que Alamanda se mudou.

Durante todo esse tempo, cumprindo o prometido, Alamanda jamais tirou a roupa íntima de ferro. Era como se fosse um soldado medieval, sempre à espreita de um inimigo capaz de emboscar a qualquer momento com uma espada já meio cega, mas ainda assim fatal. O próprio Shodancho aparentemente desistira de abri-la, especialmente depois de consultar alguns feiticeiros. Todos davam de ombros, dizendo que não havia força nem espírito maligno capaz de aplacar a ira vingativa de uma mulher injuriada. Ele gastou muito dinheiro com essas consultas inúteis — não pelos conselhos propriamente, mas para calar a boca dos feiticeiros, para que a vergonha da família não viesse a ser comentada. E essa mesma vergonha fazia com que ele não pudesse pedir conselhos a ninguém sobre seus problemas sexuais.

Ele já tentara convencer a mulher a baixar a guarda em sua maldita obstinação, mas Alamanda, sem se render nem jamais tirar a calcinha de ferro, resolveu que tinha de dormir longe de Shodancho, como um casal à espera de que o tribunal decidisse o divórcio. Significava isto que Shodancho teria de dormir sozinho, abraçado ao travesseiro e rolando de um lado a outro em estado de miserável excitação. Alamanda disse-lhe uma vez — quem sabe, talvez, por pena ou simplesmente para se mostrar magnânima:

— Se não pode deixar de jeito nenhum de cuspir o conteúdo das suas bolas, pode procurar uma prostituta. Não ficarei zangada; na verdade, vou até ficar feliz por você.

Mas Shodancho recusou-se a fazer o que a mulher recomendava. Não por achar que pudesse superar seu desejo, nem por não estar interessado em putas, mas porque queria mostrar-lhe que era profundamente fiel, como era altruísta seu amor por ela, na esperança de que depois de algum tempo o coração da esposa acabaria cedendo ao seu doce e irrepreensível comportamento.

Mas Alamanda não dava o menor sinal de ceder, e só tirava a calcinha de ferro nos breves momentos em que se trancava no banheiro para urinar e se banhar, continuando depois a mantê-la bem fechada, juntamente com seu mantra secreto, escondido com toda a segurança na própria boca, aonde quer que fosse.

Shodancho esperava que a mulher acabasse dizendo o mantra em voz alta por distração na sua presença, mas esperou em vão, pois ela nem sequer o murmurou jamais durante o sono. A única coisa que Shodancho podia fazer era aceitar o seu destino, e também o fato de que nunca mais voltaria a fazer amor com uma mulher, eternamente limitado a essas sessões de emergência com o travesseiro em sua cama solitária. Em outras ocasiões, quando não aguentava mais aquele jogo enlouquecedor, corria para o banheiro e descarregava o conteúdo das bolas no vaso.

Nesse período, ele tentava se distrair voltando novamente a atenção para o contrabando que havia anos vinha administrando com o amigo Bendo. Eles tinham comprado um grande barco pesqueiro, seu único negócio que era legal. Também retomou o velho hobby da criação e domesticação de cães selvagens. Passado um ano, os cães estavam aptos a ajudar os agricultores a expulsar porcos invasores. Mas todo aquele ano se passara sem que os recém-casados fizessem amor, e as pessoas começavam a comentar. Tinham o descaramento de jurar, cheios de convicção, que Shodancho e Alamanda nem uma única vez tinham tido relações, o que era comprovado pelo fato de Alamanda ainda não dar sinais de gravidez.

Entre a garotada, havia quem especulasse que, se Shodancho não era impotente, talvez fosse estéril, enquanto outros ousavam afirmar que ele fora castrado pelos japoneses durante a guerra. Essa história absurda passou da boca de um garoto aos ouvidos de outro, logo sendo entreouvida por adultos que nela acreditaram e espalharam ainda mais o boato.

Ninguém teve a ideia de fazer outras especulações, como sobre o fato de o apressado casamento não ter sido de modo algum baseado no amor, pois, apesar das secretas mágoas na intimidade, o par sempre apresentava em público uma fachada conveniente, parecendo marido e mulher que realmente se amavam. Frequentavam festas juntos e algumas vezes eram vistos caminhando de mãos dadas à tarde ou indo ao cinema nas noites de sábado. As pessoas facilmente caíam em mal-entendidos vendo a harmonia de um casal assim. Alamanda parecia sempre alegre, e Shodancho, sempre pronto a mimá-la, de modo que o único motivo do fato de se ter passado um ano e ela não estar grávida *só podia* ser que um dos dois era estéril.

— É mesmo uma pena, parecia um casamento perfeito — comentou finalmente alguém.

A única pessoa que não estava nem aí para toda aquela fofoca era Alamanda. Como se realmente não desse a mínima para o assunto, ou o achasse divertido, quando não tinha de acompanhar Shodancho em nenhuma cerimônia ela passava o tempo livre lendo romances. Esses livros, na verdade, é que lhe tinham ensinado a desempenhar em público o papel de uma esposa feliz. E não o fazia apenas para preservar a imagem do marido, mas também para preservar a própria imagem, pois não queria que ninguém soubesse que se casara com um homem que não amava. Não queria que ninguém tivesse pena dela.

Aparentemente, os ouvidos de Shodancho foram os últimos ao quais chegou a desagradável fofoca da sua impotência e possível castração, originalmente saída da boca daqueles garotinhos enxeridos, e que tinha ido tão longe que eles pararam de brincar de guerra, equivocadamente deduzindo que os soldados eram castrados. Ao tomar conhecimento, Shodancho ficou absolutamente confuso, mergulhando numa mistura de humilhação, raiva e desamparo. À parte o problema sexual com a mulher, ele achava que o casamento ia muito bem. Alamanda mostrava-se a esposa cordial que deveria ser, e ele não se importava tanto assim com o fato de estar fingindo. Mas não podia continuar atirando as sementes dos seus bebês para sempre no vaso sanitário, e finalmente lhe caiu a ficha de que um ano inteiro se passara e ele ainda não conseguira romper aquela maldita calcinha de ferro.

Assim foi que, certa noite, depois de muitos meses dormindo em camas separadas, Shodancho entrou no quarto onde Alamanda dormia e deu com a mulher vestindo o pijama. Fechou a porta, trancou-a e então se aproximou de Alamanda, que olhou para ele desconfiada e levou a mão à calcinha para se certificar de que a proteção de ferro continuava no lugar. Shodancho disse então à mulher:

— Faça amor comigo, querida.

Era a voz de um infeliz.

Alamanda sacudiu a cabeça e deu-lhe as costas para ir para a cama. Shodancho agarrou-a por trás e rasgou seu pijama. Antes que ela pudesse reagir, ele já a jogara na cama, tirara suas roupas e rapidamente saltou sobre ela. Alamanda resistiu, empurrando-o com todas as forças, mas Shodancho a segurava firme, beijando-a selvagemente e apertando seus seios, tomado de desejo.

— Você está me estuprando, Shodancho! — gritou ela, tentando escapulir para o lado.

Mas Shodancho não a largava, explorando e apertando cada região do seu corpo.

— Shodancho, satã maldito, seu demônio, seu imbecil, tente me estuprar e sua espada vai se quebrar contra o meu escudo de ferro! — disse ela finalmente, sem mais resistir e deixando que a acariciasse em vão.

Shodancho agora se movimentava com mais liberdade, querendo achar que estava fazendo amor de verdade com a esposa, até que sua arma arremessou esperma pela superfície da placa de metal que protegia seu sexo. Ele rolou para o lado resfolegando, com gotas de suor brilhando em todo o corpo. Ficou totalmente calado por um momento, enquanto Alamanda saboreava sua idiotice, feliz pela vitória e a vingança. Ele olhou furioso para sua calcinha, com uma dor insuportável nas pernas por causa das repetidas pancadas contra o ferro. Fazendo caretas, sentou na beira da cama e começou a chorar as lágrimas patéticas de um homem de coração partido, dizendo:

— Por mais que faça isto com você, nunca ficará grávida. Sua vagina e seu útero são amaldiçoados.

Levantou, vestiu-se e saiu do quarto da mulher.

Mas Alamanda estava enganada se achava que Shodancho desistiria, submetendo-se ao castigo que preparara para ele. Certo dia, estando ela completamente nua no banheiro bem trancado, com a calcinha de ferro na beira da banheira, ouviu um tremendo estrondo contra a porta, e Shodancho entrou pelo buraco que se abriu. Antes que ela sequer pudesse tentar alcançar a calcinha de ferro, Shodancho já as tinha na mão. Ela gritou como uma tigresa ferida, mas Shodancho jogou-a nos ombros, exatamente como havia carregado seu corpo inerme pela selva onde combateu a guerra. Levou-a para fora do banheiro enquanto ela se debatia, socando suas costas. Duas criadas espiavam a cena por uma fenda na porta da cozinha, tremendo de medo.

Shodancho levou Alamanda para o seu quarto, aquele que esperava seria o quarto de ambos, e a jogou na cama, em seguida trancando a porta.

— Você é um desgraçado, Shodancho — disse Alamanda, pondo-se de pé na cama e recuando para a parede. — Como é que tem coragem de violentar a própria esposa!?

Shodancho não respondeu, apenas tirou a roupa e encarou Alamanda com a cara de cão no cio. Vendo-o assim, ela sentiu que estava em perigo, e se apertou ainda mais contra a parede, mas Shodancho rapidamente se apropriou dela, atirou-a na cama, e se jogou em cima dela.

Minuto a minuto, eles entraram em batalha, a batalha de um homem que precisa liberar o desejo e de uma mulher que arranha e grita para se proteger de um amor que de modo algum quer consumar. Alamanda apertou as coxas, mas Shodancho rompeu à força sua última defesa com o poderoso joelho, e o que tinha de acontecer aconteceu. Shodancho estuprou a própria mulher, até o fim da exaustiva batalha, quando ela soluçou:

— Vá para o inferno, seu satã estuprador! — E desmaiou.

Shodancho acabou com dois arranhões no rosto, e Alamanda, com uma dor horrível na virilha.

Ela não sabia quanto tempo ficara inconsciente, mas, ao voltar a si, ainda estava deitada de costas, nua. Tinha as mãos e os pés amarrados nas extremidades da cama. Alamanda tentou forçar as cordas, mas estavam tão fortemente presas que qualquer movimento servia apenas para machucar ainda mais seus punhos e tornozelos.

— Seu demônio estuprador, o que foi que fez? — perguntou, irada, ao vê-lo de pé junto à cama, completamente vestido. — Se está precisando de um buraco para meter o pau, qualquer vaca ou cabra tem.

Pela primeira vez desde que a raptara do banheiro, Shodancho sorriu e disse:

— Agora posso fazer sexo com você quando quiser!

Ouvindo isto, Alamanda proferiu insultos e praguejou, ainda se debatendo nas cordas quando Shodancho deu as costas e se foi.

Nesse dia, Shodancho encontrou um carpinteiro para consertar a porta do banheiro destruída, e jogou a roupa íntima de ferro de Alamanda no poço. Com olhar assustador, advertiu às duas criadas que jamais contassem a ninguém o que haviam visto. Enquanto isso, Alamanda foi esmorecendo depois de tentar muito se libertar, chorando sem parar, com gritos de dar dó. Shodancho voltava constantemente ao quarto onde ela era mantida cativa, fazendo amor com a mulher como se fossem recém-casados de verdade, mais ou menos a intervalos de duas horas e meia sem cansar. Estava feliz como uma criança com brinquedo novo, e, quanto mais a coisa se prolongava, menos a resistência de Alamanda servia para alguma coisa.

— Mesmo se eu morresse, esse indivíduo continuaria fodendo meu túmulo — disse Alamanda, derrotada.

Assim, ela passou o dia inteiro amarrada na cama, estuprada continuamente. Até que, à tarde, Shodancho chegou com uma tina cheia de água quente e uma toalha molhada, passando a acariciar o corpo da esposa com todo cuidado e ternura, como se tivesse nas mãos um frágil e caro vaso de cerâmica. Voltou então a fazer sexo com ela, e em seguida de novo a banhou, o que se prolongou por um bom tempo. Alamanda não se deixou tocar no coração pelos atenciosos cuidados de Shodancho e, quando ele lhe trouxe o almoço, fechou a boca bem apertada e, como ele tentasse abri-la à força, conseguindo introduzir algum arroz, ela o cuspiu imediatamente, atingindo o rosto dele em cheio.

— Trate de comer, pois não quero fazer amor com um cadáver — disse Shodancho.

E ela devolveu:

— Para mim é muito pior fazer amor com um ser humano vivo como você.

Mas que loucura, pensou Shodancho, continuando a tentar convencê-la. Alamanda recusava-se a comer se não fosse solta e não recuperasse sua roupa íntima de ferro, mas Shodancho negava-se a atendê-la. Esforçando-se por se sentir melhor, ele pensava com seus botões que a determinação dela tinha limite. Depois de passar a noite sofrendo com as contorções do estômago vazio, na manhã seguinte ela provavelmente estaria pronta para aceitar a comida.

Pensando assim, Shodancho levou de volta o almoço da esposa para a cozinha e comeu sozinho à mesa. Ao entardecer, sentou na varanda desfrutando da brisa e das pombas-rolas que lhes tinham sido dadas de presente de casamento. Os pássaros saltavam sem parar nas gaiolas penduradas no teto. Ele também se deliciou com o brilho das lâmpadas e o cigarro de cravo-da-índia que fumava com grande prazer, rememorando seu vitorioso dia. Finalmente sabia como era fazer amor com a esposa, pois, embora tivesse estuprado Alamanda uma outra vez anteriormente, fora antes do casamento.

Em tardes assim, ele costumava sentar na varanda da frente com Alamanda. Muitas pessoas tinham notado esse hábito, de modo que, ao passarem e cumprimentá-lo, "Boa tarde, Shodancho", também perguntavam: "Onde está a dona da casa?", Shodancho respondia boa tarde e explicava que a esposa não se sentia bem e estava deitada. Aquilo o fazia sentir sua falta, e, assim, quando restava apenas uma pontinha do cigarro para fumar, atirou a guimba no quintal e foi ao encontro da mulher.

Encontrou-a exatamente como estava antes, estirada na cama de costas, mas aparentemente ela caíra no sono. Só Deus sabe se Shodancho então se transformou momentaneamente num bom marido, pois cobriu a esposa com um cobertor, para protegê-la do ar frio e dos mosquitos, mas no fim das contas não conseguiu atravessar a noite sem voltar a estuprá-la, duas vezes: primeiro às 23h40, e de novo às 3h da manhã, antes do cantar do primeiro galo.

Finalmente amanheceu, e Shodancho surgiu de novo no quarto onde a mulher ainda estava estirada por baixo de um cobertor com pés e mãos amarrados. Para o desjejum, trazia-lhe arroz frito com um ovo estalado por cima e tomate em fatias ao lado, além de um copo cheio de achocolatado. Alamanda acordou e olhou com tristeza para ele, numa mistura de ódio e nojo.

— Aqui está, para você comer — disse Shodancho de um jeito amistoso, e prosseguiu, com o sorriso sincero de um marido para a esposa. — Fazer amor sempre dá fome.

Alamanda devolveu o sorriso, não com seu habitual jeito encantador, mas num esgar de desprezo e repulsa. Olhava para ele como se estivesse diante do demônio encarnado que imaginava desde menininha. Não tinha chifres nem presas, e os olhos estavam apenas um pouco avermelhados por ter dormido pouco, mas ela continuava convencida de que seu marido era o diabo.

— Vá para o inferno com seu maldito café da manhã — disse ela.
— Ora vamos, amorzinho, se não comer, vai morrer — respondeu ele.
— Sim, acho que seria melhor.

E foi o que aconteceu: Alamanda caiu com febre à tarde, uma palidez mortal no rosto, a temperatura cada vez mais alta, calafrios. Shodancho não voltou a estuprá-la nem uma única vez nesse dia, talvez porque estivesse exausto, ou quem sabe por finalmente estar satisfeito, ou, ainda, para melhorar o relacionamento com a esposa e convencê-la a comer. A essa altura, Alamanda já recusava o que quer que fosse, não apenas arroz, nem mesmo bebia, e foi o que finalmente a fez cair realmente doente, entrando em delírio, mas, ainda assim, continuando a amaldiçoá-lo.

Shodancho entrou em pânico com o agravamento do estado da mulher, insistindo em convencê-la a comer, nem que fosse apenas uma tigela de mingau, e continuando a enfrentar sua recusa. Além do mais, o corpo de Alamanda, que inicialmente apenas tremia, era agora sacudido por violentos estremecimentos, como se ela estivesse morrendo, e, no entanto, ela suportava tudo aquilo com extraordinária calma, como se estivesse pronta para enfrentar até o mais pavoroso fim. Shodancho tentava abaixar a febre com compressas frias em sua testa. Um vapor subia da toalha molhada, mas o calor de sua febre aparentemente não cedia.

Por fim, Shodancho tomou a decisão de desamarrar a mulher, mas Alamanda continuou deitada ali, embora agora pudesse levantar-se e sair correndo. Nem tampouco resistiu quando o marido a vestiu para tirá-la do quarto. Alamanda não entendia mais o que estava acontecendo, e já nem fazia perguntas, pendurada no ombro de Shodancho. Embora ela nem fosse capaz de ouvir, ele apressou-se a dizer-lhe:

— Realmente não quero que você vire um cadáver, de modo que estamos indo para o hospital.

Shodancho achava que a mulher precisaria apenas de uma injeção de vitaminas e quem sabe uma pequena infusão intravenosa lenta, mas Alamanda acabou passando duas semanas no hospital. Diariamente ele ia a seu quarto dizer o quanto lamentava tê-la tratado daquela maneira. Alamanda não se mostrava mais hostil. Aceitava o mingau que as enfermeiras lhe levavam à boca (embora continuasse a rejeitá-lo quando era servido por Shodancho), e assentia com a cabeça quando o marido jurava que nunca mais voltaria a fazê-lo. Mas não acreditava em uma única palavra do seu arrependimento.

No décimo quarto dia, depois da visita do médico, que assegurou que ela podia ser levada de volta para casa, Shodancho foi ao seu encontro no corredor do hospital. O médico o recebeu com um "Bom dia, Shodancho", ele respondeu "Boa tarde, doutor". Em seguida, o médico o convidou a sentar com ele na cantina para falar de Alamanda.

— Há alguma coisa muito séria com minha mulher, doutor? — perguntou Shodancho enquanto o médico pedia o almoço. Só quando chegou a refeição é que ele sacudiu a cabeça e respondeu:

— Não existe doença séria quando se conhece a maneira correta de tratá-la.

E começou a comer, como se quisesse intensificar a expectativa do drama que estava para desvendar, esperando pacientemente. Enquanto fumava um cigarro, pois o refeitório era o único lugar de todo o hospital no qual podia fazê-lo, ele ainda estava preocupado com a esposa e com a possibilidade de ser o culpado de tudo aquilo, preocupação de que era acometido desde o dia em que o médico dera o diagnóstico de desidratação e úlcera, dizendo que Alamanda apresentava sintomas de tifo. Acrescentara que ele não precisava se preocupar, Alamanda tinha apenas de repousar, comer só mingau, evitar quaisquer outros tipos de alimentos, beber muita água e tomar antibióticos, e o vírus haveria de morrer por si só em não mais do que duas semanas. Mas, apesar da atitude tranquilizadora do médico, Shodancho continuava preocupado, sabendo perfeitamente que não suportaria se Alamanda viesse a morrer, deixando-o sozinho, mesmo ciente que nunca o havia amado nem haveria de amá-lo.

— Mas se eu lhe der a boa notícia, Shodancho, você paga meu almoço? — perguntou finalmente o médico, ao concluir a refeição.

— Diga, doutor, o que está acontecendo com minha mulher?

— Tenho muita experiência neste tipo de diagnóstico, de modo que pode escrever o que estou dizendo: você terá um filho, Shodancho! Sua mulher está grávida.

Ele ficou calado por um momento.

— A questão é: quem a engravidou?

Claro que ele não disse realmente isto.

— De quantos meses? — perguntou Shodancho, não parecendo nada feliz, com a expressão lívida e as mãos tremendo em cima da mesa.

Imagens horríveis varavam sua mente, imaginando Alamanda fazendo sexo às escondidas com quem bem quisesse, um velho namorado ou uma nova conquista, vingando-se por ter sido obrigada a casar com um homem que não amava.

— O quê, Shodancho?

— Há quantos meses minha mulher está grávida, doutor?

— Duas semanas.

Shodancho relaxou no encosto da cadeira soltando uma longa expiração, completamente aliviado. Pegou um lenço e enxugou as gotas de suor frio que tinham começado a brilhar na testa. Depois de ficar calado por um longo momento, começou a sorrir, e então a parecer feliz da vida, até que finalmente disse:

— Vou pagar o seu almoço, doutor.

Então ele teria um filho, provando que eram completamente falsos os boatos de que nunca tinha feito amor com a mulher, de que era impotente e de que fora castrado. Os dois foram ao encontro de Alamanda, que parecia suficientemente recuperada para voltar para casa. O médico dissera-lhe que poderia comer algo um pouco mais substancial do que mingau de arroz, o que quisesse, e ela já apresentava uma expressão renovada. Começou inclusive a se mexer um pouco na cama.

Quando o médico se retirou para providenciar a alta, Shodancho disse à mulher:

— Você se recuperou, querida.

Alamanda respondeu, sem expressão:

— Então agora já estou saudável para excitá-lo.

Sem se deixar abalar por sua frieza, Shodancho sentou na beira da cama e botou a mão na perna da esposa, que se mantinha absolutamente imóvel, olhando para o teto.

— O médico me disse que vamos ter um filho. Você está grávida, querida — prosseguiu Shodancho, na esperança de compartilhar sua felicidade.

Mas Alamanda o surpreendeu com sua resposta:

— Eu sei, vou abortar.

— Não, querida! — implorou Shodancho. — Tenha esta criança, e juro que nunca mais voltarei a fazer algo assim.

— Tudo bem, Shodancho — respondeu ela. — Mas, se ousar alguma vez encostar a mão em mim, não hesitarei em matar esse bebê.

A rapidez com que Shodancho tirou a mão da perna de Alamanda fez com que ela tivesse vontade de rir, pelo ridículo. Shodancho reiterou sua promessa de jamais voltar a se impor a ela da maneira que fosse, mesmo que não estivesse usando a calcinha de ferro. E foi o que aconteceu: Alamanda parou de usar a roupa íntima de ferro, não só porque Shodancho a tivesse jogado no poço, mas também porque confiava em que ele cumpriria a palavra. Ter um filho era mais importante do que qualquer coisa para um homem com um ego como o de Shodancho, e Alamanda dizia que, mesmo que já estivesse com sete ou oito ou até nove meses de gravidez, abortaria se ele a obrigasse a satisfazer sua vil luxúria, ainda que morresse por isso. Que ficasse claro, portanto, que não parou de usar a calcinha de ferro por ter mudado de ideia. Jurara que jamais haveria de amá-lo, e, portanto, jamais se entregaria a ele. E, Deus do céu, realmente não o amava.

A volta de Alamanda foi alegremente comemorada pelos amigos e a família, e, assim que a feliz notícia da gravidez chegou aos recantos mais distantes da cidade, Shodancho organizou uma pequena cerimônia de ação de graças. A população da cidade debatia o assunto em cada bar, como se estivesse esperando o nascimento de um príncipe herdeiro, quase sempre em tom exaltado — exceto no caso de Kliwon e de seus amigos pescadores.

Kliwon chegou a dizer, ríspido:

— Ela é uma puta.

Os amigos ficaram chocados ao ouvi-lo dizer uma coisa assim de uma mulher que amara tanto, mas ele acrescentou, tranquilamente:

— Uma puta faz amor por dinheiro; portanto, que se pode dizer de uma mulher que casa por dinheiro ou status social? Que é mais do que uma puta, é uma princesa das putas.

Não havia raiva em seu comentário, como se estivesse apenas repetindo uma verdade bem sabida.

E, se havia alguma amargura no coração de Kliwon em relação àquela família, e especialmente a Shodancho, não seria, claro, por lhe ter sido tirada abruptamente a amada. Como homem de verdade, ele estava sempre preparado para ser abandonado pela mulher amada. O que de fato o deixava ressentido em tudo aquilo com Shodancho eram os dois enormes barcos pesqueiros do sujeito. Eles tinham mudado a face do litoral de Halimunda. Agora flutuavam no mar e lançavam suas redes. Trabalhadores iam e vinham nos seus conveses, e peões carregavam a carga para o mercado. Os dois barcos também tinham mudado a vida dos pescadores, agora mortos de preocupação porque o peixe escasseava. Eles não tinham como competir com os equipamentos dessas embarcações, e, ainda que pegassem algum peixe, o preço tinha caído com a saturação do mercado provocada pelos novos pesqueiros.

Foi quando Kliwon, por instrução do Partido Comunista, decidiu fundar um sindicato de pescadores e começou a explicar aos amigos o que acontecia com as duas embarcações e os barcos dos pescadores:

— Não é apenas concorrência desleal, eles capturam nossos peixes.

Muitos achavam que poderiam resistir queimando os barcos de Shodancho, mas o Camarada Kliwon (como passou a ser chamado) tentou acalmá-los, dizendo que não podia haver nada pior do que ações anarquistas, e explicou:

— Preciso de certo tempo para conversar com Shodancho, o dono das duas embarcações.

O Camarada Kliwon escolheu o momento em que a notícia da gravidez de Alamanda se tornara um segredo de polichinelo na cidade. Esperava que, de bom humor, Shodancho pudesse ser levado a negociar. Encontrou-o certa tarde no escritório do distrito militar, eximindo-se deliberadamente de visitá-lo em casa para não se encontrar com Alamanda nem perturbar a felicidade do casal à espera do primeiro filho.

— Boa tarde, Shodancho — disse o Camarada Kliwon quando se encontraram e apertaram as mãos. Shodancho serviu-lhe uma xícara de café, e de fato parecia bem feliz, com um comportamento inusitadamente cordial.

— Boa tarde, Camarada. Fiquei sabendo que agora está à frente do Sindicato de Pescadores, e também ouvi dizer que os pescadores estão se queixando dos meus barcos.

— Exatamente, Shodancho — respondeu o Camarada Kliwon, falando das queixas dos pescadores sobre a escassez de peixes e a queda dos preços. Shodancho falou então do avanço de uma nova era, na qual o uso de embarcações maiores era inevitável. Só com esses barcos os pescadores não seriam mais vítimas de reumatismo na idade avançada. Só com eles suas mulheres teriam certeza de que não seriam tragados por uma tempestade no mar. Só com eles a pesca poderia ser mais abundante para atender às necessidades de todos, e não apenas das pessoas que viviam ali em Halimunda.

— Há anos, Shodancho, pescamos apenas as quantidades necessárias para cada dia, com apenas uma pequena margem de estocagem para as grandes tempestades. E durante anos fomos capazes de sobreviver; nunca fomos ricos, mas tampouco éramos pobres. Mas agora você está mergulhando os pescadores em terrível pobreza; você e seus barcos capturaram os peixes que eles costumavam pegar, e, quando ainda conseguem pescar alguns, não têm mais valor no mercado, e são obrigados a salgá-los para sua própria alimentação.

— Acho que vocês se esqueceram de fazer o ritual de atirar a cabeça de vaca, e por isso a rainha dos mares do Sul não compartilha mais os peixes com vocês — respondeu Shodancho com uma risada, bebendo seu café e fumando seu cigarro de cravo-da-índia.

— Certo, Shodancho, não fizemos o ritual porque nem temos mais dinheiro para comprar uma vaca que seja! Não vá provocar a raiva dessa gente pobre, pois ninguém sai vitorioso diante de um homem faminto e raivoso.

— Está me ameaçando, Camarada? — perguntou Shodancho com outra risada. — Pois, muito bem, vou pagar por uma cerimônia no mar e vamos jogar uma cabeça de vaca para essa rainha mesquinha, como sinal de gratidão pelo meu primeiro filho. Mas nessa questão com os pescadores tenho apenas uma solução: vou comprar um terceiro barco e permitir que trabalhem no convés, com um salário e a garantia de que não terão reumatismo nem serão ameaçados pelas tempestades. Que tal, Camarada?

— Seria melhor agir com bom senso, Shodancho — retrucou o Camarada Kliwon, despedindo-se de Shodancho, que queria apenas ficar girando em círculos, sem qualquer intenção de desativar seus barcos.

O novo barco pesqueiro de fato chegou no sétimo mês de gravidez de Alamanda, mas nenhum dos pescadores quis comparecer à cerimônia para atirar a cabeça de vaca promovida por um grupo de homens de Shodancho. Até o Camarada Kliwon se aborreceu, dizendo a Shodancho que não teria mais como garantir a proteção dos seus barcos da fúria dos pescadores, mas Shodancho respondeu calmamente que eles não deviam ceder à imprudência. Ele não parecia muito preocupado com a questão, pois depois disso não se deu o trabalho de encontrar ninguém, e simplesmente ficou em casa esperando o nascimento do primeiro filho, que seria sua alegria e seu orgulho, seu futuro, e com o qual passaria as tardes depois que nascesse, esquecendo tudo mais na agenda. Haveria inclusive de levar o filho pessoalmente à escola quando tivesse crescido, dando-lhe o que quisesse.

Em virtude disso, ele realmente não se importava com os peões em greve nos pesqueiros, em sua maioria pescadores das aldeias do litoral. Os trabalhadores eram espancados por um exército de policiais e soldados do distrito militar, mas não arredavam pé. Sem consultar Shodancho, o capitão do barco demitiu-os um a um, substituindo-os por trabalhadores dispostos a seguir as regras dos contratos. O Sindicato de Pescadores tinha conseguido empregar dois dos seus homens na embarcação, mas agora todos eles haviam sido demitidos.

Isto gerou uma indignação generalizada entre os pescadores, que, derrotados, agora pretendiam simplesmente incendiar os barcos. Mais uma vez, contudo, o Camarada Kliwon tentou contê-los, prometendo falar com Shodancho. Dessa vez, não teria alternativa senão ir a sua casa, pois Shodancho raramente comparecia ao escritório nos dois últimos meses de espera do filho. Assim, quisesse ou não, parecia que o Camarada Kliwon teria de encontrar Alamanda.

E foi o que aconteceu, pois foi Alamanda que abriu a porta para ele, bamboleando com o peso da barriga num vestido caseiro branco com estampas florais. Por um momento, os dois se olharam com crescente saudade, no mesmo desejo reprimido de se jogarem num abraço, beijarem-se e chorarem juntos sua dor. Nem sequer sorriram ou disseram oi, limitando-se a se olhar, imóveis. O Camarada Kliwon ficou encantado de ver Alamanda ainda mais radiante na gravidez, e teve a sensação de estar diante de uma daquelas maravilhosas sereias de que os pescadores falavam, ou da rainha dos mares do Sul, tão inacreditavelmente encantadora.

Olhou para sua barriga, como se pudesse ver a criança lá dentro. Alamanda sentia-se constrangida, achando que o homem estava pensando que a criança enroscada no seu útero era dele. Queria pedir que a desculpasse por tudo, dizer que ainda o amava, mas que haviam sido separados pelo destino. *Quem sabe um dia, quando for viúva, poderei casar com você.* Mas aparentemente o Camarada Kliwon não estava pensando em nada disso, pois disse a Alamanda:

— Sua barriga parece uma panela vazia.

— Como assim? — perguntou ela, rapidamente neutralizando seu desejo de lhe dizer tudo o que estava pensando.

— Não tem uma menina nem um menino aí dentro, ela está cheia apenas de ar, como uma panela vazia.

Alamanda ficou ofendida e irritada, tomando aquele comentário como um insulto de um homem magoado. Deu-se conta de que, quanto mais ficasse ali diante dele, mais palavras ofensivas ouviria, e, assim, sem mais dizer, deu meia-volta e quase colidiu com Shodancho, que surgira atrás dela e não estava menos surpreso com as palavras do Camarada Kliwon. Alamanda desapareceu no interior da casa e os dois ficaram sentados na varanda, onde o casal costumava passar longos momentos ao pôr do sol.

Ao contrário de Alamanda, Shodancho levou a sério o que saíra da boca do Camarada Kliwon, e ficou tão preocupado que lhe perguntou o que quisera dizer com aquela história de panela vazia. Exatamente como dissera a Alamanda, o Camarada Kliwon repetiu que era como uma panela vazia, pois não havia nem um menino nem uma menina no útero de Alamanda, não havia *nada*, apenas ar e vento.

— Impossível, o médico confirmou que minha mulher está grávida. Basta olhar para sua barriga! — protestou Shodancho, ansioso.

— Sim, eu vi a barriga — respondeu o Camarada Kliwon. — Então, talvez seja apenas o resmungo de um homem ciumento.

10

Era uma vez uma cidade, Halimunda, cuja população ficou em polvorosa com a descoberta de um bebê, encontrado num monte de lixo. Era um menino e ainda estava vivo, embora fosse arrastado para cá e para lá por cães, de modo que as pessoas entenderam que ele seria no futuro um homem forte. Durante dias tentaram encontrar sua mãe, mas ela não aparecia, e ninguém podia imaginar quem seria o pai.

O bebê foi cuidado por uma velha solteirona chamada Makojah, a velhota mais detestada da cidade, e, no entanto, aquela com quem todo mundo mais contava. Ela ganhava a vida emprestando dinheiro, pois era a única coisa que podia fazer. Não podia cultivar a terra, pois ninguém lhe vendia terreno algum, e ela só tinha um pedacinho de chão que havia herdado e no qual vivia, e tampouco podia trabalhar, pois ninguém lhe dava emprego. Nem sequer conseguira arranjar marido durante sua vida, muito embora tivesse pedido em casamento uns 16 homens. Levava uma vida solitária e infeliz, mas se vingava fingindo-se de caridosa e emprestando dinheiro aos habitantes que haviam caído na pobreza, para em seguida asfixiá-los com juros escorchantes.

Assim, repetindo, todo mundo a detestava, especialmente os que se afogavam em dívidas perenes. Todo mundo a evitava, considerando-a pior do que um pecador demoníaco. Mas, quando vinham momentos de aperto e eles já tinham tentado todas as outras soluções sem resultado, iam bater na sua porta, pois sabiam que ali encontrariam ajuda temporária. Makojah sabia que todas aquelas mesuras polidas eram pura farsa, e que aqueles sorrisos fingidos encobriam necessidades reais, mas não se importava — fazia parte do seu negócio.

As pessoas às vezes se perguntavam para onde ia o dinheiro que recebia, pois ela não parecia estar ficando mais rica. Sua casa continuava como sempre fora, à parte uma eventual pintura ou alguns consertos. Ela não levava uma vida de extravagâncias, não tinha parentes, e ninguém nunca a via ir ao banco depositar o dinheiro que lhes extraía, de modo que começaram a supor que a velha solteirona estava juntando tudo debaixo do colchão. Uma noite, assim, numa operação secreta, quatro homens foram à sua casa assaltá-la. Os vizinhos, sabendo de tudo, observavam por trás das cortinas. Makojah ficou observando calmamente enquanto eles davam busca em cada canto da casa. Aonde quer que procurassem, os ladrões não encontravam nada — nada havia debaixo do colchão, nada no forno, nada no jarro d'água. No armário, apenas roupas, e, no armário da cozinha, nada mais do que um prato de arroz e um pouco de sopa de cenoura. Desistindo, os quatro ladrões mascarados suspenderam a busca e se aproximaram de Makojah, que continuava de pé na porta do quarto.

— Onde está seu dinheiro? — perguntou um deles, irritado.

— Teria enorme prazer em entregá-lo — respondeu Makojah, sorrindo — a juros de quarenta por cento, para pagamento integral até o fim da semana.

Eles se foram sem mais dizer.

Ninguém mais tentou roubá-la de novo, especialmente depois que ela ficou com o bebê. Makojah cuidava do bebezinho sobretudo porque sempre quisera ter um filho, mas também porque ninguém mais se dispunha a tirá-lo do monte de lixo. E, assim, a criança cresceu com ela. Makojah deu-lhe um belo nome, Bima, o príncipe forte do Mahabharata, mas todo mundo o chamava de Idiota, por seu comportamento importuno e irritante, e as pessoas acabaram esquecendo que seu nome verdadeiro era Bima, inclusive Makojah, até que o próprio menino acabou por esquecê-lo, de modo que seu nome passou a ser Edi Idiota.

Previa-se que um cruel destino haveria de se abater em breve sobre a criança, pois a velha solteirona dava azar — sua mãe morrera no parto, e, quando ela tinha 5 anos, o pai também morreu, mordido por um escorpião que entrara na cozinha. Makojah passou a ser cuidada por uma tia viúva sem filhos, que veio morar com ela. Quando Makojah estava com 7 anos, a titia também morreu, atingida na cabeça por um coco caído da árvore. De qualquer maneira, seu pai era dono de uma loja de penhores, e Makojah recebeu uma herança mais do que suficiente, o bastante para contratar uma criada para cuidar de suas necessidades diárias, embora essa mulher também viesse a morrer de uma febre devastadora quando Makojah tinha 12 anos. Depois disso, ninguém mais quis viver com ela, achando que dava azar.

Quando ainda jovem, ela era de fato muito bonita. Muitos homens se apaixonaram secretamente por ela, mas sabiam que todos que com ela tinham vivido morreram, e preferiram casar com outras garotas, nem tão bonitas, mas com as quais poderiam viver muito tempo depois da noite de núpcias, em vez de casar com Makojah e morrer logo depois. Ninguém sabia de onde vinha tanto azar, e ninguém considerava que todas aquelas mortes fossem mera coincidência. Todos preferiam uma interpretação mais tenebrosa, e ela nunca seria tocada por um homem até morrer.

Makojah tinha seu negócio de empréstimos, mas estava começando a ficar velha e sabia que não poderia sobreviver vivendo sozinha. Chegou a fazer propostas a homens bons, mas eles a rechaçaram. Tentou então fazer propostas a homens maus, jogadores e bêbados, mas também foi recusada. Ofereceu-se em casamento até a mendigos, que, no entanto, preferiram continuar vivendo na pobreza a no luxo ao seu lado. Por fim, aos 42 anos, desistiu de tentar encontrar marido e resolveu adotar uma criança, o que tampouco deu certo, e assim continuou sozinha, até que finalmente tirou aquele bebê do monte de lixo.

Edi Idiota cresceu aos seus cuidados sem qualquer sinal da maldição. A única coisa azarada a seu respeito era que nenhuma das outras crianças queria brincar com ele, contaminadas pelo preconceito em relação à família. As crianças evitavam Edi Idiota exatamente como seus pais evitavam Makojah, exceto quando precisavam de dinheiro. Com isto, o garoto tornou-se um criador de caso que perturbava todas as outras crianças. Dava ataques de pelanca toda vez que as coisas não saíam do seu jeito. Censurava os outros ao menor deslize, o que fazia as outras crianças se afastarem ainda mais dele.

Ele tentou então fazer amizades espalhando medo, como o garoto mais forte da cidade.

Mas, no fim das contas, acabou encontrando amigos entre colegas de turma igualmente marginalizados. Teve a atenção atraída por dois meninos aleijados que eram alvo da zombaria dos demais. Viu um garoto magrela e famélico sendo provocado, e um outro isolado porque era filho de um peão e de uma batedora de carteiras. Edi Idiota estava sempre a seu lado, aparecendo toda vez que eram alvo de perseguição, implacavelmente revidando contra seus perseguidores. Tornou-se seu protetor, e o grupo desenvolveu uma amizade tão forte que os alunos da escola se dividiram em dois grupos: os bons e os delinquentes, liderados por Edi Idiota.

Eles foram se tornando os inimigos públicos da cidade. Ao contrário das outras crianças, que provocavam apenas caos e confusão em menor quantidade, Edi Idiota não hesitava em passar a mão em todas as galinhas do galinheiro de alguém para um banquete à beira-mar. Com apenas 11 anos, já tinha assaltado uma taberna, ferindo o dono e se apoderando de garrafas e mais garrafas de *arak* e cerveja, para em seguida se embebedar com os amigos numa plantação de cacau. Eles também tinham começado a experimentar todas as prostitutas da cidade. E tiveram a insigne honra de conhecer o interior de uma cela de prisão antes da adolescência. Em situações assim, Makojah os resgatava subornando a polícia, nem um pouquinho incomodada com o que Edi Idiota fizera. Pelo contrário, a velha solteirona muito se orgulhava dele.

— Ele vai magoar a gente desta cidade, exatamente como eles me magoaram durante tantos anos — disse Makojah certa vez ao policial que o vigiava.

E estava certa. Quando os pais ameaçaram tirar seus filhos se a escola não se livrasse de Edi Idiota, o diretor, impotente, acabou por expulsá-lo, e, ao chegar certa manhã, deu com todas as janelas e a porta da escola quebradas, assim como as pernas de mesas e carteiras, e o mastro fora derrubado.

E assim Edi, com apenas 12 anos, andava solto e desembestado pelas ruas da cidade. Entrava nas lojas para exigir dinheiro dos donos, e, em caso de recusa, as vitrines eram quebradas. Ia ao puteiro e não pagava, entrava no cinema sem comprar entrada, e, se alguém reclamasse, era briga, sempre vencida por ele.

Para resolver a situação, alguns comerciantes acabaram contratando um *preman*, e Edi Idiota o enfrentou em luta de vida ou morte. Acabou voltando para a prisão, mas lá provocou um entrevero, destruindo todas as celas e espancando os guardas, rapidamente sendo libertado. De volta às ruas, matou duas ou três pessoas que tentaram enfrentá-lo, mas a polícia não estava mais interessada em trancafiá-lo.

Ele então montou praça num canto do terminal rodoviário, tendo como trono uma cadeira de balanço de mogno deixada pelos japoneses. E foi juntando seguidores. Alguns aderiam depois de vencidos em lutas, mas a maioria o fazia voluntariamente. Recolhiam um "imposto" dos comerciantes, dos ônibus que entravam no terminal, e até dos que não entravam, dos quiosques do mercado, dos barcos de pesca, bordéis e cervejarias, das fábricas de gelo e óleo de coco, e até dos jinriquixás *becak* e das carruagens de tração animal.

Edi Idiota e seus lacaios aterrorizavam a cidade. Seu bando fazia o que bem entendia, estivessem bêbados ou sóbrios: roubavam galinhas, quebravam janelas, molestavam as garotas, estivessem passando sozinhas ou devidamente acompanhadas de toda a família, e até roubavam sandálias do lado de fora da mesquita. As gaiolas de pombas-rolas dos velhos, seus galos de briga e as roupas que deixavam penduradas frequentemente também desapareciam.

Surgindo a qualquer momento para roubar e saquear, o bando também se tornou um sério problema para os rapazes da cidade, tomando seus violões e, em infindáveis atos de extorsão, obrigando-os a entregar os sapatos quando andavam pelas ruas. Além do mais, nem vale a pena perguntar quantos maços de cigarro tomavam ao longo de um dia. Qualquer tentativa de protesto redundava apenas em mais brigas. Ficava apenas mais evidente que o bando não podia ser neutralizado, especialmente quando entravam em cena os punhos de Edi Idiota. O pior era a atitude da polícia, que tratava tudo isso como simples travessuras infantis.

— Ele vai acabar morrendo — disse alguém, tentando sentir-se um pouco melhor —, pois, de qualquer jeito, vive com Makojah.

— Sim, mas o problema é *quando* vai morrer.

Sua morte ainda demorou três anos. Na verdade, Makojah é que morreu primeiro, sem aviso prévio, certa manhã, quando fazia cocô no banheiro. O próprio Edi Idiota a encontrou. Acordou às 9 horas e não havia o desjejum preparado, como de hábito. Procurou em toda parte, mas não encontrava a velha solteirona em lugar nenhum, até que desconfiou da porta fechada do banheiro. Tentou abri-la, mas estava trancada por dentro. Arrombou-a e deu com ela sentada no vaso, nua, sem mais força vital.

— Mamãe, está morta? — perguntou Edi Idiota.

Makojah não respondeu.

Ele tocou sua fronte com a ponta do dedo, e o corpo imediatamente tombou para trás.

Sua morte foi uma ótima notícia para o pessoal da cidade: a maioria ainda lhe devia dinheiro. Nenhum vizinho quis cuidar do corpo, de modo que o próprio Edi Idiota teve de carregá-lo até a casa do coveiro, Kamino. Na época, Kamino ainda era solteiro, pois nenhuma mulher se dispunha a viver no meio do cemitério com ele, e assim os dois tiveram de cuidar sozinhos do cadáver de Makojah, até que chegasse um *kyai*, com pena deles. O *kyai* ordenou que o corpo fosse banhado, e em seguida oficiou os últimos ritos junto com o coveiro, enquanto Edi Idiota esperava, desconfortável. E assim Makojah, tão conhecida de todos na cidade, sempre pronta a ajudá-los em caso de necessidade, foi enterrada com apenas três pessoas assistindo ao retorno do seu corpo à terra.

Makojah não deixou nada de herança para Edi Idiota, só a casa e o terreno onde viviam. Ninguém sabia onde fora parar todo o dinheiro que ela ganhara com os juros dos empréstimos. Edi Idiota poderia não se importar com o dinheiro, mas o povo da cidade se importava, pois achava que de direito lhe pertencia. Assim, durante anos depois da morte de Makojah continuaram procurando o dinheiro dela. Diziam que ela tinha um cofre subterrâneo, e alguém tentou cavar um túnel a partir da casa de um vizinho. Nada foi encontrado, mas um dos escavadores morreu com as emanações sulfúricas, e imediatamente se tratou de fechar o túnel.

Mas a alegria geral não durou muito. Todo mundo achava que agora que Makojah tinha morrido Edi Idiota passaria a ser um bom garoto, ou pelo menos desapareceria um pouco por um ou dois meses, de luto. Mas assim não foi. Pelo contrário, ele levou garotas para casa para dormir com ele, enquanto os pais as procuravam em toda parte, acabando por desistir da busca. Exigia comida em qualquer cozinha que encontrasse aberta, sentando à mesa e devorando o que encontrasse, antes que a cozinheira tivesse tempo de buscar algo para oferecer. E isso para não falar dos assassinatos e assaltos a ônibus.

Quando Shodancho saiu do seu esconderijo de guerrilheiro na selva, muitos tiveram esperanças de que ele não cuidasse apenas dos porcos, mas também dos *premans* da cidade. Mas Shodancho recusou-se.

— Eles são como a merda — explicou —, quanto mais se remexe, mais fede.

E não disse mais nada, mas todo mundo entendeu: se fossem se meter com Edi Idiota e seu bando, eles haveriam de se tornar um estorvo ainda maior para a cidade.

Era uma época em que muitas pessoas em Halimunda sentavam em suas varandas com a expressão exausta. Algum passante engraçadinho podia perguntar:

— O que estão fazendo?

E eles respondiam:

— Esperando o caixão de Edi Idiota passar.

Suas orações não seriam ouvidas. Não porque Edi Idiota não morresse, mas por não ter tido um funeral nem nunca ter sido enterrado. Ele se afogou, e seu corpo foi devorado por dois tubarões.

Sim, certa manhã chegou um estranho, Maman Gendeng, e matou Edi depois de uma lendária briga que durou sete dias e sete noites. Inicialmente, ninguém acreditou que aquele garoto cabeçudo estivesse mesmo morto, mas então foi como se estivessem acordando de um pesadelo: Edi Idiota era mortal, como qualquer um. O povo da cidade ficou incrivelmente grato ao estranho, e Maman Gendeng rapidamente foi aceito como um deles.

Para comemorar, foi promovida uma festa, sem equivalente em qualquer outra comemoração antes ou depois. Nem mesmo as comemorações da Independência de Halimunda em 23 de setembro jamais tinham sido tão festivas. Houve uma feira noturna que durou um mês inteiro, com um circo ambulante cheio de elefantes, tigres, leões, macacos, cobras, menininhas contorcionistas e, naturalmente, palhaços anões. Em cada canto da cidade as pessoas podiam apreciar frenéticas apresentações de danças tradicionais *sintren* e *kuda lumping* gratuitamente. Moças e rapazes saíam para namorar sem medo de serem importunados pelo bando de Edi Idiota. As galinhas voltaram a ciscar tranquilamente nos quintais, e as portas das cozinhas não precisavam mais ser trancadas.

Assim, quando Maman Gendeng declarou que só ele poderia dormir com a prostituta Dewi Ayu, o pessoal nem achou tão ruim, embora evidentemente fosse uma grande perda. Acharam que era uma justificada homenagem ao herói que matara Edi Idiota, o irritante filho de Makojah.

Até que certo dia, no calor tropical, Maman Gendeng levantou-se da cadeira de balanço de mogno que havia herdado de Edi Idiota e se dirigiu do terminal rodoviário à loja mais próxima com um zumbido sibilante nos ouvidos. Pediu um engradado de cerveja gelada, por causa daquele maldito calor, mas o dono da loja entregou-lhe apenas uma garrafa. Maman Gendeng ficou furioso, quebrou a vitrine em pedacinhos e levou um engradado inteiro depois de passar uma descompostura no comerciante, que, segundo ele, não se mostrara nem um pouco civilizado. Voltou para a cadeira de balanço e matou a sede com a cerveja roubada.

Com esse episódio, caiu a ficha de que, para os cidadãos de Halimunda, nada mudara. Edi Idiota estava morto, mas aparecera um novo patife. Seu nome era Maman Gendeng.

Depois da sensacional festa de casamento de Alamanda, Dewi Ayu determinou que os recém-casados se mudassem para sua nova casa. Ela estava muito incomodada com os recentes acontecimentos, que a essa altura já afetavam sua filha mais velha. Repetidas vezes ela advertira Alamanda quanto à sua horrível maneira de tratar os homens, mas a filha herdara uma certa teimosia sabe-se lá de que membro da família, e agora sofria as consequências.

Dewi Ayu jamais imaginara que traria ao mundo meninas lindas mas rebeldes que haveriam de caçar homens para em seguida descartá-los. Mas sabia do mau comportamento de Alamanda desde que a filha descobrira os meninos, e agora parecia que Adinda tinha o mesmo mau gênio da irmã. Antes ela era uma perfeita inocente, preferindo ficar em casa a sair por aí, mas, desde o inesperado casamento de Alamanda, desaparecia com frequência cada vez maior. Agora, podia ser encontrada onde quer que o Partido Comunista estivesse promovendo um dos seus ruidosos eventos. E Adinda começou a caçar o homem que havia pertencido a Alamanda: o Camarada Kliwon. Dewi Ayu não sabia o que passava pela cabeça de Adinda, mas desconfiava de que a garota queria se vingar da irmã por meio daquele homem. Era realmente muito preocupante.

Os homens caçam as minhas partes íntimas, pensou com seus botões, *e eu trouxe ao mundo garotas que caçam as partes dos homens.*

Ela começou então a se preocupar ainda mais com a filha menor, Maya Dewi, que estava com 12 anos. Temia que viesse a imitar as irmãs delinquentes. Por enquanto, era uma criança boa e obediente, sem qualquer sinal de rebeldia. Suas mãos estavam sempre mais ocupadas do que as de qualquer outra pessoa na casa, deixando tudo acolhedor e confortável. Toda manhã colhia rosas e orquídeas para arranjá-las no vaso de flores que colocara na mesa da sala da frente. Nas tardes de domingo, retirava as teias de aranha do teto em toda a casa. Os professores falavam do seu bom comportamento, e toda noite ela abria os livros para fazer o trabalho de casa antes de se deitar. Mas tudo isso podia mudar, como acontecera com Adinda, e era o que de fato preocupava Dewi Ayu.

— Casar com alguém que não se ama é muito pior do que viver como puta — dizia ela à filha menor.

Dewi Ayu queria casar Maya Dewi o mais rápido possível, antes que crescesse e saísse dos eixos. Ao longo dos anos, sempre resolvera seus problemas pensando rápido, e a primeira ideia que lhe ocorria sempre era exatamente o que fazia em seguida. Não queria que Maya Dewi enfrentasse ao crescer o mesmo trágico destino que se abatera sobre Alamanda e ainda podia estar à espreita de Adinda. Mas não sabia a quem destinar sua menina de 12 anos, pois não pretendia simplesmente entregá-la a qualquer um.

Queria conversar a respeito com o amante, Maman Gendeng. Num domingo, os três foram a um parque público. Por ali ficaram relaxando o dia inteiro, lancharam, deram comida à corça domesticada e andaram no balanço. Dewi Ayu observava Maman Gendeng levando Maya Dewi pela mão aqui e ali, apontando para os pavões que se escondiam nos arbustos e jogando nozes para os bandos de macacos. Dewi Ayu nem se importava pelo fato de que aparentemente eles teriam esquecido que ela estava ali. Olhava-os caminhando na beira do penhasco sobre o mar e tentando contar as gaivotas que voavam.

Depois de voltarem para casa, tendo Maya Dewi saído com amigos da vizinhança, Dewi Ayu finalmente falou a Maman Gendeng.

— Por que não casam vocês dois?
— Quem? — perguntou Maman Gendeng. — Eu e quem?
— Você e Maya Dewi.
— Ficou maluca? — perguntou Maman Gendeng. — Se quero casar com alguma mulher, é com você.

Dewi Ayu explicou sua preocupação enquanto tomavam uma limonada gelada. Estavam sentados na varanda, no calor da tarde. Ouviam as ondas batendo a distância e os pardais fazendo barulho em seu ninho no telhado. Os dois eram amantes havia muitos meses já, uma prostituta e um cliente que tinha monopólio sobre ela. Dewi Ayu insistia em que Maya Dewi precisava ser casada logo, e, como não havia ninguém mais próximo, o único homem com quem poderia casar era mesmo Maman Gendeng.

— Está querendo dizer que não quer mais dormir comigo?
— Não me entenda mal — disse Dewi Ayu. — Você poderá continuar me visitando no bordel de Mama Kalong, como qualquer marido, se não se sentir embaraçado.
— Teria de pensar sobre isso, talvez durante muitos anos — balbuciou Maman Gendeng.
— Tente pelo menos uma vez levar os outros em consideração! Os homens de Halimunda estão enlouquecendo. Estão praticamente à beira da morte por terem sido proibidos de tocar meu corpo, só por causa de um sujeito durão como você. Se me liberar, será o herói deles. E em troca terá uma garota que jamais o decepcionará, a filha menor da mais bela prostituta da cidade.
— Ela tem apenas 12 anos.
— Os cães casam aos 2 anos, e as galinhas, aos 8 meses.
— Mas ela não é um cão nem uma galinha.
— Você pensa assim porque nunca foi à escola. Os seres humanos são mamíferos, exatamente como os cães, e caminham sobre duas pernas, como as galinhas.

Maman Gendeng já conhecia aquela mulher, ou pelo menos achava que conhecia. Sabia que Dewi Ayu não desistia de uma ideia, por mais absurda. Bebeu a limonada e sentiu um tremor, como se tivesse de atravessar uma ponte da largura de apenas sete tranças de cabelo sobre o pior dos infernos.

— Mas eu nunca serei um bom marido — protestou.

— Pois então seja um péssimo marido, se quiser.

— E nem sabemos se ela vai concordar.

— Ela é uma menina obediente — disse Dewi Ayu. — Sempre ouve o que eu digo, e realmente não acho que tenha algum problema em casar com você.

— Em hipótese alguma eu dormiria com uma menina tão pequena.

— Teria de esperar apenas cinco anos.

Era como se já tivesse sido decidido. Embora fosse um rude *preman*, Maman Gendeng tremia violentamente, imaginando todos os comentários sobre um casamento assim. Diriam que ele tinha violentado a menina e estava sendo obrigado a casar.

— Case com ela porque você me ama — disse Dewi Ayu finalmente —, se não houver nenhum outro motivo.

Foi como uma sentença judicial para Maman Gendeng. Como se houvesse uma abelha zunindo dentro do seu crânio e libélulas esvoaçando no estômago. Terminou a limonada, mas não conseguia livrar-se dessas criaturas no corpo. Sentiu então como se houvesse uma mata cerrada crescendo no seu peito, com espinhos para todo lado. Como um fracote acovardado, tombou na cadeira, os olhos semicerrados.

— Por que é que foi jogar isto em cima de mim assim de repente? — perguntou.

— Não importa o momento em que eu dissesse, seria surpreendente de qualquer maneira.

— Quero deitar um momento. Onde pode ser?

— Minha cama está sempre à sua disposição.

Maman Gendeng dormiu profundamente por quase quatro horas, roncando baixinho. Era o único jeito de sobreviver a toda aquela história de abelha, espinhos e libélula. Dewi Ayu passou a tarde se refrescando no banheiro e sentada na sala da frente com um cigarro e uma xícara de café, esperando que ele acordasse. Nesse momento, apareceu Maya Dewi, dizendo que queria tomar banho, mas a mãe pediu que esperasse um momento, dizendo que sentasse a seu lado.

— Filha, você logo vai casar, como sua irmã mais velha, Alamanda — disse Dewi Ayu.

— Ouvi dizer que é fácil casar — respondeu Maya Dewi.

— Verdade. O difícil é divorciar.

Maman Gendeng então reapareceu saindo do quarto com a palidez de um sonâmbulo, e sentou numa cadeira, relutando em olhar para a menininha sentada junto à mãe.

— Tive um sonho — disse.

Nenhuma das duas fez qualquer comentário, esperando que ele prosseguisse.

— Sonhei que era mordido por uma cobra.

— Bom presságio — fez Dewi Ayu. — Logo vocês dois vão casar. Vou sair para procurar o juiz de paz.

E assim foi que Maman Gendeng, com cerca de 30 anos, casou com Maya Dewi, que tinha 12, no mesmo ano em que Alamanda casou com Shodancho. A breve e simples cerimônia de casamento foi comemorada com alegres fofocas na cidade sobre o que tinha *realmente* acontecido. Mas pelo menos o casamento deixava os homens de Halimunda bem felizes, pois podiam voltar a visitar Dewi Ayu no bordel de Mama Kalong.

Dewi Ayu deixou sua casa e duas criadas para os recém-casados, mudando-se com Adinda para um conjunto de casas deixadas pelos japoneses e recém-reformadas. Gostava dessas casas porque os japoneses usavam banheiras grandes, quase do tamanho de piscinas.

— Se também quiser casar, é só dizer — disse a Adinda.

— Não estou com toda essa pressa — respondeu a filha. — Ainda falta bastante para o apocalipse.

Antes da despedida do casal, Dewi Ayu preparou para eles um quarto luxuoso, com perfume de jasmim e orquídeas flutuando no ar.

A nova cama por ela encomendada, com o melhor colchão da cidade e a mais nova tecnologia de molas, chegara diretamente da loja naquela tarde, coberta por um elegante mosquiteiro cor-de-rosa pregueado. As paredes do quarto foram decoradas com flores de papel crepom. Mas nada disso tinha muito sentido, pois os recém-casados não passaram sua primeira noite juntos.

Na verdade, Maya Dewi, usando seu pijama, pulou na cama com a alegria de uma criança. Queria testar as molas, exatamente como a mãe fizera tantos anos atrás no bordel para os japoneses. Quando cansou de admirar o colchão e o maravilhoso quarto, deitou, abraçada a um travesseiro, à espera do noivo. Maman Gendeng apareceu num estado de indescritível embaraço. Não pulou na cama nem abraçou o corpo da esposa nem a devastou implacavelmente como fazem tantos descuidados recém-casados. Limitou-se a puxar uma cadeira para o lado da cama e ali ficou sentado, contemplando o rosto da menininha com o olhar torturado de um homem que assiste à morte da amada. Sua delicada beleza era realmente encantadora. Seus cabelos negros brilhavam, derramando-se sobre o travesseiro a seu lado. Os olhos que devolviam o seu olhar eram claros e inocentes. Nela, o nariz, os lábios, tudo era maravilhoso. Mas tudo ainda tão minúsculo e adorável. Suas mãos ainda eram as mãos de uma menininha, assim como as panturrilhas, e por baixo do pijama os seios ainda não haviam crescido plenamente. Não havia hipótese de ele dormir com uma menina tão pequena.

— Por que está sentado aí parado? — perguntou Maya Dewi.

— E o que esperava que eu fizesse? — retrucou Maman Gendeng em tom queixoso.

— Podia pelo menos contar uma história.

Maman Gendeng não era bom em inventar histórias, e então contou a única história que sempre ouvira: a história da princesa Rengganis.

— Se tivermos uma filha, podemos dar-lhe o nome de Rengganis — disse Maya Dewi.

— Era exatamente o que eu estava pensando.

E, assim, todas as noites se passavam da mesma maneira: Maya Dewi deitava-se primeiro, de pijama, e Maman Gendeng então aparecia no mesmo estado de confusão. Puxava uma cadeira e olhava para a esposa com a mesma expressão deprimida, enquanto Maya Dewi pedia que contasse uma história. A história que contava era sempre a mesma, quase exatamente palavra por palavra, sobre a princesa Rengganis, que casou com um cão. Mas os dois passavam essas noites quase tão felizes quanto a maioria dos recém-casados, sem qualquer sinal de tédio no rosto. Normalmente, Maya Dewi já tinha dormido antes de terminar a história. Maman Gendeng a cobria com um cobertor, puxava o mosqueteiro, apagava a luz e acendia uma delicada lâmpada noturna. Depois de contemplar seu tranquilo rosto adormecido, saía do quarto, fechava silenciosamente a porta e subia ao segundo andar para dormir num quarto vazio até a manhã seguinte, quando a esposa vinha acordá-lo com uma xícara de café quente. Em sua nova casa, Dewi Ayu e Adinda achavam graça de todo esse ridículo.

Maman Gendeng deu início a uma nova rotina. Ao acordar de manhã, tomava o café preparado pela mulher. Meia hora depois, Mirah servia o desjejum, e os dois sentavam à mesa como qualquer família feliz. Inicialmente, era uma terrível contrariedade para Maman Gendeng, acostumado a dormir até tarde. Mas depois do desjejum a esposa permitia-lhe voltar para a cama, e no fim das contas o sono era muito mais repousante de barriga cheia. Maman Gendeng acordava de novo por volta das 10 horas, encontrando suas roupas muito bem passadas e dispostas ao lado da cama. Ia tomar um banho, o que raramente costumava fazer, e vestia as roupas. Para ele era estranho ver-se no espelho com uma camisa abotoada até o colarinho e calças com vinco muito bem passado de alto a baixo. Embora só o fizesse por Maya Dewi, ele vestia as roupas e, depois de beijar a testa da esposa na porta, seguia para seu invariável ponto no terminal rodoviário.

Passado algum tempo, nada mais o incomodava, embora os amigos do terminal olhassem com desconfiança esse novo comportamento. Com saudades de casa o tempo todo e constantemente sentindo a falta da esposa, ele não permanecia mais no terminal até a noite cair. Assim que começava a escurecer, rapidamente tomava o rumo de casa.

Certa noite, quando já estavam casados havia um mês, Maya Dewi perguntou:

— Posso voltar para a escola?

A pergunta foi uma surpresa. Naturalmente, ela ainda estava em idade escolar, e todas as meninas de 12 anos frequentavam a escola de manhã e à tarde. Mas ela também era uma esposa, e ele nunca ouvira falar de uma mulher casada sentada num banco escolar. Ficou matutando no assunto por algum tempo, até se dar conta de que aquele casamento ainda não era um casamento de verdade, como os casamentos de todo mundo. Ainda não tinha dormido com sua mulher, nem desejava fazê-lo. Talvez fosse melhor mesmo que voltasse à escola.

Mas havia um problema. A escola não autorizaria a matrícula de uma mulher casada, temendo má influência nos outros alunos. Maman Gendeng teve de ir pessoalmente negociar com o diretor, para que sua esposa fosse autorizada a retomar os estudos. Mas a negociação acabou mal, quando ele jogou o diretor contra a parede e esmurrou dois professores que acorreram em sua ajuda. E muitos anos depois ele teria de fazer exatamente a mesma coisa quando a escola recusou-se a matricular sua filha, Rengganis, a Bela.

Depois da brutal intimidação, a escola readmitiu Maya Dewi.

O casamento prosseguiu na mesma tranquilidade de sempre. Pela manhã, como de hábito, Maya Dewi despertava Maman Gendeng com um copo de café Lampung que acabava de ser moído, só que agora ela estava usando o uniforme escolar. À mesa, eles tomavam o desjejum, mais parecendo às criadas um pai sem esposa e uma menina sem mãe. Às 6h45, Maya Dewi já estava a postos com sua mochila. Partia depois de receber um beijo de Maman Gendeng na testa, e, enquanto ela se encaminhava para a escola, ele voltava para a cama.

À tarde, quando voltava da escola, Maman Gendeng a esperava, e Maya Dewi botava tudo em ordem com o melhor de sua habilidade. À noite, juntos de novo depois do jantar, Maya Dewi sentava-se à sua escrivaninha para terminar os deveres de casa passados pelos professores. Maman Gendeng não podia ajudar, limitando-se a fazer-lhe companhia com a paciência de um amante desvelado. Essa rotina terminava por volta das 21 horas. Era hora de dormir, mas não havia mais histórias sobre Rengganis, a Bela, que casara com um cão. Maya Dewi vestia o pijama e deitava na cama. Maman Gendeng vinha cobri-la com um cobertor e acender a luzinha noturna, dizendo:

— Boa noite.

— Boa noite — respondia Maya Dewi, para então fechar os olhos.

Nada de fazer amor, ainda, embora se tivesse passado um ano inteiro.

Certa noite, Maman Gendeng foi ao encontro de Dewi Ayu em seu quarto no bordel de Mama Kalong, como frequentemente costumava fazer. O único convidado de Dewi Ayu já se fora.

— O que o traz aqui? — perguntou Dewi Ayu.

— Não consigo mais segurar meu desejo.

— Você tem uma mulher.

— Ela é encantadora demais para ser magoada. Pura demais para ser tocada. Quero dormir com minha sogra.

— Você é mesmo um genro muito safado — disse Dewi Ayu.

E fizeram sexo até amanhecer.

A estranha amizade entre Maman Gendeng e Shodancho começou na mesa de cartas no meio do mercado. Era estranha porque, desde que Shodancho dormira com Dewi Ayu e Maman Gendeng chegara ao quartel militar, uma eterna animosidade se enraizara em ambos, o que fora exacerbado pelo fato de os homens de Maman Gendeng sempre terem tido problemas com os soldados de Shodancho.

Os soldados não gostavam de pagar no bordel, mas os *premans* estavam lá para cuidar de qualquer um que dormisse com as putas sem pagar. Os soldados também não gostavam de pagar nas cervejarias e tabernas — na verdade, os donos não se importavam muito, pois os soldados nunca bebiam demais, mas os *premans* praticamente tinham montado residência nas cervejarias, e consideravam aquilo uma bofetada em sua cara. Além do mais, um deles sempre era apanhado pelos militares por bobagens como se embebedar e jogar pedras em vitrines, e os soldados o esmurravam atrás do quartel-general, deixando-o cheio de contusões. Tudo isso provocava pequenas rixas entre os soldados de Shodancho e o bando de Maman Gendeng.

Até aquele momento, contudo, os problemas eram resolvidos com facilidade. Quando um *preman* era preso por soldados e espancado até ficar roxo, o bando capturava um soldado passando pela rua e o esmurrava numa plantação de cacau. Quando um criminoso era capturado e detido, Maman Gendeng ia libertá-lo, pagando uma pequena fiança para calar a boca dos soldados. No meio dessas disputas estava a polícia, que, no entanto, preferia ficar sentada, balançando a cabeça em sinal de desaprovação.

Muitas pessoas esperavam que Shodancho rapidamente cuidasse desses inimigos públicos, mas, como no caso de Edi Idiota, eram apenas quimeras, pois Shodancho estava ocupado com seus problemas de família e as exigências do Sindicato de Pescadores, e não tinha tempo para se preocupar com Maman Gendeng e seus amigos. E, assim, a popularidade de Shodancho como herói da cidade foi lá embaixo — na verdade, as pessoas começaram até a desconfiar dele, suspeitando que os militares estavam conspirando com os *premans* para promover todo aquele caos, especialmente quando lembraram que os dois, Shodancho e Maman Gendeng, era genros de Dewi Ayu.

De modo que as coisas ficaram meio caóticas quando, certo dia, um soldado do quartel militar entrou em conflito com um dos guarda-costas do bordel de Mama Kalong. A briga começou por causa de uma garota disputada pelos dois. Eles brigaram na rua, até que apareceram os amigos. A rixa pessoal transformou-se numa acalorada batalha entre um grupo de soldados e um bando de marginais.

Ninguém sabe quem começou, mas, no fim, depois de uma hora de luta selvagem, quase 20 árvores tinham tombado na calçada, e não faltavam vidraças quebradas. A rua estava coalhada de pedras e velhos pneus queimados, dois carros tinham sido virados, e a delegacia de polícia havia sido incendiada.

Os moradores, apavorados, esconderam-se em casa. Com a briga, a avenida Jalan Merdeka, sempre movimentada, ficou vazia. De um lado, um bando de *premans* montava guarda com sabres, espadas de samurai, lanças, cassetetes de ferro, facões, pedras e coquetéis molotov. Tinham até granadas de mão e armas deixadas pelo exército guerrilheiro. Do outro lado da rua, enquanto isso, não só os homens de Shodancho como contingentes de todos os quartéis militares da cidade também montavam guarda com armas carregadas.

Neste dia, tudo ficou tranquilo e sossegado, como se a cidade tivesse sido abandonada havia anos. Um silêncio tenso tomava conta do lugar, além do medo de que irrompesse uma guerra civil, que não conhecia tempos de paz desde a época da guerra de independência. Muitos estavam fartos dos *premans*, preparando-se para se alinhar com os soldados se estourasse uma guerra. Mas muitos outros estavam fartos com os soldados, sempre tão cheios de si, decididamente se preparando para ajudar os *premans* se viesse a guerra.

Mas, em última análise, todos haveriam de se matar, sem poupar ninguém.

Durante toda aquela tarde, o barulho de granadas e coquetéis molotov explodindo e tiros de pistola era ouvido sibilando entre lojas e casas. Ninguém sabia ainda se alguém fora morto. Enrolado em seus intermináveis problemas domésticos, Shodancho demorou a tomar conhecimento da pavorosa situação e, quando o fez, não gostou nada de saber que uma garota qualquer da aldeia pudesse causar a destruição do coração da cidade. Decidiu que mandaria aquele soldado desgraçado para confinamento solitário durante sete dias e sete noites sem comida nem água, morresse ou não. Mas antes tinha de impedir uma generalizada destruição. Tratou logo então de mandar seu soldado de maior confiança, Tino Sidiq, para se entender com Maman Gendeng e promover um cessar-fogo, assinando-se um tratado de paz.

Desfrutando do período de lua de mel no seu estranho casamento, Maman Gendeng também acabara de ouvir falar dos combates na Jalan Merdeka, mas tampouco se importava muito. Só o chateava o fato de as pessoas ainda atrapalharem seus esforços para construir a vida feliz capaz de compensar todos aqueles anos que passara perambulando, sem destino e solitário. Estava convencido de que a pancadaria devia ter sido começada por algum soldado rude.

Mas sua esposa de 12 anos convenceu-o de que devia interferir naquele caos, e Maman Gendeng finalmente saiu em campo, depois de concordar com Tino Sidiq em se encontrar com Shodancho em terreno neutro, entre o terminal rodoviário e o quartel militar. Esse lugar seria o mercado.

Eles expulsaram os quatro homens — um vendedor de peixe, um puxador de jinriquixá, um peão e o marido de uma das vendedoras de roupas — que estavam sentados em volta de uma mesa de carteado no meio do mercado, apostando com moedas que tilintavam de um canto da mesa a outro. Os jogadores se afastaram e ficaram observando do boxe do vendedor de aves, quando finalmente Shodancho apareceu. Todas as atividades no mercado pararam, comerciantes e clientes ficaram congelados onde estavam, à espera de que os dois decidissem se uma terrível guerra civil estouraria naquela mesma tarde ou seria adiada por anos, quem sabe até pelos séculos vindouros.

Shodancho disse que os *premans* teriam de se retirar imediatamente e entregar todas as armas, pois só os militares tinham o direito de portá-las. Mas Maman Gendeng não poderia aceitar isto, pois os soldados usavam suas armas com impunidade. Shodancho voltou a falar:

— Meu caro amigo, não vamos resolver este problema brigando como crianças. — E prosseguiu: — Mas, tudo bem, por enquanto não haverá desarmamento, mas mande seus homens saírem das ruas, e diga-lhes que não pode mais haver multidões em revolta nem vitrines quebradas.

— Ora, meu caro Shodancho — respondeu Maman Gendeng —, então certamente concordará que não pode mais haver brigas entre soldados armados por causa de garotas ou por que motivo for. E os soldados, como quaisquer homens da cidade, terão de pagar pelas visitas ao bordel, pagar nas cervejarias toda vez que forem beber, e pagar ao motorista de ônibus toda vez que fizerem uma viagem. Não temos mais garotos mimados por aqui, Shodancho.

Shodancho respirou fundo e se queixou de que os soldados eram mal pagos pelo governo nacional, e de que seus negócios com os militares e as forças municipais tinham perdido a maior parte dos lucros para o general na capital.

— De modo que, meu caro amigo, vou fazer-lhe uma proposta que talvez não pareça muito atraente à primeira vista, mas nos ajudará a encontrar uma solução para este complicado problema — disse Shodancho finalmente.

— Diga, por favor.

— Quem sabe, meu amigo — prosseguiu Shodancho —, não podemos concordar em que os seus capangas e valentões entreguem uma parte do que ganham aos soldados, para que possam pagar as putas e se embebedar satisfatoriamente.

Maman Gendeng pensou por um momento e não viu problema em raspar uma pontinha do que seus capangas amealhavam, contra a promessa de que os soldados não incomodariam os *premans*, acontecesse o que acontecesse, concordando em selar uma paz proveitosa para ambos os lados.

E assim finalmente se chegou a um acordo, depois de sussurros que ninguém mais no mercado conseguiu ouvir, embora todos ficassem olhando, cheios de curiosidade. Maman Gendeng e Shodancho mandaram seus homens de confiança espalhar a notícia de que um cessar-fogo teria início às 4h da tarde. Os soldados retornariam a seus postos, e os *premans*, a seus velhos redutos. Maman Gendeng e Shodancho eram os únicos que ainda continuavam ali, sentados no meio do mercado, ambos dando suspiros de alívio, como se tivessem se libertado das garras de um tigre, recostados nas cadeiras, até que Shodancho perguntou:

— Você sabe jogar trunfo?

— Eu sempre jogo trunfo com meus amigos no terminal — respondeu Maman Gendeng.

Eles então chamaram o vendedor de peixe e o peão de volta para jogar trunfo, e foi o início de sua estranha amizade na mesa de carteado. Muitas questões envolvendo os soldados e os *premans* seriam discretamente resolvidas ali pelos dois. Eles passaram a se encontrar naquela mesma mesa de carteado três vezes por semana. Não era segredo para ninguém que sempre tentavam trapacear e sempre queriam levar a melhor, mas o custo não era muito alto, apenas algumas moedas de diferença, vencessem ou perdessem. Às vezes jogavam com o marido da vendedora de roupas, e, às vezes, com vendedores ambulantes de remédios, peões, condutores de *becak*, açougueiros, vendedores de peixe ou entregadores — qualquer um que encontrassem no mercado e soubesse jogar trunfo.

Mas, se Shodancho estava na mesa, Maman Gendeng também estaria, e vice-versa. Uma estranha amizade, vale lembrar, pois no fundo não gostavam um do outro. Maman Gendeng ainda guardava rancor de Shodancho pela audácia de ter comido a puta que ele amava, e Shodancho ainda guardava rancor daquele sujeito abusado do outro lado da mesa por ter ousado ameaçá-lo em seu próprio escritório, sem dar a mínima para o fato de ele ser o comandante do distrito militar local e ter sido até nomeado comandante supremo pelo presidente da República.

Aquela amizade confundia muita gente. Todo mundo ficava muito grato pelo fato de os problemas da cidade serem resolvidos tão facilmente na mesa de carteado, mas também era muito irritante saber da combinação por baixo do pano entre soldados e *premans* para desfrutar do dinheiro extorquido da população da cidade. Paralelamente, todos também se davam conta de que agora não tinham mais a quem se queixar. E não se pense que podiam pedir ajuda à polícia, pois esta se limitava a apitar nos cruzamentos de tráfego mais intenso.

Foi quando o Partido Comunista tornou-se seu último recurso, e eles se voltaram sobretudo para o Camarada Kliwon. Nessa época, os dois — o Camarada Kliwon e o Partido Comunista — é que tinham a melhor reputação em Halimunda.

Enquanto isso, a amizade entre Shodancho e Maman Gendeng prosseguia. Com o passar do tempo, a mesa de trunfo não era mais usada apenas para discutir brigas entre soldados e *premans* ou a melhor maneira de compartilhar seu butim — Shodancho também começou a se queixar de seus problemas pessoais, como se quisesse abrir o coração com um velho amigo. Era em geral o que conversavam depois de terminar o jogo de cartas, quando os comerciantes do mercado começavam a fechar seus quiosques e voltar para casa. Às vezes eles também falavam do Camarada Kliwon. Shodancho continuava achando que ele não era um autêntico comunista, e estava apenas vingando sua amada, Alamanda. Maman Gendeng achou graça ao tomar conhecimento desse drama (embora na verdade já soubesse), arriscando a opinião de que um homem não devia ficar com a amada de outro. Por isso se magoara muito ao saber que Shodancho tinha dormido com Dewi Ayu. Ouvindo isso, Shodancho ficou ruborizado e arregalou os olhos, como um garotinho perdido da mãe.

— Eu sou o desgraçado mais solitário deste mundo tumultuado — disse. — Entrei para o treinamento militar japonês nas tropas Seinendan ainda na adolescência, antes de me tornar um *shodancho*. Revoltei-me contra eles numa guerra que durou meses depois que já se haviam rendido. Minha vida tem sido uma guerra após outra, até uma guerra contra porcos. Estou cansado de tudo isto.

Maman Gendeng entregou a Shodancho o lenço que Maya Dewi sempre botava no bolso de sua calça, e Shodancho enxugou os olhos.

— Quero viver como qualquer pessoa. Quero amar e ser amado.

— Seus homens o amam muito — disse Maman Gendeng.

— Mas você sabe muito bem que não posso casar com eles.

— Bom, pelo menos nós dois agora temos lindas esposas.

— Sim, mas tive o azar de casar com uma mulher que amou outro homem primeiro, com esse tipo de amor que nunca morre.

— Pode ser verdade — reconheceu Maman Gendeng. — Vi o Camarada Kliwon acompanhado de um grupo de pescadores. Ele é muito simpático e trabalha com vontade para amenizar a infelicidade dos outros. Às vezes o invejo. Chego a pensar que é a única pessoa desta cidade que contempla o futuro com esperança.

— Os comunistas são assim mesmo — disse Shodancho. — Uma gente patética que não se dá conta de que este mundo está destinado a ser o lugar mais nojento possível. É o único motivo pelo qual Deus prometeu o céu, para consolar as massas infelizes.

Eles ficavam tão envolvidos na conversa que nem percebiam que o dia estava virando noite. Ao se darem conta da hora, rapidamente levantavam, abraçavam-se e diziam até logo, para então cada um voltar para casa, caminhando em direções opostas, ao encontro de sua mulher. Um dia, a má sorte chegou: Mirah e Sapri decidiram parar de trabalhar na casa de Maman Gendeng porque, de uma hora para outra, sentiram que estavam apaixonados e queriam casar e mudar para uma aldeia para lavrar a terra. Maman Gendeng não tinha a menor ideia de como poderia encontrar alguém para ocupar o seu lugar, e sua esposa ainda era apenas uma criança. Mas as coisas não correram como ele esperava. No primeiro dia sem os empregados, ao voltar para casa depois de jogar trunfo com Shodancho, quando já havia escurecido, ele encontrou o jantar preparado.

— Quem cozinhou tudo isto? — perguntou, confuso.
— Eu.

Foi quando ele percebeu o extraordinário talento da esposa para cuidar da casa. Ela não apenas passava muito bem e perfumava suas roupas, mas também preparava toda a comida, e ele achava tudo delicioso e perfeitamente do seu agrado. Dewi Ayu a vinha treinando desde bem pequena, explicou Maya Dewi. E ela também era excelente em massas e pães, sempre experimentando novas receitas de biscoitos e bolos e compartilhando com os vizinhos. Maya Dewi tornara-se a embaixadora da família, aquela que mantinha relações de amizade com os vizinhos, pois Maman Gendeng jamais poderia melhorar sua má reputação. Aqueles biscoitos e bolos trouxeram muita sorte para a família, pois os vizinhos logo começaram a encomendá-los para as festas de circuncisão dos filhos, e as encomendas não paravam de chegar. Maya Dewi os preparava à tarde, depois da escola, e assim, acontecesse o que acontecesse, a família nunca teria de se preocupar com sua situação econômica.

Maman Gendeng começou a se arrepender de todas aquelas vezes em que fora ao bordel de Mama Kalong dormir com a sogra, tendo uma mulher tão incrível em casa. Certa noite, retornou ao bordel e encontrou Dewi Ayu, que lhe perguntou, com um risinho:

— Deixe-me adivinhar... Você ainda nem tocou na sua mulher e quer dormir com a sogra?

— Vim apenas dizer que nunca mais voltarei a tocá-la.

Era uma enorme surpresa para Dewi Ayu, que então perguntou:

— Por quê?

— Com uma mulher maravilhosa como sua filha mais nova, nunca mais vou querer outra mulher.

E Maman Gendeng rapidamente se despediu de Dewi Ayu, ansioso por voltar ao encontro de sua mulher, que o esperava em casa.

11

Depois de levar a lenha extraída da amendoeira ao casamento de Alamanda, o Camarada Kliwon reuniu-se com os amigos na praia. Desde pequeno ele gostava do mar. Vivera entre pescadores e ia para o mar com a mesma frequência que os filhos deles. Quase se afogara tantas vezes quanto o filho de um agricultor acidentalmente se corta com seu facão. Não queria voltar à fazenda de cogumelos, que lhe evocava lembranças muito fortes de Alamanda, e ele não queria remexer nessas recordações amargas.

Com a ajuda de dois velhos amigos, construiu uma pequena cabana na praia, por trás de um conjunto de arbustos. Saía à noite para pescar com Karmin e Samiran, e os três dividiam o resultado da pesca com o sujeito que lhes emprestava o barco. No início da tarde, depois de uma breve sesta, estudava livros marxistas e transmitia aos dois amigos o que aprendera. Com frequência ia à sede do partido na Jalan Belanda, e começou a trocar correspondência com alguns comunistas da capital. Em seu breve período em Jacarta, entrou para a escola do partido, fazendo muitas novas amizades.

Os correspondentes mandavam-lhe periódicos e revistas, e o partido mandava seu jornal para sua cabana. Começou a se formar uma pilha de livros num dos cantos, o que significava que ele podia estudar exatamente o que Marx e Engels e Lenin e Trotski e o presidente

Mao haviam dito, além de ler panfletos escritos por gente do lugar, como Semaun e Tan Malaka. Alguns desses autores, como Trotski e Tan Malaka, na verdade eram meio proibidos, mas alguém no partido conseguiu seus livros especialmente para Kliwon.

Ele ainda não era de fato membro do partido, apenas candidato. Estudava todo o material sozinho e frequentava com assiduidade os debates políticos organizados pelo partido, subindo à tribuna sempre que a oportunidade se apresentava. Organizou os pescadores e os trabalhadores das plantações. Seis meses depois do casamento de Alamanda, os diretores da sede do partido decidiram que ele era o mais preparado militante da sua região, e então foi aceito como membro pleno do Partido Comunista. E recebeu sua primeira missão, que seria reunir os guerrilheiros ainda remanescentes do exército revolucionário, que em sua maioria tinham sido comunistas, os homens que haviam combatido ao lado dos soldados de Shodancho, dispersados após o fracasso da rebelião tantos anos antes. Agora eles aderiam de novo ao partido, romanticamente nostálgicos da revolução.

O Sindicato dos Pescadores foi fundado nessa época, tendo Samiran e Karmin como primeiros membros, e o Camarada Kliwon como presidente. Em apenas duas semanas já eram 53 membros, e não demorou para que quase todos os pescadores tivessem aderido. Todo domingo, quando não tinham nada importante a fazer, os pescadores se juntavam no pátio do mercado de peixes, bem junto ao porto. O Camarada Kliwon distribuía propaganda do partido e explicava a ameaça representada pelos grandes barcos pesqueiros para a sua subsistência.

Agora todas as cerimônias dos pescadores eram da responsabilidade do sindicato. O Camarada Kliwon fazia um breve discurso citando algumas frases do *Manifesto*, e uma cabeça de vaca era jogada no mar, como oferenda à rainha dos mares do Sul. Ele fazia o mesmo no funeral de pescadores mortos no mar, e também quando eles realizavam cerimônias de ação de graças pelo tempo clemente, com uma apresentação de *sintren*.

As canções tradicionais tinham sido substituídas pela *Internacional*, e as orações de encerramento eram acompanhadas de "Trabalhadores do mundo inteiro, uni-vos!".

— Sou como um missionário pregando uma nova religião — disse o Camarada Kliwon, rindo com os amigos na sede do partido. — O *Manifesto* é a Bíblia. É a principal missão dos comunistas e da religião: conseguir seguidores.

Foi uma época de intensa atividade para o Camarada Kliwon. Além das tarefas de organização e propaganda, ele começou a ensinar na escola do partido, dando aulas de política para a formação de militantes. Continuava indo para o mar e cuidando do Sindicato de Pescadores, e parecia estar gostando, pois, quando o partido lhe ofereceu a oportunidade de dar prosseguimento aos estudos em Moscou, ele declinou, preferindo ficar em Halimunda.

O único momento que tinha para relaxar era de manhã, quando voltava do mar e chegava em casa. Sentava em frente à cabana lendo três jornais que se orgulhavam de chegar a Halimunda antes do café da manhã. Ele lia o *Diário do Povo*, o jornal do Partido Comunista; o *Estrela do Oriente*, que pertencia a um outro partido, considerado "aliado"; e um jornal local do partido publicado em Bandung. Lia e bebia seu café antes de tomar banho na fonte ao ar livre por trás da cabana, comendo seu desjejum para então dormir até o início da tarde.

Certa vez, em meio a essa rotina matinal, viu sete garotas da escola caminhando pela areia em direção leste. O Camarada Kliwon olhou para elas, mas era normal ver bandos de estudantes entediados matando aula na praia, de modo que não deu muita importância à sua presença, retornando ao seu café e aos jornais. Ainda não tinha terminado de ler a matéria principal da primeira página — que acabava na oitava — quando ouviu barulho de agitação entre as garotas (não havia possibilidade de estar vindo de outra parte, pois a praia estava quase sempre deserta às 9h da manhã). Ouvia gritos estridentes — e não eram gritinhos de crianças travessas, mas gritos de medo.

O Camarada Kliwon pôs de lado o jornal e caminhou na direção das garotas, que se dispersavam a distância, correndo em várias direções, e de repente uma delas destacou-se do grupo, perseguida por um cão. Havia um excesso de cães selvagens em Halimunda, pensou o Camarada Kliwon, desde que Shodancho começara a criá-los.

Ele queria ajudar a garota, mas ela estava muito longe, e o cão, a apenas três metros dela. Ao vê-lo e perceber que estava assistindo à cena, a jovem correu na sua direção com o cão no seu encalço, latindo ferozmente. O Camarada Kliwon finalmente correu na direção dela, enquanto ela, em pânico, gritava "Socorro!", e as amigas berravam muito atrás.

O Camarada Kliwon apressou o passo, mas o extraordinário, que ele só viria a perceber depois, era a velocidade da garota. Entre gritos e latidos, ela conseguia se manter à frente do feroz focinho do cão, e, à medida que se aproximava, o Camarada Kliwon via que a distância que ela havia percorrido era o dobro da dele, apesar de ter se esforçado ao máximo para chegar a ela. Ele via o terror no rosto da menina, e de uma distância de um metro e meio ela deu um salto na sua direção, agarrando-se a ele no exato momento em que o cão também saltava, achando que seria o momento perfeito para mordê-la. Mas o Camarada Kliwon foi mais rápido, e naquele instante golpeou o cão na mandíbula com toda a força, e o bicho voou longe, uivando por um momento, com para em seguida esparramar-se imóvel, com uma espuma saindo pela boca. O cão era raivoso, e estava morto.

Kliwon agora tinha uma estudante fortemente agarrada a ele, a primeira vez desde os apaixonados beijos de Alamanda em frente à estação ferroviária. Embora algumas garotas e jovens mães ainda esticassem o olho para ele, ele deixara morrer a reputação de mulherengo, dedicando-se a maior parte do tempo ao partido e ao trabalho, o que não deixava espaço para flertes e sedução. Mas agora aquela garota o estava abraçando forte, e sem se dar conta — só para protegê-la do cão raivoso —, ele viu que estava retribuindo o abraço.

Eles estavam tão grudados que o Camarada Kliwon sentia os seios dela, suaves e quentes, enquanto fios do seu cabelo, flutuando na brisa, acariciavam seu rosto. Quando as amigas chegaram, o Camarada Kliwon, aliviado, suavemente a afastou, e foi quando viu sua beleza ímpar, com aquela graça antiquada, suave e natural, o cabelo apanhado em duas tranças, os olhos fechados com os cílios de uma ninfa, o nariz fino, as orelhas bem torneadas, os lábios ligeiramente franzidos, as bochechas cheias, e então se deu conta de que a menina tinha desmaiado, e talvez estivesse inconsciente desde o momento em que pulou nos seus braços.

Ajudado pelas amigas, ele a colocou numa cadeira. Depois de tentar reanimá-la, interceptou uma carroça puxada a cavalos que avançava lentamente pelo mato, margeando a fonte perto de sua cabana, e disse-lhes que a levassem para casa, e as garotas subiram todas na carroça.

Mesmo depois que desapareceram na curva, contudo, e o barulho dos cascos no chão já não se ouvia, o Camarada Kliwon continuou sentindo o perfume do cabelo da menina, sentindo o toque suave dos seus seios e o efeito de sua mística beleza. Tentou afastar esses sentimentos, convencendo-se de que tinha muito trabalho a fazer pelo futuro do partido, mas aquele calor simplesmente não ia embora, nem mesmo quando foi enterrar o cão raivoso na mata, nem depois de acordar os amigos, pois o arroz estava pronto.

Na hora de se deitar, ele sofreu ainda mais. Os acontecimentos daquela manhã não saíam da sua cabeça, e ele se deu conta de que o rosto da menina lhe parecia vagamente familiar — talvez até soubesse seu nome. Ainda sentindo a quentura do seu corpo, procurou lembrar-se de onde a conhecia. A menina tinha cerca de 15 anos, de modo que certamente não a havia namorado. E então, quando finalmente lembrou-se de quem era, sofreu ainda mais — ele de fato *vira* seu rosto, e até sabia seu nome, e o sabia desde que a jovem tinha 6 anos. Na verdade, no ano anterior à sua ida para Jacarta, ele a via quase diariamente. Tratou imediatamente de tentar afastar do corpo aquelas lembranças do seu calor, apagar o toque suave dos seios, mas de nada adiantava.

— Oh — disse, miserável — seu nome é Adinda, e ela é a irmã mais nova de Alamanda.

Finalmente decidiu então levantar-se. Os pescadores tinham saído de suas casas e alguns já examinavam as redes, remendando as partes rasgadas pelos peixes, enquanto outros dirigiam-se à cidade em busca de entretenimento. Depois de verificar se as redes estendidas para secar perto das cabanas estavam em boas condições, o Camarada Kliwon foi tomar banho na fonte. No local havia uma torneira protegida apenas por arbustos. Além disso, somente um enorme barril com um pequeno buraco tampado com uma velha sandália de borracha. Mas o Camarada Kliwon realmente não gostava de tomar banho debaixo de um chuveiro pingando como mijo, preferia pegar a água com uma concha e jogá-la diretamente no corpo.

Acabou ficando claro que ele não tinha como escapar daquela garota, como se sua família estivesse destinada a persegui-lo pelo resto dos seus dias. Antes que terminasse o banho, Karmin gritou que duas garotas procuravam por ele. Tendo-se vestido, com o cabelo ainda molhado, ele as encontrou na sala da frente, contemplando os retratos de Marx e Lenin e a foice e o martelo na parede.

— Obrigada por me ter ajudado — disse Adinda com uma pequena mesura meio sem jeito. Ela não se parecia nada com Alamanda: seu rosto era calmo, inocente e tímido.

— Você correu mais do que o cachorro — disse o Camarada Kliwon. — Naquela velocidade, poderia tê-lo feito morrer sem fôlego.

— Ele acabaria me mordendo — disse Adinda —, pois eu teria desmaiado.

Por enquanto, a perturbação causada por aquela menina podia ser neutralizada com as obrigações do partido. Ele tinha de cuidar das queixas do Sindicato de Pescadores a respeito da operação dos barcos pesqueiros de Shodancho. Certa manhã, o Camarada Kliwon tentou liderar um grupo de pescadores numa ação. No momento em que os grandes barcos se perfilavam no mercado do porto para entregar a carga, o Camarada Kliwon e seu grupo se postaram diante deles. Ele disse a um dos capitães que permaneceriam ali até obter garantias de que as enormes embarcações cessariam operações nas águas tradicionais de pesca.

— Não me importa se seus peixes todos apodrecerem — começou ele, encerrando, naturalmente, com "Trabalhadores do mundo inteiro, uni-vos!".

Os trabalhadores dos barcos pesqueiros estavam tranquilamente de pé junto aos parapeitos, sem a menor intenção de entrar em conflito com os outros moradores de suas aldeias, nem preocupados com a eventualidade de os peixes estragarem, pois afinal não eram pagos com peixes. Enquanto isso, os fregueses do mercado, que deviam estar se sentido prejudicados, permaneceram calados, vendo quantos pescadores ali se encontravam, com seus corpos fortes como filhotes de baleias. Enfurecidos de verdade estavam, naturalmente, os capitães e oficiais dos barcos de Shodancho, mas nem mesmo eles tomaram a iniciativa de entrar em confronto com os homens do Sindicato dos Pescadores. Uma hora inteira de tensão transcorreu, com agitações e um coral entoando a *Internacional*, enquanto os pescadores davam-se os braços para enfrentar o que quer que descesse do navio, homem ou peixe.

O Camarada Kliwon estava perfeitamente convencido da vitória. Os peixes logo começariam a apodrecer, e, se eles não fossem atendidos pelos responsáveis pelos barcos, estes continuariam nos dias seguintes a trazer peixe podre. Antes, porém, que os blocos de gelo derretessem e a carga de fato começasse a cheirar mal, chegaram alguns policiais e um batalhão do exército. Passado um momento de ansiedade, os pescadores decidiram lutar, mas os soldados atiraram para o alto com seus fuzis e eles saíram correndo, em pânico. O Camarada Kliwon viu-se obrigado a ordenar retirada.

Tudo isso devia ter bastado para fazê-lo esquecer Adinda, mas não. A garota apareceu na multidão de pescadores, e ele a viu.

A cabana onde ele vivia com Karmin e Samiran servia como sede do Sindicato dos Pescadores, portanto estava aberta a todos. Eles faziam suas reuniões frequentes, e nelas falavam de tudo e mais alguma coisa, e ele não tinha como pedir que Adinda se retirasse quando, voltando para casa da escola, aparecia com algumas amigas.

Adinda falava bem o inglês, o que não era tão raro assim em Halimunda, visitada por tantos estrangeiros. O Camarada Kliwon tinha uma biblioteca que era o encanto dos amantes de livros; a maioria dos volumes era de filosofia e política, mas também havia livros de histórias em inglês dos quais a menina gostava. Quando acordava da sesta vespertina, o Camarada Kliwon muitas vezes encontrava a jovem sentada à grande mesa, bem debaixo da foto de Lenin, lendo solenemente. Ela levantava o olhar para ele por um momento e sorria, como se dissesse *Desculpe por ter entrado sem pedir*, e Kliwon dava-lhe nervosamente uma xícara de chá, embora ela dissesse, *Obrigada, posso pegar eu mesma*, mas a essa altura o Camarada Kliwon já tinha rapidamente tratado de voltar para a fonte, trêmulo.

Adinda leu muitos livros. Leu todos os romances de Gorky, Dostoievsky e Tolstoi que ali se encontravam. Todos tinham sido publicados pela Editora de Línguas Estrangeiras de Moscou e enviados por meio do partido. Ela também lia romances locais, além dos traduzidos que eram publicados pela Yayasan Pembaruan, a editora do partido, e os livros da Balai Pustaka, que pertencia ao governo.

O Camarada Kliwon nunca lhe pediu que se retirasse, mas fazia o possível para evitá-la. Duas coisas o faziam sofrer quando ela estava por perto: primeira, Adinda provocava uma forte nostalgia de Alamanda, e, depois, o fato de ver Adinda o levava de volta àquele abraço que tanto o havia perturbado. Ele tratou de se ocupar ainda mais com as questões do Sindicato dos Pescadores, debatendo o fracasso da primeira iniciativa contra os barcos de Shodancho. Orientou militantes do sindicato sobre a infiltração nos barcos, para neles trabalharem e conquistarem a adesão dos colegas. Levaria algum tempo, mas ele considerava que os comunistas eram as criaturas mais pacientes da face da Terra.

Não foi fácil, mas ele finalmente conseguiu plantar dois dos seus homens em cada barco — nem de longe o suficiente, mas melhor do que nada. A maioria dos pescadores estava impaciente por começar a provocar os trabalhadores dos barcos, exortando o Camarada Kliwon a incendiá-los. O Camarada Kliwon tentava acalmá-los.

— Preciso de um tempo para falar com Shodancho — dizia.

As primeiras negociações do Camarada Kliwon com Shodancho não tinham levado a resultado algum; pelo contrário, Shodancho tinha posto em ação mais um barco pesqueiro. Os pescadores então mais uma vez insistiram para que facilitasse as coisas, incendiando os barcos. Mais uma vez, Kliwon disse que precisava falar com Shodancho. Foi quando se dirigiu a sua casa e viu a barriga de Alamanda, crescida mas vazia. E nem só Shodancho havia tomado suas palavras naquele dia como maldição de um homem enciumado — Adinda tivera a mesma impressão.

Certa tarde, ela apareceu, implorando, praticamente em lágrimas:
— Não magoe minha irmã mais velha, ela já sofreu muito, tendo de casar com Shodancho.
— Eu não fiz nada.
— Você lançou uma maldição para ela perder o filho.
— Não é verdade — retrucou o Camarada Kliwon, defendendo-se —, eu apenas vi a barriga da sua irmã e disse o que tinha visto.

A garota não acreditava nem um pouco. Sentou no mesmo lugar onde costumava ler, numa mistura de raiva e confusão. Em geral, o Camarada Kliwon a deixava ficar, mas dessa vez puxou timidamente uma cadeira e também se sentou. Não havia mais ninguém por perto naquela tarde, exceto as lagartixas na parede e as aranhas penduradas no teto desfiando suas teias.
— Estou pedindo, Camarada Kliwon, esqueça Alamanda.
— Eu já tinha até esquecido seu nome.
Adinda ignorou a piada sem graça.
— Se está zangado com ela — disse —, descarregue sua raiva em mim.
— Muito bem, vou espremê-la como um tomate — disse o Camarada Kliwon.
— Pode me matar ou me estuprar quando quiser, não vou resistir nem um pouquinho — fez Adinda, sem entrar no jogo dos seus gracejos. — Pode fazer de mim sua escrava ou o que quiser. — Pegou um lenço no bolso da blusa e enxugou as lágrimas que lhe desciam pelo rosto. — Pode até casar comigo se quiser.

Um gecko soou sete vezes ao longe, sinal de que buscava acasalamento.

Se aquele bebê de fato acabasse desaparecendo da barriga da sua mulher, Shodancho estava convencido de que seria por causa da maldição do Camarada Kliwon — a praga de um amante enciumado. Um problema dessa natureza não podia ser resolvido com armas, nem que fosse com uma guerra de sete gerações; para salvar seu primeiro filho, ele teria de encontrar uma solução pacífica. Acabou dizendo ao Camarada Kliwon que ordenaria a seus capitães que transferissem as operações para bem longe da praia e das águas tradicionais de pesca.

— Mas, por favor — disse então Shodancho —, afaste sua praga para bem longe da barriga da minha mulher.

Ele queria desesperadamente um filho para provar ao mundo que ele e sua mulher se amavam, que tinham um casamento feliz. Ouvindo o pedido, o Camarada Kliwon sorriu, não por saber que Alamanda só amava a ele e não amava em absoluto Shodancho:

— Não há qualquer ligação entre uma panela vazia e aqueles barcos, Shodancho.

Como se não tivesse ouvido a resposta do Camarada Kliwon, Shodancho ainda assim levou seus barcos para bem longe, em mar alto.

Os pescadores saborearam a vitória — aqueles barcos não pescavam mais em suas águas nem vendiam seus peixes no mercado local, passando a atracar em cidades maiores que precisavam de maior quantidade de peixe.

O Camarada Kliwon tentou explicar-lhes o que havia acontecido da maneira mais concreta possível, conforme instruções dos seus gurus marxistas, e discutir as novas questões que deveriam atacar, agora que os grandes barcos tinham sido afastados e os peixes haviam voltado. Mas, no fim das contas, assim que tiveram algum dinheiro nas mãos, os pescadores compraram uma cabeça de vaca e, depois de comemorar na praia com algumas garrafas de *tuak*, jogaram-na no mar como oferenda à rainha dos mares do Sul, supersticiosos como sempre. O Camarada Kliwon não podia fazer grande coisa a respeito, certo de que seria difícil ensinar-lhes até mesmo a mais básica lógica, quanto mais inculcar-lhes uma dialética marxista que ele próprio só fora capaz de apreender aos poucos, em sua breve estada na capital. Já estava bem satisfeito por terem tido coragem de resistir à ameaça à sua unidade e aos seus meios de sobrevivência, mas repetidas vezes dizia aos amigos que a vida não era fácil assim não, que não deviam entusiasmar-se facilmente com uma pequena vitória, e que seria necessário cerrar ainda mais os laços de amizade, pois certamente adviriam ameaças ainda mais graves.

Os pescadores não foram os únicos a promover um festivo ritual *syukuran* de agradecimento. Shodancho ficou tão feliz que constantemente realizava essas celebrações de ação de graças. Talvez por ter ficado tão preocupado com a praga do Camarada Kliwon, também pediu a realização de uma cerimônia tradicional pela segurança de Alamanda e da criança que crescia na sua barriga. Para essa cerimônia, Alamanda banhou-se em água cheia de todos os tipos de flores no meio da noite, enquanto uma parteira tradicional recitava mantras. Essa parteira garantiu a Shodancho que a barriga de sua esposa estava lindamente cheia, e que a criança ia muito bem lá dentro, uma menina que seria tão bela quanto a mãe.

Shodancho não estava preocupado com o sexo do bebê, o simples fato de saber que teria um filho já lhe bastava. Mas, ao ouvir a previsão da parteira de que seria uma menina, pulou de alegria, certo de que a maldição não passava de palavras ao vento da parte de um homem corroído pelo ciúme. Imediatamente começou a pensar num nome para a filha, e se decidiu por Nurul Aini, não por ter algum significado especial, mas por ter aparecido de repente na sua mente, precisamente o motivo pelo qual chegou à conclusão de que o nome da criança era uma inspiração divina que teria de seguir. A parteira, enquanto isso, banhava sua esposa em conchas e mais conchas de água de flores, e Alamanda tremia no ar frio da noite, convencida de que acordaria resfriada no dia seguinte. E longe dali, no mar, o Camarada Kliwon desejava estar enganado, esperando que o casal tivesse um bebê de verdade.

Mas Alamanda não traria ao mundo Nurul Aini, pois o bebê desapareceu de dentro da sua barriga, assim, do nada, poucos dias antes da data prevista para o nascimento.

A própria Alamanda não sabia o que tinha acontecido. Assim que acordou, ela emitiu um violento arroto, expelindo uma quantidade fenomenal de ar, e de repente sentiu-se como uma virgem esguia, sem qualquer peso no útero. Lembrava-se perfeitamente do comentário do Camarada Kliwon dizendo que sua barriga parecia uma panela vazia, contendo apenas ar e vento, mas ainda assim estava chocada, e começou a gritar na manhã fresca e tranquila. Dormindo em outro quarto, Shodancho correu de short e camiseta, o rosto marcado de vincos das fronhas e os braços cheios de mordidas de mosquitos. Entrou afobado no quarto da mulher e ficou pasmo de vê-la de novo esguia e com as formas torneadas.

Achando inicialmente que ela já dera à luz, olhou em busca de poças de sangue e da pequenina, em cima da cama e mesmo por baixo, mas não encontrou uma recém-nascida nem ouviu seu choro. Olhou fixo para a mulher, enquanto ela olhava para ele, totalmente pálida. Ela tentou dizer alguma coisa, mas conseguiu apenas abrir a boca, com os lábios trêmulos de alguém febril, e não saiu nenhum som.

Shodancho lembrou-se das palavras do Camarada Kliwon, e tomado de crescente pânico sacudiu Alamanda violentamente, ordenando que dissesse o que havia acontecido. Sem dizer palavra, contudo, Alamanda caiu sem forças na cama, no exato momento em que a parteira chegava. Esta, experiente em toda sorte de coisas estranhas, tratou de acomodá-la numa posição mais confortável e disse:

— Às vezes isto acontece, Shodancho: nenhum bebê é encontrado, só ar e vento.

Recusando-se a acreditar, Shodancho gritou:

— Mas você mesma disse que eu teria uma filha!

Tinha a voz estridente e cheia de raiva, mas, quando viu a atitude tranquila da parteira, sentou na beira da cama e começou a chorar descontroladamente, sem se importar com o fato de ser um homem adulto: tinha perdido Nurul Aini, a menininha dos seus sonhos. Shodancho imediatamente pensou no Camarada Kliwon, não mais com a torturante preocupação de que sua praga *pudesse* ser verdade, mas tomado pela avassaladora raiva de ver que ela *de fato* se concretizara. O Camarada Kliwon tinha roubado sua filha, e Shodancho haveria de se vingar.

O casal tentou esconder o que de fato acontecera, e anunciou que o bebê tinha morrido. Só o Camarada Kliwon sabia a verdade. Para se vingar, depois de uma semana de luto, Shodancho ordenou que seus barcos retornassem aos locais onde costumavam pescar, voltando também a vender o peixe no velho mercado. Os trabalhadores protestaram, dizendo que os pescadores incendiariam os barcos sem hesitação. Shodancho não queria saber e demitiria quem quer que não obedecesse.

O Camarada Kliwon tentou conversar com ele, dizendo que quebrara sua promessa, mas Shodancho retrucou que ele fizera o mesmo. O Camarada Kliwon afirmou que nunca prometera nada, exceto proteger os barcos da ira dos pescadores, mas Shodancho continuava invocando a maldição, insistindo em que toda mulher tinha o direito de escolher o homem com quem se casaria.

Sinceramente indignado com essa acusação de ter amaldiçoado um feto por ciúme, o Camarada Kliwon tentou manter-se calmo e respondeu:

— Só há uma explicação, Shodancho, e é o fato de você ter feito sexo com sua esposa sem amor; uma criança resultante de sexo feito dessa maneira nunca nascerá ou então nasce louca, com rabo de rato.

Shodancho avançou para ele, mas o Camarada Kliwon se esquivou, dizendo:

— Afaste de uma vez aqueles barcos, Shodancho, antes que percamos a paciência.

Mas Shodancho ordenou que as embarcações continuassem operando como de hábito, já agora vigiadas por soldados que montavam guarda no parapeito do convés, de olho nos pescadores que os observavam furiosos. Com um sorriso astuto, Shodancho observou, ao cair da noite, Kliwon e três outros homens se aproximarem dos barcos em lanchas, seguidos dos outros pescadores em seus esquifes. Os barquinhos tentavam encontrar no vasto oceano algum lugar onde ainda houvesse peixes, pelo menos para abastecer suas próprias cozinhas.

Como Shodancho, Alamanda ficou muito abalada com a perda da filha, pois não importava de que maneira ou com quem o bebê fora concebido, o fato é que era seu. Passada a semana de luto e tendo Shodancho retomado suas atividades, Alamanda permaneceu trancada em seu quarto mergulhada em dor, às vezes chamando Nurul Aini pelo nome.

Shodancho tentava convencê-la de que era tudo vontade de Deus, e de que ainda teriam uma segunda e uma terceira e uma quarta e mesmo ilimitadas oportunidades de ter um filho.

— Vamos, querida — disse —, podemos fazer amor de novo e ter quantos filhos quisermos.

Alamanda sacudia a cabeça, lembrando-lhe da promessa que fizera, de que casaria com ele, mas nunca haveria de amá-lo. Shodancho insistia em tentar seduzi-la, dizendo que poderiam ter uma outra Nurul Aini, uma menininha que dessa vez seria de verdade, mas Alamanda retrucou, furiosa:

— Perder um filho é mais pavoroso do que encontrar um demônio, mas dar-lhe o meu amor seria mais pavoroso do que perder vinte filhos.

Foi então que Shodancho lembrou-se de que a mulher não estava usando as calcinhas de ferro, e assim que essa ideia perversa começou a dançar em sua mente, e antes que Alamanda se desse conta do que ele estava pensando, Shodancho virou-se, fechou a porta e a trancou. Alamanda, que não levantava da cama desde que perdera Nurul Aini, soube imediatamente o que o marido pretendia fazer. Ergueu-se de um salto e olhou para Shodancho na atitude de uma mulher pronta para a luta, dizendo com rancor:

— Está com tesão, Shodancho? O buraco do meu ouvido é bem legal e apertadinho, se quiser.

— Ainda prefiro o de baixo, querida — debochou o marido.

Alamanda não teve chance de fazer mais nada, Shodancho jogou-a na cama. Reunindo forças, ela ainda tentou mais uma vez proteger-se, mas num piscar de olhos estava nua, com as roupas diláceradas, como que devoradas por uma matilha de glutões, e Shodancho pulou em cima dela.

Durante a cópula, Alamanda não tentou mais resistir, pois sabia que era inútil, mas, se Shodancho aproximasse a boca, ela morderia seus lábios com toda a força. No fim, Shodancho limitava-se a dar estocadas sem parar, incansável, numa perturbadora mistura de prazer e dor. Alamanda estava totalmente destruída na alma — sentindo-se humilhada, suja e cheia de arrependimento — por não ter conseguido mais uma vez se defender. Quando ele terminou, ela o empurrou para o chão, dizendo:

— Seu enorme violador podre, você estuprou sua própria esposa, e provavelmente estuprou sua mãe também! — Ela jogou um travesseiro em Shodancho, acrescentando: — Se o seu pau fosse comprido o bastante, aposto que você estupraria até o próprio rabo!

Dessa vez, pelo menos, o marido não a tinha amarrado, e, no dia seguinte, quando ele saiu, Alamanda desapareceu da casa. Shodancho entrou em pânico. Mandou alguém procurá-la na casa de Dewi Ayu, mas ela não foi encontrada. Ardendo no fogo do ciúme, ele também mandou alguém à casa de Kliwon, mas tampouco lá se encontrou sinal dela. Ele começou a mandar pessoas aos lugares mais recônditos da cidade, e depois à estação ferroviária e à rodoviária, para tentar descobrir se ela saíra da cidade, mas ninguém a vira em lugar nenhum. Desistindo, Shodancho caiu numa cadeira na varanda, tão entregue ao miserável destino de ter casado com uma mulher que amava tanto, mas que nunca o amara, que nem sequer respondia aos cumprimentos dos passantes.

O cair da noite o fez sentir-se ainda mais vazio, solitário e abandonado, e ele começou a se dar conta do quanto era patético. Ainda que Alamanda voltasse, que alegria poderia haver em continuar a viver com ela enquanto não desse sinal de corresponder ao seu afeto, nem um pouquinho que fosse? Talvez ele precisasse começar a pensar como um guerreiro, um homem de verdade, um soldado temente a Deus, propondo-lhe o divórcio, e quem sabe assim Alamanda voltaria a ser feliz. Mas o simples fato de pensar em divórcio o fazia chorar mais ainda, e ele então prometeu a si mesmo que, se sua esposa fosse encontrada, jamais voltaria a magoá-la e se tornaria seu escravo, para que ela ficasse. Quem sabe não poderiam adotar filhos.

O manto da noite caía mais e mais, e as luzes da varanda ainda estavam apagadas. Quando a sombra de Alamanda projetou-se no portão, Shodancho imediatamente a viu, rezando para que não fosse uma alucinação, mas a sombra se aproximou e ele imediatamente atirou-se de joelhos diante de Alamanda, implorando perdão.

Ela limitou-se a franzir a testa diante daquele comportamento.

— Não precisa se desculpar, Shodancho. Agora estou usando uma nova proteção, com mantras ainda mais complicados. Ainda que esteja completamente nua, você não conseguirá me penetrar.

Sinceramente espantado, Shodancho olhou para a mulher, perplexo com o fato de ela não evidenciar qualquer animosidade em relação a ele.

— A noite está fria, Shodancho, vamos entrar.

Mais trabalhadores dos grandes barcos foram demitidos por fazer greve — eles não tinham entrado para o sindicato, mas estavam com tanto medo das ameaças dos pescadores de incendiar as embarcações que não tinham coragem de voltar ao trabalho. Os barcos *de fato* voltaram, mais uma vez roubando peixes das águas rasas e vendendo-os no mercado local. E os pescadores agora diziam:

— Não há outro jeito, Camarada, agora teremos de incendiar as embarcações de Shodancho.

Ansioso e deprimido, o Camarada Kliwon não era nem de longe um sujeito mau, capaz de facilmente tomar a decisão de incendiar alguns barcos. Na verdade, como sempre lembravam os amigos, ele ficava com os olhos cheios d'água só de ver um filme sentimental.

Ele tentou secretamente voltar a falar com Shodancho, mas a conversa empacava em Alamanda, e, no fim das contas, tal como os pescadores, o Camarada Kliwon chegou à conclusão de que realmente não havia outro jeito senão queimar aqueles malditos barcos. Afinal, a Revolução Russa talvez nunca tivesse acontecido se Lenin não tivesse ordenado a Stalin que assaltasse um banco.

Shodancho tinha postado muitos soldados nos conveses de suas embarcações, contudo, de modo que não era fácil para os pescadores levar a cabo seu plano. Passaram-se seis meses exaustivos, nos quais as assembleias secretas do Sindicato dos Pescadores sempre acabavam em impasse, pois não conseguiam imaginar exatamente como seria realizada a operação, ficando a cada dia que passava mais pobres e mais indignados.

No passado, quando o Camarada Kliwon se deparava com problemas que pareciam a ponto de fazer sua cabeça explodir, as mulheres eram seu refúgio. Mas agora sua única companhia feminina era a irmã mais nova de Alamanda, Adinda, que conhecera havia um ano. Assim, como se não tivesse outra alternativa, saiu da cabana, deixando para trás os homens ainda discutindo suas dificuldades, e rumou para a casa de Dewi Ayu como um patético refugiado, exausto daquela infindável luta revolucionária. Queria se abrir, falar dos seus desejos, mas o partido deixara bem claro que a questão não devia ser discutida com ninguém, e assim ele passou uma hora de tédio na varanda com Adinda, enveredando por uma conversa fiada que não aliviava sua alma cansada, e ao voltar para casa caiu numa cadeira em frente à cabana, contemplando o céu escuro sobre o oceano.

— Alguém devia botar um revólver na sua cabeça — dissera Adinda antes de ele voltar para casa. — Assim, você seria obrigado a pensar em si mesmo por um momento.

Era o mesmo céu encoberto que ele sempre vira, mas naquela noite a sensação era diferente. Ele costumava lembrar-se da linda noite que passara ao lado de Alamanda na areia, mas nessa noite o céu frio estava silencioso e triste, como um espelho do seu coração seco e árido. Fumando seu cigarro de cravo-da-índia, ele se perguntava se um dia a revolução de fato poderia acontecer, se seria possível que os seres os humanos não oprimissem uns aos outros.

Muito tempo antes ele ouvira um imame falar na mesquita sobre o céu, sobre rios de leite correndo aos nossos pés, lindas ninfas virgens sempre disponíveis, tudo à disposição para quem quisesse, nada proibido. Parecia tudo tão lindo, realmente belo demais para se acreditar. Ele não precisava de nada tão grandioso assim — para ele, bastaria que todo mundo tivesse a mesma quantidade de arroz. Ou talvez esse desejo fosse o mais grandioso de todos.

Pensar assim sempre o deixava nostálgico do passado, quando não sabia que precisava de uma revolução. Sempre fora pobre, mas antes tinha um jeito muito mais simples de lidar com os ricos: roubava o que tivessem no jardim, seduzia suas mulheres e os fazia pagar pela comida que comia e os filmes que via no cinema, ou então aceitava convites para suas festas e bebia sua cerveja de graça, e nada disso exigia partido, nem propaganda, nem *Manifesto Comunista*. Estava exausto só de olhar para o vermelho brilhante do pôr do sol, pois seus pensamentos não descansavam, e, afundando cada vez mais na cadeira, sem que se desse conta, adormeceu. Era como se encontrava nos seis meses anteriores ao incêndio dos barcos, até que foi despertado em sua cadeira certa noite por alguns pescadores.

Havia duas semanas já que os soldados não montavam guarda nos barcos pesqueiros. Aparentemente estavam de saco cheio. Os capitães, achando que os pescadores faziam apenas ameaças vazias, tinham decidido mandar os soldados para casa, para não precisar alimentá-los e fornecer-lhes cigarros e cerveja. Os capitães começaram a se aventurar em alto-mar sem qualquer proteção, guardados apenas por alguns poucos soldados armados quando atracavam para descarregar. O plano do Sindicato dos Pescadores consistia em atacar os barcos no meio de uma noite de lua nova — exatamente aquela em que acordaram o Camarada Kliwon, a noite pela qual todos esperavam, a noite do acerto de contas.

— Acorde, Camarada — disse um dos amigos —, a revolução não acontece enquanto estiver dormindo.

E então, liderados pelo próprio Camarada Kliwon, que sacudira a sonolência, preparando-se para o pior, trinta pequenos esquifes avançaram sob céu claro cravejado de estrelas. Essa noite representou uma grande virada para o Camarada Kliwon; foi a noite em que começou a acreditar que um revolucionário precisava ter um coração frio e inabalável, uma audácia tenaz nascida da convicção. As fracas luzes das vigias das grandes embarcações eram visíveis na escuridão, mas os esquifes avançavam sem luz alguma — os pescadores conduziam pelo instinto, conhecendo o mar tão bem quanto as aldeias onde haviam nascido.

— Imagine que estamos atacando a Bastilha — pensou o líder com seus botões, para ganhar coragem — em nome das massas infelizes e amaldiçoadas.

Os grandes barcos estavam operando a pequenas distâncias uns dos outros. Cada pequeno esquife conduzia três a cinco pescadores, destinando-se grupos de dez deles a cada um dos três grandes barcos. Avançavam lentamente, como trinta cobras rastejantes e escorregadias de olho em três camundongos distraídos. Graças às luzes hesitantes dos barcos, viam os trabalhadores puxando as redes e jogando a pesca no casco.

Depois de conduzir seus dez barcos para o navio do meio, o Camarada Kliwon, tendo concluído que os dois outros também estavam cercados, apitou forte, e os ajudantes de convés imediatamente pararam sua atividade, surpresos. A surpresa ainda surtia efeito quando eles se deram conta de que trinta pequenas embarcações se aproximavam com homens que agora acendiam tochas. Os navios subitamente foram cercados por pontos de luz que pareciam vaga-lumes flutuantes.

O Camarada Kliwon dirigiu-se com voz possante aos trabalhadores no convés:

— Amigos, pulem e venham nadando para nossos barcos, este navio vai ser incendiado!

Embora o capitão gritasse ordens para que os seus trabalhadores resistissem, foi o primeiro a pular em pânico e nadar para o esquife mais próximo. Começou a invectivar os pescadores, até que alguém lhe deu um murro e ele tombou, inconsciente. Enquanto isso, os ajudantes de convés competiam para ver quem pulava e nadava para os barcos mais depressa, e os pescadores começaram a comemorar ruidosamente, e alguém até começou a cantar a *Internacional* — foi sua comemoração mais gloriosa.

Sacos plásticos cheios de gasolina subiram pelos ares até mergulhar no convés vazio dos grandes barcos, seguidos de tochas acesas. Três impressionantes fogueiras agora ardiam no meio do oceano, enquanto os esquifes rapidamente batiam em retirada, e, quando os três navios explodiram em tremendo fragor, os pescadores comemoraram, gritando:

— Viva o Sindicato! Viva o Partido! Trabalhadores do mundo inteiro, uni-vos!

Shodancho ficou sabendo que o líder da revolta era o Camarada Kliwon, que não houvera baixas, e que os três navios tinham sido destruídos.

Ao tomar conhecimento, ele simplesmente deu um suspiro, pensando que poderia obter outros navios de pesca com mais segurança. Não pareceu contrariado, o que só podia ser explicado pelo fato de Alamanda estar no sexto mês de gravidez. Ele se sentia grato por ter dado fruto a única vez em que tinham feito sexo. Não queria ser incomodado por nada mais, apenas preparar-se para o nascimento de uma substituta ou substituto de Nurul Aini. Levou a esposa duas vezes a um hospital maior na capital provincial, para se certificar de que havia mesmo um bebê na sua barriga, e contratou poderosos feiticeiros para proteger a criança de qualquer maldição.

Quando Alamanda estava no nono mês de gravidez, contudo, o segundo bebê de repente desapareceu da sua barriga, exatamente como o primeiro. Shodancho explodiu num descontrolado acesso de fúria, apanhou sua pistola e desembestou para fora de casa, atirando a esmo como um louco. As pessoas saíam correndo apavoradas do seu caminho, achando que ele tinha enlouquecido, pois gritava que a praga do Camarada Kliwon tinha roubado seus filhos, fazendo-os desaparecer antes mesmo de nascerem. Quando finalmente cansou de atirar em tudo o que via, Shodancho correu para a praia com um só objetivo: encontrar o Camarada Kliwon e matá-lo, e ninguém teve coragem de se interpor no seu caminho.

12

O Camarada Kliwon levou sua xícara de café para a varanda e sentou, esperando a chegada do jornal. Na véspera do dia em que Shodancho tentou matá-lo, ele tinha se mudado da cabana que também servia como sede do Sindicato dos Pescadores para a sede do Partido Comunista, no fim da Jalan Belanda. Shodancho não encontrou ninguém na cabana abandonada, e mais uma vez perdeu as estribeiras, atirando contra ela para então incendiá-la. Por fim, exausto e chorando, caiu de cara na areia e ali ficou, até ser encontrado, inconsciente, por transeuntes. Em boa parte, a sorte do Camarada Kliwon fora que, depois de anos de dedicação ao partido, ele havia sido nomeado chefe do Partido Comunista de Halimunda.

Era o dia 1º de outubro, e ele estava um pouco incomodado porque o jornal não tinha sido entregue. Tremendo de impaciência, pegou os jornais dos dias anteriores e começou a ler os anúncios, pois tudo mais já havia lido. Não havia nada de real interesse, exceto dois anúncios: um de um tônico capilar para crescimento do bigode, e outro de venda de carros alemães a crédito. Ele jogou os jornais debaixo da mesa e bebeu um pouco de café. Olhou para a rua na esperança de que o garoto dos jornais aparecesse na sua bicicleta, mas era uma jovem que ia passando. Era Adinda.

— Como vai, Camarada? — perguntou ela.

— Terrível. Meus jornais ainda não chegaram.

A garota franziu a testa.

— Não ficou sabendo do derramamento de sangue em Jacarta?

— E como poderia, sem os jornais?

Adinda sentou ao lado do Camarada Kliwon, sem mesmo pedir bebeu um gole do seu café, e disse:

— O rádio só fala do Partido Comunista, dizendo que deu um golpe e matou alguns generais.

— Pois ficarei sabendo quando meus jornais chegarem.

As pessoas começaram a chegar, jovens e velhos, militantes e veteranos, muitos podendo ser considerados as figuras mais importantes do partido. O Camarada Yono, que havia sido o número um do partido antes do Camarada Kliwon, foi o primeiro a chegar, seguido de Karmin e dos outros. Todos relatavam a mesma coisa: acontecimentos sangrentos estavam se desenrolando em Jacarta.

— Parece que a coisa vai ficar bem feia — disse Karmin.

— Tem razão — retrucou o Camarada Kliwon. — Pagamos direitinho pelas assinaturas, e esses jornais ainda não chegaram. Vou dar um murro no ouvido desse entregador.

— O que você tem, Camarada? — perguntou o Camarada Yono. — Só consegue pensar nos jornais?

O Camarada Kliwon devolveu um olhar irritado:

— Esses jornais nunca deixam de chegar. Por que isto agora?

— Preste atenção, Camarada — disse Adinda. — Hoje os jornais nem foram *publicados*.

— Por quê? Hoje não é Eid, não é Natal e não é Ano-Novo.

— O exército ocupou as redações — explicou Karmin. — De modo que sinto muito, Camarada, mas hoje não vamos ler os jornais.

— Isto é pior do que um golpe de Estado — queixou-se o Camarada Kliwon, bebendo o resto do café de um só trago.

De qualquer maneira, muitos homens importantes do partido compareceram a uma reunião de emergência. Chegavam informações de algumas cidades, mas sobretudo de Jacarta: dizia-se que todos os principais líderes do Partido Comunista tinham sido capturados, que houve confrontos armados e que alguns militantes tinham sido mortos. Decidiram então mobilizar as massas e promover uma gigantesca manifestação em Halimunda, e, se os líderes do partido em Jacarta realmente tivessem sido capturados, seria exigida sua incondicional libertação. Mas os relatos vinham coalhados de contradições: segundo algumas versões, D. N. Aidit fora executado, ao passo que outras afirmavam que tinha sido apenas capturado, e outras ainda assegurando que estava bem. Eram confusas também as informações sobre o destino de Nyoto e alguns outros. Como quer que fosse, no entanto, eles precisavam reunir os militantes, simpatizantes, pescadores, trabalhadores das plantações, ferroviários, agricultores e estudantes. Aquele dia e os subsequentes seriam os mais agitados da história da cidade, defrontando-se a população com gigantes nas ruas.

As tarefas foram atribuídas, e os camaradas rapidamente se dispersaram para fazer contato com as células do partido e preparar o que fosse necessário na crise. Cartazes foram feitos, bandeiras foram desfraldadas. Enquanto isso, o Camarada Kliwon organizava uma reunião secreta com cinco homens, dizendo-lhes que preparassem armas para o caso de as coisas realmente piorarem. Foi feito então um inventário: ainda havia muitas armas deixadas pelos guerrilheiros revolucionários, e alguns dos homens tinham experiência de combate da guerra de independência. Karmin foi incumbido de organizar esse braço armado, partindo imediatamente, e o Camarada Kliwon muniu-se de uma pistola — ele era muito importante para o partido para correr riscos.

Às 10 horas, uma multidão de pescadores e trabalhadores das plantações já se juntara ao longo da Jalan Belanda. Os agricultores, ferroviários, portuários e estudantes ainda estavam a caminho.

— Vamos para a rua — disse o camarada Yono.

— Vão vocês — retrucou o Camarada Kliwon. — Estou esperando meus jornais.

Ninguém protestou. Encaravam aquele comportamento como sinal da depressão de um líder partidário enfrentando uma situação extremamente grave, e tentaram entender. E o deixaram na varanda da sede do partido no fim da Jalan Belanda, à espera de jornais que nunca chegariam, na companhia apenas de Adinda.

A sede era relativamente nova, instalada num casarão de dois andares, com a bandeira do partido tremulando no jardim ao lado da Vermelha e Branca. Uma foice e um martelo de cobre pendiam da porta da frente, e quase todas as paredes eram pintadas de vermelho. Na sala principal, a primeira coisa que se via era um grande quadro a óleo de Karl Marx e outras pinturas do realismo socialista soviético. O Camarada Kliwon morava ali com alguns guardas. Tinham um rádio, mas o Camarada Kliwon preferia ler os jornais — embora a essa altura as redações estivessem ocupadas pelo exército, e o sangue dos comunistas tivesse tomado o lugar da tinta de jornal.

O Camarada Kliwon estava à frente do partido na cidade havia dois anos, e não ia mais para o mar à noite, pois estava cada vez mais ocupado. Tinha conseguido organizar os trabalhadores das plantações e os agricultores em sindicatos, tendo comandado mais de dez gloriosas greves. O Partido Comunista da cidade tinha 1.067 membros ativos e contribuintes e milhares de simpatizantes, metade dos quais contribuía positivamente para cada greve, comparecia a cada comício promovido no campo de futebol e frequentava os cursos do partido.

Não que nunca tivesse havido confrontos; o Camarada Kliwon convocara os veteranos guerrilheiros revolucionários da guerra, que ainda tinham armas e um autêntico entusiasmo pelo treinamento militar. Naturalmente, não eram em número suficiente para enfrentar um exército, mas tinham defendido os grevistas da repressão das empresas ferroviárias e de plantação, dos donos de terras e dos capitães de barcos.

Determinara o afastamento de dois membros nesse período, pois haviam abandonado as esposas por outras mulheres — comportamento estritamente proibido sob o seu comando —, e três outros foram considerados trotskistas. Com o rigor dessa liderança, o Camarada Kliwon atingira o auge da sua reputação, e as pessoas sempre haveriam de lembrar-se dele como o mais carismático líder comunista jamais visto na cidade.

— É a estação das chuvas — disse de repente o Camarada Kliwon.

Adinda concordou, olhando para o céu azul: a manhã estava clara, mas nunca se sabe, outubro é conhecido pelo clima chuvoso.

— Mas eles não vão bater em retirada por causa da chuva. Acho que as tropas em Jacarta estão nos enganando.

— Talvez os caminhões que trazem os jornais tenham sido surpreendidos por uma enchente.

— Os jornais hoje não saíram, Camarada — insistiu Adinda. — E aposto que não teremos jornais por pelo menos uma semana. Talvez nunca mais tenhamos jornais.

— Sem jornais voltaremos à Idade da Pedra!

— Vou fazer café, talvez assim você caia em si de novo.

Adinda foi até a cozinha e preparou duas xícaras de café, e ao retornar deu com o Camarada Kliwon de pé no portão, olhando para a rua. Era como se ele ainda esperasse que o entregador de jornais aparecesse de bicicleta. Adinda pôs as xícaras na mesa e sentou de novo.

— Venha sentar — disse ao Camarada Kliwon —, se já recuperou o juízo.

— O que não tem sentido é um dia sem jornais.

— Esqueça a porra dos jornais, Camarada! Seu partido está em crise e precisa de um líder lúcido.

De qualquer maneira, era mesmo inacreditável que o Partido Comunista — de longe a facção mais forte em Halimunda — estivesse enfrentando um golpe de Estado. Na época, o partido desfrutava da mais brilhante reputação em toda a história da cidade. Se houvesse uma eleição, o Partido Comunista teria vencido fácil. A cidade estava toda decorada de vermelho, e até o prefeito e os militares os deixavam fazer o que bem entendessem.

Os comunistas pressionavam as escolas, até os jardins de infância e as escolas para deficientes, a ensinar a *Internacional* aos alunos. E, naturalmente, espalhavam retratos de Marx e Lenin nas paredes das salas de aula, ao lado dos retratos dos heróis nacionais. E no Dia da Independência — cabendo lembrar que, em Halimunda, esse dia era o 23 de setembro — promoviam o mais animado carnaval e o melhor desfile, no qual os comunistas gritavam suas saudações revolucionárias. Os habitantes iam para a rua ouvir das calçadas os versículos do tratado "Sama Rata Sama Rasa", escrito por Marco Kartodikromo muitos anos antes, proclamando que todos deviam ser tratados igualmente, não importando posição nem ocupação.

Adinda estava pensando que as manifestações de massa que estavam para ser promovidas pelos comunistas nas ruas de Halimunda seriam assim. Anos depois, viria a se dar conta de que, depois da proibição do Partido Comunista, ela nunca mais vira aqueles desfiles, com os carros alegóricos passando pela rua. Em geral, o Camarada Kliwon aparecia bem no meio num conversível, tendo na cabeça o boné que ganhara do Camarada Salim, acenando para as mocinhas que gritavam histéricas da calçada.

Os outros partidos ficavam pasmos com sua incrível popularidade, rezando para que as eleições não se realizassem logo. Outros partidos posavam de companheiros da revolução e esperavam que os comunistas baixassem a guarda, para poder apunhalá-los pelas costas. Mas o fato é que nada disso fora conquistado sem esforço, sendo resultado de dois anos de trabalho exaustivo. Dizia-se até que o Camarada Kliwon fora alvo de duas misteriosas tentativas de assassinato. Certa noite, foi esfaqueado por um agressor que apareceu de repente, e não menos que repente desapareceu sem deixar traços. Uma outra pessoa atirou uma granada de mão pela janela do seu quarto. Mas ele continuava muito bem e declarou num comício que perdoava os que haviam tentado matá-lo, quem quer que fossem. Disse que pessoas assim simplesmente não entendiam a missão comunista, que consistia em acabar com a exploração do homem pelo homem — o que contribuiu para que sua reputação, bem como a do partido, aumentasse ainda mais perante a população, chegando a ponto de serem admirados até pelas criancinhas.

Toda essa frenética atividade política preocupava terrivelmente sua mãe, Mina. Ela ainda se lembrava do marido, executado pelos japoneses, encarando toda aquela propaganda e aqueles carnavais como uma ridícula agitação sem sentido. De vez em quando Mina ia ver o filho discursar diante de milhares de pessoas, gritando palavras de ordem como "Morte aos patrões!", que eram recebidas delirantemente pela multidão. E ele não amaldiçoava apenas os patrões, mas também financistas, donos de fábricas, capitães de barcos, capatazes de plantações e a companhia ferroviária. Naturalmente, também amaldiçoava a América e a Holanda e o neocolonialismo, numa tal eloquência que era como se o próprio Deus sussurrasse as palavras no seu ouvido.

Toda vez que o Camarada Kliwon ia visitá-la, Mina dizia que não era bom fazer muitos inimigos.

— Um amigo é muito pouco, mas um inimigo já é demais. Você está fazendo muitas pessoas te odiarem — dizia, preocupada.

O Camarada Kliwon garantia que o que acontecera a seu pai não haveria de lhe acontecer, dava um sorriso e bebia o chá que ela lhe servira, antes de ir deitar-se.

Certo dia, por insistência do Partido Comunista, um grupo de rapazes foi jogado na prisão militar. Estavam promovendo uma festa na escola, e a única coisa que haviam feito de errado fora subir ao palco e cantar algumas canções de rock'n'roll, mas Shodancho fez queixa aos comunistas. Informada disso, a preocupação de Mina transformou-se em raiva, e ela marchou direto para a sede do partido, explodindo com o filho.

— Não posso permitir isto! — berrou, no meio do seu gabinete, cheio de gente. — Você por acaso não tocava essas canções ao violão nos velhos tempos, *vocês todos* não tocavam? — continuou, dirigindo-se às pessoas ao redor. — E agora têm coragem de mandar esses garotos para a prisão militar só por causa disso?

Mas a disciplina partidária tornara inflexível o Camarada Kliwon, e sua atitude diante da mãe foi de frieza. Ele se limitou a acalmá-la, acompanhou-a até a calçada e chamou um motorista de *becak* para levá-la para casa.

E não parou por aí, ele começou a pressionar as autoridades municipais, os militares e a polícia para confiscar aqueles discos emburrecedores de música popular ocidental e jogar na cadeia quem quer que os ouvisse, mesmo dentro de casa.

— Morte à América, que sua falsa cultura seja amaldiçoada! — gritava sempre.

Em compensação, o partido começou a apoiar generosamente a arte popular, fornecendo os habituais lanches e também material de propaganda, de modo que aquele tipo de arte que fora subversivo na época feudal e colonial começava agora a se destacar no cenário artístico de Halimunda. No aniversário do partido, havia apresentações de *sintren*, com uma linda garota que desaparecia numa gaiola de galinha e reaparecia segurando uma foice e um martelo, ainda mais bonita de maquiagem (e o público aplaudia). Os dançarinos da frenética *kuda lumping* não comiam apenas vidro moído e cascas de coco, passando a engolir também a bandeira americana. Os discos de rock'n'roll proibidos eram quebrados e engolidos.

Depois do sucesso de tão rápida implantação do partido, os comunistas da capital passaram a prestar atenção no Camarada Kliwon. Comentava-se que ele fora convidado a entrar para o Birô Político e que era forte candidato ao Comitê Central do Partido Comunista Indonésio. Sua carreira política tomava um rumo incrível, mas o Camarada Kliwon recusava todas as honras com uma atitude de incompreensível desacato, até mesmo diante de uma absurda oferta pela qual se teria tornado membro do Comintern. Dizia não estar trabalhando pelo avanço da própria carreira. Trabalhava pelo florescimento do comunismo no solo de Halimunda, e por isto não queria sair da cidade.

Começaram a retornar homens que davam conta das manifestações nas ruas. Os militares estavam de prontidão em toda parte — as forças municipais tinham descido às ruas e haviam saído vitoriosas, sob o comando de Shodancho, motivado por ódio pessoal ao Camarada Kliwon.

— D. N. Aidit foi capturado — informou alguém.

— Nyoto foi executado — soube-se por mais outro.

— D. N. Aidit se encontrou com o presidente.

As informações eram confusas e só podiam ser colhidas no rádio, que não merecia confiança. A manhã inteira, ele informara exatamente a mesma coisa repetidas vezes, como se o noticiário tivesse sido gravado: *O Partido Comunista tentou um golpe de Estado, que fracassou porque o exército agiu rapidamente. O exército assumiu o poder temporariamente para salvar a nação.* E outro boletim: *O presidente está em prisão domiciliar.* Era tudo muito confuso.

— Faça alguma coisa! — disse Adinda.

— E o que eu posso fazer? — perguntou o Camarada Kliwon. — A União Soviética e a China não se manifestaram.

Os camaradas pretendiam estender as manifestações e o protesto noite adentro, e, mesmo indefinidamente, mas embora todo mundo estivesse envolvido nos preparativos de montagem de cozinhas públicas para o fornecimento de sopas e os veteranos do Exército Popular se preparassem para entrar em guerra contra os soldados regulares, o Camarada Kliwon nem assim desceu às ruas. Adinda deixou-o ali, naquela mesma varanda, à espera dos seus jornais.

Na manhã seguinte, como sempre, ela preparou o desjejum para a mãe, que ainda não voltara do bordel de Mama Kalong, e foi assistir aos protestos. Seguiu depois para a sede do partido, levando um desjejum numa bandeja, e deu com o Camarada Kliwon sentado na varanda com uma xícara de café.

— Como vai, Camarada?

— Terrível — respondeu ele.

— Coma alguma coisa, não comeu nada ontem o dia inteiro.

Adinda depositou a bandeja na mesa entre os dois.

— Não posso comer enquanto não chegarem meus jornais.

— Pois eu juro que eles não chegarão — disse Adinda. — O exército proibiu os jornais de publicar o que quer que seja.

— Mas os jornais não são do exército.

— Mas o exército tem armas — retrucou Adinda. — Diga lá, quando é que ficou imbecilizado assim?

— Então serão publicados clandestinamente — insistiu o Camarada Kliwon. — É sempre assim.

As reuniões de emergência tiveram prosseguimento naquela manhã. Os anticomunistas também tinham descido para as ruas, e os dois grupos se chocavam. Parecia que a guerra que as pessoas tanto temiam que irrompesse entre os soldados e os valentões locais estava para acontecer com um novo elenco: os comunistas contra os anticomunistas. O exército e a polícia rondavam, mas não podiam impedir pequenas escaramuças e o lançamento de alguns coquetéis molotov. As pessoas também começaram a atirar pedras, e se realizaram então novas reuniões de emergência.

— Todo esse caos começou com o desaparecimento dos meus jornais — queixou-se o Camarada Kliwon.

— Não seja ridículo — disse Karmin. — Sete generais foram assassinados dois dias atrás.

— Por que está tão preocupado com esses jornais? — Não pôde deixar de perguntar o Camarada Yono.

— Porque a Revolução Russa jamais teria tido êxito se os bolcheviques não tivessem seu jornal.

Era a explicação que mais sentido fazia até então, e eles o deixaram esperando na varanda com Adinda.

No início da tarde, as ondas de anticomunistas aumentaram, e eles repetiam o noticiário do rádio na véspera, segundo o qual os comunistas tinham tentado dar um golpe.

O Camarada Kliwon, que ainda não perdera o senso de humor, comentou:

— Eles tentaram dar um golpe e censuraram os próprios jornais.

O primeiro confronto finalmente ocorreu à 1h da tarde. As pedradas evoluíram para intensas batalhas, nas quais valia de tudo para aleijar ou matar. Logo o hospital estaria sobrecarregado. O partido montou um hospital de campanha, e Adinda entrou em ação com os paramédicos na emergência, mas o Camarada Kliwon nem se mexeu.

Feridos começaram a chegar à sede do partido, que logo mergulharia em frenética agitação. Ninguém morrera ainda em Halimunda, fosse comunista ou anticomunista, mas se informava sobre um massacre em Jacarta. Cem comunistas tinham sido mortos na capital, e os demais estavam sendo capturados, enquanto centenas de outros haviam sido assassinados em Java Oriental, e massacres tinham início em Java Central. Todo mundo começava a ter o mau pressentimento de que tudo aquilo também chegaria a Halimunda.

No fim, alguém de fato foi morto naquela tarde. O primeiro comunista a morrer em Halimunda era um veterano da guerrilha revolucionária chamado Mualimin. Era um dos mais fiéis membros do partido, dominando sua ideologia na teoria e na prática, um autêntico combatente que lutara pela causa desde a época colonial até a era neoliberal. Foi o que o Camarada Kliwon disse no breve elogio fúnebre, naquele mesmo dia. Comunista muçulmano, Mualimin sempre quisera morrer pela causa, a sua *jihad*. Anos antes, já fizera constar em testamento que se morresse em combate queria ser enterrado como mártir. E assim não foi banhado, sendo imediatamente enterrado depois das orações com as roupas manchadas de sangue. Tinha sido alvejado pelo exército num confronto armado na praia, o único homem que morreu naquela tarde. Mualimin deixava apenas uma filha, uma moça de 21 anos chamada Farida. Os dois eram bem unidos desde a morte da mãe dela muitos anos antes, e, assim, quando a multidão começou a deixar o cemitério, Farida permaneceu junto ao túmulo do pai, embora todos tentassem convencê-la a voltar para casa. No fim, deixaram-na sozinha ali.

E agora, um pequeno romance, uma história de amor na cidade mergulhada na crise de uma guerra.

O coveiro e ao mesmo tempo vigia do cemitério público do bairro dos pescadores era Kamino, um homem de 32 anos. Era coveiro e vigia do cemitério de Budi Dharma desde os 16 anos, quando seu pai morrera de malária. Sem irmãos, herdara o cargo do pai — profissão que era passada de geração em geração em sua família desde o avô do seu avô, talvez porque ninguém mais quisesse exercê-la, e sua família já estava familiarizada com o mundo dos mortos. Acostumado ao silêncio daquele lugar desde a infância, Kamino não teve dificuldade de aprender o ofício. Era capaz de cavar um túmulo com a rapidez de um gato cavando um buraco para defecar. Mas a profissão oferecia uma séria dificuldade: nenhuma garota queria casar com ele, pois ninguém queria viver no meio de um cemitério.

O fato é que a maioria das pessoas em Halimunda era supersticiosa. Ainda acreditavam que demônios, fantasmas e os mais variados tipos de seres sobrenaturais viviam à solta no cemitério, entre os espíritos dos mortos. E também acreditavam que o coveiro vivia em estreita comunhão com essas criaturas sobrenaturais. Consciente de sua difícil situação, Kamino jamais sequer tentara pedir alguém em casamento. Só interagia com outras pessoas a trabalho. Em geral ficava em casa, uma casa úmida de velho concreto mofado debaixo de árvores frondosas. A única diversão em sua vida solitária era jogar *jailangkung* — invocar os espíritos dos mortos usando uma pequena boneca —, outra habilidade passada de geração em geração na sua família, boa para invocar os espíritos e conversar com eles sobre as mais variadas coisas.

Mas agora, pela primeira vez, seu coração batia ao ver uma jovem ajoelhada que se recusava a se afastar do túmulo do pai: Farida. Ele já tentara convencê-la a sair dali, depois que todos os outros tinham fracassado, dizendo que era o lugar mais frio da cidade ao cair da noite, e que seria melhor que ela voltasse para casa. A moça não parecia nem um pouquinho assustada com a eventualidade de um pouco de ar frio. Kamino então começou a falar dos espíritos e fantasmas *jin*, mas viu que ela não ficava nada impressionada. Isto fez o seu coração se agitar, e Kamino orou em silêncio para que ela fosse de fato teimosa e nunca voltasse para casa, e que, depois de todos aqueles anos, ele finalmente tivesse encontrado alguém para lhe fazer companhia naquele lugar.

O cemitério público de Budi Dharma tinha aproximadamente 100 mil metros quadrados, estendendo-se pela beira da praia, separado da área habitada pela plantação de cacau. Construído na era colonial, tinha muitos túmulos vazios e tomados pelo mato, e um vento forte soprava do oceano. Ao descer a noite, Kamino mais uma vez se aproximou da moça com uma lanterna, depositando-a na lápide.

— Se realmente não quiser voltar para casa — disse, sem coragem de olhar nos seus olhos —, pode ficar na minha casa como convidada.

— Obrigada, mas eu nunca iria à casa de ninguém tarde da noite.

E assim, à medida que a noite ia esfriando, ela permaneceu onde estava, sem qualquer coberta nem almofada, sentada na terra arenosa. Sentindo que sua presença a perturbava, Kamino finalmente se foi, voltando para casa para preparar o jantar. Reapareceu mais tarde com um pouco de comida para Farida.

— É muita bondade — disse ela.

— Bobagem, faz parte do trabalho dos coveiros.

— Aposto que não tem muita gente que vem ficar sentada ao lado de um túmulo até você trazer o jantar.

— Verdade, mas há muitas almas de mortos passando fome.

— Você *socializa* com os mortos?

Kamino percebeu uma pequena abertura para entrar na vida da moça.

— Sim. Posso até invocar o espírito do seu pai, se quiser.

E foi o que aconteceu. Jogando *jailangkung* como aprendera com os antepassados, ele invocou a alma de Mualimin e deixou o velho veterano possuir seu corpo. Tornou-se então Mualimin, falando com sua voz, em nome dele, e assim ficou frente a frente com a filha, Farida. A garota ficou exultante de voltar a ouvir a voz do pai, como se fosse uma noite qualquer, conversando um pouco depois do jantar antes de ir cada um para o seu quarto dormir. Agora, tendo concluído a refeição que Kamino lhe trouxera, Farida viu-se de novo conversando com o pai, como se a morte não existisse, até que se lembrou e disse:

— Mas você está morto, papai!

— Não fique com inveja — respondeu o pai —, um dia chegará sua vez.

A conversa deixou-a cansada, particularmente levando-se em conta que estava ali desde o início da tarde, e ela adormeceu ao lado do túmulo. Kamino encerrou a sessão de *jailangkung* e foi buscar um cobertor. Cobriu-a com os movimentos suaves e cuidadosos de um homem perdido de amor, e ali ficou contemplando seu rosto, que aparecia, era ocultado pela escuridão e voltava a aparecer à luz trêmula da lanterna balançando ao vento. Depois de se certificar de que a moça estava bem protegida pelo cobertor, e de que a lanterna duraria até a manhã seguinte, Kamino voltou para sua casa e tentou dormir, mas ficou pensando nela a noite inteira, conseguindo cochilar apenas quando a primeira luz da manhã irrompeu pelas folhas das árvores.

Às 10h30 ele acordou com o cheiro de temperos. Ainda meio zonzo, levantou da cama e se dirigiu aos fundos da casa. A visão ainda estava meio turva, mas ele viu uma garota carregando uma tigela com algo quente, que colocou na mesa de jantar.

— Cozinhei para você.

Ele imediatamente reconheceu Farida. Estava perplexo.

— Primeiro tome um banho — disse ela —, ou vá lavar o rosto. Comeremos juntos.

Como que hipnotizado, ele caminhou meio inconsciente para o banheiro, quase esquecendo de levar a toalha, e tomou o banho mais rápido que pôde. Encontrou-a então na mesa de jantar à sua espera. O arroz ainda estava quente. A tigela estava cheia de repolho e cenoura e sopa de macarrão. Num prato, ele viu carne de soja frita, e, num outro, peixe-voador cortado em pedacinhos e bem crocante.

— Encontrei tudo na cozinha.

Kamino assentiu. Parecia um milagre: ele não comia com outra pessoa havia anos, desde a morte dos pais. E agora estava ali com uma jovem, aquela mesma pela qual se apaixonara secretamente na tarde anterior. O coração disparou descontroladamente, e, enquanto comia, ele ainda não havia reunido coragem para olhá-la nos olhos. Os dois apenas davam uma olhada no outro de vez em quando e, quando os olhares se encontravam, sorriam timidamente, como dois pecadores apanhados em flagrante. Sentaram-se à mesa de frente um para o outro, parecendo exatamente um par de felizes recém-casados.

Essa história de amor foi levemente perturbada por uma tarde muito agitada. Cinco pessoas tinham morrido num confronto entre comunistas e anticomunistas. Eram quatro comunistas e um anticomunista, e Kamino teria de enterrar todos eles. Logo se deu conta de que mais cadáveres chegariam ao cemitério e de que aqueles dias assinalariam a inevitável derrocada do Partido Comunista. E o sabia pelo número de mortos. Cavou cinco túmulos, quatro num canto para os comunistas, e um em outro canto, onde eram enterradas as pessoas comuns. Cinco mortos, cada um com os parentes chorando junto ao túmulo, e breves discursos dos líderes do partido consumiram todo o seu tempo até a tarde. Mas enquanto ele estava ocupado, Farida não foi a lugar nenhum. Ficou sentada o dia inteiro junto ao túmulo do pai, exatamente como na véspera.

— Sou capaz de apostar — disse Kamino a Farida depois de terminar o trabalho, enquanto caminhava para casa para se lavar —, que amanhã vão morrer mais dez comunistas.

— Se forem muitos — respondeu ela —, pode enterrá-los numa vala comum. No sétimo dia poderá haver até 900 comunistas mortos, e em hipótese alguma você poderá cavar tantos túmulos.

— Só espero que os filhos não sejam tolos como você — fez Kamino —, pois nesse caso eu teria de dar um banquete para alimentá-los.

— Posso ser sua convidada hoje à noite?

A pergunta pegou Kamino desprevenido, e ele só conseguiu responder assentindo com a cabeça. Farida preparou o jantar, e, depois de comer, eles voltaram a invocar um espírito: ninguém menos do que Mualimin, naturalmente, e Farida mais uma vez pôde bater um bom papo com o pai. A coisa prosseguiu até 21h, quando chegou a hora de ir para a cama. Farida ficou no quarto que era dos pais de Kamino, e ele dormiu no mesmo quarto em que dormia desde a infância.

No dia seguinte, as previsões de Kamino e Farida se concretizaram: bem cedo, morreram mais 12 comunistas. Dessa vez não houve elogio fúnebre da parte de nenhum líder partidário, pois a situação era desesperadora. Dizia-se que D. N. Aidit e os dirigentes do Partido Comunista na verdade tinham sido executados. Os corpos dos 12 comunistas foram jogados no cemitério sem qualquer cerimônia. Ele não sabia seus nomes. E, embora tivesse cavado apenas uma grande fossa comum para todos eles, foi um dia de intensa atividade para Kamino, pois ao meio-dia o caminhão militar voltou para deixar mais oito corpos. E à tarde ele recebeu mais sete.

Farida ficou sentada junto ao túmulo do pai e ao cair da noite ela era a convidada de Kamino, embora ele ainda estivesse ocupado com a avalanche de cadáveres. E a coisa andou assim até o sétimo dia.

Embora a maioria dos simpatizantes do Partido Comunista estivesse foragida, mais de mil comunistas continuavam oferecendo resistência à multidão de soldados e anticomunistas no fim da Jalan Meredeka. Alguns estavam munidos de velhas armas, com uma quantidade muito limitada de munição. Cercados durante um dia e uma noite, estavam famintos, mas não se dispunham a se render. As lojas da região tinham sido destruídas, e todos os habitantes tinham fugido. Soldados fortemente armados faziam cerco em todas as direções, e seu comandante ordenara que os comunistas se dispersassem, dizendo com voz estridente que o partido estava acabado desde o fracasso da tentativa de golpe. Mas mil comunistas ou mais continuavam resistindo.

Ao se aproximar o cair da noite, alguns deles deram tiros contra os soldados. Mas ninguém foi ferido por suas balas. Por fim, o comandante perdeu a paciência e ordenou que seus homens atirassem. Atingidos de todos os lados, os comunistas tombaram na rua. Os que escaparam saíram correndo em pânico, derrubando uns aos outros, até que foram também abatidos um a um. Naquela tarde, num massacre incrivelmente rápido, 1.232 comunistas morreram, pondo fim à história do Partido Comunista na cidade e em todo o país.

Os corpos eram jogados em caminhões, em número cada vez maior, amontoados como em transporte de matadouro, e um comboio desses caminhões cheios de cadáveres rumou para a casa de Kamino. Foi o seu dia de mais pesada atividade. Ele teve de cavar um poço extremamente largo — no meio da noite, ainda não tinha acabado, terminando apenas ao alvorecer, com a ajuda de alguns soldados. Continuava na esperança de que os comunistas se entregassem, para que parassem de chegar corpos e ele pudesse finalmente descansar.

Por todo esse tempo, Farida ficou a seu lado, esperando-o, preparando sua comida e sentando junto ao túmulo do pai.

Naquela manhã, quando as tropas já se tinham ido com seus caminhões e 1.232 corpos de comunistas haviam sido enterrados numa vala comum, Kamino, que não tinha dormido, mas ainda assim parecia cheio de energia, aproximou-se de Farida, que ali se encontrava havia quase uma semana, e perguntou:

— Senhora, gostaria de viver comigo e ser minha esposa?

Farida sabia que era o seu destino aceitar aquele homem. E assim foi que, naquela manhã, depois de terem tomado banho e vestido suas melhores roupas, eles procuraram o juiz de paz da aldeia, pedindo que os casasse. Tornaram-se marido e mulher e foram passar a lua de mel na velha casa de Farida.

Isto significava que nesse dia não havia coveiro, mas não tinha problema, pois as tropas do exército já estavam cansadas de levar corpos de comunistas para o cemitério e ajudar o coveiro a abrir fossas comuns. Afinal, alguns desses comunistas tinham sido mortos por tropas regulares do exército, mas a maioria fora abatida por anticomunistas — carregando facões, espadas e foices, ou o que quer que pudesse ser usado para matar —, que haviam deixado os cadáveres apodrecendo à beira da estrada. A cidade de Halimunda estava agora cheia de corpos espalhados pelos canais de irrigação e nas imediações, ao pé das colinas e à margem dos rios, no meio de pontes e debaixo de arbustos. Em sua maioria, tinham sido mortos na tentativa de fugir.

Mas nem todo mundo tinha sido morto. Alguns se entregaram e foram jogados em cadeias locais e nas prisões militares, para em seguida serem levados para Bloedenkamp, a mais terrível prisão do delta. Os interrogatórios duravam horas, terminando com a promessa de que teriam prosseguimento no dia seguinte. Alguns morreriam nessas prisões, de fome ou espancamento. Os comunistas ainda foragidos eram selvagemente caçados, até mesmo nos recônditos da floresta.

E o Camarada Kliwon continuava sendo o homem mais procurado.

Shodancho formou uma unidade especial para capturá-lo, vivo ou morto.

O Camarada Kliwon na verdade estava sentado com Adinda na varanda da sede do Partido Comunista, esperando pacientemente seus jornais, quando as forças especiais chegaram. Mas, acredite-se ou não, eles não viram os dois. Investiram contra a sede e destruíram tudo, rasgando o retrato de Karl Marx e queimando-o à beira da estrada juntamente com a bandeira do partido, a foice e o martelo e os livros da biblioteca, exceto os livros sobre *silat*, as artes marciais indonésias, de que Shodancho se apropriou para uso pessoal. Ele havia comandado pessoalmente o ataque, e levou duas caixas inteiras desses livros sobre *silat*, acomodando-as em seu jipe. Tudo isso aconteceu diante dos olhos do Camarada Kliwon e de Adinda, absolutamente perplexos por não terem sido vistos por ninguém.

As tropas deram busca no cemitério público, pois alguém informara que ele estaria escondido ali, mas estava abandonado — nem o coveiro foi encontrado. Os homens rapidamente se dirigiram então para a casa de Mina, seguindo outra denúncia, mas ela insistiu o tempo todo no longo interrogatório que não via o Camarada Kliwon desde a semana anterior.

Quando eles se foram, Mina pensou com seus botões: *Esse garoto estúpido já devia saber: todo comunista acaba diante de um pelotão de fuzilamento.*

Um homem chegou correndo em busca de Shodancho, e disse que vira o Camarada Kliwon fugindo pelo mar com uma jovem. Cada vez mais contrariado, e com seu perene desejo de vingança por saciar, Shodancho ordenou uma busca em alto-mar. Seus soldados foram atrás de Kliwon em lanchas motorizadas, mas deram apenas com um esquife vazio e abandonado ao sabor das ondas, sem o menor traço dele. Achando que poderiam encontrar seu cadáver, Shodancho despachou três soldados mergulhadores, que também voltaram de mãos vazias.

Para dar vazão à sua raiva, Shodancho voltou a submeter a interrogatório os poucos militantes importantes do partido que tinham conseguido capturar. Todos disseram que tinham visto o Camarada Kliwon pela última vez sentado na varanda à espera dos jornais. Shodancho tomou a informação como zombaria, levou-os para fora da prisão militar e executou um a um com sua própria pistola.

Começaram a circular boatos de que o Camarada Kliwon tinha poderes sobrenaturais, podia se disfarçar como outra pessoa ou se desmembrar e se multiplicar de tal maneira que aparecia em vários lugares ao mesmo tempo. No fim das contas, contudo, ele veio a ser capturado. Shodancho reconstituiu seus passos, conduziu as tropas de volta à sede do partido no fim da Jalan Belanda e de repente o viu, ainda sentado na varanda com a própria cunhada de Shodancho, exatamente como haviam dito as pessoas que acabava de executar. Era de tarde, e a cidade estava coberta por uma garoa. Shodancho não teve coragem, envergonhado, de perguntar onde ele estivera o dia todo, pois parecia evidente, pela maneira como o Camarada Kliwon estava sentado ali, que de fato não arredara pé o tempo todo.

— Conseguimos capturá-lo, Camarada — disse Shodancho —, e, minha querida Adinda, é melhor voltar para casa.

— E por que estou sendo detido? — perguntou o Camarada Kliwon.

— Por esperar jornais que nunca chegarão — respondeu Shodancho, sarcástico.

Kliwon estendeu os braços e Shodancho o algemou.

— Shodancho — disse Adinda, com lágrimas escorrendo pelo rosto. — Deixe que eu me despeça dele, pois receio que o execute assim que ele entrar na prisão.

Shodancho assentiu, e sua despedida foi simplesmente um longo beijo na boca do Camarada Kliwon.

A notícia da sua captura rapidamente se espalhou, e quase todos os habitantes da cidade, alguns ainda com as mãos sujas de sangue, juntaram-se ao longo da rua, da sede do Partido Comunista até a prisão militar. Cada uma daquelas pessoas tinha lembranças afetuosas do Camarada Kliwon e esperava pacientemente que ele passasse.

O Camarada Kliwon se recusara a subir no jipe militar, caminhando com o que restava de sua dignidade, escoltado pelos soldados.

Adinda seguia no jipe com Shodancho, avançando muito lentamente por trás da pequena procissão, enquanto o povo se acotovelava dos dois lados da rua em solene silêncio. Olhavam todos em confusa emoção para aquele homem que, mesmo naquela situação, continuava usando seu querido boné. Muitos eram seus amigos desde os tempos de escola e se perguntavam como era possível que o sujeito mais inteligente e bonitão da cidade tivesse optado por se desencaminhar no comunismo. Havia mulheres que tinham saído com ele ou sonhavam em sair com ele, e que acompanhavam com lágrimas nos olhos, como se estivessem sido deixadas por seu verdadeiro amor.

A raiva daquela gente se evaporou assim que ele surgiu. Caminhava firme e ereto, ainda cheio de resolução, de modo algum parecendo um homem derrotado. Andava como um comandante convencido de que logo venceria as guerras ainda por serem combatidas. E as pessoas que o viam lembravam todo o bem que fizera no passado, esquecendo todo o mal. Era um rapaz inteligente, esperto, esforçado e educado, e agora ninguém mais lembrava que ele costumava ser um demagogo que paralisava prostitutas, ou que tinha incendiado navios.

Em seu boné estava bordada agora uma pequena estrela vermelha. Ele usava uma camisa que tinha sido costurada pela mãe, e calças do breve período que passara estudando na capital, calçando sapatos de couro emprestados.

Voltou a cabeça, na esperança de vislumbrar Adinda, mas não conseguiu vê-la dentro do jipe. Também procurou por Alamanda na multidão, mas ela não se encontrava. Achando que não havia ninguém de real importância na multidão, ele caminhou calmamente na direção da prisão atrás do quartel militar, onde, sem qualquer julgamento, Shodancho declarou que ele seria executado às 5 horas da manhã seguinte.

Adinda reapareceu não muito depois, e, como fossem proibidas visitas, deixou apenas uma muda de roupa, pedindo a Shodancho que a entregasse, junto com uma bandeja cheia de comida.

— Prometa, Shodancho — disse ela —, que ele poderá comer isto. Desde que deixou de receber os jornais, não comeu mais nada.

Shodancho foi pessoalmente entregar as encomendas e encontrou o Camarada Kliwon deitado num catre, as mãos entrelaçadas por baixo da cabeça e olhando para o teto.

— Parece que ainda tem prestígio com as mulheres, Camarada — disse Shodancho. — Uma delas mandou-lhe uma muda de roupa e uma bandeja de comida.

— E eu sei quem é ela: a sua cunhada.

E o Camarada Kliwon calou-se, sem tampouco dizer nada na expressão corporal. Mas na luz fraca do ambiente, Shodancho sorriu, saboreando a pequena vitória. *Este é o homem que roubou minha linda esposa*, pensou com seus botões, *e amaldiçoou minhas duas filhas*.

— Amanhã mandarei executá-lo.

Ele não queria que a execução fosse simples e rápida. Queria ver Kliwon morrer lentamente: unhas arrancadas uma a uma, olhos, furados, couro cabeludo e língua, arrancados. Shodancho abria um sorriso cáustico, gozando por antecipação.

Mas o Camarada Kliwon não reagiu. Incrivelmente, nem parecia importar-se, o que irritou profundamente Shodancho. Estendido no catre, seu cadáver vivo parecia cheio de autoridade, cheio de autossatisfação, como se estivesse morrendo como mártir, maravilhado com a vida que escolhera e pela qual jamais se arrependeria, muito embora o tivesse trazido a esse fim lastimável. Havia um enorme abismo, entre um homem com autoridade para ordenar execuções e um homem contando as horas até a morte. O primeiro, desconfortável com o próprio poder; o segundo, calmo ante o destino.

Na verdade, o Camarada Kliwon nem sequer estava pensando em Shodancho, engolfado numa onda de nostalgia pelas lembranças da cidade que logo estaria deixando. Como era exaustiva a revolução, pensou com seus botões, e a única coisa que o deixava feliz era que *posso deixar tudo isso para trás sem precisar me tornar um reacionário nem um contrarrevolucionário*.

O Camarada Kliwon achava então que precisava agradecer a quem tinha promovido aquele golpe. Pois no dia seguinte morreria, deixando para trás toda essa atividade cansativa. Não estava muito preocupado com a mãe, era uma mulher forte, capaz de cuidar de si mesma, o que tanto mais o dispunha a morrer, até feliz. Um sorrisinho brincou nos seus lábios, o que irritou ainda mais Shodancho.

— Será levado às 4h50, e às 5h em ponto terá início a sua execução. Diga então qual é o seu último desejo — ordenou Shodancho.

— Este é o meu último desejo: Trabalhadores do mundo inteiro, uni-vos! — respondeu o Camarada Kliwon.

Shodancho saiu e bateu a porta.

13

Muita gente casa nos meses da estação de chuvas. Multidões de aldeãos comparecem a cerimônia após cerimônia durante semanas a fio, e as traves *janur kuning* douradas que assinalam as casas onde transcorrem as festas de casamento se destacam das cercas em quase todos os cruzamentos, formando sobre a rua um arco do qual pendem decorações festivas. Enquanto isso, os homens solteiros vão para o bordel, os amantes se encontram com mais frequência para transar em segredo, os casados há muito tempo parecem reviver a lua de mel nos meses da estação chuvosa, e Deus cria uma infinidade de minúsculos embriões.

Mesmo durante o massacre dos comunistas, as pessoas continuavam fazendo amor sempre que tinham oportunidade, especialmente nas tempestades. Mas esse tipo de atitude, pelo menos por enquanto, não estava acontecendo com Shodancho e Alamanda. Como tampouco acontecia com Maman Gendeng e Maya Dewi, ainda envolvidos no mesmo drama que vinham representando desde a noite de núpcias quase cinco anos antes.

Mas uma coisa deixava Maman Gendeng muito feliz: ele agora tinha algo que podia ser chamado de um lar, algo com que sonhara durante muito tempo, desde que se apaixonara pela primeira vez por Nasiah e vira o seu radiante amor pelo outro. Durante anos tinha sonhado com um olhar amoroso como o dela, com uma família e uma casa — anos cheios de desespero, duvidando de que jamais viesse a ter algo próximo do seu sonho, sobretudo porque todos o consideravam um patife criador de caso.

Agora, quando voltava para casa do terminal rodoviário, depois de passar a tarde inteira à toa de conversa fiada, ou jogando cartas com Shodancho, sua mulher estava à sua espera na mesa de jantar e se apressava a preparar seu banho. Ele passava as noites flutuando numa alegria indescritível e se sentia perfeitamente civilizado, pois vestia roupas limpas, exatamente como os vizinhos, comia numa mesa de jantar, exatamente como os vizinhos, e dormia sobre um colchão coberto com um cobertor, exatamente como os vizinhos.

Além de se ocupar das tarefas domésticas e fazer o dever de casa, Maya Dewi cuidava zelosamente do marido. Como prometera a Maya Dewi, Maman Gendeng nunca tocou em outra mulher, muito embora tampouco tivesse tocado na própria esposa. Passavam-se os anos, e a menininha começou a tornar-se uma adolescente. Já estava muito mais alta, com o corpo cheio, e os seios se desenvolviam perfeitamente. Mas Maman Gendeng continuava a vê-la como a mesma estudante que sempre fora. Fazia-lhe companhia, fumava seus cigarros enquanto ela fazia o dever de casa e a aconchegava à noite, mas eles nunca nem sequer dormiram na mesma cama.

Ele levava a cabo uma proeza realmente incrível de abstinência sexual. De vez em quando, ao sentir desejo, efetuava certas experiências no banheiro para tentar se acalmar, e a esse respeito Shodancho era o melhor amigo que Maman Gendeng poderia ter. Apesar da enorme diferença de origens, o destino os havia unido numa amizade cada vez mais profunda, e Shodancho não se limitava a lamentar a possibilidade de que a esposa continuasse amando o Camarada Kliwon, também começou a falar dos seus problemas familiares com o amigo mais confiável.

Depois que jogavam trunfo, e os outros jogadores já estavam indo embora, e as questões da cidade já tinham sido tratadas, eles costumavam começar a falar dos problemas pessoais. E já não pareciam então amigos, mas dois irmãos se lamuriando e suspirando um com o outro. Certo dia, Shodancho falou francamente das calcinhas de ferro de Alamanda.

— E a chave para abri-las é um mantra que só minha mulher conhece.

— Mas ouvi dizer que ela estava grávida.

Shodancho então caiu em lágrimas, soluçando:

— Ela engravidou duas vezes. Dei o nome de Nurul Aini às duas crianças, mas elas desapareceram do seu útero!

— Nenhuma mulher pode engravidar sem ser fodida, a menos que você acredite na Virgem Maria.

Shodancho respirou fundo com dificuldade e explicou:

— Bem, o fato é que a estuprei quando se descuidou do protetor de ferro.

Maman Gendeng tentou reconfortá-lo dizendo que nem ele próprio ainda não tinha tocado na esposa.

— E jurei, Shodancho, que nunca mais voltaria ao bordel, de modo que só me distraio no banheiro. É muito bom para aliviar mau humor e prevenir ataques de raiva. A gente realmente precisa esvaziar regularmente o conteúdo das bolas.

— Mas eu já faço isso — queixou-se Shodancho.

Os dois chegaram então à conclusão de que, com o tempo, e a devida aceitação e paciência, seus casamentos alcançariam a felicidade, embora isso parecesse avançar muito lentamente. Maman Gendeng teria de viver na espera até que sua esposa tivesse idade para fazer amor.

— Não sei quando será, Shodancho. E na verdade o que você precisa também é tempo, não é mesmo? Tempo para se submeter, pois, mais cedo ou mais tarde, com a devida persistência, toda mulher acaba sendo convencida.

Pelo menos era o que diziam os homens experientes que tinham conhecido muitas mulheres.

— Portanto, se for paciente, sua paciência dará frutos. Exatamente como gotas d'água podem abrir um buraco numa rocha, sua mulher finalmente deixará de lado a teimosia e talvez até comece a se apaixonar por você. Você não precisará mais seduzi-la, enganá-la ou convencê-la a tirar a calcinha, pois uma bela noite ela simplesmente vai abri-lo para você. Acredite, vai acontecer, Shodancho, pois nenhuma mulher, nem nenhum homem, pode se obstinar na teimosia até a morte.

Essas estranhas e sábias palavras de Maman Gendeng, a quem secretamente ainda odiava em certa medida, reconfortavam verdadeiramente Shodancho, que por um momento foi capaz de esquecer sua obsessão de como seria maravilhoso dormir com a própria mulher (embora ainda não conseguisse esquecer o delicioso episódio em que a violentara em sua cabana de guerrilheiro).

Ao contrário de Shodancho, Maman Gendeng nem de longe pensaria em estuprar a própria mulher. Quem sabe, se pedisse, Maya Dewi não se disporia a tirar a roupa e deitar na cama, esperando que ele pulasse no sobre ela? Mas não, ele não poderia tratar tão cruelmente aquela mocinha, de olhos ainda tão inocentes. Doce filha mais nova era como costumava chamar Maya Dewi quando ainda era amante de Dewi Ayu. Ele considerava que a função mais importante de um marido era garantir a felicidade da esposa, deixando que ela própria aprendesse a ser uma boa parceira.

— Orgulho-me muito da minha mulherzinha. — Costumava dizer aos amigos. — Quando casei com ela, tinha apenas 12 anos, e já sabia cozinhar e costurar, arrumar a casa e fazer arranjos de flores. E hoje, assim que volta da escola, já está ocupada com as encomendas de biscoitos.

O negócio de massas e doces ia tão bem que Maya Dewi contratara duas empregadas: duas meninas órfãs, ambas com cerca de 12 anos, que tomara sob seus cuidados. Passavam o dia inteiro ocupadas com a massa, o forno e a decoração dos biscoitos.

Mas ela nunca negligenciava o marido por causa da escola e do negócio, e era o que deixava Maman Gendeng tão feliz. Mas ainda assim ele não tocava nela — não queria roubar a felicidade da sua infância, pois, embora ela tivesse vivido com a mais famosa puta da cidade, talvez nunca tivesse pensado em fazer sexo ou qualquer coisa do tipo. E, especialmente depois de tomar conhecimento do que acontecera às duas primeiras filhas de Shodancho, ele estava convencido de que não seria correto forçar uma mulher de alguma maneira. Mesmo sendo ela a esposa.

E Maman Gendeng acabou se orgulhando muito da própria paciência, eximindo-se de fazer amor com quem quer que fosse durante anos, exceto a própria mão no banheiro. O contato físico com sua mulher limitava-se a um beijo na testa antes de dormir ou quando ela ia para a escola, e às vezes os dois sentavam enlaçados pelos braços no cinema, e ele a carregava para a cama quando ela adormecia no sofá. Ele nunca sequer chegara a vê-la nua. Resistia com a misteriosa paciência de um homem que havia sido um guerreiro nômade, observando uma estação suceder à outra com pacífica expectativa.

Até que certo dia, quando tinha quase 17 anos, Maya Dewi surpreendeu Maman Gendeng dizendo:

— Vou largar a escola.

E expôs com toda a firmeza seus motivos, dizendo que queria cuidar melhor da casa e do marido.

Embora pudesse ter protestado que até então ele e sua casa vinham sendo muito bem-cuidados, na verdade, provavelmente, muito melhor do que qualquer outro marido da cidade, considerando o número de maridos que escapuliam para o bordel de Mama Kalong, Maman Gendeng aceitou a decisão da esposa, vendo em seus olhos uma inabalável convicção.

Mais tarde naquela noite, Maman Gendeng foi ao quarto dela para dar um beijo de boa noite e aconchegá-la como sempre. Encontrou-a deitada nua na cama sobre lençóis cor-de-rosa, numa luz fraca, sorrindo para ele, com um perfume de rosas no ar. Disse Maya Dewi:

— Querido, sou sua esposa e já tenho idade para recebê-lo nesta cama. Abrace-me e faça amor comigo esta noite. Será nossa mais bela noite, nossa primeira noite juntos, a noite pela qual esperamos há cinco anos.

Ela era maravilhosa, tendo herdado a beleza da mãe, com os cabelos espalhados no travesseiro, os seios empertigados e os adoráveis quadris fortes. Maman Gendeng perdeu o fôlego por um momento. Sabe Deus que ele jamais imaginara ser recompensado pela espera de cinco anos com uma bênção tão extraordinária, como se tivesse feito uma longa viagem para finalmente encontrar a mais preciosa joia do mundo.

E então, como se uma força invisível o empurrasse, aproximou-se dela, começando a explorar o corpo da esposa com carícias tão suaves que ela se contorcia e arqueava com suspiros sussurrados. Com uma calma forjada em anos de expectativa, Maman Gendeng subiu na cama e cheirou afetuosamente a testa da esposa, para então cobrir suas bochechas e seus lábios com longos beijos ardentes. Maya Dewi tirou as roupas do marido com gestos tão delicados que ele não se deu conta logo de que agora estavam ambos nus.

E os dois deslizaram para uma gloriosa noite de núpcias que se prolongou por semanas. Como dois recém-casados de verdade, quase nunca saíam de casa, fazendo amor do cair da noite até o amanhecer, e depois da manhã à tarde. Só saíam da cama para comer e beber e ir ao banheiro e respirar ar fresco. Ainda estavam em sua extraordinária lua de mel nos primeiros dias daquele chuvoso e sangrento outubro em Halimunda, de modo que não tinham a menor ideia do que estava acontecendo.

Alamanda foi a última pessoa a tomar conhecimento da captura do Camarada Kliwon e dos planos de sua execução às 5h da manhã. A notícia foi trazida pelo vento que soprou pela janela enquanto ela estava deitada no quarto à espera de que o marido voltasse para casa. Ela quase não saía de casa desde que Shodancho passara a se mostrar muito preocupado com aquelas atividades tão súbitas e estranhas no início de outubro. Alamanda tremia só de pensar que o homem que ainda amava secretamente morreria ao alvorecer, talvez diante de um pelotão de fuzilamento, talvez enforcado, afogado ou quem sabe atirado aos *ajaks*.

Sentou-se na beira da cama envolta num cobertor, os olhos pregados no relógio de parede, acompanhando o lento e seguro avanço do ponteiro de minutos em direção ao momento em que a vida de seu amado chegaria ao fim, por ordem do seu marido. Talvez até o próprio Shodancho se encarregasse da execução. Sentindo-se sozinha, isolada e perdida, ela começou a chorar, subitamente ansiando por ser abraçada por um homem. O homem com quem casara a abandonara em troca de uma preocupação com o recente caos, e ela se sentia impotente para ajudar o homem que de longe teria preferido ter na cama.

Ela não era a única inconformada com a execução do Camarada Kliwon: para ela e muitas outras pessoas, não importava que ele tivesse incendiando três dos barcos pesqueiros do seu marido e jogado adolescentes na cadeia por causa da obsessão com rock'n'roll — aquele homem *era* Halimunda, e vice-versa. Tinha construído uma imagem positiva para a cidade, permitindo-lhe superar a velha fama de covil de prostitutas, bandidos e velhos guerrilheiros.

Toda garota de Halimunda, inclusive Alamanda, visualizava aquele homem toda vez que pensava na cidade, mas ao nascer do dia ele morreria, e começaram a flutuar sobre a cidade orações, partindo da boca de pessoas impotentes para impedir seu castigo. Só Alamanda seria capaz de impedir sua execução: ela tinha a chave.

Às 4h45 da manhã, Shodancho finalmente apareceu em casa, querendo repousar por um momento antes de assistir à execução de seu inimigo mais irritante. Atirou na cama o revólver que usaria para abater aquele comunista louco e estirou-se, exausto, ao lado da arma, só então se dando conta de que Alamanda estava sentada num canto do colchão, tremendo.

— Diga, Shodancho, ele será morto às 5 horas desta manhã, certo? — perguntou Alamanda no escuro.

— Sim.

— Vou recitar o mantra e entregar-lhe meu amor se você prometer que ele não vai morrer.

A voz de Alamanda ressoava com convicção.

Shodancho levantou-se e sentou de frente para a mulher por um momento no quarto escuro, entrando na mais estranha transação jamais ocorrida entre marido e mulher.

— Estou falando sério, Shodancho.

— Parece justo — respondeu ele —, embora me encha de ciúme.

E nada mais disse. Limitou-se a levantar, pegar o revólver e sair do quarto a passos firmes. Dirigiu-se ao quartel militar e encontrou os homens do pelotão de fuzilamento polindo os fuzis com orgulho, pois dentro de poucos instantes abateriam a maior presa de suas carreiras.

Shodancho encontrou o comandante do pelotão e deu suas ordens. Ninguém estava autorizado a matar o Camarada Kliwon, e ninguém estava autorizado a perguntar por quê. Acrescentou que tudo o que estivesse sob a jurisdição dos generais do comando central era de sua responsabilidade, e, se alguém ousasse matar aquele homem, não hesitaria em matar o assassino com seu próprio revólver (e brandiu a arma), além dos seus filhos, da mulher, dos pais e parentes próximos, irmãos mais velhos, sobrinhos e sobrinhas, primos, tios e tias.

Sua ordem foi tão enfática que ninguém teve coragem de argumentar, embora todos estivessem matutando para tentar entender o que acontecera. Mas, no momento em que se retirava, Shodancho voltou-se do portão e olhou para os soldados, que não tinham dormido a noite inteira, na expectativa dessa execução, e disse:

— Podem maltratá-lo um pouco, mas repito, não o matem. Às 7 horas da manhã ele deve ser libertado.

E tratou de voltar para casa.

Ao chegar, deu com a mulher nua na cama, exatamente como Maman Gendeng encontrara Maya Dewi. O ar no quarto estava quente e revigorante, embora lá fora a chuva tivesse congelado tudo. À luz da lâmpada noturna, ele viu a forma do corpo que conhecia tão bem, cada arco, cada curva, cada ondulação. A mulher tinha agora 21 anos, perfeita e tentadora.

Foi quando Shodancho deu-se conta de que o quarto tinha sido decorado como uma câmara nupcial. Tudo dourado, como Alamanda gostava, dos lençóis ao mosquiteiro, passando pelo cobertor. Havia orquídeas e nardos num vaso na mesa de canto, para deliciar seu nariz. Como uma maravilhosa oferenda de uma noite de núpcias, ocorrida cinco anos antes.

Shodancho assumiu a atitude tímida de um recém-casado, sem se apressar, como costumava fazer, mas tirando as roupas lentamente. E então teve início a tardia noite de núpcias, seguida de uma lua de mel extraordinariamente romântica e excitante. O amor que fizeram naquela noite foi formidável e selvagem, transferindo-se para o chão quando rolaram pela cama dourada sem se dar conta, e prosseguindo no banheiro, até que continuassem no sofá, enquanto raios do sol começavam a passar pela janela.

Fecharam todas as portas da casa, trancaram as criadas na cozinha e fizeram de novo na sala de visita, lendo em voz alta romances pornográficos. Voltaram então ao banheiro, e foi uma surpresa para as criadas na cozinha e os vizinhos ouvir os breves gemidos de Alamanda e os roncos graves de Shodancho. Ele gozou três vezes naquela noite, mas a satisfação só veio quando fizeram mais onze vezes no dia seguinte: verdadeiramente uma dupla de adversários famintos havia cinco anos.

Tal como Maman Gendeng e Maya Dewi, não saíram mais de casa durante semanas depois disso. Não se importavam mais com nada que estivesse acontecendo fora de sua casa.

Até que, meses depois, Shodancho soube que a mulher de Maman Gendeng estava grávida. Houve uma pequena festa, e todos os *premans* se embebedaram no quintal, sem dar a menor atenção aos gritos de Maman Gendeng de que não queria ninguém caindo pelas tabelas em sua casa — começaram até a desmaiar, e Maman Gendeng foi obrigado a arrastá-los um a um para a rua.

Maman Gendeng sentou na varanda olhando para aqueles seus amigos, alguns jogados na calçada e outros cambaleando até seus bancos na ferroviária, da eufórica perspectiva de um homem pronto a levar a vida normal de todos os outros homens de família que conhecia, e, no entanto, um homem que durante anos vivera ao ar livre em solidariedade com os amigos.

Ainda era um homem impregnado dessa ambiguidade — um sujeito mau no mundo exterior, mas um bom sujeito em casa — quando sua filha finalmente nasceu. Como havia prometido, deu-lhe o nome de Rengganis. Mas quase todo mundo acabou por chamá-la de Rengganis, a Bela, por sua extraordinária beleza.

Foi quando apareceu Shodancho, dizendo-se sinceramente feliz por ver que o amigo tivera uma filhinha tão bela quanto a mãe e a avó. Naturalmente, também o provocou, cumprimentando-o pelo fato de seu equipamento continuar funcionando depois do repouso forçado de cinco longos anos, para não falar de alguns episódios ridículos no banheiro. Ouvindo isto, Maman Gendeng, em geral tão grosseiro e implacável, ficou ligeiramente ruborizado e perguntou, cheio de dedos, como Shodancho estava se saindo.

Shodancho revelou, num largo sorriso:

— Olhe só para mim, meu caro amigo. Ambos fomos contemplados com a boa sorte, e toda a nossa paciência finalmente deu resultado. Minha mulher também está grávida, com uma barriga grande e cheia. Oh, meu amigo, não me olhe assim, eu não fiz do jeito que havia feito nas duas primeiras vezes em que ela engravidou. É verdade que perdemos aquelas duas lindas criaturinhas, mas agora finalmente meu sofrimento vai cessar. Tenho certeza de que minha mulher dará à luz uma criança de verdade, e juro que nosso bebê não será menos belo do que a sua filhinha aqui. Pois dessa vez eu fiz certo, não estuprei minha própria esposa. Fizemos amor como quaisquer recém-casados, meio tímidos no início, mas entusiasmados e apaixonados e sinceros e cheios de amor.

E ele prosseguiu:

— Você deve estar surpreso de ouvir isto. E eu não fiquei menos surpreso quando, certa noite, pouco antes do alvorecer, encontrei minha mulher nua e se oferecendo a mim, dizendo que estava preparada e disposta a ser possuída e não resistiria, e durante semanas pudemos desfrutar das noites requintadamente maravilhosas da nossa lua de mel. Minha história não é tão diferente da sua, meu amigo, pois talvez o universo nos tenha reservado o mesmo destino.

Os dois acharam graça.

Shodancho não mencionou, achando que não havia necessidade de Maman Gendeng saber, que conquistara o amor da esposa poupando a vida do Camarada Kliwon.

Exultantes, os dois brindaram no quintal, perto dos tanques de peixes de Maman Gendeng. Conversaram sobre muitas coisas, inclusive estratégia no trunfo, e prometeram voltar a se encontrar em breve na mesa de jogo, depois da longa ausência causada por suas infindáveis luas de mel.

Seis meses depois do nascimento de Rengganis, ao tomar conhecimento de que Alamanda estava para dar à luz, Maman Gendeng levou a esposa e a filha à casa de Shodancho. Chegaram no exato momento em que o bebê começava a chorar, e neste preciso instante Maman Gendeng apertou a mão de Shodancho. O pai exultava ao ver seu bebê, de carne e osso, sangue e pele, perfeitinho, como qualquer outro bebê no mundo. Era uma menina, e no fim das contas, não menos bela do que a filha do querido amigo e inimigo.

Maman Gendeng disse:

— Parabéns, Shodancho, espero que as primas sejam amigas. Já escolheu um nome?

— Exatamente como as irmãs mais velhas, que desapareceram, vou dar-lhe o nome de Nurul Aini — respondeu Shodancho. Mais tarde, porém, as pessoas prefeririam chamá-la pelo apelido, Ai.

E é esta a história de dois pais que tiveram de esperar durante anos a sua cota de alegria, ambos amando profundamente suas filhas, de tal maneira que, quando se reuniam na mesa do trunfo com o vendedor de sardinhas e o açougueiro, às vezes levavam as menininhas. E assim as duas cresceram juntas. Os homens deixavam as crianças embaralhar as cartas no meio de um jogo e jogavam para elas as moedas das apostas, e a amizade entre os dois tornou-se mais forte com a presença das meninas.

Enquanto isso, doze dias depois do nascimento de Nurul Aini, nasceu também um terceiro primo — um menino, filho de Adinda, e o pai deu-lhe o nome de Krisan. Mas esta é uma outra história, outra família, outro destino, que começou no dia em que o Camarada Kliwon devia ser executado ao alvorecer mas acabou sendo poupado porque Alamanda comprou sua vida entregando-se a Shodancho. Na época, ninguém sabia que o nascimento dos três primos, netos de Dewi Ayu, levaria à mais angustiante tragédia em anos vindouros.

No cemitério, enquanto isso, Kamino e Farida levavam cheios de alegria sua vida tranquila. Kamino, feliz por finalmente ter encontrado uma garota disposta a ser esposa de um coveiro, nem se importava toda vez que ela repetia que o único motivo de ter casado com ele era porque morava perto do túmulo do seu pai.

— Não faz sentido ter ciúme de um morto — dizia Kamino.

Eles ainda jogavam com frequência o *jailangkung*, invocando o espírito de Mualimin. O morto parecia feliz de ver que Farida conseguira casar com um coveiro.

— Ninguém é mais bondoso do que os coveiros — disse o morto. — Prestam serviço bondosamente a quem não precisa mais.

Era assim a sua vida juntos. Passavam a maior parte do tempo conversando, e também com os espíritos dos mortos, e eventualmente com as pessoas enlutadas que acompanhavam os cadáveres, e ainda apreciavam as raras oportunidades de visitar os vizinhos do outro lado das plantações de cacau e coco.

Podia ser considerada uma vida próspera. Tinham a casa que lhes fora dada pela prefeitura, e nunca faltava dinheiro à família, pois quase diariamente havia parentes de defuntos que davam uma ou duas cédulas de gorjeta a Kamino. As pessoas faziam peregrinação ao túmulo no sétimo dia após a morte de alguém, e uma outra no quadragésimo dia, e mais uma vez no centésimo dia, e outra, ainda, no milésimo. No início do mês de jejum do Ramadã, faziam peregrinação, e depois do Eid as pessoas às vezes também entravam em peregrinação. Como havia tantas pessoas enterradas no cemitério, não o surpreendia que diariamente alguém chegasse em peregrinação, e Farida e Kamino apreciavam o entretenimento representado por todas essas visitas.

A única coisa meio incômoda eram as perturbações causadas pelos fantasmas. Eles não eram maus, mas travessos. Gostavam de provocar pessoas que eram obrigadas a atravessar o cemitério, fazendo ruídos assustadores ou aparecendo como vendedores de batata-doce sem cabeça. Todo mundo evitava passar por ali à noite, mas Kamino e Farida já estavam acostumados com os fantasmas, e simplesmente tratavam de espantá-los, como as pessoas costumam fazer xô para uma galinha que tivesse entrado na cozinha. De vez em quando, o casal até provocava os fantasmas.

Ao meio-dia, quando não havia muita coisa a fazer, Farida ainda continuava sentando com frequência junto ao túmulo do pai. Instalara ali uma cadeira, mas, quando a gravidez já ia avançada, era incômodo ficar sentada, e ela então desenrolava uma esteira e deitava à sombra das árvores, mas a brisa do mar levantava a areia. Kamino fez para ela uma rede de cordas que amarrava de um tronco a outro, para que a mulher pudesse descansar embalada pelo vento, fechando os olhos enquanto o corpo balançava suavemente.

Um dia, contudo, isto causou um desastre. Quando já estava grávida de seis meses, Farida adormeceu na rede e teve um terrível pesadelo. Assustada, despertou sobressaltada e caiu da rede. Sofreu uma hemorragia e, antes que Kamino, tendo ouvido o baque do corpo na terra, pudesse socorrê-la, já estava morta.

Como aquele homem ficou triste! Perdera a esposa e a criança por nascer. Agora, voltaria para a mesma solidão suportada durante tantos anos, só que desta vez seria muito mais deprimente, pois conhecera a felicidade.

Cuidou ele mesmo do enterro da esposa, contando a um ou dois vizinhos apenas o que acontecera, arrasado demais para falar com outros. Banhou amorosamente o corpo da mulher, dilacerado de dor, culpando-se pela ideia da rede. Fez ele próprio a oração de corpo presente e, como não faltavam mortalhas na casa, tratou ele mesmo de envolver o corpo da mulher. À tarde, começou a cavar seu túmulo, bem ao lado do túmulo de Mualimin, pois sabia que era exatamente o que Farida teria desejado. Ao cair da noite, a escavação terminara.

Com lágrimas rolando pelo rosto, ele carregou o cadáver da esposa e o depositou no fundo da sepultura. Cobriu-o com pequenas tábuas. Ao começar a tapar o buraco com terra, seus soluços se transformaram em violentas convulsões.

Naquela noite, ele não dormiu. Como fizera Farida ao prantear a morte do pai, Kamino sentou ao lado do túmulo da mulher sem mover um músculo. Seu corpo ainda estava sujo de terra da sepultura e ele ainda tinha a pá ao lado. De repente, ouviu um choro baixinho. Era uma criança — não, um bebê. Olhou em várias direções, mas nada encontrava. Começou a achar que talvez fossem fantasmas do cemitério com suas travessuras, mas o choro foi-se tornando mais alto e nítido, e ele entendeu que vinha do túmulo da mulher.

Como que possuído, começou a tirar a campa. Retirou as tábuas. O corpo jazia rígido, coberto pela mortalha, mas perto da vagina ele viu algo se mexendo. Kamino rapidamente retirou a mortalha e viu um bebê projetado pela metade, aprisionado entre as coxas do cadáver. Puxou-o, perfeitamente vivo e chorando muito, e com uma mordida cortou o cordão umbilical.

Era o seu filho. Nascido num túmulo, prematuro, mas aparentemente bem saudável. A criaturinha era uma bênção naquele momento de dor de Kamino, como um sinal enviado por sua amada. Levantou a criança em adoração e deu-lhe o nome de Kinkin.

Na manhã em que deveria ter sido fuzilado, o Camarada Kliwon foi encontrado espancado e contundido no campo atrás do quartel militar por Adinda, que viera ver se estava morto. Como ela esperava, ele usava as roupas limpas e adequadas que lhe mandara (embora agora estivessem com manchas de sangue), pois às 4h30 da manhã tinha tomado um banho, para então se arrumar diante do espelho, na esperança de que o anjo da morte gostasse da sua aparência.

— Está com medo, Camarada? — perguntou um dos guardas momentos antes da hora marcada para a execução.

— Só os soldados sentem medo — respondeu o Camarada Kliwon.
— Se não sentissem, não precisariam de armas.

Ao soarem as 5 horas, um grupo de soldados veio buscá-lo, soldados furiosos porque sua missão de executá-lo tinha sido cancelada por ordem de Shodancho. E sua raiva aumentou ainda mais ao darem com a atitude perfeitamente calma do sujeito diante da morte.

— Posso ir andando com minhas próprias pernas para o túmulo — disse o Camarada Kliwon.

— Por favor, permita-nos levá-lo — responderam eles, arrastando-o com as pernas esticadas. Os soldados o espancavam enquanto o arrastavam pelo corredor, sem lhe dar a chance de emitir uma palavra que fosse de protesto. Em seguida, jogaram-no no meio do campo onde deveria ser executado, exatamente no ponto em que um projetor iluminava a grama, o que fez com que o Camarada Kliwon, que tentava se levantar, piscasse. Ele sentia dores no corpo todo, depois de ter sido desancado ao longo de todo o caminho. Mesmo diante da morte, contudo, esperava que não lhe tivessem quebrado os ossos.

Conseguiu pôr-se de pé, sentindo o sangue pingando pelas costas enquanto caminhava, cambaleando em direção ao muro onde teria de se postar para ser executado. Mas os soldados lhe assestavam golpes ferozes e experientes, voltavam a chutá-lo com suas botas e lhe davam coronhadas com seus fuzis.

— Desse jeito nunca vão me matar — disse o Camarada Kliwon.

Mais um chute, e ele perdeu a consciência. A tortura teve fim. Os soldados limitaram-se a empurrá-lo com a ponta dos pés. Ninguém ousava golpeá-lo mais naquele estado inconsciente, temendo que viesse a morrer. Shodancho autorizara a tortura, mas não a morte, e então eles o arrastaram inconsciente até um terreno fora do quartel. Se morresse dilacerado pelos cães, não era culpa deles.

Ao voltar a si, o Camarada Kliwon estava numa cama de hospital, o corpo rígido todo envolto em ataduras. A seu lado, Adinda esperava sentada com uma expressão adorável, um sorriso tão sentido, feliz da vida por vê-lo consciente e vivo.

— Esta mocinha o arrastou até a rua principal e depois o trouxe para cá num *becak*. Você passou dois dias e duas noites inconsciente, e ela ficou esperando aqui o tempo todo — disse o médico de pé ao seu lado.

O Camarada Kliwon murmurou um obrigado inaudível, pois até a boca estava envolta numa atadura, mas Adinda viu pelo seu olhar o que ele estava dizendo, e assentiu, respondendo que esperava que se recuperasse o mais breve possível.

Aquele era o homem que tinha liderado tantas greves, que estivera à frente de mais de mil comunistas em Halimunda e que havia perdido tudo: os amigos e até sua cidade natal, que agora evoluía para um novo mundo, um mundo sem comunistas.

Ele ficou no isolamento durante uma semana, tendo Adinda a seu lado e Mina vindo vê-lo toda manhã. Às vezes, como continuava flutuando entre a consciência e a inconsciência, chamava delirante pelos nomes dos amigos, mas claro que estavam quase todos mortos, e talvez até tivessem ido todos para o inferno. Outras vezes, perguntava pelos seus jornais, ainda convencido de que todo aquele caos tinha começado porque eles não eram mais publicados. Quando seu delírio começava a se intensificar, Adinda tratava de botar compressas frias na sua testa que ardia de febre, e ele voltava a adormecer.

— Será que devo recomendar que o levem a um hospital psiquiátrico? — perguntou o médico a Adinda.

— Não é necessário — respondeu ela. — Ele está na perfeita posse das suas faculdades, o mundo que vai enfrentar é que é louco.

Ao deixar o hospital, já mais ou menos recuperado fisicamente, o Camarada Kliwon voltou para a casa de Mina. Tornou-se antissocial, assumindo o trabalho de costura da mãe e evitando interagir com outras pessoas. Perdeu contato com a realidade da cidade, os olhos fundos fixos no movimento da agulha. Mesmo quando não havia clientes, costurava alguma coisa, fossem lenços ou fronhas, e, quando já não havia peças de pano de tamanho suficiente, começou a juntar retalhos em trabalho de patchwork.

Como não queria falar com ninguém e não saía mais de casa, as pessoas começaram a se comportar como se nem estivesse ali, ignorando-o, e às vezes alguém comentava:

— Teria sido melhor se tivesse sido morto.

— É como se você tivesse morrido sem ser executado — disse Adinda, que tentou algumas vezes trazê-lo de volta à vida. — Talvez devesse mesmo ser mandado para um hospital psiquiátrico.

Ele não reagiu, e a moça desistiu de um dia tê-lo de volta.

Mas uma bela manhã ele saiu de casa todo arrumado, surpreendendo a mãe ao passar pela porta e caminhar em direção à rua. Ante a notícia de que *o* Camarada Kliwon voltara a mostrar o rosto na cidade, as pessoas imediatamente tomaram as ruas, rápidas como quem rouba. Viram-no percorrer Jalan Pramuka, Jalan Rengganis, Jalan Kidang, Jalan Belanda, Jalan Merdeka e muitas outras ruas, exatamente como o haviam visto ser levado para a prisão cercado de soldados. E, tal como havia caminhado naquela ocasião, ele seguia seu caminho com extraordinária indiferença. Encarava o crescente número de curiosos ao seu redor como um carnaval pelo qual estava passando.

— Poderia perguntar aonde está indo? — arriscou alguém.

— Para o fim da rua.

Era a primeira frase que pronunciava desde que saíra do hospital, e para os que ali estavam foi tão sensacional como se um orangotango tivesse falado. Muitos achavam que ele se dirigia à velha sede do partido, que a essa altura já não passava de um monte de escombros, para proclamar a volta do Partido Comunista. Outros imaginavam que cometeria suicídio, atirando-se no mar. Mas ninguém tinha muita certeza, e assim a multidão continuou a segui-lo, como um autêntico comboio circense.

Aquela gente ficou fascinada quando, ao passar pela praça, ele de repente se abaixou para colher uma rosa e tranquilamente sentiu seu perfume, quase fazendo as garotas desmaiar. Depois de um mês fechado em casa, ele estava mais rechonchudo do que na época em que liderava o Partido Comunista, e, quando o viram cheirar a rosa, elas tiveram um vislumbre daquele velho brilho no olhar que deixava tantas mulheres apaixonadas. Cada uma das mulheres ali presentes esperou que ele se dirigisse a sua casa, num clima de reconciliação, ou saudade, ou como quer que se queira chamar, para viver novamente uma história de amor que um dia chegara a florescer, ou que ainda não tivera chance de florescer.

— Posso saber a quem se destina esta flor, Camarada? — perguntou uma jovem, os lábios trêmulos.

— A um cão.

E atirou a rosa a um vira-lata que ia passando.

Muitas mulheres ficaram ainda mais inconsoláveis quando perceberam que ele estava indo ver Adinda, agora com 20 anos e toda a beleza herdada da mãe. Dewi Ayu, surpresa com o aparecimento do Camarada Kliwon, convidou-o a entrar, enquanto centenas de curiosos se amontoavam em seu jardim, botando a cara nas vidraças para espiar o que ia acontecer. Até Shodancho e Alamanda, que havia cinco anos não viam Dewi Ayu, vieram juntar-se aos outros, esquecendo por um momento sua apaixonada lua de mel. Todo mundo se perguntava se ele viera por Adinda ou Dewi Ayu — aparentemente, ainda era o mesmo homem que sempre fora tão popular, e todos esperavam voltar a vê-lo como protagonista de um novo drama. Já desempenhara o papel do homem mais amado da cidade, e também do mais desprezado.

— Boa tarde, senhora — disse o Camarada Kliwon.

— Boa tarde. Estava me perguntando por que não foi executado — disse Dewi Ayu.

— Porque sabiam que a morte seria puro prazer para mim.

Dewi Ayu achou graça da ironia.

— Aceita uma xícara de café feito por minha filha, Camarada? Soube que os dois tornaram-se muito próximos nos últimos anos.

— Qual filha, senhora?

— Só resta uma: Adinda.

— Sim, obrigado, senhora. Vim pedir sua mão.

Enorme alvoroço entre os presentes, chocados com a proposta, e, naturalmente, agora as garotas estavam ainda mais inconsoláveis. Até Alamanda caiu em lágrimas, sensibilizada como se a proposta se dirigisse a ela, mas também com inveja da bênção concedida à irmã menor. Adinda, que ouvia por trás da porta, ficou mais surpresa do que todos ao ouvir a inesperada proposta do Camarada Kliwon. Trazia duas xícaras de café numa bandeja, mas não se moveu mais, feliz por não ter deixado cair tudo no chão.

E ali ficou, confusa em sua surpresa e alegria. Dewi Ayu, acostumada pela crueldade da vida a manter o controle, sorriu com amável serenidade.

— Bem, terei de perguntar a minha filha como se sente.

E se dirigiu para os fundos da casa. Adinda era tímida demais para aparecer, especialmente com aquela multidão cercando a casa. Mas fez que sim para a mãe, cheia de certeza. Dewi Ayu voltou à presença do Camarada Kliwon e sentou à sua frente, trazendo a bandeja.

— Ela concordou — disse-lhe, e prosseguiu, com um sorriso —, de modo que será meu genro. O único genro que nunca dormiu comigo.

— Bem, houve um momento em que eu quis, senhora — disse ele, com um olhar tímido.

— Foi o que eu achei.

O Camarada Kliwon finalmente casou com Adinda no fim de novembro desse ano, numa grande festa, com tudo pago por Dewi Ayu. Abateram duas vacas gordas, quatro cabras e centenas de galinhas; havia nem se sabe quantos quilos de arroz, batatas, feijão, macarrão e ovos. Inicialmente, o Camarada Kliwon queria que fosse o mais simples e modesto casamento possível, pois não tinha muito dinheiro, apenas as pequenas economias que havia separado na época da pesca. Mas Dewi Ayu desejava uma grande comemoração, pois Adinda era sua última filha.

Como presente, o Camarada Kliwon deu a Adinda um anel comprado com o dinheiro ganho como fotógrafo ambulante quando estava em Jacarta, e que na verdade pretendia oferecer a Alamanda. Adinda não ignorava a origem do presente, mas não era a ciumenta que sua irmã Alamanda a acusava de ser. Passou inclusive a ostentá-lo com genuíno orgulho. Eles passaram a lua de mel num hotel do golfo arranjado por Dewi Ayu.

Dewi Ayu até comprou uma casa para os recém-casados no mesmo local onde Shodancho morava, separados apenas por uma casa. O

Camarada Kliwon, enquanto isso, comprou um terreno e começou a cultivar a terra por conta própria. Cavou um tanque na extremidade do terreno e o encheu de girinos, alimentando-os toda manhã com debulho, mandioca e folhas de mamão. Nos arrozais, plantava arroz, como todo mundo. Adinda tinha muito a aprender para se tornar mulher de um agricultor, pois jamais nem sequer chegara perto da lama de um arrozal, mas claro que estava muito contente.

Toda manhã o Camarada Kliwon saía bem cedo para suas plantações, como qualquer agricultor. Verificava a drenagem, arrancava parasitas, alimentava os peixes e plantava castanhas e feijões. Adinda cuidava da casa e, ao se aproximar a hora do almoço, cumpridas todas aquelas tarefas, ia ao seu encontro no campo levando um cesto com a refeição. Os dois comiam na pequena choupana erguida pelo Camarada Kliwon junto ao campo de arroz, e, ao voltar para casa, o cesto estava cheio de folhas de mandioca e batata-doce.

Em janeiro, Adinda foi ao hospital confirmar que de fato estava grávida. Todos compartilhavam da alegria do casal. Alamanda foi a primeira a cumprimentá-los. Na época, também estava grávida, e Nurul Aini ainda não nascera. Chegou quando o casal descansava na varanda, contemplando as lindas flores plantadas por Adinda. Os dois ficaram meio surpresos com sua chegada, pois, embora fossem vizinhos, Alamanda nunca havia passado para cumprimentar, e vice-versa.

O Camarada Kliwon ficou meio embaraçado, mas Adinda imediatamente abraçou a irmã mais velha, e as duas se beijaram.

— O que o médico disse? — perguntou Alamanda.

— Disse que, se for menina, espera que não se torne uma prostituta, como a avó, e, se for menino, um comunista, como o pai.

Alamanda riu.

— E o que o médico disse da sua barriga? — perguntou Adinda.

— Sabe como é, minha barriga já nos enganou duas vezes, de modo que não posso ter certeza.

— Alamanda — interferiu de repente o Camarada Kliwon, fazendo-as voltar-se na sua direção. Ele olhava fixo para a barriga de

Alamanda. O rosto dela ficou lívido, à lembrança das duas vezes em que o Camarada Kliwon dissera que sua barriga estava cheia apenas de ar e vento, como uma panela vazia. — Juro que não é uma panela vazia, como antes — declarou ele.

Alamanda olhou para ele, querendo que repetisse aquelas palavras, e o Camarada Kliwon assentiu, tranquilizando-a:

— É uma menininha linda, talvez mais bela ainda do que a mãe; perfeita, de cabelos muito negros e olhos penetrantes como os do pai. Nascerá 12 dias antes do meu filho. Podem chamá-la Nurul Aini, como as irmãs mais velhas, mas podem ter certeza de que vai se tornar uma linda jovem.

— Meu Deus, se é como o Camarada disse, vou dar-lhe o nome de Nurul Aini — disse Shodancho naquela noite.

Ele e Alamanda começaram a entender que as duas filhas anteriores não haviam morrido por causa de uma praga, mas por ausência de amor. Entretanto, tal como prometera ao implorar pela vida do Camarada Kliwon, Alamanda dedicara um sincero e verdadeiro amor a Shodancho, e agora esse amor dava fruto, e parecia que então o amor poderia dar-lhes o que queriam.

O Camarada Kliwon, enquanto isso, dando-se conta de que sua responsabilidade crescia junto com o pequenino ser na barriga da mulher, começou a pensar em arranjar outro trabalho que não fosse nas plantações. Quando ainda estava à frente do Partido Comunista, juntara livros para serem lidos pelas crianças na escola dominical, além da literatura do partido. Em sua maioria, esses livros tinham sido destruídos, queimados pelos homens de Shodancho e os anticomunistas que haviam incendiado a sede. Mas Shodancho salvara os romances de artes marciais e alguns romances baratos isentos de ideologia comunista, levando-os para fruição sua e dos soldados no quartel. Certo dia, não muito depois da visita de Alamanda, Shodancho devolveu duas caixas de papelão contendo esses livros. Agora, o Camarada Kliwon montava seu primeiro negócio, abrindo uma pequena biblioteca em frente a sua casa. Os clientes eram sobretudo estudantes, mas com isso Adinda encontrava uma ocupação, e todos ficaram felizes.

Até que, finalmente, Nurul Aini nasceu. Shodancho ficou impressionado quando Maman Gendeng disse:

— Parabéns, Shodancho, espero que as primas se tornem amigas.

Era mesmo uma ideia muito original, permitir que as duas crianças crescessem amigas, para aplacar a secreta hostilidade há tanto tempo iniciada entre os dois pais. Shodancho concordou, dizendo que deviam matricular as duas, Rengganis, a Bela, e Nurul Aini, no mesmo jardim de infância, quando chegasse o momento.

E assim, influenciado por essa ideia, quando Adinda finalmente trouxe ao mundo seu filho, 12 dias depois do nascimento de Nurul Aini, como previra o Camarada Kliwon, Shodancho fez eco ao sentimento de paz e esperança de Maman Gendeng com palavras ligeiramente diferentes:

— Parabéns, Camarada, espero que, ao contrário de nós, nossos filhos possam ser bons amigos — quem sabe até formar um par amoroso.

O pai deu ao menino o nome de Krisan. E talvez estivesse mesmo destinado a Nurul Aini, mas a vida sempre tem algo a dizer: Rengganis, a Bela, se interpôs entre eles.

14

No ano de 1976, Halimunda estava cheia de rancor, com espíritos vingativos presos no limbo e incapazes de repousar. A população percebia perfeitamente, assim como os dois turistas holandeses que acabavam de desembarcar do trem. Pareciam um casal na casa dos 70. Mesmo nessa idade, o homem carregava uma enorme mochila absolutamente cheia, enquanto a mulher levava uma pequena bolsa e um guarda-chuva. Ao descerem da plataforma, eles reagiram ao ar denso, carregado de um fedor rançoso e cheio de sombras de aura avermelhada.

— Parece uma casa mal-assombrada — comentou a mulher, sacudindo a cabeça.

— Não — respondeu o marido —, é como se tivesse havido um massacre na cidade.

O motorista do jinriquixá *becak* que os levou ao hotel contou-lhes a respeito dos fantasmas. São muito poderosos, disse ele, e, portanto, rezem para que não derrubem este *becak* no meio da rua.

— Essas coisas acontecem com frequência? — perguntou o marido.

— É incrivelmente raro *não* acontecer — respondeu o motorista.

E contou o caso de um carro que tinha batido na mureta divisória da rua, voando até o mar. Todos os passageiros morreram e todo mundo na cidade achava que aquilo fora obra de fantasmas que não conseguiam descansar. Ele também falou do gigantesco incêndio no mercado dois anos antes — ninguém tinha dúvida de que só podia ter sido provocado pelos fantasmas.

— E quantos são esses fantasmas? — quis saber a mulher.

— Sabe como é, senhora, ninguém até hoje teve coragem de contar.

Eles ficaram sabendo também que alguns anos antes mais de mil comunistas tinham morrido na cidade, no mais terrível massacre. Embora odiassem aqueles comunistas, o pessoal da cidade dizia que nunca houvera ali uma carnificina mais pavorosa, e esperavam que jamais houvesse outra. Sim, mais de mil pessoas tinham morrido. Em sua maioria, foram enterradas numa vala comum no cemitério público de Budi Dharma. As outras tinham sido deixadas apodrecendo na calçada, até serem finalmente enterradas por moradores que não aguentavam mais aquela situação, mas mesmo assim foi como enterrar merda depois de defecar no bananal.

Os dois turistas holandeses tinham conseguido um ótimo hotel na baía. A mulher sussurrou para o marido:

— Uma vez fizemos amor aqui, e fomos apanhados por papai, e foi a última vez que o vimos.

O marido assentiu. Caminharam para o balcão de recepção e foram recebidos por um rapaz de uniforme branco, com uma gravata borboleta tão perfeitamente simétrica que ele ficava parecendo rígido e sem naturalidade, sorrindo e empurrando o livro de registro. O hóspede escreveu os nomes numa antiquada e elegante caligrafia: Henri e Aneu Stammler.

Eles repousaram o dia inteiro no quarto de hotel, que, segundo observou Aneu Stammler, mudara muito desde a época colonial:

— Posso até apostar que o atual dono é nativo.

Eles pretendiam fazer uma pequena excursão no dia seguinte, mas não pareciam ter pressa alguma, como se planejassem permanecer na cidade bastante tempo, talvez meses, quem sabe até anos. Muitos turistas holandeses faziam esse tipo de coisa, cheios de nostalgia do passado quando tinham vivido ali, antes de serem expulsos pela guerra.

Chegou um mensageiro trazendo o serviço de quarto e uma mensagem: "Durante sua estada, prezados hóspedes, por favor tenham cuidado com os fantasmas comunistas."

— Karl Marx já nos tinha avisado no primeiro parágrafo do *Manifesto* — zombou Henri Stammler, rindo, e os dois saborearam um jantar que trouxe de volta os sabores tropicais que tinham praticamente esquecido.

Antes de sentarem para comer, contudo, e antes que o mensageiro se fosse, Henri perguntou:

— Conhece uma mulher chamada Dewi Ayu? Deve ter uns 52 anos.

— Claro — respondeu o garoto —, não existe em Halimunda uma só pessoa que não a conheça.

Henri Stammler e a mulher pularam com indizível felicidade. Tinham viajado quase meio mundo para chegar àquela cidade e encontrar a filha, que haviam abandonado na porta do avô. Os dois olhavam para o garoto fixamente, embasbacados, como se não acreditassem que a tivessem encontrado com tanta facilidade.

— Ela é mestiça?

— Sim, não existe outra Dewi Ayu na cidade.

— E então está viva? — insistiu Aneu Stammler, arregalando os olhos.

— Não, senhora — respondeu o garoto. — Ela morreu não faz muito tempo.

— E por que morreu?

— Porque queria.

O garoto fez menção de se retirar, mas antes de sair acrescentou:

— Mas prostitutas não faltam, se ainda estão interessados.

Agora então eles sabiam que Dewi Ayu fora uma prostituta. O garoto disse que ela era uma lenda na cidade, a mais elogiada de todas as putas, embora a informação não deixasse Henri e Aneu Stammler muito bem impressionados.

— Todos os homens queriam dormir com ela. Até dois dos seus genros foram para a cama com ela. Era uma puta incrível.

— E ela tem três filhas? — perguntou Aneu Stammler.

— Quatro. A menor nasceu 12 dias antes de Dewi Ayu morrer.

O garoto deu-lhes o endereço onde podiam encontrar sua neta menor, explicando que vivia com uma empregada muda chamada Rosinah, que cuidava dela, e que Dewi Ayu lhe dera o nome de Beleza.

— Mas ela é horrorosa, parece um monstro — advertiu.

E foi o que puderam ver com os próprios olhos ao visitar a casa no dia seguinte. Os dois quase desmaiaram, mal conseguindo acreditar que tivessem uma neta assim.

— Parece um bolo queimado — disse Aneu Stammler, afundando numa cadeira.

Rosinah depositou o bebê Beleza num berço balanço de pano pendurado no portal e ofereceu dois copos de limonada gelada aos visitantes.

— Dewi Ayu estava farta de ter filhas lindas e pediu que viesse uma feia, e foi ela o resultado — explicou, em sua linguagem de sinais.

Henri e Aneu Stammler não entenderam nada, e nada deixava Rosinah mais furiosa do que ter de se comunicar com gente que não entendia sua linguagem de sinais. Mas ela era uma boa mulher, e então foi buscar um caderninho e escreveu o que acabara de dizer.

— E as outras filhas? — perguntou Henri.

— Nunca mais voltaram aqui desde que aprenderam a desabotoar a braguilha de um homem — escreveu Rosinah, repetindo o que lhe dissera Dewi Ayu certa vez.

O casal deu uma volta pela casa, vendo as fotografias na parede. Havia uma foto de Ted e Marietje Stammler que os fez chorar, o que por sua vez levou Rosinah a sacudir a cabeça diante daqueles velhos sentimentais. E depois de chorar eles agora estavam rindo ao ver uma foto deles próprios ainda na adolescência, pendurada na sala de visita.

— Aposto que acabaram de sair do hospital psiquiátrico — sinalizou Rosinah para o bebê.

Henri e Aneu Stammler estavam fascinados com as fotos de Dewi Ayu. Havia uma na qual ela ainda era pequena, e outra da época da adolescência. Não existiam fotos da época dos 20 anos, por causa da guerra, mas sim outras da idade adulta, inclusive uma de quando já tinha cerca de 50 anos. Os dois ficaram impressionados com o fato de sua filha evidenciar em qualquer idade uma beleza igualmente cativante. Não surpreendia tanto assim que tivesse sido uma prostituta, a musa de muitos homens.

Também existiam fotos de outras lindas jovens.

— A de pele branca e olhos minúsculos, como uma japonesa, chama-se Alamanda — explicou Rosinah, fazendo o papel de guia. — É casada com Shodancho, um soldado, e tem uma filha chamada Nurul Aini. A garota que se parece muito com Dewi Ayu é Adinda, sua segunda filha — escreveu Rosinah no caderno. — É casada com um veterano comunista, Camarada Kliwon, e tem um filho chamado Krisan. A terceira filha, que parece mais europeia do que nativa, a mais bela de todas, é Maya Dewi. Quando tinha 12 anos, casou com o mais odiado criminoso da cidade, Maman Gendeng, e agora, depois de cinco anos como esposa virgem, finalmente tem uma filha, Rengganis, a Bela.

Rosinah nunca encontrara nenhuma das três, mas tudo isso lhe fora contado por Dewi Ayu.

De repente, eles foram atingidos por uma força incrível, como se o ar subitamente tivesse sido sugado do ambiente ou tivesse congelado em sua pele, e os cabelinhos da nuca ficaram em pé.

— Meu Deus! — exclamou Henri. — Que poder maléfico é este?

— Não sei, mas esta casa de fato é assombrada. Não é um fantasma terrivelmente mau, mas com certeza está com raiva.

— Será um fantasma comunista? — perguntou Aneu Stammler, encolhendo-se junto ao marido.

— Esse tipo de fantasma fica pelas ruas, e não dentro de casa.

As fotos na parede começaram a oscilar levemente, como que tocadas por uma brisa. O caderno nas mãos de Rosinah fechava e abria. O balanço da pequena Beleza balançava suavemente. E então se ouviu o barulho de um prato quebrando na cozinha e uma frigideira foi arrastada no chão.

— É o fantasma de Dewi Ayu? — perguntou Aneu.

— Não sei — escreveu Rosinah. — Dewi Ayu disse uma vez que o fantasma de Ma Gedik a seguia aonde quer que fosse, e que tinha medo dele, mas até agora ele não nos fez mal nenhum.
— Quem é Ma Gedik? — perguntou Henri.
— Dewi Ayu disse que era seu ex-marido.

Uma vez terminada a perturbação sobrenatural e as fotos de novo paradas nos seus devidos pregos, Henri Stammler disse:
— Esta cidade tem fantasmas demais. — Bebeu então sua limonada de um só trago, tentando se acalmar. — Não vejo aqui fotos de um homem que pudesse ser Ma Gedik.
— Eu também nunca o vi — respondeu Rosinah.

Antes do nascimento de Beleza, Rosinah e Dewi Ayu muitas vezes sentavam num banquinho em frente à lareira da cozinha, trocando histórias. Certa vez, Dewi Ayu contara a história de Ma Gedik. Ela tinha casado com ele, forçando-o a ser seu marido, porque o amava muito. Nunca amara nenhum outro homem como amava aquele velho.
— Embora estivesse claro que meu amor de modo algum era correspondido. Na verdade, ele achava que eu era uma bruxa malvada — dissera Dewi Ayu, rindo.

Ela o amara antes mesmo de jamais ter posto os olhos nele, pois a mãe de sua mãe o amava muito.
— Coitadinhos daqueles dois apaixonados, Ma Gedik e minha avó Ma Iyang! Seu amor foi destruído, assim como suas vidas, por causa da cobiça e da luxúria sem limites de um holandês — contara Dewi Ayu. — E o mais trágico é que esse holandês ganancioso e lascivo era meu próprio avô.

Dewi Ayu amara Ma Gedik desde que ouvira essa história. Talvez lhe tivesse sido contada pelos meninos que trabalhavam nas casas vizinhas. Ela ameaçou matar-se se não pudesse casar com aquele homem, e assim mandou sequestrá-lo, e veio a casar contra a vontade dele, embora na verdade nunca tivessem consumado a união.
— Ele correu para o alto de uma colina e se jogou.
E desde então seu fantasma a seguia aonde quer que fosse.

Os Stammlers naturalmente conheciam a história de Ma Iyang e Ma Gedik, mas não sabiam que Dewi Ayu tinha casado com *aquele* Ma Gedik.

— E foi assim que Dewi Ayu viveu, na companhia do fantasma, até os 52 anos — escreveu Rosinah.

— Mas por que ela foi parar no bordel? — perguntou Aneu.

Rosinah contou-lhes o que acontecera com Dewi Ayu durante a guerra, e havia lhe dito que depois da guerra não continuara se prostituindo apenas para pagar as dívidas com Mama Kalong, mas também porque não queria que o que tinha acontecido com Ma Iyang e Ma Gedik jamais viesse a acontecer de novo com outros amantes.

— Quando um homem procura prostitutas, significa que não tem uma concubina — explicara Dewi Ayu. — Toda vez que um homem toma uma concubina, provavelmente está partindo o coração do amado dessa concubina. E assim um amor é destruído e vidas são destruídas. Mas, ao procurar uma prostituta, está magoando apenas uma esposa, que evidentemente já está casada e naturalmente já fez algo errado, para começo de conversa, para que o marido procure um bordel.

— E foi por isto que ela se tornou prostituta — escreveu Rosinah. — Parece que estou escrevendo a biografia da minha patroa.

E ela riu.

— Como é que a nossa filha podia encarar as coisas de maneira tão desprezível? — perguntou Aneu ao marido.

— Não pense mal da menina — respondeu Henri. — Não podemos nos considerar melhores, dois irmãos que decidiram casar: não se esqueça disso.

Ninguém esquecera, nem mesmo Rosinah, que só conhecia sua história por meio de Dewi Ayu.

E então o fantasma voltou, dessa vez derrubando a mesa e os copos de limonada.

Mas ninguém sofria mais com os fantasmas do que Shodancho. Ao longo de anos depois do massacre, ele sofria de terrível insônia e, quando finalmente conseguia adormecer, era acometido de sonambulismo. Fantasmas comunistas estavam o tempo todo querendo agarrá-lo, até sabotá-lo na mesa de trunfo, fazendo-o perder repetidas vezes. Suas constantes provocações começavam a enlouquecê-lo — muitas vezes ele vestia as roupas pelo avesso, ou saía de casa trajando apenas roupas íntimas, ou entrava na casa dos outros pensando que era a sua. Ou então achava que estava fazendo amor com a esposa, mas na verdade estava fodendo a privada. A água da banheira se transformava numa poça de sangue grudento, e, ao tentar descobrir a causa, ele constatava que toda a água da casa, até a água do chá e da garrafa térmica, também se transformara num sangue espesso, de um vermelho escuro.

Todo mundo na cidade sentia a presença desses fantasmas e ficava apavorado, mas o mais aterrorizado era Shodancho.

Às vezes apareciam fantasmas na janela do seu quarto, com sangue jorrando sem parar de buracos na testa, gemendo como se quisessem dizer algo, mas não conseguissem falar. Quando os via, Shodancho gritava e se encolhia, completamente pálido, e Alamanda tentava acalmá-lo.

— Pense só, é apenas o fantasma de algum comunista — dizia ela, mas Shodancho não se acalmava, e Alamanda tinha de escorraçar os fantasmas.

Às vezes os fantasmas não queriam ir embora e, quando continuavam a gemer, como se estivessem pedindo algo, Alamanda dava-lhes algo para comer ou beber, e eles bebiam como se acabassem de atravessar um vasto deserto, e comiam como se estivessem de jejum havia três anos, e só então desapareciam, e Shodancho podia se acalmar.

No início, ele não ficava tão assustado assim. Quando aparecia um fantasma comunista com suas feridas de bala, proferindo versículos da *Internacional*, ele simplesmente sacava a pistola e atirava nele. No começo, os fantasmas desapareciam com apenas um tiro, mas depois de algum tempo ficaram imunes. Shodancho tinha atirado em tantos fantasmas em tantos lugares da cidade que eles passaram a ser à prova de balas. Não desapareciam, mas os tiros abriam mais buracos em seus corpos, respingando sangue. Eles continuavam parados ali, até que tentavam se aproximar, por fim fazendo Shodancho fugir, e foi quando ele realmente começou a sentir muito medo.

Com tudo por que vinha passando, Shodancho parecia meio maluco, mas não estava sofrendo alucinações. Outras pessoas viam o que ele via, outras pessoas tinham medo do que ele temia. A diferença era que sofria de um medo mais violento do que todos, especialmente em comparação com a esposa, que depois de um certo tempo se acostumara com os fantasmas e achava que a certa altura provavelmente se cansariam de aborrecê-los.

Shodancho tinha de reconhecer que matara muitos comunistas, e, portanto, não surpreendia que estivessem tramando uma vingança. Tinha de tomar cuidado na sua presença, mas mesmo quando os fantasmas não apareciam ele continuava constantemente perseguido pelo medo, que estava transformando sua vida num verdadeiro caos.

E o pior de tudo era que sua filha, agora com 10 anos, também estava assustada. Ai, ou Nurul Aini, queixava-se constantemente de estar com uma semente de cajá-manga presa na garganta. Saía correndo atrás do pai, pedindo que a ajudasse a tirá-la. Shodancho dizia que os culpados eram os fantasmas, e Ai acreditava. Só a mãe entendia que a menina queria apenas a atenção do pai, que se tornara tão distante, aprisionado no próprio medo.

Por outro lado, o medo de Shodancho o levava a toda sorte de comportamentos irracionais. Certa vez, viu um sem-teto maluco batendo num cão. Todo mundo sabia que Shodancho amava os cães, que os tinha sempre por perto e, nos anos da guerrilha, criara *ajaks*. Ao ver aquele sujeito maluco espancando o cachorro, ele teve um acesso de fúria, espancando-o por sua vez sem dó nem piedade e jogando-o na prisão. Claro que o fato de um sem-teto maluco ser jogado numa prisão militar sem julgamento só porque tinha espancado um cachorro deixou todo mundo confuso. Até Alamanda ficou perplexa, perguntando ao marido:

— O que aconteceu realmente?

— Aquele sujeito estava possuído por um fantasma comunista.

De outra feita, um pescador bêbado cantava a plenos pulmões no meio da noite, acordando todo mundo, inclusive Shodancho, que finalmente conseguira adormecer, superando por um momento sua febril insônia. Ele imediatamente saiu com a pistola e atirou na perna do bêbado, arrastando-o para a cadeia.

— Você enlouqueceu? — perguntou Alamanda. — Jogar alguém na prisão só porque se embebedou?

— Ele estava possuído por um fantasma comunista.

Repetidas vezes, ele acusava qualquer pessoa que fizesse algo que não lhe agradasse de estar possuída, tendo desaparecido completamente os últimos vestígios do velho e calmo Shodancho que gostava de meditar.

Até que, por fim, em 1976, Alamanda levou-o para Jacarta, pois ainda não havia um hospital psiquiátrico em Halimunda, e voltou depois de uma semana, confiando Shodancho aos cuidados das enfermeiras, pois ainda tinha uma filha para cuidar.

Shodancho se fora de Halimunda por um tempo. Os fantasmas não desapareceram após a sua partida, mas não exibiam mais seus corpos feridos nem soltavam gritos de dor. E Shodancho, que podia impunemente acusar qualquer um de quem não gostasse de estar possuído por fantasmas comunistas, torturando e mandando prender por tempo indefinido, parecia de repente mais assustador ao povo da cidade do que os próprios fantasmas, de modo que sua ausência representou um certo alívio para todo mundo.

Mas Shodancho logo retornaria.

— Maldição! — foi a primeira coisa que disse. — Aqueles médicos acharam que eu estava maluco, e então atirei num deles e voltei para casa.

— Você não tem nada de maluco — disse Alamanda —, só não é muito são.

— Tem uma semente de cajá-manga na minha garganta, papai — disse Ai.

— Abra a boca para eu atirar nessa comunistinha.

— Se fizer isto eu te mato — ameaçou Alamanda.

Shodancho não atirou na semente, embora Ai escancarasse a boca. Voltar para Halimunda significava retornar à origem do seu medo. Ele tentou criar mais cães para afugentar os fantasmas que se aproximassem, o que pareceu dar certo resultado na diminuição dos ataques, mas alguns fantasmas eram mais espertos do que os cães e pulavam no telhado para aparecer pelo teto. Shodancho berrava e se esgoelava na cama, e Alamanda servia comida e bebida aos fantasmas, aparentemente tudo o que eles queriam.

— Só o Camarada Kliwon seria capaz de botá-los na linha — queixou-se Shodancho.

— Pois é uma pena que o tenha mandado para a ilha de Buru logo depois do nascimento de Krisan — retrucou Alamanda, sarcástica.

O que era verdade, e Shodancho o lamentava profundamente. Não porque a esposa tivesse ficado furiosa com ele por quebrar a promessa, pois do seu ponto de vista ele não o fizera: prometera a Alamanda apenas deixar que o Camarada Kliwon continuasse vivo, e a vida do sujeito de fato fora poupada, e além do mais Shodancho não tinha influência sobre os generais do alto-comando, que tinham decidido que o Camarada Kliwon era um dos comunistas inveterados que precisavam ser exilados em Buru. Shodancho lamentava apenas que o Camarada Kliwon não estivesse ali para controlar os fantasmas comunistas. Precisava daquele homem e achava que teria de encontrar um jeito de trazê-lo de volta para casa, ou então exilar-se ele próprio.

E optou pela segunda alternativa.

Vinham chegando informações sobre uma ocupação militar de Timor Leste: guerrilheiros estavam criando problemas para as Forças Armadas Nacionais, e Shodancho se alistou. Diria *sayonara* aos fantasmas e rumaria para Timor Leste, mesmo tendo de abandonar mulher e filha. Todos os generais conheciam sua reputação e sabiam que seu conhecimento da guerra era exatamente do que precisavam nas regiões ocupadas.

A intenção de Shodancho de partir logo se tornou assunto das conversas. Uma festa de despedida no Campo da Independência no dia da sua partida foi animada por uma banda militar. Em seguida, Shodancho atravessou a cidade num jipe aberto, usando seu uniforme militar de gala, acenando para o povo da cidade e sorrindo zombeteiro para os inquietos e torturados fantasmas. Ele e o cortejo atravessaram os limites da cidade e desapareceram aos poucos.

Ele se esquecera de se despedir da mulher e da filha.

— Ele nem tirou a semente de cajá-manga — queixou-se Ai.

— Pode ficar tranquila, ele não vai se ausentar por muito tempo — animou-a Alamanda. — Foi um guerrilheiro incrível em Halimunda, mas Timor Leste não é Halimunda.

E ela tinha razão. Passados seis meses, Shodancho foi mandado de volta para casa com uma bala alojada na perna. Parecia que o povo da cidade jamais conseguiria livrar-se dele.

Ele se queixou com a mulher da dificuldade de guerrear naquele lugar da porra, tentando se reconfortar pelo rápido retorno.

— Não sei o que eles querem naquele campo de batalha árido.

Ela tentou levá-lo ao hospital para retirar a bala, mas Shodancho se recusou. Disse que não doía mais, apenas o fazia mancar um pouco. Queria que ela permanecesse ali, como uma amarga lembrança:

— Pois o sujeito que atirou em mim mirou o fuzil cantando a *Internacional*. Parece que esses canalhas comunistas estão em toda parte.

Passado algum tempo, a biblioteca do Camarada Kliwon tinha fechado. Correu o pérfido boato de que ele envenenava a mente dos estudantes fazendo-os ler porcarias que nada tinham de educativas, o que estava vinculado a suas passadas atividades de lendário comunista. O Camarada Kliwon ficou furioso com essa asneira sem tamanho, mas Adinda conseguiu acalmá-lo. Ele acabou fechando a biblioteca. Guardou os livros e jurou que quando seu filho ou filha crescesse haveria de se instruir na leitura de todos eles, e as pessoas poderiam ver se a moral dessa criança estava sendo comprometida.

— Não que eu não queira oferecer-lhes livros imprestáveis e não educativos, o problema é que queimaram todos os livros desse tipo que eu tinha — explicou.

Shodancho acabava de abrir uma fábrica de gelo, usando em parte o capital de um sócio secreto. Sabendo que o Camarada Kliwon enfrentava dificuldades por ter sido obrigado a fechar a biblioteca, propôs que o ajudasse na gestão da fábrica, praticamente como sócio de pleno direito, o que era, naturalmente, um negócio muito promissor. Havia os pescadores de sempre, mas cabe lembrar que, desde o colapso do Partido Comunista (que significou a dissolução do Sindicato dos Pescadores), também havia barcos maiores que operavam nos mares de Halimunda, e todos precisavam de gelo. O Camarada Kliwon não estava em absoluto interessado na proposta. Não declarou seus motivos — talvez fossem ideológicos, ou quem sabe não se sentisse à vontade recebendo mais ajuda de Shodancho e sua mulher depois da manhã da quase execução —, preferindo passar a caçar ninhos de passarinhos. Os ninhos podiam ser vendidos a preços altíssimos a comerciantes chineses, que em seguida os revendiam em cidades grandes e no exterior. O Camarada Kliwon não queria saber quem comeria os ninhos de pássaros, que segundo ele não eram mais saborosos do que macarrão comum — dizia-se que os ninhos eram feitos com a saliva dos pássaros, mas o Camarada Kliwon nem daria a mínima se fossem feitos do seu cocô —, queria apenas consegui-los e vendê-los aos intermediários chineses, e se juntou a um grupo de caçadores formado por quatro novos amigos.

Havia muralhas de despenhadeiros ao longo de toda a floresta no promontório, e nesses penhascos existiam cavernas, grandes e pequenas, altas e baixas, sendo as mais baixas visíveis apenas na vazante, e nessas cavernas os lindos passarinhos negros faziam seus ninhos, entrando e saindo pelas bocas das cavernas, mergulhando nas ondas espumantes.

O grupo geralmente saía à noite munido de gaiolas, um pouco de comida, lanternas e antídotos contra veneno, pois nas cavernas havia cobras também. Os quatro aproximavam-se em silêncio dos penhascos num barco a remo sem motor. Tinham de ter muita paciência para navegar pela oscilação das ondas, que às vezes cooperavam e outras isolavam as entradas das cavernas, além de ficarem o tempo todo em alerta para as mudanças de maré, que podiam ocorrer de repente, deixando-os presos no interior de uma caverna. Às vezes baixavam âncora num recife mais saliente, pegavam as cordas de segurança e escalavam o penhasco, arriscando a vida para alcançar as cavernas mais altas. Era um trabalho incrivelmente exaustivo, e às vezes o tempo inclemente os fazia esperar dias a fio. Mas os resultados da caça tornaram prósperos os quatro homens. Ganhavam muito mais dinheiro do que o Camarada Kliwon conseguia nas plantações e nos campos de arroz ou na biblioteca.

Ele levou essa vida de caçador de ninhos durante cerca de um mês, enquanto Adinda o esperava ansiosa em casa com o recém-nascido Krisan, até que certa noite um dos homens escorregou e caiu, deslizando por um penhasco e batendo num recife de corais. Morreu na hora, sem precisar de ajuda nem de um hospital. Eles já tinham juntado muitos ninhos de andorinha naquela noite, e aquilo tudo de repente ficava parecendo sem sentido, pois também traziam para casa o cadáver do amigo. Tudo o que ganharam com a venda daqueles ninhos foi entregue à família do morto, e depois disso o Camarada Kliwon e os dois outros amigos interromperam as caçadas. Claro que haveria outros caçadores, outros mortos, pois os pássaros continuariam fazendo seus ninhos, mas o Camarada Kliwon decidiu esquecer aquele negócio arriscado, pois se deu conta de que, se viesse a morrer, deixaria desamparados a mulher e o filho recém-nascido, o que de modo algum desejava.

Queimou os miolos tentando encontrar brecha para algum outro negócio. Nessa época, Halimunda tornara-se uma cidade de veraneio. Na verdade, era muito procurada desde a época colonial, por causa das duas belas baías formadas pelo promontório selvagem, mas, nos primeiros anos do novo governo, a cidade começou a se promover como local de veraneio. Havia novos hotéis nas ruas laterais, novos quiosques de suvenires. As barraquinhas de comida transformaram-

-se em restaurantes de frutos do mar, e os buracos nas ruas foram tapados com asfalto. Chegavam turistas dos lugares mais distantes, fossem nacionais ou estrangeiros, a maioria interessada em nadar naquela linda praia. O ponto favorito era a baía ocidental, ao passo que a oriental transformou-se no porto, com seu mercado de peixes. O Camarada Kliwon matutou para descobrir o que mais precisariam os turistas que vinham banhar-se, tentando combinar com o que seria capaz de fazer. E encontrou a resposta.

— Vou vender calções de banho — disse a Adinda.

Parecia uma ideia boba, mesmo para Adinda. Mas ele não se importava. O Camarada Kliwon comprou uma máquina de costura Singer. Queria vender seus calções o mais barato possível, pois os turistas provavelmente os usariam apenas durante alguns dias, para nadar, descartando-os depois. Para isto, precisava encontrar o tecido mais barato. Com esse objetivo, foi consultar a mãe.

— Sacos de farinha e de arroz — disse Mina. — Costumo usá-los para forrar os bolsos das calças.

O Camarada Kliwon começou por estudar técnicas de branqueamento, para tirar as marcas de fábrica dos sacos, e assim conseguiu tecido liso pronto para ser cortado em forma de um par de calções. Na verdade, seus calções não eram assim tão diferentes dos que eram usados pelos agricultores no campo, mas ele tratou de distingui-los com imagens de serigrafia antes de costurá-los. Ele próprio desenhou as imagens, com a habilidade de um pintor medíocre: peixes de cores vívidas cujos nomes sequer conhecia, ou coqueiros de folhas aleatoriamente curvadas contra o pano de fundo de um pôr do sol alaranjado. Ao pé de cada imagem, escreveu a palavra "Halimunda" em letras garrafais. Se quisessem, os turistas poderiam assim levá--los de volta como uma lembrança da cidade.

Ele distribuiu os calções nos simples quiosques de bambu e lona da beira da praia, e no fim das contas os turistas gostaram do produto. Talvez por serem baratos, talvez por causa dos interessantes motivos, mas com certeza porque precisavam deles para nadar. Os quiosques pediram mais calções, e o Camarada Kliwon teve de trabalhar com mais afinco. Adinda podia costurar um pouco, mas em geral ajudava apenas na contabilidade, pois tinha de cuidar do pequeno Krisan. Quando parecia haver encomendas demais, o Camarada Kliwon encaminhava parte do trabalho para a mãe. Em questão de um mês, Mina também estava assoberbada, e ele comprou mais três máquinas de costura, contratou três costureiras e um especialista em serigrafia, ao mesmo tempo em que continuava concebendo ele próprio os padrões e desenhos. Os negócios iam muito bem, e ele viu que não se importava de se ter tornado um pequeno capitalista.

Talvez estivesse esquecendo seu passado, mas de qualquer maneira o Camarada Kliwon desfrutava daqueles dias agradáveis, com o trabalho indo bem, a linda esposa e o bebê saudável. Naturalmente, começaram a aparecer concorrentes, especialmente trabalhadores chineses e de Padang, mas os calções do Camarada Kliwon continuavam sendo os preferidos em Halimunda, e ele se tornara o mais recente sucesso empresarial.

Mas essa felicidade logo seria destruída pelos planos do prefeito. O Camarada Kliwon voltou a ser *aquele* Camarada Kliwon, o *velho* Camarada Kliwon.

Halimunda prosperava como local de veraneio, e o prefeito, em sua ganância, começou a alimentar a esperança de vender terras do litoral a empreendedores interessados em construir grandes hotéis e restaurantes e bares e discotecas e cassinos e talvez até bordéis melhores do que o de Mama Kalong. A maior parte dessas terras pertencia aos pescadores. Ao longo da rua margeando a praia, havia outras terras sem donos de papel passado, mas ocupadas pelos humildes quiosques de suvenires. Inicialmente, o governo local dirigiu-se aos pescadores, perguntando polidamente se não queriam vender as terras, e, por outro lado, tentou delicadamente convencer os donos de quiosques a levá-los para o novo mercado de artesanato que logo seria construído. Mas a maioria dos pescadores recusou-se a sair das terras de seus antepassados, nas quais suas famílias viviam havia gerações. Jamais se mudariam para o interior, pois precisavam cheirar o ar salgado do mar. Os donos dos quiosques também não queriam sair dali, pois o pretendido mercado de artesanato ficaria muito longe do movimento da praia.

E assim foi que chegaram os soldados, com apoio dos *premans*, para intimidá-los. Mas não se pense que os pescadores se amedrontavam facilmente — afinal, enfrentavam a morte toda noite, em mar aberto —, e, vendo sua determinação, os donos de quiosques também resistiram. Fracassada a intimidação, vieram a força e a coerção. A faixa de terra entre o mar e a rua pertencia na verdade ao Estado, disse o prefeito, que foi à praia fazer um discurso, e logo chegariam as escavadeiras para derrubar os quiosques.

O Camarada Kliwon não podia permitir que algo assim acontecesse diante dos seus olhos sem voltar a ser o *velho* Camarada Kliwon, embora ninguém soubesse se agia por solidariedade ou porque seu próprio negócio estava sendo ameaçado. Organizou uma manifestação dos pescadores e donos de quiosques, com a participação de muita gente simpática à causa, a maior desde o fim do Partido Comunista. Bloquearam as ruas, impedindo a passagem das escavadeiras enviadas para derrubar seus frágeis quiosques, até que finalmente chegou o exército. O Camarada Kliwon continuava resistindo, à frente da manifestação.

Agentes de inteligência mandados para detectar a presença de comunistas na multidão de contestadores rapidamente reconheceram o Camarada Kliwon. Feito o devido cruzamento de informações, logo se confirmou que aquele sujeito era de fato um *autêntico* comunista. Por ordem dos generais, Shodancho teve de prender o Camarada Kliwon, e o repreendeu, perguntando por que estava fazendo uma besteira daquelas.

— Sou comunista, e qualquer comunista faria a mesma coisa — respondeu o Camarada Kliwon.

Ele acabou sendo enviado para a Bloedenkamp, constatando que alguns velhos amigos continuavam presos lá indefinidamente. Ficaram surpresos ao ver que Kliwon não estava morto, e mais surpresos ainda por vê-lo de volta a Bloedenkamp depois de todo aquele tempo. Ele ficou feliz de rever tantas pessoas que ali tinha conhecido, embora vivessem em condições de cortar o coração — com fome, despidos e sem receber visitas. Seus dias transcorriam entre interrogatórios e sessões de tortura nas mãos dos soldados e guardas. Dada a reputação do Camarada Kliwon, ele foi submetido ao mesmo tratamento, dispensado de maneira ainda mais dura e sádica.

— Acredite, ele vai sobreviver — disse Shodancho, acalmando sua mulher, enfurecida. — E, mesmo que morra, os comunistas sempre voltam a aparecer como fantasmas, como bem sabemos.

— Diga isto a Adinda e ao filho dele — retrucou Alamanda.

Não muito depois, todo o grupo de presos políticos comunistas em Bloedenkamp foi transferido para a ilha de Buru. Todos, sem exceção. Ninguém sabia o que lhes aconteceria lá. Talvez fosse uma espécie de Boven-Digoel da era colonial, ou talvez como um campo de concentração nazista. Todos os prisioneiros esperavam trabalhos forçados excruciantes e punições ainda mais terríveis do que as que já tinham sofrido. O Camarada Kliwon nem pôde se despedir da mãe, da esposa e do filho. Despediu-se apenas de Shodancho, que conseguiu visitá-lo por um breve momento antes que o navio militar levasse os prisioneiros para uma ilha bem distante na extremidade oriental do arquipélago indonésio.

— Cuidarei da sua esposa e do seu filho — disse-lhe Shodancho.

Ao voltar para casa, Alamanda o esperava.

— Agora ele foi mandado para Buru, onde vão mandá-lo cortar lenha e deixá-lo morrer de fome — disse ela.

— Pense só, foi ele que atraiu todo esse caos. Um comunista é sempre um comunista, de cabeça quente e violento. Eu não sou o presidente, que pode perdoar alguém, nem sou o comandante-chefe, sou apenas o *shodancho* de um pequeno comando militar.

— E ainda não foi dar as notícias a Adinda e ao filho.

Shodancho então finalmente foi procurar Adinda, dizendo que lamentava sinceramente o que acontecera, mas que não tinha como impedir que o Camarada Kliwon fosse mandado para Bloedenkamp, inicialmente, e depois para a ilha de Buru. Era um caso político muito complicado.

— Mas pelo menos, Shodancho, diga-me quanto tempo ele ficará preso lá.

— Não sei — respondeu ele. — Talvez até darem um novo golpe.

Assim, Krisan nunca veio a conhecer realmente o pai, pois, quando o Camarada Kliwon foi mandado para Bloedenkamp, e depois para Buru, ainda era um bebê. Só sabia do Camarada Kliwon pelo que sua mãe lhe contava, ou pelas histórias de Alamanda e Shodancho. Em 1979, seu pai voltou, no último grupo de prisioneiros da ilha de Buru que eram mandados para casa. Adinda ficou exultante de felicidade, mas Krisan não podia ter o mesmo sentimento. Tinha a essa altura 13 anos, e via o pai como um estranho que de uma hora para outra mudara para sua casa.

Prestava muita atenção nele, especialmente quando sentava à sua frente à mesa para as refeições. A figura que via era bem mais magra do que a das velhas fotografias mostradas pela mãe. Antes, o rosto era barbeado, mas agora ele deixara crescer a barba, o bigode e as costeletas, e tinha o pescoço coberto por uma ondulante cabeleira longa. Krisan ficou muito surpreso ao ver que a primeira coisa que o pai procurou ao chegar foi seu surrado boné ainda guardado no armário, tão desbotado que já não se distinguia se era preto, marrom ou cinzento. Ele o acariciava, mas não o botava na cabeça, e sempre o devolvia ao armário.

Após a volta do exílio, o Camarada Kliwon não falava muito. Krisan já se perguntava se seria mesmo verdade que o sujeito fora um grande orador em comícios gigantes. Talvez ele falasse mais com sua mãe, à noite, quando estavam na cama, mas com Krisan não falava muito. Dizia apenas: "Como vai, meu filho?", ou "Com que idade você está?". Fazia estas mesmas perguntas tantas e tantas vezes que Krisan temia que o pai tivesse perdido o juízo. Talvez já estivesse senil, embora nem sequer tivesse completado 50 anos. Ele não sabia a idade do pai. Talvez 40. Mas ele parecia velho, frágil e desamparado, sempre vestido em andrajos. Krisan ficava deprimido com aquilo.

Talvez o Camarada Kliwon também se sentisse estranho, pois, enquanto Krisan o examinava, ele muitas vezes ficava contemplando o filho por longo tempo, como se quisesse descobrir o que estava pensando.

Durante alguns dias, o Camarada Kliwon não saiu de casa, e ninguém veio visitá-lo, pois ele tinha chegado às escondidas, e Adinda e Krisan não tinham contado a ninguém. Queriam preservar sua paz, deixando-o quieto até que se sentisse pronto. Nem mesmo Shodancho e a esposa sabiam. Nem sequer Mina.

— Como é lá? — Quis saber Krisan certa vez no jantar. — Em Buru.

— A melhor comida lá é o que normalmente a gente acha na privada — respondeu ele.

Com isto, ficou um clima ruim. Adinda fez sinal para Krisan, e a partir dali não houve mais conversa. O Camarada Kliwon nunca queria comentar nada sobre a ilha de Buru, e Adinda e Krisan não tinham mais coragem de fazer perguntas.

Sem mais conversar nem jamais deixar a casa, o Camarada Kliwon parecia cada vez mais abatido. Talvez estranhasse o lugar que havia deixado tantos anos antes, ou quem sabe sentisse a presença dos muitos fantasmas comunistas da cidade, que o deixavam triste. Certa vez, alguém bateu à porta e Krisan abriu. Deu com um sujeito de roupas surradas e uma ferida de bala no peito, da qual não parava de sair sangue. Krisan quase deu um grito, mas seu pai apareceu e disse:

— Como vai, Karmin?

— Muito mal, camarada — respondeu o ferido. — Estou morto.

Totalmente pálido, Krisan recuou e se encostou na parede. Indo buscar um balde cheio d'água e um pano, o Camarada Kliwon aproximou-se do fantasma e limpou sua ferida com todo o cuidado, até que o sangue estancar.

— Aceita uma xícara de café? — perguntou o Camarada Kliwon.
— Só não temos nenhum jornal.

Os dois tomaram café enquanto Krisan olhava, sem conseguir acreditar que seu pai estivesse tão próximo de um fantasma tão terrível. Os dois falaram de anos passados, rindo suavemente. Terminado o café, o fantasma se retirou.

— Aonde vai? — perguntou o Camarada Kliwon.

— Para o lugar dos mortos.

Quando o fantasma desapareceu, Krisan caiu no chão.

Toda vez que aparecia outro fantasma comunista, o Camarada Kliwon ficava ainda mais desconsolado. Talvez ficasse triste por causa deles, ou talvez fosse outro o motivo. Krisan, que já estivera longe do pai durante 13 anos, tinha ciúme dos fantasmas. Queria que o pai conversasse com ele, isto sim, mas não tinha coragem de pedir-lhe nada desde o incidente à mesa.

Certo dia, o Camarada Kliwon perguntou a Adinda:

— Como está Shodancho?

— Está praticamente louco, por causa de todos esses fantasmas comunistas.

— Quero visitá-lo.

— E devia mesmo — disse Adinda. — Pode ser bom para você.

Era uma tarde quente, com um vento suave descendo das colinas. Ele foi a pé e foi visto por alguns vizinhos, espantados com a volta do sujeito. A casa de Shodancho podia ser vista da sua casa, de modo que ele levou apenas um minuto até a porta da frente. Alamanda foi quem abriu, e, tal como os vizinhos, ficou pasma.

— Você não é um fantasma, é? — Conseguiu perguntar.

— Bom, certamente sou uma criatura aterrorizante, se você tem medo de comunistas vivos.

— Quer dizer que voltou para casa.

— Eles me mandaram de volta.

— Entre.

O Camarada Kliwon sentou numa cadeira na sala de estar enquanto Alamanda ia buscar algo para beber. Quando ela voltou, o Camarada Kliwon quis saber de Shodancho.

— Pode ter ido para algum cafundó da cidade atirar em fantasmas comunistas — disse Alamanda —, ou então está jogando cartas no mercado.

Depois disso, nada mais disseram. O Camarada Kliwon ficava se perguntando sobre Nurul Aini, mas Alamanda olhou para ele com tal suavidade, com um olhar de piedade ou algo parecido, e ele não sabia ao certo quando nem onde, mas já dera com aquele olhar, que o fazia esquecer completamente a menininha. Talvez Ai estivesse brincando em algum lugar, ou então estaria na casa de Rengganis, a Bela, mas agora não importava, tudo o que ele queria era contemplar os olhos da mulher à sua frente, olhos que conhecera tão bem tantos anos atrás.

Seu cérebro fora lesado durante o longo exílio, e agora demorava muito para entender as coisas. Mas ele então se lembrou, e entendeu. Sim, era verdade, ele conhecia aquele olhar, era o mesmo olhar amoroso que só Alamanda tinha, com seus olhos pequenos, o olhar que lhe dera tantos anos atrás. Era um olhar suave como a meiga carícia de uma mulher no lombo de um gatinho, cheia de ternura e agora também com uma chama de desejo. Ele o reconheceu, e reconheceu ainda que fora um tolo de tê-lo esquecido. E devolveu aquele olhar, um olhar de paixão, e de repente deixou de ser um velho rabugento para voltar a ser um homem que redescobrira seu amor há muito perdido.

E foi assim que aconteceu o que se segue:

Os dois levantaram e, sem dizer palavra, pularam nos braços um do outro e se abraçaram, chorando, mas não por muito tempo, pois já estavam mergulhados em longos e ardorosos beijos, como os debaixo da amendoeira, beijos que acabaram por levá-los para o sofá, onde rapidamente tiraram as roupas, fazendo amor louca e selvagemente.

Ao terminar, não se arrependeram, nem um pouquinho.

Mas, quando ele voltou para casa, a sua mulher o esperava na porta. Ele tentou disfarçar a alegria radiante, recompondo a expressão sombria, mas Adinda não se iludiu.

— Os fantasmas me disseram — disse ela —, de modo que eu sei o que você fez na casa de Shodancho. Mas tudo bem para mim, se você ficar feliz.

Isto o desconcertou. Ele não se arrependia do que fizera, mas de repente ficou envergonhado, sentindo-se sujo diante de uma esposa que dizia, *Tudo bem para mim, se você ficar feliz*. Uma esposa que o havia esperado durante anos, e então, depois que ele chegara inesperadamente, fora não menos inesperadamente traída.

O Camarada Kliwon não disse nada e foi direto para o quarto de hóspedes, trancou-se e não saiu no dia seguinte, embora Adinda e Krisan batessem à porta repetidas vezes, chamando-o para o jantar. Ao amanhecer, preparado o desjejum, Adinda e Krisan se alternavam batendo à porta, mas o Camarada Kliwon não emitia um som, e, assim, cada vez mais preocupados e desconfiados, eles começaram a esmurrar a porta, mas continuaram sem resposta.

Por fim, Krisan foi à cozinha e pegou a machadinha que usava para rachar a lenha com a qual fazia as gaiolas de seus pombos, usando-a para derrubar a porta, enquanto Adinda observava. Conseguiu abrir uma fenda no centro, e com mais alguns golpes finalmente abriu um buraco suficiente para passar a mão e destrancar a porta. Encontraram o Camarada Kliwon pendurado num lençol que tinha enrolado e amarrado numa trave. Estava morto. Krisan amparou a mãe, que desmaiava.

A notícia do reaparecimento do Camarada Kliwon, testemunhado pelos vizinhos, rapidamente se espalhou. Mas todo mundo chegou tarde demais. A tempo apenas de ver o cortejo em torno do caixão a caminho do cemitério. Chegaram tarde demais, exatamente como Krisan, que nunca tivera e agora jamais teria a oportunidade de conhecer o pai. Tinham-se encontrado por um período muito curto, mal chegara a uma semana, o que nem de longe dava para se conhecerem como pai e filho. Dentre todos, Krisan era o mais inconsolável com a morte do Camarada Kliwon. Fez questão de ficar com o surrado boné que vira na cabeça do pai em velhas fotografias e com frequência o usava, para se consolar e se sentir mais próximo dele.

Agora havia mais um fantasma comunista na cidade, que, no entanto, felizmente, nunca apareceu para ninguém.

15

Certa manhã, quando Rengganis, a Bela, deu à luz um menino, o povo de Halimunda deixou de lado seus rituais matinais e correu em massa a sua casa. Não lhes faltavam motivos para se esquivar a suas responsabilidades: dar o mingau de farelo para as galinhas, encher a pia para lavar os pratos... Para começar, Rengganis, a Bela, era famosa em Halimunda, especialmente depois de eleita Princesa das Praias do ano. Além do mais, era filha de Maman Gendeng, que também era muito conhecido, embora fosse detestado pelos moradores. Por fim e sobretudo, nunca na história da cidade acontecera de uma mocinha dar à luz depois de estuprada por um cão.

Quando a parteira anunciou que do útero de Bela saíra de fato um bebê humano, o pessoal desencavou a velha fofoca de que ela tinha sido estuprada por um cachorro marrom de focinho preto, do tipo que é encontrado em qualquer lugar em Halimunda, exatamente como se podem ver estrelas a qualquer momento olhando para o céu de noite. Acontecera no banheiro de uma escola, mais ou menos nove meses antes, pouco depois de tocar o sinal do recreio.

A coisa toda começou com o péssimo hábito de Bela de fazer apostas, herdado do pai. Em meio a travessuras com os colegas, ela foi desafiada a beber cinco garrafas de limonada, podendo tomá-las de graça se fosse até o fim sem deixar uma só gota. E foi o que fez, mas, ao tocar o sinal para a volta à sala de aula, ela pagou o preço, achando de repente que ia fazer xixi na calça a qualquer momento. Não podia ser pior o momento, pois muitas outras crianças também estavam indo ao banheiro, para prolongar o recreio e diminuir o tempo de aula, numa tradição que passava de geração em geração. Era uma fila desesperadora, e, quando chegava a vez, as calcinhas ou as saias já podiam estar encharcadas, mas voltar para a sala de aula correndo o risco de mijar no assento tampouco era recomendável, e até a simplória Rengganis, a Bela, sabia disso, de modo que logo tratou de se afastar dos colegas na lanchonete, com seus risinhos e zombarias, e rapidamente se dirigiu à terrível fila.

Havia 14 privadas alinhadas por trás do prédio da escola, 13 das quais já com candidatos à espera, provavelmente pretendendo fumar às escondidas do diretor e não usar para seus devidos fins. A última não era usada havia anos. Um dos boatos dizia que uma garota tinha se matado ali; outro, que uma garota havia parido e em seguida estrangulado o bebê bastardo. Ninguém podia provar nada, o único fato incontornável era que o reservado mais parecia uma jaula de espíritos malignos do que qualquer outra coisa.

Construída na era colonial junto a uma plantação de cacau e coco, a escola fora mantida anteriormente pelos franciscanos. Após a partida dos holandeses, passou ao controle do governo nacional, e a versão mais razoável a respeito da décima quarta privada era que em algum momento um galho de árvore ou um coco tinha caído no telhado e a escola não tivera recursos para o conserto. Com o passar do tempo, folhas de cacau tinham entrado pelo buraco, acabando por ficar molhadas e mofadas, e então lagartos tinham feito seus ninhos por baixo dos detritos, e começaram a surgir as teias de aranha. A água do vaso ficara cheia de ovos de mosquito, algas e ervas daninhas, e provavelmente algumas pessoas tinham urinado sem puxar a descarga, mas de qualquer maneira aquela privada se tornara um lugar de puro horror, e àquela altura nenhum aluno tinha mais coragem nem de passar em frente à porta.

Ninguém se aproximava havia anos, até que Rengganis, a Bela, entrou lá. As cinco garrafas de limonada na sua bexiga começaram a se revoltar, e, sem outra alternativa, ela se aproximou da maldita privada, deu uma olhada lá dentro, e viu um cachorro farejando as folhas de cacau, no rastro de um gato que tinha escapulido pelo buraco no telhado. Era um cão da vizinhança, cruzamento com *ajak*, de pelo marrom e focinho preto, e Rengganis, a Bela, nem teve tempo de expulsá-lo, simplesmente foi entrando, fechou a porta, trancou e então — fechada naquele espaço mínimo com o cão — a única coisa que pôde fazer foi ficar de pé imóvel enquanto a urina, aparentemente mais do que cinco garrafas de limonada, começava a sair, antes mesmo que ela pudesse tirar a calcinha. O calor descia pelas coxas e as panturrilhas, encharcando suas meias e os sapatos.

Logo em seguida, ela provocou novo alvoroço — um dos muitos que já provocara nos seus 16 anos de existência boboca — ao voltar para a sala de aula nuazinha, exatamente como viera ao mundo. Todas as crianças pararam o que estavam fazendo, deixando cair livros e tropeçando em cadeiras, e até o velho professor de matemática, que ia começar a reclamar da sujeira no quadro-negro, de repente se deu conta de que a impotência que sofria havia anos fora milagrosamente curada, enquanto sua arma se erguia rígida e forte. Todo mundo sabia que ela era a menina mais linda da cidade, autêntica descendente da princesa Rengganis, a deusa da beleza de Halimunda, mas, ver o seu corpo, tão belo quanto o rosto, mas em geral oculto, deixou todo mundo estupefato na sala de aula.

— Fui estuprada por um cão no banheiro!

E é a pura verdade, a darmos crédito ao que ela disse sobre o que aconteceu quando fez xixi na calça, presa naquele reservado com o cão — nos cinco primeiros minutos, ficou estatelada, olhando sem saber o que fazer para a saia, as meias e os sapatos, completamente molhados e fedendo a mijo. Mesmo depois que cessaram os ruídos das outras crianças do lado de fora, ela continuou lá dentro, sem acreditar no que estava acontecendo. Seu cérebro, ainda obedecendo à lógica de uma menininha, ordenou que tirasse todas as roupas molhadas, além da blusa e do sutiã, e foi o que ela fez, num estranho estado meio hipnótico. Pendurou tudo nos pregos enferrujados, na esperança de que os raios de sol que rompiam pelo telhado furado rapidamente secassem a urina, e então, como se estivesse na lavanderia automática à espera da roupa limpa, ficou ali de pé nua em frente ao cão, que imediatamente ficou excitado. E foi então, diria Bela, que ele a estuprou.

— E depois até levou minhas roupas embora.

Seja como for, era verdade que a associação de sua misteriosa beleza com uma certa inocência dava-lhe um ar de sensualidade. Não há dúvida de que qualquer homem que desse com ela nua ou se visse trancado com ela num reservado de escola haveria de se jogar para cima dela. Ela tinha o tipo de atitude que fazia as pessoas quererem ter relações com ela, fosse de um jeito tranquilo e educado ou não. O único motivo de ela ter permanecido virgem até aquela manhã em que foi violentada pelo cão era o fato de todo mundo na cidade saber perfeitamente que seu pai era um sujeito brutal, perverso e assustador.

E Maman Gendeng não teria hesitado em matar qualquer homem que ousasse tocar em sua única filha, não obstante o fato de a beleza da menina ser uma venenosa provocação aonde quer que fosse. Às vezes, de pé na calçada esperando o ônibus, sua pureza infantil a levava a suspender a barra da saia e morder a bainha. E, quando soprava um vento de calor implacável, ela podia desabotoar alguns botões da blusa. Dava para ver a pele macia que cobria as panturrilhas e as coxas, um tipo de pele que só as ninfas ostentam, assim como as curvas de seus lindos seios, seios que só meninas de 16 anos têm. Mas era melhor não saborear a provocação por muito tempo; caso contrário, mais cedo ou mais tarde, Maman Gendeng — mais forte do que qualquer *dukun* ou feiticeiro de magia negra — acabaria descobrindo que você olhou para sua filha com luxúria, e o mandaria para uma temporada de seis meses num hospital.

Em ocasiões assim, a filha de outra beldade, Nurul Aini, que era a melhor amiga de Bela, desde que estavam as duas no berço, agiria como protetora da perfeita Bela. Rapidamente tratava de baixar a saia de Bela e abotoava sua blusa:

— Não faça isto, querida — dizia. — Não é bonito.

E, quando Rengganis, a Bela, apareceu nua diante da classe — 1,40 metro de altura, 40 quilos, com sua calma natural, o corpo resplandecente em sua perfeição, o longo cabelo negro como um rio de tinta, a mais bela indo-europeia de Halimunda, herdeira da beleza da mãe, com encantadores traços de ancestralidade holandesa, os olhos azuis brilhando enquanto ela olhava com tristeza para a turma inteira calada, perguntando-se por que de repente todo mundo estava de boca escancarada, como crocodilos esperando pela presa há semanas —, Ai, com o instinto de estar sempre preparada para enfrentar as coisas estranhas que Bela fazia, levantou da cadeira, passou entre as fileiras de carteiras e arrancou a toalha que cobria a mesa do professor (fazendo um copo quebrar-se no chão, enquanto a mochila de couro preto do professor se chocava com o quadro-negro, cuspindo seu conteúdo, e um vaso de flores e os livros rodopiavam). Ela envolveu o corpo de Bela fazendo-a parecer uma menininha enrolada na toalha depois do banho.

Talvez Ai tivesse herdado o temperamento decidido do pai, Shodancho, mas agora, sem que precisasse dizer uma palavra, apenas olhando na direção deles, os garotos e o velho professor de matemática prontamente saíram da sala. E, ao saírem, era possível ouvir seus resmungos e palavras de protesto.

— Mas que porra é essa?! Um cachorro? Como se nenhum de nós pudesse ter violado Rengganis, a Bela!

Algumas meninas foram até a quadra de esportes arranjar um uniforme de futebol para substituir a toalha de mesa no corpo de Bela.

Mais ou menos nesse mesmo momento, Maya Dewi, mãe de Bela e esposa de Maman Gendeng, passou por um pequeno incidente doméstico, mas seriamente preocupante. Estava fazendo a limpeza quando um lagarto trepado na luminária do teto defecou e a bosta caiu no seu ombro. Ela não ficou preocupada com o cheiro nem a sujeira, mas sabia que cocô de lagarto caindo assim nas pessoas é sinal de catástrofe.

Ao contrário do marido, Maya Dewi era muito respeitada pelos moradores da cidade, que não se importavam com o fato de ela ser filha de Dewi Ayu, a conhecida prostituta. Era uma mulher calma, simpática e até piedosa, e, quando a viam, as pessoas perdoavam o perturbador comportamento infantil de sua filha e os instintos brutais do marido. Maya Dewi frequentava o grupo de oração das mulheres nas noites de quinta-feira e a distribuição comunitária de fundos do *arisan* nas tardes de domingo, socializando e contribuindo com dinheiro para a loteria das mulheres. Fazia com que sua família parecesse pelo menos um pouquinho civilizada, em certa medida por ganhar a vida com seu trabalho diário na confecção de biscoitos, com a ajuda das duas mocinhas vindas da montanha.

Momentos depois de limpar a caca do lagarto e ordenar que uma das meninas cuidasse do que estava fazendo — varrer o quarto do meio —, seu rosto, que ainda evidenciava as origens holandesas, ficou pálido como um cadáver de dois dias. Ela sentou na varanda, perguntando-se se algo poderia ter acontecido com o marido ou a filha. Naturalmente, uma infinidade de coisinhas acontecia com eles com tanta frequência que ela nem mais pensava a respeito, mas sempre achara que mais cedo ou mais tarde aconteceria alguma coisa grave, simplesmente não sabia o quê. Mas não podia deixar de se preocupar. Maldita caca de lagarto.

A essa hora do dia, naturalmente, Maman Gendeng estava no terminal rodoviário, como sempre. Ele matara para conseguir aquela cadeira, e Maya Dewi sempre se preocupava com a eventualidade de que alguém viesse a matá-lo também para consegui-la, e, por pior que ele fosse como ser humano, ela o amava tanto quanto os dois amavam sua querida filha, e ela não queria que isso acontecesse. Esperava que o marido de fato fosse invulnerável a armas, como sempre haviam dito os boatos em Halimunda.

Suas divagações foram interrompidas por um *becak* que parou diante do portão. Saltaram duas garotas, e ela reconheceu a filha de Shodancho e depois a própria filha. Ficou tentando imaginar por que estavam chegando em casa tão cedo, e por que Rengganis, a Bela, estava vestida com um uniforme de futebol, e não o uniforme da escola. Levantou-se com a preocupação de uma mãe superprotetora, enquanto as duas meninas entravam no jardim e vinham postar-se diante dela. Querendo perguntar o que acontecera, Maya Dewi olhou para Nurul Aini, mas seu rosto estava pálido como um cadáver de três dias. Ai estava à beira das lágrimas, e Maya Dewi nem tivera chance de perguntar nada. E então Bela falou.

— Mamãe, fui violentada por um cão no banheiro da escola — disse, calma e objetiva. — E talvez engravide.

Maya Dewi caiu sentada na cadeira, pálida como um cadáver de quatro dias. O tipo da mãe que nunca ficava zangada, limitou-se a olhar para Bela inerme, e perguntou:

— De que raça?

Pouco depois, chegou à cidade a péssima notícia de que no ano seguinte haveria um eclipse total do sol. Os adivinhos previam que seria um ano de desgraças, e, se de fato era verdade que Rengganis, a Bela, tinha sido violentada por um cão, era porque as catástrofes já tinham começado. A notícia espalhou-se como uma praga, até que todos em Halimunda já tinham tomado conhecimento, exceto o pai de Bela, o pobre Maman Gendeng. Pela primeira vez, as pessoas olhavam para o *preman* com olhar de pena e tristeza.

Durante um mês inteiro, ninguém teve coragem de dizer-lhe, até que um dia apareceu um garoto ridículo, desleixado e desajeitado, mais ou menos da idade da sua filha, chamado Kinkin. Usava um suéter apertado, calça de um veludo cotelê marrom desbotado, tênis brancos encardidos e óculos redondos que o faziam parecer um personagem de histórias em quadrinhos. O fato de ter tido coragem de se aproximar do *preman*, que cochilava em sua sagrada e estropiada cadeira de balanço de mogno depois de beber alguns copos de cerveja com gosto de bosta de cavalo, causou certa agitação. Algumas pessoas sabiam que ele era o filho único de Kamino, o coveiro, mas não tiveram tempo de adverti-lo a não incomodar o *preman*.

Despertando, Maman Gendeng pôs de lado o copo de cerveja, relutante, e olhou com desagrado para aquele garoto postado à sua frente sem se mover, rolando e desenrolando a bainha da camisa, até que Maman Gendeng perdeu a paciência.

— Diga o que quer e desapareça! — rugiu.

Depois de um minuto inteiro, o garoto ainda não abrira a boca, e o *preman*, exasperado, pegou o copo e derramou o que restava da cerveja em sua cabeça.

— Fale, ou vai parar no chiqueiro.

— Estou disposto a casar com sua filha, Rengganis, a Bela — disse Kinkin finalmente.

— Ela jamais casaria com *você* — retrucou Maman Gendeng, na verdade achando aquilo divertido. — Ela pode casar com quem bem quiser, mas tenho certeza de que não será com você. Além do mais, você ainda é jovem demais para falar de casamento.

Kinkin e Rengganis, a Bela, estavam na mesma turma na escola, e ele explicou que se apaixonara por ela desde que a viu pela primeira vez: tremia toda vez que a encontrava, e continuava tremendo de desejo quando não a via. Era acometido de febre, insônia e falta de ar, tudo por causa do amor. Tinha secretamente colocado poemas de amor no caderno de Bela, além de uma carta em papel perfumado, mas nunca teve resposta — estava praticamente morto por dentro. Jurou ao *preman* que amava Bela como Romeu amara Julieta e Rama amara Shinta.

— Ela vai concluir a escola e se tornar dentista, como aquela mulher rica do fim da rua, de modo que, ainda que se amem, não há motivo para casarem agora.

— Sua filha está grávida e tem de casar com alguém — asseverou o garoto.

Maman Gendeng abriu um sorrisinho condescendente.

— Alguém teria de violentá-la para que engravidasse, e isto só poderia acontecer sobre o meu cadáver.

— Ela foi estuprada por um cão no banheiro da escola.

Maman Gendeng achou aquilo ainda mais divertido e despachou o fedelho, dizendo que, se realmente amasse sua filha, não desistiria. Ao cair da tarde, voltando para casa, ele esqueceu o incidente. Rengganis, a Bela, nada dissera, e tampouco sua mulher, e ele então achou que estava tudo bem e tirou sua habitual soneca. Quando a esposa o despertou para o jantar às 19 horas e acendeu um bastão de incenso para afastar os insetos, ele se lembrou de Kinkin e perguntou se de fato podia ter sido abordado por um garoto dizendo que Bela fora estuprada por um cachorro no banheiro da escola, ou se teria sido apenas um sonho.

— Ela me disse a mesma coisa há algumas semanas — respondeu Maya Dewi.

— E por que não me disse nada?

— Qualquer cachorro teria de nos matar primeiro para ter coragem de violentá-la.

Nas semanas seguintes, os dois ficaram preocupados com o boato. A realidade era que nem uma única pessoa acreditava no que ela dizia, achando todos que estava apenas querendo atenção ou tentando imaginar como seria estar no lugar daquele cão sortudo, mas, em virtude do seu estado lamentável, as mulheres piedosas botavam as mãos no coração e rezavam por ela.

— Ninguém vai botar as mãos nela — dizia o *preman*, cortante.

— Não enquanto estivermos vivos.

Ele dera à filha o nome da deusa da beleza da cidade, mas agora lembrava que, segundo a lenda, a princesa Rengganis tinha casado com um cachorro.

— Ela não está grávida — afirmava, convicto. — Mas, se for verdade, matarei todos os cães da cidade.

A família retomou a rotina diária, tentando ignorar os boatos. Afinal, não era tão surpreendente assim uma comoção causada por Bela. Certa vez ela tinha jogado um gatinho lindo num caldeirão de óleo fervente, e de outra feita estragou o espetáculo num circo por mera curiosidade, levantando do seu assento e arrancando a máscara do palhaço. Maya Dewi voltou à supervisão das duas garotas que trabalhavam como criadas na casa, e Maman Gendeng retornou a seu posto, jogando cartas com Shodancho à tarde.

Durante muitos anos, ele tinha espantado o tédio jogando trunfo com Shodancho e um plantel rotativo de vendedores de legumes e sardinhas, peões do mercado e puxadores de jinriquixá. Só quando Shodancho se ausentou por seis meses para combater em Timor Leste, eles esqueceram as cartas. Mas quase todo dia por volta das 15h ele ficava andando em sua lambreta sem silencioso, e o barulho da lambreta, parecido com o de uma debulhadora de arroz, era tão conhecido que, se o *preman* estivesse tirando uma soneca, imediatamente despertava. Shodancho era mais magro e mais baixo do que a maioria dos soldados, mas seu impressionante uniforme militar — o uniforme verde estampado de camuflagem, com botas de cano longo, pistola e cassetete de madeira pendurado na cintura — disfarçava a baixa estatura. Sua pele era morena, e no bigode já se viam alguns fios grisalhos. A maioria das pessoas esquecera seu nome verdadeiro, lembrando apenas que fora um comandante *shodan* na revolução contra os japoneses.

Numa tarde de quinta-feira, estando os dois à mesa de cartas com um aprendiz de açougueiro e um vendedor de peixe, o ritual teve início com Shodancho jogando na mesa um maço de cigarros americanos brancos. Antes que as cartas fossem embaralhadas, os quatro já tinham avançado nos cigarros, e a fumaça do tabaco expulsava o cheiro forte do peixe salgado e dos legumes apodrecendo.

— Muito bem, aqui está o curinga — declarou Shodancho. — E quais as novidades com o seu?

A frágil aproximação entre os dois se solidificara graças à amizade surgida entre as duas filhas — muito antes, quando Rengganis, a Bela, e Nurul Aini eram menininhas que ainda faziam xixi nas calças, os pais davam um curinga na mãozinha gorducha de cada uma, para que se sentissem incluídas sem atrapalhar o jogo, pois o curinga nunca é usado no trunfo, e curinga agora significava para eles as suas filhas.

— Um guri de nariz melequento veio pedir a mão dela em casamento — retrucou Maman Gendeng.

Halimunda estava cheia de fofocas e fofoqueiros, de modo que Shodancho já fora informado, assim como já ouvira falar do tumulto na sala de aula. Mas parecia hesitar na resposta.

— Não consigo imaginá-la casando e tendo um filho, e eu me tornando avô. — Maman Gendeng passou os olhos pelos três parceiros, especialmente Shodancho, para sentir a reação. — Ela nem completou 16 anos.

— A minha curinga também.

As pessoas já tinham ouvido falar dos planos de Shodancho de se aposentar no ano seguinte. O ferimento contraído em Timor Leste nunca havia sarado completamente, e a bala continuava alojada na sua tíbia. A aposentadoria com a patente de coronel rapidamente poria fim à polêmica sobre sua permanência no cargo por tempo demais, passando o controle do distrito militar da cidade — um cargo que nunca estivera à sua altura, depois de liderar a revolução do *daidan* de Halimunda e destruir o quartel japonês seis meses antes da Independência, quando era o favorito para se tornar comandante supremo. Mas ele nunca saiu de Halimunda nem jamais comandou o Exército Nacional. Chegou a coronel ao expulsar o Exército Aliado no período da agressão militar, mas desde então não teve mais ambição de subir na carreira. Depois de acabar com os comunistas, recusou um convite para se tornar assessor do presidente da República. Agora, com uma esposa e uma filha que tanto amava, ele não tinha motivos para deixar a cidade, e se dispunha a se aposentar.

— Ouvi dizer que Rengganis, a Bela, foi estuprada por um cão? — perguntou.

— Temos cachorros demais em Halimunda — resmungou Maman Gendeng.

A resposta surpreendeu Shodancho: de fato havia cachorros demais na cidade, mas nunca ouvira ninguém se queixar.

— E, se é verdade o que aconteceu no banheiro da escola, muito bem, veneno para cachorro é o que não me falta — prosseguiu o *preman*, friamente —, desde que aquela puta morreu de raiva dois anos atrás. E não importa o que tenha acontecido com minha filha, não faltam motivos para mandar esses vira-latas para a panela.

Embora ele não parecesse dirigir-se a ninguém em especial, os companheiros de jogatina sabiam perfeitamente que a tirada visava a Shodancho. Em sua maioria, os cães de Halimunda eram vira-latas *ajak*, domesticados e criados desde que Shodancho começara a caçar porcos. Muito tempo antes, quando a princesa Rengganis visitara pela primeira vez a selva brumosa que acabou se transformando em Halimunda, todo mundo sabia que ela era acompanhada por um cão. Mas, antes de Shodancho, ninguém tinha criado cães.

— Espero que seja apenas maledicência — disse afinal Shodancho.

— Ou apenas mais uma estroinice da minha filha — retrucou secamente o *preman*.

Ele rememorou os *dukuns* que tinham procurado para tornar sua filha mais parecida com as outras meninas. Alguns diziam que ela estava possuída por um espírito do mal, enquanto outros consideravam apenas que seu espírito se recusava a crescer: ela era uma criança de 6 anos no corpo de uma jovem de 16. De qualquer maneira, nada podiam *fazer* a respeito.

— E, como sabe, tive que esmurrar três professores para que a aceitassem na escola.

Já meio sentimental e perdendo o interesse pelo jogo, ele perguntou:

— E será que vocês também vão rir dela?

— Nós sempre achamos graça dos curingas — disse Shodancho.

Maman Gendeng retirou-se, e no caminho de casa o vento começou a soprar das colinas e ele ouvia o mar batendo. Um grupo de morcegos voava desajeitado contra o vento, como bêbados, num céu cor de laranja. Os pescadores saíam de casa com remos e redes e baldes de gelo, enquanto, da direção oposta, os lavradores chegavam em casa com suas foices e os sacos vazios. O tempo nublado o deixava inquieto.

Mas, vendo a caramboleira, a verbena e a frondosa sapota crescendo em frente à sua casa, ele ficou mais animado. Sua casa quase sempre o salvava das ondas de melancolia, mas dessa vez ele encontrou a mulher sentada diante de um balde de roupa suja, chorando.

— Acho que ela está grávida — disse Maya Dewi, mulher de temperamento sempre amável, num tom de fúria. — Já se passou um mês e ainda não encontrei nenhuma calcinha suja de sangue.

Dito isto, deu um chute no balde de roupa suja, espalhando o conteúdo pelo chão.

O valentão ficou pensando.

— Se for verdade, não pode ter sido um cão — disse, convicto. — E, de qualquer forma, se houve estupro, a minha filha é que deve ter estuprado um cão.

Após a fracassada tentativa no terminal rodoviário, Kinkin entregou-se ao novo hobby de caçar cães perdidos no cemitério e atirar neles com sua pistola de ar comprimido. Ele era a única pessoa que acreditava que Rengganis, a Bela, tinha sido violentada por um cão, e, ardendo em cego ciúme, não permitiria que sobrevivesse nem um único cão em seus domínios. Se não aparecesse nenhum, ele compraria cartazes de cachorros vendidos em frente ao mercado e os penduraria nos galhos das árvores para reduzi-los a frangalhos com sua arma. Seu pai era o único que tinha conhecimento desse comportamento estranho, e ficou preocupado.

— Qual o problema com você, garoto? — Quis saber o pai. — O único pecado dos cães é latir demais.

— Cães são cães, papai — respondeu ele friamente, sem voltar a cabeça nem deixar de mirar no cartaz ao qual estava destinada sua última bala. — E um deles estuprou a mulher que amo.

— Nunca vi um cão estuprar uma mulher. Ou será que você se apaixonou por uma cadela?

— Chega de besteira — decidiu Kinkin. — Vá para casa, papai, esta última bala se destina a um cão, e não a você.

A paixão tinha destruído completamente qualquer ar de mistério que o envolvesse, ou pelo menos era como os colegas viam a coisa. Ninguém gostava de brincar com ele, exatamente como ele não gostava de brincar com ninguém. Seus amigos eram uma gangue de que os outros garotos não queriam nem saber: criaturas *jailangkung*. Ele nem sequer tinha um colega de carteira, pois seu uniforme sempre fedia a incenso, e os professores nunca lhe faziam perguntas, pois às vezes ele respondia com uma voz de morto. E, embora as outras crianças soubessem que ele colava na sabatina, perguntando a seu *jailangkung* a resposta certa, ninguém tinha coragem de denunciar isso nem de pedir ajuda a ele. Kinkin era como o umbigo: todo mundo sabia que estava ali, mas ninguém prestava atenção. Mas isso foi antes de ele conhecer Bela.

A primeira vez que a viu foi no dia em que ela chegou à nova escola: depois de nove tediosos anos escolares, tinha começado uma briga no gabinete, e as crianças correram para ver o que estava acontecendo. Kinkin foi talvez a última pessoa a ver: um homem esmurrando e derrubando no chão três professores que se recusavam a aceitar sua filha na escola e sugeriam um estabelecimento especial para crianças problemáticas, ideia rejeitada pelo sujeito, dizendo que sua filha era perfeitamente normal.

— A única coisa que torna minha filha diferente é o fato de ser a garota mais bonita da cidade, senão do universo — disse ele, olhando furioso para os três professores espalhados no chão e para o diretor, tremendo atrás da escrivaninha.

A garota estava de pé atrás do pai, trajando seu uniforme branco e cinza novinho, ainda cheirando a óleo de máquina de costura, com uma saia muito bem pregueada. Prendera o longo cabelo em tranças que caíam lateralmente abaixo da cintura, enfeitadas com fitas vermelhas e brancas, as cores da bandeira nacional. Usava os sapatos pretos obrigatórios, com meias brancas curtas com flores de renda na borda, e as panturrilhas expostas mais encantadoras do que qualquer coisa que estivesse usando. Evidentemente não era nenhuma idiota, qualquer um via, mesmo Kinkin, que a observava por trás da vidraça do gabinete do professor. Ela era simplesmente um anjo perdido neste mundo perverso, e desde aquela primeira visão gloriosa Kinkin se vira arrebatado numa incontrolável febre de amor.

Embora nunca tivesse falado com ninguém na escola, aproximou-se da garota e, atingido pela flecha de Cupido, perguntou seu nome. Parecendo confusa, ela apontou para o pequeno emblema bordado na blusa, na altura do seu seio direito:

— Pode ler aqui: Rengganis.

Todos os alunos tinham etiquetas no peito do uniforme com o respectivo nome, mas Kinkin não conseguiu focar a atenção quando a garota apontou para a sua com a ponta do delicado dedo, olhando, em vez disso, para os seios. Passou o resto do dia na escola tremendo, sofrendo sozinho num canto da sala de aula.

E sofreu tanto mais ao se tornar alvo do olhar insistente dos colegas, chocados por ouvi-lo falar pela primeira vez desde a escola elementar. Mas eles não tinham coragem de zombar, na paranoia de que aquele garoto esquisito pudesse fazer-lhes mal com bruxarias ou magia negra. Só uma menina, aparentemente matriculada na turma como guardiã de Rengganis, a Bela, ousou aproximar-se dele.

— Olha aqui, garoto *jailangkung* — foi logo ameaçando —, se perturbar minha amiguinha vou cortar seu pênis em fatias, que nem cenoura.

Ai rapidamente tratou de sentar ao lado de Bela, deixando Kinkin quase em lágrimas, imaginando todos os obstáculos que teria de vencer para ganhar o amor por que tanto ansiava. Para ele, Ai era a criatura mais importuna do planeta. Diariamente ele ficava na esperança de acompanhar Bela na volta para casa, visto que caminhar ao seu lado seria naturalmente a coisa mais arrebatadora que um garoto apaixonado poderia imaginar, mas Ai sempre o escorraçava. Ele ficava tão furioso que certa vez lhe disse:

— Alguém deveria matá-la!

— Por que não me mata você mesmo, sua bichinha!

Mas ele não tinha coragem. E assim perdia todas as oportunidades de voltar para casa caminhando com Bela, e sua única felicidade ocorria em sala de aula, quando podia voltar-se e contemplar aquele lindo rosto o tempo que quisesse. Tornou-se o aluno mais burro da escola, pois não prestava mais atenção às aulas. A única coisa que o ajudava nas notas era o *jailangkung*, que consultava durante as provas. E também ficou tragicamente magro por não comer nem dormir direito, vítima do amor.

— Você está pior do que eu — chegou a comentar Bela —, parece um idiota *de verdade*.

Ela foi levada ao hospital, e o médico disse com absoluta certeza que de fato estava grávida, de sete semanas. Maman Gendeng e Maya Dewi tentaram não acreditar, mas cinco outros médicos que a examinaram disseram a mesma coisa. Assim como um *dukun* que procuraram.

Com a confirmação, a primeira medida tomada pelo pai foi trancar a garota no quarto, para prevenir novos boatos. Maya Dewi tentara escapar da sombra do passado, tendo como mãe uma puta que trouxera ao mundo vários filhos, sem nunca ter casado, mas agora era como se o que tinha acontecido a Rengganis, a Bela, servisse apenas para confirmar que a maldição ainda corria no sangue da família. As pessoas diziam que uma família depravada haveria sempre de gerar filhos igualmente depravados. E assim o casal decidiu que a menina precisava ser isolada, na esperança de que, mais cedo ou mais tarde, as pessoas esquecessem que tinham uma filha adolescente grávida.

Seu quarto ficava no segundo andar, altura suficientemente dissuasória para quem acaso pensasse em pular, e a porta era trancada por fora. Suas únicas companhias eram um ursinho de pelúcia, uma pilha de romances baratos e o rádio. A própria Maya Dewi cuidava das suas necessidades, levando-lhe café da manhã, almoço e jantar, um penico e baldes d'água para se banhar. Embora a menina se queixasse de querer voltar para a escola, a mãe dizia não com firmeza.

— Prometo que vou ter mais cuidado com cachorros — disse Bela, tristonha.

Caindo em lágrimas, Maya Dewi conseguiu dizer, entre soluços:

— Não, querida, só se disser quem a violentou no banheiro da escola!

Os dois lhe tinham perguntado isso repetidas vezes, mas não levava a nada, pois a garota respondia toda santa vez, com incrível teimosia: um cão de pelo marrom e focinho preto. Cães que assim podiam ser encontrados em todo lugar em Halimunda, e não havia hipótese de perguntar por cada um deles, um a um. Sem conseguir extrair uma explicação sensata de Bela, Maya Dewi a trancava de novo, e ela começava a gritar e chorar, implorando para sair e poder voltar à escola. Seus gritos eram de cortar o coração, e, naturalmente, enlouquecedoramente altos, como os gritos de um bebê irritado porque a fralda molhada não foi trocada. Ouvindo sua voz estridente, os vizinhos saíam de casa e olhavam para a janela do segundo andar, e os transeuntes paravam no caminho, cochichando. Maman Gendeng queria que a soltassem, mas Maya Dewi se opunha, insistindo em mantê-la presa no quarto e dizendo:

— É melhor passar vergonha do que perder minha filha.

Por fim, eles desistiram e a mandaram de volta à escola. Não era um caso simples, pois a escola não aceita garotas grávidas. A direção argumentava que uma coisa assim exerceria influência negativa nas outras meninas. Maman Gendeng então apareceu pela segunda vez na escola, mais uma vez entrando no gabinete do diretor sem bater, para se certificar de que sua filha não seria expulsa. O desgraçado diretor ficou entre a cruz e a caldeirinha. Por um lado, tinha de dar satisfação aos outros pais, preocupados com as filhas, pois o que acontecera a Rengganis, a Bela, provava que a escola não oferecia segurança. Por outro, tinha de enfrentar aquele brutamontes que ninguém tinha coragem de contrariar. O diretor enxugou o suor frio que escorria pela testa e o pescoço.

— Tudo bem, meu amigo, como ela ainda não se formou, pode voltar a estudar aqui — disse. — Mas, por favor, me ajude, precisa encontrar quem fez isto a sua filha, para acalmar os outros pais. E outra coisa: por favor, arrume roupas mais largas para ela vestir.

Aquilo lembrou a Maman Gendeng o garoto chamado Kinkin. À tarde, esquivando-se da mesa de trunfo, foi à casa de Kamino, o coveiro, em busca do menino. Como em dias anteriores, Kinkin atirava feito um louco em cartazes de cachorros. Por um momento, Maman Gendeng admirou sua mira, embora se perguntasse por que o garoto adquirira tão estranho hábito. Tendo disparado bom número de vezes, derrubando o cartaz, Kinkin voltou-se e se aproximou do *preman* sem aparente surpresa.

— Está vendo bem o que estou fazendo, não é? — perguntou, orgulhoso.

O *preman* não estava entendendo nada, e se limitou a assentir com a cabeça, até que o garoto explicou:

— Estou atirando em todos os cães e até em imagens de cães. Ao mesmo tempo os odeio e invejo, pois um cão estuprou sua filha, e você sabe como a amo perdidamente.

Kamino os observava de dentro da casa. Havia algo de errado naquela visita do mais temível criminoso da cidade ao seu filho, mas ele se aproximou e tentou da maneira mais cordial convidá-lo a tomar uma xícara de café. Maman Gendeng e o menino Kinkin sentaram na sala de estar, tomada pela mais estranha variedade de objetos deixados por gente morta. Preparado o café, quando o velho Kamino os deixou sozinhos, ele perguntou ao garoto:

— Diga lá, quem estuprou Rengganis, a Bela?

O garoto olhou para ele confuso.

— Acho que você já sabe: um cão, no banheiro da escola — disse com convicção.

Não era a resposta que Maman Gendeng esperava, e na verdade o irritou um pouco, mas ficou claro que o garoto não sabia mais do que qualquer outra pessoa, e só Rengganis, a Bela, e Deus sabiam o que havia acontecido no banheiro daquela escola. Ele pegou com força a xícara de café, só para se acalmar.

Tudo indicava que estava diante de um mistério sem solução. Teria de longe preferido estar diante de um inimigo em combate mortal, em vez de um misterioso estuprador de filhas. Sentou diante do garoto sem mais dizer palavra, até que se deu conta de que estava ficando tarde. Embora desejasse adiar a volta para casa até obter uma resposta satisfatória, levantou-se para sair, rompendo o silêncio com voz rouca.

— Bom, parece que não sabemos mais nada mesmo. Se de fato foi um cão que a violentou, ela vai casar com um cão.

Depois disso é que Kinkin não conseguia mesmo dormir, pior ainda do que nas noites anteriores. Manteve o pai acordado a noite inteira, e os fantasmas do cemitério tampouco conseguiram relaxar. Ao amanhecer, ele tratou de tomar um banho e foi para a escola cedo, correu até a casa de Rengganis, a Bela, e deu com seu pai, que parecia aborrecido por ter sido acordado tão cedo.

— Não há hipótese de ela casar com um cão! — arfou ele com uma voz de morto. — Vou casar com ela.

Era muito melhor, e o *preman* o sabia. Olhou para o garoto e lembrou-se do primeiro encontro com ele no terminal rodoviário. Lamentou não ter aceito então sua proposta, antes que o problema se agravasse. Assentiu com a cabeça e perguntou por quê.

— Não foi um cão que a violentou, fui eu.

Era motivo suficiente para arrastar o guri para o quintal e espancá--lo sem dó nem piedade, embora bastasse o primeiro murro para ele ir parar no canto da cerca com o rosto ensanguentado. Ele nem resistiu, e na verdade não teria como resistir, ainda que quisesse. Maya Dewi correu para tentar impedir a brutalidade do marido, antes que o garoto fosse morto. Ela teve de lutar bastante para controlá--lo, enquanto ele continuava perseguindo o garoto, embora Kinkin tivesse tombado à beira de um tanque de peixes. Ainda não estava morto, mas muito machucado e gemendo de dor.

— Claro que não vou matá-lo — disse Maman Gendeng, depois de afastado um pouco pela mulher. — Terá de continuar vivo e casar com minha filha.

À tarde, depois de ouvir Kinkin tagarelar a manhã inteira na escola sobre seus planos de casar com Rengganis, a Bela, quando ela desse à luz seu filho, Ai foi ao cemitério encontrá-lo, na garupa de uma motoca pilotada por seu primo Krisan.

— Eu sei que você não estava no banheiro naquele dia — disse ela, furiosa.

Sorrindo daquela visita, o garoto não negou, mas convidou-os a entrar, grato por ser a primeira vez em que um colega de turma vinha procurá-lo. Sua casa não era um lugar agradável, era velha e carente de um toque feminino, raramente varrida, e os objetos deixados pelos mortos se amontoavam em sinistras pilhas empoeiradas, parecendo resultado da escavação de uma tumba de múmia.

Depois de trazer-lhes da cozinha dois copos de limonada gelada, ele disse que sua mãe morrera havia muito tempo, no exato momento em que ele nascera, para tentar se desculpar pela bagunça da casa, ou simplesmente para mudar de assunto. Mas a expressão do rosto da garota não era nem um pouco relaxada, como se esperasse a próxima oportunidade de espancá-lo ainda mais.

— Sua bichinha dissimulada, você não a violentou nem aqui nem na China — disse Ai.

— Claro que não, eu jamais seria cruel assim — retrucou Kinkin calmamente. — Quando amamos alguém, jamais faríamos uma coisa assim, nem se aparecesse a oportunidade. Eu a pedi em casamento, como se deve fazer, e vou casar com ela porque a amo.

Ele herdaria a profissão do pai e a casa no cemitério. Essas coisas sempre eram transmitidas de geração em geração, e o motivo era evidente: ninguém mais queria aquele trabalho. Todo mundo na cidade acreditava que o cemitério estava cheio de fantasmas e espíritos do mal, e só mesmo a família de um coveiro suportaria viver ali ano após ano. A família também transmitia seu secreto conhecimento mágico sobre o relacionamento com os espíritos dos mortos pelo uso do *jailangkung*. Kinkin era o único e derradeiro herdeiro, sem irmãos. Mas, se os colegas tinham medo dele, não era apenas por ser filho de um coveiro e jogar *jailangkung*, mas pela expressão fria do rosto e o fedor úmido que emanava do seu corpo, como se sempre carregasse um espírito do mal nos ombros. Era o suficiente para pôr-lhes de pé os cabelinhos da nuca, de modo que Krisan permaneceu basicamente calado. Realmente não queria ter vindo, e só o fizera forçado pela prima.

— Não fique achando que só porque conhece magia negra pode fazer o que bem quiser — prosseguiu ela.

— A magia negra não tem a menor utilidade — disse Kinkin, acenando com as mãos, em protesto. — É um pseudopoder absolutamente falso, artificial e, naturalmente, maligno. Sei por experiência pessoal que o amor é mais forte do que tudo.

O amor aparentemente o tornara bem teimoso, e Ai o sabia. Ela não queria de fato impedi-lo de amar Rengganis, apenas proteger Bela, e sentia que havia algo de errado naqueles planos de casamento. Ela buscou a mão de Krisan, mas, antes de sair, olhou para Kinkin e soltou:

— Ame Bela de todo o coração — mais parecendo uma mãe dando conselhos ao genro no dia do casamento.

Kinkin assentiu, confiante:

— Claro.

— Mas, se o seu amor for como bater palmas com uma mão só e a minha prima não o quiser, jamais permitirei que alguém os case — ameaçou Ai. — Estou aqui para protegê-la, para que seja sempre feliz.

A assertividade de sua voz sempre fazia as pessoas evitarem o seu olhar, e Kinkin também baixou a cabeça.

— Sim, mas — disse ele — o pai dela já aceitou meu pedido de casamento.

— Mesmo assim.

Ai nem lhe deu chance de dizer mais uma palavra. Deu um puxão na mão de Krisan, e o garoto logo tratou de sair andando na direção da motoca. Com a garota montada na garupa, foram para a casa de Bela, que encontraram mergulhada no caos, com os seus uivos sendo ouvidos do segundo andar. No quarto de baixo, deram com Maya Dewi chorando em silêncio no canto do sofá, enquanto as duas criadas observavam da porta da cozinha sem saber o que fazer. Krisan sentou à sua frente e Ai, por trás dela, segurando sua mão, confusa e preocupada:

— Que foi que aconteceu, titia?

Maya Dewi enxugou as lágrimas com a manga. Tentou sorrir para os sobrinhos, como se quisesse dizer que não era nada sério, e explicou:

— Ela teve um acesso de fúria assim que soube que teria de casar com esse Kinkin.

— Ele tem dado com a língua nos dentes na escola — disse Ai.

— Pobre garoto, querendo casar com uma menina grávida de outro — disse Maya Dewi. — Ele a ama tanto.

— Não me importa se ele a ama ou não — disse Ai. — Rengganis não vai casar com um homem que não ama.

Os uivos da Bela pararam de repente. Eles ficaram alarmados, mas ela desceu correndo as escadas com o rosto inchado e vermelho, como se tivesse sido mergulhada em água gelada, e vestindo apenas seu pijama. Sentou ao lado da mãe sem sequer tentar enxugar as lágrimas.

— Se você não ama o filho do coveiro e não quer casar com ele, é só me dizer — prometeu a pobre mãe —, é só dizer quem é o homem de que gosta e quer como marido.

— Não gosto de ninguém — disse Bela. — Se tiver de casar, quero casar com meu estuprador.

— E quem é ele?

— Vou casar com um cão.

A gravidez já aparecia claramente, e sua beleza, como acontece com qualquer grávida, tornara-se ainda mais radiante. Era como se seu cabelo negro viesse de uma profunda e misteriosa escuridão, caindo abaixo dos quadris, pois não eram cortados havia anos. Tinha uma pele delicada como a casca de um pão de forma recém-saído do forno. Desde que nascera, todos sabiam que era a menina mais bonita da cidade. Os pais muito se orgulhavam dessa bênção, mas o preço disso sempre os deixara preocupados: sua simplicidade mental. Eles a ajudavam a manter sempre a melhor aparência, esforçando-se no trançado do seu cabelo toda manhã, antes de ir para a escola. No concurso anual da Princesa das Praias, o pai a inscreveu, embora fosse evidente que ela não sabia dançar muito bem e cantava com uma voz de doer, mas sua beleza tinha impressionado cada membro do júri, e ela foi eleita.

— Você sabe qual cão foi? — perguntou Ai.

Rengganis sacudiu a cabeça, consternada.
— Para mim, todos os cães são iguais — disse. — Talvez ele apareça quando o bebê nascer.
— E como vai saber que nasceu?
— Meu filho vai latir e ele ouvirá.

Ninguém entendia onde ela fora buscar uma fantasia tão absurda, mas ela parecia tão feliz com aquilo, as bochechas viçosas, que os outros nada diziam. Sem forçá-la a dizer mais nada, a mãe a abraçou e acariciou seu cabelo, dizendo:
— Sabe, mamãe ficou grávida de você na idade que você tem hoje.

Ao cair a noite, ela contou ao marido tudo o que acontecera naquele dia, destacando os indícios da comoção gerada por Bela. Maman Gendeng sentou na escada com expressão trágica.
— Todo mundo sabe que Kinkin não estava no banheiro naquele dia — disse ela. — E Rengganis não quer casar com ele.
— Pois então temos de obrigar nossa filha a nos contar quem foi.
— E se ela não disser?
— Se não disser, vou casá-la com quem quiser casar com ela — respondeu o marido. — Desde que não seja um cão.

E ela de fato nada disse. Naturalmente, muitos homens queriam casar com ela, mas só um teve coragem de pedir, Kinkin. E assim, apesar da recusa de Rengganis, a Bela, eles começaram a preparar o casamento, pois se aproximava cada vez mais o momento do parto. Não que Rengganis, a Bela, não soubesse desses planos, mas agora os encarava com calma, dizendo que o garoto é que acabaria cheio de ressentimento e arrependimento.

A menina Ai viu-se envolvida nessa confusa situação.
— Se a obrigarmos, ela fará algo terrível — disse.

Ela conhecia Rengganis, a Bela, muito bem. Os pais também, mas aparentemente não se importavam mais. Para eles, já bastava que Maya Dewi fosse filha ilegítima e sem pai de Dewi Ayu, exatamente como as irmãs mais velhas, e não queriam que Bela tivesse igual destino. Até Maman Gendeng, que nunca fora nenhum paradigma de virtude, estava muito triste — alguém tinha estuprado sua filha, e ele, o homem mais temido da cidade, nada sabia do que acontecera. Sentia estar enfrentando o mais formidável inimigo de toda a vida.

— Fui eu que lhe dei o nome de Rengganis — disse, com tristeza.
— E, como todo mundo sabe, a princesa Rengganis casou com um cão.

Ao se aproximar o dia do casamento, ele procurou uma empresa de aluguel para reservar cadeiras para a festa. Promoveria a apresentação de um *orkes melayu* na rua em frente à casa. Fazia tudo isso porque não sabia o que fazer.

— Não está certo, tio — disse Ai. — Ela não quer este casamento. Por que uma garota grávida sempre tem de casar?

Ele não queria se meter naquela rabugice toda e continuou a preparar o casamento como se fosse o seu próprio. O médico tinha confirmado a data de nascimento da criança que crescia na barriga de Bela, e eles marcaram o casamento para o dia seguinte. Mas, quando a criança nasceu, com a ajuda de uma parteira, Rengganis, a Bela, mais uma vez insistiu em que era filha de um cão, enquanto os pais insistiam em que ela casaria. Por isso, na noite anterior ao casamento, ela desapareceu com o bebê.

— Deve ter ido para a casa de Ai — disse o pai.

Todo mundo saiu atrás dela, mas nem a menina sabia o que havia acontecido. O pânico começou a se espalhar. Eles voltaram, na esperança de encontrá-la de novo em casa, mas acharam apenas um curto bilhete rabiscado num pedaço de papel: "Fui casar com um cão."

16

Confissão: foi Krisan quem cavou a sepultura de Ai e escondeu seu cadáver debaixo da cama.

Nos velhos tempos, toda manhã ele sentava à janela do quarto, olhando para a varanda dos fundos da casa de Shodancho. Naturalmente, nessa época Ai ainda estava viva, e ele ficava na janela só para vê-la passar, indo ainda sonolenta lavar o rosto na torneira que jogava água no tanque de peixes. Toda tarde também se postava no mesmo lugar, observando Ai conversar com a mãe enquanto cortava uma galinha ou preparava espinafre para o jantar, mas nessa tarde Ai não se encontrava ali, pois estava morta e agora seu corpo estava estendido debaixo da cama de Krisan.

Ele imaginava que as pessoas já sabiam do túmulo violado e visualizava Shodancho, que nessa época já começava a evidenciar a idade, mas preservava o posto de comandante do distrito militar de Halimunda, ouvindo que fora escavado por um cão. E ele não acreditaria que a sepultura de sua terceira filha tivesse sido escavada por um cão, pois era muito profunda, além de protegida por tábuas bem fortes.

— Só um ser humano seria capaz disso, e talvez o único que *de fato* o fizesse seja Maman Gendeng. — Talvez fosse o que Shodancho diria.

Krisan gostava de imaginar que pudesse ser mais esperto do que os outros. Sabia que Shodancho ainda guardava um velho ressentimento contra o *preman*, Maman Gendeng, que jamais teria escavado a sepultura de Ai — ele só pensava em reencontrar a filha, Rengganis, a Bela, que tinha fugido. Repetindo: aquele túmulo tinha sido escavado por Krisan, e agora o cadáver estava devidamente escondido debaixo da sua cama, e o espantava o fato de ninguém desconfiar que era ele o responsável.

Na verdade, ele o fizera exatamente do jeito que imaginava que um cão o faria, achando que assim Ai não ficaria zangada, podendo até gostar. Krisan escavou o túmulo de Ai com os pés e as mãos, revolvendo a terra ainda macia, embora ela tivesse sido enterrada há uma semana. Cavou a noite inteira, sem descanso. Para agradar a Ai, levara inclusive um cão vira-lata, embora o animal se limitasse a observar calado, acorrentado a um tronco de árvore. As pegadas do cão levariam as pessoas a pensar que aquilo era obra de um animal, e Krisan tratou de apagar cuidadosamente suas próprias pegadas.

Era duro escavar uma sepultura com os pés e as mãos, mas não era como faria um cão? Fingindo-se de cão, Krisan até botava a língua para fora e voltava a guardá-la enquanto trabalhava, achando que Ai ficaria feliz de vê-lo lá do céu. E, ao ficar morto de sede no meio dessa labuta enlouquecida, avançou de quatro até o canal junto ao túmulo e lambeu a água. Seguindo com o trabalho, finalmente alcançou as tábuas às 3h da manhã, tendo começado a cavar às 7h30 da noite.

As tábuas tinham sido sobrepostas. Krisan precisou apenas retirar algumas para levantar o corpo de Ai, envolto numa mortalha, da fenda onde se encontrava. Seu corpo era leve, e o coração de Krisan pulava com misteriosa alegria. Finalmente ele podia estreitá-la, e praticamente não se importava com o fato de estar morta. A mortalha exalava uma estranha fragrância, parecendo a de um jardim de flores. Naturalmente, não era cheiro de flores, mas o aroma do corpo da garota.

Depois de soltar o vira-lata, Krisan pôs o cadáver de Ai no ombro. E tratou de voltar para casa a passos cautelosos, pois a essa hora as pessoas em geral já estavam acordadas, preparando-se para ir para a mesquita. Vendedores de legumes já se dirigiriam ao mercado para abrir seus quiosques, e talvez algumas pessoas estivessem indo defecar num dos lagos no limite da cidade, não longe do cemitério.

Ele voltou para casa em segurança, sem ser visto nem mesmo pela mãe ou pela avó (após a morte do pai, sua avó Mina passara a viver com eles, cuidando da costura), que costumavam acordar cedo. Entrou pela porta da cozinha, foi pé ante pé até o quarto, e escondeu o cadáver de Ai debaixo da cama. Retornou então pelo mesmo caminho para limpar eventuais pegadas de lama — limpando com a eficiência de um porteiro de escola — e então estava na hora de checar o corpo. Retirou-o de baixo da cama e afastou a mortalha.

Imediatamente, aquele cheiro agradável foi exalado ainda mais fortemente, e Krisan viu o corpo de Ai, parecendo tão fresco. A garota parecia apenas deitada no chão, tirando uma soneca. Krisan não se surpreendeu, convencido de que o corpo de Ai jamais apodreceria, mesmo que ficasse enterrado por anos, ou mesmo séculos, e ficou contemplando suas bochechas ainda ligeiramente avermelhadas, exatamente como eram quando estava viva.

De repente, ficou embaraçado por vê-la nua. Rapidamente cobriu seu corpo mais uma vez com a mortalha, deixando exposto apenas o rosto, para continuar admirando sua beleza. E de repente aquele garoto cheio de vida estava chorando, triste porque ela estava morta e ele agora se via sozinho neste mundo desolado.

Mas então o tom do seu choro mudou para gritos de gratidão, gratidão a Ai, pois, embora estivesse morta, não se deixara apodrecer. Permanecia num estado de eterna beleza, e ele acreditava que era por ele. Sem que se desse conta, estava beijando as bochechas da garota.

Krisan se apaixonara por Ai havia muito tempo, e estava convencido de que ela também se apaixonara por ele havia muito tempo, talvez quando ainda dormiam no mesmo berço. Ela era sua prima, assim como Rengganis, a Bela. Ai nascera 12 dias antes de Krisan e foi seu o primeiro rosto que ele viu ao nascer, nos braços de sua mãe, enquanto Alamanda e Shodancho e o seu pai esperavam sua chegada. Quem sabe, talvez o amor à primeira vista também aconteça entre bebês. E, além do mais, Shodancho disse então algo do tipo: "Espero que nossos filhos formem um par romântico." Krisan provavelmente ouviu esta frase no exato momento em que chegava ao planeta, acreditando assim que estavam destinados um ao outro. E, desde então, tinham continuado juntos, chorando juntos, fazendo xixi nas calças juntos, frequentando o mesmo jardim de infância e as mesmas escolas, até Krisan se dar conta de que sempre fora apaixonado por Ai.

Mas não era fácil dizer-lhe que a amava, pois Ai era sua prima e os dois eram muito amigos. Uma confissão como essa poderia destruir aquele doce relacionamento, mas, se ele não dissesse nada, Ai talvez nunca se desse conta de que ele a amaria para sempre, e ele se arrependeria se ela se entregasse a outro. Era o que Krisan mais temia: preferiria enforcar-se a sofrer tamanha decepção.

Havia outro sério problema: Krisan não tinha amigos com quem conversar, à parte Rengganis, a Bela, e Ai. Não havia hipótese de falar desse assunto com a avó e a mãe, muito menos com os dois tios e tias. E não poderia escrever a respeito num diário, pois Ai certamente acabaria por encontrá-lo e lê-lo, por mais que o escondesse. Isto não seria problema se soubesse que Ai também o amava, mas ele apenas desconfiava que sim, e temia estar alimentando expectativas vãs. Seria horrível se Ai descobrisse que ele a amava mas não o amasse. Aquilo tudo era muito penoso. Muitas vezes ele amaldiçoava o próprio destino, perguntando-se por que tivera de nascer como primo daquela garota. Quando o garoto *jailangkung* pedira a mão de Rengganis, a Bela, a Maman Gendeng no terminal rodoviário, Krisan fora tomado de terror. Alguém anunciara ao mundo que amava Rengganis, a Bela, e logo alguém mais certamente iria pedir a mão de Nurul Aini a Shodancho. Krisan estava decidido a conseguir aquela garota antes de qualquer outro.

Planejou sua declaração de amor durante semanas, semanas de insuportável dor.

Krisan começou escrevendo cartas de amor, e toda vez que tinha de escrever a palavra Ai deixava o espaço em branco de propósito, *não* escrevendo as duas letras, para se prevenir ante qualquer eventualidade. Escreveu dez longas cartas de amor, cada uma com uma breve história, mas não enviou nenhuma delas, juntando-as sob uma pilha de cuecas no armário. Não porque fosse algum pervertido, mas por ser o lugar mais seguro. Ai entrava o tempo todo e se metia em tudo, levando o que bem quisesse, especialmente os romances de artes marciais do Camarada Kliwon. Havia entre os três — Krisan, Ai e Rengganis, a Bela — um acordo tácito de que o que pertencia a um pertencia a todos. Exceto suas cuecas. Ai nunca quisera tocar nelas, e assim a prova da sua paixão secreta estava muito bem guardada.

Mas então ele chegou à conclusão de que era bobagem escrever cartas. Simplesmente diria que a amava, não apenas como prima, mas como um homem ama uma mulher. Era avassalador aquele sentimento de que, embora fossem tão próximos, com uma amizade tão verdadeira, e muito embora estivesse escrito no destino que um dia casariam, a vida seria chata e sem graça enquanto ele não conseguisse externar seus verdadeiros sentimentos.

Ele passou dias praticando sua declaração de pé em frente ao espelho e imaginando ela ao lado dele — talvez os dois estivessem contemplando da praia uma gaivota deslizando na superfície do mar —, e diria: "Ai", fazendo então uma pausa de propósito, na suposição de que precisaria de um momento até que ela olhasse para ele, ou no mínimo para aguçar os ouvidos. E ele prosseguiria com voz forte para ser claramente ouvida em meio à cacofonia das ondas batendo e do vento sacudindo as folhas dos coqueiros e arbustos. "Você sabe que a amo?"

Uma frase apenas. Curta. Krisan se acreditava capaz de dizê-la, e podia imaginá-la então enrubescendo — e assim seria mesmo que ela soubesse havia muito tempo que Krisan estava secretamente apaixonado por ela. Talvez Ai não olhasse para ele, pois ela tendia a ser tímida, e assim possivelmente abaixaria a cabeça, com medo de parecer muito excitada. Mas então, sem olhar para ele, confessaria que também o amava.

O que viria depois era mais fácil Krisan imaginar. Ele tomaria suas mãos e então seria a felicidade para sempre, com o casamento, os filhos, os netos e a morte juntos muitas décadas depois. Mas tudo isso era tão lindo que deixava Krisan novamente inseguro, de modo que ele praticava ainda mais, repetindo a breve frase muitas e muitas vezes: no banheiro, deitado na cama, aonde quer que fosse.

Certa tarde, tentou até fazer da avó seu rato de laboratório. Mina estava costurando na varanda da frente e ele, sentado a seu lado, de repente disse:

— Vovó...

E, apesar de todo o treino, parou por aí.

Mina parou de trabalhar e voltou a cabeça para lançar na sua direção um olhar questionador por trás dos óculos espessos, imaginando que Krisan queria pedir dinheiro emprestado para comprar alguma bobagem de que não precisava, como sempre. Mas ficou chocada quando ele prosseguiu:

— Vovó, você sabe que a amo muito, não?

Mina arregalou os olhos e imediatamente deixou a costura de lado, empurrou a cadeira e abraçou Krisan com as lágrimas correndo cada vez mais céleres, dizendo:

— Que amor que você é! Nem aquele Camarada maluco, meu próprio filho, nunca me disse algo assim.

Mas toda vez que Krisan estava com Ai, mesmo que fossem apenas os dois, sem a presença de Rengganis, a Bela, o que quase nunca acontecia, tudo o que ele tinha decorado evaporava. Ele jurava para si mesmo que lhe diria em outra oportunidade, e as palavras de novo lhe faltavam. Ai sempre o deixava paralisado. Era como se furasse seu coração, deixando-o perdido numa tempestade de indizível amor.

Até que um dia aconteceu: Rengganis, a Bela, deu à luz um bebê e desapareceu de casa. Quem ficou mais abalada, mais talvez do que os pais de Rengganis, a Bela, Maya Dewi e Maman Gendeng, foi Ai. Todo mundo sabia que Ai se considerava a protetora de Rengganis, a Bela, e, agora que a garota engravidara sem saber de quem (muito embora Rengganis tivesse confessado: um cão), em seguida dando à luz, Ai estava arrasada. Adoeceu naquele mesmo dia, acometida de uma febre alta, e chamando Rengganis no sono. Fazia sentido, embora ainda deixasse Krisan enciumado. Ele sabia que as duas eram muito amigas, bem mais próximas do que qualquer delas jamais fora dele, talvez por serem meninas.

A febre continuou durante dias, e nenhum médico descobria que doença era aquela. Todos os testes indicavam que ela estava em perfeita saúde.

— Está possuída pelo fantasma de um comunista — disse Shodancho.

— Cale a sua boca! — gritou Alamanda.

À tarde, ao voltar da escola, Krisan era seu mais zeloso cuidador, sentado à cabeceira e contemplando-a com olhar vazio, tão fraca ali deitada, o corpo febril tremendo.

Evidentemente não era o momento certo para dizer que a amava como um homem ama uma mulher: tinham ambos 17 anos então.

Muitas vezes Ai aparecia de repente no quarto de Krisan. Às vezes apenas se postava na janela, mas outras vezes pulava para dentro, mesmo pouco antes de cair doente. Certa noite, por volta de 19 horas, voltou a aparecer, pulando pela janela com um sorriso maroto, como se tivesse em mente algum plano maligno. Estava tão bela, tão doce, tão saudável. Toda vestida de renda branca, límpida e pura, como se usasse roupas novas para comemorar o Eid. De rosto e corpo radiantes, seu liso cabelo escuro caía solto pelas costas. Os olhos penetrantes brilhavam, as bochechas rosadas eram adoráveis, e aquele sorriso travesso destacava os lindos lábios tentadores. Krisan acabara de deitar depois do jantar, e ficou surpreso com a inesperada visita.

— Você por aqui?! — exclamou, sentando na beira da cama. — Já melhorou?

— Saudável como uma deusa do Olimpo — respondeu Ai, rindo e erguendo os braços para flexioná-los como um fisiculturista.

E então, como que laçados por um poderoso desejo, os dois se aproximaram e se abraçaram fortemente, mais forte ainda do que Adinda abraçara o Camarada Kliwon depois de perseguida por um cão tanto tempo antes. E, sem mesmo saber quem havia começado, os dois se beijaram, com beijos mais ardentes do que os trocados por Alamanda e o Camarada Kliwon debaixo da amendoeira, para em seguida cair na cama.

— Ai — disse finalmente Krisan —, você sabe que eu a amo?

Ai respondeu com um sorriso encantador, que deixou Krisan ainda mais fora de si, embriagado de amor, e ele voltou a beijá-la. Não muito depois, os dois se tinham despido com a urgência de um incontrolável desejo adolescente — fazendo amor ainda mais selvagemente do que Alamanda e Shodancho na manhã em que o Camarada Kliwon não fora executado, mais selvagemente do que Maman Gendeng e Maya Dewi depois de cinco anos —, dedicando a noite inteira ao jogo do amor, que jogavam com o resplandecente entusiasmo e o extraordinário espírito de investigação que só cabem a uma dupla de adolescentes.

Em seguida, Ai vestiu sua roupa toda branca, saltou de volta pela janela e acenou com a mão.

— Preciso voltar para casa... — disse —, voltar para casa... voltar para casa.

As últimas palavras já ficavam nebulosas quando Krisan foi sacudido por um solavanco na virilha e despertou sem Ai. A janela do quarto estava bem fechada. Fora apenas um sonho. Não era seu primeiro sonho com polução, mas certamente o mais belo, e o primeiro com Ai, o que o deixou num êxtase de felicidade.

Quando os raios do sol começaram a aparecer debilmente pela treliça da janela, ele a abriu e olhou para a varanda da parte de trás da casa de Shodancho. Uma pequena multidão se movimentava por ali, inclusive sua mãe. Ele sentiu um golpe no coração. Pulou pela janela e, sem mesmo lavar o rosto ou calçar os sapatos, correu para a casa de Shodancho, abrindo caminho na multidão. Entrou na sala onde Ai estava estendida e viu Alamanda sentada na cama, chorando. Ao ver Krisan, Alamanda rapidamente levantou-se e o abraçou sem parar de chorar, puxando o próprio cabelo, e, antes que Krisan pudesse perguntar o que acontecera, disse:

— Sua amada se foi.

Agora, depois de escavar sua sepultura e trazer seu corpo para casa, Krisan chorava junto dela, lembrando-se do sonho. Talvez lamentando não ter declarado seu amor enquanto estava viva. Ou talvez sensibilizado porque, antes de partir, a garota fora procurá-lo, ainda que em sonho. Ela fora ouvir suas palavras de amor, entregar-lhe sua virgindade, fazer amor com ele, antes de voltar para casa e nunca mais aparecer. Talvez ele estivesse chorando por sua enorme perda e de saudade, quase morrendo de dor, pois, por mais belo que seja um cadáver, jamais será o mesmo que uma garota viva.

Uma segunda confissão: foi Krisan quem assassinou Rengganis, a Bela, e jogou seu corpo no mar.

Uma semana depois de Krisan escavar a sepultura de Ai, alguém bateu de leve na veneziana da janela do seu quarto. Krisan levantou-se e abriu, dando com Rengganis, a Bela, desgrenhada. Tinha o cabelo despenteado e as roupas molhadas, o que, no entanto, não bastava para ocultar sua incrível beleza. Até Krisan o admitia, Rengganis, a Bela, de fato era mais bela do que Ai, como a própria Ai reconhecia.

— Meu Deus, que está fazendo? — perguntou Krisan.
— Estou congelando.
— Sua idiota, isto é óbvio.

Krisan debruçou-se no peitoril, na esperança de que ninguém os estivesse vendo, e puxou com força a mão de Rengganis, a Bela, para ajudá-la a pular pela janela. Ela parecia ter caído numa vala de lama ou algo assim, e era evidente que estava com fome.

— Mude as roupas — disse Krisan, verificando se a porta do quarto estava trancada.

Rengganis, a Bela, abriu o armário de Krisan, tirando uma camiseta, um par de jeans e uma cueca dele. E então, na frente do rapaz, sem qualquer embaraço, despiu-se completamente, peça por peça, até não ficar nada. Seu corpo, molhado e brilhando à luz da lâmpada, fez com que Krisan praticamente perdesse o fôlego. Ele sentou de pernas cruzadas na cama, ereto, e, embora quisesse devastar a garota de pé à sua frente, espetacular, nem se mexeu. Ainda estava na cama enquanto Rengganis, a Bela, em sua maravilhosa indiferença, enxugava o corpo com uma toalhinha que encontrara pendurada por trás da porta.

Seus seios eram perfeitos como os de uma mulher adulta, e Krisan os observou por um bom tempo, imaginando que os acariciava e beijava, excitando seus mamilos com toques eróticos. Uma curva deslumbrante ia dos seios aos quadris, como que traçada a compasso, perfeitamente simétrica dos dois lados. E, no meio da vagina, por trás do denso emaranhado de pelos, havia algo ligeiramente protuberante, como o fruto de um coqueiro jovem, mas certamente suave. Krisan ficou ainda mais duro, querendo dar um pulo e arrastar a prima para a cama e devastá-la. Mas não o fez. Não com o corpo de Ai debaixo da cama.

A tortura finalmente foi acabando. Rengganis, a Bela, vestiu a cueca de Krisan, sem se importar com o fato de ser uma roupa íntima de homem. Em seguida, vestiu seu jeans, e os seios rapidamente desapareceram por trás da camiseta dele. Mas Krisan continuou excitado, pois ainda via o contorno de seus mamilos por baixo da camiseta.

— Que tal lhe pareço, cão? — perguntou Rengganis, a Bela.

— Não me chame de cão, meu nome é Krisan.

— Tudo bem, Krisan — e Rengganis, a Bela, sentou na beira da cama ao lado dele. — Estou com fome.

Krisan foi à cozinha e trouxe um prato de arroz com espinafre cozido e um pedaço de peixe frito. Foi tudo o que encontrou no armário. Entregou a comida à garota com um copo d'água, e ela comeu com voracidade, e ao terminar pediu mais. Krisan voltou à cozinha, trazendo algo semelhante, e ela comeu com a mesma voracidade, como se nunca tivesse aprendido boas maneiras. Krisan deu graças por não ter vindo outro pedido depois dessa segunda porção, pois na manhã seguinte a mãe não acreditaria que ele comera três porções inteiras durante a noite.

— E agora — disse Krisan, enquanto Rengganis, a Bela, começava a secar o cabelo —, onde está seu bebê?

— Foi comido por um *ajak* e morreu.

— Que merda! — disse Krisan. — Mas graças a Deus. Conte-me o que aconteceu.

Rengganis, a Bela, contou. Na noite em que saíra de casa com o bebê, ela foi para a cabana de guerrilheiro construída por Shodancho no meio da floresta. Durante muito tempo o lugar tinha sido ponto de encontro de Rengganis, a Bela, Ai e Krisan. Eles tinham ouvido falar da choupana, foram procurá-la, encontraram-na, e passaram a visitá-la em pequenas excursões divertidas. Naquela noite, Rengganis, a Bela, foi para lá com o bebê, sabendo que era o melhor esconderijo possível, e que nem mesmo Ai imaginaria que ela estivesse lá. O bebê era muito chorão, disse, e ela tentou acalmá-lo, mas ele continuava inquieto. Não tinha nada para vestir o bebê, que estava envolto apenas num cobertor e era aquecido pelo abraço da mãe.

Normalmente, era possível chegar à cabana numa caminhada de oito horas. Mas Rengganis, a Bela, levou um dia inteiro e uma noite. Ficou meio perdida, vagando nesta e naquela direção, e caminhava muito lentamente carregando o bebê, e estupidamente tinha se esquecido de trazer suprimentos. E assim chegaram à cabana esfomeados.

— Não havia nada para comer — disse Rengganis, a Bela.

Além do mais, ela era uma garota da cidade e não sabia o que podia haver de comestível na floresta, mas acabou se vendo forçada a sair em busca de algo. Algumas nozes tinham caído das árvores e, surpresa com a dureza da casca, ela as quebrou com uma pedra, experimentando o que havia no interior. Vendo que era bom, juntou muitas nozes e foi o seu jantar na primeira noite. A bebida não era problema, pois um riacho de águas claras corria perto da cabana.

O grande problema era o bebê, que continuava agitado e chorando. Durante toda a viagem ela tapara sua boca com a ponta do cobertor, para não serem descobertos. Evitando as ruas, ela caminhava sob a sombra das árvores, cortando caminho pelas plantações de banana e os campos de mandioca. Mesmo assim, precisava tomar muito cuidado, pois muitos agricultores andavam por ali à noite para inspecionar suas terras, e havia vigias, além de pessoas caçando enguias e gafanhotos. O cobertor servia muito bem para abafar o choro da criança, mas quase a matou. Ao chegar à selva no promontório, ela finalmente tirou a mordaça, achando que ninguém mais estaria andando por ali no meio da noite, e entrou pela mata com o bebê choramingando sem parar.

Na cabana, o bebê continuava agitado, embora a mãe finalmente o tivesse amamentado, até que, nos últimos dias, se recusava a mamar. Tinha urinado e o cobertor que o protegia estava molhado, mas Rengganis, a Bela, não tinha outro, de modo que simplesmente o mudou de posição, deixando as partes molhadas para fora. Mas o bebê continuava chorando, com voz cada vez mais débil. Só então Rengganis, a Bela, se deu conta de que ele estava com febre. Um ar quente emanava do seu corpo, que tremia. Ela não sabia o que fazer, e então ficou apenas vendo o bebê sofrer.

— Até que no terceiro dia ele morreu — disse.

E ela continuava sem saber o que fazer. Depois de tirar o cobertor que o envolvia, saiu da cabana com o bebê, depositando-o numa rocha usada muitos anos antes por Shodancho e seus homens como mesa de refeições, e durante um dia inteiro ficou olhando para o corpo do seu bebê, incapaz sequer de pensar. Já era de tarde quando ela teve a ideia de jogá-lo no mar, mas nesse exato momento uma matilha de *ajaks* chegou, cercando-a e ao bebê, atraída pelo cheiro do cadáver. Rengganis, a Bela, olhou para aqueles *ajaks*, viu como estavam ávidos pelo corpo do bebê, e o jogou na sua direção. Eles imediatamente começaram a disputá-lo, até que um deles conseguiu arrastar o bebê para a floresta, seguido pelos outros.

— Você é mais terrível do que Satã — disse Krisan, num estremecimento.

— Mas era mais fácil do que cavar uma sepultura.

Os dois se calaram, talvez imaginando como o corpo daquele pobre bebezinho tinha sido dilacerado pelos cães. Krisan não sabia o que Maman Gendeng faria se soubesse que tinha sido este o destino do neto. Talvez enlouquecesse e incendiasse a cidade inteira, matando todos os *ajaks* e muito provavelmente as pessoas também. Mas agora não teria mais sentido buscar seus restos. Aqueles *ajaks* provavelmente não tinham deixado nada intacto, pois até os ossinhos ainda eram tenros e comestíveis. Krisan quase vomitou ao imaginar um cão engolindo a cabeça do bebê inteirinha.

— E você não apareceu — disse Rengganis, a Bela, olhando para Krisan com uma mistura de raiva e decepção. — Esperei até ontem à tarde, tendo apenas aquelas nozes duras para comer.

— Eu não tinha como ir.

— Você é mau.

— Eu não tinha como ir — insistiu Krisan, gesticulando para que Rengganis, a Bela, falasse baixo, preocupado com a possibilidade de serem apanhados pela mãe e a avó. — Ai adoeceu e depois morreu.

— O quê?

— Ai adoeceu e morreu.

— Impossível.

Krisan saltou da cama, alcançou o cadáver por baixo dela, arrastou-o e o mostrou a Rengganis, a Bela. O corpo de Ai estava agora estendido no chão envolto numa mortalha, no mesmo estado em que Krisan o tivera nos braços pela primeira vez — tão fresca e tão bela.

— Ela está só dormindo — disse Rengganis, a Bela, descendo da cama para examinar o rosto de Ai e tentando despertá-la. — Vamos, acorde!

E a sacudia, tentando forçar a abertura dos olhos do cadáver, beliscando seu nariz, para enfim voltar a sentar soluçando, chorando a morte da garota que fora sua amiga íntima a vida inteira, que sempre estivera presente quando ela precisava. De repente Rengganis, a Bela, lamentava não ter incluído Ai em seus planos de fuga, não a ter chamado para a cabana do guerrilheiro. E ficaria ainda mais inconformada se soubesse que a garota morrera de dor e preocupação pelo seu desaparecimento. Krisan, enquanto isso, permanecia completamente parado, preocupado sobretudo com a possibilidade de que os soluços cada vez mais altos de Bela despertassem sua mãe e sua avó, até que finalmente ela perguntou:

— Por que ela está aqui?

— Eu escavei sua sepultura — respondeu Krisan.

— E por que fez isto?

Ele não sabia o que responder. Limitou-se a olhar para ela calado, meio embaraçado, até que uma brilhante ideia apareceu em sua mente, no exato momento em que mais precisava.

— Para ela assistir ao nosso casamento.

A explicação aparentemente agradou a Rengganis, a Bela.

— E quando vamos casar?

Krisan não gostou nada da pergunta. Sentou na beira da cama e olhou para Rengganis, a Bela, para o rosto de Ai no chão, as roupas penduradas atrás da porta, as pilhas de romances de artes marciais, o travesseiro, e voltou a olhar para ela. A garota tinha o olhar pendurado no dele.

— Esta noite — disse Krisan.

— Onde?

— É o que estou tentando pensar agora.

E, quando veio a ideia, ele imediatamente a transmitiu a Rengganis, a Bela. Os dois rapidamente removeram a mortalha que envolvia o corpo de Ai e a vestiram com roupas do armário de Krisan, roupas de homem, como as que Bela usava: cuecas, jeans e uma camiseta. Parecendo já o cadáver uma garota vestida com displicência que simplesmente estava deitada, Krisan abriu a porta do quarto, verificando se a mãe e a avó continuavam dormindo nos seus respectivos quartos. Retirou cuidadosamente sua motoca pela porta dos fundos, sem o menor ruído. Voltou então para carregar o corpo de Ai nos ombros, saindo do quarto seguido por Rengganis, a Bela, e trancando a porta. Passando pela cozinha pé ante pé, eles chegaram ao quintal. Rengganis, a Bela, montou na garupa por trás do corpo de Ai, abraçando-o com toda força, enquanto Krisan tomava a frente. Com uma pisada no pedal, a motoca deixara o quintal e seguia veloz para o mar, no meio da noite, por baixo dos postes de iluminação.

Tiveram sorte de não serem vistos por muitas pessoas. Um ou dois passantes que cruzaram no caminho não chegaram a desconfiar, vendo um garoto de 17 anos com duas mocinhas na garupa da moto, achando que os três voltavam para casa tarde de uma festa.

Krisan parou junto a um quebra-mar de concreto que servia de divisória entre o mar e a praia. Estava quase amanhecendo, e dava para ver que alguns barcos já haviam atracado. Uma coloração rosada começava a aparecer no céu, a oriente. Momento muito propício, pensou ele.

— Espere aqui, vou roubar um barco — disse Krisan.

Ainda abraçada ao corpo de Ai, para que não caísse, Rengganis, a Bela, encostou no quebra-mar, perto da motoca, esperando Krisan.

Ele voltou remando. Talvez o barco não pertencesse mais a ninguém, pois estava em péssimo estado, embora não tivesse buracos. Krisan o fez deslizar até perto da muralha onde Rengganis, a Bela, esperava.

— Jogue o corpo — disse.

Rengganis, a Bela, jogou o corpo de Ai no casco do barco, fazendo-o balançar um pouco, e agora o cadáver estava no fundo. Rengganis, a Bela, pulou numa das extremidades do barco e sentou, enquanto na outra Krisan começava a remar para se afastar da praia em direção ao mar aberto, o lugar onde prometera casar com ela.

Krisan tentava não cruzar com barcos de pesca que voltavam para a praia, sem se preocupar com as embarcações maiores que estavam mais distantes. A manhã clareava por trás da colina Ma Iyang, projetando seus raios como fortes linhas retas que penetravam na superfície do mar com um brilho fosforescente. O avermelhado do horizonte começou a se dissolver; gaivotas e andorinhas já sobrevoavam. A claridade facilitou para Krisan distinguir a direção que tomavam os barcos de pesca, e ele podia desviar se achasse que estavam se aproximando muito.

Durante bastante tempo ele remou em círculos cada vez mais largos, em busca de uma zona tranquila no oceano que dificilmente fosse procurada por alguém. Até que a encontrou, numa área de azul muito intenso das águas. Ele tinha certeza de que era um lugar de grande profundidade, e por isso ninguém se aventurava ali, pois nesses pontos não havia muitos peixes. Naturalmente, nem Rengganis, a Bela, nem Krisan sabiam que muitos anos antes o Camarada Kliwon raptara Alamanda e a levara exatamente a esse mesmo ponto.

A manhã surgiu em toda a sua perfeição.

— E, então, quando vamos casar?

— Calma, vamos desfrutar um pouco desse sol primeiro — respondeu Krisan.

Ele deitou na sua extremidade do barco, contemplando o céu. Rengganis, a Bela, tentou fazer o mesmo do outro lado. Krisan tinha a testa enrugada e a expressão abatida, e nem de longe parecia estar desfrutando daquele dia de claridade perfeita. Rengganis, a Bela, enquanto isso, ficava cada vez mais inquieta, esperando o casamento. Finalmente, sentou-se de novo, já agora impaciente, e perguntou:

— Como vamos casar?

— Será uma surpresa.

Krisan aproximou-se dela, passando por cima do cadáver de Ai.

— Vire-se — disse.

Rengganis, a Bela, virou-se, olhando para o horizonte, de costas para Krisan. Esperou até ver as mãos dele formando rapidamente um círculo, e antes que se desse conta estava sendo estrangulada. E um lenço foi passado em torno do seu pescoço, e as mãos de Krisan puxavam fortemente as pontas. Rengganis, a Bela, lutou para se libertar, chutando em todas as direções, enquanto as mãos tentavam afastar o lenço. Mas Krisan era muito mais forte. Os dois lutaram por cerca de cinco minutos, até que ela perdeu as forças e ficou jogada no fundo do barco, morta, bem ao lado do cadáver da prima.

Krisan olhou para ela, e lágrimas vieram-lhe aos olhos. Sua respiração tornou-se arfante e ruidosa. Com as mãos tremendo violentamente, levantou o corpo de Rengganis, a Bela, e o jogou no mar, deixando que afundasse. E caiu no choro no quebra-mar, chorando como uma mocinha sentimental, como um bebê recém-nascido, num dilúvio de lágrimas doídas. E entre soluços falava sozinho, sem ninguém ali para ouvi-lo.

— Eu te matei — disse, soluçando de novo — porque só amava Ai. E, depois disso, chorou durante meia hora.

Uma terceira confissão: foi Krisan quem violentou Rengganis, a Bela, no banheiro da escola, sem assumir a responsabilidade pelo que fizera.
É a parte mais difícil de contar dessa história, mas é a verdade.

Certo dia, quando visitava a casa de Rengganis, a Bela, depois da escola, na companhia de Ai, ele estava sentado no sofá lendo uma revista velha. As duas garotas estavam lá em cima, no quarto de Rengganis, a Bela. Mas de repente ele ouviu passos descendo as escadas. Krisan pôs de lado a revista, e Rengganis, a Bela, apareceu à sua frente, usando apenas sutiã e calcinha. Ele podia tê-la visto assim antes, talvez até a tivesse visto completamente nua, mas isso quando ainda eram criancinhas. Agora tinham 15 anos, e Krisan já tinha polução noturna havia muito tempo.
  Como a maioria dos homens, Krisan ficava pasmo com o corpo de Rengganis, a Bela, ao mesmo tempo belo e provocante. Delicioso era a única palavra que fazia sentido. Muitas vezes ele ficava imaginando seus firmes seios redondos e a suave curva da cintura, e agora podia ver quase tudo. O sutiã que ela usava não cobria completamente os seios, e Krisan podia apreciar seu esplendor, assim como a calcinha ousada, cobrindo uma pequena saliência macia. Seu pênis ganhou vida, duro como aço. Ele teve de ajeitar a calça, pois a coisa se empertigava, apertada. Rengganis, a Bela, enquanto isso, nem parecia se importar com sua presença, olhando na sua direção, e na verdade parecia mesmo satisfeita que a olhasse. Desceu a escada num passo perfeitamente calmo, aproximou-se da tábua de passar roupa, pegou algumas peças e as vestiu, e aquele momento de volúpia passou, mas Krisan jamais o esqueceria.
  Existem dois tipos de mulher que um homem pode amar: o primeiro tipo, ele ama para cuidar e proteger, e o segundo, para foder. Krisan sentia agora ter os dois tipos: Ai era o primeiro tipo de garota,

e Rengganis, o segundo. Queria casar com Ai, mas sempre sonhou um dia fazer sexo com Rengganis, a Bela, apesar de nunca ter conseguido declarar seu amor a Ai nem ter a menor ideia de como fazer sexo com Rengganis, a Bela, sem enfrentar terríveis problemas.

Quando pequenos, os três tinham um ótimo esconderijo: o campo comprado pelo Camarada Kliwon. Shodancho construiu para eles uma casinha num galho de uma velha figueira no fundo do pomar. Os pais não se preocupavam com os três perambulando pelo campo, pois podiam cuidar uns dos outros. Eles brincavam juntos como sempre haviam feito antes daquela casa na árvore e continuariam a fazer por muito tempo depois. Mas, na época em que iam o tempo todo para a casa na árvore, sua brincadeira favorita era casamento. Rengganis, a Bela, sempre queria ser a noiva, e, como Krisan era o único menino, sempre era o noivo. Ai também desempenhava sempre os mesmos papéis: testemunha, juiz de paz e convidado. Eles adoravam a brincadeira, embora Krisan se sentisse constrangido naquele papel; queria na verdade ser noivo de Ai.

Rengganis, a Bela, usava uma coroa de folhas de jaqueira, assim como Krisan. Sentavam-se juntos embaixo da figueira enquanto Ai ajoelhava diante deles, dizendo:

— Aceitam casar um com o outro?

— Sim — diziam invariavelmente Krisan e Rengganis, a Bela.

— Então estão casados — dizia Ai. — Agora se beijem.

Rengganis, a Bela, beijava os lábios de Krisan por alguns segundos, e era o momento de que ele mais gostava.

Mas à parte isto — deixando de lado a brincadeira —, Rengganis, a Bela, sempre continuou pensando em Krisan como seu noivo.

Krisan ficava chateado com isso, mas não podia fazer nada, pois, como Ai, conhecia muito bem Rengganis, a Bela: mimada, voluntariosa, infantil, ingênua, frágil, instável e toda uma série de palavras que explicavam que não teria sentido ficar zangado com ela. Pior ainda era a atitude de Ai. Krisan na verdade queria que os dois se unissem para provocar um pouco Rengganis, a Bela, só para fazê-la cair em si, mas em vez disso Ai defendia lealmente todas as coisas absurdas que Bela fazia.

Nessa época, Krisan ainda não estava tão apaixonado por Rengganis, a Bela, embora soubesse que era muito bonita e provocante, pois gostava de garotas tranquilas e de rosto sério, garotas calmas, mas que também podiam ser bem ardentes, e uma garota assim era Ai. Não era o caso de desejá-la, ele muitas vezes achava que Bela segurava vela. E a tendência de Ai a protegê-la o deixava enciumado.

Mas havia algo que o deixava ainda mais enciumado: os cães. A filha de Shodancho fora contaminada por sua obsessão por cães. Krisan sempre ficava na esperança de que, se Ai não estivesse com Rengganis, a Bela, ele poderia ficar sozinho com ela, mas, se Ai não estivesse com a prima, certamente estaria brincando com cães, e continuaria brincando mesmo que Krisan quisesse ficar na sua companhia.

— Será que preciso me transformar num cão para você me dar atenção? — perguntou Krisan certa vez, no auge da irritação.

— Não necessariamente — respondeu Ai. — Seja um homem de verdade, e estará bom para mim.

Era difícil analisar palavras tão enigmáticas, e Krisan queixou-se a Rengganis, a Bela:

— Queria ser um cachorro.

— Excelente — disse Rengganis, a Bela. — Sempre tentei imaginar um cão sem rabo.

Era impossível ter uma conversa séria com Rengganis, a Bela.

Ele começou a se comportar como um cão para merecer a atenção de Ai. Se os três estivessem caminhando juntos, talvez voltando da escola ou apenas dando uma volta à tarde, e aparecesse um cão a distância, Krisan latia "Au, au, au!". Ou então se transformava num filhote machucado, "Óin, óin, óin", e outras vezes era um cão selvagem uivando no meio da noite, "Uou-uou-uooooooouuuu!"

— Pelo menos sua voz parece a de um cão — comentou Rengganis, a Bela. — Esse uivo de *ajak* me deixa arrepiada.

— Mas não faz uma cadela se apaixonar — disse Ai.

Ela parecia zombar do seu comportamento infantil, mas Krisan não se importava, e continuou a desempenhar o papel de um cão, na verdade muito bem, estivesse ela presente ou não. Ele mijava no banheiro levantando uma perna e começou a estender a língua o tempo todo.

— Mesmo que saia por aí de quatro, seu corpo nunca será o corpo de um cão — disse Ai, que achava que Krisan estava sendo completamente ridículo. — Mas cuidado com o cérebro.

Talvez fosse verdade: seu cérebro é que se tinha transformado no cérebro de um cachorro. Quando Ai morreu, ele cavou sua sepultura exatamente como um cachorro cavaria para esconder seu tesouro, um osso. Como Ai gostava de cachorros, ele se transformara num — ou pelo menos latia, botava a língua para fora, lambia a água do canal, e cavou a terra da sua sepultura com as próprias mãos.

E, antes disso, também fora um cão ao violentar Rengganis, a Bela, no banheiro da escola.

O incidente no qual ele estava sentado no sofá e viu Rengganis, a Bela, descendo a escada vestida apenas com sutiã e calcinha foi a primeira vez em que pensou em fazer sexo com ela. Ele começou a desejar Rengganis, a Bela, esquecendo os problemas decorrentes da sua personalidade infantil. Ficaria parado se ela de repente o abraçasse por trás e tapasse seus olhos, pedindo que adivinhasse quem era. Saberia de qualquer jeito que era Rengganis, a Bela, pois ninguém mais encostaria assim nele. Sentiria pela pressão dos seios nas suas costas que definitivamente só poderia ser ela, e ficaria desse jeito por um bom tempo, fingindo tentar descobrir quem tapara seus olhos, só para desfrutar do toque macio da pele das suas mãos.

Quando os três caminhavam juntos, Rengganis, a Bela, quase sempre ficava no meio. E Ai certamente segurava sua mão. E na retaguarda Krisan segurava a outra mão de Rengganis, a Bela, para sentir sua maciez.

Ai e Krisan sempre acompanhavam Rengganis, a Bela, até em casa primeiro, pois suas casas eram próximas. Ao se despedir,

Rengganis, a Bela, sempre beijava Ai no rosto, e dela recebia um beijo também. Inicialmente, Krisan se retraía, achando aquilo infantil, mas depois do episódio do sofá e da escada passou a achar agradável o calor dos lábios da garota no seu rosto, e beijar por sua vez o rosto dela.

E, ao cair da noite, já não fantasiava apenas seu futuro casamento com Ai, mas também uma trepada fantástica com Bela.

Precisava apenas de uma oportunidade.

Certa vez, tendo Ai baixado a guarda e estando Krisan e Rengganis, a Bela, sentados sozinhos no jardim da casa de Shodancho, ele a abraçou e ela devolveu o abraço. Ninguém acharia nada de mau em algo assim, nem mesmo Ai. Os três eram como irmãos, mais parecendo trigêmeos do que primos, na verdade. Além disso, Rengganis, a Bela, adorava abraçar e ser abraçada. E então Krisan começou a seduzi-la:

— Quer casar comigo de verdade um dia? — perguntou em tom de brincadeira.

Mas Rengganis, a Bela, respondeu séria:

— Não existe nenhum outro homem no mundo além de você, Krisan, de modo que *terá* de casar comigo.

— Quem casa tem de fazer sexo.

— Então faremos.

— Um dia faremos.

— Sim, um dia.

Krisan deixou de lado Rengganis, a Bela, que ainda estava com o braço em volta do seu ombro quando Ai chegou com um pequeno cesto cheio de goiaba, uma faca e um pilão cheio de *sambal lutis*. Fizeram um piquenique e aqueceram a língua com pasta de pimenta malagueta, e Krisan sentiu o calor descendo até o coração, imaginando a oportunidade de trepar que um dia surgiria.

E de fato surgiu, no dia em que Rengganis, a Bela, venceu a aposta de beber cinco limonadas. Krisan fumava um cigarro perto do banheiro quando a viu. Enquanto ela se aproximava do reservado da extremidade, que se tornara um antro de fantasmas e demônios, ele se deu conta de repente de que seria aquela sua chance. Logo tratou de se afastar dos amigos e, num recanto discreto do pátio da escola, saltou os dois metros da proteção da plantação de cacau. Sabia que o telhado do reservado estava cheio de buracos, e rapidamente se dirigiu para lá, voltando a pular a proteção por um galho de coqueiro, e espiou pelo telhado furado, vendo Rengganis, a Bela, que estava agachada urinando.

— Ei, psiu — chamou baixinho.

Olhando para cima, Rengganis, a Bela, ficou chocada ao ver Krisan no telhado.

— Que está fazendo aí? — perguntou. — Tenha cuidado, pode cair e morrer.

— Estou esperando você.

— Esperando que eu suba?

— Não. A gente não vai trepar?

— E você por acaso consegue descer daí? — voltou a perguntar Rengganis, a Bela.

— Claro que eu vou descer.

Agarrando-se a uma viga podre, Krisan desceu então. Agora os dois estavam presos ali, Rengganis, a Bela, com a calcinha ainda na altura dos joelhos. O lugar era um fedor só, nada convidativo mesmo. Mas Krisan não se importava, pois estava no auge do desejo.

— Vamos lá, vamos transar — sussurrou.

— Não sei como — sussurrou Rengganis, a Bela, de volta.

— Vou mostrar.

Krisan começou a baixar lentamente a calcinha da garota, pendurando-a num prego enferrujado da parede. Em seguida, com a mesma tranquilidade, desabotoou o uniforme de Rengganis, a Bela, botão a botão, para desfrutar da sensação de ver seu corpo aparecendo lentamente. A blusa também foi pendurada no prego enferrujado. Ele então tirou a saia e ficou fascinado ao ver o preto na vagina da menina. Suas mãos tremiam ligeiramente, e ele se apressou um pouco ao tirar o sutiã. Mas, no momento em que deu com os seios pelos quais tanto ansiava, voltou a relaxar. E começou a se despir. Tirou a camisa, depois a calça e a cueca. Seu negócio apontava para cima, duro e esticado, e ele o segurou e mostrou a Rengganis, a Bela. Ela deu um risinho, por causa do formato.

Depois disso, não houve mais calma. Ele agarrou aqueles seios, acariciando-os e apertando-os cheio de desejo, fazendo-a arfar e se contorcer. Rengganis, a Bela, agarrava com força o corpo do rapaz. Krisan empurrou-a contra a parede do banheiro e pressionou seu corpo com o seu. Começou a beijá-la na boca, há tanto desejada, mas não mais sentida desde os casamentos de mentirinha. Suas mãos brincavam entre os peitos dos dois, enquanto as mãos da garota agarravam suavemente suas costas. Seu negócio começou a avançar ansioso, tentando penetrá-la, mas de pé como estavam ele só conseguia pressioná-lo contra as coxas dela, fazendo-o curvar-se. Só dava para esfregá-lo entre as coxas.

— Levante a perna e ponha o pé na pia — sussurrou Krisan.

Foi o que ela fez, e sua vagina se abriu. Krisan foi entrando com facilidade, pois já estava tudo molhado e quente, e os movimentos repetitivos dos dois faziam muito barulho, como se percorressem um caminho coberto de pedras. Tiveram muito prazer, embora acabassem rápido, como é de costume com iniciantes.

Foi o que realmente aconteceu.

Mas e se eu estiver grávida? — perguntou Rengganis, a Bela, depois do breve ato de amor.

Krisan ficou meio surpreso de ver que a garota até sabia que fazer sexo pode levar a uma gravidez. De repente ficou assustado também, e uma ideia louca apareceu na sua mente.

— Você pode dizer simplesmente que foi estuprada por um cão.

— Eu não fui estuprada por um cão.

— E eu por acaso não sou um cão? — perguntou Krisan. — Quantas vezes você não me viu latindo e esticando a língua?

— Muitas.

— Diga então que foi estuprada por um cão. Um cão marrom de focinho preto.

— Um cão marrom de focinho preto.

— E nunca jamais mencione meu nome nessa história toda.
— Mas você vai casar comigo, não vai?
— Sim. Se você de fato estiver grávida, podemos começar a fazer planos.

Krisan rapidamente se vestiu, escalou o mesmo buraco pelo qual tinha entrado, e teve a ideia de levar as roupas de Rengganis, a Bela, para jogá-las num lugar onde nunca viessem a ser encontradas. Enquanto isso, Rengganis, a Bela, completamente nua, sem sequer estar usando sapatos ou meias, saiu do reservado e voltou à sala de aula. Krisan não veria a agitação provocada por seu aparecimento, pois não era da mesma turma.

Quando então ficou constatado que ela realmente estava grávida, eles fizeram planos de fugir. Iriam se esconder na cabana de guerrilheiro e lá organizar uma celebração de casamento *de verdade*. Mas assim não foi. Durante nove meses, Krisan ficou paralisado pelo medo de que todo mundo, especialmente Maman Gendeng e Maya Dewi e também sua mãe, descobrisse que ele é que fizera sexo com Bela. Ele pretendia matar a garota na cabana, para esconder a verdade, mas no fim das contas matou-a num barco, jogando o corpo no mar.

17

Maman Gendeng surgiu de novo no terceiro dia, depois de desaparecer no céu em *moksa*. Veio despedir-se, claro. De Maya Dewi, naturalmente.

Isso aconteceu apesar de, três dias antes, ela ter enterrado seu cadáver, quase irreconhecível depois de dilacerado por *ajaks*, comido por vermes e tão coberto de moscas que, enquanto era carregado para casa, os insetos continuavam indo atrás, como a cauda de uma estrela cadente.

— Não era eu — disse Maman Gendeng, para tranquilizá-la.

Maya Dewi estivera de luto esses três dias, luto profundo, pois perdera Mama Gendeng quando ambos já haviam perdido a filha, Rengganis, a Bela. Mas, embora estivesse toda de preto, durante esses três dias ela também mentia para si mesma, convencendo-se de que seus entes queridos ainda estavam vivos.

Procurava ter na lembrança que um destino semelhante se abatera sobre as duas irmãs mais velhas. Alamanda perdera Ai, e Shodancho desaparecera em busca do corpo da filha, roubado da sepultura. Adinda perdera o Camarada Kliwon, que se matara, embora ainda tivesse Krisan.

Mas Maya Dewi estava inconsolável. Toda manhã continuava preparando o desjejum, pratos de arroz e legumes com acompanhamentos, para si mesma, Maman Gendeng e Rengganis, a Bela, exatamente como costumava fazer. Naturalmente, só ela comia, e no fim do ritual jogava fora duas porções perfeitamente intactas. E o mesmo acontecia no jantar, durante três dias.

Quando Maman Gendeng estava vivo, antes de partir, os dois tinham cultivado juntos essa mentira, enganando a si mesmos que Rengganis, a Bela, continuava com eles. Encontravam-se à mesa com uma porção preparada para filha, como sempre, e a jogavam fora quando acabavam de comer. Agora Maya Dewi tinha de fazer isso sozinha.

Absolutamente sozinha.

Mas no terceiro dia após a morte de Maman Gendeng ela não estava sozinha. Tinha alguém para fazer-lhe companhia na refeição. Exatamente como nas duas noites e três manhãs anteriores, sentou à mesa vestida de preto com duas outras porções, para o marido e a filha. Ainda não tinha engolido a primeira colherada de arroz quando a porta do quarto se abriu e o homem surgiu, sentando-se na sua cadeira como de hábito. Maya Dewi continuou comendo seu arroz com a mão direita, e o homem começou a mexer o molho. Comiam com a gana habitual, sem conversar. Apenas uma porção de arroz permaneceu intacta, pois só uma cadeira estava vazia, mas Maya Dewi ainda imaginava que Rengganis, a Bela, estava em seu lugar, exatamente como pensava que estava imaginando Maman Gendeng sentado em sua cadeira e comendo. Só se deu conta de que ele de fato estava presente quando o jantar terminou. Viu o prato do marido vazio e o prato de Bela ainda cheio de arroz. Olhou para Maman Gendeng sem acreditar. Os dois se olharam por longo tempo até que ela perguntou, num sussurro quase inaudível:

— É você?

— Vim me despedir.

Maya Dewi aproximou-se do marido, tocando-o com extremo cuidado, como se fosse de cera e derretesse com facilidade. Seus dedos deslizaram para tocar a testa dele, descendo então para o nariz, os lábios e o queixo, e depois dessa tímida carícia ela ficou olhando para ele com a curiosidade de uma criança. Ao experimentar o calor que emanava do seu corpo, sentindo que estava vivo, aproximou-se mais e o abraçou. Maman Gendeng também a abraçou, deixando que chorasse no seu ombro, acariciando seu cabelo e cheirando amorosamente o alto de sua cabeça.

— Veio se despedir? — perguntou a mulher de repente, olhando-o no rosto.

— Vim me despedir.

— Vai embora de novo?

— É que já estou morto. Já subi ao céu.

— E *ela*?

— Cuidarei dela. Lá.

Depois de acariciar o rosto da mulher, beijando-o, Maman Gendeng voltou ao quarto de onde viera, fechando a porta. Maya Dewi ficou olhando confusa para a porta e, depois, para o prato vazio de Maman Gendeng e, então, para o prato ainda cheio do arroz que devia ter sido comido por Rengganis, a Bela, e, mais uma vez, para a porta fechada do quarto. Em pânico, correu para a porta, abrindo-a, mas não encontrou ninguém.

Continuou procurando por ele. Fechou bem a janela do quarto, como estava desde a tarde. Olhou debaixo da cama, mas encontrou apenas os restos de uma espiral de incenso e os chinelos que costumava usar antes das orações. Ele não poderia estar em nenhum outro lugar. Era impossível que tivesse se escondido dentro do armário, com seu enorme espelho, dividido em duas sessões e cheio de roupas, mas Maya Dewi também abriu sua porta e voltou a fechá-la imediatamente. Verificou em cima da cama e na penteadeira, em busca de alguma pista, mas tudo em vão. Saiu do quarto e voltou a se postar diante da mesa de refeições.

E voltou ao trabalho. Limpou a mesa e guardou o resto do arroz e dos legumes e os acompanhamentos na despensa. Mais tarde, as duas mocinhas que a ajudavam a fazer biscoitos os aproveitariam em sua refeição. Botou os pratos sujos para lavar e jogou no lixo o arroz que Rengganis, a Bela, não tinha comido. Lavou apenas as mãos, sem vontade de lavar os pratos, como costumava fazer, e voltou ao quarto, observando o espaço vazio, até que fez uma pergunta, como se Maman Gendeng ainda estivesse ali.

— Se você subiu ao céu em *moksa* — disse —, então quem foi que eu enterrei três dias atrás?

Era uma história de traição, que começou muito tempo antes, quando ainda eram recém-casados, muito antes da noite de núpcias que só chegaria cinco anos depois, e antes do nascimento de Rengganis, a Bela.

Um careca troncudo e com uma das orelhas arrancada chegou ao terminal rodoviário numa escaldante tarde de domingo, abrindo caminho na multidão, formada sobretudo por turistas se atropelando em direção aos ônibus depois de passar o fim de semana na cidade. Empurrava quem aparecesse pela frente, derrubando os produtos dos vendedores de cigarros, para reivindicar a velha e castigada cadeira de balanço de mogno que pertencia a Maman Gendeng, que por sua vez a tinha reivindicado para si matando Edi Idiota.

Desde que assumira o poder, Maman Gendeng enfrentara muitos homens que queriam aquela cadeira velha, símbolo do seu domínio, e derrotara todos eles, mas outros continuavam aparecendo, e agora, mais uma vez, aproximava-se um estranho. Alguns camaradas de Maman Gendeng estavam de olho no estranho desde que entrara no terminal, e sabiam o que queria sem precisar perguntar. Maman Gendeng também sabia, mas ficou calado, de pernas cruzadas, balançando-se para a frente e para trás, fumando um cigarro. Ninguém sabia ainda o nome do sujeito, de onde vinha ou como sabia que era Maman Gendeng quem mandava ali, mas evidentemente não era ninguém de Halimunda, pois se fosse um morador local cheio de ambição já teria desafiado Maman Gendeng por causa daquela cadeira há muito tempo.

Nessa época, Maman Gendeng ainda juntava dinheiro em jarros de barro guardados por uma mulher feia chamada Moyang, na qual confiava quase como se fosse sua mulher. Estava economizando para dar um presente de surpresa à esposa, embora ainda não soubesse exatamente o quê. Diariamente Moyang se encontrava como ele no terminal rodoviário. Vendia bebidas e cigarros durante o dia, e à noite transava com homens que não se importavam com sua cara feia (pois qual é a diferença entre uma cara bonita e uma cara feia quando se está por trás de arbustos?) nem queriam gastar dinheiro no bordel, pois Moyang não cobrava nunca. Maman Gendeng jamais tinha trepado com ela nem queria, mas guardava seu dinheiro nas jarras dela, escondidas debaixo da cama na cabana onde ela vivia. Todos os amigos dele sabiam onde o dinheiro estava, mas ninguém tinha coragem de roubar, nem sequer de olhar para ele.

Com frequência ocorriam brigas no terminal, pois os garotos da escola usavam o lugar para suas lutas, mas raramente Maman Gendeng estava entre os lutadores. Agora, enquanto o careca se aproximava de Maman Gendeng para desafiá-lo, todo mundo esperava para ver o que aconteceria, e como. Ninguém estava certo de que o estranho conseguisse o que queria. Depois de todos aqueles anos, o pessoal do terminal achava que ninguém seria capaz de derrotar Maman Gendeng, a menos que todos os soldados da república o atacassem de uma vez, e mesmo assim havia dúvidas, se fosse verdade que tinha o corpo fechado, como diziam. Apesar disso, todo mundo sempre queria vê-lo lutando.

Muito cedo naquela manhã, enquanto arrumava roupas limpas e passadas para Maman Gendeng em cima da cama antes de sair para a escola, Maya Dewi pedira que ele não voltasse para casa todo sujo, como costumava. Às vezes com manchas de óleo ou graxa por ter ajudado motoristas de ônibus a consertar seus veículos já castigados; outras, da fuligem que se acumulava nas paredes do terminal. Não que essas coisas dificultassem lavar a roupa, explicou Maya Dewi, mas porque seu marido simplesmente não ficava bonito com roupas sujas. Nesse dia, ele usava uma camisa creme, na qual facilmente apareceria qualquer sujeira, e prometera que tomaria cuidado, acontecesse o que acontecesse.

Estava relaxando na famigerada cadeira naquela escaldante tarde de domingo, lentamente aspirando a fumaça do cigarro para em seguida exalá-la lentamente, quando viu o sujeito entrando no terminal.

Como todo mundo, sabia que teriam de se enfrentar. Agora o careca estava bem à sua frente, e antes que ele pudesse abrir a boca Maman Gendeng declarou, levantando-se:

— Se quiser esta cadeira, pode sentar-se, ou então levá-la.

Ninguém conseguia acreditar — nem mesmo o careca, que ficou calado por um momento, olhando para a cadeira vazia.

— Não é simples assim — disse o careca. — Quero a cadeira e tudo mais que ela significa.

— Entendo perfeitamente, de modo que pode sentar-se e ficará com tudo.

Maman Gendeng assentiu, arremessando a guimba do cigarro.

— Um *preman* que jamais foi derrotado numa luta de repente entrega todo o poder sem resistir — disse o careca. — Não há explicação, exceto querer largar sua vida e se tornar um bom marido.

Maman Gendeng assentiu de novo com a cabeça, sorrindo, e fez um gesto para que o outro sentasse. Sem mais perder tempo, o careca aproximou-se da cadeira, símbolo de grande poder, destemor e vitória, mas no exato momento em que seu traseiro ia tocar no assento Maman Gendeng agarrou-o pelo colarinho, tão forte que as pessoas achavam estar ouvindo os ossos do sujeito quebrando ao cair no chão. De qualquer maneira, Maman Gendeng não sujou a roupa. Alguém arrastou o careca para a calçada enquanto Maman Gendeng voltava a sentar na cadeira, fumando.

Desde esse dia, o careca tinha ficado ali pelo terminal, tornando-se um dos melhores capangas do valentão. Chamava-se Romeu. Talvez tivesse lido Shakespeare, talvez não, mas se chamava Romeu, e todo mundo o chamava de Romeu, embora achassem um nome estranho para um sujeito alto e careca com metade de uma orelha arrancada e o toco restante completamente retalhado. Romeu passou a fazer parte da comunidade, vivendo entre eles e respeitando o poder de Maman Gendeng. As pessoas continuavam ignorando sua história ou de onde vinha, mas os outros tampouco tinham um passado propriamente transparente. Como os demais, Romeu dava uma trepada com Moyang de vez em quando, até que certo dia disse a Maman Gendeng:

— Quero casar com ela.

— Pois então vá perguntar você mesmo se ela quer ou não ser sua mulher — retrucou o criminoso.

Moyang queria casar com ele, de modo que foi providenciada a cerimônia e uma festinha à custa de Maman Gendeng, um mês depois. Os dois passaram a viver na cabana na qual Moyang até então morava sozinha.

— Juro por Deus, Romeu casou com uma mulher que gosta de dormir por aí — disse Maman Gendeng.

Tiveram uma lua de mel que deixou muita gente com inveja. Chegavam atrasados ao terminal rodoviário depois de fazer amor a noite inteira, e às vezes desapareciam ao meio-dia do quiosque de Moyang para fazer amor por trás dos arbustos, não longe do terminal, perto das plantações de cacau. Passado algum tempo, contudo, ficou claro que era verdade o que Maman Gendeng dissera. À noite, se o marido estivesse fora e ela tivesse acabado de fechar o quiosque, Moyang fazia amor com outros homens — às vezes um condutor de *becak*, outras, um motorista de ônibus e, certa feita, com os dois ao mesmo tempo.

— Não podemos impedir uma mulher de fazer o que a deixa feliz — disse Romeu —, mesmo quando é nossa esposa.

— Você devia ser filósofo — ponderou Maman Gendeng —, isto é, se não for completamente louco.

— Mas o fato é que ela me dá dinheiro para experimentar as mulheres no bordel — prosseguiu Romeu, sentado junto à cadeira de balanço de mogno que cobiçara em dado momento.

O terminal rodoviário era o orgulho da comunidade havia anos, desde a época em que Edi Idiota ainda controlava a cidade até a época em que Maman Gendeng tomou seu lugar. Não era muito grande, pois havia apenas uma estrada saindo da cidade na direção leste e norte, ao passo que para oeste existia apenas uma outra pequena estrada que simplesmente acabava depois de passar por duas outras pequenas cidades. Nem todos os *premans* se reuniam no terminal, e na verdade talvez fosse apenas uma minoria, mas como Maman Gendeng estava sempre presente, observando as pessoas que passavam da sua cadeira de balanço de mogno, não deixava de ser um lugar importante para eles. Todos na comunidade pareciam felizes; embora Moyang tivesse casado com Romeu, eles ainda podiam dormir com ela de graça sempre que quisessem, desde que ela estivesse a fim.

Mas essa felicidade foi perturbada num tranquilo dia que deveria ter passado sem incidentes. Moyang abriu seu quiosque, mas não vendeu nada, apenas esperando Maman Gendeng, que ainda não tinha aparecido. Quando ele finalmente chegou, bem elegante — um novo *look* com que os amigos já tinham se acostumado desde o casamento —, Moyang aproximou-se imediatamente e começou a soluçar na sua frente. Era um choro de mulher abandonada, e assim Maman Gendeng deduziu que Romeu a tinha deixado. Mas não estava convencido do amor daquela mulher por Romeu ou de sua fidelidade, e perguntou:

— O que houve?

— Romeu foi embora.

— Eu achava que você não o amava realmente tanto assim.

Depois de enxugar as lágrimas com a barra da blusa, mostrando as dobras de gordura da barriga, ela respondeu:

— O problema é que ele levou todas as suas jarras de dinheiro.

Não havia hipótese de Romeu tentar fugir pelo terminal rodoviário, e àquela hora da manhã nenhum trem ainda tinha saído da cidade. De modo que provavelmente se refugiara na floresta, ou então alguém o ajudara a fugir em outro tipo de veículo. Como quer que fosse, Maman Gendeng estava furioso e pretendia apanhá-lo, vivo ou morto. Assim, juntou todos os seus homens e ordenou que se espalhassem em todas as direções, chegando inclusive a cidades vizinhas e nelas entrando em contato com os capangas locais. Ninguém poderia voltar sem que Romeu fosse capturado, a menos que quisesse ser espancado. E assim todos os *premans* da cidade saíram em campo, e Halimunda nunca tinha gozado de tanta paz. Só Maman Gendeng ficou, numa fúria incontrolável. Há muito sonhava com uma tranquila vida de família, podendo sobreviver com dinheiro honesto. Queria uma família exatamente como as outras famílias, e vinha economizando dinheiro para tornar realidade esse lindo sonho. Compraria alguma coisa, talvez um barco pesqueiro, tornando-se pescador. Ou então um caminhão, para transportar legumes. Ou alguns hectares de terra, e então seria agricultor. Ainda nem decidira o que queria comprar, e agora alguém roubava todo aquele dinheiro. Ele estava realmente fora de si. Durante três dias esperou impaciente, sem nada dizer à mulher, completamente perplexa com sua ansiedade, e demonstrando incrível irritação no terminal, de tal modo que os motoristas e condutores faziam de tudo para evitá-lo.

Mas no quarto dia dois dos seus homens trouxeram Romeu de volta. Fora encontrado numa pequena cidade distante, na borda da enorme floresta a oeste de Halimunda, onde se dera a certa altura a mais violenta guerra. Felizmente, o dinheiro de Maman Gendeng estava intacto — diminuído apenas do necessário para comprar uma caneca de álcool *tuak*, uma limonada e um maço de cigarros. Os dois capangas tinham apanhado Romeu antes que ele tivesse tempo de comprar algo mais, mas a fúria de Maman Gendeng era outra conversa.

Ao ser trazido, Romeu já tinha sido espancado para valer pelos homens de Maman Gendeng, mas ele estava tão furioso que voltou a bater nele, enquanto juntava gente ao redor num círculo, como se estivessem assistindo a uma briga de galo. Romeu gemia e gritava miseravelmente, implorando piedade e jurando que nunca mais voltaria a fazer uma coisa assim, mas Maman Gendeng aprendera por experiência a não confiar num traidor. Juntava cada vez mais gente. Os mais próximos da ação sentavam, e os mais distantes estavam de pé, incapazes de fazer qualquer coisa, senão assistir àquela brutalidade. Até os policiais que patrulhavam em frente ao terminal fecharam os olhos, permanecendo em seus postos.

Abutres ávidos de carniça começaram a voar em círculos à medida que o cheiro da morte iminente daquele homem subia e se dispersava, levado pelo vento do mar. Mas Romeu ainda não estava morto; não porque fosse tão forte assim, mas porque Maman Gendeng deliberadamente prolongava a coisa, para tornar sua morte realmente torturante, deixando bem clara para todos a lição de que era *esse* o destino de um traidor. E ele realmente sentia muito pelos abutres famintos, não pela demora da morte da vítima, enquanto partia lentamente seus dentes aos murros, quebrava dois ou três dedos, arrancava as unhas, deixava-o nu e começava a arrancar os pelos pubianos um a um, enfeitando todo o seu corpo, já tão castigado e contundido, com as guimbas ainda acesas dos seus cigarros — não, ele tinha pena dos abutres porque de jeito nenhum pretendia compartilhar sua felicidade com eles. Não ia entregar o cadáver, pretendendo queimá-lo vivo como derradeira manifestação da sua fúria.

Mas, quando já preparava a gasolina e o isqueiro, de repente aquela mulher horrorosa irrompeu na multidão e se postou diante dele. Moyang implorou pela vida do marido, dizendo que se Maman Gendeng o poupasse ela prometia cuidar dele e transformá-lo num homem digno de confiança.

— Por favor me dê esta chance, meu amigo — disse Moyang —, pois, seja ele como for, não deixa de ser meu marido.

Maman Gendeng ficou profundamente comovido, e de repente seu coração derreteu. Atirou a lata de gasolina no lixo e anunciou aos presentes que daria uma segunda chance àquele sujeito, mas que não haveria nada de segunda chance para qualquer outro que tentasse traí-lo. E foi assim que Romeu, casado com Moyang, não se transformou em alimento para o fogo ou os abutres, continuando vivo e se tornando o melhor amigo e o mais fiel seguidor dentre os homens de Maman Gendeng. Este, por sua vez, entregou todo o seu dinheiro a Maya Dewi, que logo depois o transformaria na base financeira do seu empreendimento de biscoitos.

— É esse o sujeito que você enterrou: Romeu — disse Maman Gendeng.

Naturalmente, Maya Dewi nada sabia a respeito.

Ela não sabia nada de Romeu nem dos problemas enfrentados pelo marido no terminal; seus problemas começaram quando Rengganis, a Bela, fugiu de casa com o bebê que acabara de trazer ao mundo, "para casar com um cão".

Era o início de dezembro, mês de clima muitas vezes imprevisível, e a cidade estava cheia de turistas passando ali as festas de fim de ano, de modo que era fácil perder-se na multidão. Nessa época do ano, a cidade ficava muito agitada, e as pessoas deixavam de prestar atenção umas às outras, pois os negócios prosperavam. Os quiosques de suvenir continuavam funcionando muito bem, desde que o Camarada Kliwon impedira sua expulsão. Havia sempre muitas crianças perdidas, muitos velhos perdidos e mocinhas que desapareciam no meio da multidão, e por isso eram afixados em toda parte cartazes com fotos de pessoas desaparecidas, além das proclamações por alto-falante que reverberavam por toda a praia.

Mas Rengganis, a Bela, não se perdeu assim. Os turistas que desapareciam ficavam perdidos apenas temporariamente, e depois de alguma procura certamente retornavam ao seu grupo. Rengganis, a Bela, tinha fugido de casa, e a família inteira estava à procura dela. Maman Gendeng e Maya Dewi perguntavam em toda parte, e os capangas dele se espalharam, exatamente como na busca de Romeu, mas não a encontraram. Shodancho — particularmente preocupado com a filha, Ai, que caíra doente com febre alta por causa do desaparecimento de Rengganis, a Bela — mobilizou patrulhas de resgate para procurá-la, mas se esqueceu da cabana de guerrilheiro, pois nunca se dera conta de que as crianças a conheciam.

A busca prosseguiu, dia e noite, enquanto eram suspensos os preparativos do casamento, retiradas as decorações e devolvida toda a mobília alugada. O garoto Kinkin ficou meio maluco por causa do acontecido, e começou a procurar sozinho em todo canto, carregando seu fuzil e matando todos os cães que encontrava pelo caminho. Consultava os espíritos dos mortos a respeito, com seu *jailangkung*, mas nenhum deles sabia onde ela estava.

— O poder de certos espíritos do mal a está protegendo — pensava ele com seus botões.

— Ela vai morrer dentro de poucos dias — disse Maya Dewi, chorando. — Não vai saber o que comer nem levou dinheiro, nem um centavo.

— Não vejo motivo para que morra — retrucou Maman Gendeng, tentando consolar a mulher. — Se ficar com muita fome, pode comer o bebê.

Os integrantes da patrulha de busca começaram a voltar um a um, sem sucesso. Ninguém encontrara o menor indício dela, nem uma pista.

— Ela não pode ter sido levada para o céu, de corpo e alma — disse Maman Gendeng. — Não pode ter chegado ao *moksa*, pois nunca sequer tentou praticar meditação.

E assim as patrulhas saíram em campo de novo, buscando-a em cada arbusto, procurando nos becos e favelas da cidade, mas ainda sem encontrá-la. Maya Dewi começou a procurar cada uma das colegas da filha na escola, mas só Ai e Krisan estavam sempre brincando com ela. Maya Dewi estava um caco, lamentando não ter ficado ao lado da filha na noite em que desapareceu.

Depois do Ano-Novo, a cidade ficou ainda mais cheia de turistas. Houve afogamentos, anunciou a prefeitura, e Maman Gendeng e Maya Dewi examinaram cada cadáver, um a um. Eram na maioria turistas que haviam ignorado as placas indicando onde era proibido nadar, mas finalmente ela foi encontrada. Pôde ser imediatamente reconhecida, pois nem a água do mar era capaz de estragar sua beleza. Embora ninguém soubesse quanto tempo antes de ser trazida à praia pelas ondas ela se afogara, Maman Gendeng e Maya Dewi imediatamente foram informados de que tinha sido encontrada. Estava estendida de costas, com as roupas quase completamente desintegradas. Ainda ostentava aquele rosto encantador, com o cabelo flutuando ao sabor das ondas. Eles rapidamente constataram que a barriga não inchara, como acontece com a maioria dos afogados, e havia contusões escuras no pescoço. Ela fora morta e depois atirada no mar. Maya Dewi caiu em prantos, inconsolável.

— Não importa o que tenha acontecido, ela precisa ser enterrada — disse Maman Gendeng, contendo a raiva —, e depois vamos achar esse assassino.

— Não tem o menor sentido dizer que ela foi estrangulada por um cão — disse Maya Dewi, encostando no ombro do marido, praticamente inconsciente.

O próprio Maman Gendeng levou para casa o corpo de Rengganis, a Bela, encontrada no ponto mais remoto da praia de Halimunda quase um mês depois de desaparecer. Maya Dewi ia atrás, de olhos inchados e com lágrimas rolando sem parar, enquanto curiosos seguiam, consternados.

Nessa tarde, depois dos rituais fúnebres, o caixão de Rengganis, a Bela, atravessou a cidade em direção ao cemitério de Budi Dharma. Kinkin, que quase desmaiou ao saber que o enterro do dia seria da garota que amava, ajudou o pai a cavar a sepultura, perdido em dor inconsolável. Ajudou até a baixar o corpo, com Maman Gendeng e Kamino. E, quando Maman Gendeng jogou o primeiro punhado de terra sobre a mortalha, Kinkin o ajudou a cobrir o túmulo da amada, fincando amorosamente a estaca fúnebre de madeira no solo.

— Vou descobrir quem a matou — prometeu Kinkin com a voz carregada de ódio —, e vingarei sua morte.

— Isso mesmo — disse Maman Gendeng —, e, se pegá-lo, vou deixar que o mate.

Naquela noite, os dois se encontraram no túmulo de Rengganis, a Bela. Kinkin invocou seu espírito, observado por Maman Gendeng. Teve início o jogo de *jailangkung*, mas o espírito de Rengganis, a Bela, não apareceu. Kinkin tentou chamar outros espíritos, para perguntar quem a havia matado, mas nenhum deles tinha a resposta, exatamente como antes não sabiam para onde fugira.

— Não adianta — disse Kinkin, desistindo da sessão de *jailangkung*. — Um espírito do mal muito forte está criando obstáculos para mim desde o início.

— Se necessário, eu mesmo me transportarei ao mundo espiritual para acabar com ele depois da morte — disse Maman Gendeng. — Continuo querendo saber quem a matou.

Foi quando ele e a esposa começaram a mentir para si mesmos, imaginando que Rengganis, a Bela, ainda estava viva. Reservaram uma cadeira para ela no café da manhã e no jantar e separavam uma porção de comida, embora Maya Dewi tivesse simplesmente de jogá-la fora depois. Enquanto isso, a polícia escavou o túmulo de Rengganis, a Bela, para investigar, voltando depois a enterrá-la. Maman Gendeng tentou acreditar que a polícia encontraria o assassino, mas, durante uma semana, e depois de passado um mês, não havia a menor explicação, nem qualquer pista. De fato foram interrogadas muitas pessoas: todo mundo era convocado à delegacia e interrogado, Maman Gendeng e Maya Dewi foram cinco vezes cada um, e outras pessoas não menos, mas tudo parecia conduzir para mais longe ainda da identificação do assassino de Rengganis, a Bela. Tudo aquilo era exaustivo, e Maman Gendeng não tinha mais confiança na polícia. E repreendeu o último policial que foi a sua casa dar prosseguimento à investigação.

— Você não vai encontrar o assassino aqui em casa — disse ele, irritado —, e foi uma burrice achar que encontraria.

Nesse exato momento, como se recebesse uma revelação divina, o *preman* entendeu com toda clareza o que tinha de fazer.

— Se ninguém sabe quem a matou — disse, cheio de certeza —, só pode significar que a cidade inteira é responsável por sua morte.

Na segunda-feira seguinte, acompanhado de cerca de trinta dos seus homens, ele entrou em ação. Foi brutal, e a população da cidade haveria de se lembrar daquele momento como algo pavoroso. Os homens foram primeiro à delegacia de polícia, destruindo o que encontravam pela frente e desafiando qualquer policial que tentasse detê-los. Maman Gendeng encerrou a visita botando fogo no lugar, para dar vazão a sua raiva pela incompetência que tinham demonstrado.

A cidade ficou perplexa. A fumaça subia alto no céu, e nem os bombeiros conseguiram apagar o incêndio. Ninguém tinha coragem de se aproximar para observar o prédio ardendo em chamas, como costumavam fazer com outros incêndios, depois que ficaram sabendo que Maman Gendeng e os canalhas dos seus amigos estavam tomados de uma raiva incontrolável. As pessoas ficaram quietas, passando a notícia de boca em boca, e tremendo só de imaginar o que aquele homem terrível poderia fazer em seguida.

Embora Maman Gendeng já fosse um velho que vivera mais de meio século, todo mundo sabia que sua força não diminuíra nem um pouco. E agora ele perdera a filha querida da maneira mais cruel: alguém a tinha assassinado e jogado o corpo no mar, e ele não sabia quem. Lamentava não ter feito algo logo que ela dissera ter sido estuprada por um cão no banheiro da escola. Por que não saíra imediatamente em busca do tal cão, ou por que não dizimara todos os cães da cidade, exatamente como aquele garoto, Kinkin, tentara do seu jeito amador?

— *Mijn hond is weggelopen* — disse. Meu cão fugiu. Mas não ficou claro o que estava querendo dizer.

Depois de incendiar a delegacia, ele encontrou seu primeiro cão, um vira-lata revirando o lixo, capturou-o e matou-o, torcendo seu pescoço até quebrar e o animal se espichar morto.

— De que adianta ter poder se não posso nem proteger minha própria filha de um cão? — perguntou. — Vamos matar todos os cães da cidade.

Seus capangas começaram a se espalhar em grandes grupos, levando suas armas mortais. Alguns carregavam pistolas de ar comprimido; outros, facões e espadas.

— Vou conseguir, mesmo que não me traga paz — suspirou Maman Gendeng.

— Não pode simplesmente fazer outro filho? — veio a pergunta cretina de Romeu.

— Mesmo que eu tivesse outros dez filhos, alguém já matou esta, e por isso não posso descansar.

Seus olhos varavam os becos e ruelas de paralelepípedos na esperança de encontrar outro cão, e ele acrescentou, tristonho:

— Ela tinha apenas 17 anos.
— A filha de Shodancho também está morta — disse Romeu.
— O que não é nenhum alívio para mim.

E assim teve início o mais pavoroso massacre de cães, quase como o massacre de comunistas ocorrido dezoito anos antes. Quem sabe o que teria acontecido se Shodancho tivesse descoberto, pois aqueles cães eram resultado de cruzamento dos *ajaks* que treinara, mas ele estava longe, procurando o corpo da filha. Os capangas facilmente trucidaram os cães que perambulavam pelas ruas, reduzindo-os a pedaços, como se fossem preparar uma refeição. As cabeças eram penduradas nas esquinas com sangue ainda pingando, como advertência para que os outros cães ficassem longe da cidade. Depois de mortos os vira-latas, os capangas começaram a caçar cães de estimação, derrubando as cercas das casas e matando os animais nas jaulas, totalmente impotentes diante daquela brutalidade. Também entravam nas casas, quebrando vidraças, atacando os cães pacificamente estendidos em suas caminhas e matando-os ali mesmo, para então jogá-los em panelas nas cozinhas.

As pessoas começaram a protestar, mas Maman Gendeng não estava nem aí.

— Se é verdade que um cão estuprou a minha filha — disse —, então os cães realmente herdaram o comportamento cruel dos homens.

Ele inclusive mandou que seus capangas destruíssem as propriedades de todos os donos de cães.

— Vamos acabar tendo de enfrentar o exército se você continuar fazendo todo esse estrago — disse Romeu, com evidente medo na voz.

— Já enfrentamos esses soldados antes.

Romeu olhou para ele sem acreditar.

— E o que mais você esperava de um homem enfurecido por causa do assassinato da filha? — perguntou Maman Gendeng. — Sei que essas pessoas não têm culpa nenhuma, mas estou transtornado.

Ele de fato estava furioso com todo mundo na cidade, exceto seus capangas, mas de certa maneira a filha também estava servindo de desculpa. Ele tinha rancor daquela gente havia muito tempo, sabendo que todo mundo ali o desprezava e a seus amigos, considerando-os valentões desocupados que passavam o tempo bebendo cerveja e brigando. Também guardava ressentimento por considerarem Rengganis, a Bela, uma idiota e lançarem para ela olhares depravados de desejo. Ele tinha lá seus motivos de estar furioso.

— Eles acham que somos o lixo da sociedade — resumiu Maman Gendeng. — E é verdade, mas muitos de nós não recebemos educação para nos tornar algo na vida, e eles fecharam as portas. O que fazer se acabamos nos tornando ladrões, batedores de carteira, à espera do momento propício para nos vingar daqueles que nos causavam inveja? Eu tinha inveja quando via pessoas boas com suas famílias felizes. Queria algo parecido. Finalmente consegui o que queria, e agora, depois de sentir o gosto da felicidade, essa alegria me foi roubada. Todos os meus velhos ressentimentos foram rasgados em ferida aberta.

O que Romeu temia acabou acontecendo. A revolta se espalhou pela cidade. Certos donos de cães ofereciam resistência, e os capangas tornaram-se ainda mais violentos, passando a destruir tudo o que caía em suas mãos, além dos cães. Carros foram destruídos, e sinais de tráfego, arrancados e atirados longe, além de árvores nas ruas. Vitrines de lojas eram estilhaçadas. Algumas delegacias foram incendiadas, e umas pessoas acabaram feridas. Uma onda de terror varreu a cidade, até que chegou uma ordem de lei marcial do comando central da direção militar municipal, designando Shodancho para controlar os valentões, e, caso isso se revelasse impossível, dizimá-los.

— Há tempos já considero que esses canalhas precisam ser eliminados, como os comunistas — disse Shodancho à mulher, ao voltar para casa de outra infrutífera expedição de busca do corpo de sua filha Ai.

— Depois de banir o Camarada Kliwon, você agora vai matar Maman Gendeng? — perguntou ela (que nunca lhe contara sobre o seu caso com o Camarada na véspera do suicídio). — Quer transformar todas as minhas irmãs mais novas em viúvas?

Shodancho olhou para a mulher, surpreso.

— Se não for morto, ele vai matar todo mundo na cidade. O que quer eu faça, então? — perguntou ele. — Além do mais, pense bem: ele não conseguiu proteger a própria filha, que foi violentada, e então a forçou a casar com um garoto com quem ela não queria casar, de modo que fugiu na noite em que deu à luz o bebê. E, como ela fugiu, nossa filha, há tanto tempo sua amiga mais querida, adoeceu e morreu. E então veio alguém e profanou seu corpo na sepultura. Não está entendendo? O chefe dessa quadrilha de valentões matou nossa filha, nossa Ai, Nurul Aini, a terceira.

— E por que também não culpa Eva por seduzir Adão e levá-lo a comer a maçã, forçando-nos a viver neste maldito mundo? — retrucou a mulher, irritada.

Mas, na verdade, Shodancho não estava dando atenção à mulher. Além do caos provocado pelos capangas e da ordem do comando militar, Shodancho estava furioso com a morte de Ai, e ainda não se livrara do rancor guardado desde que Maman Gendeng irrompera no seu gabinete, ameaçando-o por ter dormido com Dewi Ayu. Ninguém jamais ameaçara Shodancho assim, nenhum japonês, nenhum holandês, mas aquele desordeiro ousara. Embora tivesse provas do poder de Maman Gendeng por seus próprios olhos, Shodancho acreditava que ainda havia uma ou duas maneiras de matá-lo, e haveria de recorrer aos meios necessários para isso. Podia ser amigo de Maman Gendeng, especialmente na mesa de jogo, mas ainda assim sempre desejara matá-lo um dia. Agora tinha chegado a hora, e ele não deu ouvidos ao que dizia Alamanda.

— Se fizer isso, não precisa mais voltar — disse ela afinal —, e assim nós três ficaremos viúvas e estará tudo bem.

— Adinda ainda tem Krisan.

— Pois então mate o rapaz, se estiver com ciúme.

O próprio Shodancho comandou a operação de erradicação dos capangas. Juntou seus soldados e mobilizou algumas tropas extras dos postos militares mais próximos. Convocou uma reunião de emergência e traçou um mapa dos locais onde os capangas tinham cometido atos de violência, além de um plano para o seu aniquilamento. Shodancho estava ficando velho para uma operação de campo, na verdade esperando seus documentos de aposentadoria, mas parecia bem disposto e até, de certa maneira, sensato.

— Não vamos fazer como no massacre dos comunistas — disse.
— Desta vez, todos os mortos devem ser postos em sacos.

Chegou então um caminhão cheio de sacos vazios.

A operação foi realizada à noite, para não provocar pânico em massa. Os soldados, à paisana, se dispersaram carregando armas, assim como os atiradores de elite, em busca dos grupos de capangas. Identificavam como capangas qualquer um que estivesse tatuado, bebendo, que fosse apanhado fazendo arruaça ou matando cães, e todos eram abatidos à queima-roupa e em seguida enfiados em sacos e atirados na vala de irrigação ou simplesmente deixados na calçada. Quem os encontrava os enterrava dentro dos sacos: era muito mais prático do que envolvê-los em mortalhas.

— São uns amaldiçoados, não merecem mortalha, muito menos lotes no cemitério — disse Shodancho.

Ao amanhecer o primeiro dia, metade dos criminosos da cidade já desaparecera, engolidos pelos sacos amarrados com cordas de plástico. Eram encontrados nas ruas, boiando no rio, lambidos pelas ondas na praia, amontoados por trás de arbustos, estendidos nas valas de irrigação. Alguns eram farejados por cães; outros, visitados por moscas. Nem uma só pessoa tocou neles antes do início da tarde. Estavam todos eufóricos com a chegada de ajuda, sabe Deus vinda de onde, para acabar de vez com cada um daqueles encrenqueiros. Claro que lembravam do massacre dos comunistas e dos anos seguidos que passaram sendo aterrorizados por seus fantasmas. Mas não importava, era melhor ter aqueles valentões transformados em fantasmas do que vivos e causando problemas para tantas pessoas. E assim os corpos eram deixados tal como estavam nos sacos, para serem devorados pelos vermes e abutres até a medula. Mas, quando o agressivo fedor de podridão começou a perseguir todo mundo e ninguém aguentava mais, finalmente passaram a descartar os corpos mais próximos de cada comunidade, sendo enterrados dentro dos sacos.

Mas não era exatamente como enterrar um cadáver — mais parecia enterrar cocô no bananal.

O massacre prosseguiu numa segunda noite, e numa terceira, e então pela quarta, quinta, sexta e a sétima noite. A operação foi realizada com rapidez, quase exterminando completamente o estoque de valentões de Halimunda. Mas Shodancho nem de longe ficou satisfeito, pois Maman Gendeng não estava entre os cadáveres.

Durante toda a semana, Maman Gendeng não voltou para casa. Maya Dewi estava muito preocupada, especialmente depois de ficar sabendo que os valentões da cidade estavam sendo dizimados um a um por sete noites consecutivas, todos abatidos a tiros na cabeça ou no peito. Embora ninguém soubesse ao certo, qualquer um era capaz de adivinhar perfeitamente quem estava por trás daquilo, pois só certas pessoas usavam armas. Maya Dewi foi então ao encontro de Shodancho.

— Você por acaso matou meu marido?

— Ainda não — respondeu Shodancho, contrariado —, pergunte aos soldados.

Ela os interrogou um a um, quase todos os soldados, e eles respondiam exatamente como Shodancho:

— Ainda não.

Mas ela não estava acreditando. Shodancho exilara o Camarada Kliwon na ilha de Buru, de modo que era perfeitamente capaz de matar seu marido, Maman Gendeng. Esperava que o marido realmente fosse invencível, mas, vendo tantos cadáveres na rua, ela não podia deixar de continuar buscando, pois um daqueles corpos podia ser o seu.

E, então, aquela linda mulher, com um lenço vermelho protegendo a cabeça do sol, começou a ir de saco em saco, afrouxando a corda de cada um — sem se importar com o fedor de podridão que agredia seu nariz, nem com o fato de estar competindo com moscas — para examinar os corpos, comparando os rostos com a querida lembrança do rosto do marido. Nenhum daqueles cadáveres pertencia a Maman Gendeng, mas ela reconheceu na maioria deles leais amigos do marido, convencendo-se de que ele também fora morto. Talvez toda aquela conversa da invencibilidade fosse pura balela. Ela precisava encontrá-lo, e, se de fato estivesse morto, teria de enterrá-lo de maneira honrosa.

Para se informar sobre os cadáveres enterrados por pessoas que não aguentavam mais o cheiro, ela abordou um grupo de coveiros amadores, perguntando se tinham enterrado seu marido.

— Pelo cheiro, achamos que não.

— E como você acha que meu marido cheira?

— Deve ter um cheiro muito pior do que todos esses capangas, pois era o maior de todos.

Maya Dewi reconheceu a verdade destas palavras e prosseguiu na busca. Saiu correndo atrás de dois corpos que flutuavam no rio, levados pela correnteza, mas depois de se exaurir na perseguição verificou que nenhum dos dois era o do seu marido. Também examinou cadáveres espalhados na praia, visão que espantara todos os turistas de Halimunda. Mas, depois de um dia inteiro, todo aquele esforço ainda era em vão, e ela voltou para casa ao escurecer, esperando que não houvesse mais massacres naquela noite e que o marido retornasse para casa. Seu desejo não foi atendido, e ao amanhecer ela saiu em campo de novo, abrindo os sacos que ainda não verificara.

Continuou assim até que por fim algumas pessoas disseram que tinham visto Romeu e seu marido fugir para a floresta no promontório no sétimo dia do massacre. Mas os soldados também estavam sabendo disso, e ela tinha de correr contra o tempo, esperando que ainda não tivessem abatido Maman Gendeng. Entrou sozinha na floresta de chinelos mesmo e protegida pelo mesmo lenço vermelho que usava na véspera, tropeçando numa trilha coberta de mato. A floresta era preservada pelo patrimônio desde a era colonial, e não era habitada apenas por macacos e porcos selvagens; era habitada também por búfalos e até jaguares, mas Maya Dewi não tinha medo de nada. Queria apenas encontrar o marido, vivo ou morto.

Passando por um grupo de quatro soldados, ela dirigiu-se a eles.

— Vocês mataram meu marido?

— Desta vez sim, matamos, senhora — disse o comandante —, e queremos expressar nossas condolências.

— E onde puseram o corpo?

— Siga reto por aqui uns cem metros e vai encontrar o corpo, já cheio de moscas em volta. Nós o enforcamos primeiro numa mangueira.

— Está num saco?

— Num saco — respondeu o soldado —, enroscado como um bebê.

— Até mais.

— Até.

Maya Dewi seguiu seu caminho, andando reto por cerca de cem metros, exatamente como dissera o soldado, e de fato encontrou um saco, já coberto de moscas. Os abutres já davam bicadas, e dois *ajaks* dilaceravam as pontas. Maya Dewi os expulsou dali, soltou a corda e se certificou de que a pessoa "enroscada como um bebê" era aquele homem, seu marido, e, embora o rosto estivesse quase irreconhecível, era de fato ele. Não chorou, não pelo menos naquele momento. Com impressionante autocontrole, voltou a amarrar a corda do saco. E, como não tinha forças para carregá-lo nas costas, arrastou-o até o cemitério público de Budi Dharma, onde solicitou que seu marido fosse enterrado com dignidade. As moscas não saíram de perto por todo o caminho, estendendo-se atrás dela como a cauda de um cometa.

Os insetos só se dispersaram depois que Kamino banhou e perfumou o corpo. Agora ele estava estirado, rígido, com feridas de bala visíveis na fronte e no peito, apenas dois tiros que deviam tê-lo matado instantaneamente. A ferida no peito era bem na altura do coração. Só ao vê-la Maya Dewi chorou, e, para poupá-la, Kamino rapidamente o envolveu numa mortalha. Disse a oração dos mortos acompanhado por Kinkin, que assim prestava sua homenagem ao homem que devia ter sido seu sogro. O corpo de Maman Gendeng foi enterrado bem ao lado do túmulo da filha, e Maya Dewi se ajoelhou durante quase uma hora entre as duas sepulturas, sentindo-se abandonada, isolada e sozinha. Dava início aos seus dias de luto, e, no terceiro, Maman Gendeng voltou do além.

Como já fora provado, aquele homem de fato era invencível. Não teve medo do massacre. Mas não aguentava ver os amigos mortos nas ruas, e disse a Romeu, que o seguia fielmente:

— Vamos fugir para a selva.

Foram os dois no sétimo dia do massacre, depois de pular de um esconderijo a outro. E era verdade: aquela cidade não servia mais para o *preman*. Ele não suportava lembrar-se do próprio orgulho por sua força e invulnerabilidade enquanto os amigos jaziam mortos aos seus pés.

— Logo eles virarão fantasmas, e se sobrevivermos haveremos de sofrer vendo o seu sofrimento — disse durante a fuga, lembrando-se dos últimos dias de vida do Camarada Kliwon, arrasado com a dor cada vez mais funda de ver os fantasmas dos amigos numa situação de tão grave sofrimento. Viver daquele jeito era doloroso demais, e Maman Gendeng queria evitá-lo.

— Não temos como fugir dos fantasmas — disse Romeu.

— É verdade, só nos juntando a eles, como o Camarada Kliwon, que acabou decidindo se matar.

— Não tenho coragem de me matar — disse Romeu.

— Nem eu quero — concordou o criminoso. — Ainda estou tentando encontrar outra solução.

Ele optou por fugir para a floresta no promontório porque era quase totalmente deserta. Era uma floresta protegida, e por este motivo não havia agricultores trabalhando a terra, apenas alguns poucos guardas florestais. Fugindo para lá, esperava ganhar tempo até ser encontrado pelos soldados, que talvez não pudessem matá-lo, mas de qualquer maneira seriam um estorvo. Ele tentava tomar uma decisão.

— Não há hipótese de eu continuar vivo sabendo que todos os meus amigos foram mortos num massacre — disse, com a voz embargada.

— Não há hipótese de eu morrer enquanto tanta gente ainda goza da vida boa — cortou Romeu, seco.

— Mas também estou pensando na minha mulher. Ela ficará tão triste, especialmente depois de termos perdido nossa filha.

— Não estou preocupado com minha mulher. Ainda poderá fazer sexo com muitos caras que não se importem com sua feiura — disse Romeu. — Mas ainda prefiro viver.

Chegaram a uma pequena colina numa das encostas com uma caverna cavada pelos japoneses para se defender durante a guerra. Descansaram no alto da colina enquanto Maman Gendeng continuava tentando se decidir entre o desejo de deixar a vida para trás e a relutância em deixar Maya Dewi sozinha neste mundo. Ficou olhando a caverna japonesa, tão escura e úmida, com as paredes cheias de protuberâncias parecendo caixas, mais se assemelhando a uma prisão do que a um forte. Mas era um lugar perfeito para meditar. Maman Gendeng queria meditar até alcançar a libertação e deixar este planeta em *moksa*, mas continuava pensando na esposa, até que finalmente disse:

— Seja como for, mais cedo ou mais tarde chegará a morte. E ela é a mulher mais forte que eu conheci.

Decidiu então meditar na caverna japonesa e entrou nela. Ordenou a Romeu que montasse guarda no alto da colina, para o caso de terem sido farejados e seguidos até ali pelos soldados.

— Venha me chamar se os soldados chegarem — disse.

— Vou deixá-los bem mortinhos antes mesmo de chegarem — respondeu Romeu.

— Sua voz não parece muito tranquilizadora — observou Maman Gendeng —, mas confio em você.

Maman Gendeng desceu à caverna, sentou no chão úmido e começou a meditar. Não muito depois, alcançou a *moksa*: desapareceu e se dissolveu em pequenas esferas de luz. Ele não se matou, mas deixou este mundo ao se desvencilhar do corpo, abandonando a matéria que agrilhoava sua alma, e agora estava em união com a luz, reluzindo como cristal e se elevando em direção ao céu. Mas, antes de chegar ao céu, viu quatro soldados apontando as armas para aquele sujeito, Romeu, no alto da colina. Queria ajudá-lo, turvando a visão dos soldados, mas antes que o conseguisse ouviu Romeu dizer:

— Não me matem! Eu digo onde Maman Gendeng está escondido!
— Muito bem, pode dizer — decidiu um dos soldados.
— Está meditando na caverna japonesa.

Os quatro soldados desceram e deram busca na caverna. Mas é claro que não poderiam achar Maman Gendeng. Romeu aproveitaria a oportunidade para fugir, mas Maman Gendeng não ia mesmo permiti-lo e o reteve, de modo que ele se viu ao mesmo tempo correndo e incapaz de sair do lugar.

— Um traidor é sempre um traidor — disse Maman Gendeng, e Romeu, que não podia vê-lo, ainda ouvia sua voz tonitruante.

Maman Gendeng então transformou o rosto de Romeu no seu próprio rosto, exatamente no momento em que os quatro soldados retornavam, furiosos.

— Finalmente o encontramos, Maman Gendeng — disseram, apontando as armas para o lugar onde estava, no alto da colina.

— Eu sou Romeu — disse o homem —, não sou Maman Gendeng!

Mas sua vida já chegara ao fim, com dois tiros de fuzil. Uma bala na cabeça e outra no peito. Foi esse corpo que Maya Dewi encontrou, enquanto Maman Gendeng subia ao céu e a visitava no terceiro dia depois de alcançar a *moksa*.

18

Aquele poderoso espírito do mal agora exultava vendo todas as suas vitórias, assistindo à vingança de todo o seu rancor e ódio, embora tivesse sido obrigado a esperar tanto tempo.

— Eu os separei das pessoas que amam — disse ele a Dewi Ayu —, assim como ele me separou da pessoa que eu amava.

Eu os separei das pessoas que amam, assim como ele me separou da pessoa que eu amava, ecoou sua voz.

— Mas eu o amava — protestou Dewi Ayu —, com um amor que vinha lá do fundo das minhas entranhas.

— Sim, e por isso eu fugi de você, neta de Stammler!

Sim, e por isso eu fugi de você, neta de Stammler!

Dewi Ayu não podia acreditar num tão profundo enraizamento do desejo de vingança daquele espírito do mal. Ele sempre parecera apenas um fantasma como outro qualquer. Ela sabia que ele tinha planos malignos para algum momento no futuro, mas jamais imaginara que fosse capaz de causar tanto mal, não supunha que a amargura estivesse plantada tão fundo em seu coração.

*

— Veja suas filhas — disse o espírito do mal —, todas elas agora são viúvas patéticas, e a quarta é uma solteirona! *Veja suas filhas, todas elas agora são viúvas patéticas, e a quarta é uma solteirona!*

Isso foi depois de o fantasma matar Shodancho em sua cabana, o lugar onde costumava exercer seu domínio. Quando Shodancho surgiu do nada nas primeiras horas da manhã e sentou diante da lareira, Dewi Ayu, morta havia anos e que, mesmo ainda viva, havia muito não tinha qualquer contato com ele, de fato esquecera que Shodancho era seu genro. O sujeito disse que havia anos percorria cidades e florestas, desde que massacrara os valentões da cidade, em busca do corpo roubado da filha. Estava exausto e voltava fracassado para a cidade. Não tivera coragem de voltar para casa ao encontro da mulher, Alamanda, e assim fora para a casa da sogra, Dewi Ayu.

— Eu não tinha um personagem adequado para desempenhar o papel de assassino de Shodancho — disse o espírito do mal —, e assim fiz eu mesmo.
Eu não tinha um personagem adequado para desempenhar o papel de assassino de Shodancho, e assim fiz eu mesmo.
— Desde o início eu sabia que você era um comediante amador — fez Dewi Ayu.

Não, ele não o fez realmente, não com as próprias mãos. Mas na verdade nenhum ser humano matou Shodancho. Na desolada solidão da velhice, sem coragem de enfrentar a mulher, que o mandara embora por ter transformado suas irmãs mais novas em viúvas, e tendo perdido sua filha amada, Shodancho muitas vezes tentava sentir-se melhor recolhendo-se à cabana de guerrilheiro no meio da floresta no promontório. A cabana continuava exatamente como sempre fora, já não tão firme, mas ainda o suficiente para transportá-lo de volta a uma reconfortante nostalgia.

Ele também tentava se ocupar criando novamente *ajaks* selvagens em torno da cabana. Já estava bem velho e fraco, mas ainda retirava os filhotes da toca. Até que, certo dia, a mãe veio buscá-los.

Ele estava deitado na rocha onde costumava comer com seus homens, a mesma na qual Rengganis, a Bela, depositara o corpo de seu bebê antes de atirá-lo aos cães, quando aquela fêmea de *ajak* aparecera com sua matilha. A cadela não se fez de rogada ao ver o inimigo em posição tão vulnerável, arremetendo contra ele e dilacerando o músculo da sua coxa. Já bem velho, como vimos, Shodancho tinha os reflexos mais lentos e pouca resistência. Ainda nem pudera reagir quando apareceram outros *ajaks*, um dos quais saltou no seu braço, enquanto o outro mordia a panturrilha. Enormes feridas se abriram em todo o seu corpo, e seu sangue de velho se derramou na pedra. Shodancho ainda conseguia se debater e chutar aqui e ali, mas os ferimentos eram graves, e ele se exauriu. Começou a se aquietar, olhando para o céu e se dando conta de que a morte era iminente e de que viera pelos *ajaks* de que cuidara a vida inteira. Morreu com o corpo dilacerado, comido vivo. Cabe notar, contudo, que na verdade os *ajaks* são animais preguiçosos, que em geral só comem carniça. Shodancho será talvez uma das raras pessoas comidas vivas. Estava simplesmente destinado a ter uma morte trágica assim.

Dewi Ayu começou a se preocupar com Shodancho quando se passou uma semana e ele não voltava da cabana, pois em geral não permanecia tanto tempo assim. Com a ajuda de dois soldados reformados que haviam sido subordinados dele, percorreu a floresta no promontório à sua procura. Encontraram um cadáver em estado chocante e patético. O rosto estava quase completamente destruído, de tal maneira que a única coisa que imediatamente puderam reconhecer foram os vestígios do uniforme. Os *ajaks* não o haviam arrastado, comendo-o ali mesmo, ainda quente, e os abutres mordiam os poucos pedaços de músculo e carne que ainda pendiam dos ossos. Dewi Ayu chegara pouco antes de começarem a apodrecer.

Ele foi levado de volta a Alamanda num saco plástico preto, do tipo que os bombeiros usam para carregar para o necrotério cadáveres de vítimas, e, depois de colocá-lo aos seus pés, Dewi Ayu disse:

— Menina, trago os ossos do seu homem. Foi morto e devorado por *ajaks*.

— Eu tive a intuição de que isto poderia acontecer, mamãe, desde que ele chegou à cidade com aqueles 96 *ajaks* para caçar porcos — disse Alamanda, não parecendo nem um pouquinho inconformada.

— Não vai ficar nem um pouco triste? — perguntou a mãe. — No mínimo porque ele não deixou nada para você no testamento.

Alamanda enterrou os ossos com os pedaços de carne dilacerada pendurados, parecendo cortes bovinos vendidos para sopa. Shodancho foi sepultado no Cemitério Memorial de heróis de guerra e se realizou uma cerimônia militar em sua homenagem. Pelo menos Alamanda agradeceu por isso, pois, se ele tivesse sido enterrado no cemitério público, ela ficaria preocupada com a eventualidade de seu fantasma sair brigando com o do Camarada Kliwon. Shodancho ficaria em paz no Cemitério Memorial de heróis de guerra, com um caixão e a bandeira nacional envolvendo seu corpo. Tiros de canhão foram disparados como derradeira homenagem, mas Alamanda imaginou que o fantasma do marido estava sendo catapultado, para que ficasse tão morto quanto morto é possível ficar, o que também a deixou algo contente.

Agora de fato era uma viúva, como as duas irmãs mais novas.

— Eu percebi que você queria vingança quando eles massacraram os comunistas e aquele camarada teve de enfrentar o pelotão de fuzilamento — disse Dewi Ayu, voltando a atenção para o espírito do mal.

— Ele devia ter morrido naquele momento, de uma morte horrível.

Ele devia ter morrido naquele momento, de uma morte horrível.

— Mas o amor mostrou sua verdadeira força — prosseguiu Dewi Ayu. — Alamanda interferiu no exato momento em que ele ia morrer.

O espírito do mal riu, zombeteiro:

— E ela trepou com ele mais de dez anos depois, logo antes de ele se matar. Se matar. Se matar!!! Ele morreu! Ha, ha, ha.

E ela trepou com ele mais de dez anos depois, logo antes de ele se matar. Se matar. Se matar!!! Ele morreu! Ha, ha, ha.

— Mas finalmente eu descobri o que estava acontecendo.

E era verdade. Dewi Ayu dera-se conta de que o espírito do mal estava tramando sua vingança. Adivinhara que ele tentaria destruir o amor da sua família, os descendentes de Ted Stammler que ainda restavam, exatamente como Ted Stammler destruíra o amor que ele tinha por Ma Iyang, embora não imaginasse que a vingança fosse tão cruel. Mesmo quando o espírito do mal ainda estava vivo, e era apenas um homem ainda, Dewi Ayu sentira no próprio coração a dor sem fim que o acometia, antes mesmo de conhecê-lo. Isso a levou a um amor cego, e, por fim, ao casamento. Ela queria dar-lhe o amor que ele nunca recebera da avó dela, Ma Iyang, depois que fora raptada por seu avô, Ted Stammler, mas ele recusara seu amor, um amor totalmente puro, vindo das suas entranhas. Foi quando Dewi Ayu deu-se conta de que nada poderia tomar o lugar do amor dele por Ma Iyang, e ela pôde então sentir como ele havia sofrido mais e mais, depois que seu único amor fora arrancado pela raiz. Assim, quando ele morreu, Dewi Ayu soube que certamente se tornaria um fantasma atormentado, vingativo e trágico, destinado a jamais descansar em paz no mundo dos mortos. E era verdade. Esse fantasma a seguia aonde quer que fosse. Ela sentira sua presença em Bloedenkamp, no bordel e nas suas duas casas. Mas não sabia que ele vinha tramando sua vingança até a manhã em que foi informada de que o Camarada Kliwon, o homem amado ao mesmo tempo por Alamanda e Adinda, seria executado.

— Ele nem era casado na época, e eu não o deixaria morrer antes de casar com uma de suas filhas. Ha, ha, ha.

Ele nem era casado na época, e eu não o deixaria morrer antes de casar com uma de suas filhas. Ha, ha, ha.

Não muito depois da morte de Shodancho, inabalável em sua convicção, Dewi Ayu finalmente invocara o espírito do mal, com a ajuda do garoto do *jailangkung*, Kinkin. E agora o espírito do mal estava à sua frente, rindo descontroladamente, mostrando toda a sua alegria maligna e sem fim.

— Este é o espírito do mal que tantas e tantas vezes me impediu de descobrir quem matou Rengganis, a Bela — disse Kinkin.

— Sim, e eu até separei *você* daquela que amava. Ha, ha, ha.
Sim, e eu até separei você daquela que amava. Ha, ha, ha.

Ao tomar conhecimento, pelo sussurro dos ventos e os uivos dos *ajaks* nas profundezas da floresta, de que, a pedido de Alamanda, o Camarada Kliwon não fora executado, Dewi Ayu acreditou que o amor ainda seria capaz de se sobrepor à vingativa praga do fantasma de seu marido, mas não estava ainda convencida. Durante quase toda a sua vida adulta ela pensara a respeito, tentando imaginar como salvar as filhas e preservar sua felicidade, mantendo-as livres da ressentida maldição do fantasma do mal que seria seu companheiro e adversário pelo resto da vida e depois. Assim, quando as filhas casaram, ela expulsou os casais, dizendo que nunca mais voltassem para sua casa. Não expulsou Maman Gendeng e Maya Dewi, preferindo mudar ela própria para uma outra casa. Queria afastar as filhas do fantasma, embora ainda não se tivesse dado conta de que ele buscaria uma vingança tão maligna.

Ela voltou a ficar preocupada quando, cerca de dez anos após o casamento da última filha, engravidou. Agora ela gerava no útero uma nova presa para o espírito do mal. Dewi Ayu precisava salvar aquela criança, do jeito que fosse. Tentou abortar de várias maneiras, para que nunca viesse ao mundo, ficando livre de maldições e vinganças. Mas a criança era tão forte que Dewi Ayu não conseguiu matá-la, e o bebê continuou crescendo na sua barriga. Se fosse menina, seria bela como as irmãs mais velhas, e, se fosse menino, seria o homem mais bonito da face da Terra. Uma criatura assim seria inundada de amor e teria muito amor para dar, mas enquanto isso Dewi Ayu continuava sentindo o espírito do mal à espreita, esperando o momento de atacar aquele amor. Haveria de destruí-lo, do jeito que fosse possível, exatamente como Ted Stammler destruíra seu amor por Ma Iyang.

Ela então disse a Rosinah:
— Estou farta de ter filhas bonitas.
— Se é assim, reze para ter um bebê feio.

Ela precisava dar graças àquela muda, pois suas orações foram atendidas, e pela primeira vez ela teve uma filha feia, mais feia do que qualquer mulher que possa existir, embora ironicamente se chamasse Beleza. Com um corpo e um rosto assim, ninguém jamais a amaria, fosse homem ou mulher. Ela ficaria livre da maldição do espírito do mal. Ela precisava agradecer a Rosinah.

— Mas agora ela está grávida! — berrou o espírito do mal. — Isso não prova que alguém a amou?

Mas agora ela está grávida! Isso não prova que alguém a amou?

O espírito do mal estava certo.

— Mas você ainda não o matou.

— Ainda não o matei.

Ainda não o matei.

Certa noite, quando mais uma vez ouviu uma estranha agitação, como os roncos e gemidos de gente fazendo amor, Dewi Ayu finalmente arrombou a porta do quarto com um poderoso machado. E ficou decepcionada, para dizer o mínimo, ao ver que alguém estava fazendo amor com a horrível Beleza. Alguém a amava, e era exatamente o que Dewi Ayu não queria desde antes do nascimento da garota. Cheia de ressentimento, ela queria saber que homem mais estúpido haveria de amar uma garota como aquela. Mas não viu ninguém no quarto além de Beleza, que levara um susto e se encolhia completamente nua num canto do quarto.

— Com quem estava fazendo amor?! — exigiu saber Dewi Ayu, furiosa, decepcionada e em pânico.

— Jamais direi. Ele é meu príncipe.

Mas Dewi Ayu viu algo se movendo, pouco mais do que um borrão, como se estivesse descendo da cama. E, ao se aproximar da mesa de cabeceira, ela mal pôde distinguir algumas pegadas no chão, meio úmidas, como que suadas, e quase apagadas à luz fraca do abajur. A figura invisível abriu a cortina às pressas, abriu a janela e, naturalmente, pulou para fora. Naquele momento, Dewi

Ayu achou que o fantasma fora fazer amor com Beleza, embora não entendesse por quê.

— Não, não fui eu — disse o espírito do mal, ofendido.
Não, não fui eu.
— Você me impediu de ver quem era.
— É verdade. Ha, ha, ha.
É verdade. Ha, ha, ha.

É como se sua vingança tivesse sido concretizada à perfeição, quase sem obstáculos, e a maldição continuasse a destruir o que restava da família dela. Alamanda perdera Shodancho, e, embora nunca o tivesse amado realmente, e na verdade o odiasse, houvera de qualquer jeito alguns momentos em que sinceramente se preocupara com ele. E, depois de perder as duas primeiras filhas, perdera Nurul Aini, Ai, a terceira, morta tão cedo. E Maya Dewi perdera Rengganis, a Bela, de forma ainda mais trágica: alguém a tinha matado e jogado o corpo no mar, sem que ninguém soubesse quem. E então seu marido desapareceu numa *moksa*, depois de assistir ao massacre de quase todos os amigos. A segunda filha de Dewi Ayu, Adinda, vira o marido, o Camarada Kliwon, enforcado no próprio quarto. Mas ainda tinha Krisan. E no fim das contas Beleza tinha um amante. Dewi Ayu precisava salvar quem ainda restasse daquele espírito do mal. Não permitiria que Krisan fosse tirado de Adinda, nem que Beleza ficasse sem seu amante, quem quer que fosse. Dewi Ayu apostaria todas as fichas no combate ao espírito do mal que tinha pela frente.

— Eu tenho de impedi-lo — disse então.
— Impedir de quê? — perguntou o espírito do mal.
Impedir de quê?
— De destruir minha família.
— Ha, ha, ha. A ruína da sua família já estava escrita havia muito tempo. Nada mais poderá impedir minha vingança.
Ha, ha, ha. A ruína da sua família já estava escrita havia muito tempo. Nada mais poderá impedir minha vingança.

— Você não conseguiu separar Henri e Aneu Stammler — disse Dewi Ayu.

— Porque um deles é carne e sangue da minha amada.

Porque um deles é carne e sangue da minha amada.

— Eu sou neta de Ma Iyang.

— Já é uma geração muito distante.

Já é uma geração muito distante.

Dewi Ayu lentamente tirou um punhal do bolso do vestido. Era o tipo de lâmina usado pelos soldados, brilhante e resistente.

— Encontrei no quarto de Shodancho — foi dizendo.

Kinkin olhou horrorizado (uma mulher com raiva segurando um punhal!), mas o espírito do mal limitou-se a sorrir, desdenhoso.

— Vou matá-lo com este punhal.

— Ha, ha, ha. Nenhum ser humano pode me matar — disse o espírito do mal.

Ha, ha, ha. Nenhum ser humano pode me matar.

— Posso pelo menos tentar? — perguntou Dewi Ayu.

— Vá em frente, como quiser.

Vá em frente, como quiser.

Dewi Ayu aproximou-se enquanto o espírito do mal ostentava um sorriso muito mais asqueroso, desdenhoso e seguro de si. Kinkin, não aguentando ser testemunha de um assassinato, cobriu o rosto com as mãos. Depois de olhar fixamente para o espírito do mal durante alguns segundos, quando ele olhava para ela, Dewi Ayu, com toda a força de uma mulher tomada por profunda ira, talvez até com um poder e uma força tão grandes quanto os de um espírito do mal, apunhalou o ex-marido com todas as forças. Sangue espirrou, e ela voltou a apunhalá-lo, e o sangue voltou a espirrar, e ela mais uma vez o apunhalou, cinco punhaladas com uma força que aumentava a cada vez.

O espírito do mal caiu no chão, gemendo e apertando o peito.

— Como é possível que você tenha me matado? — perguntou.

Como é possível que você tenha me matado?

— Eu morri quando tinha 52 anos, pela força da minha vontade, na esperança de um dia ser capaz de resistir e conter a força da sua alma maligna — disse Dewi Ayu. — E hoje consegui. Você acredita que um simples ser humano fosse capaz de levantar do túmulo depois de morto por 22 anos? Eu não sou mais humana, e, portanto, posso matá-lo.

— Você pode ter me matado, mas a maldição continuará vigorando.

Você pode ter me matado, mas a maldição continuará vigorando.

E então o espírito do mal morreu, transformando-se numa densa nuvem de fumaça negra e desaparecendo, tragado pela atmosfera. Dewi Ayu olhou para o garoto Kinkin.

— Cumpri o meu dever e agora voltarei ao mundo dos mortos — disse. — Adeus, menino. Obrigada pela ajuda.

E também desapareceu, transformando-se numa linda borboleta que saiu voando pela janela em direção ao jardim.

O homem muitas vezes aparecia do nada, mas, como isso acontecia com frequência, Beleza não se surpreendia mais com sua presença. Ele surgia dessa maneira desde que ela era jovem, convidando-a a conversar. Muitas vezes Rosinah estava com ela, mas não era capaz de vê-lo, embora Beleza pudesse. Rosinah tampouco ouvia sua voz, embora Beleza a ouvisse. Foi com ele que ela aprendeu a falar. Ele era velho, tão velho que as sobrancelhas já eram completamente brancas. A pele morena era queimada de sol, e ele tinha músculos secos, forjados em anos de trabalho duro. Tudo o que sabia, ela tinha aprendido com ele. Quando Rosinah tentara matriculá-la na escola e o diretor não quis aceitá-la, nem ela própria queria frequentar a escola, o homem dissera:

— Vou ensinar-lhe a escrever, embora eu mesmo não tenha aprendido.

Vou ensinar-lhe a escrever, embora eu mesmo não tenha aprendido.

E continuou:

— E vou ensinar-lhe a ler, embora não tenha aprendido.

E vou ensinar-lhe a ler, embora não tenha aprendido.

Ela tinha tudo o que queria, aparentemente, e nunca precisava de mais nada, pois estava muito feliz pela amizade com ele. Outras pessoas não queriam ter nada a ver com ela, por ser feia. Mas aquele homem era seu amigo, e não se importava com o fato de ser horrorosa. Outras pessoas não queriam nem mesmo cruzar seu caminho, mas ele fazia companhia a ela. Muitas vezes brincavam juntos, e Rosinah com frequência se espantava com as explosões de alegria da menina, que pareciam ocorrer subitamente e sem motivo aparente.

A pequena Beleza estava muito feliz por saber ler e escrever. Encontrou os livros deixados pela mãe e leu quase todos com enorme alegria, copiando trechos para aprender a escrever, e nisso sentindo igual prazer. Mas Rosinah olhava para ela com um olhar cheio de confusão.

— É como se um anjo lhe estivesse ensinando — escreveu Rosinah para Beleza.

— Sim, tem mesmo um anjo me ensinando.

O anjo não vinha necessariamente todo dia, mas Beleza tinha certeza de que ele sempre viria em determinados momentos, sempre que sentisse vontade, para lhe ensinar algo. Ela não precisava de mais amigos, pessoas que não queriam saber dela porque era feia. Não precisava sair de casa para brincar, pois podia brincar lá dentro. Não queria perturbar ninguém com sua presença repulsiva, e, assim, não era incomodada por ninguém aparecendo para vê-la. Era a casa que a fazia feliz e satisfeita, pois um anjo bondoso nela vivia e se havia tornado seu querido companheiro.

— Posso até ensinar-lhe a cozinhar, embora nunca tenha aprendido.
Posso até ensinar-lhe a cozinhar, embora nunca tenha aprendido.

E assim ela aprendeu a cozinhar e logo haveria de se revelar muito hábil nos temperos. E a coisa não ficou por aí: ela também começou a tricotar, costurar e bordar, e talvez até fosse capaz de consertar carros e arar a terra se lhe dessem a oportunidade. Aprendeu tudo o que sabia com aquele anjo bondoso, que lhe ensinava com tanta paciência e diligência.

*

— Se nunca aprendeu, como é capaz de fazer e de me ensinar? — perguntou Beleza.
— Eu roubo das pessoas que sabem.
Eu roubo das pessoas que sabem.
— E o que você sabe fazer sem precisar roubar de ninguém?
— Puxar carroça.
Puxar carroça.

E foi assim que ela cresceu naquela casa com Rosinah, que logo se acostumou às estranhas qualidades sobrenaturais evidenciadas pela garota. Beleza recebera uma herança mais do que adequada da mãe, e Rosinah precisava apenas administrá-la para o sustento de ambas. Ia diariamente ao mercado fazer as compras, enquanto Beleza ficava em casa. Havia um fantasma na casa, exatamente como Dewi Ayu dissera certa vez, mas aparentemente ele não incomodava ninguém. Se de fato era verdade que tinha ensinado tudo a Beleza, podia-se dizer que era um bom fantasma. E, então, Rosinah não precisava se preocupar quando deixava Beleza sozinha.

Até as crianças que às vezes ficavam curiosas e espiavam por trás da cerca, com medo, não precisavam se preocupar. Beleza jamais apareceria para elas, pois era uma menina boa e sabia que as deixaria mortas de medo. Ela só aparecia para Rosinah, que a conhecia desde o dia em que nascera. Era tão boa que se sacrificava e sacrificava seu desejo de ter o estilo de vida que a maioria das pessoas apreciava. Sua vida era limitada à casa: seu quarto, a sala de jantar, o banheiro, a cozinha, e às vezes ela ia ao jardim depois de escurecer. Era mesmo muito boa por se sacrificar assim, ou se castigar, levando uma vida monótona e terrivelmente entediante, mas parecia perfeitamente satisfeita com isso.

— Agora vou dar-lhe um príncipe — disse o anjo bom.
Agora vou dar-lhe um príncipe.

Ela já era uma mocinha, e, portanto, sonhava com um homem que se apaixonasse por ela e pelo qual também se apaixonasse. Isso começou a deprimi-la, pois tinha certeza de que nenhum homem jamais desejaria amá-la. Não nascera para ser amada. Era uma garota horrível, com narinas que pareciam uma tomada elétrica, uma pele cor de fuligem. Era uma menina assustadora que dava náuseas nas pessoas e as fazia vomitar, desmaiar de susto, fazer xixi na calça e sair correndo como se estivessem possuídas, mas não fazia ninguém se apaixonar.

— Não é verdade. Você vai encontrar o seu príncipe.
Não é verdade. Você vai encontrar o seu príncipe.

Isso seria impossível. Ninguém jamais chegara sequer a vê-la, de modo que ninguém a conhecia, e não havia como alguém se apaixonar por ela sem conhecê-la.

— Alguma vez eu menti para você?
Alguma vez eu menti para você?
Não.
— Espere na varanda ao anoitecer, e o seu príncipe virá.
Espere na varanda ao anoitecer, e o seu príncipe virá.

Muitas vezes ela sentava na varanda ao anoitecer, para respirar o ar puro sem se preocupar em incomodar as pessoas com seu rosto monstruoso. No escuro, ela se sentia segura, e a noite era sua melhor amiga. Às vezes até levantava bem cedo pela manhã, antes de o sol incendiar tudo, para sentar lá fora e contemplar a estrela rosada que o anjo chamava de Vênus. Ela a amava por sua beleza. Como o seu nome.

Agora, sentava na varanda à espera do príncipe prometido. Não sabia como ele chegaria. Talvez cavalgasse um dragão vindo de Vênus, ou quem sabe surgiria do mundo subterrâneo, brotando da terra de algum jeito incrível. Ela não sabia como ele viria, mas esperaria por ele. Aquela primeira noite passou sem que nenhum príncipe passasse por ali. Nem mesmo algum mendigo.

Mas ela acreditava que o anjo jamais mentiria, e assim voltou a esperar numa segunda noite. Passou um cortejo fúnebre, mas nenhum príncipe. Passou também um vendedor de *bajigur*, mas não parou para dizer boa noite, nem sequer virou a cabeça para olhar para ela. Nada de príncipe, até que finalmente ela adormeceu na cadeira, exausta, e Rosinah veio levá-la para dentro e a botou na cama.

Na terceira noite, ninguém ainda. Rosinah perguntava por que sentava toda noite na varanda, e Beleza respondia:

— Estou esperando meu príncipe chegar.

Rosinah começou a entender que ela entrara na puberdade. Sabia que a garota já menstruava, e agora queria um amante. Sentava na varanda na esperança de que alguém a visse e se apaixonasse por ela. Rosinah ficou triste com isso e entrou no quarto, chorando pela infelicidade da feia Beleza, que nem sequer se dava conta de que ninguém jamais a amaria, talvez pelo resto da vida. Não havia nenhum príncipe para ela.

Mas Beleza continuava esperando na quarta noite, e na quinta, e na sexta. Na sétima noite apareceu um homem de trás dos arbustos à frente do jardim, assustando-a. Era muito bonito, e ela imediatamente teve certeza de que era o seu príncipe. Tinha cerca de 30 anos, com um olhar doce, o cabelo muito bem penteado para trás, e usava roupas escuras. Segurava uma rosa e caminhava na sua direção, e então lhe entregou hesitante a rosa, como se temesse ser rejeitado.

— Para você, Beleza — disse o homem.

Ela a aceitou de coração exultante, e o homem desapareceu. Voltou na noite seguinte, com outra rosa, e de novo desapareceu. Só na terceira noite, depois de entregar mais uma rosa e vê-la aceita, disse por fim:

— Amanhã à noite baterei à janela do seu quarto.

Durante todo o dia ela aguardou a chegada da noite e que o seu príncipe batesse à janela do quarto, como uma menina ansiosa pelo primeiro encontro romântico. Experimentava diferentes vestido e se ajeitava em frente ao espelho. Esqueceu que tinha um rosto horrível, e tentou enfeitar-se com tudo o que achava na velha penteadeira da mãe, e, não contente, serviu-se também de adornos dos guardados de Rosinah. A própria Rosinah ainda não tinha conhecimento das visitas daquele homem, e toda vez que Beleza aparecia com uma rosa, achava que simplesmente a havia colhido. Mas Rosinah ficou perplexa, ou triste, quando viu Beleza se arrumando, agitada, o dia inteiro.

Parece um sapo querendo se arrumar como uma princesa, pensou com seus botões, enxugando as lágrimas.

Beleza queria encontrar aquele velho, aquele anjo bondoso que costumava aparecer do nada, mas ele nunca mais voltou desde o surgimento do príncipe, embora ela tivesse muitas perguntas a fazer, como, por exemplo, o que uma mocinha deveria fazer para se preparar para o primeiro encontro amoroso, o que deveria dizer ou fazer se o príncipe a seduzisse, que fazer quando ele batesse à janela e a abrisse, e se tivessem de conversar, sobre o que seria. Queria tratar de todos esses assuntos com o anjo bondoso, mas o velhinho nunca mais voltou.

No fim das contas, ela vestiu uma roupa comum do dia a dia e começou a esperar a noite cair. Não na varanda, mas no seu quarto. Sentou na beira da cama, naturalmente muito agitada, com os ouvidos alertas, como uma candidata a emprego esperando ansiosa seu nome ser chamado, nervosa com a eventualidade de não ouvir a batida, que talvez fosse leve e discreta. De vez em quando, levantava e espiava pela cortina, mas via apenas o jardim com suas plantas escuras na noite, e voltava a sentar na beira da cama, não menos ansiosa.

Até que ouviu uma batida, tão leve que teve de se esforçar, e então voltou a ouvi-la, três vezes. Numa confusão de sentimentos, quase correndo, Beleza dirigiu-se à janela e a abriu.

Lá estava o seu príncipe com uma rosa, como sempre.

— Posso entrar? — perguntou ele.

Ela assentiu, tímida.

Depois de lhe entregar a rosa, o príncipe pulou a janela e entrou no quarto. Ali ficou de pé por um momento, olhando ao redor, e lentamente caminhou de um canto do quarto a outro, e então voltou-se para olhar para Beleza, que acabava de fechar a janela sem trancá-la. O príncipe sentou na beira da cama e fez um gesto para que Beleza sentasse a seu lado. Ela obedeceu, e por um momento ficaram calados.

— Há tanto tempo esperava encontrá-la — disse o príncipe.

Beleza ficou tão lisonjeada que nem perguntou de onde a conhecia.

— Há tanto tempo queria conhecê-la — prosseguiu o príncipe —, há tanto tempo queria tocá-la.

O coração de Beleza disparou. Ela não tinha coragem de olhar para ele, e todo o seu corpo de repente ficou frio com o toque da mão dele na sua, segurando-a com suavidade.

— Posso beijar-lhe a mão? — perguntou o príncipe. Beleza nem teve tempo de responder, ou talvez não conseguisse, e ele já tinha beijado sua mão direita.

Aquele primeiro encontro foi dominado pelas palavras do príncipe, enquanto Beleza ficava quase sempre calada, embaraçada e tímida, eventualmente assentindo com a cabeça ou balançando-a em sinal de não, para então ficar de novo embaraçada e tímida. Assim passou hora e meia, até que chegou o momento de o príncipe voltar para casa. Ele se retirou do mesmo jeito que entrara: pulando pela janela. Antes de sair, porém, anunciou seus planos para o próximo encontro.

— Espere por mim, exatamente como esperou, neste fim de semana.

Mas no fim de semana Beleza pretendia falar. Não ficaria calada, limitando-se a sinalizar com a cabeça, embaraçada e tímida. Precisava falar e fazer o que fosse necessário para que o príncipe não ficasse entediado com ela. O velho nunca mais voltou, mas Beleza não se preocupava mais. Tinha encontrado um substituto, mais bonito e gentil, que a lisonjeava e não raro a seduzia, e talvez até a amasse. Seu coração batia à espera do fim de semana.

Tal como prometera, o príncipe veio no fim de semana, trazendo mais uma rosa. Entrou pela janela e sentou na beira da cama com Beleza. E então, tomando a iniciativa, Beleza perguntou, numa voz decididamente tímida:

— Onde conseguiu esta rosa?

— No seu jardim.

— É mesmo?

— Estou sem grana.

Os dois acharam graça.

Então, o príncipe mais uma vez tomou a mão de Beleza, e dessa vez ela retribuiu. Sem perguntar se podia, o príncipe beijou-lhe a mão, fazendo-a retomar seu velho hábito. Toda embaraçada e tímida. Ela sentiu que ele começava a acariciar suavemente sua mão, com um toque tão macio e envolvente que a fazia flutuar, como alguém que estivesse lentamente caindo no sono. De repente, ele estava bem à sua frente, seu rosto bem diante do seu, o que fez seu coração bater cada vez mais forte. Antes que pudesse dar-se conta do que estava acontecendo, aquele rosto se aproximava e ela sentiu os lábios tocados pelos lábios do príncipe, e então sentiu o príncipe apertar seus lábios, deixando-os muito molhados. Ela tentou retribuir os beijos e começou a sentir que não eram apenas seus lábios, mas agora as línguas que se tocavam, agitadas. Beijaram-se por longo tempo, quase meia hora, até que chegou o momento de o príncipe se retirar e voltar para casa.

— Vou esperá-lo no próximo fim de semana.

Desta vez, foi Beleza quem falou, e o príncipe assentiu, com seu sorriso encantador.

Aqueles beijos causaram forte impressão em Beleza, e ela esperava que o fim de semana chegasse com a rapidez de uma mosca esvoaçante, que vem e vai e vem de novo. Ela ainda sentia aquele calor no dia seguinte, e no outro dia também. Lembrava-se passo a passo como haviam chegado ao momento do beijo, o que fazia seu coração tremer.

E foi assim que, no encontro seguinte, os beijos foram a primeira coisa que disseram um ao outro. Começaram praticamente no peitoril da janela, Beleza de pé no quarto e o príncipe ainda de pé do lado de fora. Finalmente, o príncipe pulou para dentro, e Beleza fechou as venezianas, mas o tempo todo sem que descolassem os lábios. Os beijos continuaram dentro do quarto, com o príncipe comprimindo o corpo de Beleza contra a parede, desorientado de desejo.

Lenta mas seguramente, as mãos maliciosas do príncipe começaram a avançar sob o vestido de Beleza, e o clima no quarto ficou quente. Eles tiraram as roupas, peça por peça, jogando-as no chão, até se desnudarem completamente, quando então o príncipe abraçou Beleza e a levou para a cama.

— Vou ensinar-lhe a fazer amor — disse o príncipe.

— Sim, ensine — respondeu Beleza.

E começaram. Beleza ainda era virgem, e, portanto, gemeu, entre os sentimentos de dor e prazer, fazendo barulho e levando Rosinah a se postar diante da porta do quarto, confusa. Ela abriu a porta (que Beleza se esquecera de trancar) e viu apenas o corpo desnudo de Beleza pulando em cima da cama. Limitou-se a sacudir a cabeça de um jeito triste e solene, fechou a porta discretamente e se foi. Enquanto isso, o príncipe continuava destruindo a intimidade de Beleza, fazendo-a sangrar, mas também gritar em transportada felicidade.

Seu príncipe sempre chegava pela janela, mas Beleza invariavelmente o esperava na varanda, pois queria assistir ao momento da sua chegada, movida por incontrolável desejo. Faziam amor toda vez que se encontravam, às vezes duas vezes, e se sentiam o casal mais feliz do mundo. Beleza não se perguntava por que Rosinah não via o príncipe, nem por que, quando Dewi Ayu ressurgiu do túmulo e voltou para casa, arrombando a porta, tampouco podia ver o príncipe. Naquela casa, já estavam acostumadas a uma dieta regular de milagres, de modo que ela não se espantou. Afinal, Rosinah tampouco chegara alguma vez a ver o velho homem-anjo, embora Beleza o visse.

E, então, Beleza engravidou.

Mesmo depois de se dar conta de que estava grávida, contudo, Beleza continuava esperando a chegada do príncipe, e os dois faziam amor. Ela não lhe falou da gravidez, pois temia arruinar a felicidade de ambos.

Até que, certa noite, não muito depois de Dewi Ayu desaparecer mais uma vez no mundo dos mortos, estando Beleza deitada nua na cama com seu príncipe, repousando depois de fazerem amor, um homem arrombou a porta com um fuzil de ar comprimido na mão. Era um sujeito baixo e gorducho, com um certo ar de tristeza. Teve um tremor de pavor ao ver o rosto de Beleza, mas rapidamente seu olhar se desviou para o príncipe, cheio de raiva.

— Você! — exclamou. — Assassino de Rengganis, a Bela, vim vingar sua morte!

O príncipe não conseguiu escapar quando o fuzil foi disparado, e a bala, muito bem mirada, acertou no meio da sua testa. Ele caiu na cama, morto. O homem armado carregou de novo o fuzil e voltou a atirar no príncipe. Atirou cinco vezes, cheio de ódio, enquanto Beleza não parava de gritar.

O que as pessoas ficaram sabendo foi que ele havia sido morto ao visitar a casa da avó.

Ao enterro de Krisan compareceu toda a família, e Adinda parecia inconsolável. Agora, estava completo: Alamanda perdera Shodancho e Ai, Maya Dewi perdera Maman Gendeng e Rengganis, a Bela, e Adinda perdera Krisan depois de perder o Camarada Kliwon. Todos haviam perdido todos os entes queridos.

As três acompanhavam o caixão de Krisan em direção ao cemitério de Budi Dharma, e Alamanda e Maya Dewi tentavam reconfortar Adinda no caminho.

— Nós parecemos uma família amaldiçoada — soluçava Adinda.

— Não *parecemos* uma família amaldiçoada — corrigiu Alamanda. — Nós somos mesmo completamente amaldiçoados.

O velho Kamino cavava uma sepultura para Krisan bem ao lado do túmulo do pai, como pedira Adinda. Ela já tinha reservado o próximo lote para si mesma.

Em geral, as mulheres não iam ao cemitério. Só em casos especiais, quando a mulher realmente não suportava ficar separada do morto, como acontecera com Farida muitos anos antes. No enterro de Krisan, contudo, estavam presentes as três irmãs, mais seis homens da vizinhança que carregaram o caixão e o imame da mesquita, para rezar pelo morto.

Não havia mais ninguém além deles, com suas roupas pretas debaixo dos guarda-sóis que os protegiam sabe-se Deus do quê, pois o sol nunca brilhava forte à tarde, e não estava chovendo. Ali estavam apenas as três, até que, depois de muito tempo, apareceram ao longe dois pontinhos escuros. Foram se aproximando e se transformaram em figuras, e quando estavam ainda mais perto revelou-se que eram duas outras mulheres, também vestidas de luto.

O mais surpreendente era que essas duas também vinham despedir-se de Krisan, no exato momento em que seu corpo era baixado e começava a ser engolido pela terra. As três irmãs ficaram chocadas, não apenas pela sua presença, mas também pelo rosto horroroso de uma delas, que inicialmente julgaram ser o rosto de um fantasma do cemitério. Mas logo se lembraram dos comentários sobre a quarta filha de Dewi Ayu, que não conheciam, mas que diziam ter a feiura de um monstro. Aquela mulher, a feia, parecia muito abalada pela morte de Krisan. Chorava e olhava com desespero para o corpo envolto na mortalha, que começou a desaparecer por baixo da terra, como se não quisesse deixá-lo partir. Parecia ainda mais inconsolável do que a própria Adinda.

Foi Alamanda quem tomou coragem de perguntar:

— Você é Beleza?

Beleza assentiu.

— E eu sei que vocês são Alamanda, Adinda e Maya Dewi.

— Somos todas filhas de Dewi Ayu — disse Alamanda, abraçando Beleza com todo o cuidado com seu rosto monstruoso.

Beleza voltou a falar.

— Queiram aceitar minhas condolências pela morte desse único ente querido que lhes restava.

Ao terminar a cerimônia fúnebre, foram todas para a casa de Dewi Ayu, onde Beleza vivia com Rosinah. Fizeram um *tour* pela casa, contemplando as fotos da época em que eram ainda pequenas, as fotos de Dewi Ayu, e chorando à lembrança daquele passado tão difícil. Tinham se tornado um bando de órfãs abandonadas. Agora só tinham umas às outras, e o empenho de efetivamente pertencerem umas às outras de novo.

— Mamãe voltou, mas não ficou muito tempo, e se foi de novo antes da morte de Krisan — disse Beleza.

— Os mortos são assim mesmo — comentou Maya Dewi. — Meu marido também voltou, três dias depois de morrer.

A partir dali cada uma delas vivia em sua casa, tocando suas vidas tranquilas. Para se distrair, trocavam visitas. Depois de aparecer pela primeira vez no funeral, até Beleza começou a se aventurar fora de casa, para visitar as irmãs mais velhas. Não se preocupava mais com o olhar dos outros. Usava vestidos longos e um véu que quase lhe cobria o rosto todo. Essas mulheres tinham muito prazer com sua nova vida, tentando esquecer as desgraças que haviam enfrentado, amando umas às outras e satisfeitas com esse amor.

E assim foi até envelhecerem, e muitas vezes as pessoas fofocavam, chamando-as de "o bando de viúvas" quando se juntavam.

Mas elas eram tão felizes e se amavam tanto!

Aos seis meses de gravidez, Beleza entrou em trabalho de parto prematuro e o bebê morreu sem nem ter chance de chorar ou gritar. As irmãs mais velhas o enterraram no jardim atrás da casa, com a ajuda da muda Rosinah.

— E não lhe deu um nome antes de enterrá-lo? — perguntou Alamanda.

— Um nome só serviria para me machucar ainda mais.

— E posso perguntar de quem era de fato esse bebê? — perguntou Adinda.

— Meu e do príncipe.

Naturalmente, muitas coisas elas ainda não se diziam. E elas não forçaram Beleza a dizer quem era ele, esse homem que ela chamava de seu príncipe.

O bebê foi enterrado e elas levaram adiante a vida, amando-se e guardando seus respectivos segredos.

Quando o corpo de Rengganis, a Bela, foi encontrado, Krisan ficou apavorado, temendo que finalmente descobrissem que ele é que a havia matado. O medo era ainda maior por ter escondido o corpo de Ai debaixo da cama e por saber que Shodancho estava furiosamente procurando Ai em toda parte.

Pensou em levar o corpo de volta ao cemitério, mas receava ser apanhado em flagrante, pois, desde que Shodancho descobrira que alguém tinha escavado a sepultura e levado o corpo da filha, o cemitério era permanentemente vigiado. Levar o corpo de Ai de volta ao túmulo não seria sensato, e ele praticamente enlouqueceu tentando imaginar um jeito de fazer aquele corpo desaparecer, antes que fosse descoberto.

Praticamente enjaulou-se no seu quarto, com a porta sempre trancada, temendo que a mãe ou a avó entrassem para investigar aquela leve fragrância que emanava do espaço sob a cama. Passou ele próprio a varrer o quarto, para que nenhuma das duas quisesse entrar para fazer a limpeza.

Krisan tentou até retalhar o corpo da garota que amava em pequenos pedaços, para poder dispor facilmente deles. Talvez fosse mais seguro transformá-la em comida para os cães do que levá-la de volta para o túmulo, pois assim nunca seria encontrada. Mas, vendo aquele rosto lindo, aquele rosto que não apodrecia nem mesmo na morte, aquele rosto que parecia estar apenas dormindo e pronto para despertar a qualquer momento, piscando os olhos, Krisan não conseguia. Ele a amava tanto que chorava só de se imaginar retalhando-a em pedacinhos, de modo que não tinha mais coragem de levantar o cutelo que já havia preparado, e levou Nurul Aini de volta para seu lugar embaixo da cama, envolta na mortalha.

Ele estava à beira do desespero, a ponto de confessar todos os pecados, quando teve uma ideia brilhante. Ia executá-la e se despedir de Ai.

Exatamente como fizera ao ir para o mar com Rengganis, a Bela, e o corpo de Ai, ele vestiu o cadáver com suas próprias roupas. À noite, já perto do alvorecer, colocou-o no ombro e foi de motoca para a praia. Roubou o mesmo barco que roubara da outra vez. Levou o corpo de Ai para o meio do mar. E não apenas o corpo, mas também duas enormes pedras, de tamanho quase duas vezes maior do que o de sua cabeça.

Chegou à área onde tinha matado Rengganis, a Bela, ao alvorecer. Era uma região de grande profundidade, nem mesmo os tubarões poderiam encontrá-la ali. Ele amarrou o corpo da moça às duas pedras — com lágrimas escorrendo pelo rosto, mas tinha de fazê-lo —, tão bem amarrado que nem mordidas de agulhões-vela fossem capazes de desatar as cordas. Com pedras tão pesadas, o corpo de Ai rapidamente desapareceu nas profundezas do oceano ao ser atirado, sem deixar traços. Shodancho jamais poderia encontrá-la, nem que procurasse por cem anos.

Krisan voltou para casa de coração pesado, mas finalmente podia ter paz. Passou por um pescador sozinho em seu barco, e o pescador o interrogou.

— Que está fazendo sozinho no mar, sem um peixe sequer no barco?
Que está fazendo sozinho no mar, sem um peixe sequer no barco?

— Livrando-me de um cadáver — respondeu Krisan, tremendo ao ouvir o eco da voz daquele homem, que ainda reverberava contra sabe-se Deus o quê.

— De coração partido por causa da linda amada? Ha, ha, ha. Pois vou lhe dar um conselho, garoto, ache uma amada feia. Ela jamais vai magoá-lo.
De coração partido por causa da linda amada? Ha, ha, ha. Pois vou lhe dar um conselho, garoto, ache uma amada feia. Ela jamais vai magoá-lo.

E o pescador se foi na direção oposta, mas Krisan continuou pensando no seu conselho. E, ao chegar ao lugar onde tinha deixado a motoca, pensou com seus botões: *Talvez seja verdade, é melhor encontrar uma amante feia. A mais feia do mundo.*

Não muito depois de Dewi Ayu conseguir matar aquele poderoso espírito do mal, Kinkin jogou com seu *jailangkung* no túmulo de Rengganis, a Bela. Estava certo de conseguir dessa vez, pois o malfeitor que sempre o impedia agora tinha sido derrotado. Botou uma efígie em forma de boneca de madeira na terra em cima do túmulo, para ser o médium do espírito de Rengganis, a Bela, e começou a recitar mantras. A boneca começou a tremer, sinal de que o espírito fora invocado, mas de repente se sacudiu violentamente, sinal de que o espírito estava zangado, para em seguida quase cair. Kinkin tentou acalmá-lo, mas foi repreendido pelo espírito de Rengganis, a Bela.

— O que está fazendo, seu idiota?!

— Invocando o seu espírito.
— Sim, evidente — disse Rengganis, a Bela. — Mas preste bem atenção: faça o que fizer, nunca conseguirá casar comigo.
— Quero apenas saber quem a matou. Por favor, deixe-me vingá-la e vingar o meu amor — pediu Kinkin, prosternando-se diante da boneca de madeira, em atitude de quem implora.
A boneca de madeira, Rengganis, a Bela, disse então:
— Ainda que você vivesse mil anos, eu jamais diria quem me matou.
— Por quê? Não quer que vingue a sua morte?
— Não, pois realmente ainda o amo.
— Tudo bem, então vou matá-lo, e vocês dois podem se encontrar no mundo dos mortos.
— Besteira. Está tentando me enganar.
E Rengganis, a Bela, desapareceu.
Mas ele acabou descobrindo a verdade, não pelo espírito de Rengganis, a Bela, mas por outro espírito, que não reconheceu. Ele invocava espíritos aleatoriamente, acreditando que agora ninguém os impediria de falar a verdade, e acreditando que todos os espíritos sabiam o que os seres humanos não sabiam. Invocou um dos espíritos, parecendo velho e frágil, mas de voz muito forte.

— Ha, ha, ha. Não sou mais tão forte, mas estou de volta, garoto.
Ha, ha, ha. Não sou mais tão forte, mas estou de volta, garoto.
— Sabe quem matou Rengganis, a Bela? — perguntou Kinkin.
— Claro. Quem matou Rengganis, a Bela, foi Krisan. Mate-o, se realmente a ama, e se tem colhões. Ha, ha, ha.
Claro. Quem matou Rengganis, a Bela, foi Krisan. Mate-o, se realmente a ama, e se tem colhões. Ha, ha, ha.

E foi assim que ele matou Krisan no quarto de Beleza, com cinco tiros de fuzil de ar comprimido muito bem dados.
Durante sete anos depois disso ele amargou na prisão, à mercê dos pilantras da cadeia. Era sodomizado mais ou menos uma vez por

semana, espancado quase diariamente, forçado a compartilhar metade da sua ração nas refeições, e ainda perdeu os bens que entregara a Kamino. Mas, apesar de todo esse sofrimento na prisão, estava feliz, pois ali se encontrava numa verdadeira missão de amor, vingando a morte da mulher que adorara desde o momento em que pusera os olhos nela.

Ele teve a sentença comutada em um ano por bom comportamento e foi libertado. Voltou ao mundo exterior magro e abatido, a longa cabeleira maltratada e o rosto apenas pele e ossos, com as sobrancelhas e as mandíbulas protuberantes. Parecia um esqueleto vivo, mas respirava o ar da liberdade com uma sensação de total independência.

Embora tivesse recebido algumas roupas e um pouco de dinheiro para se alimentar e se locomover, saiu a pé da prisão municipal, sem trocar as roupas, ainda vestindo trapos, como um mendigo. Tinha dobradas nas mãos as roupas que recebera, e o dinheiro, bem seguro no bolso. Não queria parar em lugar nenhum nem perder tempo. Queria voltar para casa e se certificar de que aquele homem fora enterrado.

Finalmente, encontrou o túmulo de Krisan, junto ao do Camarada Kliwon. O nome aparecia bem claro na lápide, de modo que não podia haver engano. Kinkin fez uma outra lápide. Jogou fora a antiga, com o nome de Krisan, trocando-a pela que acabara de fazer.

E, assim, pode-se ler agora: CÃO (1966–1997).

Durante anos Krisan alimentara essa ideia de ter uma amante horrorosa.

— Qual o problema com mulheres feias? — pensava. — Podem ser fodidas exatamente como as bonitas.

E se lembrou da conversa sobre a filha de Dewi Ayu, que diziam que era muito feia, talvez a pessoa mais horrorosa da face da Terra, e, embora soubesse que era neto de Dewi Ayu, o que significava que essa mulher horrível que diziam chamar-se Beleza era sua tia, ele não se importava. Tinha trepado com a própria prima, e então qual seria o problema em trepar com a tia?

Assim, foi certa noite à casa da avó e viu a garota sentada na varanda, como se estivesse esperando alguém. Não sabia muito bem como abordá-la, de modo que por alguns dias limitou-se a observá-la do escuro, para finalmente voltar para casa, cansado. Só no sétimo dia teve coragem de passar pela cerca lateral do jardim. Colheu uma rosa, aproximou-se de Beleza e a entregou.

— Para você, Beleza — disse.

E então tudo correu bem, até que finalmente transaram. E transaram. E transaram. E continuaram transando. Que diferença faria; agora, dava tudo no mesmo. Dormir com Rengganis, a Bela, ou dormir com a horrível Beleza não era tão diferente assim. Era tudo a mesma coisa, tudo fazia seus genitais cuspirem. E ele continuou fazendo sexo com aquela mulher. "Comendo ela", explicava ele. Até que descobriu que a garota estava grávida, mas não se importou "e continuou fodendo com ela".

Até que um dia Beleza perguntou:

— Por que você me quer?

Ele respondeu sem saber se estava sendo sincero ou não:

— Porque a amo.

— Você ama uma mulher horrorosa?

— Sim.

— Por quê?

Como sempre é difícil responder a "por quê?", ele não respondeu. Só saberia responder a "como", o que seria fácil. Para mostrar seu amor, continuou a acariciá-la; não se importava que fosse feia, repelente, assustadora. Estava tudo bem, havia encontrado uma alegria quase sem equivalente a qualquer outra que tivesse experimentado na vida. Mas Beleza continuava a persegui-lo, toda vez que se encontravam e faziam amor, com a pergunta: "Por quê?". Krisan ficava calado. Embora soubesse a resposta, não queria dizê-la. Mas, na noite antes de ser assassinado, finalmente respondeu.

Sua quarta confissão: "Por que a beleza é uma ferida."

Por que a beleza é uma ferida.

Este livro foi composto na tipologia Olympian
LT Std, em corpo 10/15, e impresso em
papel off-white no Sistema Cameron da
Divisão Gráfica da Distribuidora Record.